AF559801

आधुनिक हिंदी प्रयोग कोश

आधुनिक हिंदी प्रयोग कोश

बदरीनाथ कपूर

राधाकृष्ण प्रकाशन

ISBN : 978-81-7119-264-9

आधुनिक हिंदी प्रयोग कोश

पहला संस्करण : 1977
पहली आवृत्ति : 2024
This book is printed on **Print on Demand** Technology : 2026

मूल्य : ₹795

प्रकाशक
राधाकृष्ण प्रकाशन प्राइवेट लिमिटेड
जी-17, जगतपुरी, दिल्ली-110 051
शाखाएँ : अशोक राजपथ, साइंस कॉलेज के सामने, पटना-800 006
पहली मंजिल, दरबारी बिल्डिंग, महात्मा गांधी मार्ग, प्रयागराज-211 001
1, अनमोल सोराबजी संतुक लेन, धोबी तलाव, मरीन लाइंस, मुम्बई-400 002
वेबसाइट : www.radhakrishnaprakashan.com
ई-मेल : info@radhakrishnaprakashan.com

AADHUNIK HINDI PRAYOG KOSH
by Badarinath Kapoor

दो शब्द

भाषा शब्दों से बनती है, शब्दों के भेदों-उपभेदों से संबंधित जानकारी व्याकरण देता है और उनके अर्थों का विवरण कोश प्रस्तुत करता है। इस प्रकार भाषा को जानने तथा समझने के लिए व्याकरण और कोश दो आधार माने जाते हैं। पिछले चार दशकों तक व्याकरण और कोश-कार्य में लगे रहने पर प्रतीत होने लगा है कि भाषा का तीसरा महत्त्वपूर्ण आधार भी है और वह है—प्रयोग। सुयोग्य लेखक तथा वक्ता शब्दों का प्रयोग नए-नए संदर्भों में करने में सक्षम तो होते ही हैं, साथ ही अन्य अनेक शब्दों से ताल-मेल बैठाकर अर्थात् पदबंधों तथा मुहावरों का सृजन कर भाषा की संभावनाओं को मूर्त करने में भी सफल होते हैं। कुछ अवसरों पर तो ऐसा भी दिखाई देता है कि जैसे कोश और व्याकरण कोसों पीछे छूट गए हों।[1] न तो कोश में उनका अर्थ ही मिलता है और न व्याकरण उन्हें सिद्ध ही कर पाता है। प्रस्तुत पुस्तक में मैंने ऐसे ही प्रयोगों को मुख्य रूप से संकलित किया है। इनमें से अधिकतर प्रयोग अभी तक हिंदी 'शब्दसागर', 'मानक हिंदी कोश', 'बृहत् हिंदी कोश' आदि में अपनी उपस्थिति दर्ज नहीं करा पाए।

उदाहरणार्थ 'अपना' और 'आना' शब्दों के प्रयोग-विवरणों पर ज़रा ध्यान दीजिए :

अपना : इस सार्वनामिक विशेषण के संबंध में कई बातें ध्यान देने योग्य हैं। पहली यह कि वाक्य में मेरा, तेरा, उसका, हमारा, तुम्हारा अथवा उनका सार्वनामिक विशेषण का प्रयोग वक्ता के दृष्टिकोण से होता है जबकि 'अपना' का प्रयोग वाक्य के उद्देश्य के विचार से होता है। मान लीजिए कि आप वक्ता हैं और आपका नाम है श्री रामनाथ। आप (श्री रामनाथ) कह रहे हैं :

(क) रमेश, तुम मेरे घर आना।

(ख) रमेश, तुम अपने घर जाना।

'क' वाक्य में 'मेरा' किसका सूचक है?

उत्तर होगा—वक्ता का। वक्ता कौन है?—श्री रामनाथ। अतः 'मेरा' रामनाथ का सूचक है। 'मेरे घर' से अभिप्राय रामनाथ के घर से है। 'ख' वाक्य में 'अपना' किसका सूचक है? उत्तर होगा—वाक्य के उद्देश्य का। वाक्य का उद्देश्य कौन है? वाक्य का उद्देश्य है—तुम। 'तुम' यहाँ रमेश के लिए प्रयुक्त हुआ है। अतः 'अपना' तुम अर्थात् रमेश का सूचक है। 'अपने

---

1. जब कहा जाता है कि व्याकरण भाषा के पीछे लँगड़ाता हुआ चलता है तो प्रकारांतर से प्रयोगों की महत्ता की ओर ही तो इंगित होता है!

घर' से अभिप्राय रमेश के घर से है।

(च) रमेश ने मेरी पुस्तक फाड़ दी।

(छ) रमेश ने अपनी पुस्तक फाड़ दी।

'च' वाक्य में 'मेरी' वक्ता (रामनाथ) की सूचक है और 'छ' वाक्य में 'अपनी' उद्देश्य (रमेश) की सूचक।

(ट) रमेश तुम्हारी घड़ी उठा ले गया।

(ठ) रमेश अपनी घड़ी यहाँ रख गया।

'ट' वाक्य में 'तुम्हारी' मध्यम पुरुष की सूचक है। यह मध्यम पुरुष वक्तापरक है अर्थात् वह व्यक्ति है जिससे रामनाथ बातचीत कर रहा है। 'ठ' वाक्य में 'अपनी' उद्देश्य (रमेश) की सूचक है।

(त) रमेश के साथ उसका भाई आया था।

ज़रा ध्यान दीजिए। वक्ता (रामनाथ) की दृष्टि से अन्य पुरुष वह होता है जिसकी वह मध्यम पुरुष से (मान लीजिए सोमनाथ से) चर्चा करता है। यहाँ रामनाथ 'वह' का प्रयोग सोमनाथ को छोड़कर किसी भी अन्य व्यक्ति के लिए कर सकता है। फिर चाहे वह रमेश हो, सोमेश हो या दिनेश। अतः 'उसका भाई' रमेश का भाई भी हो सकता है, सोमेश का भाई भी या दिनेश का भाई भी। अब यदि यही सूचित करना हो कि रमेश का भाई ही साथ आया था तो कह सकते हैं :

(थ) रमेश अपने भाई के साथ आया था।

यही हिंदी ढंग प्रतीत होता है।

दूसरी बात यह है कि कुछ अकर्मक क्रियापदों के साथ पूरक यदि प्राणिवाचक है और 'को' परसर्ग से युक्त है तो 'अपना' उद्देश्य का सूचक न होकर पूरक का सूचक होगा; जैसे—

(क) कृष्ण को अपनी मुरली नहीं भाती।

(ख) उसको अपनी माँ भी अच्छी नहीं लगती।

(ग) आखिर उसको अपना लड़का मिल ही गया।

(घ) मुझको अपना चश्मा नहीं दिखाई दिया।

अनेक विद्वान यहाँ पूरक को ही उद्देश्य मानते हैं और उद्देश्य को पूरक। इस विषय पर विस्तार से चर्चा 'उद्देश्य' के अंतर्गत करेंगे।

तीसरी स्थिति यह है कि कर्म के बाद आने पर यह कर्म का सूचक भी होता है; जैसे—

"आपने इस अबोध चंपक को अपने पिता के साथ इस कुटिया में आते कई बार देखा होगा।"

—डा. शिवप्रसाद सिंह

उक्त वाक्य में 'आपने' उद्देश्य है और कर्म है 'चंपक'। 'अपने' विशेषण है और विशेष्य है 'पिता'। यहाँ 'अपना' कर्म के बाद आया है। 'अपने पिता' में अपना 'चंपक' कर्म की ओर इंगित करता है। अपना पिता अर्थात् चंपक का पिता। उद्देश्य 'आपने' (कौमुदी) से 'अपना' यहाँ संबद्ध नहीं।

ऐसा नहीं कि कर्म के बाद आने पर 'अपना' उद्देश्य का वाचक होता ही नहीं। होता भी है; जैसे—पिताजी उसको अपने साथ ले गए।

चौथी बात यह है कि 'अपना' का प्रयोग अन्य सार्वनामिक विशेषणों तथा अन्य विशेषण पदों के साथ ज़ोर देने या अधिकार जतलाने के लिए भी होता है; जैसे—(क) यह मेरा अपना घर है। (ख) यह उसकी अपनी साड़ी है। (ग) क्या यह सभा का अपना भवन है? (घ) यह भारत का अपना वायुयान है।

कुछ अवसरों पर 'मेरा अपना' तथा 'हमारा अपना' की जगह केवल 'अपना' का प्रयोग भी होता है; जैसे—(च) यह हमारा अपना घर है। (छ) यह अपना घर है।

स्कूली निबंध 'मेरा स्कूल' पर भी लिखने को कहा जा सकता है और 'अपना स्कूल' पर भी। 'अपना स्कूल' से अभिप्राय 'मेरा अपना स्कूल' या 'हमारा अपना स्कूल' से ही है।

कुछ विशिष्ट प्रयोग देखें—

1. **अपना घरवाला**—पति; जैसे : वह अपने घरवाले के साथ गई है।

2. **अपनी घरवाली**—पत्नी; जैसे : तुम अपनी घरवाली से पहले पूछ तो लो।

3. **अपने आप**—स्वतः; जैसे : वह अपने आप चला आया।

4. **अपने पैरों ही**—पैदल चलकर ही; जैसे : "न जाने कितने लोग तीरथ करने निकलते हैं और इनमें से कुछ तो अपने पैरों ही चारो धाम कर आते हैं।" —सीताराम चतुर्वेदी

आना : जब दो व्यक्ति एक-दूसरे को अपने यहाँ बुलाने या एक-दूसरे के यहाँ पहुँचने की इच्छा जतलाते हैं तो बुलानेवाला भी 'आना' क्रिया का प्रयोग करता है और जानेवाला भी 'आना' का ही प्रयोग करता है; जैसे—

(क) रमेश, कभी हमारे घर भी आओ।

(ख) कल अवश्य मैं आपके घर आऊँगा।

ध्यान रहे कि जब अन्य व्यक्ति या अन्य स्थान का उल्लेख होगा तो 'जाना' का ही प्रयोग होगा; जैसे—

(च) रमेश, कभी उसके घर भी जाओ।

(छ) कल अवश्य मैं उसके घर जाऊँगा।

वक्ता यदि कहीं पहुँचता है और उस स्थान के वासियों से रूबरू होता है तो 'आना' का प्रयोग होता है; जैसे—

(ट) मैं यहाँ कई बार आया हूँ।

(ठ) वह पहले भी यहाँ आया था।

निम्नांकित वाक्यों को देखिए :

(त) मैं आपके यहाँ आया था।

(थ) मैं आपके यहाँ गया था।

दोनो वाक्यों के संदर्भ भिन्न हैं। यदि व्यक्ति अपने आवास पर उपस्थित है तो उससे कहा जाएगा—"मैं आपके यहाँ आया था।" और यदि उसका आवास **(या कार्यालय) मिलन-स्थल** से भिन्न है तो कहा जाएगा—"**मैं आपके यहाँ गया था।**"

निम्नांकित वाक्य अंग्रेज़ी वाक्य-रचना से प्रभावित हैं :

(प) वह अपने घर आया।

(फ) मैं उनके घर आया।

(ब) हम लोग (बनारस के रहनेवाले) दिल्ली आए।

(भ) हमारी कार उनके घर तक आई।

हिंदी की प्रकृति के अनुसार उक्त वाक्यों के सीधे-सादे रूप हैं :

(प) वह अपने घर गया।

(फ) मैं उनके घर गया।

(ब) हम लोग दिल्ली गए।

(भ) हमारी कार उनके घर तक गई।

यहाँ एक बात और ध्यान देने योग्य है। जब किसी व्यक्ति, यान आदि के आगे बढ़ते हुए किसी स्थान तक पहुँचने की नहीं बल्कि उलटे उस स्थान के निकट आ जाने की विवक्षा सूचित करनी होती है तब 'आना' का, विशेषतः 'आ जाना' तथा 'आ पहुँचना' का प्रयोग करते हैं; जैसे—

(य) स्टेशन आ गया है।

(र) हवाई अड्डा आ पहुँचा है।

(ल) बस अड्डा अब आया ही समझो।

(व) बाढ़ का पानी यहाँ तक आ गया था।

लाक्षणिक अर्थ में वस्तुओं के उद्भूत होने तथा स्थितियों के उत्पन्न होने के प्रसंग में 'आना' या 'आ जाना' का प्रयोग होता है; जैसे—

(श) उसे आँसू आ गए।

(ष) उसे मूँछें आ गईं।

(ह) बचपन के बाद जवानी और जवानी के बाद बुढ़ापा आता है।

जब 'आना' का प्रयोग जानकारी होना, प्राप्ति होना, अटना, समाना आदि अर्थों में होता है तो पूरक में 'को' या 'में' परसर्ग आता है; जैसे—

(क) उसको अंग्रेज़ी आती है।

(ख) उसको बुखार आया था।

(ग) उसको चोट आई।

(घ) उसके हाथ में चोट आई।

(च) उसको जूता नहीं आया।

(छ) उसके पैर में जूता नहीं आया।

(ज) उसको दूध नहीं आया (उतरा)।

(झ) कटोरे में दूध आ गया।

जी में आना—मन में विचार उत्पन्न होना; जैसे—

"शिवशंभू शर्मा के जी में अपने देश के माई लार्ड से होली खेलने की आई, इस प्रकार कभी माई लार्ड को भी इस देश के लोगों की सुधि आती होगी।" —बालमुकुंद गुप्त

अब एक शब्द लीजिए—अंदर। इस छोटे से शब्द से बननेवाले पदबंधों पर ज़रा ध्यान दीजिए :

1. अंदर-अंदर से—अर्थात् छिपे-छिपे, छिपे रहकर; जैसे, "अभिव्यक्ति के साधनों पर आज थोड़े से समृद्ध लोगों का अधिकार है जिनका वे खुलकर या अंदर-अंदर से संचालन करते हैं।"

2. अंदर कर देना—कारा में बंद कर देना; जैसे, "थानेदार जुआरियों को थाने ले गया और पूछ-ताछ करने के बाद उन्हें अंदर कर दिया।"

3. अंदर की बात—घर या परिवार के लोगों द्वारा निश्चित की हुई पर गुप्त रखी हुई बात; जैसे, "अंदर की बात यह है कि सारा घर इस रिश्ते से नाखुश है।"

4. अंदर से—(क) आंतरिक संरचना या अवयवों की दृष्टि से; जैसे, "हमारा समाज अंदर से खोखला हो उठा है।" (ख) मन से; जैसे, "वह अंदर से दुखी है।"

5. अंदर-ही-अंदर—(क) मन-ही-मन में; जैसे, "वह अंदर-ही-अंदर सुलगता रहता है।" (ख) चुपके-चुपके, बिना किसी को खबर किए; जैसे, "अंदर-ही-अंदर खिचड़ी पकती रही।"

6. के अंदर—संबंधबोधक है और आशय है—समय या स्थान की सीमा में; जैसे—(क) "वह दो घंटे के अंदर आ जाएगा।" (ख) "देश के अंदर सांप्रदायिकता तेज़ी से बढ़ रही है।"

इस प्रकार हम देखते हैं कि अनेक प्रयोगों में कुछ ऐसा आकर्षण होता है जो मन को मुग्ध कर लेता है। इस प्रकार यह भी कह सकते हैं कि प्रयोग भाषा का महत्त्व बढ़ाने के साथ-साथ भाषा के प्रति अनुराग भी उत्पन्न करने में सफल होते हैं। प्रसिद्ध विद्वान तथा तत्कालीन चेक राजदूत डां. स्मेकल ने लगभग दो-ढाई दशक पहले बड़े दुखी मन से कहा था कि हिंदीभाषी अपनी भाषा से उतना प्रेम नहीं करते जितना प्रेम अन्य भाषा-भाषी अपनी-अपनी भाषाओं से करते हैं। इस कटु सत्य का कारण जानने का प्रयास मैं सतत करता रहा हूँ। सीधी-सी बात (जाने बिनु न होइ परतीती, बिनु परतीती होइ नहिं प्रीती।—गोस्वामी तुलसीदास) अब जाकर समझ में आई कि बिना परिचय के प्यार कैसा! जिससे ऊपरी मेल-जोल भर हो, उससे लगाव कैसा! जिससे अंतरंग भाव हो, जो अपनी विशिष्टता, सहृदयता, निश्छलता, विशालता आदि से मन को आकृष्ट करे, जो अपना जादू जगा सके, प्रेम तो उसी से होगा न! सच तो यह है कि प्रयोग स्थायी आत्मीयता के माध्यम हैं।

अतः, यदि यह कोश थोड़े-से पाठकों में भी हिंदी के प्रति अनुराग जगा सका तो मैं अपना परिश्रम धन्य समझूँगा।

भाषा के स्वरूप को समझने के लिए व्याकरण ही हमारी अत्यधिक सहायता करता है, इसलिए उसके अनेक पारिभाषिक शब्दों तथा विविध क्रियाकलापों पर टिप्पणियाँ भी यथास्थान सम्मिलित कर दी गई हैं। कुछ नए विचारोत्पादक तथ्य भी हैं।

मेरे अनेक आदरणीय मित्रों ने इस कोश की कुछ टिप्पणियों को सुना है और अपने बहुमूल्य सुझाव भी दिए हैं। इनमें प्रमुख हैं डां. किशोरीलाल गुप्त, डां. कैलाशचंद्र भाटिया, डां. शिवप्रसाद सिंह, डां. युगेश्वर, डां. जी. एन. शर्मा, श्री हनुमान प्रसाद शर्मा, डॉ. लक्ष्मीशंकर गुप्त,

डा. श्यामलकांत वर्मा, डां. विश्वनाथ प्रसाद आदि। इन सबके सुझावों से मैंने लाभ उठाया है। इनके प्रति कृतज्ञता प्रकट करना अपना कर्तव्य समझता हूँ।

पितृतुल्य आचार्य रामचंद्र वर्मा को इस घड़ी कैसे भूल सकता हूँ? वस्तुतः उन्हीं की अनुकंपा और प्रेरणा का यह सारा खेल है। सच्चाई यही है कि मैं निमित्त मात्र हूँ। हिंदी प्रयोगों के वे ही आदि सम्राट थे। तेरा तुझको सौंपते क्या लागत है मोर! शतशः नमन!

आदरणीय श्री भारतीभक्त तथा श्री उपेंद्र झा ने क्रमशः पांडुलिपि को संशोधित-संपादित करने तथा प्रूफ संशोधन करने में विशेष परिश्रम किया है, जिसके लिए मैं इनके प्रति आभार प्रकट करना अपना कर्तव्य समझता हूँ।

अंत में अपने कृपालु पाठकों तथा शब्दवेत्ताओं से भी नम्र निवेदन करना आवश्यक है कि जो कमियाँ या त्रुटियाँ उन्हें इसमें मिलें उनकी सूचना कृपापूर्वक मुझे दें। कोश, व्याकरण, प्रयोग आदि संबंधी कार्य तो सदा चलता रहनेवाला व्यापार है। सतत परिवर्तन और सुधार की इनमें आवश्यकता पड़ती रहती है। अतः सुझावों की प्रतीक्षा रहेगी। सुझावों के लिए धन्यवाद भी दूँगा और उनका सदुपयोग भी करूँगा।

'शब्दलोक'

47, लाजपतनगर, वाराणसी

—बदरीनाथ कपूर

अंग

1. अंग-अंग—सामान्यतया इस संज्ञा पदबंध का प्रयोग एकवचन में ही होता है और अर्थ है—हर अंग; जैसे, "पुलिस की मार से उसका अंग-अंग दुखने लगा था।" फिर भी कुछ लोग इसका प्रयोग बहुवचन में करते हैं और अर्थ करते हैं—सभी अंग; जैसे, "यौवन के पदार्पण से उसके अंग-अंग खिल उठे थे।" वैसे इस वाक्य का उत्कृष्ट रूप तो तब होगा जब हम लिखेंगे—"यौवन के पदार्पण से उसका अंग-अंग खिल उठा था।"

द्विरुक्त नामपद प्रायः एकवचन में ही प्रयुक्त होते हैं; जैसे—

(क) "उन्होंने इस भूखंड का चप्पा-चप्पा छान मारा।"

(ख) "आज के युग में कोई-कोई ही दूसरों के लिए कष्ट सहता है।"

(ग) "उसने मुझसे क्या-क्या नहीं कहा।"

2. अंग न लगना, अंग न लगाना—इन दोनों मुहावरों के क्षेत्र भिन्न-भिन्न हैं। 'अंग न लगना' का प्रयोग खाने-पीने की पौष्टिक वस्तुओं के प्रसंग में होता है और आशय है कि पौष्टिक पदार्थों का सेवन करने पर भी शरीर पुष्ट नहीं हो रहा; जैसे, "उसे चाहे जितना खिलाओ पर कुछ उसके अंग नहीं लगता।" 'अंग न लगाना' मुहावरे का प्रयोग पहनने की वस्तुओं के लिए होता है। आशय है—शरीर से स्पर्श तक न कराना; जैसे, "मैंने वह सूट अंग तक नहीं लगाया था कि चोर चुरा ले गए।"

3. अंग फड़कना, अंग फड़कने लगना—पहले मुहावरे में 'अंग' का प्रयोग एकवचन में होता है और दूसरे में बहुवचन में; जैसे—

(क) "मर्द का दाहिना अंग फड़कना शुभ माना जाता है।"

(ख) "बेला का ब्याह ऐसा गाकर पढ़ता कि सुननेवालों के अंग फड़कने लगते।"

— अजित पुष्कल

'अंग फड़कना' आकस्मिक शारीरिक व्यापार का सूचक है, जबकि 'अंग फड़कने लगना' में अंगों के उमंग या जोश से भर उठने की विवक्षा है।

4. फूले अंग न समाना—('फूलना' के अंतर्गत देखें)

अंगारा

अंगारा हो जाना—आवेश या क्रोध के कारण लाल हो जाना।

इस मुहावरे की विशेषता यह है कि इसमें 'अंगारा' का प्रयोग एकवचन में ही होता है, जबकि इससे बननेवाले अन्य मुहावरों में इसका प्रयोग सदा बहुवचन में ही होता है; जैसे, 'अंगारे उगलना', 'अंगारे बरसना', 'अंगारों पर पैर रखना', 'अंगारों पर लोटना', 'अंगारों से खेलना' आदि।

'अंगारा हो जाना' का प्रयोग सामान्यतया व्यक्ति, उसके चेहरे या फिर उसकी आँखों के लिए होता है; जैसे, "देखते ही देखते उसकी आँखें अंगारा हो गईं।" इस मुहावरे में 'आँखें' बहुवचन हैं, परंतु 'अंगारा' एकवचन में ही है। "उसकी आँखें अंगारे हो गईं" ऐसा प्रयोग सम्मत नहीं। ऐसा प्रतीत होता है कि प्रस्तुत मुहावरे में 'अंगारा' विशेषण की तरह 'लाल' अर्थ में प्रयुक्त हुआ है। अर्थात् 'अंगारा' से यहाँ अभिप्राय है—अंगारे की तरह लाल। "उसकी आँखें अंगारा हो गईं" से अभिप्राय है—उसकी आँखें अंगारे की तरह लाल हो गईं।

अँगूठा

1. अँगूठा चूसना—अपने सामान्य अर्थ में 'अँगूठा चूसना' अबोध बच्चों की अँगूठे को मुँह में डालकर चूसते रहने की सामान्य क्रिया का द्योतक है, जिसे समाज में अच्छा नहीं समझा जाता। माता-पिता बच्चे की इस कुटेव को जितनी जल्दी हो सके छुड़ाने के लिए तत्पर रहते हैं।

मुहावरे के रूप में 'अँगूठा चूसना' से अभिप्राय ऐसी बच्चों-जैसी (बचकानी) हरकत करना है जो समाज में अनुचित मानी जाती हो; जैसे, "ऐसी बातें मत किया करो, पचास के पार हो चुके हो, तुम्हारे अँगूठा चूसने के दिन तो कभी के लद चुके हैं।"

2. अँगूठा दिखा देना—कुछ भी देने से साफ़ इन्कार कर देना; जैसे, "बड़े दानी बनते थे। जब उनसे अनाथाश्रम के भवन के लिए चंदा माँगने गए तो उन्होंने अँगूठा दिखा दिया।"

3. अँगूठे पर मारना—अत्यंत उपेक्ष्य समझकर त्याग देना; जैसे, "हमें तुम्हारी पाप की कमाई नहीं चाहिए। ऐसी रकम तो हम अँगूठे पर मारते हैं।"

अँगूठी

अँगूठी का नगीना—इस मुहावरे का प्रयोग ऐसे व्यक्ति के लिए होता है जिसमें औरों की अपेक्षा श्रेष्ठ चारित्रिक गुण हों; जैसे, "उसकी बहू क्या है, अँगूठी का नगीना है।"

अंग्रेज़ी, अँगरेज़ी

अब अधिकतर लोग 'अंग्रेज़ी' का ही प्रयोग करते हैं जबकि आचार्य रामचंद्र वर्मा, फ़ादर कामिल बुल्के आदि कोशकार 'अँगरेज़ी' को ही वरीयता देते थे।

इन दोनो के अक्षरों के स्वरूप को ध्यान में रखें—अंग्रेज़ी = अं–ग्रे–ज़ी; अँगरेज़ी = अँग–रे–ज़ी। वैसे दोनों में तीन-तीन अक्षर हैं।

लाघव सिद्धांत से अंग्रेज़ी और अंग्रेज़ ही वरीय हैं क्योंकि इनका प्रथम अक्षर (अं) 'अँगरेज़ी' और 'अँगरेज़' के प्रथम अक्षर (अँग) से लघु है।

अंजर-पंजर

'अंजर' यहाँ 'पंजर' का अनुकरणवाचक पद है। 'पंजर' संस्कृत का तत्सम शब्द है और शरीर, ठठरी, ढाँचे आदि के अर्थ में प्रयुक्त होता है।

अंजर-पंजर ढीले हो जाना—शरीर अथवा मशीन के सभी अंग अथवा पुर्जे ढीले हो जाना। शरीर के अंगों के ढीला या शिथिल पड़ जाने से यह विवक्षा भी निकलती है कि अब वे सक्रिय नहीं रहे तथा उनकी कार्यक्षमता क्षीण हो गई है।

अंत

यह शब्द तत्सम भी है और तद्‌भव भी। तत्सम रूप में इसके अर्थ हैं—समाप्ति, नाश, मृत्यु, परिणाम आदि और तद्‌भव (सं. अंतस्) रूप में यह अंतःकरण (या हृदय), रहस्य (या भेद) आदि का सूचक है।

निम्नांकित मुहावरे या पदबंध पहले अर्थ से संबद्ध हैं :

1. अंत बन जाना—शव का संस्कार सही ढंग से होना; जैसे, "पोते के समय पर पहुँच जाने से बुढ़िया का अंत बन गया।"

2. अंत बिगड़ जाना—शव की दुर्दशा होना।

3. अंत में—क्रिया-विशेषण पदबंध; आशय है—सबके बाद; जैसे, "कार्यक्रम के अंत में राष्ट्रीय गान हुआ।"

4. अंत समय—क्रिया-विशेषण पदबंध; आशय है—मृत्यु के समय; जैसे, "कभी माँ

को उसने पूछा भी है जो अंत समय पूछेगा ?"

5. अंत होना—समाप्ति या उन्मूलन होना; जैसे, "राजा राममोहन राय के समय में ही सती प्रथा का अंत हो गया था।"

दूसरे अर्थ से संबद्ध मुहावरे इस प्रकार हैं :

6. अंत पाना—(किसी के) हृदय की बात जान जाना; जैसे, "उसकी बात का कोई अंत पा सका है जो तुम्हीं पा जाते!"

7. अंत लेना—रहस्य या मर्म जानने का प्रयत्न करना; जैसे, "वह यहाँ हमारा अंत लेने ही आया था।"

अंतर

1. अंतर करना—भेदभाव करना, समान दृष्टि से न देखना; जैसे, "पिताजी हम दोनो भाइयों में अंतर करते हैं।"

2. कोई अंतर न होना—अंतर का अभाव होना, फलतः समानता होना; जैसे, "इन दोनो चित्रों में कोई अंतर नहीं।"

अंतर्देशीय, अंतर्राष्ट्रीय

दोनो में 'अंतर्' प्रत्यय के अलग-अलग अर्थ हैं। 'अंतर्देशीय' से अभिप्राय है—देश के अंदर होने या चलनेवाला; और 'अंतर्राष्ट्रीय' से अभिप्राय है—दो या अधिक राष्ट्रों के बीच होनेवाला; जैसे, 'अंतर्राष्ट्रीय विवाद', 'अंतर्राष्ट्रीय न्यायालय'।

'अंतर्देशीय' में 'अंतर्' संस्कृत उपसर्ग है और 'अंतर्राष्ट्रीय' में 'अंतर्' अंग्रेजी inter का तदर्थी है। अर्थ की दृष्टि से inter का तदर्थी 'अंतः' है, 'अंतर्' नहीं। 'अंतःराष्ट्रीय' भी कुछ लोग लिखते थे, परंतु यह चल नहीं पाया। अब 'अंतर्' ही inter के अर्थ में मान्य हो चुका है और 'अंतर्राष्ट्रीय' में कुछ भी खटक नहीं रही।

अंदर

1. अंदर-अंदर से—छिपे-छिपे, छिपे रहकर; जैसे, "अभिव्यक्ति के साधनों पर आज थोड़े से समृद्ध लोगों का अधिकार है जिनका वे खुलकर या अंदर-अंदर से संचालन करते हैं।"

2. अंदर कर देना—कारा में बंद कर देना; जैसे, "थानेदार जुआरियों को थाने ले गया और पूछ-ताछ करने के बाद उन्हें अंदर कर दिया।"

3. अंदर की बात—घर के लोगों द्वारा निश्चित की हुई, पर गुप्त रखी हुई बात; जैसे, "अंदर की बात यह है कि घर-भर इस संबंध से संतुष्ट नहीं।"

4. अंदर से—आंतरिक संरचना की दृष्टि से; जैसे, "हमारा समाज अंदर से खोखला हो चुका है।"

5. अंदर-ही-अंदर—(i) मन-ही-मन में; जैसे, "वह अंदर-ही-अंदर सुलगता रहता है।"

(ii) चुपके-चुपके, बिना किसी को खबर किए; जैसे, "अंदर-ही-अंदर खिचड़ी पकती रही।"

6. के अंदर—संबंधबोधक; समय या स्थान की सीमा में; जैसे, (i) "वह दो घंटे के अंदर आ जाएगा।" (ii) "देश के अंदर सांप्रदायिकता तेज़ी से बढ़ रही है।"

अंधा

1. अंधा कर देना—अंधा बना देना। (दे.)

2. अंधा बनना—किसी को अनुचित कार्य करते हुए देखकर भी (विवशता के कारण या भयवश) कुछ आपत्ति या विरोध न करना; जैसे, "घर में जो-जो करतूतें हो रही हैं उन्हें देखता तो हूँ, पर देखकर भी अंधा बनना पड़ता है।"

3. अंधा बना देना—(i) घमंडी बना देना; जैसे, "इस सफलता ने उसे अंधा बना दिया था।" (ii) मूर्ख बना देना; जैसे, "जादूगर ने लोगों को जादू की छड़ी घुमाकर अंधा बना दिया।"

4. अंधी गली—ऐसी गली जो एक तरफ़ से बंद हो, बंद गली।

5. अंधे की लकड़ी—एकमात्र सहारा।

6. अंधे के आगे रोना—किसी ऐसे अनधिकारी से अपनी व्यथा कहना जिस पर कुछ असर न होने को हो।

7. अंधे के हाथ बटेर लगना—इस कहावत का प्रयोग उस समय होता है जब किसी व्यक्ति को कोई मूल्यवान वस्तु सहसा या संयोगवश प्राप्त हो जाती है, परंतु वह उसका कुछ भी मूल्य या महत्त्व नहीं समझ पाता या उससे लाभ नहीं उठा पाता।

अंधेरा

1. अंधेरे-अंधेरे—अंधेरा रहते, अंधेरे में ही, प्रकाश होने से पहले ही।

2. अंधेरे में रखना या रखा जाना—वस्तुस्थिति से परिचित न होने देना या परिचित न कराना; जैसे, "हमें अंधेरे में रखा गया और किसी ने भनक भी न पड़ने दी कि बेटी को कैंसर हो गया है।"

3. आँखों के आगे अंधेरा छा जाना— सब कुछ अंधकारपूर्ण प्रतीत होने लगना; पूर्ण निराशा का वातावरण दिखाई पड़ना।

4. मुँह अंधेरे—दिन चढ़ने से पहले के समय में जब अंधेरे में सम्मुख व्यक्ति का मुँह तक ठीक से दिखाई नहीं देता।

अकर्मक और सकर्मक क्रियापद

'सकर्मक' का अर्थ है कर्म से युक्त और 'अकर्मक' का अर्थ है बिना कर्म का। जिस वाक्य में कर्म की आवश्यकता हो उसकी क्रिया, क्रियापद या धातु सकर्मक कहलाती है और जिसमें कर्म की आवश्यकता न हो उसे अकर्मक क्रिया, क्रियापद या धातु कहते हैं। क्रिया सकर्मक हो और कर्म का प्रयोग न किया गया हो तो वाक्य अपूर्ण या अधूरा होता है। एक वाक्य लीजिए—

"वह देख रहा था।"

'देखना' क्रिया सकर्मक है। 'क्या' से कर्म जाना जाता है। वह क्या देख रहा था?

"पुस्तक देख रहा था", "समाचारपत्र देख रहा था" या "टी.वी. देख रहा था।"

पूर्ण वाक्य तब होगा जब कहा जाएगा— "वह समाचार-पत्र देख रहा था।"

अकर्मक क्रिया होने पर कर्म की आवश्यकता नहीं होगी; जैसे—

"वह नहा रहा था।"

यहाँ 'नहाना' क्रिया अकर्मक है। कर्म की आवश्यकता ही नहीं।

कुछ क्रियाएँ सकर्मक और अकर्मक दोनों होती हैं; जैसे, 'पढ़ना', 'खुजलाना', 'गाना' आदि।

(क) "मैं पुस्तक पढ़ता हूँ।"

(पढ़ना—स. क्रि.)

(ख) "वह दसवें दरजे में पढ़ता है।"

(पढ़ना— अ. क्रि.)

(च) "मैं पीठ खुजला रहा हूँ।"

(खुजलाना—स. क्रि.)

(छ) "मेरा हाथ खुजला रहा है।"

(खुजलाना—अ. क्रि.)

(ट) "वह गीत गाता है।"

(गाना—स. क्रि.)

(ठ) "वह अच्छा गाता है।"

(गाना—अ. क्रि.)

अनेक अकर्मक क्रियाओं से सकर्मक क्रियाएँ बनाई जाती हैं और कुछ सकर्मक क्रियाओं से अकर्मक क्रियाएँ भी; जैसे:—

(क) बढ़ना—बढ़ाना
दबना—दबाना
मिलना—मिलाना
खौलना—खौलाना

(ख) निकालना—निकलना
घेरना—घिरना
जोड़ना—जुड़ना
लूटना—लुटना

अकेला

1. अकेला पड़ या हो जाना—निस्संग या मित्रविहीन हो जाना, सहायकों का सहयोगियों से विहीन होना; जैसे, "सब मित्रों के एक-एक कर चले जाने से मैं अकेला पड़ गया हूँ।"

2. अपने ढंग का अकेला—विशेषण पदबंध है और आशय है—अनुपम, अद्वितीय; जैसे, "यह पुस्तक अपने ढंग की अकेली है।"

3. अपनी तरह का अकेला—अपने ढंग का अकेला।

अकेले

1. अकेले-अकेले, अकेले ही—दोनो क्रिया-विशेषण हैं, परंतु दोनो के प्रयोग-क्षेत्र भिन्न-भिन्न हैं। 'अकेले-अकेले' में मित्र या साथी के अभाव की विवक्षा है; जैसे, "क्यों भई, आज मिठाई अकेले-अकेले खाई जा रही है!" और 'अकेले ही' में सहयोग या सहायता के अभाव की विवक्षा है; जैसे, "यह काम वह अकेले ही कर लेगा।"

अक्ल, अकल

'अक्ल' फ़ारसी है और 'अकल' तद्‌भव।

बोलचाल में 'अकल' ही चलता है, परंतु लेखन में 'अक्ल' का विशेष प्रयोग होता है। हाथ, मुँह, पैर, पेट, ज़बान, जान आदि की तरह इससे बननेवाले मुहावरों की संख्या अधिक है।

1. अक्ल का अंधा—मूर्ख, वज्रमूर्ख।

2. अक्ल का दुश्मन—मूर्ख, वज्रमूर्ख।

3. अक्ल का पुतला—अत्यंत बुद्धिमान या समझदार।

4. अक्ल की बात—बुद्धिमत्तापूर्ण बात या तथ्य।

5. अक्ल चरने चली जाना—समझदारी की बात न करना; जैसे, "समझ में नहीं आता कि मैंने ऐसा उत्तर कैसे दे दिया! लगता है, मेरी अक्ल चरने चली गई थी।"

6. अक्ल ठिकाने लगाना या लगा देना—अनुचित कार्य करनेवाले को इस प्रकार दंड देना कि वह अपनी गलती समझ जाए; जैसे, "अगर तुमने फिर मुँह से गाली निकाली तो तुम्हारी अक्ल ठिकाने लगा दूँगा।"

7. अक्ल देना—अच्छी राय देना, समझदारी की बात बतलाना; जैसे, "घर में कोई बड़ा होता तो इन बच्चों को अक्ल देता।"

8. अक्ल मारी जाना—अक्ल का काम न करना।

9. अक्ल सीखो—अक्ल की बात करना सीखो, समझदारी-भरी बातें करो; जैसे, "बड़े हो गए हो, बच्चों जैसी बात तो न करो। कुछ तो अक्ल सीखो।"

10. अक्ल से मतलब न होना—कोई भी समझदारी का काम न करना, बुद्धि से काम न लेना।

अख्तियार

1. अख्तियार कर लेना—अपना लेना; जैसे, "फिर उसने तलवारबाजी का पेशा अख्तियार कर लिया।"

2. कोई अख़्तियार न होना—कुछ भी अधिकार न होना; जैसे, "इस घर में मुझे कोई अख़्तियार नहीं।"

अगर

1. अगर/यदि . . . तो, अगर / यदि. . . तो भी—'अगर' योजक है और ऐसे उपवाक्य के (प्रायः) आरंभ में आता है जिसमें किसी शर्त या अवस्था का उल्लेख होता है। यदि यह शर्त या अवस्था उपयुक्त या अभीष्ट लगे तो दूसरे उपवाक्य में 'तो' योजक आता है और यदि विपरीत या अप्रिय लगे तो 'तो भी' का प्रयोग होता है; जैसे—

(क) "अगर पानी बरसा तो हम चलेंगे।"

(ख) "अगर पानी न बरसा तो भी हम चलेंगे।"

ज़रा ध्यान दीजिए। 'अगर पानी बरसा तो हम चलेंगे' से आशय है कि हम चाहते हैं कि पानी बरसे। अर्थात् पानी का बरसना हमारे लिए प्रिय स्थिति है। 'अगर पानी बरसा तो भी हम चलेंगे' इस वाक्य से आशय है कि पानी का बरसना हमारे लिए प्रिय या सुखद नहीं।

अगर-मगर

1. अगर-मगर करना—कोई काम न करने का बहाना बनाना, हीला-हवाली करना।

2. अगर-मगर नहीं—बहाना या बहाने बनाने की आवश्यकता या अनुमति नहीं। आशय है कि हम आपका (इस बार) कोई बहाना सुनने को तैयार नहीं; जैसे, "सौदा लेना हो तो अभी उठा लो। कोई अगर-मगर नहीं।"

अच्छा

विकारी विशेषण के रूप में यह किसी के उत्तम, संतोषजनक, उपयुक्त, प्रशंसनीय, शुभ आदि होने का सूचक है; जैसे : अच्छा व्यक्ति, अच्छा काम, अच्छा आचरण, अच्छा लग्न आदि।

यह अविकारी क्रिया-विशेषण भी है और आशय है—(क) उत्तम रीति से, प्रशंसनीय ढंग से; जैसे, "वह अच्छा नाचती है।" और (ख) अधिक मात्रा में; जैसे, "वह अच्छा कमा लेता है।" व्यंग्यात्मक रूप में प्रयुक्त होने पर यह नकारात्मक भाव का सूचक होता है; जैसे, "वह भी अच्छा आया!" अर्थात् वह नहीं आया (आश्वासन देकर या वादा करके भी नहीं आया)।

विस्मयादिबोधक रूप में भी यह प्रयुक्त होता है और अनेक अर्थों में; जैसे—

(क) स्वीकृति, सहमति या अनुमोदन सूचित करने के लिए; जैसे, "अच्छा, यही सही।"

(ख) अनभिज्ञता तथा आश्चर्य या आक्रोश सूचित करने के लिए; जैसे, "अच्छा, तुम्हारी यह हिम्मत!"

(ग) कथन पर ज़ोर देने के लिए; जैसे, "कल आ जाना, अच्छा!"

(घ) दूसरों को सूचना देते समय; जैसे, "अच्छा! अब चला जाए।"

1. अच्छा-अच्छा!—इसका प्रयोग किसी को चुप रहने या शांत हो जाने के लिए करते हैं; जैसे, "अच्छा-अच्छा! अब बस भी करती हो या नहीं?"

2. अच्छे से अच्छा—विशेषण पदबंध; अभिप्राय है—अति उत्तम; जैसे, "उसे अच्छी से अच्छी नौकरी मिली, पर उसने लात मार दी।"

3. अच्छे-अच्छों से/को/में/पर— आशय है कि जो लोग अच्छे समझे जाते हैं उनमें से भी जो श्रेष्ठ हैं उनसे/को/में/पर।

अज्ञान, अज्ञानता

'अज्ञान' संज्ञा शब्द है और आशय है—ज्ञान का अभाव। परंतु कुछ लोग भूल से इसे विशेषण मानकर तथा इसमें 'ता' प्रत्यय जोड़कर 'अज्ञानता' भी बना लेते हैं और इसे 'अज्ञान' की जगह प्रयुक्त करते हैं। अतः 'अज्ञान' ही वरीय है।

अटकल

इसका प्रयीग स्त्रीलिंग संज्ञा के रूप में ही करना उचित है, यद्यपि कुछ लेखक इसे पुंलिंग के रूप में भी प्रयुक्त करते हैं; जैसे, "इस नियम का कितने लोग पालन करते थे, इसका तो केवल अटकल ही लगाया जा सकता है।" —डा. मोतीचंद

अथक, अनथक

राष्ट्रभाषा पतंजलि स्वामी निगमानंद परमहंस के अनुसार 'अनथक' रूप ही सम्मत है, परंतु उनके लाख प्रयत्न करने पर भी वह चल नहीं पाया। 'अथक' ही चलन में रहा और चलन में है। स्वामीजी की दलील थी कि 'थक' धातु में हिंदी का उपसर्ग 'अन' लगना चाहिए न कि संस्कृत का 'अ' उपसर्ग।

अदा

अदा से, अंदाज़ से—दोनो क्रिया-विशेषण पदबंध हैं। मूलतः 'अदा' अरबी है और 'अंदाज़' फ़ारसी। दोनो कोमल, मनोहर, गतिपूर्ण और काव्यपूर्ण भाव-भंगिमाओं के सूचक हैं। अंतर इतना है कि 'अदा' किसी क्रिया या व्यापार की अभिनयपूर्ण तात्कालिक चेष्टा है, जबकि 'अंदाज़' सामूहिक अभिनयपूर्ण चेष्टाओं का सूचक होता है। 'अदा' चेष्टाप्रधान है और 'अंदाज़' ढंगप्रधान; जैसे, (क) "उसने बड़ी अदा से दुपट्टा लिया/सरकाया" और (ख) "उसने बड़े अंदाज़ से कहानी सुनाई/गीत गाया।"

अधिक

यह विशेषण, प्रविशेषण तथा क्रिया-विशेषण तीनों रूपों में प्रयुक्त होता है; जैसे—

(क) "वह अधिक काम करता है।" (विशेषण)

(ख) "वह कपड़ा अधिक अच्छा है।" (प्रविशेषण)

(ग) "उसे यहाँ वेतन अधिक मिलेगा।" (क्रिया-विशेषण)

1. अधिक नहीं—बहुत कम या थोड़ा; जैसे, "कक्षा में बाधा डालनेवालों के लिए यह दंड अधिक नहीं था।"

2. अधिक से अधिक—इस पदबंध का प्रयोग विशेषण रूप में भी होता है और क्रिया-विशेषण रूप में भी। 'अधिक से अधिक माल भेजो' में विशेषण पदबंध है और आशय है—जितना अधिक हो सकता है उतना। 'अधिक से अधिक मेरी जान ही तो लेगा' में क्रिया-विशेषण पदबंध है और आशय है—इससे अधिक नहीं।

3. कुछ अधिक नहीं—परिमाण, मात्रा, विस्तार आदि के विचार से जो अधिक प्रतीत न होता हो; जैसे, "इस विषय पर मैं कुछ अधिक नहीं कहना चाहता।"

अधिकतर

अधिकतर (विशेषण) का प्रयोग तब होता है जब 'प्राय: सब' या 'प्रायः सभी' की विवक्षा द्योतित करना अभीष्ट होता है; जैसे—(क) "मैंने काशी के अधिकतर मंदिर देख लिए हैं।" (ख) "बरसात में अधिकतर नदियों में बाढ़ आ जाती है।" (ग) "मेरी अधिकतर छुट्टियाँ दिल्ली में बीतीं।"

अधिकांश

यह संज्ञापद है और आशय है—अधिक अंश; जैसे, "इस संपत्ति का अधिकांश इस अनाथ बालक को मिलेगा।"

आज-कल इसका प्रयोग मुख्य रूप से 'अधिकतर' के पर्याय की तरह अर्थात् विशेषण रूप में हो रहा है। इसमें 'प्रायः कुल' की विवक्षा है; जैसे, "वह अपना अधिकांश समय पुस्तक लिखने में लगाता है।" कुछ वैयाकरण इसे अशुद्ध प्रयोग बतलाते हैं, परंतु अब इसकी खटक जाती रही है।

अन-

यह उपसर्ग है, संस्कृत का तद्भव रूप है तथा नकारात्मक भाव का सूचक है। इसका उपयोग निम्नांकित स्थितियों में देखा जाता है—

(क) हिंदी धातुओं के भूतकालिक कृंदत रूप के साथ विशेषणों का निर्माण करने के लिए; जैसे : अनकहा, अनगिना, अनचाहा, अनचीता, अनजाना, अनदेखा, अनबिंधा, अनसुना आदि।

(ख) हिंदी धातुओं के साथ विशेषण का निर्माण; जैसे : अनगढ़, अनबूझ, अनमिल आदि।

(ग) कुछ तद्भव विशेषणों तथा संज्ञा पदों के साथ; जैसे : अनब्याहा, अनमेल, अनमोल, अनरीत आदि।

-अन

यह तद्भव प्रत्यय है जो हिंदी की धातुओं में लगकर क्रियार्थक स्त्रीलिंग संज्ञाएँ बनाता है; जैसे, "अकड़ + अन = अकड़न", "ऐंठ + अन = ऐंठन", "कुढ़ + अन = कुढ़न", "घुट + अन = घुटन", "धड़क + अन = धड़कन", "थिरक + अन = थिरकन" आदि। "कतर + अन = कतरन" पदार्थवाची स्त्रीलिंग संज्ञा है।

चलन, पालन, मिलन आदि संज्ञापद हिंदी धातुओं में 'अन' के जुड़ने से नहीं बने बल्कि ये संस्कृत के तत्सम शब्द हैं। संस्कृत के अकारांत तत्सम शब्द हिंदी में पुंलिंग होते हैं। कुछ लोग इन्हें अन प्रत्ययांत हिंदी संज्ञापदों की तरह भूल से स्त्रीलिंग में प्रयुक्त करते हैं।

अनपढ़, अपढ़

मानक रूप 'अनपढ़' ही है। कुछ क्षेत्रों में 'अपढ़' भी चलता है; जैसे, "अकबर के बारे में प्रसिद्ध है कि वह अपढ़ था।"

— डा. रामविलास शर्मा

अनुतान

प्रायः वाक्य को अधिक अर्थसंगत, प्रभावशाली बनाने या विशेष मनःस्थिति जतलाने के लिए स्वर में उतार-चढ़ाव लाने की क्रिया को 'अनुतान' कहते हैं। यदि क्रमशः स्वर ऊँचा होता या चढ़ता जाए तो उसे 'आरोही अनुतान' और स्वर क्रमशः नीचा होता या घटता जाए तो उसे 'अवरोही अनुतान' कहते हैं। आरोही वाक्य से आदेश और आक्रोश व्यक्त होता है और अवरोही से अपेक्षा या आग्रह। जब वाक्य में आरोही या अवरोही अनुतान न हो तो उसे 'सम-अनुतान' या 'समगति' कह सकते हैं।

अनुभव

अनुभव रखना—इधर इस क्रिया पदबंध का प्रयोग प्रायः देखने में आ रहा है; जैसे, "तीनों ही लेखिकाएँ भाषा विज्ञान में प्रशिक्षित हैं और भाषा-विश्लेषण का अनुभव रखती हैं।"

—डा. जगन्नाथन

'अनुभव रखना' में खटक इसलिए है कि यह अंग्रेज़ी के 'to have an experience' का अत्यंत भद्दा अनुवाद है।

have का अर्थ 'रखना' ही नहीं 'होना' भी होता है। अतः सीधे-सादे शब्दों में हम कह सकते हैं—

"तीनों ही लेखिकाएँ भाषा विज्ञान में प्रशिक्षित हैं और भाषा-विश्लेषण का इन्हें (अच्छा, यथेष्ट अथवा पूर्ण) अनुभव भी है।"

अनुभव, अनुभूति

'अनुभव' से अभिप्राय है—कोई कार्य करने या किसी घटना का निरीक्षण करने से ध्यान में आई हुई या सीखी हुई बात; जैसे, "मुझे उनके साथ रहने का अनुभव है।"

'अनुभूति' में मुख्य विवक्षा उस संवेदना की है जिसका विशिष्ट परिस्थितियों में इंद्रियों को बोध होता है; जैसे, (क) "उसे उन लोगों के बीच पहुँचकर लज्जा की अनुभूति हुई।" (ख) "ऐसा संगीत सुनकर उसे सुख की अनुभूति हुई।"

'उन्हें दुख का अनुभव हुआ' की अपेक्षा 'उन्हें दुख की अनुभूति हुई' ही वरीय है। इसी प्रकार 'उन्हें गत विश्वयुद्ध से जो अनुभूति हुई' की अपेक्षा 'उन्हें गत विश्वयुद्ध से जो अनुभव हुआ' ही वरीय है।

'अनुभव' ज्ञान से संबद्ध है और 'अनुभूति' भाव से।

एक तथ्य यह भी है कि 'अनुभव' और 'अनुभूति' के साथ 'करना' की अपेक्षा 'होना' क्रिया का प्रयोग ही अधिक उपयुक्त है।

'मैंने अनुभव किया' की जगह 'मुझे अनुभव हुआ' इसलिए भी जँचता है कि अनुभव दूसरों से होता है।

"कुबेर के सामने उन्होंने अपनी हीनता की अनुभूति की।" —युगेश्वर

इस वाक्य की खटक तभी दूर होगी जब हम कहेंगे—

"कुबेर के सामने उन्हें अपनी हीनता की अनुभूति हुई।"

'अनुभव प्राप्त करना' तथा 'अनुभव पाना' प्रयोग अवश्य ही सम्मत है।

अनुवाद, रूपांतर

वस्तुतः भाषांतरण ही अनुवाद या रूपांतर है अर्थात् 'अर्थ वही, भाषा भिन्न'। अनुवाद मूल की यथातथ्य छाया होता है, परंतु रूपांतर में अनूदित भाषा तथा तत्संबंधी देश, काल और परिस्थितियों के अनुकूल कुछ परिवर्तन की भी गुंजाइश रहती है। अनुवाद के लिए 'उल्था' और 'भाषांतर' का भी प्रयोग होता है।

'रूपांतर' का प्रयोग मात्र रूप बदलने के प्रसंग में तो होता है परंतु 'अनुवाद' का नहीं; जैसे : वाच्य का रूपांतर, काल का रूपांतर।

-अनुसार

संस्कृत के समस्तपदों में यह उत्तरपद के रूप में आता है तथा क्रिया-विशेषण पदों का निर्माण करता है; जैसे—

आज्ञा + अनुसार = आज्ञानुसार
आदेश + अनुसार = आदेशानुसार
योजना + अनुसार = योजनानुसार
समय + अनुसार = समयानुसार

इन तथा ऐसे समस्तपदों का प्रयोग जब संबंधबोधक के रूप में होता है तो इनके पहले 'के' रखने की प्रवृत्ति ही प्रशस्त मानी जाती है; जैसे : के आदेशानुसार, के आज्ञानुसार, के योजनानुसार आदि। परंतु अनेक लेखक मुख्य शब्द के लिंग के अनुसार 'के' या 'की' का प्रयोग करते देखे जाते हैं; जैसे, "मेरी माँ की सूचनानुसार पत्र की शब्दावली भी आचार्य जी की थी।" —मनु शर्मा

अनुस्वार

अनुस्वार और चंद्रबिंदु—दोनों लिपि-चिह्न हैं। मूलतः अनुस्वार नासिक्य हल् व्यंजन का सूचक है और चंद्रबिंदु स्वर के अनुनासिक होने का। अनुस्वार का स्थान पूर्ववर्ती स्वर-चिह्न के ऊपर होता है। ध्यान देने की बात यह है कि अनुस्वार शुद्ध व्यंजन के आगमन का सूचक होता है, जबकि चंद्रबिंदु किसी शुद्ध व्यंजन या स्वर के आगमन का सूचक नहीं होता वरन् विद्यमान स्वर के ही अनुनासिक रूप का परिचायक होता है। अनुस्वार किस नासिक्य व्यंजन का द्योतक है, यह परवर्ती व्यंजन पर निर्भर होता है। अंक, कांड, कांत और कंप में क्रमशः वह ङ्, ण्, न् और म् का सूचक है। 'चंचल' में मूलतः ञ् का (अब न् ही) उच्चारण होता है। शब्दांत में अनुस्वार म् का सूचक होता है; जैसे, 'एवं'। तत्सम शब्दों में अंतस्थ वर्णों से पूर्व अनुस्वार का प्रयोग नहीं होता (अन्याय/अंयाय नहीं, अन्वय/अंवय नही) और अन्य वर्णों के पूर्व अनुस्वार का ही प्रयोग होता है (संसार/सन्सार नहीं, अंश/अन्श नहीं)।

टंकन तथा मुद्रण की सुविधा की दृष्टि से चंद्रबिंदु के स्थान पर अनुस्वार का प्रयोग धड़ल्ले से हो रहा है। लेखन में भी चंद्रबिंदु के स्थान पर उस समय अनुस्वार का ही प्रयोग करते हैं जब स्वरमात्रा शीर्षरेखा से ऊपर उठी होती है; जैसे—खींच, हों, हैं, में।

अनूदित

अनूदित, अनुवादित—'अनूदित' विशेषण रूप है और अर्थ है—अनुवाद किया हुआ। 'अनूदित' तत्सम है। कुछ लोग इसके स्थान पर 'अनुवादित' का भी प्रयोग करते हैं, जो संस्कृत व्याकरण की दृष्टि से सिद्ध नहीं। तो भी 'अनुवादित' का प्रयोग इधर बराबर बढ़ रहा है।

अपनत्व, अपनापन

तद्भव 'अपना' में संस्कृत 'त्व' प्रत्यय लगाकर 'अपनत्व' संकरपद बनाया गया है, जिसका प्रचलन भी खूब है। कुछ विद्वान 'अपनत्व' की जगह 'अपनापन' को वरीयता देते हैं, परंतु वह भी तो संकरपद है। 'पन' फ़ारसी प्रत्यय है।

अपना

इस सार्वनामिक विशेषण के संबंध में कई बातें ध्यान देने योग्य हैं। पहली यह कि वाक्य में 'मेरा', 'तेरा', 'उसका', 'हमारा', 'तुम्हारा', 'उनका' आदि सार्वनामिक विशेषणों का प्रयोग वक्ता के दृष्टिकोण से होता है, जबकि 'अपना' का प्रयोग उद्देश्य (कर्ता) के दृष्टिकोण से। मान लीजिए कि आप वक्ता हैं और आपका नाम है श्री रामनाथ। आप (श्री रामनाथ) कह रहे हैं :

(क) "रमेश, तुम मेरे घर आना।"

(ख) "रमेश, तुम अपने घर जाना।"

'क' वाक्य में 'मेरा' (मेरे) किसका सूचक है ? उत्तर होगा—वक्ता का। वक्ता कौन है ? रामनाथ। अतः 'मेरा' रामनाथ का सूचक है। 'मेरे घर' से अभिप्राय रामनाथ के घर से है। 'ख' वाक्य में 'अपना' (अपने) किसका सूचक है ? उत्तर होगा—उद्देश्य का। वाक्य का उद्देश्य कौन है ? वाक्य का उद्देश्य है—तुम। यहाँ 'तुम' रमेश के लिए आया है। अतः 'अपना' तुम अर्थात् रमेश का सूचक है। 'अपने घर' से अभिप्राय—रमेश के घर से है।

(च) "रमेश ने मेरी पुस्तक फाड़ दी।"

(छ) "रमेश ने अपनी पुस्तक फाड़ डाली।"

'च' वाक्य में 'मेरी' वक्ता (रामनाथ) की सूचक है और 'छ' वाक्य में 'अपनी' उद्देश्य (रमेश) की सूचक।

(ट) "रमेश तुम्हारी घड़ी उठा ले गया।"

(ठ) "रमेश अपनी घड़ी वहाँ रख आया।"

'ट' वाक्य में 'तुम्हारी' मध्यम पुरुष की सूचक है। यह मध्यम पुरुष वक्तापरक है अर्थात् वह व्यक्ति है जिससे रामनाथ बात-चीत कर रहा है। 'ठ' वाक्य में 'अपनी' उद्देश्य (रमेश) की सूचक है।

(त) "रमेश के साथ उसका भाई आया था।"

ज़रा ध्यान दीजिए। वक्ता (रामनाथ) की दृष्टि से अन्य पुरुष वह होता है जिसकी वह मध्यम पुरुष से (मान लीजिए सोमनाथ से) चर्चा करता है। यहाँ रामनाथ 'वह' का प्रयोग सोमनाथ को छोड़कर किसी भी अन्य व्यक्ति के लिए कर सकता है। फिर चाहे वह रमेश हो, सोमेश हो या दिनेश। अतः उसका भाई रमेश का भाई भी हो सकता है, सोमेश का भाई भी या दिनेश का भाई भी। यदि यही सूचित करना हो कि रमेश का भाई ही साथ आया था तो कह सकते हैं :

(थ) "रमेश अपने भाई के साथ आया था।"

यही हिंदी ढंग प्रतीत होता है।

दूसरी बात यह है कि कुछ अकर्मक क्रियापदों के साथ पूरक यदि प्राणिवाचक है और 'को' परसर्ग से युक्त है तो 'अपना' उद्देश्य का सूचक न होकर पूरक का सूचक होगा; जैसे—

(क) "कृष्ण को अपनी मुरली नहीं भाती।"

(ख) "उसको अपनी माँ भी अच्छी नहीं लगती।"

(ग) "आखिर उसको अपना लड़का मिल ही गया।"

(घ) "मुझको अपना चश्मा नहीं दिखाई दिया।"

अनेक विद्वान यहाँ पूरक को ही उद्देश्य मानते हैं और उद्देश्य को पूरक मानते हैं। इस विषय पर विस्तार से चर्चा 'उद्देश्य' के अंतर्गत करेंगे।

तीसरी स्थिति यह है कि कर्म के बाद आने पर यह कर्म का सूचक भी होता है; जैसे, "आपने इस अबोध चंपक को अपने पिता के साथ इस कुटिया में आते कई बार देखा होगा।" — डा. शिवप्रसाद सिंह

इस वाक्य में 'आपने' उद्देश्य है और कर्म है 'चंपक को'। 'अपना' विशेषण है और विशेष्य है 'पिता'। यहाँ 'अपना' कर्म के बाद आया है। 'अपने पिता' में अपना 'चंपक' कर्म की ओर इंगित करता है। अपना पिता अर्थात् चंपक का पिता। उद्देश्य 'आपने' (कौमुदी) से 'अपना' यहाँ संबद्ध नहीं।

ऐसा नहीं कि कर्म के बाद आने पर 'अपना' उद्देश्य का वाचक नहीं होता। अवश्य होता है; जैसे, "पिता जी उसको अपने साथ ले गए।"

डा. शिवप्रसाद सिंह के वाक्य में 'अपना' उद्देश्य (कौमुदी) का सूचक क्या नहीं माना जा सकता ? माना तो जो सकता है, परंतु लेखक को यह अभिप्रेत नहीं।

चौथी बात यह है कि 'अपना' का प्रयोग अन्य सार्वनामिक विशेषण तथा अन्य विशेषण पदों के साथ ज़ोर देने या अधिकार जतलाने के लिए भी होता है; जैसे—

(क) "यह मेरा अपना घर है।"

(ख) "यह उसकी अपनी साड़ी है।"

(ग) "क्या यह सभा का अपना भवन है?"

(घ) "वह भारत का अपना वायुयान है।"

कुछ अवसरों पर 'मेरा अपना' तथा 'हमारा अपना' की जगह खाली 'अपना' का प्रयोग भी होता है; जैसे—

(च) "यह हमारा अपना घर है।"

(छ) "यह अपना घर है।"

स्कूली निबंध 'मेरा स्कूल' पर भी लिखने को कहा जा सकता है और 'अपना स्कूल' पर भी। 'अपना स्कूल' से अभिप्राय 'मेरा अपना स्कूल' या 'हमारा अपना स्कूल' ही है।

1. अपना घरवाला—पति; जैसे, "वह अपने घरवाले के साथ गई है।"

2. अपनी घरवाली—पत्नी; जैसे, "तुम अपनी घरवाली से पहले पूछ तो लो।"

3. अपने आप—स्वतः; जैसे, "वह अपने आप चला आया।"

4. अपने पैरों ही—पैदल चलकर ही; जैसे, "न जाने कितने लोग तीरथ करने निकलते हैं और इनमें से कुछ तो अपने पैरों ही चारो धाम कर आते हैं।" —पं. सीताराम चतुर्वेदी

अपूर्व

इस विशेषण का शब्दार्थ है—जैसा पहले कभी न हुआ हो। इसका प्रयोग प्रिय और सुखद प्रसंगों में ही होता है, परंतु अब अप्रिय और दुखद प्रसंगों में भी होने लगा है; जैसे—

"मुझे अपूर्व दुख मिला।"

"वह अपूर्व कुरूप है।"

"उसे अपूर्व हानि हुई।"

इन प्रयोगों में संभवतः खटक इसलिए है कि 'अपूर्व' में मुख्य विवक्षा अद्वितीय या अनुपम होने की है; जैसे, "वह अपूर्व सुंदरी थी।"

अप्रत्यक्ष और प्रत्यक्ष कथन

जब कोई व्यक्ति किसी से बात करता है तो उसे प्रत्यक्ष कथन कहते हैं और जब सुननेवाला उस बात को किसी अन्य के समक्ष दुहराता है तो उसे अप्रत्यक्ष कथन कहते हैं।

राम ने कहा, "मैं कल दिल्ली जाऊँगा।"

यह प्रत्यक्ष कथन हुआ।

और अब मैं राम के इस कथन को आपसे या अपने किसी मित्र से कहता हूँ : "राम ने कहा कि मैं कल दिल्ली जाऊँगा।" (केवल 'कि' योजक जोड़ना होता है तथा अल्पविराम और उद्धरण-चिह्न हटाने होते हैं।)

यह अप्रत्यक्ष कथन हुआ।

हिंदी में प्रत्यक्ष कथन और अप्रत्यक्ष कथन में अंतर नहीं होता। इसलिए कोई परेशानी नहीं। परेशानी तो तब होती है जब अंग्रेज़ी पढ़े-लिखे लोग उसे अंग्रेज़ी साँचे में ढालते हैं। (अंग्रेज़ी में अप्रत्यक्ष कथन में अनेक परिवर्तन किए जाते हैं।)

ऊपर जिस वाक्य को उद्धृत किया गया है उसे अंग्रेज़ीवाले इस प्रकार कहेंगे :

"राम ने कहा कि वह कल दिल्ली जाएगा।"

'मैं' की जगह 'वह' कर दिया और इसलिए 'जाऊँगा' की जगह 'जाएगा' भी करना पड़ा।

इसलिए किसी के प्रत्यक्ष कथन को अप्रत्यक्ष रूप में वैसे ही रखिए। केवल 'कि' योजक का अपनी तरफ़ से प्रयोग कीजिए।

जब अंग्रेज़ी वाक्यों का आप हिंदी में उल्था कर रहे हों तो जो वाक्य अप्रत्यक्ष कथन

में हो उसे पहले प्रत्यक्ष कथन का रूप दें, तब उसका उल्था करें। एक उदाहरण लीजिए :

My father said that he was not feeling well. यह अप्रत्यक्ष कथन है। हिंदी में इसका उल्था करने से पहले इसका प्रत्यक्ष कथन रूप बनाना आवश्यक है। प्रत्यक्ष कथन रूप होगा :

My father said, "I am not feeling well."

अर्थात् मेरे पिता ने कहा, "मैं अस्वस्थ हूँ।" अप्रत्यक्ष कथन रूप होगा :

"मेरे पिता ने कहा कि मैं अस्वस्थ हूँ।" हिंदीवाले इसकी जगह लिख जाते हैं :

"मेरे पिता ने कहा कि वह बीमार थे।" वस्तुतः इस कथन में हिंदीपन नहीं अंग्रेज़ीपन है।

अंग्रेज़ी के अप्रत्यक्ष कथन को बिना प्रत्यक्ष बनाए जो अनुवाद होते हैं वे कभी-कभी अत्यंत दुखद होते हैं। एक उदाहरण लीजिए :

My friend asked me whether I could lend him my fountain pen?

सामान्यतः इसका अनुवाद किया जाता है :

"मेरे मित्र ने मुझसे कहा कि क्या मैं अपनी कलम उसे मँगनी दे सकता हूँ ?"

यहाँ 'मैं' किसके लिए आया है और 'उसे' किसके लिए यह स्पष्ट नहीं।

अब उक्त अंग्रेज़ी वाक्य का प्रत्यक्ष कथन रूप बनाइए :

My friend said to me, "Can you lend me your fountain pen?"

मेरे मित्र न मुझसे कहा, "क्या तुम अपनी कलम मुझे मँगनी दे सकते हो ?"

अब अप्रत्यक्ष कथन बनाइए :

"मेरे मित्र ने मुझसे कहा कि क्या तुम अपनी कलम मुझे मँगनी दे सकते हो ?" सीधी-सी बात सीधे और स्पष्ट रूप से कहना ही अच्छा है।

भारतीय और अंग्रेज़ी कथन-प्रकारों की विषमता से अब आप अवश्य थोड़ा-बहुत परिचित हो गए होंगे।

अप्रत्यक्ष कथन का एक मज़ेदार उदाहरण 'कृष्ण की आत्मकथा' में (पृष्ठ 12 पर) मिला। लेखक प्रत्यक्ष कथन और अप्रत्यक्ष कथन के प्रति सजग नहीं, ऐसी बात नहीं। सजग है, परंतु एक जगह ही। उसने एक पर एक दो वाक्य लिखे :

(क) "गर्गाचार्य जी बता रहे थे कि छूटते ही तुम्हारी माँ कटे पंख के पक्षी की तरह फड़फड़ाकर **उनके** चरणों पर गिर पड़ी और सिसकने लगी।"

(ख) "उन्हें लग रहा था कि हमें महाराज के चरणों पर गिरना चाहिए पर वह गिरी है **मेरे** चरणों पर।"

पहले वाक्य में 'उनके' और दूसरे वाक्य के 'मेरे' पर ध्यान दीजिए। 'उनके' की जगह भी 'मेरे' ही होना चाहिए था, परंतु अप्रत्यक्ष कथन भ्रामक सिद्ध हुआ।

कुछ पृष्ठों के अनंतर लेखक फिर लिखते हैं :

"गर्गाचार्य ने पाया कि उसी दिन से छंदक का वह लोहा मान गए।" होना चाहिए—छंदक का मैंने लोहा मान लिया।

अब

क्रिया-विशेषण है और कई अर्थों में प्रयुक्त होता है; जैसे—

(क) इस समय; जैसे, "अब कितने बजे हैं ?"

(ख) इन दिनों; जैसे, "अब वह कहाँ रहता है ?"

(ग) पुनः; जैसे, "देखें, वह अब कब आता है !"

(घ) भविष्य में; जैसे, "अब कभी कचौरी-पकौड़ी का नाम मत लेना।"

(च) समय बीत या चुक जाने पर, मौका हाथ से निकल जाने पर या सब-कुछ नष्ट हो जाने पर; जैसे, "अब क्या हो सकता है !"

1. अब का—विशेषण पदबंध; वर्तमान, आधुनिक; जैसे, "अब के लोग।"

2. अब की बार—क्रिया-विशेषण पदबंध; इस बार अर्थात् यह जो बारी आई थी या आनेवाली है उसमें; जैसे, "अब की बार हम शिमला गए या जाएँगे।"

3. अब-तब करना—टाल-मटोल करना; जैसे, "दर्जी के पास जब-जब जाता हूँ वह अब-तब करता है, कुर्ता देता ही नहीं।"

4. अब-तब लगना—मृत्यु के अत्यंत सन्निकट होना; जैसे, "माँ बेहोशी में है, अब-तब लगा है, उसे इस हालत में छोड़कर जा भी कैसे सकता हूँ !"

5. अब तो—वर्तमान विशेषतः बदली हुई स्थिति या परिस्थितियों में; जैसे—

(क) "अब तो बाजार बंद हो गया होगा।"

(ख) "अब तो अपने पति से खुश हो न ?"

(ग) "अब तो मेरी जान छोड़ो।"

6. अब या कभी नहीं—यही परम उपयुक्त अवसर है प्रयास या कार्रवाई करने का अर्थात् यदि इस समय चूक गए तो कभी सफल न हो सकेंगे।

7. अब से—भविष्य में या पुनः; जैसे, "अब से ऐसा नहीं होगा।"

8. अब सही—इस बार शक्ति-परीक्षण हो जाए; जैसे—

"कल तो हार गए थे। आज फिर लड़ना चाहते हो ?"

"कल तो रेफरी ने हरा दिया था। मैं थोड़े ही हारा था !"

"चलो, अब सही।"

अलग

यह विशेषण भी है और क्रिया-विशेषण भी; जैसे—

"यह अलग बात है।" (विशेषण)

"उसने घर छोड़ दिया सो अलग।" (क्रिया-विशेषण)

1. अलग से—क्रिया-विशेषण पदबंध है और आशय है—अतिरिक्त रूप से; जैसे, "बीस रुपये मजदूरी दे देना और पाँच रुपए अलग से राह-खर्च के लिए दे देना।"

2. से अलग—संबंधबोधक पदबंध है और 'से दूर' तथा 'से भिन्न' अर्थों में प्रयुक्त होता है; जैसे—

(क) "तुम उससे अलग ही रहो।"

(ख) "यह रुपया उससे अलग है।"

अलग-अलग

विशेषण पदबंध है और आशय है—भिन्न-भिन्न प्रकार का, तरह-तरह का; जैसे—

(क) "उन सभी मिठाइयों का स्वाद अलग-अलग है।"

(ख) "हम तीनो भाइयों की किस्मत अलग-अलग है।"

क्रिया-विशेषण पदबंध भी है यह और आशय है— एक साथ नहीं; आगे-पीछे; जैसे:, "हम दोनों वहाँ गए तो अवश्य, पर अलग-अलग।"

अलग-अलग कर देना—गुण-दोष, विशेषता या मानक के आधार पर वस्तुओं की अलग-अलग कोटियाँ बनाना; एक-दूसरे से अलग कर देना या कई समूहों में बाँट देना; जैसे—

(क) "उन्होंने अपने चारों पुत्रों को अलग-अलग कर दिया है।"

(ख) "आकार के विचार से इन सेबों को अलग-अलग कर दें।"

अल्पार्थक रूप

किसी बड़ी वस्तु के सूचक शब्द में प्रत्यय लगाकर जब उसे लघु आकार-प्रकार की वस्तु का सूचक बना लेते हैं तब उसे अल्पार्थक रूप कहते हैं; जैसे—

शब्द	अल्पार्थक रूप
कटोरा	कटोरी
खाट	खटोला
गिलास	गिलासी
देग	देगची

तद्‌भव शब्दों के दीर्घ स्वरों को ह्रस्व करके जब उन्हें उपसर्ग की तरह प्रयुक्त करते हैं तब उन्हें भी अल्पार्थक या लघु रूप कहते हैं; जैसे—

पानी—पन (पनचक्की)
पाँच—पच (पचमेल)
पूंछ—पुछ (पुछल्ला)
साँप—सप (सपेरा)

ध्यान रहे कि अनुनासिक स्वर अननुनासिक भी हो जाता है।

(हिंदी में इकरांत तद्‌भव शब्द हैं ही नहीं, अतः 'पानी' का 'पनि' नहीं बना।)

अवस्था

'अवस्था' के दो अर्थ हैं:

(i) वय, उम्र; जैसे—

"आपकी अवस्था क्या होगी?"

"चालीस वर्ष।"

(ii) दशा, स्थिति; जैसे—

"देश की आर्थिक अवस्था पहले से बेहतर है।"

अवस्था न रह जाना—उम्र ढल जाना, पहले जैसी शक्ति न रह जाना; जैसे—

"अब हमारी अवस्था नहीं रही कि तुमसे पंजा लड़ा सकें।"

अविकारी विशेषण

सवा, सवाया और पौना आकारांत अविकारी विशेषण हैं।

'इया' और 'औआ' वर्ण-समूह जिन विशेषणों के अंत में होता है वे भी अविकारी होते हैं; जैसे—

(i) घटिया, बढ़िया, बंबइया, कलकतिया

(ii) दिखौआ, लखनौआ

उर्दू के द्वारा हिंदी में आए कुछ अरबी-फ़ारसी के आकारांत विशेषण सामान्य हिंदी के आकारांत विशेषणों की सी प्रवृत्ति अपनाते-से नज़र आ रहे हैं; जैसे—

(i) ताज़ा केला, ताज़ी लीची, ताज़े फल

(ii) सादा भोजन, सादी रोटी, सादे कपड़े

(iii) पेचीदा सवाल, पेचीदी गाँठ, पेचीदे मसले

परंतु अधिकतर अविकारी ही हैं: अदना, आला, आवारा, उम्दा, ख़फ़ा, खस्ता, चोखा, जमा, ज़रा, ज़िंदा, जुदा, ज़्यादा, बकाया, पुख्ता, पैदा, फ़ना, फिदा, सफा, आदि।

जो विशेषण 'आना', 'तरफ़ा', 'दाँ', 'दा', 'नुमा' प्रत्ययों के योग से बनते हैं वे भी अविकारी होते हैं; जैसे—

सालाना, दुतरफ़ा, नादाँ, चुनिंदा, शर्मिंदा, आमादा, खुशनुमा, आदि।

आ-

संस्कृत से आए कुछ तत्सम शब्दों में इसका प्रयोग उपसर्ग के रूप में होता है और आशय है—भर, पर्यंत, से. . . तक, के सहित आदि; जैसे: आजीवन (जीवन-भर, जीवन-पर्यंत), आसेतु हिमाचल (सेतु से हिमाचल तक), आबालवृद्ध (बच्चों और बूढ़ों के सहित)।

-आ

(i) व्यंजनांत धातुओं में 'आ' प्रत्यय लगने से भूतकृदंत या आकृदंत रूप बनते हैं; जैसे, चल—चला; पढ़—पढ़ा; सड़—सड़ा।

(ii) स्वरांत धातु में 'आ' से पूर्व 'य्' की श्रुति होती है और धातु का अंत्य 'ई' या 'ऊ' स्वर ह्रस्व हो जाता है; जैसे—

आ—आया; ला—लाया।

पी—पिया; जी—जिया; सी—सिया।

खे—खेया; बो—बोया; सो—सोया; चू—चुआ।

(iii) कुछ धातुओं से बननेवाले आकृदंत रूप असामान्य हैं :

कर-किया ('करा' भी कुछ क्षेत्रों में)

जा—गया (कुछ क्षेत्रों में 'जाया' भी)

दे — दिया

ले — लिया

हो — हुआ

(iv) वर्तनी की अनुरूपता का ध्यान रखने वाले 'आय—आये—आयी' लिखते हैं और उच्चारण को प्रधानता देनेवाले 'आया—आए और आई' लिखते हैं।

आँसू

सामान्यतया इसका प्रयोग बहुवचन में ही होता है; जैसे—

(क) उसके आँसू निकल आए।

(ख) उसके आँसू किसी ने न पोंछे।

परंतु यदि एक बूंद की महत्ता या शक्ति दिखाना अभीष्ट हो तो इसका एकवचन में प्रयोग भी होता है; जैसे, "आँसू परमाणु से अधिक शक्तिशाली होता है।"

आकारांत संज्ञापद

आकारांत तत्सम संज्ञापद हिंदी में स्त्रीलिंग ही हैं, परंतु कुछ लेखक चर्चा, धारा (जमुना का धारा) आदि का उर्दू लेखकों की देखादेखी पुंलिंग में प्रयोग करने लगे हैं। भारतेंदु ने भी प्रतिज्ञा का प्रयोग पुंलिंग रूप में किया है:

"विश्वामित्र ने अपने पुराने बैर का बदला लेने का अच्छा अवसर सोचकर राजा से प्रतिज्ञा किया कि. . ."

(भारतेंदु ग्रंथावली, भाग-1, पृ. 254)

तद्भव तथा देशज आकारांत संज्ञापद अवश्य पुंलिंग होते हैं। प्रदेशवाची (राजपुताना, सहारा), नगरवाची (कलकत्ता, पटना) तथा संबंधवाची (चाचा, मामा, दादा) आकारांत पुंलिंग तत्सम तथा तद्भव संज्ञापदों में परसर्ग परे रहने पर अब विकार नहीं होता।

आकृदंत

1. धातुओं में 'आ' प्रत्यय लगने से उनके आकृदंत रूप बनते हैं; जैसे: पढ़ + आ = पढ़ा, खेल + आ = खेला, देख + आ = देखा। स्वरांत धातुओं में 'या' प्रत्यय लगता है तथा कुछ धातुओं के स्वरों में विकार भी होता है; जैसे : आ + या = आया, सो + या = सोया, खो + या = खोया, पी + या = पिया, छू + आ = छुआ आदि। कुछ धातुओं के आकृदंत रूप असामान्य भी होते हैं; जैसे: जा + या = गया, कर + आ = किया ('करा' भी) आदि।

सामान्यतया आकृदंत क्रियापद (दे.) के रूप में प्रयुक्त होता है और कथन से पूर्व

समय को इंगित करता है; जैसे, "रमेश (कल, परसों, महीनों या बरसों पहले अथवा पाँच या दस मिनट पहले) दिल्ली गया। वहाँ से नई कार लाया।" इसी प्रकार यह कहना भी उचित है कि 'वह अभी-अभी दिल्ली गया।'

इन वाक्यों पर ध्यान दीजिए :

(क[1]) – तुमने रमेश को पत्र लिखा?
(क[2]) – (i) अभी लिखता हूँ।
(क[3]) – (ii) अभी लिखा।
(ख[1]) – ज़रा रुको, मैं अभी आया।
(ख[2]) – ज़रा रुको, अभी आता हूँ।
(ख[3]) – ज़रा रुको, समझो मैं बस आया ही।
(ग[1]) – यदि वह आया तो मैं चलूँगा।
(ग[2]) – यदि उसे नौकरी मिली तो वह करेगा।
(ग[3]) – (यदि) वह न खेला तो हमारा जीतना कठिन है।

ध्यान रहे कि उक्त वाक्यों में आकृदंत पूर्व समय को इंगित नहीं करता।

'क' और 'ख' वाक्यों में तात्कालिकता तथा 'ग' वाक्यों में संभावना सूचित करता है। यहाँ 'अभी' अथवा 'यदि' (अगर) जैसे शब्दों का प्रयोग आवश्यक प्रतीत होता है। ('क्रियापद' तथा 'क्रिया-विशेषण' के अंतर्गत भी देखें।)

2. विशेषण तथा क्रिया-विशेषण रूप में प्रायः 'हुआ' भी साथ आता है :

विशेषण—खेलता हुआ नाटक।
क्रिया-विशेषण—नाटक खेला हुआ है।

विशेषण और क्रिया-विशेषण दोनों विकारी हैं। 'ताकृदंत' क्रिया-विशेषण रूप में विकारी होता है, परंतु आकृदंत सामान्यतः विकारी नहीं होता :

लड़का सोया हुआ है।
लड़की सोई हुई है।
लड़के सोए हुए हैं।
लड़कियाँ सोई हुई हैं।
घोड़ा खड़ा हुआ है।
घोड़ी खड़ी हुई है।

परंतु "घोड़ा खड़े हुए हैं" और "घोड़ी खड़े हुए हैं" जैसे प्रयोग नहीं चलते, यद्यपि ताकृदंत की देखा-देखी इस ओर प्रवृत्ति है :

बच्चा सोया हुआ है—बच्चा सोए हुए है।
बच्ची सोई हुई है—बच्ची सोए हुए है।

कुछ साहसी लोग इस प्रकार भी लिख देते हैं :

बच्चा सोए हुए हुआ था।
बच्ची सोए हुई थी।

3. सामान्यतः आकृदंत व्यापार का नहीं बल्कि व्यापारजनित स्थिति का द्योतक होता है :

दरवाज़ा खुला हुआ है।
मकान बना हुआ है।

परंतु कहीं-कहीं व्यापार भी सूचित करता है और तब वह ताकृदंत का पर्याय प्रतीत होता है :

वह सोया हुआ आया।
वह सोता हुआ आया।
वह दौड़ता हुआ आएगा।
वह दौड़ा हुआ आएगा।

4. तिर्यक आकृदंतों की द्विरुक्ति भी देखने में आती है; जैसे—

बैठे-बैठे, सोए-सोए।
बैठे-ही-बैठे, सोए-ही-सोए।

अर्थ और प्रयोग की दृष्टि से बैठे हुए, बैठे-बैठे तथा बैठे-ही-बैठे के समान होते हुए भी इनमें क्रमशः ज़ोर बढ़ता हुआ प्रतीत होता है।

'क्रियापद' के अंतर्गत देखें।

आगत विदेशी ध्वनियाँ

क़ (क़सम), ख़ (ख़ून), ग़ (ग़म), ज़ (ज़ोर), फ़ (फ़ौज), ऑ (हॉल, कॉल), ऍ (पेॅन) और ऐॅ (पैॅड) ध्वनियों को अपनाने और न अपनाने के संबंध में बहुती-सी दलीलें दी गई हैं। सामान्यतः भाषाएँ विदेशी ध्वनियों का बहिष्कार ही करती हैं, परंतु ध्वनि-पारखी उनका वरण ही कहते हैं।

जापानी भाषा में 'ल्' ध्वनि नहीं है। जब जापानियों ने अंग्रेज़ी मिल्क (milk) को अपनाया तो उसे 'मिरुकु' बना लिया। वहाँ यह प्रश्न नहीं उठाया जाता कि 'मिरुकु' को 'मिल्क' क्यों न बोला-लिखा जाए।

आचार्य रामचंद्र वर्मा और पं. किशोरी दास वाजपेयी दोनो जीवन-भर विदेशी ध्वनियों का विरोध करते रहे हैं। मध्यम मार्ग यदि अपनाना चाहें तो ज़ और फ़ इन दो ध्वनियों को ले लें क्योंकि इन्हें बोलने में अन्य ध्वनियों की अपेक्षा कठिनाई कम है। शेष के बिना काम चलता है, चल रहा है और चलाया जा सकता है।

आगे, सामने

'आगे' में अग्रिम भाग में स्थित होने की विवक्षा है और 'सामने' में जिधर मुँह हो उधर स्थित होने की विवक्षा है। 'आगे आना' में मुख्य विवक्षा नेतृत्व सँभालने या अगुआई करने की है जबकि 'सामने आना' में मुकाबला करने की।

1. आगे अंधेरा दिखना/होना—भविष्य अंधकारपूर्ण प्रतीत होना, आशा की किरण तक न दिखाई देना।

2. आगे-आगे— (क) सबसे आगे, (ख) भविष्य में।

3. आगे आना—(क) साहसपूर्वक पहल या अगुआई करना। (ख) प्रतिफलित होना।

4. आगे की सोचना—भविष्य-संबंधी चिंता या चिंतन करना।

5. आगे को—'भविष्य में' के अर्थ में इसका प्रयोग होता था; जैसे, "जहाँगीर की भाँति उसने अपने शयनागार तक ऐसा कोई घंटा नहीं लगाया, जिसकी जंजीर बाहर से हिलाकर प्रजा अपनी फरियाद उसे सुना सके। न आगे को लगाने की आशा है।"

—बालमुकुंद गुप्त

6. आगे निकल जाना—औरों से आगे बढ़ जाना, औरों की अपेक्षा अधिक सफलता प्राप्त कर लेना।

7. आगे बोलना—धृष्टतापूर्वक उत्तर देना।

8. आगे से—अब से, भविष्य में, आइंदा; जैसे, "मैं आगे से झूठ नहीं बोलूँगा।"

9. आगे ही—पहले से ही; जैसे , "वहाँ आगे ही मेहमान ठहरे थे, इसलिए हमने होटल की शरण ली।"

10. 'के आगे' और **'के सामने'** —इनका अनेक प्रसंगों में समान रूप से प्रयोग होता है :

"ज़ो होगा उसके आगे/सामने आएगा।" "उसके सामने/ आगे कोई नहीं जाता।" "बड़ों के सामने/ आगे नहीं बोलते।"

परंतु इन दोनो में अंतर है; जैसे—

(क) वह मेरे आगे बैठा था।

(ख) वह मेरे सामने बैठा था।

यहाँ जो आगे बैठा था उसकी पीठ मेरी तरफ़ थी और जो सामने बैठा था उसका मुँह मेरी तरफ़ था।

11. 'से आगे'—संबंधबोधक है और आशय है—एक सीमा से अधिक; जैसे—

(क) वह इससे आगे नहीं सोच सकता।

(ख) बोली एक लाख से आगे नहीं गई।

आगे-पीछे

क्रिया-विशेषण पदबंध है। दो विवक्षाएँ हैं। पहली—कुछ पहले या कुछ बाद में; जैसे, सभी मित्र वहाँ आगे-पीछे पहुँच गए। दूसरी—आगे भी और पीछे भी; जैसे, ये चमचे मुख्य मंत्री के आगे-पीछे रहते हैं।

आज्ञा

जो आज्ञा—आदेश मिलने पर उसे शिरोधार्य करने का सूचक कथन; जैसे—

"पहले आप ही काव्यपाठ शुरू करें।"

"जो आज्ञा।" अर्थात् आपकी आज्ञा शिरोधार्य है।

आटा

1. आटे-दाल का भाव—डा. प्रतिभा अग्रवाल ने 'हिंदी-मुहावरे' में उक्त मुहावरे का रूप दिया है—आटा-दाल का भाव। परंतु प्रयोग में 'आटे-दाल का भाव' ही आता है; जैसे, "जब अलग गृहस्थी बसाकर रहोगे तब तुम्हें आटे-दाल के भाव का पता चलेगा।"

2. आटे में नमक के बराबर—अपेक्षाकृत थोड़ी मात्रा में।

आदमी

1. आदमी का बच्चा—गरिमा, साहस, वीरता आदि का प्रतीक व्यक्ति।

2. आदमी बन जाना—(i) सुधर जाना। (ii) कमाने-धमाने लगना।

3. आदमी बनाकर छोड़ना—सारी हेकड़ी निकाल देना।

4. आदमी बना देना—(i) योग्य, कमाऊ आदि बना देना। (ii) सीधा कर देना।

5. आदमी बनो—सभ्य बनो, शिष्टतापूर्ण व्यवहार करना सीखो; जैसे, "तुम आदमी नहीं बनोगे तो इसी तरह धक्के खाते रहोगे।"

आधा

1. आधा-आधा—विकारी क्रिया-विशेषण पदबंध है। आशय है—दो बराबर-बराबर हिस्सों में; जैसे, "उन दोनो भाइयों ने सारी संपत्ति आधी-आधी बाँट ली।"

2. आधा तीतर आधा बटेर—भद्दा या बेडौल।

3. आधे से—"वे आधे से राजी हो गए।"

—अक्षय कुमार जैन।

'आधे से' का आशय व्यक्त करने के लिए हिंदी में 'कुछ-कुछ' या 'बहुत-कुछ' पदबंध चलते हैं। 'कुछ-कुछ' आधे से कम की विवक्षा सूचित करता है और 'बहुत-कुछ' आधे से कहीं अधिक की। इसलिए 'आधे से' का प्रयोग वरीय है। इसी अर्थ में 'नीम' का प्रयोग भी होता है; जैसे, "वे इस काम के लिए नीम राजी थे।" 'नीम' फ़ारसी का शब्द है जिसका अर्थ है—आधा।

आधार

क्रियापद अकर्मक हो, वाक्य में दो संज्ञापद हों और प्राणीवाचक संज्ञापद 'को', 'में' या 'पर' परसर्ग से युक्त हो तो उसे आधार, उद्देश्य का आधार या पूरक कहते हैं; जैसे—

उसको पुस्तक मिली।

मुझको बुखार है।

तुमको चोट लगी।

राम को दुख हुआ।

मोहन में शक्ति है।

उसमें जान नहीं।

मुझ पर आफ़त आई।

न जाने उस पर क्या-क्या बीती।

पहले आधार को उद्देश्य माना जाता था और दूसरे संज्ञापद को पूरक। परंतु हमने यह

बात देखी है कि धातु+ने+वाला का जो उत्तर हो वही कर्ता या उद्देश्य है; जैसे—

राम ने पुस्तक खरीदी।

[खरीदनेवाला—राम (उद्देश्य)]

उसको चोट लगी।

[लगनेवाली—चोट (उद्देश्य)]

उसे पत्र मिल।

[मिलनेवाला—पत्र (उद्देश्य)]

(इस संबंध में उद्देश्य के अंतर्गत विचार किया गया है।)

'उसको' और 'उसे' यहाँ ग्राहक हैं। क्रमशः चोट प्राप्त करने और पत्र प्राप्त करने वाले। इसी ग्राहक भाव को आधार से सूचित करना अभीष्ट है।

आना

जब दो व्यक्ति एक-दूसरे को अपने यहाँ बुलाने या एक-दूसरे के यहाँ पहुँचने की इच्छा जतलाते हैं तो बुलानेवाला भी 'आना' क्रिया का प्रयोग करता है और जानेवाला भी 'आना' क्रिया का प्रयोग करता है; जैसे—

(क) रमेश, कभी हमारे घर भी आओ।

(ख) कल अवश्य मैं उसके घर आऊँगा।

ध्यान रहे कि जब अन्य व्यक्ति या अन्य स्थान का उल्लेख होगा तो 'जाना' का ही प्रयोग होगा; जैसे—

(च) रमेश, कभी उसके घर भी जाओ।

(छ) कल अवश्य मैं उसके घर जाऊँगा।

वक्ता यदि कहीं पहुँचता है और उस स्थान के वासियों से रूबरू होता है तो 'आना' का प्रयोग होता है; जैसे—

(ट) मैं यहाँ कई बार आया हूँ।

(ठ) वह पहले भी यहाँ आया था।

इन वाक्यों को देखिए :

(त) मैं आपके यहाँ आया था।

(थ) मैं आपके यहाँ गया था।

दोनो वाक्यों के संदर्भ भिन्न हैं। यदि व्यक्ति अपने आवास पर उपस्थित है तो उससे कहा जाएगा—"मैं आपके यहाँ आया था।" और यदि उसका आवास (या कार्यालय) मिलन-स्थल से भिन्न है तो कहा जाएगा—"मैं आपके यहाँ गया था।"

निम्नांकित वाक्य अंग्रेज़ी वाक्य-रचना से प्रभावित हैं :

(प) वह अपने घर आया।

(फ) मैं उनके घर आया।

(ब) हम लोग (बनारस के रहनेवाले) दिल्ली आए।

(भ) हमारी कार उनके घर तक आई।

हिंदी की प्रकृति के अनुसार उक्त वाक्यों के सीधे-सादे रूप हैं :

(प) वह अपने घर गया।

(फ) मैं उनके घर गया।

(ब) हम लोग दिल्ली गए।

(भ) हमारी कार उनके घर तक गई।

यहाँ एक बात और ध्यान देने योग्य है। जब किसी व्यक्ति आदि के आगे बढ़ते हुए किसी स्थान तक पहुँचने की नहीं बल्कि उलटे उस स्थान के निकट आ जाने की विवक्षा सूचित करनी होती है तब 'आना' का विशेषतः 'आ जाना' तथा 'आ पहुँचना' का प्रयोग करते हैं; जैसे—

(य) स्टेशन आ गया है।

(र) हवाई अड्डा आ पहुँचा है।

(ल) बस अड्डा अब आया ही समझो।

(व) बाढ़ का पानी यहाँ तक आ गया था।

लाक्षणिक अर्थ में वस्तुओं के उद्भूत होने तथा स्थितियों के उत्पन्न होने के प्रसंग

में 'आना' या 'आ जाना' का प्रयोग होता है; जैसे—

(श) उसे आँसू आ गए।

(ष) उसे मूँछें आ गईं।

(स) गर्मी आ गई है।

(ह) बचपन के बाद जवानी और जवानी के बाद बुढ़ापा आता है।

जब 'आना' का प्रयोग जानकारी होना, प्राप्ति होना, अटना, समाना आदि अर्थों में होता है तो पूरक में 'को' या 'में' परसर्ग आता है; जैसे—

(क) उसको अंग्रेज़ी आती है।

(ख) उसको बुखार आया था।

(ग) उसको चोट आई।

(घ) उसके हाथ में चोट आई।

(च) उसको जूता नहीं आया

(छ) उसके पैर में जूता नहीं आया।

(ज) उसको दूध नहीं आया (उतरा)।

(झ) कटोरे में दूध आ गया।

जी में आना—मन में विचार उत्पन्न होना; जैसे, "जैसे शिवशंभु शर्मा के जी में अपने देश के माई लार्ड से होली खेलने की आई, इस प्रकार कभी माई लार्ड को भी इस देश के लोगों की सुधि आती होगी।

—बालमुकुंद गुप्त

-आना (प्रत्यय)

अरबी-फ़ारसी के संज्ञा शब्दों को यह अविकारी विशेषण का रूप देता है :

आशिक — आशिकाना
मालिक — मालिकाना
शरीफ — शरीफाना
साल — सालाना

-आनी (प्रत्यय)

1. यह हिंदी का स्त्रीवाची प्रत्यय है :

ठाकुर — ठकुरानी
डाक्टर — डाक्टरानी (डाक्टरनी)
पठान — पठानी
मास्टर — मास्टरानी (मास्टरनी)
सेठ — सेठानी

2. अरबी-फ़ारसी के संज्ञा शब्दों को यह विशेषण रूप देता है :

जिस्म — जिस्मानी
नूर — नूरानी
रूह — रूहानी

आप

मध्यम पुरुष आदरार्थक बहुवचन सर्वनाम; जैसे, "आप कहाँ जा रहे हैं?"

इसके साथ अन्य पुरुष बहुवचन क्रिया-पद आता है; जैसे—

(क) वे क्या पढ़ रहे हैं?

(ख) आप क्या पढ़ रहे हैं?

(च) वे कहाँ रहती थीं?

(छ) आप कहाँ रहती थीं?

सभाओं या बैठकों में जब वक्ता उपस्थित जनसमूह से किसी नए व्यक्ति या अतिथि का परिचय कराता या उसके संबंध में कोई सूचना देता है तब उसके लिए 'आप' का अन्य पुरुष सर्वनाम के रूप में प्रयोग करता है।

किसी से परिचय कराते समय आगंतुक के लिए भी 'आप' का प्रयोग किया जाता है; जैसे, "आप हमारे कॉलेज के प्राचार्य हैं।"

मध्यम पुरुष 'आप' और अन्य पुरुष 'आप' का एक साथ प्रयोग नहीं होता; जैसे, "रमेश जी, आप अब आपसे मिलें।"

1. आपका काम?—'आप का काम (या धंधा) क्या है' का संक्षिप्त रूप।

2. आपका नाम?—'आपका नाम क्या है' का संक्षिप्त रूप।

3. आपका—पत्र के अंत में 'भवदीय' के लिए प्रयुक्त पदबंध।

4. आपको भी—बधाई देनेवालों को बधाई देने के लिए प्रयुक्त पदबंध; जैसे—

"बेटे के ब्याह की बहुत-बहुत बधाई।"

"आपको भी।" यहाँ आशय है—आपको भी बधाई हो।

आपस

1. आपस का—विशेषण पदबंध; पारस्परिक; जैसे, "आपस की बातें।"

2. आपस में—क्रिया-विशेषण; दोनो व्यक्तियों या पक्षों के बीच में; जैसे—

"उन दोनो में आपस में यह तय हुआ था कि माँ को पचास-पचास रुपए प्रति माह दिया करेंगे।"

3. आपस में दुख बाँटना—एक-दूसरे से अपना दुख कहकर अपने मन को हल्का करना; जैसे—

"वे दोनो विधवा बहनें जब मिलतीं तब अपना दुख बाँटने लगतीं।"

आशा, विश्वास

'आशा' वस्तुतः किसी वस्तु के लिए होनेवाली ऐसी इच्छा है जिसकी पूर्ति या यथार्थता की संभावना हो; जैसे—

(क) आशा है उन्हें कल तक हमारा पत्र मिल जाएगा।

(ख) आशा है आप स्वस्थ होंगे।

इसके विपरीत 'विश्वास' में किसी व्यक्ति या वस्तु की सत्यता, शक्ति आदि के संबंध में होनेवाली पक्की धारणा निहित है। 'आशा' में संशय रहता है, परंतु 'विश्वास' में पूरा भरोसा रहता है; जैसे—

"मुझे विश्वास है कि आपने अब तक उनके पैसे लौटा दिए होंगे।"

यदि, उक्त वाक्य में 'विश्वास' की जगह 'आशा' का प्रयोग हो तो संशय की विवक्षा होगी।

आस-पास, अगल-बगल

क्रिया-विशेषण के रूप में दोनो का प्रयोग वाक्य के आरंभ में होता है; जैसे—

(क) आस-पास कई मकान थे।

(ख) अगल-बगल कई कोठरियाँ थीं।

'अगल-बगल' में मुख्य विवक्षा दाहिने और बाएँ अर्थात् दो दिशाओं की है जबकि 'आस-पास' से सभी दिशाओं का बोध होता है।

'के आस-पास' तथा 'के अगल-बगल' संबंधबोधक के रूप में प्रयुक्त होते हैं।

'के आस-पास' में 'लगभग' की भी विवक्षा है; जैसे, "उसके पास लाख के आस-पास मुद्रा होगी।"

-आहट

यह प्रत्यय है और इससे स्त्रीलिंग संज्ञाएँ बनती हैं। परंतु इस प्रत्यय से युक्त संज्ञाओं का कुछ लेखक भ्रम से पुंलिंग रूप में भी प्रयोग करते हैं; जैसे—

"मैं नहीं कह सकता कि मेरे मुस्कराहट की क्या प्रतिक्रिया उसके मन पर हुई।"

—मनु शर्मा

'मेरे मुस्कराहट' की जगह यहाँ 'मेरी मुस्कराहट' होना चाहिए।

इंदिरा, इंद्रा

'इंदिरा' तत्सम शब्द है और 'इंद्रा' तद्भव। लेखन में 'इंदिरा' ही प्रशस्त है, 'इंद्रा' नहीं। समाचार-पत्रों में कभी-कभी 'इंद्रा गाँधी' छपा होता है।

-इए

धातुओं में 'इए' प्रत्यय के योग से बने (बोल

से) बोलिए, (पढ़ से) पढ़िए, (देख से) देखिए, (जा से) जाइए आदि क्रियारूप मध्यम पुरुष बहुवचन 'आप' (सर्वनाम, उद्देश्य) के साथ प्रयुक्त होते हैं और विशेष रूप से नम्र निवेदन के (कुछ अवस्थाओं में आदेश के भी) परिचायक होते हैं; जैसे, (क) आप हमारे घर आइए। (ख) आप हिंदी ही बोलिए। (ग) आप इस तरह की बात मत कहिए। अन्य या उत्तम पुरुष बहुवचन उद्देश्य होने पर धातुओं में 'एँ' प्रत्यय आता है (वे/हम जाएँ, वे/हम बोलें, वे/हम कहें) और मध्यमपुरुष के साथ 'ओ' (तुम जाओ, तुम बोलो, तुम कहो)। 'इए' के स्थान पर 'एँ' प्रत्यय का भी व्यवहार होता है—आप आएँ/बोलें/कहें।

–इएगा

'इएगा' प्रत्यय 'एँगे' भविष्यत्कालिक प्रत्यय के स्थान पर 'आप' सर्वनाम के साथ प्रयुक्त होता है; जैसे—

(क[1]) वे/हम/आप बोलेंगे। (क[2]) आप बोलिएगा।

(ख[1]) वे/हम/आप कहेंगे। (ख[2]) आप कहिएगा।

'इएगा' प्रत्यय की विशेषता यह है कि उद्देश्य के लिंग से यह अप्रभावित रहता है; जैसे—

(च) रमेश जी, आप बोलेंगे/बोलिएगा।

(छ) श्रीमतीजी, आप बोलेंगी/बोलिएगा।

इकट्ठा

विकारी विशेषण है। उर्दूवालों की देखादेखी संयुक्त क्रियापदों में इसका प्रयोग अविकारी रूप में भी कुछ लोग करते हैं :

"जैसे-तैसे कर (?) उसने अपने बेटे के लिए रुपए इकट्ठा किए।" —यमुना काचरू

हिंदी की प्रकृति के अनुसार या तो '. . .रुपए इकट्ठे किए' होना चाहिए या फिर 'रुपया इकट्ठा किया'।

इतना

'इतना' का प्रयोग विशेषण (जैसे, इतना काम मुझसे नहीं होगा), सर्वनाम (जैसे, इतना खाओ कि हज़म कर सको), प्रविशेषण (जैसे, उसे इतनी कम तनख्वाह मिलती है कि गुज़ारा नहीं कर पाता) और अविकारी क्रिया-विशेषण (जैसे, संबद्ध के स्थान पर संबंधित का प्रयोग इतना धड़ल्ले से होने लगा है कि उसकी खटक ही अब नहीं रही) के रूप में होता है। पूर्वतः क्रिया-विशेषण 'इतना' का प्रयोग विकारी रूप में होता था।

(क) वह इतना बदल गया कि पहचाना भी नहीं जाता।

(ख[1]) वह इतनी बदल गई कि पहचानी भी नहीं जाती।

(ख[2]) वह इतना बदल गई कि पहचानी भी नहीं जाती।

(ग[1]) आप इतना बदल गए कि पहचाने भी नहीं जाते।

(ग[2]) आप इतने बदल गए कि पहचाने भी नहीं जाते।

वैसे अविकारी रूप में क्रिया-विशेषण का प्रयोग वरीय कहा जा सकता है।

1. इतना भी—विशेषण पदबंध; कुछ भी, ज़रा भी; जैसे, उसे तो इतनी भी समझ नहीं।

2. इतना ही—सर्वनाम पदबंध; मान, परिमाण आदि की इंगित अल्प मात्रा; जैसे, मैंने इतना ही कहा था, इससे अधिक नहीं।

3. इतने पर भी—क्रिया-विशेषण पदबंध; इतनी (अधिक) रियायत करने या उदारता दिखाने पर भी; जैसे, हमने उससे हाथ जोड़कर

माफी माँगी, पर वह इतने पर भी टस-से-मस न हुआ।

4. इतने में—क्रिया-विशेषण पदबंध, उसी समय, तत्क्षण; जैसे:, मैं बोलने के लिए खड़ा हुआ ही था कि इतने में बिजली गुल हो गई।

5. इतने से—क्रिया-विशेषण पदबंध, इस परिमाण या मात्रा के (प्राप्त या सुलभ) होने पर भी; जैसे, इतने से हमारा काम नहीं चलेगा।

इधर

क्रिया-विशेषण है। दो विवक्षाएँ हैं : (क) इस तरफ़, हमारी ओर; जैसेः इधर गेहूँ की खेती नहीं होती; इधर मंगलगीत गाए जा रहे थे। और (ख) इन दिनों, पिछले कुछ समय से; जैसे : यह नई चाल इधर ही दिखाई दे रही है।

1. इधर-उधर करना—टाल-मटोल करना।

2. इधर-उधर कर देना—निश्चित स्थान से हटा-बढ़ा देना।

3. इधर की उधर करना—इस पक्ष की बात उस पक्ष से और उस पक्ष की बात इस पक्ष से जा कहना।

4. इधर से—दो विवक्षाएँ हैं : (क) इस स्थान से होते हुए, इस रास्ते से; जैसे, इधर से निकलना तो मुझे भी आवाज़ दे लेना। (ख) हमारी तरफ़ से; जैसे, इधर से वहाँ कोई नहीं गया।

5. इधर या उधर करना—निपटा देना, अंतिम फ़ैसला करना।

इने-गिने

बहुवचन विशेषण; आशय है—बहुत थोड़े से; जैसे, आज मीटिंग में इने-गिने लोग ही थे।

'गिने' 'गिना' आकृदंत का बहुवचन रूप है और 'इने' उसका अनुकरणवाची।

इन्कार, इंकार, इनकार

विदेशी शब्दों को यथा-उच्चारण लिखने की दृष्टि से 'इन्कार' प्रशस्त है तो 'इनकार' भी हिंदीकृत रूप होने के नाते इतना ही प्रशस्त है। हाँ 'इंकार' को इसीलिए त्याज्य ठहराया जा सकता है कि इसका उच्चारण 'इङ्कार' किया जाने लगेगा।

लाघव सिद्धांत से 'इन्कार' वरीय है। हम कह सकते हैं कि उच्चारण, वर्तनी तथा लाघव सिद्धांत इन तीनो दृष्टियों से 'इन्कार' ही वरीयता के योग्य है।

–इयो

निदेशसूचक प्रत्यय है।

तुम आइयो, बोलियो, पढ़ियो, कहियो आदि क्रियारूप पश्चिमी (विशेषतः पंजाबी) प्रभाव के द्योतक हैं। अब इनका प्रयोग अपेक्षाकृत कम होने लगा है। हिंदी में तुम आना, बोलना, पढ़ना, कहना आदि क्रियारूपों का ही विशेष रूप से प्रयोग होता है।

इलाज

मुख्य रूप से चिकित्सा तथा उपचार के अर्थों में प्रयुक्त होता है।

1. अभी इसका इलाज किए देता हूँ—दोष, त्रुटि आदि को दूर करने की व्यवस्था या उपाय अभी करता हूँ; जैसे, यदि वह दवा नहीं पीता तो इसका इलाज अभी किए देता हूँ।

2. इसका इलाज मेरे पास है—मैं उस दोष या दुर्गुण को दूर करने के संबंध में उपाय जानता हूँ; जैसे, यदि वह शौकिया चोरी करता है तो इसका इलाज मेरे पास है।

इसलिए

कितने आश्चर्य की बात है कि हिंदी शब्दसागर, मानक हिंदी कोश आदि ग्रंथों में यह शब्द है ही नहीं।

यह क्रिया-विशेषण है। आशय है—इस कारण से, परिणामस्वरूप। सामान्यतः इसका प्रयोग 'कि' योजक के साथ ही होता है।

1. इसलिए कि—यह योजक पदबंध है। उत्तर रूप में कारण बताने के लिए प्रयुक्त होता है; जैसे—

"वहाँ क्यों गए थे?"

"इसलिए कि मुझे भी उससे मिलना था।"

2. इसलिए· · · कि—योजकसमूह है। कार्य उपवाक्य में 'इसलिए' क्रिया-विशेषण के रूप में आता है और 'कि' कारण वाक्य के आरंभ में; जैसे, वह इसलिए चुप रहा कि आपकी प्रतिक्रिया जान सके। यदि कारण वाक्य को पहले स्थान दिया जाए तो 'कि' का प्रयोग नहीं होता; जैसे, आपकी प्रतिक्रिया जान सके, इसलिए वह चुप रहा।

इस्तरी, इस्त्री

कुछ लोग 'स्त्री' के अनुकरण पर 'इस्त्री' का प्रयोग करते हैं, परंतु कपड़ों पर लोहा करने के उपकरण के लिए 'इस्तरी' ही वरीय है। मुख्य रूप से स्तर या तह लगानेवाले उपकरण की ही विवक्षा 'इस्तरी' में है।

ईश्वर

ईश्वर का प्रयोग सामान्यतः एकवचन में ही होता है। कुछ लोग इसका आदरार्थक बहुवचन में भी प्रयोग करते हैं, परंतु वह सम्मत नहीं; जैसे, ईश्वर करें कि आप खुशहाल हों। 'ईश्वर करें' की जगह 'ईश्वर करे' ही मानक प्रयोग है।

1. ईश्वर का नाम लो—जब कोई व्यक्ति किसी ऐसे व्यक्ति से विशिष्ट परिमाण में चंदा या रकम वसूल करने का दम भरता है जिससे कुछ भी वसूल होने की आशा न हो, तब सुननेवाला उक्त टिप्पणी करता है। आशय है कि कुछ भी वसूल होने को नहीं। इस प्रसंग में 'राम भजो' का भी प्रयोग होता है।

2. ईश्वर करे कि—ईश्वर से प्रार्थना है कि वह कृपापूर्वक अमुक काम करे; जैसे, "ईश्वर करे कि तुम पास हो जाओ।"

3. ईश्वर तुम्हें बरकत दे—ईश्वर की कृपा से तुम्हें कभी किसी चीज़ की कमी न खले, हर चीज़ की सदा तुम्हारे पास बहुतायत रहे।

4. ईश्वर न करे कि· ·—कहीं ऐसी अप्रिय या अवांछनीय घटना न घट जाए; जैसे, ईश्वर न करें कि तुम्हारा व्यवसाय गड़बड़ा जाए।

5. यदि ईश्वर ने चाहा तो—यदि ईश्वर की इच्छा हुई या परिस्थितियाँ अनुकूल हुईं तो; जैसे, "यदि ईश्वर ने चाहा तो इस बार हम भी विदेश घूमने जाएँगे।"

देखने में आता है कि उक्त प्रसंगों में बहुत बार लोग 'यदि' का प्रयोग नहीं करते।

ईसापूर्व, ई. पू.

"यूरोप में दूसरी सदी ई. पू. में ही प्रसिद्ध वैयाकरण थ्रैक्स ने भी स्वर-व्यंजन को ठीक इसी प्रकार परिभाषित किया है।"

—भोलानाथ तिवारी

उक्त वाक्य का अच्छा रूप होता :

"यूरोप में ईसापूर्व दूसरी सदी में. . ."

ईसापूर्व वस्तुतः B.C. (Before Christ) का तदर्थी है। अंग्रेज़ी पद क्रिया-विशेषण है और ईसापूर्व भी अर्थ के विचार से—ईसा से पूर्व—क्रियाविशेषण हो सकता है, परंतु संयुक्त पदों में भूतपूर्व, अभूतपूर्व की तरह 'पूर्व' विशेषण रूप ही प्राप्त वरता है। जिस प्रकार भूतपूर्व का अर्थ है 'पहलेवाला' वैसे ही 'ईसापूर्व' का अर्थ भी हो जाता है—ईसा से पहलेवाला। 'ईसापूर्व' विशेषण पद है।

उँगली

उँगली उठाना और उँगली करना—इन दोनों मुहावरों के उँगली द्वारा किए हुए निर्देशों में अंतर है। 'उँगली उठाना' में तर्जनी को ऊपर की ओर करना होता है और 'उँगली करना' में उसे किसी ओर विशेषतः सामने की ओर ले जाना होता है। दोनों ही अवस्थाओं में तर्जनी का ही प्रयोग किया जाता है।

'उँगली उठाना' में किसी की भूल या दोष दिखलाने की चेष्टा की जाती है; जैसे, "जिस देश में बाल-विवाह तथा सती प्रथा जैसी अमानुषिक प्रथाएँ प्रचलित हों वहाँ के लोगों को दूसरों की ओर उँगली उठाने का कोई हक नहीं।" और 'उँगली करना' में दोषी की ओर संकेत करना मुख्य उद्देश्य रहता है; जैसे, "उन्हें मेरी ओर उँगली करने का फल भुगतना ही पड़ेगा।"

1. उँगली पकड़कर पहुँचा पकड़ना—पहले आश्रय प्राप्त करना, फिर आश्रयदाता को ही तंग करने लगना।

2. उँगली रखना—दोष दिखलाना।

3. उँगलियाँ चमकाना—हिजड़ों की तरह ओछे ढंग से हाव-भाव दिखलाना।

4. उँगलियों पर नचाना—दूसरे को अपने संकेतों या निर्देशों के अनुसार कार्य करने के लिए विवश करना।

5. कानों में उँगलियाँ देना/दे रखना—अनसुनी करना।

6. दाँतों तले उँगली दबाना/दबा लेना—आश्चर्यचकित हो जाना।

7. पाँचों उँगलियाँ घी में होना—लाभ ही लाभ होना।

उगलना

उगल देना—(i) पीड़ा देनेवाली बात या बातों को कह देना जो मन में दबाकर रखी गई हों और जिनका संबंध किसी के अन्यायपूर्ण या ओछे व्यवहार से हो; जैसे—

"भ्रम में जैसे ही मैंने उसकी दुखती रग छुई वह मुझ पर बरस पड़ा और फिर उसने अगली-पिछली सब उगल दी।"

(ii) भय, दंड आदि के फलस्वरूप सच्चाई बतला देना, रहस्य प्रकट कर देना; जैसे, "पुलिस स्टेशन पहुँचते ही वह सब उगल देगा।"

उच्चारण और वर्तनी

जहाँ उच्चारण और वर्तनी संबंधी नियम टकराते हों वहाँ किसको प्रधानता दी जाए? भाषाविज्ञानी उच्चारण को महत्त्व देते हैं और सामान्य लोग वर्तनी को। सफलता सामान्यतया वर्तनी के नियमों की ही देखी जाती है, परंतु विजय अंत में उच्चारण पक्षवालों के हाथ ही लगती है। प्रगति और परंपरा की इस लड़ाई में उच्चारण की जीत के ही लक्षण दिखाई देते हैं, परंतु यह फलीभूत होती है लंबे अरसे बाद ही।

पहले लोग 'आये' और 'आयी' तथा 'नये' और 'नयी' ही लिखते थे, परंतु अब 'आए' और 'आई' तथा 'नए' और 'नई' लिखनेवाले कम नहीं। पहले लोग 'शर्म्मा', 'वर्म्मा', 'धर्म्म', 'कार्य्य' ही लिखते थे पर अब प्रायः 'शर्मा', 'वर्मा', 'धर्म' और 'कार्य' ही लिखते हैं। 'शेष', 'विशेष', 'कृपा', 'गहना', 'ऋषि' ही लिखे जाते हैं जबकि इनका उच्चारण क्रमशः 'विशेश', 'क्रिपा', 'गेहना', 'रिशी' होता है।

उछलना

1. उछलने लगना—कुछ प्राप्ति होने पर या कोई शुभ समाचार मिलने पर हर्ष से उन्मत्त

हो उठना; जैसे, "दो पैसा कमा क्या लिया कि वे उछलने लगे हैं।"

2. उछल पड़ना—उछलकर गिरना या कूद जाना; जैसे, "देखते ही देखते वह खिड़की से उछल पड़ी।"

उछाल

डॉ. जगन्नाथन ने इसे स्त्रीलिंग कहा है, परंतु इसका प्रयोग पुंलिंग के रूप में ही अधिक होता है; जैसे, "गेहूँ के भाव में इधर उछाल आया है।" 'उछाला' भी इसी प्रसंग में आता है जो पुंलिंग है।

देखने में आता है कि द्वयाक्षरिक धातुओं के दूसरे अक्षर के 'अ' को 'आ' करने से जो संज्ञा बनती है वह पुंलिंग होती है; जैसे—

उबल (ना) से 'उबाल'
उभर (ना) से 'उभार'
संभल (ना) से 'संभाल' आदि।

उड़ाना

1. (व्यक्ति को) उड़ा लाना—छल या तिकड़म से अथवा दुष्ट उद्देश्य से किसी को फुसला या बहकाकर अपने साथ ले आना; जैसे, "ये महाशय एक युवती को घर भेजने के बहाने अनाथाश्रम से उड़ा लाए और अब उससे विवाह रचाने की चेष्टा में हैं।"

2. (वस्तु को) उड़ा लेना—गायब कर देना; जैसे, "पता नहीं मेरी कलम मेज पर से किसने उड़ा ली।"

उतना

उतना ही. . . जितना—यह योजक पदबंध है जो ऐसे उपवाक्यों को जोड़ता है जिनके महत्त्व की समानता दरशाना अभिप्रेत होता है; जैसे, "पुरुष अपने दोस्तों में उतना ही रमता है जितना पत्नी के बाहुपाश में।"

—वसंत पोतदार

उक्त उपवाक्य का क्रम बदला भी जाता है; जैसे, "पुरुष जितना पत्नी के बहुपाश में रमता है उतना ही अपने दोस्तों में (भी) रमता है।"

उतरना

नीचे आना, कम होना आदि कई अर्थों में तो यह प्रयुक्त होता ही है, साथ ही मौसम के आगमन का भी सूचक है; जैसे, "जाड़ा उतर रहा है।"

'उतर जाना' का क्षेत्र अत्यंत विस्तृत है और विवक्षाएँ भी अनेक हैं। कुछ उदाहरण हैं :

(i) चित्त या मन से उतर जाना, ध्यान से उतर जाना।
(ii) चेहरा उतर जाना।
(iii) गुस्सा उतर जाना।
(iv) नस, बाँह या हड्डी उतर जाना।
(v) ऋण उतर जाना।

उद्

संस्कृत उपसर्ग। इस उपसर्ग का 'द्' व्यंजन संधि में अनेक रूप धारण करता है। रोचक तथ्य देखिए :

(i) उच्च, उच्चारण — द् का च्
(ii) उज्ज्वल — द् का ज्
(iii) उड्डयन —द् का ड्
(iv) उत्कर्ष — द् का त्
(v) उदाहरण (उद् + आहरण)—द् का द् ही रहा
(vi) उन्नति — द् का न्
(vii) उल्लेख — द् का ल्

संधि संबंधी नियम किसी भी संस्कृत व्याकरण में देख सकते हैं।

उद्देश्य और विधेय

हम लोगों ने सुन रखा है कि वाक्य में कर्ता, कर्म, क्रियापद आदि होते हैं; जैसे—

"लड़का पुस्तक पढ़ता है।"

इस वाक्य में 'लड़का' कर्ता है, 'पुस्तक' कर्म है और 'पढ़ता है' क्रियापद है। व्याकरण में उस व्यक्ति, वस्तु या विचार को कर्ता कहते हैं जो क्रिया करता हो। उक्त वाक्य में पढ़ने की क्रिया करनेवाला 'लड़का' है, अतः वह 'कर्ता' हुआ।

परंतु ऐसे वाक्य भी होते हैं जिनमें 'कर्ता' क्रिया नहीं करता; जैसे—

लड़की सुंदर है।

मकान बड़ा है।

उक्त वाक्यों में 'लड़की' या 'मकान' कोई क्रिया नहीं कर रहे। अतः इन्हें 'कर्ता' मानने में कठिनाई उपस्थित हुई। फिर यह तर्क दिया गया कि कर्ता वह है जिसके द्वारा क्रिया का रूप बना हो, अर्थात् जिसका क्रिया के साथ अन्वय हो; जैसे—

1. लड़की सुंदर है।
2. लड़कियाँ सुंदर हैं।
3. मकान बड़ा है।
4. कोठरी बड़ी थी।
5. मकान बड़े थे।
6. कोठरियाँ बड़ी थीं।

यहाँ 'है' और 'हैं' तथा 'था', 'थी', 'थे' और 'थीं' क्रियारूप बने हैं, ये जिनके कारण बने वही कर्ता हैं। पहले वाक्य में 'लड़की', दूसरे में 'लड़कियाँ', तीसरे में 'मकान', चौथे में 'कोठरी', पाँचवें में 'मकान', और छठे में 'कोठरियाँ' कर्ता हैं।

यहाँ फिर कठिनाई उत्पन्न हुई। हिंदी में ऐसे वाक्य भी हैं जिनमें कर्ता में परसर्ग आता है, तब क्रिया का रूप कर्म के लिंग और वचन के अनुसार बनता है; जैसे—

"लड़के ने समाचार-पत्र पढ़ा।"

"लड़के ने पुस्तक पढ़ी।"

पहले वाक्य में 'समाचार-पत्र' और दूसरे में 'पुस्तक' कर्म हैं और इन्हीं के लिंग-वचन के अनुरूप क्रिया का साधन हुआ है।

अब प्रश्न यह खड़ा हुआ कि कर्ता किसे मानें? जो क्रिया करे उसे या जो क्रिया का रूप बनाए उसे?

इस समस्या को हल करने के लिए आधुनिक विद्वानों ने दो नए शब्दों का चयन किया है :

(i) उद्देश्य

(ii) विधेय

वाक्य के जिस शब्द के बारे में हम कहना चाहते हैं उसे 'उद्देश्य' कहते हैं और उद्देश्य के संबंध में जो कुछ कहा जाए उसे 'विधेय' कहते हैं। अब इन तीनो वाक्यों पर पुनः विचार कीजिए :

1. लड़का पुस्तक पढ़ता है।
2. लड़की सुंदर है।
3. मकान बड़ा है।

हम पहले वाक्य में 'लड़का' के बारे में कहना चाहते हैं, दूसरे वाक्य में 'लड़की' के बारे में कहना चाहते हैं और तीसरे वाक्य में 'मकान' के बारे में कहना चाहते हैं। अतः 'लड़का', 'लड़की' और 'मकान' उद्देश्य हुए। 'कर्ता' का प्रयोग इसी 'उद्देश्य' के लिए होता है।

पहले वाक्य में उद्देश्य 'लड़का' के संबंध में कहा गया—पुस्तक पढ़ता है। 'पुस्तक' विधेय हुआ। दूसरे वाक्य में उद्देश्य 'लड़की' के बारे में कहा गया—सुंदर है। 'सुंदर है' विधेय हुआ। तीसरे वाक्य में उद्देश्य 'मकान' के बारे में कहा गया—बड़ा था। 'बड़ा था' विधेय हुआ। विधेय का मुख्य अंश क्रियापद

उद्देश्य और विधेय

होता है। इसलिए उसे ही विधेय मान लिया जाता है और अन्य को उसका विस्तार कहते हैं।

जब हम वाक्य में उद्देश्य और विधेय का होना आवश्यक मानते हैं तो इसी प्रकार यह भी मान लेते हैं कि वाक्य में कम से कम दो शब्दों या पदों का रहना आवश्यक है। उनमें से एक उद्देश्य होगा और दूसरा विधेय; जैसे—

लड़का आया।
पानी बरसा।
बिजली गिरी।

ऐसी स्थिति में उद्देश्य 'नामपद' होगा और विधेय 'क्रियापद'। उक्त वाक्यों में 'लड़का', 'पानी' और 'बिजली' नामपद हैं और 'आया', 'बरसा' और 'गिरी' क्रियापद।

उद्देश्य नामपद होता है। नामपद संज्ञापद भी हो सकता है और सर्वनामपद भी; जैसे—

लड़का आता है।
वह आता है।

संज्ञापद पुंलिंग भी हो सकता है और स्त्रीलिंग भी; जैसे—

लड़का आता है।
लड़की आती है।

संज्ञापद एकवचन भी हो सकता है और बहुवचन भी; जैसे—

लड़का आता है।
लड़के आते हैं।
लड़की आती है।
लड़कियाँ आती हैं।

सर्वनामपद का प्रयोग पुंलिंग रूप में भी हो सकता है और स्त्रीलिंग रूप में भी। आप उसके एकवचन रूप का भी प्रयोग कर सकते हैं और बहुवचन रूप का भी; जैसे—

वह आता है।
वे आते हैं।
वह आती है।
वे आती हैं।

पुरुष के अनुसार सर्वनाम के तीन भेद अन्य पुरुष, मध्यम पुरुष और उत्तम पुरुष होते हैं; जैसे—

वह आता है।
तू आता है।
मैं आता हूँ।

वह आती है।
तू आती है।
मैं आती हूँ।

वे आते हैं।
तुम आते हो।
हम आते हैं।

वे आती हैं।
तुम आती हो।
हम आती हैं।

क्रियापद (विधेय) कभी मात्र धातु होता है; जैसे—

तू आ।

और कभी कृदंत रूप; जैसे—

वह आता तो मैं भी जाता।
वह आया।
तू आना।

कभी कृदंत के साथ सहायक क्रिया भी रहती है; जैसे—

वह आता है।
वह आया है।
उसको आना है।

कभी-कभी क्रियापद में धातु तथा कृदंत दोनों रहते हैं और सहायक क्रिया भी रहती है; जैसे—

वह आ रहा था।

'आ' धातु है, 'रहा' कृदंत है और 'था' सहायक क्रिया है।

कभी-कभी क्रियापद में दो या अधिक कृदंत भी रहते हैं; जैसे—

वह आता रहता।

वह आया करता।

कभी-कभी उनके साथ सहायक क्रिया भी रहती है; जैसे—

वह आता रहता है।

वह आया करता है।

संपूर्ण क्रियापद में उसके सभी अवयव सम्मिलित रहते हैं। 'आता रहता है' और 'आया करता है' संपूर्ण क्रियापद हैं।

उद्देश्य और उसका विस्तार

नामपद के बाद आनेवाला परसर्ग उसका अंग होता है, क्योंकि परसर्ग उपपद है और उपपद का प्रयोग स्वतंत्र रूप से नहीं होता। अतः उद्देश्य के साथ आनेवाला परसर्ग भी उसका अंग होता है :

(क) ने परसर्ग

उद्देश्य	विधेय
राम ने	आम खाया।
मोहन ने	कोट पहना।
सीता ने	बहन को देखा।
राधा ने	पत्र पढ़ा है।
तुमने	गीत सुना होगा।
उसने	यह काम किया था।

(ख) को परसर्ग

उद्देश्य	विधेय
राम को	जाना है।
मोहन को	आना था।
मुझको	पढ़ना होगा।
उसको	सोचना चाहिए।

(ग) से परसर्ग

उद्देश्य	विधेय
राम से	पढ़ा जाता है।
शीला से	खाया जाता है।
मुझसे	बैठा गया।
उनसे	बोला गया।

उक्त वाक्यों में राम ने, राम को, राम से आदि उद्देश्य हैं।

उद्देश्य नामपद होता है, अतः जो विशेषण पद (या विशेषण पदबंध) उसकी विशेषता बतलाए वह भी उसका अंग होता है :

उद्देश्य	विधेय
विशेषण	**नामपद**
छोटा लड़का	खेल रहा है।
बड़ी बेटी	चली गई।
गँवार औरत	रोती रही।
मेरा भाई	पढ़ता है।
उसकी पुस्तक	खो गई।
दो लड़के	आए थे।
चारो मित्र	चले गए।

विशेषण पदबंध

'दिल्ली के' निवासी	सोए थे।
'चलती हुई' गाड़ी	रुक गई थी।

सर्वनामपद के बाद विशेषणों का प्रयोग प्रायः होता है, अतः ऐसे विशेषण भी उद्देश्य के अंग होते हैं; जैसे—

उद्देश्य	विधेय
हम सब	दौड़ेंगे।
वे दोनों	आएँगे।
तुम दोनों	यहीं ठहरो।

कुछ योजक भी उद्देश्य का विस्तार बढ़ाते हैं; जैसे—

उद्देश्य और उसका विस्तार

उद्देश्य	विधेय
राम और श्याम	सो रहे हैं।
सीता, शीला तथा मालती	जा रही हैं।
राम, कृष्ण एवं श्याम	आनेवाले हैं।
राम या श्याम	पढ़ेगा।
रमा अथवा लक्ष्मी	यहीं रहेगी।
चाहे राम चाहे श्याम	जाएगा।

इस प्रकार आपने देखा कि ऊपर जिस व्यवस्था की चर्चा की गई है उसमें भी खटक है और पूर्वव्यवस्था भी तर्कसंगत नहीं।

हिंदी की प्रकृति की रक्षा का उपाय यही दृष्टिगत होता है कि जब कई विभिन्न लिंगी उद्देश्य (या कर्म) 'और' से जुड़े हों तो स्त्रीलिंग संज्ञापदों को पहले तथा पुंलिग संज्ञापदों को बाद में रखें; जैसे—

माता और पिता आ रहे हैं।
लड़कियाँ और लड़के जा रहे हैं।
बाल्टियाँ और लोटे खरीदे गए।

यह मात्र सुझाव है, समस्या का निदान नहीं।

जब उद्देश्य या कर्म 'या' से जुड़े हों तो क्रियापद अंतिम संज्ञापद के लिंग और वचन के अनुसार ही होगा; जैसे—

लड़का या लड़की जाएगी।
लड़की या लड़का जाएगा।
लड़के या लड़कियाँ जाएँगी।
लड़कियाँ या/अथवा/लड़के जाएँगे।
'और' के पर्याय 'तथा' और 'एवं' हैं।
'या' के पर्याय 'अथवा' और 'व' हैं।

'और' और 'या' तथा इनके पर्याय पदों को जोड़ते हैं और उपवाक्यों को भी। 'यदि ...तो', 'चाहे...चाहे' वाक्यों को ही जोड़ते हैं।

निपात भी उद्देश्य के साथ आने पर उसी के अंग होते हैं; जैसे—

उद्देश्य	विधेय
श्याम भी	आया।
वह ही	बोलेगा।
मैं नहीं श्याम	जाएगा।
सीता नहीं राधा	पढ़ती है।
पिता जी	टहल रहे थे।

उद्देश्य नामपद का समानाधिकरण भी उद्देश्य का विस्तार होता है; जैसे—

उद्देश्य	विधेय
मेरा भाई, लक्ष्मण	तैरता है।
उसका दोस्त, श्याम	हँस रहा था।
मेरी पत्नी, राधा	चली गई।

पिछले काँटे की व्यवस्था यह है कि जब कई उद्देश्य 'और' से जुड़े हों तो क्रियापद बहुवचन रखा जाता है। यदि सभी उद्देश्य स्त्रीलिंग हैं तो क्रियापद स्त्रीलिंग अन्य पुरुष बहुवचन अन्यथा पुंलिंग अन्य पुरुष बहुबचन रहेगा; जैसे—

उद्देश्य—स्त्रीलिंग

माता और पुत्री आ रही हैं।
भेड़ और बकरी जा रही हैं।
भेड़ें और बकरियाँ जा रही हैं।
मैं और तुम खेल रही हैं।

उद्देश्य—पुंलिंग/मिश्रित

माता और पिता आ रहे हैं।
पिता और पुत्र आ रहे हैं।
पिता और माता आ रहे हैं।
घोड़े और गाएँ जा रहे हैं।
गाएँ और घोड़े जा रहे हैं।
मैं और तुम खेल रहे हैं।

पूर्वव्यवस्था यह थी कि अंतिम संज्ञापद के लिंग और वचन के अनुसार क्रियापद का निर्धारण होता था; जैसे—

लड़की और लड़का जा रहा है।
लड़का और लड़की जा रही है।
लड़कियाँ और लड़का जा रहा है।
लड़की और लड़के जा रहे हैं।
लड़के और लड़की जा रही है।

यही कारण है कि आज भी अनेक लोग इसी प्रकार लिखते हैं :

घोड़े और गाएँ जा रही हैं।
लोटे और बाल्टियाँ खरीदी गईं।

जब क्रियापद कर्म से अन्वित होता है तब भी अंतिम कर्म के लिंग-वचन का प्रमाण दिखाई देता है; जैसे—

मैंने लोटे और बाल्टियाँ खरीदीं।
उसने बाल्टियाँ और लोटे खरीदे।

आप कहें कि 'बाल्टियाँ खरीदीं' तो ठीक है, परंतु 'लोटे खरीदीं' कैसे ठीक हो सकता है?

उपर्युक्त, उपरोक्त

उपर्युक्त तत्सम है। उपरि+उक्त से बना समस्तपद। यही वरीय है। 'उपरोक्त' असिद्ध है, परंतु प्रचलित है।

उपवाक्य

'उप' उपसर्ग का अर्थ होता है—छोटा। इस प्रकार उपवाक्य का शब्दार्थ है—छोटा वाक्य। वस्तुतः यह शब्द अर्थ की दृष्टि से भ्रामक है। उपवाक्य छोटे वाक्य के अर्थ में प्रयुक्त नहीं होता बल्कि रचना की दृष्टि से यह भी वाक्य के तुल्य होता है, क्योंकि इसमें भी उद्देश्य और विधेय होता है। वास्तविकता यह है कि यह अपने में वाक्य होने पर भी किसी बड़े वाक्य का अंश होता है।

उपवाक्यों के दो भेद हैं: स्वतंत्र उपवाक्य और आश्रित उपवाक्य। 'स्वतंत्र उपवाक्य' वस्तुतः सरल वाक्य है। यह अर्थ की दृष्टि से अपने में पूर्ण रहता है।

'आश्रित उपवाक्य' रचना की दृष्टि से स्वतंत्र अर्थात् सरल वाक्य में समान होते हुए भी अर्थ की पूर्णता के लिए किसी अन्य उपवाक्य पर आश्रित होता है। यह ऐसे योजक से प्रायः आरंभ होता है जो अन्य उपवाक्य से जुड़ा होता है।

आश्रित उपवाक्यों के तीन भेद किए जाते हैं :

1. ऐसा उपवाक्य जो विशेषण की तरह काम करे—विशेषण उपवाक्य।

2. ऐसा उपवाक्य जो क्रिया-विशेषण की तरह काम करे—क्रिया-विशेषण उपवाक्य।

3. ऐसा उपवाक्य जो संज्ञा की तरह काम करे—संज्ञा उपवाक्य।

(i) विशेषण उपवाक्य :

जब आश्रित उपवाक्य किसी नामपद (संज्ञा या सर्वनाम) की विशेषता बतलाता है तो उसे विशेषण उपवाक्य कहते हैं; जैसे—

"अध्यापक उस विद्यार्थी को पुरस्कार देगा जो कक्षा में प्रथम आएगा।"

उक्त वाक्य में 'जो कक्षा में प्रथम आएगा' उपवाक्य विद्यार्थी की विशेषता बतलाता है। 'कक्षा में कौन प्रथम आएगा' अर्थात् विद्यार्थी। स्पष्ट है कि यह 'विद्यार्थी' संज्ञा की ही विशेषता बतलाता है।

जब उपवाक्य स्वतंत्र उपवाक्य के नामपद की विशेषता बतलाता है तो उसे विशेषण उपवाक्य कहते हैं।

(ii) क्रिया-विशेषण उपवाक्य :

"यह पुस्तक अच्छी है, इसलिए मैं इसे खरीदूँगा।"

यहाँ 'यह पुस्तक अच्छी है' स्वतंत्र उपवाक्य है और 'इसलिए इसे खरीदूँगा' आश्रित उपवाक्य। जब योजक अन्य उपवाक्य की क्रिया या पूरे विचार को संकेतित करे तो उसे क्रिया-विशेषण उपवाक्य कहते हैं। 'इसलिए' यहाँ 'यह पुस्तक अच्छी है' इस पूरे विचार को संकेतित कर रहा है।

एक वाक्य और लीजिए :

"जहाँ पानी बरसा, वहाँ घास खूब हुई।"

'जहाँ पानी बरसा' यह क्रिया-विशेषण उपवाक्य है, क्योंकि यह उपवाक्य 'वहाँ' क्रिया-विशेषण के संबंध में जानकारी दे रहा है।

(iii) संज्ञा उपवाक्य :

संज्ञा उपवाक्य संज्ञा की तरह काम करता है। यह 'कि' योजक से आरंभ होता है; जैसे—

"राम ने कहा कि मैं पढ़ूँगा नहीं।

यहाँ 'कि मैं पढ़ूँगा नहीं' आश्रित उपवाक्य है।

कुछ बातें यहाँ ध्यान में रखें। 'कि' योजक का कुछ अर्थ नहीं, वस्तुतः यह निरर्थक है। दूसरे, शेष उपवाक्य अपने में पूर्ण होता है। तीसरे, 'कि उपवाक्य' को 'कुछ' से बदला जाए तो वाक्य पूर्ण हो जाता है; जैसे—

"राम ने कुछ कहा।"

'कुछ' यहाँ कर्म है। अतः पूरा वाक्य कर्म के तुल्य है। कर्म संज्ञा या सर्वनाम पद ही होता है। अतः उपवाक्य संज्ञा उपवाक्य कहलाता है।

उपवाक्यों के क्रियापदों में संगति :

एक ही वाक्य के उपवाक्यों के क्रियापदों में काल की समानता पर ध्यान न रखने से दोष आ जाता है; जैसे—

"जिसने अपने पिता को कारागार में डाल दिया है, निरपराध प्रजा की हत्या की हो, जिसने अपनी सेना का विश्वास खोकर दूसरे प्रदेश की सेनाओं का विश्वास किया हो उसका अंत. . .।" — मनु शर्मा

प्रथम उपवाक्य में 'डाल दिया है' की जगह 'डाल दिया हो' होना चाहिए क्योंकि अन्य उपवाक्यों में 'की हो' तथा 'किया हो' आया है। अर्थात्, ऐसा नहीं होता कि एक उपवाक्य में पूर्ववर्तमान काल का सूचक क्रियापद हो और दूसरे में विध्यर्थक।

उपवाक्य-भंग

हिंदी की प्रकृति उपवाक्य के स्वरूप को भंग करने की नहीं।

"इस शुद्ध हवा से, दुःख है कि, हम लोग अधिक ध्वनियाँ उच्चरित नहीं कर पाते।"

— डा. भोलानाथ तिवारी

प्रस्तुत वाक्य निश्चय ही किसी अंग्रेज़ी वाक्य का शब्दशः अनुवाद है। हिंदी रूप है :

"दुःख है कि इस शुद्ध हवा से हम लोग अधिक ध्वनियाँ उच्चरित नहीं कर पाते।"

"कहना न होगा कि भारत और यूरोप द्वारा प्रस्तुत यह परिभाषा कि व्यंजन वे हैं, जिनका उच्चारण स्वर की सहायता के बिना नहीं हो सकता और स्वर वे हैं, जिनका हो सकता है, बहुत ठीक नहीं है।"

—डा. भोलानाथ तिवारी

यहाँ भी अंग्रेज़ी की गंध रह ही गई। सीधे-सादे शब्दों में कह सकते हैं :

"कहना न होगा कि भारत और यूरोप द्वारा प्रस्तुत यह परिभाषा बहुत ठीक नहीं कि व्यंजन वे हैं जिनका उच्चारण स्वर की सहायता के बिना नहीं हो सकता और स्वर वे हैं जिनका हो सकता है।"

पहले वाक्य में दो और दूसरे में तीन अल्पविरामों की जो बचत हुई वह अलग।

"गुजरात के सोलंकी राजा चामुंडराज ने, जिसने सिंधुराज को परास्त करके मारा, चौदह वर्ष राज्य किया।" —डा. गौ. ओझा

वाक्य का सरल रूप देखिए :

"गुजरात के सोलंकी राजा चामुंडराज ने सिंधुराज को परास्त करके मारा और चौदह वर्ष तक राज्य किया।"

उपसर्ग

1. उपसर्गों को बद्ध रूप कहा जाता है। वस्तुतः ये अन्य शब्दों के साथ बँध जाने पर ही प्रयुक्त होते हैं।

2. उपसर्ग सदा शब्द के आरंभ में जुड़ता है और उसके अर्थ में विशेषता लाता है; जैसे—आहार, अनुहार, प्रहार, विहार, संहार आदि।

3. हिंदी के अपने तो कुछ गिने-चुने ही उपसर्ग हैं; जैसे, 'अ' (अथक), 'अन' (अनुमान), 'नि' (निकम्मा)। संस्कृत और अरबी-फ़ारसी के उपसर्गों का हम लोग विशेष रूप से प्रयोग करते हैं। इनकी सूची काफी लंबी है।

4. स्वतंत्र शब्द जब किसी शब्द में जुड़ते हैं तो उन्हें उपसर्ग नहीं कहना चाहिए। उदाहरण के लिए 'गैर' स्वतंत्र शब्द है—'वह हमारे लिए गैर नहीं।' अब यदि वह किसी शब्द में जुड़े तो उसे उपसर्ग नहीं मानना चाहिए; जैसे—गैरज़िम्मेदार। मनमोदक, मनमाना, मनपसंद आदि में 'मन' क्रमशः संस्कृत 'मोदक', तद्भव 'माना' और फ़ारसी 'पसंद' से जुड़ा है। 'मन' का प्रयोग स्वतंत्र रूप से होता है, अतः उक्त पदों में उसे उपसर्ग नहीं मानना चाहिए।

5. कुछ शब्द जुड़ते समय संक्षिप्त या लघु रूप प्राप्त करते हैं; जैसे—पनबिजली (पानी + बिजली), अधखिला (आधा + खिला) आदि। 'पन' और 'अध' स्वतंत्र रूप से प्रयुक्त नहीं होते, इसलिए ये उपसर्ग कहलवाने के अधिकारी प्रतीत होते हैं, परंतु ये हैं तो अन्य शब्दों के प्रतिनिधि ही न! प्रतिनिधि तो प्रतिनिधि होता है चाहे कहीं भी रहे। इसी कारण इन रूपों को भी उपसर्ग मानने का विधान नहीं। इसी कारण इक, बा, तिर, तैं, चौ, पच, उन आदि संख्याओं के संक्षिप्त रूपों को भी उपसर्ग नहीं माना जाता। इन्हें लघु रूप कह सकते हैं।

6. उपसर्ग का योग होने पर शब्दभेद बदल भी सकता है; जैसे—

आ + मरण (संज्ञा) = आमरण (क्रिया-विशेषण)

नि + डर (संज्ञा) = निडर (विशेषण)

उपसर्गों की सूची के लिए हिंदी व्याकरण देखें।

उभयलिंगी संज्ञापद

कुछ संज्ञापदों को उभयलिंगी मानने-मनवाने की आवश्यकता स्वतंत्रताप्राप्ति के बाद बलवती हुई है। पहले कदाचित् किसी शब्द को उभयलिंगी नहीं माना जाता था। हाँ, यह बात दूसरी है कि कुछ क्षेत्रों में कोई शब्द पुंलिंग माना जाता था तो कुछ क्षेत्रों में स्त्रीलिंग। इधर हुआ यह कि आधिकारिक, राजनयिक, व्यावसायिक आदि जिन पदों पर पुरुष ही कार्यरत होते थे उन पर अब महिलाओं को भी कार्य करने का अवसर प्राप्त हुआ। स्त्री कार्यकर्ता, संपादक, निरीक्षक आदि के लिए कार्यकर्त्री, संपादिका, निरीक्षिका जैसे शब्द गढ़े जाने लगे। ऐसा पहले से होता आया था। कभी पुरुष ही लेखक और कवि होते थे। जब स्त्रियाँ भी लेखन-कार्य या कविता करने

लगी होंगी तो उन्हें लेखिका और कवयित्री कहा जाने लगा। स्वतंत्र भारत की विशिष्ट देन है महिला प्रधान मंत्री। प्रस्ताव आया कि प्रधान मंत्री तो पुरुष ही होगा, स्त्री को तो प्रधान मंत्रिणी होना चाहिए। उत्तर आया—जनतंत्र में पुरुष और स्त्री का भेद कैसा! फिर यही दलील अपना प्रभाव भाषा में भी दिखाने लगी। एक दृष्टि से अच्छा ही हुआ। महाराजा का स्त्रीवाची रूप है महारानी। महाराजा की पत्नी होने के नाते भी वह महारानी हुई और यदि स्वयं प्रभुतासंपन्न हुई तब भी महारानी। दोनों ही महारानियाँ हमारे सामने हैं—महारानी योधाबाई और महारानी लक्ष्मीबाई। परंतु प्रश्न यह है कि क्या स्त्री महाराजा को भी 'महाराजा' कहना संभव होगा?

पदवाचक शब्दों को उभयलिंगी मानने की आवश्यकता नहीं। मंत्री, राज्यपाल, राजदूत, सचिव को पुंलिंग ही मानना चाहिए। सामान्य कथन में उक्त संज्ञापद पुंलिंग रूप में ही प्रयुक्त करने चाहिए। संज्ञा के लिंग को बदलनेवालों को पहले क्रिया-रूपों के स्त्रीवाची रूप का विरोध करना चाहिए था। संज्ञापद से स्त्री की छाप हटाने की इच्छावाले यह भूल जाते हैं कि क्रियापद स्त्री को स्त्री ही मानता है। 'प्रधान मंत्री कहती हैं...' की जगह 'प्रधान मंत्री कहते हैं...' कहने का अभी समय नहीं आया।

उम्मीद, उम्मेद

'उम्मीद' और 'उम्मीदवार' ही मानक रूप हैं। 'उम्मेद' और 'उम्मेदवार' का प्रयोग पहले अवश्य समीचीन माना जाता था। हिंदी शब्दसागर और मानक हिंदी कोश में 'उम्मेद' और 'उम्मेदवार' को ही वरीयता दी गई है।

कुछ उम्मीद बनना—ऐसा प्रतीत होने लगना कि काम बन जाएगा; जैसे, "लड़का नौकरी के लिए हाथ-पाँव तो बराबर मारता रहा, पर अब कुछ उम्मीद बनी है।"

उलटा, उल्टा

प्रायः प्रश्न होता है कि उलटा सही है या उल्टा। हिंदी की सीधी-सादी क्रिया है—उलटना। 'उलट' धातु में 'आ' प्रत्यय लगने से 'उलटा' ही रूप बनेगा, 'उल्टा' नहीं। 'उचट' से 'उचटा' ही बनता है, 'उच्टा' नहीं; 'कतर' से 'कतरा' ही बनता है, 'कत्रा' नहीं।

1. **उलटा काम**—इस पदबंध का प्रयोग 'प्रतिकूल आचरण' के लिए होता है; जैसे, "वह औंधी खोपड़ी का है, सदा उलटा काम ही करता है।"

2. **उलटा-सीधा सुनाना**—खरी-खोटी या जली-कटी सुनाना; जैसे, "कल मैं उसे आवेश में बहुत-कुछ उलटा-सीधा सुना गया था।"

3. **उलटी खोपड़ी का**—इस पदबंध का प्रयोग ऐसे व्यक्ति के लिए किया जाता है जो सदा उलटा काम ही करता हो।

4. **उलटे पाँव लौट पड़ना**—जैसे ही कहीं पहुँचे वैसे ही वहाँ से वापस चल पड़ना; जैसे, "वहाँ से वे उलटे पाँव लौट पड़े।" 'उलटे पाँव वापस आना' भी प्रचलित है।

उलटे

योजक रूप में प्रयुक्त। आशय है—इसके विपरीत; जैसे, "मेरे दिमाग की तारीफ़ तो की नहीं, उलटे डाँट बताए जा रही हो।"

उषा, ऊषा

दोनो संस्कृत तत्सम शब्द हैं। लाघव सिद्धांत से 'उषा' वरीय है।

ऊँचा

1. ऊँचा पीढ़ा देना—अधिक महत्त्व देना; जैसे, "गोरक्षा की तरह साधुसेवा को भी हमारे यहाँ ऊँचा पीढ़ा दिया गया है।"

2. ऊँचा सुनना—ऊँचे स्वर में ही कही हुई बात सुनने में समर्थ होना, बहरा होना।

ऊ (प्रत्यय)

(i) धातुओं में लगकर यह 'वाला' का अर्थ देता है; जैसे : उखाड़ू—उखाड़नेवाला, लड़ाकू– लड़नेवाला, उजाड़ू– उजाड़नेवाला।

(ii) यह संज्ञाओं में भी लगता है और उन्हें विशेषण रूप देता है; जैसे : बाज़ारू (बाज़ार का), गँवारू (गाँव का), बाँगड़ू (बाँगड़ देश का) आदि।

ऊपर

1. के ऊपर, से ऊपर—'के ऊपर' में पहली विवक्षा है ऊँचाई पर होने की; जैसे—

बंदर दीवार के ऊपर बैठा है।

लड़का छत के ऊपर खेल रहा था।

हवाई जहाज हवाई अड्डे के ऊपर मंडरा रहा है।

दूसरी विवक्षा है अधिकार, पद आदि में बढ़कर होने की; जैसे, "भैया इस दफ्तर में बड़े अधिकारी हैं, पर उनके ऊपर भी कई साहब हैं।"

तीसरी विवक्षा है शरीर पर (झेलने की); जैसे, "उसके ऊपर कई विपत्तियाँ आईं।"

'से ऊपर' में मान, मात्रा आदि में अधिक होने की विवक्षा है; जैसे, "उनकी अवस्था साठ से ऊपर ही होगी।"

इसमें दूसरी विवक्षा अपेक्षाकृत श्रेष्ठ होने की है; जैसे, "यह पुस्तक सबसे ऊपर है।"

2. ऊपर से—(i) अनैतिक उपाय से, अनुचित रीति से; जैसे, "ऊपर से दस रुपए वे अवश्य नित्य झटक लेते हैं।"

(ii) इसके अतिरिक्त, और अधिक; जैसे, "घर में आगे ही भीड़-भाड़ अधिक थी, ऊपर से भाई के दामाद भी आ पहुँचे।"

ऋषि

संस्कृत के समस्तपदों में यदि ऋषि उत्तरपद हो तो 'ऋ' का र् हो जाता है; जैसे—

ब्रह्मर्षि (ब्रह्म + ऋषि)

महर्षि (महत् + ऋषि)

राजर्षि (राज + ऋषि)

सप्तर्षि (सप्त + ऋषि)

ध्यान रहे कि ब्रह्म-ऋषि, महत्-ऋषि, राज-ऋषि तथा सप्त-ऋषि लिखने की प्रथा नहीं।

ऋषिकेश, हृषिकेश

मूलरूप तो हृषिकेश [हृषीक (इंद्रिय) + ईश (प्रभु)] ही है, परंतु अब चलन में ऋषिकेश (उत्तर प्रदेश का एक प्रसिद्ध नगर) ही है। हृषिकेश का शब्दार्थ है—इंद्रियों का स्वामी अर्थात् संयमी व्यक्ति। ऐसा कहा जाता है कि प्राचीन काल में लोग पर्वतों की शरण आत्मसंयम की प्राप्ति के लिए लेते थे या इतना तो मानते ही थे कि पवित्र पर्वतीय स्थानों में ही आत्मसंयम संभव है।

एक

'एक' का प्रयोग विशेषण और सर्वनाम दोनो रूपों में होता है; जैसे—

(क) एक आदमी के पास कुछ पुस्तकें थीं जिनमें से एक उसने मुझे दी।

(ख) एक वह है जिसने कभी एक बात भी नहीं पूछी।

'क' वाक्य में पहला 'एक' विशेषण है और दूसरा सर्वनाम। 'ख' वाक्य में पहला 'एक' सर्वनाम है और दूसरा विशेषण।

प्रविशेषण रूप में 'एक' (तथा अन्य संख्यासूचक भी) अन्य विशेषणों के पहले आते हैं, परंतु सार्वनामिक विशेषणों के बाद में; जैसे—

(च) वह एक सुंदर सपना था।

(छ) उसका एक सहपाठी मेरा मित्र है।

कुछ अवसरों पर 'ऐसा विचित्र या विरल' अर्थ में भी इसका विशेषण रूप में प्रयोग होता है; जैसे—

(ट) मेरा एक भाई है जो मेरे खून का प्यासा है।

(ठ) "मौत ही एक है जो उनकी दशा पर दया करके जल्द-जल्द उन्हें जीवन रूपी रोग के कष्ट से छुडाती है।"

—बालमुकुंद गुप्त

हिंदी में अंग्रेज़ी की कृपा से 'एक' का प्रयोग विशेषण रूप में किसी निश्चित या विशिष्ट इकाई के साथ भी होने लगा है;जैसे—

(त) वह एक आदमी है।

(थ) वह एक नक्शा है।

संभवतः ऐसा इसलिए हुआ कि अंग्रेज़ी में हर गण्य संज्ञा के पहले a लगाते हैं; जैसे, A dog bite me. हिंदीवाले इसका अनुवाद कभी-कभी करते हैं : 'एक कुत्ते ने मुझे काट लिया है।' परंतु हिंदी की प्रकृति के अनुसार यह प्रयोग प्रशस्त नहीं। 'मुझे कुत्ते ने काट लिया है' इतना ही यथेष्ट है। 'मुझे किसी कुत्ते ने काट लिया है' वाक्य भी उत्तम है। 'मुझे इस/उस कुत्ते ने काट लिया है' में 'उस' और 'इस' निदेशवाचक हैं और निश्चित इकाई की ओर संकेत करते हैं। परंतु 'एक' निदेशवाचक नहीं। यह वस्तुतः अनिश्चित और अस्पष्ट इकाई के लिए ही प्रयुक्त होता है; जैसे, "एक राजा था। उसकी एक रानी थी। एक दिन राजा शिकार को गया। उसने एक हिरन मारा।"

इसके विपरीत जब 'एक' का प्रयोग निश्चित या स्पष्ट के लिए होता है तो खटक होना स्वाभाविक है; जैसे, "हिंदी एक विश्व भाषा है।" इसकी जगह हम कह सकते हैं :

(i) हिंदी विश्वभाषा है।

(ii) हिंदी भी विश्वभाषा है।

(iii) हिंदी विश्वभाषाओं में से एक है।

कुछ लेखकों में 'निश्चित और स्पष्ट' अर्थात् 'अपनी तरह का एक' ही के अर्थ में 'एक' को प्रयुक्त करने की अत्यधिक ललक देखी जाती है, जो श्रेयस्कर नहीं। 'कृष्ण की आत्मकथा' से उद्धृत कुछ प्रयोग देखिए :

(क) एक निरंकुश शासक की महत्त्वाकांक्षा अहं के हिमालय पर तांडव करती है।

(ख) छंदक की आकृति पर एक कूट-नीतिज्ञ आभा उभर आई।

(ग) दूसरा निवेदन मैं एक प्रजा की स्थिति से अपने राजा से करना चाहता हूँ।

(घ) स्वप्न तो अस्थिर मन की एक अभिव्यक्ति है।

(च) उसमें एक विषैले साँपों का पूरा परिवार रहता है।

(छ) भय से थर-थर काँपता एक प्रभाव भोलीभाली जनता अपने मन में समेट लेती।

डा. युगेश्वर की राम एक जीवन, सीता एक जीवन, हनुमान एक जीवन आदि पुस्तकों में खटक इसीलिए होती है कि 'एक' यहाँ 'निश्चित और स्पष्ट' का सांकेतिक है। 'एक' के प्रति यह मोहग्रस्तता कुछ जँचती और जमती नहीं।

1. अपनी तरह का एक ही—विशेषण पदबंध है और आशय है—अद्वितीय या विलक्षण; जैसे, "वह लड़का भी अपनी तरह का एक ही है।"

2. एक ओर/तरफ़—क्रिया-विशेषण पदबंध है और आशय है—एक पक्ष में; जैसे—

(क) एक ओर अगर तुम हो तो दूसरी ओर वह है।

(ख) यदि एक ओर मकान है तो दूसरी ओर गाड़ी है।

इसका नित्यसंबंधी है—दूसरी ओर/तरफ़।

3. एक खोजो हज़ार मिलते हैं—(कहावत) आशय है—मूर्खों की कहीं कमी नहीं; जैसे, "यहाँ मिट्टी भी बेची जा सकती है, बेचनेवाला होना चाहिए, खरीदनेवालों की कहीं कमी नहीं। एक खोजो हज़ार मिलते हैं।"

4. एक तो यह कि—इस पदबंध से अभिप्राय है—पहली बात या कारण यह है कि; जैसे, "एक तो यह कि आज स्कूल बंद हैं, दूसरे यह कि आज त्योहार भी है।"

'दूसरे यह कि' इसका नित्यसंबंधी है।

5. एक, दो, तीन—वाक्य रूप में प्रयुक्त। इसका प्रयोग (क) प्रतियोगियों को दौड़ शुरू करने के लिए अंतिम संकेत के रूप में होता है, या (ख) नीलामकर्ता द्वारा ऊँची बोली बोलनेवाले को माल सौंपने के अंतिम संकेत के रूप में होता है।

6. एक न एक—विशेषण पदबंध है और किसी संभावित परंतु अज्ञात वस्तु, व्यक्ति आदि के लिए प्रयुक्त होता है; जैसे—

(क) तुम्हारी यह मेहनत एक न एक दिन ज़रूर रंग लाएगी।

(ख) वह एक न एक विवादग्रस्त मुद्दा उठाता ही है।

7. एक नंबर का—विशेषण पदबंध, आशय है—श्रेष्ठ गुणवत्तावाला, ऊँची किस्म का; जैसे, "यह एक नंबर का घी है।" लाक्षणिक अर्थ में यह 'घोर' का पर्याय है; जैसे, "यह केवल कुछ इने-गिने लोग ही जानते थे कि बाबाजी एक नंबर के विषयी और मद्यप हैं।"

8. एक बार और/फिर—क्रिया-विशेषण पदबंध है। आशय है—दूसरी बार, दुबारा; जैसे, "उस पुस्तक को मैं एक बार और/फिर देखना चाहता हूँ।"

9. एक समय—इस संज्ञा पदबंध का प्रयोग एकवचन में तथा भूत, वर्तमान अथवा भविष्य से संबद्ध किसी कालखंड का उल्लेख करने के लिए होता है; जैसे—

(क) एक समय था जब सीता के सतीत्व पर भी किसी ने संदेह किया था।

(ख) एक समय यह भी है जब कोई शुद्ध वस्तु ही नहीं मिलती।

(ग) एक समय आएगा जब व्यक्ति आकाश में वास करेगा।

10. एक से एक—इस विशेषण पदबंध का प्रयोग सदा बहुवचन संज्ञा के साथ ही होता है। आशय है—उच्चकोटि के, बढ़िया से बढ़िया, अद्वितीय; जैसे—

(क) सम्मेलन में एक से एक महारथी आए थे।

(ख) वहाँ एक से एक पकवान परोसे गए।

11. एक ही—विशेषण पदबंध, आशय है—अपनी तरह का अकेला, अनुपम; जैसे, "उसने भी एक ही कही।"

12. एक ही लेखा—संज्ञा पदबंध है और आशय है—एक ही बात, स्थिति या परिदृश्य;

सब जगह समान रूप से दिखाई देनेवाली बात; जैसे—

"तनधर सुखिया कोई न देखा
सब जग दुखिया देखा रे,
ऊपर चढ़-चढ़ देखा साधो
घर-घर एकहि लेखा रे।"

—कबीर

13. यह भी एक रही—वाक्य रूप में प्रयुक्त इस कथन से आशय है—अत्यंत अनूठी या बेजोड़ बात है।

14. हर एक—कुछ लोग 'हर एक' के स्थान पर 'हरेक' लिखते हैं। संभवतः प्रत्येक (प्रति+एक) के अनुकरण पर। यहाँ दो बातें हैं। एक तो यह कि हिंदी में संधि का विधान नहीं। दूसरे यह कि इस पदबंध का अक्षर-विभाजन तथा सही उच्चारण होगा—ह+रेक,जो न युक्तिसंगत है और न वास्तविक ही। अतः 'हर एक' ही उपयुक्त प्रतीत होता है। इसी आधार पर पाँचेक, बीसेक आदि की जगह पाँच एक, बीस एक आदि को ही वरीयता देनी चाहिए।

एक, इक

'एक' तत्सम है और 'इक' तद्‌भव।

तद्‌भव समस्तपदों के पूर्वपद के रूप में पहले 'एक' को ही प्रधानता प्राप्त थी। पहले एकतारा, एकसुरा, एकलौता, एकहरा आदि रूप ही प्रशस्त थे जबकि अब इकतारा, इकसुरा, इकलौता, इकहरा आदि रूपों को ही प्रमुखता प्राप्त है। इकाई, इकलाई, इक्का आदि भी पहले एकाई, एकलाई, एक्का रूप में ही लिखे जाते थे। संभवतः एक-आध, एकजुट, एकटक, एकदम जैसे कुछ ही तद्‌भव पद ऐसे हैं जो अब भी 'एक' से लिखे जा रहे हैं।

संस्कृत 'एक' का फ़ारसी पर्याय है : 'यक'। फ़ारसी से आए समस्तपदों के 'यक' का हिंदी में 'एक' हो जाता है; जैसे—

एकदिल/यकदिल, एकतरफ़ा/यकतरफ़ा, एकमंजिला/यकमंजिला, एकसाला/यकसाला। एकतरफ़ा को 'इकतरफ़ा' लिखना 'एक' को 'इक' लिखने की प्रवृत्ति का ही फल है।

एकत्र, एकत्रित

'एकत्रित' यद्यपि शुद्ध नहीं, परंतु प्रचलन में है। वैसे लाघव सिद्धांत से 'एकत्र' ही वरीय है।

एकदम, एकदम से

ये दोनों ही क्रिया-विशेषण पदबंध हैं।

'एकदम' एकाएक के अर्थ में प्रयुक्त होता है; जैसे, "एकदम आँधी आ गई।" 'एकदम से' में 'सदा के लिए' की विवक्षा है; जैसे, "अब हम एकदम से यहाँ आ गए हैं।"

ऐ

हिंदी में 'ऐ' मूल दीर्घ स्वर है। तद्‌भव शब्दों में इसका उच्चारण इसी रूप में होता है : **ऐसा, वैसा, कैसा, पैसा**। पूर्वी उत्तर प्रदेश की बोलियों में इसका रूप 'अइ' संयुक्त स्वर जैसा है, इसलिए उक्त भाग में अइसा, वइसा, कइसा का उच्चारण होता है। 'ऐ' का 'अइ' मानक उच्चारण नहीं।

पूर्वी बोलियों की कृपा से कुछ ऐसे तद्‌भव शब्द भी मानक पश्चिमी रूपों के समानांतर चलने लगे हैं जिनमें 'ऐ' का उच्चारण 'अइ' रूप में ही होता है :

मानक रूप
गायक
गाय
नाव

भाई
मढ़ी
माँ

पूर्वी रूप [ऐ= अइ]

गवैया
गैया
नैया
भैया
मढ़ैया
मैया

पूर्वी रूप के ये शब्द स्थानीय हैं।

संस्कृत तत्सम शब्दों में 'ऐ' का उच्चारण पूरानी पीढ़ी 'अइ' के समान ही करती थी। पूर्वी प्रदेशों में अब भी 'अइ' के समान ही होता है, परंतु अधिकतर लोग मूल स्वर के रूप में उच्चारण करना पसंद करते हैं।

तत्सम रूप	**पश्चिमी रूप**	**पूर्वी उच्चारण**
ऐतिहासिक	ऐ-तिहासिक	अइतिहासिक
ऐश्वर्य	ऐ-श्वर्य	अइश्वर्य
ऐहिक	ऐ-हिक	अइहिक
शैशव	शै-शव	शइशव

'अइ' के उच्चारण में रहस्य यह है कि संस्कृत के अधिकतर शब्दों में 'इ' या 'ई' का ही वृद्धि-रूप 'ऐ' होता है। इतिहास, ईश्वर, इह और शिशु में प्रत्यय का योग होने पर आदिस्वर में वृद्धि हुई है।

अरबी-फ़ारसी के कुछ शब्दों में 'अय' और 'अइ' से मिलती-जुलती ध्वनि को हिंदी शब्दसागर के संपादकों ने 'ए' से व्यक्त करने का निश्चय संभवतः इसलिए किया था कि 'ऐ' पूर्वी बोलियों के शब्दों में 'अइ' का भी सूचक है। उर्दू लिपि में ऐब, ऐनक, तैयार, ऐयाश आदि शब्द अ + य के द्वारा लिखे जाते हैं; अय्ब, अय्नक, तय्यार, अय्याश आदि रूपों में। 'ऐ' के लिखने के परिणामस्वरूप ही आज ऐब, ऐनक आदि में 'ऐ' का उच्चारण निश्चय ही मूल स्वर के रूप में होने लगा है। हाँ, तैयार, ऐयाश आदि में वह संयुक्त स्वर 'अइ' सा ही है।

ऐक्य, ऐक्यता

'ऐक्य' संज्ञा है, उसमें 'ता' प्रत्यय जोड़कर पुनः 'ऐक्यता' बनाना समीचीन नहीं।

ऐसा

'ऐसा' विशेषण और सर्वनाम के रूप में प्रयुक्त तो होता ही है, क्रियाविशेषण के रूप में भी प्रयुक्त होता है (आशय रहता है—इस प्रकार से) तथा अविकारी रहता है। (इसका एक उदाहरण है : "हमारे एक मित्र जब गाते हैं तो ऐसा हाथ-पैर फेंकते हैं, ऐसा चेहरा बनाते हैं, ऐसा झूमते हैं कि लगता है उन्हें दौरा पड़ गया हो।") इसका प्रयोग प्रायः अप्रियता या अनौचित्य का सूचक ही होता है; जैसे, "उन्होंने ऐसा मुँह बनाया जैसे हमें खा ही जाएँगे।"

पूर्वतः 'ऐसा' क्रिया-विशेषण विकारी रूप में प्रयुक्त होता था।

1. ऐसा तो नहीं कि—हो भी सकता है कि, ऐसी भी संभावना है कि; जैसे—

(क) ऐसा तो नहीं कि वह न आए।

(ख) ऐसा तो नहीं कि वह यहाँ से चला गया हो।

2. ऐसा भी क्या !—यह बात उचित नहीं; जैसे—

"आज कुछ खाने की इच्छा नहीं।"
"ऐसा भी क्या ! कुछ तो खा लो।"

3. ऐसा भी होता है—इस पदबंध का प्रयोग ऐसी घटना के प्रसंग में होता है जो सामान्यतः घटित न होती हो अर्थात् कभी-कभी घटित

होती हो; जैसे, "ऐसा भी होता है कि रात भर मेरी आँख न लगे।"

4. ऐसा न हो कि—किसी अनुचित आचरण या अशोभनीय घटना की आशंका सूचित करने के लिए इस पदबंध का प्रयोग किया जाता है; जैसे—

(क) ऐसा न हो कि कल वह आए ही न।

(ख) ऐसा न हो कि तुम मुझे खबर ही न करो।

(ग) ऐसा न हो कि तुम उसे घर से ही निकाल दो।

5. ऐसा नहीं कि—इस पदबंध का प्रयोग विश्वास तथा दृढ़तापूर्वक किसी के भावी आचरण का उल्लेख करते समय होता है; जैसे, "ऐसा नहीं कि वह मेरी बात न माने।" आशय है कि मुझे दृढ़ विश्वास है कि वह मेरी बात मानेगा ही।

इसी प्रकार "ऐसा नहीं कि वह झूठ बोले।" अर्थात् इस बात का मुझे विश्वास है कि वह झूठ नहीं बोलेगा।

6. ऐसा लगता है कि—इस बात की संभावना है कि; जैसे, "ऐसा लगता है कि बरसात अब सिर पर है।"

7. ऐसा ही सही—इस उक्ति से अभिप्राय है कि हम आपकी ही बात मान लेते हैं; जैसे—

"आज पहले यह काम कर लो फिर वह कर लेना।"

"ऐसा ही सही।"

8. ऐसा है कि—इस पदबंध का प्रयोग किसी तथ्य को प्रकट करते समय या वस्तुस्थिति का परिचय देते समय किया जाता है; जैसे, "ऐसा है कि उस दिन विद्यालय में छुट्टी थी और हम लोग गंगाजी नहाने के लिए गए थे।"

9. ऐसा है क्या?—इस वाक्य का प्रयोग किसी अप्रत्याशित स्थिति या कथन के सत्य की पुष्टि के लिए किया जाता है; जैसे—

"वे लोग इधर ही आ रहे हैं।"

"ऐसा है क्या?"

10. ऐसी भी क्या बात है/थी—नाराजगी, दुख या परेशानी की वजह क्या है (थी); जैसे, "ऐसी भी क्या बात थी जो तुमने यहाँ आना ही बंद कर दिया।"

11. क्या ऐसा है?—आश्चर्यसूचक पदबंध। आशय है—जो तुम कह रहे हो वह क्या वास्तव में सच है? जैसे—

"रामदयाल ने जहर पी लिया।"

"क्या ऐसा है?"

"हाँ, ऐसा ही है।"

12. हाँ, ऐसा ही है—यह बात सच है, बिल्कुल सही है।

ऐसा-वैसा, ऐसे-वैसे

'ऐसा-वैसा' विशेषण पद-समूह है और इसका प्रयोग साधारण या नगण्य अर्थ में होता है; जैसे, "वह ऐसा-वैसा काम नहीं करेगा।"

'ऐसे-वैसे' क्रिया-विशेषण पद है और आशय है—सामान्य रीति या उपाय से; जैसे, "वह ऐसे-वैसे मकान नहीं छोड़ेगा।"

ऐसे

1. ऐसे में—यह स्थानीय प्रयोग है और 'इतने में' का सूचक है।

2. ऐसे ही—क्रिया-विशेषण पदबंध; आशय है—(i) यों ही, बैठे-ठाले; जैसे, "रविवार का दिन भी ऐसे ही बीत जाता है"; और (ii) इसी प्रकार, इसी रीति से या इसी ढर्रे पर; जैसे, "ऐसे ही पढ़ते जाओ।"

-ओं

संज्ञाओं के बहुवचन तिर्यक रूप बनानेवाला प्रत्यय; जैसे :

घोड़े—घोड़ों को।
साड़ियाँ—साड़ियों पर।
मैं कोसों चलता गया।
अभी मीलों जाना है।
मैं घंटों रुका रहा।
वह महीनों यहाँ ठहरा।

वस्तुतः कोसों, घंटों आदि समय या दूरी के सूचक संज्ञापदों के साथ 'तक' का अध्याहार हुआ है। वास्तविक रूप है :

मैं कोसों तक चलता गया।
मैं घंटों तक रुका रहा।

कानों-कान, दिनों-दिन आदि समस्तपदों में भी '-ओं' प्रत्यय बहुवचन का ही सूचक है।

समयसूचक संज्ञापदों के साथ 'ओं' प्रत्यय लगता है और उन्हें विशेषण रूप देता है; जैसेः युगों पुराना, बरसों पुराना, महीनों पुराना, हफ्तों पुराना आदि।

-ओ

निश्चित संख्यावाचक विशेषणों में 'ओ' प्रत्यय समस्तता का सूचक है, अर्थात् सभी तीन—तीनो, सभी चार—चारो, सभी पाँच—पाँचो, सभी आठ—आठो। 'एक' एक ही है, अर्थात् उसमें समस्तता के भाव के द्योतन की आवश्यकता नहीं। 'दो' के साथ 'ओ' के बदले 'नो' प्रत्यय आता है, सभी दो—दोनो।

पूर्वतः 'ओ' और 'नो' की जगह 'ओं' और 'नों' का ही प्रयोग होता था और दोनों, तीनों, चारों आदि लिखे-बोले जाते थे। 'ओं' का प्रयोग बहुवचन अर्थात् 'कई' का सूचक होता है (वहाँ पचासों लोग आए थे—अर्थात् कई पचास लोग आए थे)।

दरजनों, सैकड़ों, अनेकों, बहुतों आदि रूप ही सही हैं; दरजनो, सैकड़ो, अनेको, बहुतो आदि नहीं। 'ओं' प्रत्यय बहुवचन का ही सूचक है।

ओषधि, औषध

दोनो शुद्ध हैं, परंतु कुछ लोग इनका घाल-मेलकर 'औषधि' बना डालते हैं; जैसे, "आँखें उनकी ठीक की जा सकती हैं जिनकी आँखें किसी रोग से खराब हुई हों, पर जिसने खुद आँखें फोड़ ली हों उनकी कोई औषधि नहीं।" — मनु शर्मा

'ओषधि' या 'औषध' का ही व्यवहार करना चाहिए। ध्यान रहे कि ये दोनों स्त्रीलिंग संज्ञाएँ हैं। कुछ लोग भूल से 'औषध' का पुंलिंगवत् प्रयोग करते भी देखे जाते हैं।

औकात

(किसी को उसकी) औकात बता देना—यह सिद्ध कर देना कि हमारे आगे या हमारी तुलना में तुम वस्तुतः बहुत अशक्त या हेय हो; जैसे, "भारतीय हाकी टीम ने इंगलैंड में सभी मैच जीतकर अंग्रेज़ी टीम को उसकी औकात बता दी।"

और

यह योजक, विशेषण, सर्वनाम, क्रिया-विशेषण तथा प्रविशेषण के रूप में प्रयुक्त होता है; जैसे—

(क) वह जाएगा और हम यहीं रहेंगे। (योजक)

(ख) उसके पास और काम भी है। (विशेषण)

(ग) और क्या कहते हैं इससे हमें मतलब ? (सर्वनाम)

(घ) और आगे बढ़ने पर हमें एक महात्मा मिले। (क्रिया-विशेषण)

(च) तुम्हें और ज़्यादा चाहिए क्या? (प्रविशेषण)

यह योजक उपवाक्यों को भी जोड़ता है और पदों को भी।

रचना की दृष्टि से यह जिन उपवाक्यों को जोड़ता है वे समान महत्त्व के होते हैं तथा स्वतंत्र वाक्यों की तरह प्रयुक्त भी होते हैं :

राम आ गया है और श्याम भी आ गया है।

राम आ गया है और श्याम भी आता होगा।

राम आ गया है, श्याम आ रहा है और मोहन भी आता होगा।

जब क्रम से कई उपवाक्य हों तो 'और' का प्रयोग अंतिम उपवाक्य से ही पहले करते हैं, अन्यत्र उसके स्थान पर अल्पविराम का प्रयोग किया जाता है।

कभी-कभी दूसरे उपवाक्य के उद्देश्य या विधेय का अध्याहार होता है :

राम दिल्ली गया है और श्याम भी।

मैं दिल्ली भी जाऊँगा और कानपुर भी।

अंतिम वाक्य के दूसरे उपवाक्य के विधेय और उद्देश्य दोनों का अध्याहार हुआ है।

रचना की दृष्टि से ऐसे वाक्य भी मिलते हैं जिनका प्रथम उपवाक्य का अध्याहार होता है :

(वह तो झूठा है ही) और तुम भी झूठ बोलने लगे।

(उसने तो शराब पी) और तुमने भी पी ली!

वस्तुतः ऐसे वाक्यों के प्रथम उपवाक्य में 'तो' की स्थिति विचारणीय है। यहाँ 'तो. . . और. . .' योजक-समूह कार्यरत हैं।

अर्थ की दृष्टि से संयोजित उपवाक्यों में (क) एक ही क्रिया के व्यापार का विस्तार होता है, भले ही क्रियापद भिन्न-भिन्न हों :

मैं भी दिल्ली गया और वह भी दिल्ली गया।

उसने रेडियो भी खरीदा और पंखा भी।

राम ने उसे पत्र भी भेजा और तार भी भेजा।

(ख) ऐसे विभिन्न व्यापारों को दरशाना अभिप्रेत होता है जो साथ-साथ, आगे-पीछे या परिणामस्वरूप होते हों :

उसे वह मारता भी है और गालियाँ भी देता है।

उसने जुर्माना भी भरा और सज़ा भी काटी।

वह पुस्तकें खरीदता भी है और बेचता भी।

हमने वहाँ भोजन भी किया और विश्राम भी।

वह कहता गया और हम सुनते रहे।

(ग) विभिन्न व्यापारों के आधार पर विसंगति को उभारना होता है :

वह हँसेगा और तुम रोओगी।

हमने सिर्फ़ खाया और उसने सिर्फ़ पिया।

परंतु जब मात्र विपरीत स्थिति का द्योतन करना हो तो 'पर' ही आता है।

वह तो हँसी, पर मैं हँस न सका।

वह पीता रहा, पर हमने नहीं पी।

जिन पदों (वाक्यांशों) को 'और' जोड़ता है वे एक ही व्याकरणिक कोटि के होते हैं :

राम और कृष्ण खेल रहे हैं। (नामपद)

उनके पास काली और लाल साड़ियाँ हैं। (विशेषणपद)

वे रात भर गाते और बजाते रहे। (क्रियापद)

अनेक विद्वान ऐसा मानते हैं कि 'और' प्रतीत तो होता है पदों को जोड़ता हुआ, परंतु वास्तव में यह उपवाक्यों को ही जोड़ता है :

(क^1) राम गा रहा है।

(क^2) सीता गा रही है।

(क^3) सीता और राम गा रहे हैं।

(ख^1) उसके पास लाल रंग की साड़ियाँ हैं।

(ख^2) उसके पास काले रंग की साड़ियाँ हैं।

(ख^3) उसके पास लाल और काले रंग की साड़ियाँ हैं।

क^3 और ख^3 पूर्वोक्त दोनो वाक्यों के ही समाहार हैं, इसमें संदेह की गुंजाइश नहीं।

ज़रा गहरे चलें तो हमें दो विवक्षाओं का बोध होता है। एक प्रकार के ऐसे पदों में 'यह भी. . . वह भी' की विवक्षा है और दूसरे प्रकार के ऐसे पदों में 'एक-दूसरे को' की विवक्षा है :

(क) राम और सीता गा रहे हैं।

अर्थात् यह (राम) भी गा रहा, वह (सीता) भी गा रही है।

(ख) राम और श्याम भाई हैं।

अर्थात् राम और श्याम एक-दूसरे के भाई हैं।

'क' प्रकार के वाक्य तो वस्तुतः दो उपवाक्यों के ही समाहार हैं, परंतु 'ख' प्रकार के वाक्य स्वतंत्र इकाई हैं; क्योंकि इन्हें दो वाक्यों में विभाजित नहीं किया जा सकता।

बहुवचन सर्वनाम की तरह प्रयुक्त होने पर परसर्ग के पहले उसमें 'ओं' प्रत्यय लगता है; जैसे, (क) हम औरों की बात यहाँ नहीं कर रहे, तुम्हारी बात कर रहे हैं। (ख) औरों से हमें क्या लेना-देना!

सामान्यतः सर्वनामों के बहुवचन रूप में 'ओं' प्रत्यय नहीं आता। 'इन' और 'उन' के 'इन्हों' और 'उन्हों' रूप अवश्य बनते हैं, परंतु वे भी 'ने' परसर्ग के आने पर।

1. और-और—अप्रासंगिक, बाहरी या गैर; जैसे, "वहाँ साहित्य की चर्चा नहीं हुई, और-और बातों में सारा समय निकल गया।"

2. और कुछ, कुछ और—यद्यपि इन पदबंधों का प्रयोग पर्याय रूप में होता है, तो भी ऐसा प्रतीत होता है कि 'और कुछ' में अतिरिक्तता की विवक्षा है और 'कुछ और' में भिन्नता की; जैसे—

(क) और कुछ चाहिए तो लेते जाओ।

(ख) कुछ और (ही) बात है जो वह नहीं आया।

3. और कोई, कोई और—'और कोई' में अतिरिक्तता की और 'कोई और' में भिन्नता की विवक्षा है; जैसे—

(क) और कोई चलना चाहे तो उसका स्वागत है।

(ख) कोई और काम न हुआ तो मैं भी चलूँगा।

4. और क्या—इस पदबंध का प्रयोग यह सूचना देने के लिए होता है कि जिस काम के बारे में आपने पूछा है वह हो गया है या कर दिया गया है; जैसे—

"तुम वहाँ गए थे?"

"और क्या!"

"तुमने खा लिया?"

"और क्या !"

'और क्या' में प्रश्नकर्ता के प्रश्न के अनौचित्य के प्रति आक्रोश या उपेक्षाभाव भी झलकता है।

5. और ज़्यादा क्या कहा जाए—आशय है कि पहले जितना कहा जा चुका है उतना ही बहुत है। और अधिक कहने की आवश्यकता नहीं।

कंबख़्ती की मार

इस पदबंध का प्रयोग संयोगवशात् होनेवाली अपनी हानि या दुर्दशा सूचित करने के लिए होता है; जैसे :

"कंबख़्ती की मार (कि) जो उन्हें मैं अपनी राय दे बैठा।"

'कंबख़्ती की मार' उपवाक्य की तरह प्रयुक्त होता है और इसीलिए इसके बाद 'जो' योजक का प्रयोग अनिवार्य है। उक्त उदाहरण से यह तथ्य स्पष्ट है। हुआ यह है कि 'कंबख़्ती की मार' के बाद क्रियापद का लोप हुआ है; जैसे, "कंबख़्ती की मार समझिए (कि) जो उन्हें मैं अपनी राय दे बैठा।"

कड़वा

इस विशेषण का प्रयोग पदार्थ (कड़वी मिर्च), विषय (कड़वी बात) और व्यक्ति (कड़वा आदमी) तीनों के लिए होता है।

1. कड़वा-कड़वा थू और मीठा-मीठा गप—इस कहावत का प्रयोग तब किया जाता है जब कोई व्यक्ति अपने लिए अच्छी-अच्छी चीज़ें तो चुन-छाँट लेता या लेना चाहता है और दूसरों के लिए अप्रिय चीज़ें छोड़ देता है।

2. कड़वा तेल—सरसों का तेल।

कतई नहीं, कतई. . . नहीं

दोनो रूपों में प्रयुक्त होता है; जैसे, (क) वह वहाँ कतई नहीं जाएगा। (ख) यह मकान मुझे कतई पसंद नहीं।

ये 'बिल्कुल नहीं' और 'बिल्कुल . . . नहीं' के पर्याय हैं। 'बिल्कुल' का 'नहीं' के बिना भी प्रयोग होता है (जैसे, उनका कहना बिल्कुल सही है) परंतु 'कतई' के साथ 'नहीं' का प्रयोग आवश्यक है।

कब

यह प्रश्नवाचक क्रिया-विशेषण है, आशय है—किस समय (तीनो कालों में); जैसे—

(क) वह कब आया ?

(ख) आप घर पर कब मिलते हैं ?

(ग) तुम कब जाओगे ?

1. कब का—(i) इसका आशय है—किस समय का; जैसे—

(च) यह कब का किस्सा है ?

(छ) यह कब की बात है ?

(ii) विकारी क्रियाविशेषण; बहुत देर हुई इस बात को, बहुत पहले; जैसे—

(ट) वह कब का जा चुका है।

(ठ) वह औरत कब की जा चुकी है।

(ड) वे सब कब के जा चुके हैं।

कुछ लेखक इस क्रिया-विशेषण को तिर्यक् रूप में ही प्रयुक्त करते हैं; जैसे, वह कब के जा चुका है।

परंतु इसे सम्मत प्रयोग नहीं कहा जा सकता।

कभी

यह क्रिया-विशेषण है और इसका आशय है—किसी समय या अवसर पर; जैसे, "कभी रात भर मैं सोता नहीं।" यह समय भूतकाल का भी सूचक हो सकता है या भविष्यत् का भी; जैसे—

(क) मैंने तो इस पुस्तक का कभी नाम भी नहीं सुना।

(ख) कभी उनसे भी मिल लेना।

1. आगे कभी—भविष्य में, आइंदा; जैसे, "आगे कभी विलंब नहीं होगा।"

2. कभी का—विकारी क्रिया-विशेषण पदबंध; आशय है—बहुत समय हुआ, बहुत पहले; जैसे—

(क) तूफान कभी का थम चुका।

(ख) आँधी कभी की थम चुकी।

(ग) मछुआरे कभी के जा चुके।

3. कभी-कभी—कुछ अवसरों पर, किसी-किसी दिन; जैसे, "वह कभी-कभी माँ से मिलने जाती थी।"

4. कभी तो—(i) निश्चय ही किसी दिन या समय; जैसे, "कभी तो वह घर आएगा?"

(ii) किसी समय तो; जैसे, "कभी तो सच बोला करो।"

5. कभी. . . तो कभी—जब दो परस्पर विपरीत स्थितियों को दरशाना होता है तो इस पदबंध का प्रयोग करते हैं; जैसे—

(क) वह कभी हँसता है तो कभी रोता है।

(ख) कभी धूप निकलती है तो कभी बदली हो जाती है।

(ग) कभी यह दल जीत जाता है तो कभी वह दल जीत जाता है।

(घ) कभी रात यहाँ तो कभी दिन वहाँ।

6. कभी न कभी तो—किसी विशेष अवसर पर, किसी खास मौके पर, संभवत: ऐसा अवसर आए जब; जैसे, "कभी न कभी तो उसे मेरी याद आएगी ही।"

7. कभी भी—(i) आचार्य रामचंद्र वर्मा 'कभी' के साथ 'भी' का प्रयोग करने के पक्ष में नहीं थे। उनका मत था 'कभी' में पहले से 'भी' जुड़ा है। परंतु अब 'कभी' के साथ 'भी' का प्रयोग साधारण बात है; जैसे, "वह कभी भी आ सकता है।" यह ठीक है कि बिना 'भी' के भी 'कभी' का प्रयोग उतना ही ज़ोरदार रहता है।

(ii) 'कभी-कभी' और 'जब कभी' के साथ भी कुछ लोग 'भी' लगते हैं, परंतु ये प्रयोग प्रशस्त नहीं।

8. पहले कभी—भूतकाल में किसी अवसर पर; जैसे—

(क) पहले कभी आपसे मुलाकात नहीं हुई।

(ख) पहले कभी आप यहाँ आए हैं?

-कम-

अंग्रेज़ी का यह योजक हिंदी में भी चलने लगा है। आशय है—संयुक्त, के साथ लगा हुआ पर दो काम देनेवाला; जैसे, "राजमहल . . . उनका अपना व्यावसायिक दफ्तर-कम-गोदाम बन गया है।"

—सुशीला गुप्ता

कम

क्रिया-विशेषण भी है और विशेषण भी; जैसे—

(क) वह कम बोलता है। (क्रि. वि.)

(ख) कम लोग सोचते हैं कि. . .। (वि.)

कम-से-कम—क्रिया-विशेषण पदबंध है तथा इसमें दो विवक्षाएँ हैं : (क) बहुत कम; जैसे, "तुम कम-से-कम बोलने का अभ्यास करो।" और (ख) इससे कम नहीं; जैसे, "मुझे वहाँ कम-से-कम दो घंटे ठहरना होगा।"

कमर

1. कमर कसना या कस लेना—कोई काम करने के लिए तैयार हो जाना; जैसे, "जब मनुष्य

निरुपाय हो जाता है तब मूर्खता पर कमर कसता है।"

2. कमर टूट जाना—कुछ भी करने में असमर्थ हो जाना, असहाय हो जाना; जैसे, "बेटे की मृत्यु से उसकी कमर टूट गई।"

-कर

यह धातुओं में लगनेवाला प्रत्यय है। इस प्रत्यय से युक्त धातुरूप को पूर्वकालिक कृदंत, पूर्वक्रमिक कृदंत या करकृदंत भी कहते हैं। इसकी वाक्य में स्थिति क्रिया-पदबंध से पूर्व होती है और सामान्यतः अर्थ की दृष्टि से भी यह क्रिया-पदबंध के व्यापार से पूर्व के व्यापार की निष्पत्ति का सूचक होता है; जैसे—

(क) वह खाकर खेलेगा।

(ख) वह हमसे मिलकर गया था।

यहाँ 'खाकर' से आशय है 'खाने के बाद' और 'मिलकर' से आशय है 'मिलने के बाद'।

कुछ अवसरों पर यह धातुओं के साथ लगकर उन धातुओं के व्यापार के सातत्य की स्थिति, ढंग आदि का भी सूचक होता है; जैसे—

(ग) वह गीत गाकर सुनाता है।

(घ) ज़रा सम्हलकर चलिए।

(च) क्षत्रिय होकर भी वह डरपोक निकला।

(झ) उन्होंने तालियाँ बजाकर हमारा स्वागत किया।

यहाँ विवक्षा 'गाते हुए', 'सम्हलते हुए', 'होते हुए' और (तालियाँ) 'बजाते हुए' जैसी है।

इस प्रत्यय के साथ धातुओं की आवृत्ति भी होती है; जैसे—

(त) वह खा-खाकर मुटा गया।

(थ) वह रो-रोकर चुप हो जाएगी।

(द) वह देख-देखकर बोलता है।

'खा-खाकर' से आशय है—बहुत अधिक खाते रहने के कारण; 'रो-रोकर' से आशय है—बहुत अधिक रो लेने के बाद और 'देख-देखकर' से आशय है—बार-बार देखते हुए। इस प्रकार ऐसे द्विरुक्त पदबंधों में कारण, अधिकता, बारंबारता आदि की विवक्षा रहती है। 'उसने चुन-चुनकर गालियाँ दीं' में चयन-कुशलता के साथ गालियों की अधिकता भी सूचित होती है।

'कर' धातु के साथ 'कर' प्रत्यय के स्थान पर 'के' संबंधबोधक का प्रयोग प्रत्ययवत् होता है।

(देखें 'करके')

करके

पूर्वकालिक कृदंत 'कर' के स्थान पर 'के' का प्रयोग 'कर' धातु के साथ होता है; जैसे, "वहाँ मैं भोजन करके गया।"

अनेक पंजाबीभाषी लेखक 'के रूप में' के प्रसंग में 'करके' का प्रयोग करते हैं; जैसे—

(क) "यदि कोई विद्यार्थी भाषा को भासा, क्षेत्र को छेत्र, मालूम को मालुम, विष को बिस एवं मित्र को मित्तर करके बोले तो उसकी गणना अनपढ़ आदमियों में ही करनी चाहिए।" —डा. हरदेव बाहरी

(ख) "कई लोग ह्रस्व स्वर को दीर्घ और दीर्घ स्वर को ह्रस्व करके बोलते पाये जाते हैं।" —डा. हरदेव बाहरी

इन वाक्यों में 'करके' का प्रयोग फालतू है। उसे हटा दीजिए तो वाक्यों का सौष्ठव बढ़ जाएगा। 'पाये जाते हैं' तो और भी खराब है। 'कृपा करके' की जगह 'कृपा कर' ही प्रशस्त है; जैसे, "कृपा कर वहाँ न जाएँ।"

'एक-एक करके' की जगह भी 'एक-एक कर' ही वरीय दिखाई पड़ता है; जैसे, "सब मित्रों के एक-एक कर चले जाने से मैं अकेला पड़ गया हूँ।"

-करण

करने की क्रिया या भाव के अर्थ में 'करण' प्रत्यय के रूप में प्रयुक्त होता है। यह तत्सम प्रत्यय है और सामान्यतः इससे पहले मध्य प्रत्यय 'ई' का आगमन होता है; जैसे—

औद्योगिक + करण = औद्योगिकीकरण
नवीन + करण = नवीनीकरण
निरस्त्र + करण = निरस्त्रीकरण
विदेश + करण = विदेशीकरण
सरल + करण = सरलीकरण
साधारण + करण = साधारणीकरण
नगर + करण = नगरीकरण
समूह + करण = समूहीकरण

कुछ ऐसे भी समस्तपद अवश्य हैं जिनमें 'ई' का आगमन नहीं होता :

पृथक् + करण = पृथक्करण
उर्दू + करण = उर्दूकरण

करता, कर्ता

वर्तनी भिन्न है, परंतु उच्चारण समान है। स्रोत, अर्थ और शब्द-भेद भी दोनो के अलग-अलग हैं। हिंदी की तद्भव 'कर' धातु में 'ता' प्रत्यय के योग से बना 'करता' कृदंत या क्रिया-रूप है और विकारी है, जबकि 'कर्ता' (कर्तृ) तत्सम रूप है तथा अविकारी पुंलिंग संज्ञापद है।

करना

1. कर आना—यात्रा पूरी करके (या कोई कार्य संपादित करके) लौट आना; जैसे, "हमारे-आपके घर से, गाँव से न जाने कितने लोग तीरथ करने निकलते हैं और इनमें से कुछ तो अपने पैरों ही चारो धाम कर आते हैं।" —सीताराम चतुर्वेदी

2. करूँ (करें) तो क्या? —असहाय तथा किंकर्तव्यविमूढ़ होने की अवस्था में इस उक्ति का प्रयोग करते हैं। आशय है— सूझ नहीं रहा कि अब कौन-सा काम या उपाय करूँ (करें)?

3. न करते बनना—जिस काम को करना चाहिए उसकी जब जानबूझ कर कोई उपेक्षा करता है तब इस मुहावरे का प्रयोग करते हैं; जैसे, "मेरे दिमाग की तारीफ़ तो न करते बना, उलटे डाँटे चली जा रही हो।"

करनी

स्त्रीलिंग संज्ञापद है और आशय है—किया हुआ काम, कृत्य; जैसे, "जैसी करनी वैसी भरनी।" आशय है—आप जैसा (अच्छा या बुरा) काम करेंगे उसी के अनुरूप आपको (अच्छा या बुरा) फल मिलेगा।

सामान्यतः इसका प्रयोग बिगाड़े हुए या अनुचित काम के लिए ही होता है; जैसे, "मैं कभी इस तरह का लेख नहीं छपवाता, यह उसी की करनी है।"

कसर

कोई कसर न करना/छोड़ना—यह मुहावरा है और आशय है—कुछ कमी न करना अर्थात् पूरा प्रयास करना।

इसी का पर्याय है—'कुछ उठा न रखना।' कुछ लोग भूल से इन दोनो मुहावरों को मिश्रित कर देते हैं : कोई कसर न उठा रखना। इस संबंध में सावधानी बरतने की आवश्यकता है।

कहना

इसमें तीन विवक्षाएँ हैं—संकेत करना, निवेदन करना और आदेश देना; जैसे—

(क) उनकी आँखें कुछ कहती हैं। (संकेतन)

(ख) मैं माँ से कह आया था कि रात को देर से लौटूँगा। (निवेदन)

(ग) पिताजी ने मुझे घर छोड़ देने के लिए कहा है। (आदेश)

1. आप कहना क्या चाहते हैं?—किसी के द्वारा प्रकारांतर से किए गए आक्षेप पर आश्चर्य या अविश्वास प्रकट करते हुए उसका स्पष्ट रूप से कथन करने के लिए प्रयुक्त उपवाक्य; जैसे, "आप कहना क्या चाहते हैं कि मैंने दल से विश्वासघात किया है?"

2. कहकर तो देखो—(इस बात को) मुँह से निकालो तो सही, कहने का साहस तो करो; जैसे, "यह बात उससे कहकर तो देखो। दाँत बाहर न निकाल दे तो हमसे कहना!"

3. कहते हैं कि—किंवदंती है कि, लोगों का मत है कि; जैसे—

(क) कहते हैं कि एक दिन यहाँ उड़न-तश्तरी उतरी थी।

(ख) कहते हैं कि यह मंदिर किसी महात्मा ने बनवाया था।

4. कहना-सुनना—विवाद करना, तर्क-वितर्क करना; जैसे, "बड़े भाई के यहाँ जा रहे हो, पर वहाँ कुछ कहना-सुनना मत।"

5. कहने की बात नहीं—इस बात का कथन उचित या शोभनीय नहीं।

6. कहने को (तो) —वस्तुस्थिति, सच्चाई या गुणवत्ता से विरोध जतलाने के लिए इस क्रिया-विशेषण पदबंध का प्रयोग होता है; जैसे, "कहने को (तो) लोग मुझे भी रईस कहते हैं।" यहाँ 'तो' बलदायक निपात है।

7. कहा क्या है—कोई ऐसी बात नहीं कही जो आपत्तिजनक या पीड़ादायक हो; जैसे, "हमने कहा क्या है जो आप आगबगूला हो रहे हैं?"

8. कुछ कहा नहीं जा सकता—वर्णन नहीं हो सकता या नहीं किया जा सकता; जैसे, "इतवार के दिन में कुछ ऐसा जादू है कि कुछ कहा नहीं जा सकता।"

9. कैसे कहा जाए—यह कहना मुश्किल है; जैसे—

(क) कैसे कहा जाए कि यह संबंध टूटेगा नहीं!

(ख) कैसे कहा जाए कि यह बात बनेगी नहीं!

10. कैसे कहूँ—यह कहने में लाज आती है या यह बात अत्यंत अशोभनीय है; जैसे, "कैसे कहूँ कि बेटा मुझसे बोला तक नहीं!"

11. क्या कहा—(i) आपकी बात समझ में नहीं आई या हम ठीक से सुन नहीं पाए, फिर से कहें।

(ii) इस तरह की अनुचित या भ्रामक बात कहने का आपको साहस कैसे हुआ? जैसे,

"क्या कहा? फिर से कहा तो आँखें निकाल लूँगा।"

12. क्या कहा जाए—(इस विषय पर) कुछ कहना संभव या उचित नहीं; जैसे—

(क) क्या कहा जाए इस दुरंगी नीति पर!

(ख) क्या कहा जाए उनकी इस मूर्खता पर!

13. क्या कहें—क्या कहा जाए! (दे.)

14. जैसा तुम कहो—आप जैसी राय देंगे (उसी के अनुसार हम कार्य करेंगे); जैसे—

"वहाँ चलें या नहीं?"

"जैसा तुम कहो।"

'जैसा तुम कहो' की तरह 'जैसा आप कहें' भी प्रचलित है।

15. यह कहना कठिन है—(अमुक बात के संबंध में) पहले से या विश्वासपूर्वक कुछ नहीं कहा जा सकता, कुछ निश्चित रूप से नहीं कहा जा सकता; जैसे, "यह व्यक्ति कब पौधे को पानी देगा और कब उसे स्वयं चर जाएगा, यह कहना कठिन है।"

16. यह भी कोई कहने की बात है—इस बात का उल्लेख़ करना उचित, समीचीन या शोभनीय नहीं।

17. या यों कहिए—दूसरे शब्दों में, इस प्रकार भी कह सकते हैं, इन शब्दों में भी कह सकते हैं; जैसे, "सम्राट अपने मंत्रियों को संदेह की दृष्टि से देखता था या यों कहिए कि वह वहमी था।"

कहना, बोलना

अनेक प्रसंगों तथा क्षेत्रों में इन दोनो क्रियाओं का एक दूसरे के स्थान पर प्रयोग होता है; जैसे—

(क¹) राम-राम कहो।

(क²) राम-राम बोलो।

(ख¹) सच बोलो।

(ख²) सच कहो।

'कहना' में मुख्य विवक्षा अपने विचारों को शब्दों में प्रकट करने की है; जैसे, (क) "वह चोर को साधु कहता है।" (ख) "उसने मुझसे कुछ नहीं कहा।" (ग) "वह इस विषय में कुछ भी कह सकता है।" दूसरी विवक्षा है आदेश देने, अनुरोध करने या सूचना देने की; जैसे, (क) "उसने मुझे घर पर मिलने के लिए कहा।" (ख) "उसने कहा कि गाड़ी लेट है।"

'बोलना' में मुख्य विवक्षा मुँह से आवाज़ निकालने की है; जैसे, (क) "वह मुझसे बोला तक नहीं।" (ख) "चुप भी करोगे या बोलते ही जाओगे?" (ग) "बच्चा बोलने लगा है।" दूसरी विवक्षा भाषण देने की है; जैसे, "उन्होंने मुझसे भी वहाँ बोलने के लिए कहा।" इस वाक्य में 'बोलना' और 'कहना' दोनो क्रियाएँ आई हैं। "बोलना" भाषण करने के अर्थ में और "कहना" आदेश या अनुरोध करने के अर्थ में। तीसरी विवक्षा है भाषा का मौखिक प्रयोग करने की क्षमता की; जैसे, "मैं कुछ-कुछ तमिल बोल लूँगा।"

अर्थ की अपेक्षा जब प्रेम, आक्रोश आदि भावों के प्रदर्शन की प्रधानता होती है तब भी 'बोलना' का प्रयोग करते हैं; जैसे—

"आचार्य का कहना था कि बहन के सामने इस निर्लज्जता से किसी भाई को बोलते मैंने कभी नहीं देखा।" — मनु शर्मा

ध्यान रहे, 'कहना' सकर्मक क्रिया है और 'बोलना' अकर्मक।

कहाँ, कहीं

'कहाँ' प्रश्नवाचक क्रिया-विशेषण है; जैसे—

(क) तुम कहाँ गए थे?

(ख) पुस्तक कहाँ मिलेगी?

परंतु 'कहीं' प्रश्नवाचक नहीं। हाँ, कुछ अवसरों पर लगता है कि 'कहीं' प्रश्नवाचक भी है; जैसे—

(च) तुम कहीं गए थे?

वस्तुतः यहाँ प्रश्नवाचक 'क्या' विलुप्त है। वाक्य का वास्तविक रूप है :

(छ) क्या तुम कहीं गए थे?

'कहाँ' के साथ 'भी' का प्रयोग नहीं होता, परंतु 'कहीं' के साथ 'भी' का प्रयोग होता है; जैसे, "आप कहीं भी जाएँ. . ."

आचार्य वर्मा 'कहीं' के साथ 'भी' के

प्रयोग के समर्थक नहीं थे। उनका कहना था कि 'कहीं' में 'भी' का अर्थ निहित है, अर्थात् 'किसी भी स्थान पर'; जैसे—

"आपको यह पुस्तक कहीं नहीं मिलेगी।"

अर्थात् किसी (भी) स्थान पर नहीं मिलेगी।

1. कहाँ. . .और कहाँ—योजक-समूह; इसका प्रयोग दो उपवाक्यों में घोर किंतु आश्चर्यमिश्रित वैषम्य दिखाने के लिए होता है; जैसे—

(क) कहाँ राजा भोज और कहाँ गंगू तेली!

(ख) कहाँ आप जैसा समर्थ धनवान और कहाँ मुझ जैसा अभागा रंक!

(ग) कहाँ एक सवाल भी पहाड़ हो रहा था और कहाँ चुटकी बजाते मैंने चार सवाल हल कर लिए।

2. कहाँ का—(i) किस स्थान का? जैसे, "वह कहाँ का नवाब है?" (प्रश्नवाचक)

(ii) जिसका संबंध किसी अन्य स्थान, अवसर या प्रसंग से हो और फलतः अप्रासंगिक; जैसे, "तुम भी कहाँ की बात ले बैठे!" (विस्मय का द्योतक)

3. कहाँ तो. . . और कहाँ, कहीं तो. . . और कहीं—इन पदों का प्रयोग विरोध दिखाने के लिए होता है; जैसे—

(क) कहाँ तो सिनेमा चलने की बात कर रहे थे और कहाँ घर जाने लगे।

(ख) कहीं तो आप मेरी प्रशंसा करते हैं और कहीं बुराई करने लगते हैं।

'कहाँ तो...और कहाँ' का प्रयोग अवसर या प्रसंग के संदर्भ में होता है और 'कहीं तो. . . और कहीं' में स्थान की विवक्षा है।

4. कहाँ नहीं, कहीं नहीं—'कहाँ नहीं' सकारात्मक है। आशय है—सब जगह, सर्वत्र। 'चीनी कहाँ नहीं मिलती' से आशय है—सब जगह मिलती है। इसी प्रकार 'मैं कहाँ नहीं गया' अर्थात् सब जगह गया। इसके विपरीत 'कहीं नहीं' नकारात्मक पद है। आशय है—किसी जगह नहीं; जैसे, "चीनी कहीं नहीं मिलती।" जब कहा जाए कि 'मैं कहीं नहीं गया' तो आशय होगा—कहीं और गया ही नहीं।

कहीं

क्रिया-विशेषण रूप में प्रयुक्त होने पर इसका आशय है—उस स्थान पर जिसकी जानकारी न हो, न जाने कहाँ; जैसे—

"लड़का कहाँ है?"

"कहीं होगा।"

1. कहीं-कहीं—किसी-किसी स्थान पर, कुछ जगहों पर; जैसे, "कल पूर्वी उत्तर प्रदेश में कहीं-कहीं वर्षा हुई।"

2. कहीं का न रखना—अलग-थलग कर देना तथा असहज बना देना; जैसे, "इस पारिवारिक कलह ने हमें कहीं का न रखा।"

3. कहीं का न रहना—सब ओर से उपेक्षित या तिरस्कृत होना; जैसे, "अपने भाई के चलते मैं कहीं का नहीं रहा।"

4. कहीं तो—किसी न किसी जगह, किसी न किसी स्थान पर; जैसे, "कहीं तो उसका पता चलेगा!"

5. से कहीं—संबंधबोधक है और आशय है—अपेक्षाकृत अधिक; जैसे, "कमला मनोरमा से कहीं सुंदर है।"

का

विकारी परसर्ग है जो नामपदों को नामपदों से जोड़ता है। 'की' स्त्रीलिंग एकवचन तथा

बहुवचन रूप है और 'के' पुंलिंग बहुवचन रूप। मुख्य रूप से यह संबंध, नाता, उपादान, परिमाण, मूल्य, अवस्था, आधेय, आधार, परिवर्तन आदि का सूचक है; जैसे—

(क) राम का घर (संबंध)
(ख) मोहन का भाई (नाता)
(ग) सोने की जंजीर (उपादान)
(घ) 22 इंच की साइकिल (परिमाण)
(च) दो रुपए के लड्डू (मूल्य)
(छ) सत्तर वर्ष का जवान (अवस्था)
(ज) दूध का डिब्बा (आधेय)
(झ) डिब्बे का दूध (आधार)
(ट) राई का पर्वत (परिवर्तन)

समस्तता, अभिन्नता आदि सूचित करने के लिए नामपदों की द्विरुक्ति होती है; जैसे, सब का सब, घर के घर, पानी का पानी, काले का काला, झूठे का झूठा।

कुछ क्रिया-विशेषणों के साथ भी प्रयुक्त होकर यह विशेषण पद बनाता है; जैसे : यहाँ का, वहाँ का, कहीं का आदि।

संज्ञाओं के लिंग तथा वचन का ठीक से ज्ञान न होने पर 'का/की/के' की भूलें करने वाले लेखकों की भी कमी नहीं। यहाँ एक प्रसिद्ध पुस्तक 'रावण एक जीवन' से कुछ उदाहरण दिए जा रहे हैं :

(क) "मैं आपकी समस्या का समाधान के लिए आ रहा हूँ।"

'का' की जगह 'के' होना चाहिए।

(ख) "उसके संबंध में खुलेआम कहते हैं कि इसकी वृद्धता का प्रभाव इसके बुद्धि पर भी पड़ गया।"

'इसके बुद्धि पर' की जगह 'इसकी बुद्धि पर' होना चाहिए।

(ग) "इस बार सुवासिनी के मुस्कराहट की गंध प्रद्योत को भिगो गई।"

'के' की जगह 'की' होना चाहिए।

(घ) "आचार्य ने बताया कि षड्यंत्र का दीमक भीतर ही भीतर मथुरा को चाट चुका है।"

'का' की जगह 'की' होना चाहिए। दीमक स्त्रीलिंग है।

इस बात का भी ध्यान रखना चाहिए कि 'का' परसर्गयुक्त पद विशेषण होता है और उसमें विकार विशेष्य के लिंग-वचन के अनुरूप होता है। विशेष्य के लिंग-वचन की अनदेखी करने पर भूल होती है; जैसे—

"विमान स्वयं एक संसार था। सृष्टि का अद्वितीय संरचना था।" (पृष्ठ 17)

यहाँ 'सृष्टि का' पदबंध विशेषण है और विशेष्य है 'संरचना।' संरचना स्त्रीलिंग संज्ञा है। अतः होना चाहिए—'सृष्टि की अद्वितीय संरचना थी।'

लेखक ने यहाँ विशेष्य संभवतः विमान को मान लिया है।

काट

स्त्रीलिंग संज्ञा ही है, परंतु कुछ लोग इसका पुंलिंग में प्रयोग करते हैं; जैसे—

"गुप्त जी की बात का काट हमारे पास न था।" —रवींद्र त्यागी

काटना

काट ले जाना—किसी तरह बिताना, जीवित रहना; जैसे, "डाक्टर का कहना था कि आज की रात काट ले गए तो शायद बच जाएँ।"

कान

1. कान काटना—इसमें दो विवक्षाएँ हैं। एक—चालाकी, धूर्तता आदि में किसी से बढ़कर होना; जैसे, "गुंडे बदनाम हैं कि औरतों को देखकर वे आवाज़कशी करते हैं, पर कितने

शरीफ़ कहलानेवाले सफ़ेदपोश इन बातों में गुंडों के भी कान काटते हैं।"

—अन्नपूर्णानंद वर्मा

दूसरी—नीचा दिखाना; जैसे, "उसमें अद्‌भुत साहस है और समय पड़ने पर मर्दों के भी कान काट सकती है।" —प्रेमचंद

2. कान खाना—इतना कर्कश तथा तीव्र शब्द करना कि कानों को कष्ट हो; जैसे, "रेडियो हलका करो, कान खाए जा रहा है।"

3. कान पक जाना—कोई बात बार-बार सुनते-सुनते तंग आ जाना; जैसे, "तुम्हारी पेंसिल-पेंसिल की रट सुनते-सुनते मेरे तो कान पक गए।"

4. कान पर जूँ तक न रेंगना—इस मुहावरे का प्रयोग तब करते हैं जब घोर कष्ट, व्यथा आदि का कथन करने पर भी अगले पर कुछ प्रभाव नहीं दिखाई देता।

5. कान में डाल देना—किसी को किसी बात से पहले से अवगत करा देना, पूर्वसूचना दे देना; जैसे, "महीनों पहले यह बात मैंने उनके कान में डाल दी थी।"

6. कान में पड़ना—अपुष्ट समाचार जब सुनते हैं तब इस पदबंध का प्रयोग करते हैं; जैसे, "यह बात हमारे कान में पड़ी थी कि इस व्यवसाय से वे अपना हाथ खींचनेवाले हैं।"

7. कानों कान खबर न होना—भनक तक न मिलना; जैसे, "उस घर में चार चूल्हे हो गए, पर अगल-बगल रहनेवालों तक को कानों कान खबर न हुई।"

काफ़िया

भ्रम से इसे 'हुलिया' की तरह लोग स्त्रीलिंग में प्रयुक्त कर देते हैं। अरबी की आकारांत संज्ञाएँ सदा पुंलिंग होती हैं।

1. काफ़िया तंग होना—अत्यंत कठिन स्थिति में होना, बेहाल होना; जैसे, "उनकी फबतियों से इस गरीब का काफ़िया तंग था।"

2. काफ़िया मिलाना—अनुप्रास या तुक मिलाना।

काफ़ी

मूलतः फ़ारसी है। विशेषण भी है और प्रविशेषण भी। विशेषण के रूप में अर्थ है—जितना आवश्यक हो उतना या उतने से अधिक ही; जैसे, (क) "पुस्तक लिखने के लिए मुझे काफ़ी समय मिला था।" (ख) "उसके पास काफ़ी रुपया है।"

प्रविशेषण रूप में इसका अर्थ है—सामान्यतया बहुत अधिक; जैसे, "उसका प्रदर्शन काफ़ी प्रशंसनीय था।"

विशेष पेय तथा पेय बनाने के पाउडर के लिए भी यह प्रयुक्त होता है। यह शब्द अंग्रेज़ी के माध्यम से आया है।

काम

इच्छा के अर्थ में संस्कृत तत्सम है और कार्य के अर्थ में फ़ारसी। यहाँ दिए हुए सभी प्रयोग 'कार्य' वाले अर्थ से ही संबद्ध हैं :

1. अपने काम से काम रखना—उसी काम में दत्तचित्त होकर लगे रहना जो सौंपा गया हो, या जो अपना धंधा हो; जैसे, "वे सीधे-सादे व्यक्ति थे, सभा-सोसाइटियों से दूर रहते थे और अपने काम से काम रखते थे।"

2. काम चलेगा—काम जारी रह सकेगा, रुकावट दूर हो गई; जैसे, "कपड़ा धोने के इस साबुन से भी काम चलेगा।"

प्रायः इस पदबंध का प्रयोग सही चीज़ के उपलब्ध न होने पर किसी दूसरी साधारण चीज़ से काम चला लेने के प्रसंग में करते हैं।

3. काम न चलना—उद्देश्य सिद्ध न होना, सफलता या सिद्धि न मिलना; जैसे, "उसने सोचा कि इस भीड़ में महज़ तमाशाई बनने से काम न चलेगा बल्कि इस लुटेरे जादूगर को कुछ अपना कौशल भी दिखा देना चाहिए।"

4. काम बन जाना—काम पूरा होना, मनोरथ सफल होना; जैसे—

(क) कार्यालय के अधीक्षक से मिलने पर मेरा काम बन गया।

(ख) तुमने दस हज़ार का जुगाड़ कर दिया, अब हमारा काम बन जाएगा।

5. किस काम का !—जब कोई व्यक्ति या वस्तु पूर्णतः निरर्थक या निरुपयोगी प्रतीत होती है तब इस पदबंध का प्रयोग करते हैं; जैसे, "जब वह ही नहीं रहा तो यह ठाट-बाट किस काम का !"

6. किसी काम का न रहना या रह जाना—बिल्कुल बेकार हो जाना; जैसे, "अब यह शरीर किसी काम का नहीं रहा।"

7. सारा काम गड़बड़ा जाना—पूर्ण रूप से काम बिगड़ या खराब हो जाना, काम रुक जाना; जैसे, "विवाह का सारा प्रबंध हो चुका था, पर पिताजी का एकाएक स्वर्गवास हो जाने से सारा काम गड़बड़ा गया।"

कारक

धातु से बना क्रियापद वाक्य में जिन संज्ञापदों के संबंध में विधान करता है उनमें सात प्रकार की स्थितियों की कल्पना की गई है, जिन्हें कारक कहते हैं :

1. कर्ता कारक
2. कर्म कारक
3. करण कारक
4. संप्रदान कारक
5. अपादान कारक
6. संबंध कारक
7. अधिकरण कारक

हिंदी व्याकरणों में आप इस पर विशेष सामग्री देख सकते हैं।

काल-निर्वाह

काल के संबंध में 'क्रियापद—काल और पक्ष' के अंतर्गत विस्तार से विचार किया गया है, उसे देखें।

एक बात ध्यान देने योग्य है कि हमारा लेखक कभी-कभी अपने विचारों में ही इतना मग्न हो जाता है कि उसका क्रियापदों के काल से ध्यान हट जाता है। अच्छे-अच्छे लेखकों से भी चूक हो जाती है। निम्नांकित वाक्यों के क्रियापदों पर ज़रा ध्यान दीजिए :

"रक्तचाप बढ़ गया। नसें तन गईं। सारे शरीर में स्फूर्त सुरसुराहट फैल गई। कुछ रेंग रहा है। कुछ नोच रहा है। खुजला रहा है। त्वचा स्निग्ध हो उठी। उँगलियाँ लंबी हो गईं। हथेलियाँ बार-बार अंगों पर दौड़ने लगीं।" —युगेश्वर

उक्त नौ वाक्यों में से छह भूतकालिक हैं और तीन वर्तमानकालिक। अच्छा होता यदि इन तीनों को भी भूतकालिक रूप दिया गया होता :

कुछ रेंग रहा था। कुछ नोच रहा था। कुछ खुजला रहा था।

कालेज, कालिज

(i) अंग्रेज़ी में college का उच्चारण 'कालिज' ही है, परंतु इसे सामान्यतः हिंदी में 'कालेज' ही लिखा और बोला जाता है; जैसे : हरिश्चंद्र कालेज, सनातन धर्म कालेज।

(ii) 'कालिज' पर एक और दृष्टि से आपत्ति उठाई जा सकती है। 'कालिज' दो

अक्षरों का शब्द है : का–लिज। अंतिम अक्षर इकारांत है,इसलिए यह स्त्रीलिंग है। परिणामतः बहुत से लोग 'कालिज' को ही नहीं बल्कि 'कालेज' को भी स्त्रीलिंग मानने लगे हैं। अतः 'कालेज' ही वरीय है और पुंलिंग है।

कावा

कावा काटना—किसी जगह का बार-बार चक्कर लगाना; जैसे, "जब-जब गाड़ी रुकती, टीटी साहब मेरी खिड़की के सामने कावा काटने लगते।"

कितना

विशेषण रूप में 'किस मात्रा या परिमाण का' का सूचक होता है और प्रश्नवाचक रूप में प्रयुक्त होता है; जैसे—

(क) तुम वहाँ कितने दिन ठहरे?

(ख) उसे कितना धन चाहिए?

सर्वनाम रूप में भी यह प्रश्नवाचक ही रहता है; जैसे—

(च) इसका कितना लोगे?

क्रिया-विशेषण रूप में यह 'बहुत अधिक' का सूचक होता है और इसका स्वरूप प्रश्नवाचक नहीं रहता; जैसे—

(ट) मैंने उसे कितना कहा, पर वह न माना।

(ठ) वह कितना रोई इसका आपको अंदाज़ नहीं।

क्रियाविशेषण रूप में यह अविकारी है। पूर्वतः विकारी माना जाता था।

1. कितना ही—(i) क्रिया-विशेषण, बहुत अधिक मात्रा में; जैसे, "तुम उसे कितना ही कहो वह सुनेगा नहीं।"

(ii) विशेषण, अनेकानेक; जैसे, "प्रशंसा की पिपासा में न जाने कितनी ही औरतों का पतन हुआ।"

2. कितना हुआ—ग्राहक दुकानदार से पूछता है कि जो वस्तु या वस्तुएँ मैं खरीद रहा हूँ उनका कुल मूल्य क्या है; जैसे, "चार बट्टी साबुन का कितना हुआ?"

3. कितने में?—किस दाम पर; जैसे, "आपने यह साइकिल कितने में खरीदी?"

कितना, कैसा

दोनो विशेषण हैं। 'कितना' में विस्तार या अधिकता की विवक्षा है और 'कैसा' में विचित्रता की; जैसे—

(क) वह कितनी सुंदर है।

(ख) वह कैसी सुंदर है।

पहले वाक्य का आशय है—वह बहुत अधिक सुंदर है।

दूसरे वाक्य का आशय है—उसका सौंदर्य विलक्षण है।

यह विलक्षणता प्रसंगानुसार प्रिय भी हो सकती है और अप्रिय भी।

किस, किसी

दोनो सर्वनाम भी हैं और सार्वनामिक विशेषण भी। 'किस' प्रश्नवाचक है। प्रायोगिक दृष्टि से हम कह सकते हैं कि 'किस' का प्रयोग 'विशेष' या 'विशिष्ट' के लिए होता है और 'किसी' का 'अविशेष' या 'अविशिष्ट' अर्थात् साधारण के लिए; जैसे—

(क) तुम किससे मिले थे? (अर्थात् किस विशिष्ट व्यक्ति से)

(ख) तुम किसी से मिले थे? (अर्थात् अधिकारी-अनधिकारी या परिचित-अपरिचित किसी व्यक्ति से)

'किसी' प्रश्नवाचक नहीं। 'तुम किसी से मिले थे?' में 'क्या' का अध्याहार हुआ है। वाक्य का वास्तविक स्वरूप है : 'क्या तुम किसी से मिले थे?'

1. किस तरह—किस भाँति; जैसे, "वह किस तरह पास हुआ, यह रहस्य ही है।"
2. किसी तरह—मुश्किल से, विशेष प्रभाव द्वारा; जैसे, "किसी तरह बात रफा-दफा हुई।"
3. किसी न किसी तरह—चाहे जिस ढंग या उपाय से; जैसे, "किसी न किसी तरह उसने लड़की के हाथ पीले किए ही।"
4. यह सब किस लिए? इसका प्रयोजन या उद्देश्य क्या है?

की अपेक्षा

इस संबंधबोधक का प्रयोग 'की तुलना में' के संदर्भ में होता है; जैसे, "उसके संस्कार में सदाचार की अपेक्षा शक्ति की प्रधानता है।" —युगेश्वर

की तरह, के जैसा

'की तरह' में दो विवक्षाएँ हैं। एक वाक्य लीजिए: **'मैं मज़दूर** की तरह काम करता था।' पहली **विवक्षा यह है** कि 'मैं मज़दूर था और कड़ी **मेहनत करता था'** और दूसरी विवक्षा है कि 'मैं मज़दूर नहीं था परंतु मज़दूर जैसे काम करते हैं वैसे काम करता रहा'।

'के जैसा' दूसरी विवक्षा को ही सूचित करता है, पहली को नहीं; जैसे, "उनके जैसा आदमी अब कहाँ मिलेगा?"

कुआँ, कुँआँ, कुँआ, कूआँ

'कुआँ' ही अधिक प्रचलित रूप है। डा.बाहरी के 'शिक्षार्थी कोश' में, डा. तिवारी के 'व्यावहारिक कोश' में तथा 'मीनाक्षी हिंदी-अंग्रेज़ी कोश' में 'कुआँ' ही प्रशस्त माना गया है।

'शब्दसागर' तथा 'मानक हिंदी कोश' के संपादक 'कूआँ' ही शुद्ध मानते थे। वैसे, लाघव सिद्धांत से 'कुआँ' ही वरीय ठहरता है।

कुछ

सर्वनाम तथा विशेषण दोनो रूपों में इसका प्रयोग होता है।

बहुवचन सर्वनाम रूप में यह व्यक्तियों तथा वस्तुओं दोनो के लिए आता है; जैसे—

(क) कुछ ऐसा भी कहते हैं।

(ख) कुछ तुम ले लो और कुछ उसे दे दो।

'कुछ' अंश या हिस्से का भी सूचक होता है; जैसे, "लूट का माल कुछ उनको भी मिला।"

एकवचन सर्वनाम रूप में यह किसी या कोई काम, बात आदि का सूचक होता है; जैसे—

(क) वह कुछ तो करता ही होगा।

(ख) उसने कुछ तो कहा ही होगा।

विशेषण रूप में यह परिमाण तथा संख्या दोनों की अल्पता सूचित करता है; जैसे—

(क) अभी कुछ देर नहीं हुई।

(ख) उसकी कुछ पुस्तकें अच्छी हैं।

1. कुछ ऐसा—कुछ इस प्रकार का; जैसे, "यह काम ही कुछ ऐसा है कि कभी एक मिनट की फुरसत नहीं रहती और कभी घंटों मक्खियाँ मारनी पड़ती हैं।"
2. कुछ-कुछ—इसका आशय है, 'बहुत कम', 'बहुत थोड़ा'; जैसे, "वर्षों-वर्षों के अभ्यास से यह विद्या कुछ-कुछ आती है।" —युगेश्वर
3. कुछ तुम करो और कुछ हम करें—सौहार्दपूर्वक जब दोनो पक्ष कोई काम बाँटकर करने को या योगदान करने को सहमत हो जाते हैं तब इस पदबंध का प्रयोग करते हैं; जैसे, "तुम खाना बना लो और मैं कपड़े धो लेती हूँ। न झगड़ा न टंटा—कुछ तुम करो और कुछ हम करें।"

4. कुछ तो कहो, कुछ कहो तो—पहले पदबंध में 'कुछ' पर ज़ोर है और दूसरे में 'कहो' पर; आशय है कि आपसे निवेदन या प्रार्थना करते हैं कि अमुक विषय पर, अपने संबंध में या आपको जो कष्ट है उस पर थोड़े शब्दों में अपने विचार प्रकट करें; जैसे :

"तुमको वहाँ कैसा लगा इस संबंध में कुछ तो कहो।"

'कहो' के स्थान पर 'कहिए' भी चलता है।

5. कुछ न कुछ—यह काम या वह काम, कोई न कोई काम, कोई न कोई बात; जैसे—

(क) वह कुछ न कुछ तो करता ही होगा।

(ख) मैं उसे बहुत मना करता हूँ, फिर भी वह माँ को कुछ न कुछ कहता ही है।

यहाँ 'कुछ न कुछ' से किसी पीड़ा देने वाली बात से अभिप्राय है।

6. कुछ नहीं कहा—(i) उसने कोई बात नहीं कही या हमें कोई आदेश नहीं दिया; जैसे, "मैं माँ से मिला था, पर उसने अपनी बीमारी के संबंध में कुछ नहीं कहा।"

(ii) उसने हमसे अप्रसन्नता प्रकट नहीं की, डाँटा-डपटा नहीं; जैसे, "मैंने गलती की थी, परंतु प्रधानाध्यापक ने मुझे कुछ नहीं कहा।"

7. कुछ नहीं हुआ—(i) ठीक हूँ, स्वस्थ हूँ; जैसे—

"मुझे कुछ नहीं हुआ, बेटा!"

(ii) कोई अप्रिय घटना नहीं घटी; जैसे,

"सड़क पर बड़ी भीड़ लगी है, कुछ हुआ है क्या?"

"कुछ नहीं हुआ।"

(iii) बच्चा पैदा (अभी) नहीं हुआ; जैसे—

"दो बरस हुए उसके ब्याह को, कुछ हुआ या नहीं?"

"कुछ नहीं हुआ।"

8. कुछ फरक नहीं पड़ता—दोनो बातों, स्थितियों या कार्यों के परिणाम या महत्त्व समान ही हैं; जैसे, "आप वहाँ जाएँ न जाएँ कुछ फरक नहीं पड़ता।"

9. कुछ भी—(i) अंश या अंशदान के रूप में थोड़ा अथवा बहुत यह अथवा वह; जैसे, "आप कुछ भी दे दीजिए, मैं खुशी-खुशी लेकर चल दूँगा।"

(ii) कोई (अनावश्यक) बात या काम; जैसे—

(क) उसके मुँह मत लगना, वह कुछ भी कह सकता है।

(ख) वह कुछ भी कर सकता है।

10. कुछ रखे हो?—(i) क्या कुछ धन बचा कर रखा है? जैसे—

"कुछ रखे हो तो शेयरों में क्यों नहीं लगा देते?"

(ii) पास में होना; जैसे, "कुछ रखे हो तो देते क्यों नहीं इस गरीब को?"

11. कुछ है क्या?—(i) इस पदबंध का प्रयोग किसी कारज या कार्यक्रम की जानकारी चाहने के लिए होता है; जैसे—

"उनके यहाँ आज कुछ है क्या?"

"बच्ची का विवाह है।"

(ii) आपके पास कुछ विशिष्ट माल या रुपया है क्या? जैसे, "जब मैं हवाई अड्डे पर पहुँचा तो सीमाशुल्कवालों ने मुझसे पूछा था कि कुछ है क्या?"

अर्थात् ऐसी वस्तु तो आपके पास नहीं है जिसे साथ ले जाने की मनाही हो या जिस पर सीमाशुल्क न दिया गया हो?

12. कुछ हो गया तो—दो रूप हैं : 'उसे (मुझे, तुम्हें आदि) कुछ हो गया तो' और 'कहीं कुछ हो गया तो'। पहले मुहावरे से आशय है—यदि उसके प्राण निकल गए तो; जैसे, "मेरे पति को यदि कुछ हो गया तो मुझे ये लोग घर से निकाल देंगे।" दूसरे मुहावरे से आशय है—यदि कोई दुर्घटना हो गई तो; जैसे, "कर्फ्यू में घर से निकलना ठीक नहीं। कहीं कुछ हो गया तो!"

13. तेरा कुछ न रहे—किसी को कोसने के लिए इस पदबंध का प्रयोग होता है। आशय है कि तुम्हारा सर्वस्व नष्ट हो जाए; जैसे, "जा, तेरा कुछ न रहे ओ मेरा धन हड़प लेनेवाले!"

कुशल

कुशल से—क्रिया-विशेषण पदबंध; (i) कुशलतापूर्वक; जैसे, "मैं कुशल से हूँ।"

(ii) बिना किसी प्रकार के झंझट, विरोध या परेशानी के; जैसे, "मच्छरदानी लगा लेने पर रात कुशल से बीती।"

कूड़ा

कूड़े में फेंको—(कोई चीज़) बिल्कुल बेकाम और व्यर्थ है इसलिए कूड़े (या कूड़ेदान) में फेंक दो; जैसे, "यह भी कोई कलम है, फेंको कूड़े में!"

कृदंत

संस्कृत व्याकरण के अनुसार कृत् (प्रत्यय) जिस शब्द के अंत में हो उसे कृदंत कहते हैं। कृत् प्रत्ययों की लंबी सूची है। ये प्रत्यय धातुओं में ही लगते हैं और संज्ञा, विशेषण आदि शब्दों की रचना करते हैं।

'-ता' प्रत्यय से युक्त रूपों को ताकृदंत या वर्तमानकालिक कृदंत, '-आ' (या) प्रत्यय से युक्त रूपों को आकृदंत या भूतकालिक कृदंत, '-ना' प्रत्यय से युक्त रूपों को नाकृदंत तथा '-कर' प्रत्यय से युक्त रूपों को पूर्वकालिक कृदंत कहते हैं।

कृपा

1. आपकी कृपा है—हाल-चाल पूछनेवालों को दिया जानेवाला उत्तर। आशय है—आपकी कृपा से सुख-शांति है।

2. कृपा करो (कीजिए, करें) —दया या अनुग्रह करो, कष्ट हरो, तंग मत करो आदि आशय व्यक्त करने के लिए प्रयुक्त होता है; जैसे, "बहुत हो चुका महाराज, मुझ पर अब कृपा कीजिए।"

3. प्रभु की कृपा है—ईश्वर की कृपा से सब-कुछ ठीक-ठाक है, किसी प्रकार का कष्ट या अभाव नहीं; जैसे, "जब से नया काम चालू किया है, तब से प्रभु की कृपा है।"

के अनुसार

संबंधबोधक। आशय है—के मत से या के दृष्टिकोण से; जैसे—

(क) उसके अनुसार मैं नहीं चल सकता।

(ख) रामचरित मानस के अनुसार राम मर्यादा पुरुषोत्तम थे।

के चलते

यह 'के कारण' और 'की वजह से' का पर्याय ही है, परंतु इसका प्रयोग विशेष रूप से उस समय होता है जब किसी की सक्रियता या प्रभाव से कुछ प्रतिफलित होता है; जैसे—

(क) आपके चलते ही मेरी रक्षा हुई।

(ख) आपके चलते उसे सौ रुपए मिले।

के जैसा, के जैसे

'के जैसा' संबंधबोधक के रूप में 'के समान' के अर्थ में प्रयुक्त होता है तथा विकारी है; जैसे—

(क) उसका मुख कमल के जैसा है।

(ख) उसकी आँखें नरगिस के जैसी हैं।

(ग) उसके पैर हाथी के जैसे हैं।

ज़रा ध्यान दें। यहाँ 'के जैसा' के बाद विशेषण का लोप है।

(क) उसका मुख कमल के समान सुंदर है।

(ख) उसकी आँखें नरगिस के समान सुंदर हैं।

(ग) उसके पैर हाथी के जैसे भारी-भरकम हैं।

आप उक्त वाक्यों को ऐसे भी कह सकते हैं :

(क) उसका कमल के जैसा मुख है।

(ख) उसकी नरगिस के जैसी आँखें हैं।

(ग) उसके हाथी के जैसे पैर हैं।

'के जैसे' क्रिया-विशेषण रूप है। आशय है—की तरह; जैसे, "वह पागलों के जैसे लड़ा।"

के पास से, से

'से' के स्थान पर कुछ लोग अनावश्यक रूप से 'के पास से' का भी प्रयोग करते हैं :

"मेरा ठिकाना (पता ?) कहाँ से मिला आपको ?"

"कलकत्ता में मेरा एक दोस्त है, उसी के पास से।" —वीरेंद्र मंडल

'से' के स्थान पर 'के पास' का प्रयोग भी भला नहीं लगता :

"मुझे मांस-चाप-कटलेट खिलाकर गोलक ने कितनी ही बार अपना काम करवा लिया था और खुद सोहन के पास वाह-वाही लूटी थी।" —वीरेंद्र मंडल

'के पास' की जगह 'से' होना चाहिए। (संभवतः बँगला प्रभाव के कारण ऐसा हुआ)

के बजाए, की बजाए

'के' या 'की' ? 'के' ही उपयुक्त है। 'की' तो स्त्रीलिंग संज्ञापद (ओर, तरफ़, तरह) के पहले आता है। एकारांत 'बजाए' स्त्रीलिंग हो ही नहीं सकता, क्योंकि हिंदी में एकारांत स्त्रीलिंग शब्द है ही नहीं।

के बाद जाकर

'के बाद' के साथ 'जाकर' का प्रयोग स्थानीय ही कहा जा सकता है; जैसे, "विवाह के कई साल बाद जाकर उनके एक लड़की हुई।" —बच्चन

यहाँ 'जाकर' फालतू है।

के बाहर, से बाहर

दोनो संबंधबोधकों का प्रयोग प्रायः बिना भेदभाव के होता है (जैसे, "लड़की घर के बाहर नहीं निकलती; लड़की घर से बाहर नहीं निकलती") परंतु 'के' और 'से' की परसर्गगत विवक्षाएँ हमारा पथ कुछ आलोकित अवश्य करती हैं।

'से' अर्थात् विच्छेद, अलगाव तथा दूरी का सूचक है और 'के' संलग्नता या समीपता का। 'वह देश से बाहर जा रहा है' अर्थात् वह देश छोड़कर जा रहा है या अन्य, अलग या दूर स्थित किसी देश को जा रहा है। 'लड़का घर के बाहर खेल रहा है' अर्थात् घर की सीमा के पास ही खेल रहा है।

के लिए

उपयोग हेतु या आकांक्षा सूचित करने के लिए प्रयुक्त संबंधबोधक; जैसे—

(क) यह पुस्तक आपके लिए है।

(ख) उसने देश के लिए जान दे दी।

क्रियार्थक संज्ञा के उपरांत 'के लिए' का अध्याहार प्रायः होता है; जैसे—

(क[1]) वह खेलने के लिए आया है।
(क[2]) वह खेलने आया है।
(ख[1]) वह पार्क देखने के लिए गया था।
(ख[2]) वह पार्क देखने गया था।

के योग्य

यह संबंधबोधक है। इसमें दो विवक्षाएँ हैं :

(i) की दृष्टि से उपयुक्त; जैसे, "पुस्तक पढ़ने के योग्य है।" आशय है कि पुस्तक पढ़ने की दृष्टि से उपयुक्त है अर्थात् पठनीय है।

(ii) की दृष्टि से सक्षम; जैसे, "वह दंड देने के योग्य है।" अर्थात् वह दंड देने की दृष्टि से सक्षम है। यद्यपि भाषाशास्त्रियों ने इस प्रयोग को समीचीन नहीं माना तो भी व्यवहार में प्रचलित है।

के विरुद्ध, के पक्ष में

ये संबंधबोधक एक-दूसरे के विपर्याय हैं :

(क[1]) वह मतदान के विरुद्ध है।
(क[2]) वह मतदान के पक्ष में है।
(ख[1]) वह दल के विरुद्ध प्रचार कर रहा है।
(ख[2]) वह दल के पक्ष में प्रचार कर रहा है।

के सहारे

संबंधबोधक; आशय है—के बल पर; जैसे, "ज़िंदगी की नाव चाकरी के सहारे धीरे-धीरे आगे बढ़ने लगी।" —मनु शर्मा

के साथ, के हाथ

(i) कोई वस्तु किसी 'के हाथ' भेजी जाती है ("नौकर के हाथ पत्र भेज रहा हूँ"), परंतु व्यक्ति को किसी 'के साथ' भेजा जाता है ("युवा लड़की को नौकर के साथ कैसे भेज सकता था?")

(ii) 'मँगवाना', 'बुलवाना' आदि क्रियाओं के संबंध में भी यही व्यवस्था है; जैसे, "उसकी एक सहेली बंगलोर जा रही थी। उसके साथ बड़ी, पापड़... चीज़ें उसने मँगाई थीं।" — मालती जोशी

इस वाक्य में 'के साथ' की जगह 'के हाथ' ही समीचीन है।

(iii) कोई वस्तु किसी अन्य वस्तु के साथ अवश्य भेजी या मँगाई जा सकती है; जैसे—

(क) कृपया आलू के साथ मटर भी भेज दें।

(ख) हमने मशीन के साथ औज़ार भी मँगवाए हैं।

के सिवा, के सिवाय

'के सिवा' संबंधबोधक ही अब अधिक प्रचलित हैं। लाघव सिद्धांत से भी यही उपयुक्त है।

सामान्यतः संज्ञा या सर्वनाम के बाद 'के सिवा' आता है, परंतु ऐसा भी देखने में बराबर आता है कि 'के' तो बाद में ही रहता है, परंतु सिवा पहले आ जाता है; जैसे—

(क) सिवा राम के वहाँ कोई नहीं था।
(ख) सिवा मेरे वहाँ कोई नहीं जाएगा।

इन वाक्यों के सामान्य रूप हैं—

(क) राम के सिवा वहाँ कोई नहीं था।
(ख) मेरे सिवा वहाँ कोई नहीं जाएगा।

कैसा

विशेषण; आशय है—(i) किस प्रकार का? जैसे—

(क) तुम कैसा काम चाहते हो?
(ख) हमारा भी कैसे लोगों से पाल पड़ा!

(ii) सामान्य स्तर से नीचे का, घटिया या बेतुका; जैसे, "तुम भी कैसी बातें करती

हो !"

कुछ अवसरों पर इसका प्रयोग अज्ञानता, अनभिज्ञता या उपेक्षा सूचित करने के लिए भी होता है; जैसे, "हमारा पैसा लौटा दीजिए।"

"कैसा पैसा ?"

अर्थात् हम नहीं जानते कि आप किस पैसे की बात कर रहे हैं या ऐसा कोई पैसा नहीं जो हमें आपको देय हो।

1. कैसा-कैसा—विकारी विशेषण पदबंध है। आशय है—किस-किस प्रकार का; जैसे—

(क) परीक्षक न जाने कैसे-कैसे प्रश्न कर बैठे।

(ख) तुम नाहक इतने दिनों तक जाने कैसी-कैसी बातें मन में रखकर घुलती रहीं।

2. कैसा रहा ? —किसी कार्य, यात्रा, प्रयोजन आदि के संबंध में सुखद या दुखद अनुभव की जानकारी प्राप्त करने के लिए इस पदबंध का प्रयोग होता है; जैसे—

"कल का कार्यक्रम कैसा रहा ?"

(i) "अच्छा रहा।"

(ii) "यों ही रहा।"

(iii) "बेकार था।"

3. कैसा रहे ?—कोई प्रस्ताव या सुझाव उपस्थित करने के समय इस प्रश्नवाचक पदबंध का प्रयोग होता है; जैसे, "यदि अब दो बाजी ताश हो जाए तो कैसा रहे ?" आशय है कि यदि आप सहमत हों तो खेल आरंभ किया जाए।

कैसे ?

प्रश्नवाचक क्रिया-विशेषण है तथा कई अर्थों में प्रयुक्त होता है :

(i) किस तरह, किस साधन से; जैसे, "कैसे जाओगे ?" अर्थात् गाड़ी से जाओगे, पैदल जाओगे या किसी अन्य साधन से ?

(ii) किस प्रयोजन से; जैसे, "आज कैसे आना हुआ ?"

(iii) किस अधिकार से या किस आधार पर; जैसे, "उसने मेरे संबंध में यह बात कैसे कह दी ?"

(iv) असमर्थता तथा असंभवता दरशाने के लिए; जैसे, "माँ की ऐसी हालत देखकर मैं दफ्तर कैसे जाता ?"

1. ऐसा कैसे हो सकता है—यह काम करना उचित, संभव या वैध नहीं; जैसे, "ऐसा कैसे हो सकता है कि बिना पत्नी को तलाक दिए दूसरा विवाह कर लूँ !"

2. कैसे चलेगा—निर्वाह कैसे होगा, खर्च पूरा नहीं पड़ेगा; जैसे—

"कुर्सी की बनवाई क्या लोगे ?"

"दस रुपए।"

"पाँच रुपए लोगे ?"

"इतने कम पैसों में कैसे चलेगा !"

को लेकर

इस क्रिया-विशेषण पदबंध का प्रयोग 'के कारण' तथा 'के संबंध में' संबंधबोधकों के लिए होता है; जैसे :

"कह सकते हैं कि हिंदी और संस्कृत के ध्वनि-तंत्रों में एक प्रमुख भेद मूर्धन्य ध्वनियों को लेकर है।" —डा. रामविलास शर्मा

इसका प्रयोग 'को साथ लेकर' के लिए भी करते हैं; जैसे, "वह पत्नी को लेकर ही बंबई जाएगा।"

कोई

विशेषण; आशय है—एक, हर एक, या किसी भी प्रकार का; जैसे—

(क) कोई लड़का मिल जाए तो रख लें।

(ख) कोई दिन ऐसा नहीं कि पानी न बरसा हो।

(ग) कोई बात तो करो।

सर्वनाम; आशय है—कोई व्यक्ति या वस्तु; जैसे—

(क) कोई नहीं जानता कि कल क्या होगा।

(ख) इन पुस्तकों में से आप कोई चुन लें।

1. कोई-कोई—यह पदबंध सर्वनाम रूप में विरल या कुछ व्यक्तियों के लिए प्रयुक्त होता है तथा इसका प्रयोग एकवचन में ही होता है; जैसे, "आज के युग में कोई-कोई ही दूसरों के लिए कष्ट सहता है।"

विशेषण रूप में यह व्यक्तियों, वस्तुओं आदि के लिए प्रयुक्त होता है; जैसे, "कोई-कोई पुस्तक पठनीय होती है।"

2. कोई-न-कोई—विशेषण तथा सर्वनाम पदबंध। आशय है—एक-न-एक, यह या वह; जैसे—

(क) "जब भी उन्हें नई धुन सवार होती है तो सारे दोस्तों की मुसीबत आ जाती है और तारीफ़ की बात यह है कि उन्हें कोई-न-कोई धुन सवार होती ही रहती है।"

—रवींद्र त्यागी

(ख) कोई-न-कोई तो उसके मायके से आता ही होगा।

3. कोई चारा न होना—कोई उपाय न होना या न सूझना; जैसे, "जब मैंने अच्छी तरह देख लिया कि और कोई चारा नहीं तब मैं खिड़की से कूद पड़ा।"

4. कोई बात नहीं—चिंतित या दुखी होने की बात नहीं, बिल्कुल साधारण या तुच्छ बात है; जैसे—

(क) कोई बात नहीं जो पैसा चला गया।

(ख) कोई बात नहीं जो तुम्हें इस बार सफलता नहीं मिली।

5. कोई मायने न रखना—कुछ भी महत्त्व न होना; जैसे, "न्याय के सामने दोस्ती, दुश्मनी और रिश्तेदारी कोई मायने नहीं रखती।"

—रवींद्र त्यागी

6. कोई रोक-टोक नहीं—आप कुछ भी कहने या करने के लिए स्वतंत्र हैं। किसी प्रकार का नियंत्रण या बंधन नहीं; जैसे—

(क) इस मंदिर में आप जब चाहें आ सकते हैं, कोई रोक-टोक नहीं।

(ख) किसी भी धर्म के अनुयायियों के लिए यहाँ कोई रोक-टोक नहीं।

(ग) बच्चे इसलिए उद्धत हो गए हैं कि इन पर कोई रोक-टोक नहीं।

7. कोई है?—पुकारकर यह पूछना कि घर में कोई उपस्थित है?

8. कोई है जो—ऐसा व्यक्ति जो किसी की इच्छा की पूर्ति कर सके या जिसमें किसी कार्य विशेष के लिए सामर्थ्य हो; जैसे, "कोई है जो मुझ गरीब को दो रुपया दे सके?"

9. कोई हो—चाहे कोई भी हो अर्थात् व्यक्ति कौन है या उसकी क्या हैसियत है इससे प्रयोजन नहीं; जैसे, "कोई हो, हम दबनेवाले नहीं।"

10. कोई होगा—हम नहीं जानते कि वह कौन है अथवा इससे विशेष प्रयोजन नहीं कि वह व्यक्ति कौन है, कोई भी हो सकता है; जैसे—

पति—कौन है?

पत्नी—कोई होगा, पहले दरवाज़ा तो खोलो।

11. यह. . . भी कोई. . . है—यह भी कोई चीज़ हुई, अर्थात् यह बेकार या तुच्छ है; जैसे—

(क) यह लड़का भी कोई लड़का है जिसे बात करने तक का शऊर नहीं!

(ख) यह गाड़ी भी कोई गाड़ी है जो दस कदम चलने का नाम नहीं लेती !

कौड़ी

1. कानी कौड़ी—नगण्य राशि, एक पैसा (अधेला, पाई या दमड़ी) तक; जैसे, "वे ऐसे व्यक्ति थे जिन्हें विज्ञापन पर कभी कानी कौड़ी खर्च नहीं करनी पड़ी।"

2. दूर की कौड़ी—अप्रासंगिक या असंबद्ध बात।

कौन, कोई

दोनो सर्वनाम हैं और विशेषण भी। 'किस' और 'किसी' इनके क्रमशः तिर्यक रूप हैं।

(i) 'कौन' प्रश्नवाचक है और इसका प्रयोग नाम या उपस्थिति जानने अथवा किसी काम के लिए तैयार होनेवाले की स्वीकृति चाहने के लिए होता है; जैसे—

(क) कौन बीमार है ?

(ख) (दरवाज़े पर) कौन है ?

(ग) किसने यह काम किया ?

(घ) कौन जाएगा ?

(ii) 'कोई' का प्रयोग अनिश्चित वस्तु, व्यक्ति के लिए होता है और विशेषण रूप में प्रयुक्त होने पर इसमें या तो विकल्प की विवक्षा रहती है या हर एक की; जैसे—

(च) उसे अब कोई नहीं पूछता।

(छ) आप कोई साड़ी ले लें। (एक के प्रसंग में)

(ज) कोई दिन ऐसा नहीं जाता जब वर्षा न हो। (एक भी)

(iii) 'कोई' प्रश्नवाचक नहीं है :

($ट^1$) कोई आया है ?

($ठ^1$) कोई है जो मुझसे दो-दो हाथ करे ?

उक्त वाक्यों में 'क्या' विलुप्त है। वाक्यों के सही रूप हैं :

($ट^2$) क्या कोई आया है ?

($ठ^2$) क्या कोई है जो मुझसे दो-दो हाथ करे ?

(iv) 'कौन-सा' मानक प्रयोग है, परंतु 'कोई-सा' स्थानीय। 'कोई-सा' की जगह 'कोई' से काम अच्छी तरह चल सकता है।

(v) 'कोई' का 'निपात' की तरह भी प्रयोग होता है और इसमें 'लगभग' की भी विवक्षा है; जैसे, "वहाँ कोई चार व्यक्ति थे।"

1. आप कौन होते हैं ?—आपका (इस विषय से) क्या संबंध है ? आप क्यों (इसमें) दखल दे रहे हैं ? अर्थात् आपको इस संबंध में कुछ कहने का अधिकार नहीं; जैसे—

(क) हम दोनो भाइयों के झगड़े में बोलनेवाले आप कौन होते हैं ?

(ख) मेरे कमरे में बिना पूछे अंदर घुस आनेवाले आप कौन होते हैं ?

2. कौन जाने—कौन जानता है कि; जैसे, "कौन जाने इसकी घोर तपस्या कब टूटी !"

3. कौन कह सकता है—इस कथन का प्रयोग वक्ता तब करता है जब वह समझता है कि अमुक विषय या बात के संबंध में विश्वासपूर्वक कोई कुछ नहीं कह सकता; जैसे, "कौन कह सकता है कि कल को क्या होगा !"

4. कौन है ?—(i) दरवाज़ा कौन खटखटा (या घंटी कौन बजा) रहा है ? कौन बुला या आवाज़ दे रहा ? कौन है यहाँ ? कौन आया है ?

5. यह (वह) कौन है ?—इस (उस) व्यक्ति का नाम, पता, परिचय आदि क्या है; जैसे, "वह कौन है जो इस वायुयान को चला सके ?"

6. मुझ जैसा मूर्ख (बेवकूफ़) और कौन होगा—ऐसी मूर्खता मेरे अतिरिक्त कोई नहीं कर सकता; जैसे, "मुझ जैसा मूर्ख और कौन

होगा जिससे बोले बिना रहा नहीं जाता।"

'मुझ' की जगह 'उस', 'तुम' आदि का भी प्रयोग होता है।

कौन-सा, किस

'कौन' सर्वनाम का ही तिर्यक रूप 'किस' है अर्थात् जब 'कौन' के परे परसर्ग आता है तब उसका रूप 'किस' (सर्वनाम और सार्वनामिक विशेषण दोनो में) हो जाता है।

सर्वनाम :

(क[1]) कौन कहता है ?

(क[2]) किसने कहा है ?

विशेषण :

(ख[1]) तुम कौन-सी पुस्तक चाहते हो ?

(ख[2]) तुम किस पुस्तक की बात कर रहे हो ?

'कौन-सा' विशेषण पदबंध है; जैसे, "आपको कौन-सा घर पसंद है ?" 'कौन' की आवृत्ति भी होती है; जैसे, "आपने कौन-कौन-सी पुस्तकें पसंद कीं ?"

परंतु कुछ लोग लिखते हैं :

इस होटल में रेस्तराँ कौन-सी मंजिल पर है ? 'कौन-सी मंजिल पर' की जगह 'किस मंजिल पर' होना चाहिए। 'कौन' का 'किस' 'पर' परसर्ग के कारण होगा। 'कौन का' 'किस' होने पर 'सा-सी' का लोप हो जाता है।

क्या

यह सर्वनाम, विशेषण तथा निपात के रूप में प्रयुक्त होता है।

यह प्रश्नवाचक सर्वनाम है और इसका प्रयोग कौन-सी वस्तु या बात के लिए होता है; जैसे, "आप क्या चाहते हैं ?"

इसका प्रयोग स्पष्टीकरण, विवरण आदि माँगने या देने के लिए भी होता है; जैसे—

बात क्या है ?

हम क्या हैं ?

अविकारी प्रश्नवाचक विशेषण के रूप में यह 'कौन-सा' का अर्थ देता है; जैसे—

आपको यहाँ क्या काम है ?

उसने तुमसे क्या बात की ?

'क्या' का विशेषण रूप में प्रयोग आश्चर्य सूचित करने के लिए जब होता है तब यह सामान्य विशेषण की तरह प्रयुक्त होता है, प्रश्नवाचक नहीं रहता; जैसे, "तुमने भी क्या बात कही !"

निपात के रूप में यह वाक्य को प्रश्नवाचक रूप देता है; जैसे, "वह दिल्ली जा रहा है।" वाक्य का प्रश्नवाचक रूप होगा—"क्या वह दिल्ली जा रहा है ?"

योजक के रूप में यह 'भी', 'और' का भी सूचक है; जैसे, "वे रातों-रात वह घर क्या गाँव भी छोड़कर चले गए।"

आशय है कि वे घर भी छोड़ गए और साथ ही गाँव भी छोड़ गए।

1. अपने को क्या समझते हो—किसी से व्यंग्यपूर्वक पूछना कि आप किस अधिकार या पद के बल पर इतना उछल रहे हैं; जैसे, "हर बात पर हमारी वे खिल्ली उड़ाते हैं, आखिर वे अपने को क्या समझते हैं ?"

2. अब क्या है ?—अब आप किस लिए आए हैं ? अब आप क्या चाहते हैं ? जैसे—

(क) आप तो अपने आर्डर का सारा सामान ले गए थे। अब क्या है ?

(ख) तुम कल अपनी मज़दूरी ले गए थे न ? अब क्या है ?

3. अब क्या रखा है ! —अब यहाँ कुछ भी बचा नहीं, सब खर्च या समाप्त हो चुका है; जैसे, "आप देर से आए। हम सब पैसा

कारीगरों में बाँट चुके। यहाँ अब क्या रखा है !"

4. क्या-क्या—(i) जब यह पदसमूह सर्वनाम के रूप में प्रयुक्त होता है तब एकवचन ही रहता है; जैसे—

(क) आपने क्या-क्या खाया ?

(ख) आपने वहाँ क्या-क्या देखा ?

(ग) बाज़ार से क्या-क्या खरीदा ?

(घ) उन्होंने हमें क्या-क्या नहीं कहा !

(च) पता नहीं इन पेड़ों की छाया में और क्या-क्या हुआ था। —बच्चन

(ii) विशेषण रूप में यह बहुवचन में प्रयुक्त होता है और अविकारी रहता है; जैसे—

(क) आपने आज क्या-क्या चीज़ें खरीदीं ?

(ख) उसने क्या-क्या रंग नहीं दिखाए !

5. क्या कहा—(i) जब किसी की बात समझ में नहीं आती तो उसे वही बात फिर से कहने के लिए 'क्या कहा' का प्रयोग करते हैं।

(ii) जब किसी की बात अपमानसूचक प्रतीत होती है तब आवेश में आकर उक्त पदबंध का प्रयोग करते हैं, जिससे आशय निकलता है कि यदि तुममें साहस हो तो फिर से वह बात कहकर देखो; जैसे—

"आपने मेरी पुस्तक चुराई है।"

"क्या कहा !"

6. क्या. . . और क्या. . . —इस योजक पदबंध का प्रयोग तब करते हैं जब दो व्यक्तियों या वस्तुओं में होनेवाले अंतर को नगण्य ठहराना अभिप्रेत होता है; जैसे—

(क) अब उसके लिए क्या घर और क्या दुकान !

(ख) क्या बेटा और क्या बेटी, सब मतलब के यार हैं।

7. क्या बला है—मुसीबत लगनेवाली यह चीज़ या बात क्या है ? जैसे, "कहानी लिखने के लिए सिर्फ़ तीन चीज़ें चाहिए—शैली, चरित्र-चित्रण और प्लाट।. . . मगर यार, यह प्लाट क्या बला है ? —रवींद्र त्यागी

8. क्या बात कर रहे हो—यह बहुत ही बेकार की या बेतुकी बात है; जैसे, "तुम भी क्या बात कर रहे हो ? हमें जाना दिल्ली की गाड़ी से है और तुम कलकत्ता की गाड़ी से जाने के लिए कह रहे हो ?"

9. क्या हुआ ?—(i) इस प्रश्नवाचक पदबंध का प्रयोग किसी से यह पूछने के लिए होता है कि जिस काम के लिए आप दौड़-धूप कर रहे थे या अत्यंत उत्साहित थे उसका परिणाम कैसा रहा; जैसे—

(क) तुम फोटोग्राफी सीख रहे थे न ! क्या हुआ ?

(ख) तुम दिल्ली जा रहे थे न ! क्या हुआ ?

(ii) इसका प्रयोग 'क्या बात है' के लिए भी होता है; जैसे, "क्या हुआ जो तुम मुँह बनाकर बैठ गए हो ?"

(iii) घबराने या दुखी होने की बात नहीं; जैसे, "किसी सौदे में रुपया डूब गया तो क्या हुआ ? किसी दूसरे से मिल भी सकता है।"

10. क्या हो—(i) किसी प्रिय या परिचित व्यक्ति का ध्यान अपनी ओर आकृष्ट करने के लिए प्रयुक्त पदबंध; जैसे—

"क्या हो, आज तो तुम पूरे चाकचौबंद हो !"

"क्या हो, आज हमारी तरफ़ देखोगे भी नहीं !"

(ii) क्या किया जाए; जैसे, "क्या हो जिससे वे लौट आएँ।"

11. तुम्हारा (हमारा) क्या जाता है—तुम्हारी इससे कौन-सी हानि होनेवाली है; जैसे—

(क) तुम्हारा क्या जाता है जो मैं नहीं पढ़ता !

(ख) तुम पढ़ो न पढ़ो, हमारा क्या जाता है !

12. तुम्हें क्या पड़ी है (थी)—तुम्हें कौन-सी ऐसी आवश्यकता है (थी); जैसे—

"तुम्हें क्या पड़ी थी जो तुम वहाँ जा पहुँचे !"

13. मैं क्या करूँ !—(i) आदेश या राय दें; जैसे—

"आप ही बताएँ कि अब मैं क्या करूँ !"

(ii) मुझे इससे कोई मतलब नहीं (उपेक्षा-सूचक); जैसे—

"तुम्हारी माँ आ रही है तो मैं क्या करूँ !"

14. मैं क्या कर सकता हूँ—इस संबंध में मैं कुछ भी सहायता करने में असमर्थ हूँ; जैसे—

"इस समय आपको रोगी से मिलने की अनुमति डाक्टर नहीं देंगे। शाम को आइए।"

"आवश्यक है, मेरी कुछ सहायता कीजिए।"

"मैं क्या कर सकता हूँ !"

'मैं कर ही क्या सकता हूँ' भी प्रचलित है।

15. यह सब क्या है ? —यह क्या हो रहा है ? आप लोग क्या कर रहे हैं ? क्या बात है ? जैसे, "लड़कों को कक्षा में शरारतें करते देखकर अध्यापक ने कहा : यह सब क्या है ?"

16. यहाँ का क्या होगा ?—यहाँ की व्यवस्था कैसे होगी, यहाँ काम कैसे चलेगा; जैसे—

"इतना काम फैला हुआ है और आप कह रहे हैं कि कल दिल्ली जा रहा हूँ। आखिर यहाँ का क्या होगा ?"

क्यों

क्रिया-विशेषण है। प्रश्नवाचक रूप में प्रयुक्त होने पर इसका आशय है—(i) किस कारण या प्रयोजन से, किस लिए; जैसे—

(क) तुम वहाँ क्यों गए थे ?

(ख) वह यहाँ क्यों बार-बार आता है ?

(ii) कारण क्या है कि; जैसे—

(ग) वह क्यों एकाएक चला गया ?

विस्मयादिबोधक के रूप में यह उपेक्ष, आश्चर्य आदि सूचित करता है; जैसे—

(च) क्यों ? झक मार यहीं आए न !

(छ) क्यों ? बात बन गई न !

1. क्यों न—एक यह भी विकल्प है; जैसे—

(क) क्यों न आज हम नाव की सैर करें।

(ख) क्यों न पहले उसे ही कुछ कहने का अवसर दिया जाए।

(ग) क्यों न तुम यहीं रह जाओ।

क्योंकि, चूँकि

(i) ये दोनो योजक हैं। कारण तथा कार्य उपवाक्यों को जोड़ते हैं।

यदि उपवाक्यों का क्रम कार्य उपवाक्य + कारण उपवाक्य हो तो कारण उपवाक्य के आरंभ में 'क्योंकि' रखते हैं; जैसे—

(क) मैंने पुस्तक नहीं खरीदी क्योंकि मेरे पास पैसे नहीं थे।

(ख) वह उत्तीर्ण हो गया क्योंकि उसने मेहनत की।

परंतु यदि उपवाक्यों का क्रम कारण उपवाक्य + कार्य उपवाक्य तो 'चूँकि' को कारण उपवाक्य के आरंभ में रखते हैं; जैसे—

(ग) चूँकि मेरे पास पैसे नहीं थे, मैंने पुस्तक नहीं खरीदी।

(घ) चूँकि उसने मेहनत की, वह उत्तीर्ण हो गया।

(ii) कारण उपवाक्य में 'चूँकि' या 'क्योंकि' के आने पर कार्य उपवाक्य में 'इसलिए' का प्रयोग निरर्थक समझा जाता है; जैसे—

(क) चूँकि मेरे पास पैसे नहीं थे, (इसलिए) मैंने पुस्तक नहीं खरीदी।

(ख) मैंने (इसलिए) पुस्तक नहीं खरीदी क्योंकि मेरे पास पैसे नहीं थे।

(iii) हिंदी में यह प्रवृत्ति दिखाई देती है कि लोग 'चूँकि' (और 'क्योंकि') की अपेक्षा 'इसलिए' या 'इसलिए. . . कि' (देखें) का ही अधिक प्रयोग करते हैं। हिंदी की प्रकृति के अनुसार उक्त दोनो वाक्यों के रूप हैं :

(क) मैंने पुस्तक इसलिए नहीं खरीदी कि मेरे पास पैसे नहीं थे।

(ख) वह इसलिए उत्तीर्ण हो गया कि उसने मेहनत की।

अथवा :

"मेरे पास पैसे नहीं थे, इसलिए मैंने पुस्तक नहीं खरीदी।"

"उसने मेहनत की, इसलिए वह उत्तीर्ण हो गया।"

'चूँकि' का प्रयोग करने पर अल्पविराम का भी प्रयोग करते हैं।

क्रिया

परिभाषा :

साधारणतः जब हम लोग वाक्य बनाते हैं तो उसमें दो बातें होती हैं। एक तो वह जिसके संबंध में कुछ कहना चाहते हैं और दूसरा, जो कुछ हम उसके बारे में कहते हैं; जैसे—

"लड़का खेलता है।"

"मोहन सोया था।"

"लड़की पढ़ेगी।"

यहाँ हम पहले वाक्य में लड़के के संबंध में, दूसरे में मोहन के संबंध में और तीसरे में लड़की के संबंध में कुछ कहना चाहते हैं। जिसके संबंध में कुछ कहना चाहते हैं उसे 'उद्देश्य' कहते हैं और कहते हैं— . . .खेलता है, . . .सोया था और . . .पढ़ेगी। ऐसे शब्द कार्य (खेलता है), स्थिति (सोया था), घटना (पढ़ेगी) आदि का विवरण देने के साथ काल का भी उल्लेख करते हैं। खेलता है—प्रस्तुत समय में, सोया था—बीते समय में, और इसी प्रकार पढ़ेगी—आनेवाले समय में।

कार्य, स्थिति, घटना आदि को सूचित करनेवाले कालवाचक शब्दों को क्रिया या क्रियापद कहते हैं।

क्रियाओं के भेद इस प्रकार हैं—

(1) रचना की दृष्टि से :

मूल क्रियापद, धातु क्रियापद और नाम क्रियापद।

(2) कृत्य की दृष्टि से :

मुख्य क्रियापद, सहकारी क्रियापद, सहायक क्रियापद।

(3) पूर्णता-अपूर्णता की दृष्टि से :

पूर्ण क्रियापद, अपूर्ण क्रियापद।

(4) अनुरूपता, अनुमेल या संबंध-निर्वाह की दृष्टि से :

कर्तृ प्रयोग, कर्मणि प्रयोग और भावे प्रयोग।

(5) अर्थ की दृष्टि से :

स्थितिपरक और व्यापारपरक।

रचना की दृष्टि से क्रियापदों के तीन भेद हैं। इन्हें मूल क्रियापद, धातु क्रियापद और नाम क्रियापद कहते हैं।

क्रिया

तालिका-1

पुंलिंग

	एकवचन	बहुवचन
अन्य पुरुष	वह डाक्टर है।	वे डाक्टर हैं।
मध्यम पुरुष	तू डाक्टर है।	(i) तुम डाक्टर हो। (ii) आप डाक्टर हैं।
उत्तम पुरुष	मैं डाक्टर हूँ।	हम डाक्टर हैं।

स्त्रीलिंग

	एकवचन	बहुवचन
अन्य पुरुष	वह डाक्टर है।	वे डाक्टर हैं।
मध्यम पुरुष	तू डाक्टर है।	(i) तुम डाक्टर हो। (ii) आप डाक्टर हैं।
उत्तम पुरुष	मैं डाक्टर हूँ।	हम डाक्टर हैं।

(i) मूल क्रियापद :

'है', 'था' और 'होगा' ये तीन मूल क्रियापद हैं। ये किसी धातु से नहीं बने। (अनेक विद्वानों का मत है कि 'है', 'होगा' वस्तुतः 'हो' धातु के ही रूप हैं। परंतु बात ऐसी नहीं। जिस प्रकार अन्य धातुओं से क्रियारूप बनते हैं, उसी प्रकार 'हो' से भी बनते हैं। 'पढ़' धातु से पढ़ता, पढ़ा, पढ़ना आदि क्रियारूप कृदंत बनते हैं तो 'हो' से भी होता, हुआ, होना आदि बनते हैं। आज्ञार्थ—विध्यर्थ—के रूपों में कुछ टकराव है, इस संबंध में चर्चा 'काल और अर्थ' प्रकरण में की जाएगी।) ये तीनो विकारी हैं। 'है' उद्देश्य के वचन और पुरुष से प्रभावित है, परंतु लिंग से नहीं; 'था' उद्देश्य के लिंग तथा वचन से प्रभावित होता है, परंतु पुरुष से नहीं; और 'होगा' उद्देश्य के लिंग, वचन तथा पुरुष तीनों से प्रभावित होता है। (तालिका-1 देखें)

'है' का पुंलिंग एकवचन अन्य पुरुष में जो रूप है वही स्त्रीलिंग एकवचन अन्य पुरुष में है अर्थात् 'है', 'है'।

'है' का पुंलिंग एकवचन मध्यम पुरुष में जो रूप है वही स्त्रीलिंग एकवचन मध्यम पुरुष में है अर्थात् 'है', 'है'।

'है' का पुंलिंग एकवचन उत्तम पुरुष में जो रूप है वही स्त्रीलिंग एकवचन उत्तम पुरुष में है, अर्थात् 'हूँ', 'हूँ'।

इसी प्रकार बहुवचन रूप भी समान हैं।

परंतु, जो रूप अन्य पुरुष एकवचन का है वही मध्यम पुरुष एकवचन का भी है और उत्तम पुरुष एकवचन का रूप भिन्न है।

एकवचन अन्य पुरुष और मध्यम पुरुष के साथ 'है' आता है और एकवचन उत्तम पुरुष के साथ 'हूँ'।

जो रूप एकवचन में आता है, बहुवचन में उससे भिन्न आता है। एकवचन में 'है' और 'हूँ' आते हैं तथा बहुवचन में 'हैं' और 'हो'। इस प्रकार 'है', 'हूँ', 'हो' और 'हैं' कुल चार रूप हैं।

पुंलिंग एकवचन में तीनो पुरुषों में 'था'
पुंलिंग बहुवचन में तीनो पुरुषों में 'थे'
स्त्रीलिंग एकवचन में तीनो पुरुषों में 'थी'

तालिका-2

पुंलिंग

	एकवचन	**बहुवचन**
अन्य पुरुष	वह डाक्टर था।	वे डाक्टर थे।
मध्यम पुरुष	तू डाक्टर था।	(i) तुम डाक्टर थे। (ii) आप डाक्टर थे।
उत्तम पुरुष	मैं डाक्टर था।	हम डाक्टर थे।
	स्त्रीलिंग	
अन्य पुरुष	वह डाक्टर थी।	वे डाक्टर थीं।
मध्यम पुरुष	तू डाक्टर थी।	(i) तुम डाक्टर थीं। (ii) आप डाक्टर थीं।
उत्तम पुरुष	मैं डाक्टर थी।	हम डाक्टर थीं।

स्त्रीलिंग बहुवचन में तीनो पुरुषों में 'थीं'

पुंलिंग एकवचन और स्त्रीलिंग एकवचन में भिन्न-भिन्न : 'था'—'थी'।

पुंलिंग एकवचन और पुलिंग बहुवचन में भिन्न-भिन्न : 'था'—'थे'।

स्त्रीलिंग एकवचन और स्त्रीलिंग बहुवचन में भिन्न-भिन्न : 'थी'—'थीं'।

मध्यम पुरुष बहुवचन में 'तुम' और 'आप' के रूप :

पुंलिंग में 'थे' और स्त्रीलिंग में 'थीं'।

इस प्रकार 'था', 'थे', 'थी' और 'थीं' कुल चार रूप हैं। (तालिका-2 देखें)

अन्य पुरुष पुंलिंग एकवचन और बहुवचन तथा स्त्रीलिंग एकवचन और बहुवचन में अलग-अलग रूप होंगे : 'होगा', 'होंगे', 'होगी', 'होंगी'।

मध्यम पुरुष में 'होगा', 'होंगे', 'होगी', 'होंगी'।

उत्तम पुरुष में 'हूँगा', 'होंगे', 'हूँगी', 'होंगी'।

अन्य पुरुष तथा मध्यम पुरुष के पुंलिंग एकवचन रूप समान, परंतु उत्तम पुरुष एकवचन का रूप भिन्न-भिन्न अर्थात् 'होगा', 'हूँगा'। अन्य पुरुष तथा मध्यम पुरुष के स्त्रीलिंग एकवचन रूप समान, परंतु उत्तम पुरुष एकवचन का रूप भिन्न-भिन्न : 'होगी', 'हूँगी'।

इस प्रकार 'होगा', 'हूँगा', 'होंगे', 'होगे', 'होगी', 'हूँगी', 'होंगी' (तालिका-3) कुल सात रूप हैं।

(ii) धातु क्रियापद :

धातुओं से जो पद बनते हैं उन्हें 'धातु क्रियापद' कहते हैं। 'पढ़' धातु से यहाँ क्रियापद बनाए जाएँगे। उद्देश्य पुंलिंग अन्य पुरुष एकवचन रहेगा। 'है', 'था' और 'होगा' धातु क्रियापदों के साथ सहायक क्रियाएँ हैं।

(क) धातु भी क्रियापद के रूप में प्रयुक्त होती है :

तू पढ़। (उत्तम पुरुष तथा अन्य पुरुष के साथ ऐसा प्रयोग नहीं होता)

वह पढ़ रहा है।

वह पढ़ रहा था।

वह पढ़ रहा होगा।

तालिका-3

पुंलिंग

	एकवचन	**बहुवचन**
अन्य पुरुष	वह डाक्टर होगा।	वे डाक्टर होंगे।
मध्यम पुरुष	तू डाक्टर होगा।	(i) तुम डाक्टर होगे।
		(ii) आप डाक्टर होंगे।
उत्तम पुरुष	मैं डाक्टर हूँगा।	हम डाक्टर होंगे।
	स्त्रीलिंग	
अन्य पुरुष	वह डाक्टर होगी।	वे डाक्टर होंगी।
मध्यम पुरुष	तू डाक्टर होगी।	(i) तुम डाक्टर होंगी।
		(ii) आप डाक्टर होंगी।
उत्तम पुरुष	मैं डाक्टर हूँगी।	हम डाक्टर होंगी।

(ख) धातु+'ता' प्रत्यय से बने क्रियापद :

वह पढ़ता...।
वह पढ़ता है।
वह पढ़ता था।
वह पढ़ता हो।
वह पढ़ता होगा।
वह पढ़ता रहा।
अगर वह पढ़ता...।
वह पढ़ता मगर...।

(ग) धातु+'आ' प्रत्यय से बने क्रिया पद हैं :

उसने पढ़ा।
उसने पढ़ा है।
उसने पढ़ा था।
उसने पढ़ा हो।
उसने पढ़ा होगा।
वह पढ़ा करता था।

जिन धातुओं के अंत में स्वर वर्ण हो उनमें 'आ' के स्थान पर 'या' प्रत्यय लगता है :

आ	आया
ला	लाया
सो	सोया
बो	बोया

कुछ 'आ'/ 'या' प्रत्ययवाले क्रियारूप अनियमित हैं :

जा	गया
कर	किया
ले	लिया
दे	दिया
हो	हुआ

(घ) धातु+'ना' प्रत्यय से बने क्रिया-पद हैं :

तू	पढ़ना।
तुम	पढ़ना।
आप (सब)	पढ़ना।
उसको/तुमको	पढ़ना है।
...	पढ़ना था।
...	पढ़ना होगा।
...	पढ़ना पड़ेगा।
...	पढ़ना चाहिए।

उसको पंखा खरीदना है।
उसको साइकिल खरीदनी है।

(च) धातु+'ए' प्रत्यय से :

वह पढ़े।

उद्देश्य भिन्न-भिन्न होने पर 'ए' प्रत्यय में भी विकार होता है; जैसे—

वह पढ़े।

वे पढ़ें।

तू (i) पढ़े (ii) पढ़।

तुम पढ़ो।

मैं पढ़ूँ।

हम पढ़ें।

यहाँ उद्देश्य के लिंग का प्रभाव नहीं पड़ता। दोनो लिंगों में रचना समान रहती है।

(छ) धातु+'ए'+'गा' प्रत्यक्ष से :

वह पढ़ेगा। वे पढ़ेंगे।
वह पढ़ेगी। वे पढ़ेंगी।
तू पढ़ेगा। तुम पढ़ोगे।
तू पढ़ेगी। तुम पढ़ोगी।
मैं पढ़ूँगा। हम पढ़ेंगे।
मैं पढ़ूँगी। हम पढ़ेंगी।

आपने जितने रूप देखे हैं उन्हें इस प्रकार रख सकते हैं :

1. धातु—पढ़

2. कृदंत—पढ़ता, पढ़ा, पढ़ना, पढ़ें, पढ़ेगा।

[पढ़ता— पढ़ते, पढ़ती, पढ़ती।
पढ़ा— पढ़े, पढ़ें, पढ़ी, पढ़ीं।
पढ़ना— पढ़नी, पढ़ने।
पढ़ें— पढ़ो, पढ़ें, पढ़ूँ।
पढ़ेगा— पढ़ेंगे, पढ़ेंगी।]

3. कृदंत+सहायक क्रिया :

पढ़ता है, पढ़ा है, पढ़ना है।
पढ़ता था, पढ़ा था, पढ़ना था।
पढ़ता होगा, पढ़ा होगा, पढ़ना होगा।

[इनके स्त्रीलिंग, बहुवचन आदि रूप भी बनेंगे]

4. धातु+कृदंत+सहायक क्रिया :

पढ़ रहा है/था/होगा।
जा चुका है/था/होगा।

5. कृदंत+कृदंत+सहायक क्रिया :

पढ़ता रहता है।
खेलता रहता है।
पढ़ता चलता था।
खेलता चलता होगा।

समापिका और असमापिका क्रिया :

हिंदी में अधिकतर क्रियापद धातुओं से बनते हैं। धातु में प्रत्यय लगने से बननेवाले रूपों को कृदंत कहते हैं। 'पढ़' में 'ता', 'आ', 'एगा', 'ए' आदि प्रत्यय लगने से क्रमशः 'पढ़ता', 'पढ़ा', 'पढ़ेंगे', 'पढ़े' आदि कृदंत बनते हैं। 'हँस' धातु से बननेवाले कृदंतों को देखें :

हँस+ता=हँसता, हँसती, हँसते, हँसतीं।
हँस+आ=हँसा, हँसी, हँसे, हँसीं।
हँस+ना=हँसना, हँसने, हँसनेवाला।
हँस+ई=हँसी।
हँस+ओड़=हँसोड़।

जब उक्त तथा अन्य कृदंत विशेषण, क्रिया-विशेषण या संज्ञा के रूप में प्रयुक्त होते हैं तो ये कालवाचक नहीं रहते; जैसे—

राम *हँसते हुए* आया (आता है/आएगा)।

राम के *हँसने पर* मुझे गुस्सा आया (आता है या आएगा)।

मोहन को *हँसता* देखकर वह भी हँस पड़ा (पड़ता है या पड़ेगा)।

वह मुझसे *हँसकर* बोला (बोलता है या बोलेगा)।

बात *हँसी में* उड़ गई (उड़ जाती है या उड़ जाएगी)।

मैं *हँसनेवाला* नहीं हूँ (या 'था')।

इन्हें असमापिका क्रियारूप कहते हैं और कालवाचक क्रियारूपों को समापिका क्रियापद कहते हैं। असमापिका क्रिया के साथ समापिका क्रिया का काल कुछ भी हो सकता है, जिसका उस पर प्रभाव नहीं पड़ता।

यहाँ यह प्रश्न उठना स्वाभाविक है कि जब कृदंत का प्रयोग संज्ञा, विशेषण अथवा क्रिया-विशेषण के रूप में हो ही रहा है तब उसे असमापिका क्रिया क्यों कहा जाए?

उत्तर में कहा जा सकता है कि जैसे क्रिया के साथ कर्म तथा क्रिया-विशेषण आते हैं वैसे असमापिका क्रिया के साथ भी आते हैं; जैसे, "मैं पुस्तक पढ़कर आया।"

यहाँ 'मैं' उद्देश्य है और 'आया' क्रियापद है। 'पढ़कर' क्रिया-विशेषण है। 'पुस्तक' यहाँ इसी 'पढ़ना' असमापिका क्रिया का कर्म है न कि अकर्मक क्रियापद 'आया' का। 'मैंने पुस्तक पढ़ी' और 'मैं आया' इन दो वाक्यों को ही उक्त वाक्य में स्थान मिला है। इसी प्रकार :

"मैं पुस्तक पढ़ना आवश्यक समझता हूँ।"

यहाँ कर्म है 'पुस्तक पढ़ना'। 'पढ़ना' यहाँ क्रियार्थक संज्ञा है। यह इसलिए असमापिका क्रिया है कि इसके साथ कर्म आया है।

"वह ज़ोर-ज़ोर से पढ़ता हुआ आया।"

यहाँ 'पढ़ता हुआ' विशेषण पद है। यह इसलिए असमापिका क्रिया है कि इसके साथ 'ज़ोर-ज़ोर से' क्रिया-विशेषण भी आया है।

(iii) नाम क्रियापद :

कुछ विशेषण तथा संज्ञा शब्दों में 'ना' प्रत्यय लगाकर क्रियारूप बनाते हैं; जैसे—

'चिकना' से 'चिकनाना'
'साठ' से 'सठियाना'
'झूठ' से 'झुठलाना'
'धड़क' से 'धड़कना'
'हाथ' से 'हथियाना'
'अपना' से 'अपनाना'

इन्हें नाम या नामवाची क्रियापद कहते हैं।

कृत्य की दृष्टि से क्रियापदों के तीन भेद हैं :

(i) मुख्य क्रियापद
(ii) सहकारी क्रियापद
(iii) सहायक क्रियापद

जिस धातु अथवा उसके कृदंत रूप से क्रियापद आरंभ होता है उसे मुख्य क्रियापद कहते हैं। उसके बाद यदि कोई और धातु या धातुओं के रूप हों तो उन्हें सरकारी क्रियापद कहते हैं। और अंत में 'है', 'था', 'होगा' हों तो उन्हें सहायक क्रियापद कहते हैं। मुख्य क्रियापद से अभिप्राय यह है कि वाक्यार्थ में इसी अर्थ की प्रधानता रहेगी।

सहकारी क्रियापद कहने का अभिप्राय यह कि ये धातुएँ अपने मौलिक या सामान्य अर्थ से भिन्न अर्थ में प्रयुक्त होती हैं।

सहायक क्रियाएँ केवल कालबोधक होती हैं।

मैं *पढ़ता* हूँ।
मैं *पढ़* रहा हूँ।
मैंने *पढ़ा*।

तिरछे पद मुख्य क्रियाएँ हैं।

"मैंने पढ़ लिया है।"

"अधिवेशन समाप्त हो गया।"

इन वाक्यों में 'पढ़' तथा 'हो' क्रमशः मुख्य क्रियापद हैं और 'लिया' तथा 'गया'

सहकारी क्रियापद। 'लिया' का मौलिक अर्थ है ग्रहण करना और 'गया' का मौलिक अर्थ है एक ओर बढ़ना। परंतु इन वाक्यों में इनके सामान्य अर्थ नहीं, समाप्त करने की विवक्षा है। अतः ये सहकारी क्रियापद हैं। इन क्रियाओं पर विचार 'संयुक्त क्रियापद' के अंतर्गत विस्तार के किया जाएगा। 'है', 'था' सहायक क्रियाएँ हैं। कालसूचक हैं। मूल क्रियापद के अंतर्गत इनके स्वरूप की विशद चर्चा हुई है।

पूर्णता-अपूर्णता की दृष्टि से क्रियाओं के भेद :

कुछ क्रियापद अपने में पूर्ण रहते हैं, उन्हें किसी अन्य पद की अपेक्षा नहीं रहती और कुछ क्रियापद ऐसे होते हैं जिन्हें पूर्णता अन्य पदों से प्राप्त होती है; जैसे—

(क) राम सोता है।

(ख) राम पुस्तक पढ़ता है।

'सोता है' क्रियापद को किसी पद की अपेक्षा नहीं, परंतु 'पढ़ता है' को अपेक्षा है। 'राम पढ़ता है' से वाक्य पूर्ण नहीं होता।

जिस क्रियापद को किसी पद की अपेक्षा नहीं होती उसे अकर्मक क्रियापद कहा जाता है और जिसे अपेक्षा होती है उसे सकर्मक क्रियापद।

अकर्मक और सकर्मक क्रियापद :

सकर्मक का अर्थ है कर्म से युक्त और अकर्मक का अर्थ है कर्म से रहित। जिस वाक्य में कर्म की आवश्यकता हो उसकी क्रिया सकर्मक कहलाती है और जिसमें कर्म की आवश्यकता प्रतीत न हो उसे अकर्मक क्रिया कहते हैं। सकर्मक क्रिया का प्रयोग यदि कर्म के बिना किया जाता है तो वाक्य का अर्थ पूर्ण नहीं होता। सच तो यह है कि बिना कर्म के वाक्य अधूरा रह जाता है। उदाहरण लीजिए :

"वह देख रहा था।"

'देखना' क्रिया सकर्मक है। 'क्या' से कर्म जाना जाता है।

"वह क्या देख रहा था?"

—पुस्तक, टेलिविजन, समाचार-पत्र या तमाशा?

पूर्ण वाक्य तो तब होगा जब कहा जाएगा :

"वह समाचार-पत्र देख रहा था।"

अकर्मक क्रिया होने पर वाक्य में कर्म की आवश्यकता नहीं होगी; जैसे—

"वह नहा रहा था।"

यदि आप कर्म को जानने के लिए 'क्या' प्रश्न करेंगे तो प्रश्न बेतुका-सा लगेगा; जैसे—

"वह क्या नहा रहा था?"

कुछ क्रियाएँ सकर्मक और अकर्मक दोनों होती हैं; जैसे, 'पढ़ना', 'खुजलाना', 'गाना' आदि।

(क) मैं पुस्तक पढ़ता हूँ। (सकर्मक)

(ख) मैं दसवें दरजे में पढ़ता हूँ। (अकर्मक)

'ख' वाक्य में 'पढ़ना' क्रिया का अर्थ है : अध्ययन करना।

(ग) मैं पीठ खुजला रहा हूँ। (सकर्मक)

(घ) मेरा हाथ खुजला रहा है। (अकर्मक)

(ङ) वह गीत गाता है। (सकर्मक)

(च) वह अच्छा गाता है। (अकर्मक)

अकर्मक से सकर्मक :

अनेक अकर्मक क्रियाओं की एकाक्षरिक धातु में 'आ' प्रत्यय से सकर्मक क्रियाएँ बनाई जाती हैं; जैसे—

बढ़ना	बढ़ाना
दबना	दबाना

तालिका-4

आत्मोन्मुखी सकर्मक	**प्रेरणार्थक**	**परोन्मुखी सकर्मक**
करना	करवाना	कराना
खेलना	खिलवाना	खिलाना
छोड़ना	छुड़वाना	छुड़ाना
देखना	दिखवाना	दिखाना
पकड़ना	पकड़वाना	पकड़वाना
पढ़ना	पढ़वाना	पढ़ाना
पीना	पिलवाना	पिलाना

मिलना मिलाना
खौलना खौलाना

कुछ धातुओं के अक्षर का दीर्घ स्वर ह्रस्व भी करना पड़ता है; जैसे—

जागना जगाना
भागना भगाना
बीतना बिताना
डूबना डुबाना
खेलना खिलाना

सकर्मक से अकर्मक :

अनेक सकर्मक क्रियाओं के धातु के दीर्घ स्वर को ह्रस्व करने से अकर्मक क्रियाएँ बनती हैं; जैसे—

निकालना निकलना
घेरना घिरना
ज़ोड़ना जुड़ना
लूटना लुटना

सकर्मक से प्रेरणार्थक क्रियापद :

सकर्मक क्रियापद को कर्म की अपेक्षा रहती है, परंतु प्रेरणार्थक क्रियापद को कर्म के अतिरिक्त अभिकर्ता अर्थात् करण की भी आवश्यकता होती है; जैसे—

(क) करना (सकर्मक)
(ख) करवाना (प्रेरणार्थक)
(क) राम काम करता है।
(ख) राम मोहन से काम करवाता है।

प्रेरणार्थक क्रियापदों में करणकारक के न रहने पर क्रियापद अधूरा रहता है।

सकर्मक क्रिया में 'ना' प्रत्यय की जगह 'वाना' प्रत्यक्ष लगाने से प्रेरणार्थक क्रिया बनती है। यहाँ भी धातु का दीर्घ स्वर ह्रस्व होता है :

सकर्मक : प्रेरणार्थक :
बाँधना बँधवाना
निकालना निकलवाना
लूटना लुटवाना
घेरना घिरवाना
तोड़ना तुड़वाना
चलाना चलवाना
बैठाना बिठवाना
पढ़ना पढ़वाना
करना करवाना
देखना दिखवाना
पीना पिलवाना

आत्मोन्मुखी और परोन्मुखी सकर्मक क्रिया :

कुछ सकर्मक क्रियाएँ आत्मोन्मुखी होती हैं अर्थात् उनका व्यापार आत्मपरक होता है। इनमें धातु और 'ना' प्रत्यय के बीच 'आ' मध्य प्रत्यय जोड़कर इनके परोन्मुखी रूप

तालिका-5

परोन्मुखी सकर्मक (स्वयं)	प्रेरणार्थक (दूसरे से)
मैं पुस्तक पढ़ाता हूँ	मैं मोहन से पुस्तक पढ़वाता हूँ।
मैं घर दिखाता हूँ।	मैं मोहन से घर दिखवाता हूँ।
मैं पानी पिलाता हूँ।	मैं मोहन से पानी पिलवाता हूँ।

बनाए जाते हैं जो प्रेरणार्थक से भिन्न होते हैं। (तालिका-4 देखें)

यहाँ कर्ता दूसरे से क्रिया नहीं कराता, बल्कि स्वयं करता है। (तालिका-5 देखें)

ज़रा ध्यान दीजिए। 'मैं काम कराता हूँ' और 'मैं काम करवाता हूँ' में अंतर है। पहले वाक्य में कर्ता स्वयं सक्रिय रहता है, दूसरे में सक्रियता किसी और की रहती है।

इस प्रकार सकर्मक और प्रेरणार्थक क्रियारूपों तथा सकर्मक आत्मोन्मुखी और सकर्मक परोन्मुखी क्रियारूपों का अंतर स्पष्ट है।

कर्म और पूरक :

हमने देखा है कि सकर्मक क्रियापदों में कर्म की आवश्यकता होती है, परंतु अकर्मक क्रिया में कर्म का प्रश्न नहीं उठता। 'बनना' अकर्मक क्रिया है; जैसे—

मकान बनता है।
खीर बनी है।
परंतु,
मोहन इंजीनियर बना।
कृष्ण डाक्टर बनेगा।

इन वाक्यों में 'इंजीनियर' और 'डाक्टर' इसलिए कर्म नहीं कहे जा सकते कि 'बनना' अकर्मक क्रिया है। इन्हें पूरक पद कहते हैं, क्योंकि इनसे वाक्य का अर्थ पूरा होता है। 'कर्म' और 'पूरक' में अंतर यह है कि कर्म सामान्यतः कर्ता से भिन्न होता है, परंतु पूरक सदा कर्ता का ही सूचक होता है—समानाधिकरण होता है। मोहन और इंजीनियर एक ही हैं, इसी प्रकार कृष्ण और डाक्टर भी एक हैं। 'है', 'था', 'होगा' क्रियापदों के साथ भी पूरक आता है; जैसे—

रमेश संपादक है।
कृष्णा नर्स थी।
मेरा लड़का वकील होगा।

पूरक के संबंध में अधिक जानकारी 'क्रियापद' और 'पूरक' प्रकरण में मिलेगी।

अनुरूपता या संबंध-निर्वाह की दृष्टि से क्रियापदों के तीन भेद हैं :

(i) कर्तृ प्रयोग
(ii) कर्मणि प्रयोग
(iii) भावे प्रयोग

जब क्रियापद कर्ता (उद्देश्य) के लिंग, वचन, पुरुष के अनुरूप रूप धारण करता हो तब उसे 'कर्तृ प्रयोग' कहते हैं; जैसे—

लड़का बाज़ार जाता है।
लड़की बाज़ार जाती है।
लड़के बाज़ार जाते हैं।
लड़कियाँ बाज़ार जाती हैं।
मैं बाज़ार जाता हूँ।
हम बाज़ार जाती हैं।

और जब क्रियापद कर्म के लिंग-वचन का रूप धारण करता हो तो उसे 'कर्मणि प्रयोग' कहते हैं; जैसे—

मैंने घोड़ा खरीदा।
मैंने गाय खरीदी।
मैंने घोड़े खरीदे।
मैंने गाएँ खरीदीं।

क्रिया

जब क्रियापद पुंलिंग एकवचन कर्ता के अनुरूप रहे अर्थात् उस पर न कर्ता के लिंग-वचन का प्रभाव पड़े और न कर्म के लिंग-वचन का तब उसे 'भावे प्रयोग' कहते हैं; जैसे—

मुझसे हँसा नहीं जाता।
उनसे हँसा नहीं जाता।
उससे बड़ी मुश्किल से चला जाता है।
उनसे चला थोड़े ही जाता है।

सामान्यतः ऐसे वाक्य नकारबोधक होते हैं। 'मुश्किल से' और 'थोड़े ही' से भी नकार-बोधक होने की झलक तो मिलती ही है। भावे प्रयोग वस्तुतः भाव-वाच्य में ही होते हैं।

एक स्थिति और भी है। जब उद्देश्य और कर्म दोनों में परसर्ग होता है तो क्रियापद भावे प्रयोग की तरह एकवचन पुंलिंग रहता है; जैसे—

लड़के ने डाक्टर को बुलाया।
लड़की ने डाक्टर को बुलाया।
लड़कों ने डाक्टरों को बुलाया।
लड़कियों ने डाक्टरों को बुलाया।
डाक्टर ने रोगी को देखा।
सिपाही ने चोर को पकड़ा।
माँ ने बच्चे को समझाया।

अनेक नामपद और संबंध-निर्वाह :

यहाँ एक विचारणीय तथ्य और भी है। वह यह कि जब उद्देश्य या कर्म अनेक हों और किसी योजक द्वारा शृंखलित हों तो क्रिया के लिंग-वचन का आधार क्या हो ? सच पूछा जाए तो हिंदी की अपनी परंपरा तो अंतिम नामपद के अनुसार क्रियापद रखने की है; जैसे—

(क) राम और सीता जाती है।
(ख) राम या सीता जाती है।
(ग) तीन लड़के और दो लड़कियाँ जाएँगी।
(घ) प्रेम और गंध दबाए नहीं दबती।
(च) वह और मैं जाऊँगा।
(छ) वह या मैं जाऊँगा।

ये बातें सभी प्रकार के योजकों के लिए सही थीं। परंतु सुधार के नाम पर सुधार-वादियों ने सुझाव रखे :

(ज) राम और सीता जाते हैं।
(झ) राम या सीता जाते हैं।
(ट) वह और मैं जाएँगे।
(ठ) वह या मैं जाएँगे।

वैसे 'झ' और 'ठ' वाक्यों को 'ख' और 'छ' रूप में अब भी लिखनेवाले यथेष्ट क्या अधिक हैं। वैयाकरणों को सुधार के नाम पर की गई इस धाँधली पर पुनः विचार करना चाहिए।

अर्थ की दृष्टि से क्रियापदों के दो भेद हैं :

(i) स्थितिपरक
(ii) व्यापारपरक

स्थितिपरक में लंबी अवधि की विवक्षा निहित रहती है; जैसे—

वह दिल्ली में रहता है।
रमेश खूब कमाता है।
मैं इन बातों को समझता हूँ।
मुझे ज्ञान है।
वह साधु था।

व्यापारपरक क्रियाओं के दो भेद हैं : (क) एक ही बार घटी घटना की सूचना देना अर्थात एकाकी व्यापारपरक, और (ख) बार-बार घटित होने की सूचना देना अर्थात् आवृत्ति या प्रवृत्तिपरक; जैसे—

(क) एकाकी व्यापारपरक :
राम ने पत्र लिखा।

क्रियापद : काल और अर्थ

वह प्रतियोगिता में प्रथम आया।

उसने गीत गाया।

(ख) आवृत्ति या प्रवृत्तिपरक :

वह अच्छी सितार बजाता था।

हम लोग साग-सब्जी खाते हैं।

क्रियापद : काल और अर्थ

क्रियापद काल तो सूचित करते ही हैं, कुछ अर्थगत अपेक्षाएँ भी पूरी करते हैं। उदाहरण के लिए वक्ता (या लेखक) कभी अपनी इच्छा या निश्चय जतलाना चाहता है, कभी संभावना व्यक्त करना चाहता है, कभी संदेह जतलाना चाहता है, कभी आज्ञा या आशीर्वाद या शाप देना चाहता है, कभी कोई शर्त लगाना चाहता है, आदि। मोटे तौर पर विद्वानों ने इन अर्थों को पाँच वर्गों में बाँटा है :

1. निश्चयार्थ
2. संभावनार्थ
3. आज्ञा-विध्यर्थ
   (आज्ञा + विधि + अर्थ)
4. संकेतार्थ
5. संदेहार्थ

निश्चयार्थ : जब क्रियापद से वक्ता या लेखक का निश्चय व्यक्त हो तो उसे 'निश्चयार्थ' कहते हैं; जैसे—

वह आता है। (सामान्य वर्तमान)

वह आता था। (सामान्य भूत)

वह आया है। (पूर्ण वर्तमान)

वह आया था। (पूर्ण भूत)

वह आ रहा है। (अपूर्ण वर्तमान)

वह आ रहा था। (अपूर्ण भूत)

उक्त कालों के क्रियापद निश्चय जतलाते हैं। 'है' और 'था' मूल क्रियापद भी निश्चय जतलाते हैं; जैसे—

धरती गोल है।

उसको दुख है।

वह गरीब था।

उसे अभिमान था।

उसे जाना है।

उसे जाना चाहिए।

उसे मकान खरीदना है।

उसे समाचारपत्र पढ़ना था।

ऐसे वाक्य आवश्यकता, धारणा, संकल्प अर्थात् निश्चय के ही सूचक हैं। 'नाकृदंत + है' तथा 'नाकृदंत + चाहिए' वर्तमानकालिक हैं। 'नाकृदंत + था' भूतकालिक है। उद्देश्य में 'को' परसर्ग आता है। यदि मुख्य क्रिया सकर्मक हुई तो कर्म के लिंग-वचन के अनुसार क्रियापद अनुशासित होगा; जैसे—

मुझको इतिहास पढ़ना है।

मुझको कविता पढ़नी है।

संभावनार्थ : संभावना का संबंध विशेष रूप से भविष्य से होता है। सामान्य भविष्यकाल के क्रियापद संभावना ही व्यक्त करते हैं :

"वह आएगा।"

अनुमान, सूचना आदि के बल पर जब हम कहते हैं 'वह आएगा' तो भी यह निश्चित कैसे मान लिया जाए कि 'वह आ ही जाएगा'? जब निश्चयार्थ व्यक्त करना होता है तो उक्त पदों के साथ 'ही' निपात तथा 'अवश्य', 'ज़रूर', 'निश्चय ही' आदि क्रिया-विशेषण पदों का प्रयोग करते हैं; जैसे—

वह आएगा ही।

वह ज़रूर आएगा।

वह निश्चय ही आएगा।

संभावना व्यक्त करने के लिए 'नाकृदंत + होगा' का प्रयोग करते हैं; जैसे—

उसे पढ़ना होगा।

उसे जाना होगा।

वर्तमान में संभावना व्यक्त करने के लिए 'धातु + सकता + है' का प्रयोग करते हैं; जैसे—

वह आ सकता है।

पानी बरस सकता है।

लड़का डूब सकता है।

जान बच सकती है।

सामान्य भविष्यकाल के क्रियापदों के 'गा/गे/गी' प्रत्यय हटाने पर जो रूप बनते हैं उन्हें विध्यर्थ रूप कहते हैं। इनमें 'शायद' (अथवा कदाचित्) क्रिया-विशेषण के सहयोग से संभावना व्यक्त करने की भी प्रथा है;जैसे—

शायद वह आए।

शायद वे आएँ।

शायद तू आए।

शायद तुम आओ।

शायद आप आएँ।

शायद मैं आऊँ।

कदाचित् हम आएँ।

आज्ञा-विध्यर्थ : जब हम बड़ों, सम्मानित तथा अधिकार-संपन्न व्यक्तियों से अनुरोध या प्रार्थना करते हैं, छोटों या अधीनस्थ व्यक्तियों को आदेश देते हैं और स्वयं अनुमति चाहते हैं तो क्रिया के विध्यर्थ रूपों का प्रयोग करते हैं। विध्यर्थ रूप सामान्य भविष्यकाल के रूप से 'गा/गे/गी' प्रत्यय हटाने पर बनते हैं। 'तू' के साथ मात्र धातु का प्रयोग होता है; जैसे—

वह आए(गा)	वे आएँ(गे) (अनुरोध)
	आप आएँ (प्रार्थना)
वह खेले	वे खेलें
	आप खेलें
वह नाचे	वे नाचें
	आप नाचें
तू आ	तुम आओ (आदेश)
	आप आएँ
तू खेल	तुम खेलो
	आप खेलें

ऐसा प्रतीत होता है कि अनुमति सूचित करने के लिए वाक्य का सही रूप प्रश्नवाचक होना चाहिए; जैसे—

क्या मैं वहाँ जाऊँ?

क्या मैं भी खेलूँ?

क्या वह भी चले?

क्या वह भी पढ़े?

संकेतार्थ : संकेतार्थ का सूचक वाक्य दो उपवाक्यों से बना होता है। सामान्यतः पहले उपवाक्य में 'शर्त' होती है और दूसरा 'परिणाम' का सूचक होता है। शर्तवाला उपवाक्य 'यदि' या 'अगर' से आरंभ होता है और परिणाम का सूचक उपवाक्य 'तो' से।

वर्तमानकाल के लिए विध्यर्थ क्रियाएँ होती हैं। 'तू' के साथ 'धातु + ए' रूप प्रयुक्त होगा, मात्र धातु नहीं; जैसे—

वह आए।	वे आएँ।
तू आए।	तुम आओ।
	आप आएँ।
मैं आऊँ।	हम आएँ।

यदि/अगर वह आए तो मैं जाऊँ।

यदि तू आए तो मैं जाऊँ।

यदि वे आएँ तो हम जाएँ।

यदि हम आएँ तो वे आएँ।

'यदि/अगर' का प्रयोग ऐच्छिक होता है; जैसे—

वह आए तो मैं जाऊँ।

वे आएँ तो हम जाएँ।

भूतकाल में ताकृदंत क्रियापद का प्रयोग दोनों उपवाक्यों में होता है; जैसे—

यदि/अगर वह आता तो मैं जाता।
यदि वे आते तो हम जाते।
यदि तू आता तो वे जाते।
यदि मैं जाता तो वह आता।

यहाँ भी 'यदि/अगर' का प्रयोग ऐच्छिक है :

वह आता तो मैं जाता।
वे आते तो हम जाते।

भविष्यकाल में सामान्य भूतकाल का प्रयोग किया जाता है :

यदि वह आएगा तो मैं जाऊँगा।
यदि तू आएगा तो वह जाएगा।
यदि मैं जाऊँगा तो वह आएगा।

भविष्यकाल में 'यदि' उपवाक्य में सामान्य भविष्यकाल क्रियारूप की जगह भूतकृदंत का भी प्रयोग होता है; जैसे—

यदि/अगर वह आया तो मैं जाऊँगा।
यदि वह आया तो वह आएगी।
यदि मैं गया तो वह आएगा।

यहाँ 'यदि/अगर' का प्रयोग ऐच्छिक है।

संदेहार्थ : यह अनिश्चय का सूचक होता है। वर्तमानकाल में भूतकाल + 'हो' के विध्यर्थ क्रियारूप चलते हैं :

वह आया हो।	वे आए हों।
वह वहाँ पहुँचा हो।	वे वहाँ पहुँचे हों।
उसने कहा हो।	उन्होंने कहा हो।
तूने लिया हो।	तुमने लिया हो।
मैंने लिया हो।	हमने लिया हो।

भूतकाल में भूतकृदंत + 'हो' धातु के सामान्य भविष्यकाल के क्रियारूप प्रयुक्त होते हैं; जैसे—

वह आया होगा।	वे आए होंगे।
तू आया होगा।	तुम आए होगे।
मैं आया होऊँगा।	हम आए होंगे।

भविष्यकाल में वर्तमान कृदंत + 'हो' धातु के विध्यर्थ रूप चलते हैं; जैसे—

वह आता हो।	वे आते हों।
वह खाता हो।	वे खाते हों।
तू खाता हो।	तुम खाते हो।
मैं खाता होऊँ।	हम खाते हों।

क्रियापद : काल और पक्ष

काल को तीन भागों में बाँटने की प्रथा है : वर्तमानकाल, भूतकाल और भविष्यकाल। वर्तमानकाल से अभिप्राय है 'प्रस्तुत समय', भूतकाल से अभिप्राय है 'बीता हुआ समय' और भविष्यकाल से अभिप्राय है 'आनेवाला समय'। क्रियापदों से काल सूचित होता है, अतः उनके इस आधार पर जो वर्ग बनाए जाते हैं उन्हें भी काल कहते हैं; जैसे—

वह आता है।
वह आ रहा है।
वह आया है। (वर्तमानकाल)

वह आया।
वह आया था।
वह आ रहा था। (भूतकाल)

वह आएगा।
वह आता रहेगा। (भविष्यकाल)

जब इन काल-वर्गों के उपवर्ग बनाने का प्रयास किया जाता है तो दो बातें स्पष्ट रूप से उभरती हैं। एक का संबंध क्रिया के व्यापार से है, जिसे व्यापार-पक्ष या मात्र पक्ष कहते हैं। इसकी तीन स्थितियाँ हैं—पूर्ण, अपूर्ण और सामान्य। व्यापार के वर्तमान में (भूत में या

क्रियापद : काल और पक्ष

तालिका-6

	पुंलिंग	
	एकवचन	**बहुवचन**
अन्य पुरुष	वह आया है।	वे आए हैं।
मध्यम पुरुष	तू आया है।	(i) तुम आए हो। (ii) आप आए हैं।
उत्तम पुरुष	मैं आया हूँ।	हम आए हैं।
	स्त्रीलिंग	
अन्य पुरुष	वह आई है।	वे आई हैं।
मध्यम पुरुष	तू आई है।	(i) तुम आई हो। (ii) आप आई हैं।
उत्तम पुरुष	मैं आई हूँ।	हम आई हैं।

भविष्य में) पूर्ण होने का उल्लेख हो तो पूर्ण वर्तमानकाल (पूर्ण भूतकाल या पूर्ण भविष्य काल), यदि व्यापार चल रहा है तो अपूर्ण वर्तमान (अपूर्ण भूत या अपूर्ण भविष्यकाल) और यदि व्यापार न पूर्ण हुआ हो और न चल ही रहा हो अर्थात् जिसमें विशिष्टता न हो तो उसे सामान्य वर्तमानकाल (सामान्य भूतकाल / सामान्य भविष्यकाल) कहते हैं।

(क) पूर्ण वर्तमान : (तालिका-6 देखें)

कार्य की पूर्णता वर्तमान में जब सूचित करते हैं तब धातु + 'आ' (किसी-किसी में 'या') प्रत्यय तथा 'है' सहायक क्रिया का प्रयोग करते हैं। यदि धातु सकर्मक है तो उद्देश्य में 'ने' परसर्ग आता है और क्रियापद कर्म के लिंग-वचन से अनुशासित होता है।

(तालिका-7 देखें)

'ला' धातु सकर्मक है, परंतु इसके उद्देश्य के साथ 'ने' नहीं आता। (कहा जाता है कि लाना = ले + आना में 'आना' अकर्मक है, इसलिए 'लाना' भी अकर्मक।) इसे हम अपवाद कह सकते हैं; जैसे—

वह पुस्तक लाया है।
वे पुस्तक लाए हैं।
तू पुस्तक लाया है।
(i) तुम पुस्तक लाए हो।
(ii) आप पुस्तक लाए हैं।
मैं पुस्तक लाया हूँ।
हम पुस्तक लाए हैं।

पूर्ण वर्तमानकाल के सूचक वाक्यों को प्रश्नवाचक रूप देने के लिए वाक्य के आरंभ में 'क्या' निपात आता है; जैसे—

क्या वह आया है?
क्या वे आए हैं?
क्या वह आई है?
क्या वे आई हैं?
क्या उसने मकान खरीदा है?
क्या उन्होंने मकान खरीदा है?

कुछ लोग 'क्या' का प्रयोग वाक्य के अंत में भी करते हैं; जैसे, "वह आया है क्या?" नकारात्मक रूप देने के लिए क्रियापद के पहले 'नहीं' का प्रयोग करते हैं और सहायक क्रिया को छोड़ भी देते हैं; जैसे—

तालिका-7

	पुंलिंग	
	एकवचन	**बहुवचन**
अन्य पुरुष	उसने मकान खरीदा है।	उन्होंने मकान खरीदा है।
मध्य पुरुष	तूने मकान खरीदा है।	(i) तुमने मकान खरीदा है। (ii) आपने मकान खरीदा है।
उत्तम पुरुष	मैंने मकान खरीदा है।	हमने मकान खरीदा है।
	स्त्रीलिंग	
अन्य पुरुष	उसने मकान खरीदा है।	उन्होंने मकान खरीदा है।
मध्यम पुरुष	तुमने मकान खरीदा है।	(i) तुमने मकान खरीदा है। (ii) आपने मकान खरीदा है।
उत्तम पुरुष	मैंने मकान खरीदा है।	हमने मकान खरीदा है।

वह आया है।	वह नहीं आया (है)।
वे आए हैं।	वे नहीं आए (हैं)।
उसने मकान खरीदा है।	उसने मकान नहीं खरीदा (है)।
उन्होंने मकान खरीदा है।	उन्होंने मकान नहीं खरीदा (है)।
क्या वह आया है?	क्या वह नहीं आया (है)?
क्या उसने मकान खरीदा है?	क्या उसने मकान नहीं खरीदा (है)?

क्रियापद पर ज़ोर देने के लिए 'नहीं' का प्रयोग बाद में भी होता है; जैसे—

वह आया नहीं।

उसने मकान खरीदा नहीं।

(ख) पूर्ण भूतकाल :

पूर्ण वर्तमान की तरह धातु + 'आ' प्रत्यय युक्त क्रियारूप इसमें भी प्रयुक्त होता है। बस 'है' की जगह 'था' सहायक क्रिया प्रयुक्त होती है। (तालिका-8 देखें)

सकर्मक क्रियापद होने पर कर्ता में उसी प्रकार 'ने' उपसर्ग आएगा और क्रिया कर्म के लिंग-वचन के अनुसार होगी।

उसने मकान खरीदा था।

उन्होंने मकान खरीदा था।

तूने मकान खरीदा था।

(i) तुमने मकान खरीदा था।

(ii) आपने मकान खरीदा था।

मैंने मकान खरीदा था।

हमने मकान खरीदा था।

पूर्ण भूतकाल में मात्र आकृदंत का भी प्रयोग होता है; जैसे—

वह आया।

वे आए।

उसने मकान ख़रीदा।

उन्होंने मकान खरीदे।

अंतर यह है कि वक्ता की दृष्टि से 'आया था' बहुत पहले की घटना है और 'आया' अपेक्षया कुछ समय पहले की या इस बीच की।

पूर्ण भूतकाल के वाक्यों को प्रश्नवाचक बनाने के लिए भी 'क्या' निपात का वाक्य के आरंभ में प्रयोग होता है और नकारात्मक रूप देने के लिए 'नहीं' निपात का क्रियापद

तालिका-8

	पुंलिंग	
	एकवचन	**बहुवचन**
अन्य पुरुष	वह आया था।	वे आए थे।
मध्यम पुरुष	तू आया था।	(i) तुम आए थे। (ii) आप आए थे।
उत्तम पुरुष	मैं आया था।	हम आए थे।
	स्त्रीलिंग	
अन्य पुरुष	वह आई थी।	वे आई थीं।
मध्यम पुरुष	तू आई थी।	(i) तुम आई थीं। (ii) आप आई थीं।
उत्तम पुरुष	मैं आई थी।	हम आई थीं।

से पहले। अंतर बस इतना है कि सहायक क्रिया का लोप नहीं होता; जैसे—

वह आया था।
क्या वह आया था?
वे आए थे।
क्या वे आए थे?
वह आई थी।
क्या वह आई थी?

उसने मकान खरीदा था।
क्या उसने मकान खरीदा था?

वह नहीं आया था।
क्या वह नहीं आया था?
वे नहीं आए थे।
क्या वे नहीं आए थे?
वह नहीं आई थी।
क्या वह नहीं आई थी?
वे नहीं आई थीं।
क्या वे नहीं आई थीं?

उसने मकान नहीं खरीदा था।
क्या उसने मकान नहीं खरीदा था?

'क्या' का प्रयोग वाक्य के अंत में भी कुछ लोग करते हैं; जैसे, "वह आया था क्या?"

(ग) पूर्ण भविष्यकाल :

कोई नियत क्रियापद पूर्ण भविष्यकाल को सूचित नहीं करता। 'धातु+जाएगा' से पूर्ण भविष्यकाल सूचित किया जा सकता है :

वह डाक्टर बन जाएगा।
वे डाक्टर बन जाएँगे।
तू डाक्टर बन जाएगा।
(i) तुम डाक्टर बन जाओगे।
(ii) आप डाक्टर बन जाएँगे।
मैं डाक्टर बन जाऊँगा।
हम डाक्टर बन जाएँगे।
वह डाक्टर बन जाएगी।
वे डाक्टर बन जाएँगी।
तू डाक्टर बन जाएगी।
तुम डाक्टर बन जाओगी।
मैं डाक्टर बन जाऊँगी।
हम डाक्टर बन जाएँगी।

'जाएगा' की तरह 'देगा' और 'लेगा'

क्रियापद : काल और पक्ष

का भी प्रयोग होता है; जैसे—

वह पुस्तक दे देगा।
वह पुस्तक ले लेगा।
तू पुस्तक दे देगा।
तू पुस्तक ले लेगा।
मैं पुस्तक दे दूँगा।
मैं पुस्तक ले लूँगा।
वह पत्र लिख देगा।
वह पत्र लिख लेगा।
मैं पत्र लिख दूँगा।
मैं पत्र लिख लूँगा।

प्रश्नवाचक रूप देने के लिए 'क्या' निपात का प्रयोग वाक्य के आरंभ में होता है; जैसे—

क्या वह प्रधानमंत्री बन जाएगा?
क्या वह पुस्तक दे देगा?
क्या वह पुस्तक ले लेगा?
क्या वह पत्र लिख देगा?

नकारात्मक रूप बनाते समय धातुरूप में प्रयुक्त मुख्य क्रियापद को सहकारी क्रियापद का क्रियारूप दिया जाएगा और सहकारी क्रियापद का लोप किया जाएगा; जैसे—

वह प्रधानमंत्री बन जाएगा।
वह प्रधानमंत्री नहीं बनेगा।
वह पुस्तक दे देगा।
वह पुस्तक नहीं देगा।
वह पुस्तक ले लेगा।
वह पुस्तक नहीं लेगा।
वह पत्र लिख देगा।
वह पत्र नहीं लिखेगा।

(घ) अपूर्ण वर्तमानकाल :

काम पूर्ण नहीं हुआ, अर्थात् चल रहा है; जैसे—

वह लिख रहा है। वे लिख रहे हैं।
तू लिख रहा है। (i) तुम लिख रहे हो।
(ii) आप लिख रहे हैं।
मैं लिख रहा हूँ। हम लिख रहे हैं।
वह लिख रहा है। वे लिख रहे हैं।
तू लिख रही है। तुम लिख रही हो।
आप लिख रही हैं।
मैं लिख रही हूँ। हम लिख रही हैं।

(च) अपूर्ण भूतकाल :

कार्य पूर्ण नहीं हुआ था, वरन् चल रहा था; जैसे—

वह लिख रहा था। वे लिख रहे थे।
तू लिख रहा था। तुम लिख रहे थे।
मैं लिख रहा था। हम लिख रहे थे।

'धातु + ता' और 'रहा' क्रियापदों के योग से भी अपूर्ण भूतकाल सूचित करते हैं। 'रहा' के स्थान पर 'जाता' और 'चलता' भी प्रयुक्त होते हैं; जैसे—

वह लिखता रहा। वे लिखते रहे।
तू लिखता रहा। तुम लिखते रहे।
आप लिखते रहे।
मैं लिखता रहा। हम लिखते रहे।
वह लिखता जाता/चलता।
वे लिखते जाते/चलते।
मैं बोलता जाता/चलता।
हम बोलते जाते/चलते।

(छ) अपूर्ण भविष्यकाल :

अपूर्ण भविष्यकाल सूचित करने के लिए 'धातु + ता' और 'चलेगा' या 'जाएगा' क्रियापदों का उपयोग कर सकते हैं; जैसे—

वह करता चलेगा/जाएगा।
तू करता चलेगा/जाएगा।
मैं करता चलूँगा/जाऊँगा।

अपूर्ण वर्तमान (भूत या भविष्य) काल के वाक्य को प्रश्नवाचक रूप देने के लिए

क्रियापद : काल और पक्ष

तालिका-9

	पुंलिंग	
	एकवचन	बहुवचन
अन्य पुरुष	वह आता है।	वे आते हैं।
मध्यम पुरुष	तू आता है।	तुम आते हो।
उत्तम पुरुष	मैं आता हूँ।	हम आते हैं।
	स्त्रीलिंग	
अन्य पुरुष	वह आती है।	वे आती हैं।
मध्यम पुरुष	तू आती है।	तुम आती हो।
उत्तम पुरुष	मैं आती हूँ।	हम आती हैं।

'क्या' निपात का वाक्य के आरंभ में प्रयोग होता है; जैसे—

क्या वह लिख रहा है?

क्या वे लिख रहे थे?

क्या तू लिखता रहा?

क्या वह लिखता जाता?

नकारात्मक रूप के लिए 'नहीं' का प्रयोग क्रियापद से पहले भी होता है और मुख्य क्रियापद के बाद भी। 'है' का लोप होता है; जैसे—

वह लिख रहा है।

(i) वह लिख नहीं रहा।

(ii) वह नहीं लिख रहा।

वह खेल रहा था।

(i) वह खेल नहीं रहा था।

(ii) वह नहीं खेल रहा था।

वह करता चलेगा।

(i) वह करता नहीं चलेगा।

(ii) वह नहीं करता चलेगा।

(ज) सामान्य वर्तमानकाल :

वर्तमान में न कार्य पूर्ण हुआ है और न चल ही रहा है। यहाँ आवृत्ति या प्रवृत्ति सूचित होती है। (तालिका-9 देखें)

वह आता होगा।

तू आता होगा।

मैं आता हूँगा।

यहाँ प्रवृत्ति के साथ 'संभावना' या 'अनिश्चय' भी सूचित होता है।

वह आ रहा होगा।

तू आ रहा होगा।

मैं आ रहा हूँगा।

वह आए तो मैं जाऊँ। (संभावना)

कुछ स्थितिपरक या घटनापरक प्रयोग भी मिलते हैं; जैसे—

वह कश्मीर में रहता है। (स्थितिपरक)

वह दिन में सोता है। (स्थितिपरक)

मैं उसे जानता हूँ। (स्थितिपरक)

मैं त्यागपत्र दे देता हूँ। (घटनापरक)

मैं अब सभा विसर्जित होने की घोषणा करता हूँ। (घटनापरक)

(झ) सामान्य भूतकाल :

भूत में न कार्य पूर्ण हुआ और न चल ही रहा था। प्रवृत्ति अवश्य सूचित होती है; जैसे—

वह आता था।	वे आते थे।
तू आता था।	तुम आते थे।
मैं आता था।	हम आते थे।
वह आती थी।	वे आती थीं।

तू आती थी। तुम आती थीं।
मैं आती थी। हम आती थीं।

(ट) सामान्य भविष्यकाल :

'धातु+ए+गा' से सामान्य भविष्य काल सूचित करते हैं। कार्य की न पूर्णता का उल्लेख है और न चलते चलने का; जैसे—

वह आएगा। वे आएँगे।
वह आएगी। वे आएँगी।
तू आएगा। तुम आओगे।
तू आएगी। तुम आओगी।
मैं आऊँगा। हम आएँगे।
मैं आऊँगी। हम आएँगी।

इसी प्रकार ये भी सामान्य भविष्यकाल के सूचक हैं :

वह आ रहा है।
तुम आना।

प्रश्नवाचक तथा नकारात्मक रूप सामान्य ढंग से बनेंगे।

क्रिया-विशेषण

परिभाषा : क्रिया की विशेषता बतलानेवाले या उसका विवरण देनेवाले शब्दों को क्रिया-विशेषण कहते हैं; जैसे—

धीरे—"वह धीरे बोलता है।"

जल्दी-जल्दी—"वह काम जल्दी-जल्दी करेगा।"

यहाँ—"आप यहाँ बैठिए।"

कुछ विशेषण भी क्रिया-विशेषण की तरह प्रयुक्त होते हैं; जैसे—

तेज़ (विशेषण)—"तेज़ रफ़्तारवाली गाड़ी।"

तेज़ (क्रिया-विशेषण)—"गाड़ी तेज़ चल रही है।"

बहुत (विशेषण)—"बहुत दिनों की बात है।"

बहुत (क्रिया-विशेषण)—"वह बहुत खाता है।"

क्रिया-विशेषण के तीन भेद किए जाते हैं :

(i) स्थानवाचक—'अंदर', 'बाहर', 'यहाँ', 'वहाँ' आदि।

(ii) कालवाचक—'अब', 'अभी', 'आज', 'कल' आदि।

(iii) रीतिवाचक—'धीरे-धीरे', 'जल्दी-जल्दी', 'एक-एक करके', 'आगे-पीछे' आदि।

मोहन यहाँ रहता है। (स्थानवाचक)
वह कब आया। (कालवाचक)
गाड़ी धीरे-धीरे चल रही है।(रीतिवाचक)

विशेषण और क्रिया-विशेषण :

(i) विशेषण को क्रिया-विशेषण मानने की भूल प्रायः होती है; जैसे—

वह बैठा हुआ है।
वह सोया हुआ था।
वह बैठी हुई है।
वह सोई हुई थी।
वे बैठे हुए हैं।
वे सोए हुए थे।

पहली बात तो यह है कि विशेषणों में ही लिंग और वचन का परिवर्तन होता है, क्रिया-विशेषणों में नहीं; जैसे—

लेटा हुआ लड़का पुस्तक पढ़ रहा था।
लेटी हुई लड़की पुस्तक पढ़ रही थी।
लेटे हुए लड़के पुस्तक पढ़ रहे थे।
लड़का लेटे हुए पुस्तक पढ़ रहा था।
लड़की लेटे हुए पुस्तक पढ़ रही थी।
लड़के लेटे हुए पुस्तक पढ़ रहे थे।

विशेषण रूप में 'लेटा हुआ' विकारी है और क्रिया-विशेषण रूप में 'लेटे हुए'

अविकारी है। दूसरी बात यह है कि कब, कहाँ और कैसे का उत्तर मिले तो क्रिया-विशेषण अन्यथा क्रिया-विशेषण नहीं।

वह कब था?

वह कहाँ था?

वह कैसे था?

इनमें से किसी प्रश्न का उत्तर उक्त छहों में से कोई वाक्य नहीं देता। उक्त वाक्य तो इन प्रश्नों के उत्तर हैं—

वह क्या कर रहा है/था?

वह क्या कर रही है/थी?

वे क्या कर रहे हैं/थे?

— वह **बैठा है**/था।

— वह सोया है/था।

— वह बैठी हुई है/थी।

— वे बैठे हुए हैं/थे।

इस बात का ध्यान रखें कि 'बैठे हुए' क्रिया-विशेषण है और पुंलिंग बहुवचन विशेषण रूप भी।

(ii) ऐसे भी विशेषण हैं जो क्रिया-विशेषण की तरह प्रयुक्त होते हैं। क्रिया-विशेषण रूप में इनके विकारी तथा अविकारी दोनो रूप मिलते हैं; जैसे—

(क) राम अच्छा गाता है।

(ख[1]) सीता अच्छा गाती है।

(ख[2]) सीता अच्छा गाती है।

यहाँ 'अच्छा' विशेषण है या क्रिया-विशेषण, पहले ज़रा यह तो देखिए। 'कहाँ', 'कब' या 'कैसे' का उत्तर यहाँ मिलता नहीं। उत्तर तो 'कैसा' (विशेषण) का मिलता है।

वह कैसे गाता है?

— वह अच्छा गाता है। (अशुद्ध)

वह कैसा गाता है?

— वह अच्छा गाता है। (शुद्ध)

अब प्रश्न उठता है कि 'अच्छा' यदि विशेषण है तो किसका विशेषण है। वाक्य में उसके अतिरिक्त दो ही पद हैं—'वह' (नामपद) और 'गाता है' (क्रियापद)। विशेषण तो संज्ञा की ही विशेषता बतलाते हैं, क्रियापद की नहीं। 'वह अच्छा है' में अच्छा 'वह' की अच्छाई बतलाता है इसलिए 'वह' विशेषण है, 'वह अच्छा गाता है' में अच्छा 'वह' की विशेषता या अच्छाई नहीं बतलाता।

पहले संभवतः इसीलिए ऐसे वाक्यों में विशेषणों का लिंग-परिवर्तन किया जाता था; जैसे—

राम हारमोनियम अच्छा बजाता है।

राम बाँसुरी अच्छी बजाता है।

राम अनेक प्रकार के बाजे अच्छे बजाता है।

यहाँ एक बात और सामने आई कि कर्म के लिंग-वचन का प्रभाव उस समय विशेषण पर पड़ता है जब वह क्रियाविशेषण-सा प्रयुक्त होता है (जैसे, "राम बाँसुरी अच्छी बजाता है।")

अब देखिए :

"वह अच्छी बाँसुरी बजाता है।"

यहाँ विशेषण (अच्छी या खराब) बाँसुरी की विशेषता नहीं बताता, वह पूरे विधेय ('कर्म + क्रियापद' अर्थात् 'बाँसुरी + बजाता है') की विशेषता बतलाता है। लगता है कि 'अच्छा' जब संज्ञापद (कर्म) के निकट होता है तो उसका विशेषण तत्त्व मुखर रहता है, और क्रियापद के निकट रहता है तो उसका क्रिया-विशेषण वाला तत्त्व मुखर रहता है। विशेषण और क्रिया-विशेषण के इस मिले-जुले रूप को प्रविशेषण कहना उचित है। इस प्रकार :

रमेश अच्छा गाता है।

. . . अच्छा बजाता है।

रमा अच्छा गाती है।

. . . अच्छा बजाती है।

लड़के अच्छा गाते हैं।

. . . अच्छा बजाते हैं।

लड़कियाँ अच्छा गाती हैं।

. . . अच्छा बजाती हैं।

राम बाँसुरी अच्छा बजाता है।

रमा बाँसुरी अच्छा बजाती है।

लड़के बाँसुरी अच्छा बजाते हैं।

लड़की बाँसुरी अच्छा बजाती है।

लड़कियाँ बाँसुरी अच्छा बजाती हैं।

राम अच्छी बाँसुरी बजाता है।

रमा अच्छी बाँसुरी बजाती है।

राम अच्छा तबला बजाता है।

रमा अच्छा तबला बजाती है।

पदांतर होने पर अपने मूल गुण की रक्षा करने का उदाहरण हमें तब भी दिखाई देता है जब कोई संज्ञापद क्रिया-विशेषण की तरह प्रयुक्त होता है :

मैं नदी के किनारे गया।

यहाँ 'किनारे' क्रिया-विशेषण है। कहाँ गया? किनारे। परंतु 'किनारा' मूलतः संज्ञा है। 'नदी का' विशेषण है—नदी का किनारा। क्रिया-विशेषण के साथ सामान्यतः विशेषण नहीं आता। 'का' का 'के' तो 'पर' परसर्ग के कारण हुआ है जो 'किनारे' के बाद लुप्त हो गया है।

इसी प्रकार निम्नांकित रूपों को वरीयता दे सकते हैं :

राम अच्छा आया।

सीता अच्छा आई।

वे लोग अच्छा आए।

वैसे व्यवहार में इनके रूप इस प्रकार भी मिलते हैं :

राम अच्छा आया।

सीता अच्छी आई।

वे लोग अच्छे आए।

कुछ विशेषणों तथा कृदंतों के एकारांत रूप क्रिया-विशेषणों की तरह प्रयुक्त होते हैं; जैसे—

पहला	पहले
कैसा	कैसे
भला	भले
बैठा हुआ	बैठे हुए
खेलता हुआ	खेलते हुए

राम को पहला स्थान मिला।

(पहला—विशेषण)

राम पहले आया।

(पहले—क्रिया-विशेषण)

सीता पहले आई।

— वह कब आया?

— वह पहले आया।

वह कमरे में बैठा हुआ था।

(बैठा हुआ—विशेषण)

वह बैठे हुए पढ़ रहे थे।

(बैठे हुए—क्रिया-विशेषण)

सीता बैठे हुए पढ़ रही थी।

— वह कैसे पढ़ रही थी?

— वह बैठे हुए पढ़ रही थी।

संज्ञा और क्रिया-विशेषण :

समय तथा स्थान के सूचक संज्ञापद क्रिया-विशेषण की तरह भी प्रयुक्त होते हैं और यदि वे आकारांत पुंलिंग हैं तो एकारांत भी होते हैं :

वह बनारस गया है।

— वह कहाँ गया है?

— बनारस।

अतः 'बनारस' क्रिया-विशेषण हुआ।

एक और वाक्य लीजिए :

वह हरिद्वार में रहता है।

— वह कहाँ रहता है?

— हरिद्वार में।

अतः 'हरिद्वार में' क्रिया-विशेषण पदबंध है। 'में' परसर्ग के कारण इसे अधिकरण कारक भी कहेंगे।

वह हर सुबह नदी के किनारे जाता था।

— वह कब जाता था?

— हर सुबह।

अतः 'हर सुबह' क्रिया-विशेषण है। इसी प्रकार :

— वह कहाँ जाता था?

— नदी के किनारे।

अतः 'नदी के किनारे' क्रिया-विशेषण पदबंध है।

क्रिया-विशेषणों की पहचान :

यदि आपको क्रिया से तीन प्रश्नों में से किसी का उत्तर मिले तो आप समझिए कि आपको क्रिया-विशेषण का पता लग गया। ये प्रश्न हैं :

कहाँ?

कब?

कैसे?

अब ज़रा निम्नांकित वाक्यों पर आप दृष्टि डालें :

"वह यहाँ आया था।"

प्रश्न—वह कहाँ आया था?

उत्तर—यहाँ।

'यहाँ' क्रिया-विशेषण हुआ।

"वह कमरे में सोता है।"

प्रश्न—वह कहाँ सोता है?

उत्तर—कमरे में।

'कमरे में' क्रिया-विशेषण है।

"वह आज आ सकता है।"

प्रश्न—वह कब आ सकता है?

उत्तर—आज।

'आज' क्रिया-विशेषण हुआ।

"वह बाद में सोया।"

प्रश्न—वह कब सोया?

उत्तर—बाद में।

'बाद में' क्रिया-विशेषण हुआ।

"वह पैदल आया।"

प्रश्न—वह कैसे आया?

उत्तर—पैदल।

'पैदल' क्रिया-विशेषण हुआ।

"उसने झुककर नमस्कार किया।"

प्रश्न—उसने कैसे नमस्कार किया?

उत्तर—झुककर।

'झुककर' क्रिया-विशेषण हुआ।

क्षण-क्षण

यह क्रिया-विशेषण पदबंध है; आशय है—हर क्षण; जैसे, "बंदर को क्षण-क्षण काम सताता है।"

क्षति

अपूरणीय क्षति—इस पदबंध का प्रयोग अंग्रेजी के irreparable loss के लिए होता है, अर्थात् ऐसी क्षति जिसकी पूर्ति या भरपाई न हो सके। परंतु कुछ लेखक इसके स्थान पर 'अपूर्व क्षति' का प्रयोग करते हैं। 'अपूर्व क्षति' से मुख्य विवक्षा तो यही निकलती है कि ऐसी क्षति जो कभी पूर्व में नहीं हुई। परंतु 'अपूर्व' का प्रयोग सुखद या शुभ गुणों, भावों आदि के लिए होता है, दुखद या अशुद्ध प्रसंगों के लिए नहीं। अतः ऐसे अवसरों पर 'अपूरणीय क्षति' का ही प्रयोग श्रेयस्कर है।

खत्म

1. खत्म करना—पूरा करना; बंद करना; मार डालना आदि कई अर्थों में प्रयुक्त होता है; जैसे—

(क) वह अपना काम खत्म करके ही घर गया है।

(ख) अब झगड़ा खत्म करो।

(ग) उसने पहले भाई को खत्म किया और फिर बाप को।

2. खत्म कर देना, खत्म कर डालना—दोनो का प्रयोग 'खत्म करना' के लिए होता है। 'खत्म करना' की अपेक्षा 'खत्म कर देना' कुछ तीव्र है और 'खत्म कर देना' की अपेक्षा 'खत्म कर डालना' कुछ और अधिक तीव्र है।

खबर

1. अच्छी खबर—शुभ समाचार; जैसे, "वहाँ से एक अच्छी खबर भी आई है।"

2. अच्छी खबर लेना—दंडित करना; जैसे, "जिन लड़कों ने घर का काम नहीं किया था, मास्टर साहब ने उनकी अच्छी खबर ली।"

3. **खबरों में रहना**—समाचार-पत्रों में छपना या चर्चित होना; जैसे, "ओशो ऐसे व्यक्ति थे जिन्होंने विज्ञापन पर कभी कानी कौड़ी खर्च नहीं की, लेकिन लगातार खबरों व सुर्खियों में रहे।"

खाँसी

यह स्त्रीलिंग संज्ञा है तथा इसका प्रयोग एकवचन में ही होता है। मार्च, 1985 के 'दिनमान' में एक लेख का शीर्षक था : "बजट उबाऊ नहीं था, खाँसियाँ कम आईं।"

परंतु विवरण इस प्रकार था—"...लोगों को खाँसी कम आई। बहुत शांति के साथ लोगों ने पूरा भाषण सुना।..."

ख़ाक

1. ख़ाक अच्छा (सुंदर/बढ़िया) —ज़रा भी अच्छा (सुंदर/बढ़िया) नहीं; जैसे, "तुम क्या इसे ही सुंदर कहते हो, ख़ाक सुंदर है यह!"

2. ख़ाक उड़ाते फिरना—आवारों की तरह घूमते फिरना।

3. ख़ाक डालो—दूर करो, हटाओ; उपेक्षा करो; जैसे, "खाक डालो इन बातों पर।"

4. जल-भुनकर ख़ाक हो जाना—अत्यंत क्रुद्ध हो उठना; जैसे, "जब बहू को मायके जाने का संकेत किया गया तब वह जल-भुन कर ख़ाक हो गई।"

खाना

खा जाना, खा डालना—दोनो मुहावरे हैं। 'खा जाना' अकर्मक है और 'खा डालना' सकर्मक। आशय है—न रहने देना, अस्तित्व मिटा देना; जैसे—

($क^1$) "दो बरस में ही वह लाखों की संपत्ति खा गया।"

($क^2$) "दो बरस में ही उसने लाखों की संपत्ति खा डाली।"

($ख^1$) "वह डाइन अपने सारे परिवार को खा गई।"

($ख^2$) "उस डाइन ने अपने सारे परिवार को खा डाला।"

खाली

विशेषण के अतिरिक्त यह प्रविशेषण के रूप में भी प्रयुक्त होता है। विशेषण रूप में यह 'रिक्त' का पर्याय है। प्रविशेषण रूप में इसका आशय होता है—बिल्कुल या पूर्ण रूप से; जैसे, "ये सब चीज़ें खाली नुमायशी थीं।"

—बालमुकुंद गुप्त

खासा

(i) विकारी विशेषण है; जैसे, "उन्होंने खासी

दौलत कमाई थी।" 'खासी' यहाँ 'यथेष्ट' का पर्याय है।

(ii) यह प्रविशेषण भी है; जैसे, "मौलाना के मकान का जनाना हिस्सा खासा लम्बा-चौड़ा था।" —राही मासूम रज़ा

अच्छा-ख़ासा—विशेषण पदबंध है और आशय है—बड़ा, विस्तृत, यथेष्ट आदि; जैसे, "उसकी अच्छी-खासी गृहस्थी थी।"

खिचड़ी

क्या ख़िचड़ी पक रही है?—आपस में चोरी-छिपे क्या योजना बनाई जा रही है?

खिलाफ़, विरुद्ध

(i) ये दोनो हैं तो मूलतः विशेषण पद, परंतु इनका प्रयोग अब संबंधबोधक (के खिलाफ़, के विरुद्ध) के रूप में ही होता है।

(क) "वह आपके विरुद्ध काम करता है।"

(ख) "वह आपके खिलाफ़ काम करता है।"

(ग) "आप उसके विरुद्ध/खिलाफ़ कुछ न कहें।"

(ii) ये मूलतः विशेषण हैं, अतः इनसे बने संज्ञापद हैं—'मुखालिफ़त' और 'विरोध'; "वह हमारी मुखालिफ़त/विरोध करता है।"

(iii) 'खिलाफ़त' को खिलाफ़ का भाववाचक संज्ञारूप समझना भ्रम है। 'खिलाफ़त' वस्तुतः 'खलीफ़ा' का भाववाचक संज्ञारूप है। समस्तपदों में 'मुखालिफ़त' की जगह 'खिलाफ़ी' का प्रयोग भी होता है; जैसे, 'वादाखिलाफ़ी'।

खिल्ली

(किसी की) खिल्ली उड़ाना—किसी को हास्यास्पद सिद्ध करना; जैसे, "नए लेखकों की जड़ खोदना और पुरानों की खिल्ली उड़ाना, यही उनका व्यवसाय था।" —रवींद्र त्यागी

खुदा

1. ख़ुदा-ख़ुदा करके—असह्य परिस्थितियों में निरंतर ईश्वर का नाम लेते हुए; जैसे, "डाकुओं के आ धमकने पर हमने सारी रात खुदा-खुदा करके बिताई।

2. ख़ुदा जाने—इस संबंध में जानकारी खुदा को ही है या इस संबंध में कुछ भी जानकारी नहीं, न मालूम; जैसे, "रात को वे लाइब्रेरी से अज्ञेय, प्रेमचंद, खलील जिब्रान और खुदा जाने क्या-क्या निकालकर लाए।" —रवींद्र त्यागी

खुलना

शरीर के अंगों के साथ मुहावरों की बानगी देखते ही बनती है; जैसे : 'आँख खुलना', 'कान खुलना', 'नाक खुलना', 'मुँह खुलना', 'गला खुलना', 'हाथ खुलना', 'दिल खुलना', 'जबान खुलना', 'पेट खुलना', 'पैर खुलना', 'दिमाग खुलना' आदि।

1. आँख खुलना और आँखें खुलना—'आँख खुलना' से अभिप्राय है—नींद टूटना और 'आँखें खुलना' से अभिप्राय है—(विषम) वस्तुस्थिति से परिचित होना।

2. लाटरी ख़ुलना—अनायास बहुत बड़ी संपत्ति प्राप्त हो जाना।

खुशी

1. अपनी ख़ुशी से—स्वेच्छापूर्वक; अपनी इच्छा से; जैसे, "मैं अपनी खुशी से वहाँ गया था।"

2. ख़ुशी-ख़ुशी—प्रसन्नतापूर्वक, बिना किसी असमंजस के; जैसे, "उसने खुशी-खुशी यह भार अपने ऊपर ले लिया।

खून

1. ख़ून करना—(i) जान से मार डालना; जैसे, "इस दुष्ट ने तीन खून किए हैं।"

(ii) नष्ट करना; जैसे, "वे स्त्रियों को प्रसन्न रखना चाहते थे, पर औचित्य और विवेक का खून करके नहीं।"

2. ख़ून कर देना—हत्या करना।

खूब

1. ख़ूब छनी—डटकर भाँग या शराब आदि पी।

2. ख़ूब पटी—बहुत अच्छी तरह पारस्परिक संबंधों का निर्वाह हुआ; जैसे, "उन दोनो मित्रों में खूब पटी।"

3. बहुत ख़ूब!—अति उत्तम, बहुत बढ़िया।

4. यह भी ख़ूब रही—इस बात का कोई जवाब नहीं, बात बेजोड़ रही।

खेल

1. (सारा) खेल बिगाड़ देना—सारा आयोजन व्यर्थ कर देना; जैसे, "वर्षा ने तो सारा खेल ही बिगाड़ दिया।"

2. (सारा) खेल ख़त्म हो जाना—सबकुछ नष्ट हो जाना; जैसे, "अपना घर-द्वार तथा परिवार के लोगों को जलते हुए देखकर उसे लगा जैसे सारा खेल खत्म हो गया है।"

खेला-खाया

विशेषण पदबंध है। आशय है—जिसने सभी प्रकार के सुख-भोग किए हों या खूब मौज-मस्ती उड़ाई हो; जैसे, "वह अभिनेत्री काफी खेल-खा चुकी थी।"

इसमें भोग-विलास में लिप्त होने की भी विवक्षा है।

खैर

1. अपनी ख़ैर मनाओ—अपनी रक्षा की चिंता करो।

2. तुम्हारी ख़ैर नहीं—तुम्हारे दंडित या प्रताड़ित होने के लक्षण हैं; जैसे, "तुमने पिता का चश्मा तोड़ डाला है, अब तुम्हारी खैर नहीं।"

खोमचा, खोंचा

'खोमचा' ही मानक है। 'खोंचा' का प्रयोग पूर्वी उत्तर प्रदेश में विशेष रूप से होता है। इसी प्रकार 'खोमचेवाला' ही मानक है, 'खोंचेवाला' नहीं।

–ख़ोर

यह 'भक्षी' का पर्याय है और अरबी-फ़ारसी के समस्तपदों में दिखाई देता है; जैसे—'आदमखोर' (नरभक्षी), 'चुगलख़ोर', 'हरामख़ोर', 'हलालख़ोर', 'हवाख़ोर' आदि। इसमें 'भक्षण' के साथ-साथ 'सेवन' की विवक्षा भी है। '–ख़ोरी' इसका भाववाचक रूप है; जैसे : 'हरामख़ोरी', 'हलालख़ोरी', 'हवाख़ोरी' आदि।

खोलना

1. खोलकर—क्रिया-विशेषण पदबंध है। आशय है—विस्तारपूर्वक; जैसे, "उन्हें सारी बातें खोलकर बतलाई गईं।"

2. दिल खोलकर—मुहावरा है। इसका अर्थ है—उदारतापूर्वक; जैसे, "उन्होंने अनाथाश्रम को दिल खोलकर धन दिया।"

3. पोल खोलना या खोल देना—भंडा फोड़ देना, रहस्य प्रकट कर देना।

गंध

गंध तक न होना—यह मुहावरा है और आशय है लेशमात्र या चिह्न तक न होना, पूर्ण अभाव होना; जैसे—

(क) "उनकी दृढ़ता में दुराग्रह की गंध तक न थी।"

(ख) "उस व्यक्ति के आचार और विचार में विषमता की गंध तक न थी।"

गंभीर

इस विशेषण के कई अर्थ हैं जिनसे भ्रम होने की संभावना रहती है।

व्यक्ति के संबंध में यह उसके विचारशील, धीर तथा संतुलित मस्तिष्कवाला होने का सूचक है; जैसे, "गंभीर व्यक्ति ही अशांत परिस्थितियों में शांत रह सकता है।"

अवस्था या परिस्थिति के संबंध में यह उसके चिंतनीय होने का सूचक है; जैसे, "कुछ दिनों से उनकी शारीरिक अवस्था गंभीर चल रही है।" अर्थात् चिंता का विषय हो रही है।

अन्य अनेक प्रसंगों में यह गहरा, गूढ़ तथा महत्त्वपूर्ण होने की सूचना देता है; जैसे, 'गंभीर समुद्र', 'गंभीर विषय', 'गंभीर मसला' आदि।

गंभीरता

यह व्यक्ति के श्रेष्ठ चारित्रिक गुणों में से एक है। इसमें विचारशीलता, सहिष्णुता, धैर्य आदि गुणों की अवस्थिति रहती है। 'ओछापन' इसका विपर्याय है।

गंभीरता से लेना—यह अंग्रेज़ी के to take seriously का ही अनुवाद है और आशय है—किसी बात या विषय को नगण्य या उपेक्ष्य न मानकर महत्त्वपूर्ण समझना या गहरी चाल से भरा समझना।

गए बिना, जाए बिना

मानक प्रयोग 'गए बिना' या 'बिना गए' ही है; जैसे, "वहाँ गए बिना बात नहीं बनने-वाली।"

'जाए बिना' या 'बिना जाए' स्थानीय प्रयोग हैं।

गड़बड़, गड़बड़ी

(i) 'गड़बड़' मूलतः विशेषण है और इसमें विकारयुक्त या खराब होने की विवक्षा है; जैसे—

(क) "दो दिनों से मेरा पेट गड़बड़ है।"

(ख) "विद्यालय की हालत गड़बड़ दिखाई देती है।"

(ii) 'गड़बड़ी' (और 'गड़बड़' भी) संज्ञारूप में उपद्रव, विवाद, झमेले आदि के अर्थ में आती है; जैसे, "आज पंजाब में फिर गड़बड़ी/गड़बड़ हुई है।"

(iii) 'गड़बड़' को मानक हिंदी कोश में पुंलिंग बतलाया गया है, परंतु आज-कल इसका प्रयोग प्रायः स्त्रीलिंग में होता है।

गत्यर्थक क्रियाएँ और गंतव्य

डा. जगन्नाथन का मत है कि गत्यर्थक क्रियाओं के साथ गंतव्य का उल्लेख हो तो हिंदी में वह बिना परसर्ग के आता है, लेकिन तिर्यक रूप में आता है। यह आंशिक रूप से ही सत्य है; जैसे—

(क) "मैं सीधे प्रिंसिपल के कमरे **में** गया।"

(ख) "फिर वे पर्वतशिखर **पर** पहुँच गए।"

(ग) "वे हमारे मुहल्ले **में** आ रहे हैं।"

उक्त तीनो वाक्यों में 'जाना', 'पहुँचना' तथा 'आना' गत्यर्थक क्रियाएँ हैं और गंतव्यों के साथ परसर्ग भी आए हैं। लगता है कि गंतव्य स्थल के भीतरी या ऊपरी अंग की विवक्षा होने पर परसर्ग आता है।

गंतव्यसूचक नगरवाची, प्रदेशवाची पुंलिंग संज्ञाओं को अब तिर्यक रूप में कम लोग ही प्रयुक्त करते हैं, जबकि पहले तिर्यक रूप में ही करते थे; जैसे—

(क) "मैं कलकत्ता गया।"

(ख) "मैं कलकत्ते गया।"

(च) "मैं राजपूताना जाऊँगा।"

(छ) "मैं राजपूताने जाऊँगा।"

डा. जगन्नाथन के अनुसार 'ख' और 'छ' वाक्य ही सही है, परंतु अब 'क' और 'च' का प्रयोग वरीय माना जाता है।

गनीमत

गनीमत है/थी—ऐसी बात या स्थिति का होना जिससे परेशानी होने से बचने का भाव हो; जैसे, "हाल में बड़ी गर्मी थी, परंतु गनीमत थी कि हम पंखे के नीचे बैठे थे।"

गप

1. गप लड़ाना—(खाली वक्त बिताने के लिए) इधर-उधर की बातों में लगे रहना; जैसे, "इस विभाग में सभी लोग सारा दिन गप लड़ाते रहते हैं।"

2. गप हाँकना—(कोई बात) बढ़ा-चढ़ाकर कहना; जैसे, "उसे गप हाँकने का पुराना चस्का है।"

गरज

गरज यह कि—आशय यह है कि; जैसे—

(क) "रविवार के दिन आने-जानेवालों का ताँता लगा रहता है। गरज यह कि सारा दिन ऐसे ही गुज़र जाता है।"

(ख) "गरज यह कि मैं आपको अपना दुख-दर्द सुनाकर ज़्यादा तंग नहीं करना चाहता।"

गर्दन

'गर्दन' फ़ारसी शब्द है और 'गरदन' उसका तद्‌भव रूप है।

गर्दन पर सवार होना, गले पर चढ़ बैठना—दोनो मुहावरे समान रूप से चलते हैं, परंतु इन दोनों की खिचड़ी बेमेल लगती है; जैसे, "...पर आठवें पुत्र की बाट जोहना एक लंबी प्रतीक्षा है और वह भी खतरे से खाली नहीं। जहाँ ज़रा-सी चूक हुई कि मृत्यु गले पर सवार हो जाएगी।" —मनु शर्मा

यहाँ होना चाहिए था—मृत्यु या तो 'गर्दन पर सवार' हो जाएगी या 'गले पर चढ़' बैठेगी।

गर्म, गरम

'गर्म' और 'गर्मी' फ़ारसी शब्द हैं और 'गरम' तथा 'गरमी' इनके तद्‌भव रूप। प्रायः लोग 'गर्म' और 'गर्मी' ही लिखते हैं, परंतु हम 'गरमाना', 'गरमागरम' जैसे तद्‌भव शब्द 'गरम' तद्‌भव से ही बनाते हैं, तत्सम 'गर्म' से नहीं। इसी प्रकार गरमागरमी 'गरमी' से बनाते हैं।

यदि 'रेफ' से लिखे जानेवाले संस्कृत शब्दों 'धर्म', 'कर्म', 'दर्शन' आदि को लें तो भी यही बात दिखाई देती है। 'धरम', 'करम', और 'दरशन' से ही अन्य तद्‌भव शब्द भी बनेंगे—'धरमी', 'करमजला', 'दरशाना' आदि।

'शरम' तद्‌भव है और तत्सम है 'शर्म'। हम 'शरम' से ही 'शरमाना' बनाते हैं।

इस बात का ध्यान रहे कि उच्चारण की दृष्टि से 'गर्म', 'शर्म', 'धर्म' और 'कर्म' एकाक्षरिक शब्द हैं जबकि गरम, शरम, धरम, करम द्वयाक्षरिक। 'दर्शन' और 'दरशन' दोनों द्वयाक्षरिक हैं।

गलत

मुझे गलत मत समझो—(i) मेरी बात का कुछ और अर्थ मत लगाओ; जैसे, "मैंने यह कब कहा! मुझे गलत मत समझो।"

(ii) मेरे संबंध में कोई मिथ्या धारणा मत बनाओ; जैसे, "मुझे गलत मत समझो, मैंने तुम्हारी पेंसिल नहीं चुराई।"

गलती, गल्ती

वर्तनी की दृष्टि से 'गलत' विशेषण से 'गलती' संज्ञा ही बनेगी, यद्यपि उच्चारण की दृष्टि से अनेक लोग 'गल्ती' को शुद्ध मानते हैं।

वर्तमान परिस्थितियाँ 'गल्ती' के पक्ष में भी हैं। पंजाबीभाषी प्रायः 'गलत' (दो अक्षर) को 'गल्त' (एक अक्षर) बोलते हैं, संभवतः 'गल्ती' भी उन्हीं की देन है।

गला

1. **गला काटना**—सामान्य अर्थ 'गले को काटना' ही है, परंतु मुहावरे के रूप में इसका अर्थ अत्यधिक क्षति पहुँचाना या धन ऐंठना होता है; जैसे, "नेता चंदे और चुनाव के नाम पर व्यापारियों का गला काटते हैं।"

2. **गले न उतरना**—मुहावरा है। इसका संबंध ऐसी बात, तर्क या सिद्धांत के संबंध में होता है जो सही या स्वीकार्य न प्रतीत हो; जैसे—

(क) "उसकी हत्या उसकी पत्नी ने की है, यह बात मेरे गले न उतर सकी।"

(ख) "डा. त्यागी निजी रंजिश या संपत्ति-विवाद की बलि चढ़े, यह दलील शायद ही किसी के गले उतरे।"

3. **गले से लगाना, गले लगाना**—'गले से लगाना' या 'लगा लेना' से आशय है—आलिंगन करना; जैसे, "माँ ने भयभीत बच्चे को गले से लगा लिया।"

'गले लगाना' मुहावरा है और आशय है—अपना लेना। अछूत, बहिष्कृत या गैर व्यक्ति या व्यक्तियों को अपनाने की विवक्षा इसमें स्पष्ट है; जैसे, "गाँधी जी ने अछूतों को गले लगाया।"

गाँठ

गाँठ बाँध लो—(इस बात या निश्चय को) सदा स्मरण रखो; जैसे, "आज से गाँठ बाँध लो कि मैं कभी जुआ नहीं खेलूँगा।"

गाँधी, गांधी

शुद्ध रूप 'गाँधी' ही है, परंतु मुद्रण, टंकन आदि की कृपा से 'गांधी' लिखा जाने लगा और फिर इसी आधार पर 'गान्धी' ने भी मान्यता प्राप्त कर ली।

-गा, होगा

1. 'है' और 'था' की तरह 'गा' स्वतंत्र मूल क्रियापद नहीं। इसकी जगह 'होगा' ने ले ली है। भविष्य प्रायः अनिश्चित होता है, संभवत इसलिए इसमें संभावना की विवक्षा भी दिखाई देती है।

2. '–गा' धातुओं में प्रत्यय के रूप में लगता है और इन दोनों के बीच 'ए', 'ओ', 'एँ' और 'ऊँ' मध्यसर्ग भी आते हैं; जैसे, 'जाएगा', 'जाओगे', 'जाएँगे' और 'जाऊँगा'। आचार्य किशोरीदास वाजपेयी ने 'गा' को 'है' और 'था' की तरह स्वतंत्र रूप से लिखने की दलील दी थी (जैसे : "राम अपने घर जाए गा") जिससे सहायक क्रियाओं के प्रयोग में एकरूपता आ जाए, परंतु ऐसा संभव नहीं हुआ।

गाली

1. ऐसे शब्द या पदबंध को 'गाली' कहते हैं जो अभद्र, अश्लील, कटु या निर्मम हो। सामान्यतः वक्ता अपना आक्रोश जतलाने तथा दूसरे की (मूर्खता, अकर्मण्यता आदि के कारण) हँसी उड़ाने या उसे अपमानित करने के लिए गाली देता है। शादी-विवाह में पहले गालियों का उपयोग मधुर संबंधों की स्थापना करके वातावरण को सरस बनाने के लिए भी किया जाता था।

2. गालियों का उपयोग मुख्यतः दो रूपों में होता है : (क) विशेषण या संज्ञा पदबंधों की

तरह, (ख) कहावतों की तरह वाक्य रूप में; जैसे—

(क) 'गधा', 'उल्लू का पट्ठा', 'गधे का बच्चा', 'मूर्ख कहीं का', 'हरामी की औलाद'।

(ख) 'तेरी माँ को. . .', 'तेरी बहन को. . .', 'उसकी माँ की. . .।'

गिनती

1. गिनती का—विशेषण पदबंध है और शब्दार्थ है—जो गिना हुआ हो या आसानी से गिना जा सके; जैसे, "कमरे में गिनती का सामान था।"

2. गिनती के ही—थोड़े से, संख्या में बहुत कम; जैसे, "गोष्ठी में गिनती के ही लोग थे।"

गिनना

1. गिन-गिनकर—गिनती करते हुए, एक-एक कर; जैसे, "उस दुष्ट ने हम सबको गिन-गिनकर गालियाँ दीं।"

2. गिने-चुने—थोड़े से नज़दीकी या प्रतिष्ठित (लोग); जैसे, "गिने-चुने लोगों को ही बारात में चलने का निमंत्रण दिया है।"

–गीर/–गिर, –गीरी/–गिरी

कुछ लोग 'उठाईगिर' और 'उठाईगिरी' लिखते हैं, परंतु ये अमानक प्रयोग हैं। 'उठाईगीर', 'उठाईगीरी' ही मानक रूप हैं।

हिंदी में 'बाबूगीर', 'नेतागीर' तो नहीं चलते, परंतु उनके भाववाचक रूप 'बाबूगीरी' और 'नेतागीरी' अवश्य चलते हैं।

'–गीर' और '–गीरी' दोनों ही फ़ारसी प्रत्यय हैं।

गुच्छा

'फूलों का गुच्छा' की तरह 'चाबियों का गुच्छा' पदबंध ही वरीय है, परंतु 'चाबी का गुच्छा' अधिक रूढ़ है। 'फूल का गुच्छा' तो चलता ही नहीं।

गुज़रना, गुज़र जाना

'गुज़रना' में मुख्यतः दो विवक्षाएँ हैं : (क) व्यतीत होना, (ख) किसी स्थान में से होकर जाना।

"मैं इस भाषा को सीखने में कठिन संघर्ष और परिश्रम से गुज़रा हूँ"('प्रयोग और प्रयोग' की भूमिका)।" डा. जगन्नाथन का यह वाक्य खटकता है, क्योंकि 'परिश्रम से गुज़रना' या 'संघर्ष से गुज़रना' हिंदी प्रयोग नहीं। सीधी-सादी भाषा में कहा जा सकता है, "मुझे यह भाषा सीखने में कठिन संघर्ष और परिश्रम करना पड़ा।"

गुल

गुल खिलना—ऐसा रहस्य प्रकट होना जो व्यापक चर्चा का विषय बने; जैसे, "तलाक के इस मुकदमे में फिर कैसे-कैसे गुल खिले।"

इसमें प्रायः अनुचित कार्य या गुप्त संबंध के उजागर होने की विवक्षा होती है।

गृहीत, ग्रहीत

संस्कृत व्याकरण के अनुसार ('ग्रहण' का भूतकृदंत रूप) 'गृहीत' ही शुद्ध है, 'ग्रहीत' नहीं। अतः 'अनुगृहीत', 'अभिगृहीत', 'परिगृहीत', 'संगृहीत' रूप ही अपनाने चाहिएं। 'अनुग्रहीत', 'अभिग्रहीत', 'परिग्रहीत', 'संग्रहीत' आदि शुद्ध नहीं।

इसके विपरीत 'ग्रहणीय', 'संग्रहणीय' आदि विशेषण रूप ही मान्य हैं—'गृहणीय', 'संगृहणीय' आदि नहीं।

गेंद

गेंद उनके पाले में है—इस मुहावरे का प्रयोग तब होता है जब किसी विवाद या प्रश्न का उत्तर देने का भार या बारी दूसरे पक्ष की हो।

गोता

गोता लगा जाना, गोता लगाना—दोनो मुहावरे हैं। 'गोता लगा जाना' का प्रयोग गायब हो जाने के अर्थ में होता है; जैसे, "लगता है आज वे फिर गोता लगा गए हैं।" और 'गोता लगाना' का कुछ प्राप्त करने के लिए या सहसा सक्रियता दिखलाने के लिए होता है; जैसे, "मुझे निमित्त बनाकर अमीना ने अपने अतीत में गोता लगाया था।"

—वसंत पोतदार

गोली

मारो गोली—किसी अनुपयोगी वस्तु, काम या व्यक्ति पर आक्रोश प्रकट होने पर उसे छोड़ देने या दूर हटाने के लिए इस पदबंध का प्रयोग होता है; जैसे, "मारो गोली, ऐसी नौकरी को !"

आशय है कि मुझे नहीं चाहिए या मुझे स्वीकार नहीं यह नौकरी।

'गोली मारो' भी चलता है।

ग्रस्त

तत्सम रूप 'ग्रस्त' ही मानक है। 'ग्रसित' अमानक है।

'ग्रस्त' समस्तपदों में उत्तरपद की तरह प्रयुक्त होता है; जैसे, 'आपदग्रस्त', 'दुर्घटनाग्रस्त', 'तूफानग्रस्त'।

से ग्रस्त—संबंधबोधक; से पीड़ित; जैसे, "ये महाशय कब-कब और किन-किन रोगों से ग्रस्त हुए यह कहना कठिन है।"

ग्राहक

ग्राहक को देवता समझो—ग्राहक के साथ सदा आदरपूर्वक व्यवहार करो, उसके साथ व्यर्थ हुज्जत या तकरार मत करो। यदि वह कुछ अनुचित या गलत भी कहे तो जहाँ तक हो सके उसे सहन करो।

घंटा

1. चौबीसो घंटे—क्रिया-विशेषण पदबंध है। आशय है—दिन-रात, हर समय; जैसे, "यह भट्ठी चौबीसो घंटे जलती है।"

2. घंटा महादेव का—कुवाच्य है। पुरुषेंद्रिय (लिंग या फोते) के लिए प्रयुक्त होता है।

घड़ी

घड़ी-घड़ी—क्रिया-विशेषण; थोड़ी- थोड़ी देर बाद, बार-बार, फिर-फिर; जैसे, "तुम मेरे पास घड़ी-घड़ी क्या करने चले आते हो, इस संबंध में अपनी माँ से बात क्यों नहीं करते ?"

घबराना

घबराइए मत—चिंतित होने की बात नहीं, चिंता मत कीजिए; जैसे, "दफ्तर में देर-सवेर हो ही जाती है, लड़का आता ही होगा, घबराइए मत।"

'घबराओ मत' भी चलता है।

घर

इसका प्रयोग कई प्रसंगों में होता है :

(i) रहने के स्थायी या पारंपरिक स्थान के लिए; जैसे, "आपका घर कहाँ है ?"

(ii) उस स्थान के लिए जहाँ घर का-सा सुख हो; जैसे, "अपना घर ही समझिए।"

(iii) परिवार के लोगों के लिए; जैसे, "घर भर मेला देखने गया था।"

(iv) कुछ खेलों में निर्दिष्ट स्थान के लिए; जैसे, "घोड़ा ढाई घर चलेगा।"

(v) पारस्परिकता सूचित करने के लिए; जैसे, "घर की बात।" आदि-आदि।

समस्तपदों में यह पूर्वपद तथा उत्तरपद दोनो रूपों में आता है; जैसे, 'घर-जँवाई', 'नाच-घर'।

तत्सम, तद्भव तथा विदेशी शब्दों के योग से समस्तपद बनते हैं।

तत्सम शब्दों के साथ—'घर-गृहस्थी', 'घर-द्वार'।

तद्भव शब्दों के साथ—'घर-जँवाई', 'नाच-घर'।

विदेशी शब्दों के साथ—'घर-मकान', 'टिकट-घर'।

1. घर का काम—(i) गृहस्थी ठीक से चलाने के लिए किया या किए जानेवाले काम; जैसे, "घर के काम के लिए एक नौकर की तलाश में हूँ।"

(ii) विद्यालय द्वारा विद्यार्थियों को घर पर पूरा करने के लिए दिया हुआ काम; जैसे, "हमारे गणित के अध्यापक नित्य घर का काम देते हैं।"

इस अर्थ में 'काम' एकवचन में ही प्रयुक्त होता है।

2. घर-घर—संज्ञा पदबंध है और आशय है—हर घर; जैसे—

(क) "घर-घर का यही हाल है।"

(ख) "घर-घर में दीवाली मनाई जा रही है।"

क्रिया-विशेषण रूप में यह 'हर घर में' का सूचक होता है;जैसे,"गुरु का संदेश पहुँचाने हम घर-घर गए।"

3. घर में, घर पर—'घर' शब्द के साथ जब 'में' का प्रयोग होता है तब भीतरी भाग की ही विवक्षा सांकेतित होती है (जैसे, "वह घर में बैठा रहता है"), परंतु 'पर' भीतरी भाग का भी सूचक हो सकता है, मकान के प्रांगण (बाहरी आँगन) का भी तथा संलग्न बगीचे आदि का भी (जैसे, "आज मैं घर पर ही काम करूँगा")।

4. घर से—(स्थानीय प्रयोग) पत्नी; जैसे, "उनके घर से भी आई हुई हैं।"

घराती

'बराती' के अनुकरण पर गढ़ा हुआ शब्द। वर-पक्ष के लोग 'बराती' और कन्या-पक्ष के लोग 'घराती' कहलाते हैं।

विवाह से भिन्न आयोजनों में भी बाहरी लोगों से पार्थक्य सूचित करने के लिए स्थानीय या पारिवारिक लोगों के लिए 'घराती' का प्रयोग होता है; जैसे, "बाहरी तो कम थे, घराती ही वहाँ अधिक थे।"

घुटना

'घुटना टेकना' और 'घुटने टेकना' दो अलग-अलग मुहावरे हैं। 'घुटना टेकना' से अभिप्राय है—कुछ देर के लिए सुस्ताना; जैसे, "दिन-दिन भर चलते थे, बस रात को ही घुटना टेकते थे।"

'घुटने टेकना' से अभिप्राय है—आत्मसमर्पण कर देना, अधीनता या पराजय स्वीकार करना; जैसे, "हम जान दे देंगे, पर उनके आगे घुटने नहीं टेकेंगे।"

घेरेबंदी, घेराबंदी

मानक रूप 'घेरेबंदी' ही है। 'घेराबंदी' उर्दूवालों की कृपा से चल निकला है।

चंग

चंग पर चढ़ना—'चंग' फ़ारसी का शब्द है और गुड्डी या पतंग का पर्याय है। 'चंग पर चढ़ना' से अभिप्राय है—उड़ती हुई पतंग पर चढ़ जाना, अर्थात् आकाश में जा पहुँचना या आपे से बाहर हो जाना; जैसे, "भाँग ने उनके पेट में पहुँचकर दिमाग पर धावा बोल दिया था। वे अच्छी तरह भाँग के चंग पर चढ़ गए थे।" —अन्नपूर्णानंद

चट

चट करना—खा जाना; जैसे, "बिल्ली तोते

को चट करने के लिए पेड़ पर पत्तों के बीच छिपी बैठी थी।"

इसके स्थान पर 'चट कर जाना' या 'चट कर डालना' का भी प्रयोग होता है। यहाँ अप्रत्याशित रूप से अपव्यय कर डालने की विवक्षा रहती है; जैसे, "उसने तीन लाख रुपए दो बरस में चट कर डाले।"

चप्पा-चप्पा

इस संज्ञा पदबंध का प्रयोग सदा एकवचन में ही होता है; जैसे, "मैंने वहाँ का चप्पा-चप्पा छान मारा।"

परसर्ग परे रहने पर दोनो पदों में विकार होता है; जैसे, "चप्पे-चप्पे में रक्तांकुर निकल आए थे।"

चमत्कारक, चमत्कारी, चमत्कारिक

'चमत्कारक' तत्सम रूप है और 'चमत्कारी' तद्भव।

'चमत्कारिक' संस्कृत व्याकरण से अशुद्ध है, परंतु 'व्यावहारिक', 'पारिवारिक', 'वैचारिक' आदि संस्कृत विशेषणों के अनुकरण पर खूब चलने लगा है और इसकी खटक अब जाती रही है।

चर्चा

आकारांत स्त्रीलिंग तत्सम रूप है। उर्दूवाले इसका प्रयोग पुंलिंग रूप में करते हैं। कुछ हिंदी के लेखक भी इसका पुंलिंग रूप में प्रयोग करते हैं और बहुवचन रूप 'चर्चे' तक बना डालते हैं। 'चर्चा' और 'चर्चाएँ' ही सामान्य स्त्रीलिंग रूप हैं।

चलता, चलतू

दोनो विशेषण हैं। 'चलता' अर्थात् जो चल रहा हो, जो सक्रिय हो या जो प्रचलन में हो—'चलता खाता', 'चलता गाना', 'चलती सीढ़ी'। 'चलतू' अर्थात् जो इतना प्रचलन में हो कि अपना महत्त्व गँवा चुका हो, घिसा-पिटा; जैसे, 'चलतू बात।'

1. के चलते—का प्रयोग संबंधबोधक की तरह और 'की वजह से' के अर्थ में होता है; जैसे, "आपके चलते हमारी नाक कट गई।"

2. चलते-चलते—क्रिया-विशेषण है और (i) चलने के समय के ठीक पहले के व्यापार को इंगित करता है; जैसे, "चलते-चलते वह यह भी कह गया कि कल मैं फिर यहाँ आ सकता हूँ।"

(ii) निरंतर चलते रहकर; जैसे, "चलते-चलते हम लोग गंगातट पर जा पहुँचे।"

चलना

1. चलना, जाना—(i) 'चलना' में प्रस्तुत 'स्थल' की मुख्य विवक्षा है और 'जाना' में 'गंतव्य' दिशा आदि की; जैसे—

(क) "गाड़ी कब चलेगी?"
(अर्थात्—'यहाँ से')

(ख) "गाड़ी कब जाएगी?"
(अर्थात्—'पश्चिम की तरफ़')

(ii) मात्र 'गति' का उल्लेख अभीष्ट हो और 'गंतव्य' का उल्लेख न हो तो 'चलना' का ही प्रयोग होता है; जैसे—

(क) "गाड़ी चल रही है।"
(अर्थात्—खड़ी नहीं)

(ख) "गाड़ी चलती नहीं।"

(ग) "पृथ्वी चल रही है।"

(घ) "उसकी ज़बान बहुत चलती है।"

(च) "वह तलवार चलाना जानता है।"

(छ) "अब यह नोट नहीं चलेगा।"

(ज) नेता आगे-आगे चल रहे थे और अनुयायी पीछे-पीछे।

2. अब चला जाए—अब हमें चलना चाहिए; जैसे, "बहुत देरी हो गई। अब चला जाए।"

3. एक न चलना—एक भी आदेश का पालन करवाने में असमर्थ होना, नियंत्रण न रख पाना; जैसे, "अब उसकी ससुराल में एक नहीं चलती।"

4. के चलते—संबंधबोधक; के कारण, की वजह से; जैसे, "उन्हीं के चलते मुझे ये दिन देखने पड़ रहे हैं।"

5. गाड़ी ठीक चल रही है—सारा काम या व्यवसाय ठीक ढंग से हो रहा है; जैसे—
मालिक : "गाड़ी ठीक चल रही है न?"
कर्मचारी : "ठीक चल रही है, साहब!"

6. चला जाना—न रह जाना, समाप्त हो जाना; जैसे—

(क) "न जाने वह जमाना अब कहाँ चला गया!"

(ख) "जो सचमुच कांग्रेस होती थी वह तो महात्मा गाँधी, सरदार वल्लभ भाई और मौलाना आज़ाद के साथ चली गई।"

—शरद जोशी

7. तो चलेगा—ले लिया या अपना लिया जाएगा, स्वीकार्य होगा; जैसे, "हमें कुर्सी मिलने के लिए देशवासियों के परस्पर संबंध टूटें, एकता भंग हो, तो चलेगा।" —शरद जोशी

8. न चलना—प्रयोग या व्यवहार में न आना; जैसे, "यहाँ वैसा पहनावा नहीं चलता।"

9. यह भी चलेगा—किसी उपयुक्त वस्तु के अभाव में किसी साधारण वस्तु का उपयोग में आ सकना; जैसे, "दूध न सही, शरबत भी चलेगा।"

10. सब चलता है—कार्य-व्यापार के संपादन या संचालन हेतु सब प्रकार के उपाय काम में लाए ही जाते हैं; जैसे—

"मेरी आत्मा झूठी गवाही देने को तैयार नहीं होगी।"

"भाई, कचहरी-अदालत में सब चलता है।"

11. चलो हटो (भी)—तंग या परेशान मत करो, दूर हो जाओ।

चाँदी

चाँदी हो जाना—इस मुहावरे में अत्यधिक लाभप्राप्ति का संकेत है। पहले चाँदी के सिक्के होते थे और जितना अधिक लाभ या कमाई होती थी उतने ही अधिक चाँदी के सिक्के भी एकत्र हो जाते थे। सिक्कों की अधिकता की ओर ही 'चाँदी हो जाना' का संकेत है।

'चाँदी ही चाँदी हो जाना' में अत्यधिक लाभप्राप्ति की विवक्षा है।

चाहें और चाहिए

संकेतमूलक वर्तमानकाल में धातुओं में लगने वाले प्रत्ययों की व्यवस्था है, जिसकी जानकारी के लिए तालिका-10 देखें।

मध्यमपुरुष बहुवचन 'आप' के साथ 'खेलें' और 'खेलिए', 'पढ़ें' और 'पढ़िए', 'लड़ें' और 'लड़िए', 'करें' और 'कीजिए' ('करिए' भी) दो-दो रूप चलते हैं, परंतु 'चाहें' ही चलता है 'चाहिए' नहीं।

चाहिए

यह 'चाह' धातु से बना वर्तमानकालिक आवश्यकताबोधक अविकारी क्रियापद है जिसके उद्देश्य में 'को' परसर्ग रहता है। यह सकर्मक क्रियापद तो है, परंतु इस पर कर्म के लिंग और वचन का प्रभाव नहीं पड़ता; जैसे—

"मुझको समाचार-पत्र चाहिए।"

"उसको पुस्तक चाहिए।"

तालिका-10

पुरुष	वचन	प्रत्यय	रूप	
अन्य	एक.	ए	खेले, पढ़े, करे	(चाहे)
	बहु.	एँ	खेलें, पढ़ें, करें	(चाहें)
मध्यम	एक.	ए	खेले, पढ़े, करे	(चाहे)
	बहु. (तुम)	ओ	खेलो, पढ़ो, करो	(चाहो)
	बहु. (आप)	एँ	(i) खेलें, पढ़ें, करें	(चाहें)
		इए	(ii) खेलिए, पढ़िए, कीजिए	
उत्तम	एक.	ऊँ	खेलूँ, पढ़ूँ, करूँ	(चाहूँ)
	बहु.	एँ	खेलें, पढ़ें, करें	(चाहें)

"मुझको समाचार-पत्र (बहु.) चाहिए।"
"उसको पुस्तकें चाहिए।"

ध्यान रहे इसके साथ वर्तमानकाल की सूचक सहायक क्रिया 'है' का प्रयोग नहीं होता, परंतु 'था' तथा 'होगा' सहायक क्रियाओं का प्रयोग होता है और उन पर कर्म के लिंग तथा वचन का प्रभाव भी पड़ता है; जैसे—

(क[1]) "मुझको घोड़ा चाहिए था।"
(क[2]) "मुझको घोड़े चाहिए थे।"
(क[3]) "मुझको पुस्तक चाहिए थी।"
(क[4]) "मुझको पुस्तकें चाहिए थीं।"

'चाहिए था' भूतकालिक आवश्यकता का बोधक है।

(क[1]) "उसको घोड़ा चाहिए होगा।"
(क[2]) "उसको घोड़े चाहिए होंगे।"
(क[3]) "उनको पुस्तक चाहिए होगी।"
(क[4]) "उनको पुस्तकें चाहिए होंगी।"

'चाहिए होगा' यहाँ वर्तमानकालिक तात्कालिक आवश्यकता का बोधक है।

नाकृदंत क्रियारूपों के योग से संयुक्त क्रियापद भी बनते हैं। दो विशेषताएँ हैं : एक तो यह कि नाकृदंत ही अकर्मकता तथा सकर्मकता का निर्धारक होगा तथा दूसरे, कर्म के वचन तथा लिंग से भी शासित होगा; जैसे—

(क) "उसको समाचार-पत्र पढ़ना चाहिए।"

(ख) "उसको समाचार-पत्र (बहु.) पढ़ने चाहिए।"

(ग) "उसको पुस्तक पढ़नी चाहिए।"
(घ) "उसको पुस्तकें पढ़नी चाहिए।"
(च) "उसको जाना चाहिए।"
(छ) "हमको जाना चाहिए।"

'च' और 'छ' वाक्यों में कर्म नहीं है।

एक सुझाव यह था कि 'क' वाक्य में 'समाचार-पत्र पढ़ना' को कर्म माना जाए और 'चाहिए' को क्रियापद। परंतु हम जानते हैं कि क्रिया में विकार उद्देश्य अथवा कर्म के कारण होते हैं। यहाँ भी तो कर्म के लिंग-वचन के कारण क्रिया में विकार हो रहे हैं। अतः ये विकार सूचित करते हैं कि 'पढ़ना चाहिए' ही क्रियापद है। यदि 'समाचार-पत्र पढ़ना' को कर्म माना जाए तो इस आधार पर उक्त वाक्यों के रूप होंगे :

(क) "उसको समाचार-पत्र पढ़ना चाहिए।"

(ख) "उसको समाचार-पत्र पढ़ना (बहु.) चाहिए।"

(ग) "उसको पुस्तक पढ़ना चाहिए।"

(घ) "उसको पुस्तकें पढ़ना चाहिए।"

उर्दूवाले इसी पद्धति के पक्षधर हैं और हिंदी में भी कुछ लेखक इस पद्धति को अपनाए हुए हैं।

चाहे

1. चाहे कभी, चाहे जब—किसी भी दिन या किसी भी समय; जैसे—

(क) "चाहे जब यहाँ आ सकते हैं।"

(ख) "वहाँ चाहे कभी चले जाना।"

2. चाहे कुछ हो—चाहे जैसी भी परिस्थिति रहे, चाहे जो भी परिणाम हो और चाहे जितनी भी हानि हो; जैसे, "चाहे कुछ भी हो हम अपने वचन से हटेंगे नहीं।"

3. चाहे जो हो—चाहे कुछ हो (दे.); जैसे, "सारी रकम तो शेयर पर लगा दी है, अब चाहे जो हो।"

चिंतनीय, चिंताजनक

'चिंतनीय' से अभिप्राय है जिसके संबंध में अभी या और अधिक चिंतन या सोच-विचार करने की आवश्यकता हो। 'चिंताजनक' से अभिप्राय है—जिसके कारण चिंता उत्पन्न हो।

'चिंतनीय' के लिए 'चिंत्य' का भी प्रयोग होता है।

चिंता

चिंता की बात नहीं—चिंता करने की आवश्यकता नहीं; जैसे, "बेटा, बुखार ही तो है, उतर जाएगा। चिंता की बात नहीं।"

कुछ लोग 'चिंता की कोई बात नहीं' को वरीयता देते हैं।

'चिंता किस बात की' या 'किस बात की चिंता' पदबंध भी प्रयुक्त होते हैं।

चीं-चपड़

बिना किसी चीं-चपड़ के—बिना किसी प्रकार की आपत्ति या विरोध प्रकट किए; जैसे, थानेदार के तेवर देख उसने बिना किसी चीं-चपड़ के अपना अपराध कबूल कर लिया।

चुकना

यह अकर्मक क्रिया है। इसके साथ 'जाना' सहकारी क्रिया का प्रयोग आवश्यक है। यह दो अर्थों में प्रयुक्त होती है :

(i) समाप्त हो जाना या कम पड़ जाना; जैसे, "आज आटा चुक गया।"

(ii) पट जाना या पटा दिया जाना; जैसे, "ऋण चुक गया।"

संयुक्त क्रियापदों में यह अन्य धातुओं के साथ सहकारी क्रिया के रूप में भी प्रयुक्त होती है और धातुओं के व्यापार की पूर्णता या समाप्ति की सूचक भी होती है; जैसे—

(क) "मैं भोजन कर चुका हूँ।"

(ख) "लड़का अब सो चुका होगा।"

'चुकना' सहकारी क्रिया व्यंग्यात्मक रूप में प्रयुक्त होने पर नकारात्मक अर्थ देती है; जैसे—

(क) "वह अब आ चुका!"

(ख) "यह लड़का अब पढ़ चुका!"

आशय है कि (क) अब उसके आने की आशा नहीं और (ख) यह लड़का अब आगे नहीं पढ़ेगा।

'चुकना' और 'जाना' दोनो सहकारी क्रियाएँ धातु के व्यापार की पूर्णता या समाप्ति की सूचक होती हैं; जैसे—

(क) "खाना बन चुका है।"

(ख) "खाना बन गया है।"

(च) "सुबह हो चुकी है।"

(छ) "सुबह हो गई है।"

(ट) "दो बज चुके हैं।"

(ठ) "दो बज गए हैं।"

ऐसा प्रतीत होता है कि 'जाना' इस समय या वर्तमान क्षण को इंगित करता है और 'चुकना' कुछ पहले के समय को। यह तथ्य निम्नांकित उदाहरण से और अधिक स्पष्ट हो जाएगा :

(त) "मैं दिल्ली आ चुका हूँ।"

(थ) "मैं दिल्ली आ गया हूँ।"

स्पष्ट है कि 'त' वाक्य में संकेत है 'पहले कभी पहुँचने' का और 'थ' वाक्य में संकेत है 'इस क्षण' या 'इस समय का।'

चुनिंदा

अविकारी विशेषण है; जैसे, 'चुनिंदा हत्या।' अंग्रेजी के selective murder के लिए 'चुनिंदा हत्या' का प्रयोग चल पड़ा है।

चुपचाप, चुपके से

दोनों क्रिया-विशेषण हैं। चुपचाप का प्रयोग प्रायः उस समय करते हैं जब न बोलने या आहट न करने की विवक्षा आवश्यक हो; जैसे—

(क) "मैं चुपचाप उनकी बात सुनता रहा।"

(ख) "वह चुपचाप कमरे में चली आई।"

जब बिना सूचना दिए कोई काम किया जाता है तब 'चुपके से' का प्रयोग करते हैं; जैसे, "उन्होंने चुपके से शादी कर ली।"

चुभाना, चुभोना

'चुभना' अकर्मक क्रिया से 'चुभाना' और 'चुभोना' दोनों सकर्मक क्रियाएँ उसी प्रकार बनती हैं जिस प्रकार 'भीगना' से 'भिगाना' और 'भिगोना', 'डूबना' से 'डुबाना' और 'डुबोना' बनती हैं।

जिस प्रकार प्रयोग में 'भिगाना' और 'डुबाना' की अपेक्षा 'भिगोना' और 'डुबोना' ही अधिक प्रशस्त माने जाते हैं, उसी प्रकार प्रयोग में 'चुभाना' से 'चुभोना' को वरीयता प्राप्त है।

चूल

चूल-चूल ढीली पड़ जाना—पुर्जा-पुर्जा ढीला हो जाना, सभी पुर्जे या जोड़ ढीले हो जाना; जैसे, "हूल और शूल से उसकी चूल-चूल ढीली पड़ गई।"

ध्यान रहे कि 'चूल-चूल' का प्रयोग एकवचन में ही होता है।

चैन

चैन की बंसी बजाना—सुखद तथा मधुर वातावरण में जीवन व्यतीत होना; जैसे, "जब तक ऊपर की यह आमदनी उन्हें होती रही तब तक उनके घर चैन की बंसी भी बजती रही।"

चोट

1. चोट करना—आघात करना, प्रहार करना।

2. चोट पहुँचना—आघात या ठेस लगना; जैसे, "एक साधारण पुलिसमैन के द्वारा पागल करार दिए जाने से उनके स्वाभिमान पर चोट पहुँची थी।" —रवींद्र त्यागी

चौंकना

1. चौंक उठना—शारीरिक व्यापार का सूचक है। उछल या कूद पड़ना, कलेजा धक से रह जाना आदि; जैसे, "बच्चा सपने में चौंक उठा।"

2. चौंक जाना—मानसिक व्यापार का सूचक है। हतप्रभ हो जाना, सुध-बुध खो बैठना, अवाक् रह जाना; जैसे, "बेटी के हाथ में छुरा देखकर माँ चौंक गई।"

3. चौंक पड़ना—यह वस्तुतः 'चौंक उठना' का ही पर्याय है।

चौबीसो घंटे

'चौबीसो घंटे' मात्र चौबीस घंटे (एक निश्चित

अवधि) का सूचक नहीं वरन् हर समय का सूचक है।

"वह चौबीसो घंटे पढ़ता है" से आशय है कि वह हर समय पढ़ता रहता है।

छँटा हुआ

इस विशेषण पदबंध का प्रयोग कुत्सित चरित्रवाले ऐसे व्यक्ति के लिए होता है जो अपने वर्ग के अन्य लोगों से भी अलग और विशेष रूप से बढ़ा-चढ़ा हो; जैसे, "वह छँटा हुआ बदमाश है।"

छकना

छककर, जी भरकर—दोनो क्रिया-विशेषण पदबंधों का प्रयोग खूब खाने या खूब पीने के प्रसंग में होता है। 'छककर' में पेट भर लेने की और 'जी भरकर' में तृप्ति या संतुष्टि हो जाने की विवक्षा है; जैसे—

(क) "उसने छककर प्रसाद पाया।"

(ख) "उसने जी भरकर हलुआ खाया।"

'छककर' का क्षेत्र खान-पान तक ही सीमित है, परंतु 'जी भरकर' का प्रयोग ऐसे कार्यों के लिए भी होता है जिन्हें करते चलने से संतोष, तृप्ति या शांति प्राप्त होती है; जैसे—

(क) "उसने हमें जी भरकर गालियाँ दीं।"

(ख) "जी भरकर रोने को आज मेरा जी चाह रहा है।"

छक्का

छक्के छुड़ाना, छक्का छुड़ाना— मुहावरे का रूप 'छक्के छुड़ाना' ही है (जैसे, "तीसरे टेस्ट मैच में भारतीय टीम ने पाकिस्तानी टीम के छक्के छुड़ा दिए।"), न कि 'छक्का छुड़ाना'। डा. प्रतिभा अग्रवाल ने अपने कोश 'हिंदी मुहावरे' में यही स्पष्ट किया है।

छटपटाना, छटपट करना

'छटपट करना' हिंदी प्रयोग नहीं; अतः ऐसा प्रयोग उचित नहीं कि "मैं बाकी कहानी सुनने के लिए छटपट करने लगा।" 'छटपटाने लगना' ही मानक प्रयोग है।

छह, छः

आचार्य वाजपेयी का मत है कि हिंदी के अपने विसर्गांत शब्द हैं ही नहीं। अतः 'छह' ही लिखना चाहिए, 'छः' नहीं।

छाँटना, छँटना

'छाँटना' में मुख्य विवक्षा है 'अलग-अलग करने' की। धोबी के आगे जब कपड़ों का ढेर लगा दिया जाता है तब वह कपड़ों को छाँटता है—कमीजें अलग, धोतियाँ अलग, बड़े कपड़े अलग, छोटे कपड़े अलग। अलग की जानेवाली चीज़ अच्छी भी हो सकती है और खराब भी।

'छँटना' में भी अलग होने की ही विवक्षा है। "बादल पहले घिरे और बाद में छँट गए।" अर्थात् पहले छोटे-छोटे टुकड़े मिलकर एक और घने हुए और पुनः अलग-अलग होकर बिखर गए। "डाक छँट रही है" से भी आशय यही है कि अलग-अलग हलकों या मुहल्लों के अनुसार वह अलग-अलग की जा रही है। 'मोटापा छँटना' से भी आशय है—शरीर से मोटापे का अलग होना।

'छाँटना' से भाववाचक संज्ञा बनी है—'छँटनी'। इसमें भी अलग करने की ही विवक्षा है। जब किसी संस्थान या उद्योग के कर्मचारियों के संबंध में इसका प्रयोग होता है तब संस्था का व्यय-भार कम करने के लिए कुछ कर्मचारियों को अलग कर देने अर्थात् उनकी सेवा समाप्त कर देने की विवक्षा रहती है।

छानना

घर (कमरा/शहर) छान डालना—पूरे घर में (कमरे/शहर में) खोज करना; जैसे—

(क) "उसकी कलम खो गई थी। उसने सारा घर छान डाला।"

(ख) "डाकू को पकड़ने के लिए पुलिस ने जंगल का चप्पा-चप्पा छान डाला।"

'छान मारना' भी खूब चलता है।

छाना

'पाटना' और 'बनाना' इन अर्थों में यह सकर्मक है; जैसे—

(क) "उसने कमरा छा दिया।"

(ख) "उसने झोपड़ी छा ली।"

'ऊपर फैला होना' के अर्थ में यह अकर्मक है; जैसे—

(ग) "शाम होते ही अँधेरा छा जाता है।"

(घ) "देखते ही देखते आकाश में बादल छाने लगे।"

'छा जाना' या 'छाया रहना' में हावी होने की विवक्षा है; जैसे, "वह अपने दोस्तों पर छाया रहता है।"

छा जाना, घिर आना—बादलों के संबंध में इन दोनो क्रिया पदबंधों का प्रयोग होता है; जैसे—

(क) "बादल छा गए।"

(ख) "बादल घिर आए।"

'छा जाना' में एक बिंदु या केंद्र से चारो ओर फैल जाने की विवक्षा है (जैसे, "धुआँ छा गया।"), जबकि 'घिर आना' में चारो ओर से एक स्थान को घेर लेने की विवक्षा है।

'छा जाना' का प्रयोग 'फैल जाने' के अर्थ में व्यापक रूप से भी होता है; जैसे, "गाँधी जी के निधन से देश में विषाद छा गया।"

छूटना

'छूटना' से भूतकालिक (या आकृंदत) 'छूटा' बनता है, परंतु कुछ लेखक 'छुटा' का प्रयोग करते हैं जो सही नहीं; (जैसे, "जैसे पिंजड़े से छुटा पंछी जंगल भागता है।" —युगेश्वर)

छोटा

1. छोटा, छोटा-मोटा, छोटा-सा— 'छोटा' वह है जिससे आकार-प्रकार में अन्य बड़े हों। 'छोटा' संकीर्ण, अनुपयोगी, अननुकूल या निंदनीय भी हो सकता है, परंतु 'छोटा-सा' सदा प्रिय और अनुकूल होता है। 'छोटा-मोटा' में साधारण होने की विवक्षा रहती है; जैसे—

(क) "हम लोग जो छोटा-मोटा काम कर रहे हैं, शांतिपूर्वक वही करते रहें, यही हमारे लिए बहुत है।" —भैरव प्रसाद गुप्त

(ख) "हमारी साहित्यिक गोष्ठियों में छोटे-मोटे गृहयुद्ध यदाकदा चलते रहते हैं।" —रवींद्र त्यागी

2. छोटे से छोटा—अत्यंत छोटा, सबसे छोटा।

छोड़ना

छोड़ो भी—(i) क्रोध या संकोचवश अपने को किसी के पाश या पकड़ से छुड़ाते समय इस पदबंध का प्रयोग करते हैं; जैसे, "क्या करते हो, छोड़ो भी, कोई देख लेगा!"

(ii) खत्म करो, त्याग दो; जैसे, "छोड़ो भी इस बात को!"

जँचना

कुछ जँचा नहीं—कुछ भला प्रतीत नहीं हुआ अथवा संतोषजनक नहीं; जैसे, "आपकी बात कुछ जँची नहीं।"

जगह

1. कोई और जगह देखें—किसी अन्य स्थान पर अपने लिए काम ढूँढ़ें; जैसे, "यहाँ आपके

योग्य काम नहीं। कोई और जगह देखें।"

2. जगह-जगह—अनेक स्थलों पर, बहुत जगह; जैसे, "ऐसे मंदिर इन नगरों में जगह-जगह दिखाई दे जाते हैं।"

3. यदि मैं तुम्हारी जगह होता—इस पदबंध का प्रयोग उस समय करते हैं जब किसी के द्वारा किए हुए निर्णय से असहमति जतलानी होती है; जैसे, "मैं तुम्हारी जगह होता तो इस नौकरी को लात मार देता।"

जगाना

हिंदी 'जागना' का सकर्मक रूप। मुख्य अर्थ हैं—जाग्रत प्रभाव उत्पन्न करना, जीवंत बनाना आदि।

'अलख जगाना', 'जादू जगाना', 'स्मृति जगाना' और 'संदेह जगाना' विशिष्ट प्रयोग हैं। 'अलख' का अर्थ है—जो दिखाई न पड़े। योगी 'अलख नारायण' की रट लगाकर ईश्वर (के अस्तित्व) का प्रभाव उत्पन्न करते हैं। 'जादू जगाना' में भाव जादुई प्रभाव उत्पन्न करने से है। 'स्मृति जगाना' से आशय स्मृति को ताजा करने से है। और 'संदेह जगाना' से आशय संदेह का भाव या प्रभाव उत्पन्न करना है; जैसे, "बाहर चोट दिखाना शायद बलवाई होने का संदेह जगाना होता।" —बच्चन

जड़

1. जड़ खोदना—समूल अर्थात् पूरी तरह से नष्ट कर डालना जिससे फिर पनप तक न सके; जैसे, "नए लेखकों की जड़ खोदना और पुरानों की खिल्ली उड़ाना ही उनका व्यवसाय था।"

2. जड़ें मजबूत होना—दृढ़तापूर्वक स्थापित होना, अच्छी तरह प्रतिष्ठित होना।

3. जड़ों में तेल देना—समूल नष्ट करने के लिए प्रयत्न करना।

जनमना, जन्मना

संस्कृत 'जन्म' से बनी 'जनमना' तद्भव क्रिया है, आशय है—जन्म लेना। 'जन्मना' तत्सम क्रिया-विशेषण है जिसका आशय है—जन्म से ही।

कुछ लोग 'जनमना' क्रिया की जगह 'जन्मना' का प्रयोग करते हैं। ऐसे लोगों को ध्यान रखना चाहिए कि हिंदी की धातुओं में संयुक्त व्यंजन नहीं होते। अतः 'जनमना' का प्रयोग ही वरीय है।

जब

क्रिया-विशेषण है। इसका आशय है—जिस समय; जैसे—

(क) "जब तुम्हारी इच्छा हो तब चले आना।"

(ख) "जब वह गया तब मैं यहाँ नहीं था।"

'तब' इसका नित्यसंबंधी है।

1. जब कभी—यदा-कदा या आवश्यकतावश कभी; जैसे, "जब कभी मुझे उधर जाना पड़ता है तब मैं अपने पुराने मित्रों से भी मिल लेता हूँ।"

'तब' इस पदबंध का नित्यसंबंधी है। नित्यसंबंधी 'तब' के स्थान पर 'तो' का प्रयोग भी प्रायः होता है।

2. जब-जब—जिस-जिस समय; जैसे, "वह जब-जब यहाँ आया तब-तब उसका स्वागत-सत्कार हुआ।"

'तब-तब' इसका नित्यसंबंधी है।

3. जब तक—जिस समय तक, उस समय तक; जैसे, "जब तक तुम यहाँ रहना चाहो तब तक रह लो।"

'तब तक' इसका नित्यसंबंधी है।

4. जब भी—किसी विशिष्ट क्षण या विशिष्ट

अवसर पर; जैसे—

(क) "जब भी आपने याद किया (तब) मैं हाजिर हुआ।"

(ख) "जब भी आप आए (तब) हमने आपका स्वागत-सत्कार किया।"

इसका नित्यसंबंधी 'तब' है।

ज़बान

1. (मेरी) ज़बान पर नहीं आ रहा— किसी नाम, काम या बात का प्रयत्न करने पर भी स्मरण न होना; जैसे, "हम लोग साथ-साथ बरसों खेलते रहे हैं, पर इस समय उसका नाम मेरी ज़बान पर नहीं आ रहा।"

2. ज़बान हार जाना—किसी को दिए हुए अपने वचन से पीछे हट जाना।

जमना

जमकर—पूरी शक्ति से, बड़े ज़ोरदार ढंग से; जैसे, "उन दोनों में जमकर मार-पीट और गाली-गलौज हुआ।"

मूल आशय संभवतः यह रहा कि दोनो पक्ष अपने-अपने स्थान पर जमे रहे, बराबर लड़ते रहे और लड़ने से पीछे नहीं हटे।

ज़माना

1. (अब) वह ज़माना नहीं रहा—(अब) पहले वाला समय नहीं रहा, समय तथा परिस्थितियाँ बिल्कुल बदल चुकी हैं।

2. ज़माने का दस्तूर—संज्ञा पदबंध; आशय है—दुनिया या दुनियावालों का ढंग; जैसे, "ज़माने का दस्तूर है यह पुराना, किसी को मिटाना, किसी को बनाना।"

ज़रा

क्रिया-विशेषण है; थोड़ी देर या क्षण-भर के लिए; जैसे—

(क) "तुम यहाँ ज़रा ठहरो, मैं अभी आया।"

(ख) "मेरी ओर ज़रा देखो तो।"

प्रविशेषण; अपेक्षाकृत अधिक/कम; जैसे—

(च) "आज ज़रा गहरी छन गई थी।"

(ज़रा गहरी = कुछ अधिक गहरी)

(छ) ज़रा कम बोलो।

(ज़रा कम = कुछ अधिक कम)

1. ज़रा ठहरिए/रुकिए—कुछ क्षणों के लिए धैर्य धारण कीजिए या प्रतीक्षा कीजिए; जैसे—

(क) "ज़रा ठहरिए, मैं कपड़े बदल आऊँ।"

(ख) "ज़रा रुकिए, पहले मेरी बात सुन लीजिए।"

2. ज़रा भी—यह पदबंध विशेषण तथा क्रिया-विशेषण दोनो रूपों में प्रयुक्त होता है; जैसे—

(क) आज गाय ने ज़रा भी दूध नहीं दिया। (विशेषण)

(ख) वह अपनी जगह से ज़रा भी नहीं खिसका। (क्रिया-विशेषण)

3. ज़रा-सा—विशेषण पदबंध। आशय है—

(i) साधारण, मामूली; जैसे, "ज़रा-सी बात पर वह झल्ला उठता है।"

यदि विशेष्य बहुवचन हो तो इसका रूप 'ज़रा-ज़रा-सा' होता है; जैसे, "ज़रा-ज़रा-सी बातों पर वह उखड़ पड़ता है।"

(ii) अल्प मात्रा में; जैसे, "ज़रा-सा नमक डाल दो।"

ज़रूर, ज़रूरी

'ज़रूर' क्रिया-विशेषण है और 'ज़रूरी' विशेषण। "मुझे ज़रूरी जाना है" यह संभवतः पंजाबी प्रयोग है। यहाँ क्रिया-विशेषण रहना चाहिए—"मुझे ज़रूर जाना है।" यदि 'ज़रूरी'

का प्रयोग करना ही चाहें तो इस प्रकार कर सकते हैं—"मुझे ज़रूरी काम से जाना है।"

ज़रूरत

1. ज़रूरत पड़ने पर—आवश्यकता होने पर; जैसे, "ज़रूरत पड़ने पर मैं अपनी पड़ोसिन का दरवाज़ा खटखटाती हूँ।"

2. ज़रूरत-भर—क्रिया-विशेषण पदबंध है। आशय है—आवश्यकता के अनुरूप; जैसे, "वे दवाएँ बहुत कम और ज़रूरत-भर लेते थे।"

3. ज़रूरत से—क्रिया-विशेषण पदबंध है। आशय है—आवश्यकतावश।

जल

बहुवचन रूप में प्रयोग दिखाई तो पड़ने लगा है, परंतु एकवचन ही अधिक वरीय है; जैसे—

(क) "इन कुओं का जल एक-सा नहीं।"

(ख) "सप्तसागरों के जलों से शिव को स्नान कराया गया।"

'ख' वाक्य में 'जलों से' की जगह 'जल से' काम बखूबी चल सकता है।

जवाब

1. (उसका) जवाब नहीं—बेजोड़ है, अनूठा है, अनुपम है, अद्वितीय है; जैसे, "तुम्हारी इस दलील का कोई जवाब नहीं।"

2. जवाब का—बराबर का, टक्कर का; जैसे, "यही पहलवान उसके जवाब का है।"

जहन्नुम

1. जहन्नुम में जाए—(व्यक्ति अथवा वस्तु) नष्ट हो, नाश हो; जैसे, "जहन्नुम में जाए तुम्हारी कद्रदानी!"

2. जहन्नुम में जाओ—यहाँ से भागो, परे हटो या दूर हो जाओ; जैसे, "जहाँ सींग समाएँ वहाँ जाओ। मेरी तरफ़ से जहन्नुम में जाओ!"

जहाँ

क्रिया-विशेषण है और इसका नित्यसंबंधी 'वहाँ' है। आशय है—जिस स्थान पर; जैसे, "जहाँ मैं जाऊँगा वहीं वह भी जाएगा।"

'जहाँ-जहाँ' से आशय है—जिस-जिस स्थान पर।

1. जहाँ-का-तहाँ—क्रिया-विशेषण पदबंध है। आशय है—ठीक उसी स्थान पर, वहीं; जैसे, "अब भी सबकुछ जहाँ-का-तहाँ है।"

इस क्रिया-विशेषण की विशेषता यह है कि इसका 'का' विकारी है और संज्ञा के लिंग तथा वचन से प्रभावित होता है; जैसे, "मेरी काशी अब भी जहाँ-की-तहाँ खड़ी है।"

2. जहाँ-जहाँ—जिस-जिस जगह पर; जैसे, "जहाँ-जहाँ तुम जाओगे, वहाँ-वहाँ तुम्हारा पीछा करूँगा।"

'वहाँ-वहाँ' इसका नित्यसंबंधी है।

3. जहाँ तक—इसका नित्यसंबंधी 'वहाँ तक' है। आशय है—जिस सीमा तक; जैसे, "जहाँ तक मुझसे बन पड़ा वहाँ तक मैंने उसकी सहायता की।"

'वहाँ तक' का अध्याहार भी प्रायः होता है; जैसे—

(क) "जहाँ तक उसका सवाल है, वह आएगा ही।"

(ख) "जहाँ तक हो सकेगा, मैं तुम्हारी सहायता करूँगा।"

4. जहाँ-तहाँ—अनेक स्थलों पर, यहाँ-वहाँ; जैसे, "पुस्तक में जहाँ-तहाँ भाषा-संबंधी भूलें हैं।"

जहान, जहाँ

'जहान' मूलतः फ़ारसी का शब्द है और 'जहाँ' उसका लघु रूप है जिसका प्रयोग यौगिक

पदों में होता है; जैसे, 'जहाँआरा', 'जहाँगीर', 'जहाँपनाह', 'शाहजहाँ' आदि।

जागना

जाग उठना—(i) सोकर उठना; जैसे, "घंटी की आवाज़ से वह जाग उठा।"

(ii) उठ खड़ा होना, तीव्र हो जाना; जैसे, "बरसात में जुदाई का दर्द जाग उठता है।"

जान

1. अपनी/अपनी-अपनी जान की खैर मनाना—अपनी कुशलता की कामना करना, यह कामना करना कि हमारा अहित न हो; जैसे, "जब यह सूचना निकली कि स्कूल के आधे अध्यापकों की छँटनी होगी तब प्रायः सभी अध्यापक अपनी-अपनी जान की खैर मनाने लगे थे।"

2. अपनी जान में—अपनी दृष्टि से; जैसे, "मैंने अपनी जान में तुम्हारी भलाई के लिए ही कुछ कहा होगा।" —भैरवप्रसाद गुप्त

3. जान का दुश्मन—अत्यधिक कष्ट देने या सतानेवाला; जैसे, "यह बेटा नहीं जान का दुश्मन है।"

4. जान की आफ़त—ऐसी आफ़त जिससे जान पर आ बने अर्थात् ऐसी बात जिसके कारण जीवित रहना असंभव प्रतीत हो रहा हो; जैसे, "वह लड़का क्या है, जान की आफ़त है।"

5. जान कुर्बान कर देना—जान न्यौछावर कर देना; जैसे, "भगत सिंह ने देश के लिए जान कुर्बान कर दी।"

6. जान जोखिम में पड़ना—प्राणों पर संकट आना; जैसे, "यदि तुम जैसे आतंकवादी को मैंने शरण दी तो हमारे घर के लोगों की जान जोखिम में पड़ेगी।"

7. जान देना, अपनी जान देना—इन दोनों के प्रयोग-क्षेत्र अलग-अलग हैं। किसी से अत्यधिक प्यार करने, या उस पर पूरी तरह से लट्टू होने के प्रसंग में 'जान देना' का प्रयोग होता है; जैसे—

(क) "माँ बच्चे पर जान देती है।"

(ख) "वह लड़का इस लड़की पर जान देता है।"

(ग) "ये प्रेमी-युगल एक-दूसरे पर जान देते हैं।"

'अपनी जान देना या दे देना' का प्रयोग किसी व्यक्ति या उद्देश्य के लिए अपने प्राण न्योछावर करने के लिए होता है; जैसे, "ये उन लोगों के चित्र हैं जिन्होंने देश की सुरक्षा के लिए अपनी जान दे दी।"

'जान देना' में कष्ट सहने की और 'अपनी जान देना' में संघर्ष करने की भी विवक्षा है।

8. जान बची लाखों पाए—इस कहावत का प्रयोग तब होता है जब किसी को किसी काम से मुक्ति मिलने पर प्रसन्नता का अनुभव होता है। इस कहावत का पूर्ण रूप है—"जान बची लाखों पाए, घर के बुद्धू घर को आए।"

9. जान पर कुर्बान होना—इस मुहावरे का प्रयोग तो होता है, परंतु इसका कुछ अर्थ नहीं। वस्तुतः यह भ्रम से 'जान कुर्बान करना' की जगह चल रहा है।

10. जान होना—महत्त्वपूर्ण तत्त्व होना, मर्म होना; जैसे, "गवेषणा ही इतिहास, साहित्य और विज्ञान की जान है।"

जाना

1. जा रहा हूँ, जा रहे हैं—प्रायः लोग कहते हैं कि 'मैं पत्र लिखने जा रहा हूँ' या 'हम पत्र लिखने जा रहे हैं।' यद्यपि अब ये मान्य प्रयोग हैं, परंतु इतना अवश्य ध्यान रखें कि ये हैं अंग्रेज़ी के अविकल अनुवाद ही। अंग्रेज़ी

का वह वाक्य है : I am going to write a latter. हिंदी में तो हम सीधे ढंग से कह सकते हैं :

(क) "मैं उसे अभी पत्र लिखता हूँ।"

(ख) "अभी उसे पत्र लिखा।"

(ग) "पत्र अभी लिखे देता हूँ।"

'मैं खेलने जा रहा हूँ' गलत नहीं क्योंकि वाक्य का मूल रूप है : खेलने के लिए जा रहा हूँ।

ज़रा ध्यान दें। अंग्रेज़ी की 'go' क्रिया का एक अर्थ तो 'जाना' है, पर इसका दूसरा अर्थ है—कोई कार्य आरंभ करना। हिंदी 'जाना' क्रिया इस दूसरे अर्थ में प्रयुक्त नहीं होती।

2. जाने भी दो—इस बात या तथ्य की अनदेखी करो, इस पर ध्यान न दो; जैसे, "जाने भी दो इसे। सास-बहू में ऐसा रोज़ होता है।"

ज़िंदाबाद

यह एक नारा है और इसका आशय है—सदा जीवित रहे, अमर रहे; जैसे, "महात्मा गांधी—ज़िंदाबाद !"

जिगर, जिगरा

दोनों पुंलिंग संज्ञापद हैं और दिल के पर्याय हैं।

बड़े जिगरेवाला—विशेषण पदबंध है। आशय है—बड़े दिलवाला, अत्यंत उदार; जैसे, "हमारी बूढ़ी दादी बड़े जिगरेवाली थी।"

जितना

1. जितना. . . उतना—ये दोनों विशेषण एक-दूसरे के नित्यसंबंधी हैं, आनुपातिक परिमाण के संकेतक हैं तथा विशेषण पदबंध के अंग हैं; जैसे, "यह वृत्तांत 'जितना' सच्चा है 'उतना' झूठा भी।"

कुछ अवसरों पर 'उतना' का अध्याहार भी होता है; जैसे, "जितना चाहो, ले लो।"

इस वाक्य का वास्तविक रूप है : "जितना चाहो उतना ले लो।"

2. जितना मुझे पता है—किसी विषय या बात के संबंध में जितनी मेरी जानकारी है; जैसे, "जितना मुझे पता था उतना मैंने बतला दिया।"

जिस

यह 'जो' का तिर्यक रूप है।

1. जिस तरह हो—चाहे जो प्रयास करना पड़े या जो कीमत चुकानी पड़े; जैसे, "बेटा, जिस तरह हो बहू को मायके से ले आओ !"

2. जिस-तिस—'जिस-तिस ने', 'जिस-तिस का' आदि सर्वनाम तथा विशेषण दोनों रूपों में प्रयुक्त तो होते हैं, परंतु संबंधबोधकरहित रूप जो–वह नहीं होता। इस पद का प्रयोग प्रायः साधारण व्यक्ति विशेषतः अविशेषज्ञ या बेजानकार के लिए ही होता है; जैसे—

(क) "घर पर ही कई महीनों तक जिस-तिस से सुनी दवा-पुलटिस या सेंक का प्रयोग उनके पाँव पर होता रहा।"

(ख) "जिस-तिस के आगे रोना मत रोया करो।"

(ग) "यह बात तुम्हें जिस-तिस पुस्तक में थोड़े ही मिलेगी !"

जीना

जीते/जीती रहो—बड़े या पूज्य व्यक्ति को नमस्कार करने या उनकी सेवा करने पर मिलनेवाला आशीर्वचन; जैसे—

(क) "जीता रह बेटा, भगवान तेरा भला करे !"

(ख) "जीती रह बेटी, तेरा सुहाग सदा बना रहे !"

जीवन-संध्या

इसका आशय है—वृद्धावस्था का समय,

बुढ़ापे के दिन; जैसे, "वे सदा परमार्थ में लगे रहे और अब अपनी जीवन-संध्या आराम के साथ काशी में बिता रहे थे।"

जीभ

1. जीभ लुप-लुप करना—कुछ कहने के लिए आतुर होना; जैसे, "बोलने को हर बात में जीभ करे लुप-लुप, किंतु चचा बोलें उचित या फिर साधें चुप।" —अन्नपूर्णानंद

2. (क्या) मुँह में जीभ नहीं—जब कोई बार-बार पूछने पर भी उत्तर नहीं देता तो इस पदबंध का प्रयोग होता है। आशय है कि तुम बोलते या उत्तर क्यों नहीं देते; जैसे, "कुछ तो बोलो, क्या तुम्हारे मुँह में जीभ नहीं।"

जीवन

यही जीवन है—आशय है कि जीवन में अनेक प्रकार के सुख तथा दुख की घटनाएँ होती ही रहती हैं; जैसे, "कभी खुशी, कभी गम। कभी हँसी, कभी रोना। यही जीवन है मेरे मित्र!"

जीवन-लीला

जीवन-लीला समाप्त हो जाना—मृत्यु हो जाना, अंत हो जाना; जैसे, "खेद है कि गत मार्च में इस महत्त्वपूर्ण पत्रिका की जीवन-लीला समाप्त हो गई।" —रवींद्र त्यागी

जुआ, जूआ

हिंदी में ये दोनो रूप चलते हैं और 'द्यूतक्रीड़ा' तथा 'हल का उपकरण' इन दोनो अर्थों में चलते हैं। 'शब्दसागर' तथा 'मानक कोश' में 'जूआ' ही मानक रूप है, परंतु आधुनिक कोशकारों में इन दोनो रूपों के संबंध में मतभेद है। फ़ादर बुल्के द्यूतक्रीड़ा के अर्थ में 'जुआ' तथा हल के उपकरण के अर्थ में 'जूआ' और 'जुआ' दोनों का प्रयोग उचित बतलाते हैं। डा. बाहरी द्यूतक्रीड़ा के अर्थ में 'जुआ' का और हल के उपकरण अर्थ में 'जूआ' का प्रयोग प्रशस्त समझते हैं।

यदि हम तद्भव हिंदी शब्दों की प्रवृत्ति को देखें तो कह सकते हैं कि द्वि-अक्षर शब्दों में पूर्वअक्षर उकारांत तथा इकारांत ही वरीय समझा जाता है यदि उत्तरअक्षर 'आ' हो; जैसे—

'पुआ', 'बुआ', 'मुआ', 'सुआ', 'किया', 'जिया', 'पिया', 'लिया', 'सिया' (य् की यहाँ श्रुति है)।

दोनों अर्थों में 'जुआ' चले, कोई हानि नहीं। फिर हम लोग 'जुआरी' का ही प्रयोग करते हैं, 'जूआरी' का नहीं।

जैसा

मूलतः विशेषण है। आशय है—जिस प्रकार का; जैसे, "तुम्हें जैसा घर चाहिए था वैसा ही घर मिला।" इसका नित्यसंबंधी 'वैसा' (उसी प्रकार का) है।

सर्वनाम रूप में इसका आशय होता है—जिस प्रकार का काम या बात; जैसे, "उसने जैसा किया वैसा पाया।"

1. जैसा कि आप (या सब) जानते हैं कि—यह उपवाक्य है, इसका आशय है—इस बात की आप सबको पहले से ही जानकारी है कि· ·; जैसे, "जैसा कि आप जानते हैं कि अगले महानिर्वाचन को बस दो महीने रह गए हैं।"

2. जैसा बाप वैसा बेटा—एक प्रसिद्ध कहावत। आशय है कि बेटे का आचरण या व्यवहार अपने पिता ही के अनुरूप तो है।

3. जैसा भी हो—इसकी दो विवक्षाएँ हैं : (i) स्थिति का आकलन करके; जैसे, "जैसा भी हो, हमें सूचित करना।"

(ii) चाहे जिस रूप में हो; जैसे, "मकान छोटा-बड़ा जैसा भी हो, हम ले लेंगे।"

4. जैसा. . .वैसा—यह विशेषण/सर्वनाम पद-समूह है। 'जैसा' का तत्संबंधी 'वैसा' है। ये समानता या एकरूपता प्रदर्शित करते हैं; जैसे, "मेरे लिए जैसा यह घर (है) वैसा वह घर।" 'वैसा' के साथ 'ही' का प्रयोग ज़ोर देने के लिए भी होता है और लगभग का भाव सूचित करने के लिए भी।

5. जैसी आपकी मर्ज़ी—जब कोई हमारे मत से सहमत न हो और अपनी ही मर्ज़ी या ढंग से कोई काम करने का हठ कर रहा हो तो अनिच्छापूर्वक स्वीकृति देने के लिए इस पदबंध का प्रयोग करते हैं; जैसे, "कन्या के विवाह की बात है। मैं तो कहता हूँ चलना चाहिए। आगे जैसी आपकी मर्ज़ी।"

6. जैसे का तैसा—विशेषण पदबंध है और इसका आशय है—जैसा पहले था वैसा ही अब भी है, उसमें कुछ भी फेरबदल नहीं हुआ या विकार नहीं आया; जैसे, "तुमने उसे पंद्रह वर्ष पहले देखा था न? वह अब भी जैसा का तैसा है।"

7. तुम्हारे जैसे बहुत देखे हैं—इस पदबंध का प्रयोग उस समय किया जाता है जब किसी की धमकी बंदरघुड़की-सी प्रतीत होती है; जैसे, "तुम्हारे जैसे बहुत देखे हैं गला रेतने वाले!"

जैसे

यह क्रियाविशेषण है जिसका आशय है—जिस तरह (से); जैसे, "जैसे हो, चले आना।"

(i) जब उदाहरण रूप में वाक्य दिया या दिए जाते हैं तब 'जैसे' का प्रयोग करते हैं। ऐसे अवसरों पर कुछ लोग रेखिका (–) का या कोलन का (:) प्रयोग भी करते हैं।

(ii) अंग्रेज़ी प्रयोग-विधा की देखादेखी किसी एक शब्द को उदाहरणरूप में दिया जाने लगा है। उसी का अनुकरण देखें :

"भारत में बहुत-सी नदियाँ हैं जैसे गंगा।"

"आज मुझे बहुत-सी चीज़ें खरीदनी हैं जैसे फल।"

ये दोनो वाक्य 'जापानी-हिंदी रीडर' से लिए गए हैं। इन वाक्यों के हिंदी रूप होंगे :

"गंगा जैसी भारत में बहुत-सी नदियाँ हैं।"

"आज मुझे फल, तरकारी आदि बहुत-सी चीज़ें खरीदनी हैं।"

1. जैसे-तैसे—इसका आशय है—किसी प्रकार या किसी-न-किसी प्रकार, परंतु विवक्षा है : कठिनाई से अर्थात् किसी न किसी प्रकार; जैसे, "मैं जैसे-तैसे दिल्ली पहुँचा।"

जैसे-तैसे के साथ 'कर' का प्रयोग संभवतः स्थानीय है। इसकी कोई आवश्यकता नहीं।

(i) "जैसे-तैसे कर उसने अपने बेटे के लिए रुपए इकट्ठा किए।"

(ii) "जैसे-तैसे कर देवेश रात के ग्यारह बजे घर पहुँचा।" —यमुना काचरू

2. जैसे भी हो—चाहे जिस भाँति; जैसे, "जैसे भी हो तुम चले आओ।"

3. जैसे. . .वैसे (ही) —समान प्रकार, रीति या ढंग की ओर संकेत करनेवाला यह योजक-समूह उपवाक्यों को भी जोड़ता है, मात्र शब्दों को नहीं। "जैसे राम वैसे श्याम" वाक्य का सामान्य रूप है : "मेरे देखने में" या "मेरे लिए जैसे राम है वैसे (ही) श्याम है।"

4. जैसे ही...वैसे ही, जैसे-जैसे... वैसे-वैसे—इन योजक पदबंधों की पहली जोड़ी द्वारा दो कार्यों का एक साथ या तर-पर संपन्न होना दिखलाया जाता है और दूसरी जोड़ी द्वारा दो कार्यों का एक साथ होते चलना दिखलाया जाता है; जैसे—

(क) "जैसे ही दिन निकला वैसे ही मैं घर से निकल पड़ा।"

(ख) "जैसे-जैसे दिन निकलता गया वैसे-वैसे प्रकाश फैलता गया।"

जो, जिसे

'जो' कर्मकारक के रूप 'जिसे' और 'जिसको' दोनों होते हैं। देखने में आता है कि प्रायः लोग मिश्रवाक्यों के आश्रित उपवाक्य में 'जिसे' कर्म के स्थान पर 'जो' का प्रयोग कर जाते हैं; जैसे, "यह पहली पुस्तक है जो मैंने पढ़ी।"

उपवाक्य 'जो मैंने पढ़ी' के स्थान पर 'जिसे मैंने पढ़ा' होना चाहिए। 'मैंने' उद्देश्य है, 'पढ़ी' क्रिया है और 'जिसे' कर्म है।

1. जो अच्छा लगे सो करो—जो तुम चाहो सो करो, जो तुम्हारा मन करे सो करो; जैसे, "मैंने उससे कह दिया है कि तुम्हें मेरी बात तो माननी नहीं, इसलिए जो अच्छा लगे सो (वह) करो।"

'सो' तथा 'वह' ये दोनों ही 'जो' के नित्यसंबंधी हैं।

2. जो चाहिए बोलिए—आप जिस विषय पर जो कुछ बोलना चाहते हैं बोलें या जिस पक्ष के बारे में जो कुछ कहना चाहें कहें, इस संबंध में आपको पूरी स्वतंत्रता है; जैसे, "जो चाहिए बोलिए, कोई रोक-टोक नहीं।"

3. जो भी हो—परिणाम चाहे जैसा भी हो; जैसे, "जो भी हो मैं उनसे यह बात पूछूँगा अवश्य।"

4. जो हो—इस पदबंध का प्रयोग उपवाक्य के रूप में होता है और यह सूचित करता है कि अन्य बातें असंतोषजनक (अथवा संतोष-जनक) रहने पर भी अंतिम परिणाम तो संतोषजनक (अथवा असंतोषजनक) ही रहा; जैसे—

(क) "जो हो, उसने अपनी भूल तो स्वीकार कर ली।"

(ख) "जो हो, उसने रकम तो नहीं लौटाई।"

जोड़े के सूचक संज्ञापद

चप्पल, दस्ताना, बूट, मोजा आदि युग्म के रूप में होनेवाली वस्तुओं के सूचक शब्दों का एकवचन में ही प्रयोग होता है; जैसे, "आज मुझे चप्पल (चप्पलें नहीं) खरीदने के लिए बाज़ार जाना है।"

अधिक सतर्क लेखक एक जोड़ी चप्पल, एक जोड़ी दस्ताना, एक जोड़ी बूट या एक जोड़ी मोजा का प्रयोग करते हैं। जब एक से अधिक जोड़ी कोई चीज़ लेनी होती है तब भी ऐसे शब्दों का प्रयोग एकवचन में ही होता है; जैसे—

(क) "दिल्ली से मैं दस जोड़ी चप्पल लाया।"

(ख) "उसके पास दस जोड़ी मोजा है।"

जब जोड़ी का एक अवयव खो जाता है तब उसके लिए...पैर या...हाथ का प्रयोग करते हैं; जैसे—

(च) "मेरी चप्पल का एक पैर नहीं मिल रहा।"

(छ) "मेरे दस्ताने का एक हाथ नहीं है।"

कुछ लोग निम्नांकित वाक्यों को इस प्रकार भी कहते हैं :

(ट) "मेरी एक पैर की चप्पल नहीं मिल रही।"

(ठ) "मेरे एक हाथ का दस्ताना नहीं है।"

ज़ोर

1. ज़ोर देना, ज़ोर लाना—'ज़ोर देना' में दो विवक्षाएँ हैं। एक है : आग्रह करना; जैसे, "उसने ज़ोर देकर आने के लिए कहा था।" दूसरी है : महत्त्वपूर्ण बतलाना; जैसे, "देखना यह है कि वाक्य के किस शब्द पर लेखक ने ज़ोर दिया है।"

'ज़ोर लाना' में महत्त्व उत्पन्न करने की विवक्षा है; जैसे, "इस विशेषण का प्रयोग संज्ञा में ज़ोर लाने के लिए किया गया है।"

ज़्यादा, ज़्यादती

'ज़्यादा' अविकारी विशेषण भी है और क्रिया-विशेषण भी; जैसे—

(क) "मैंने ज़्यादा बात नहीं की।" (विशेषण)

(ख) "मैं उससे ज़्याा नहीं बोला।" (क्रिया-विशेषण)

'ज़्यादती' है तो 'ज़्यादा' का भाववाचक स्त्रीलिंग संज्ञारूप ही, परंतु इसका प्रयोग ऐसे व्यवहार के लिए होता है जो किसी की दृष्टि में अनुचित, अन्यायपूर्ण या उद्धततापूर्ण हो। विशेषतया जो अधिकार या सीमा का उल्लंघन करता हो; जैसे, "बीवी पर हाथ उठाना उसकी सरासर ज़्यादती थी।"

ज्यों

1. ज्यों-का-त्यों—विशेषण पदबंध है और आशय है : ठीक वैसा ही; जैसे—

(क) "अभी आपकी पुस्तक ज्यों-की-त्यों रखी है।"

(ख) "मैंने आपका पत्र उन्हें ज्यों-का-त्यों सुना दिया था।"

'ज्यों-का-त्यों' का 'का' विकारी है।

2. ज्यों-ज्यों. . .त्यों-त्यों—यह योजक पदबंध-समूह दो ऐसे उपवाक्यों को जोड़ता है जिनमें आनुपातिक क्रम या स्थिति दिखलाना अभिप्रेत होता है; जैसे—

(क) "ज्यों-ज्यों दाम घटता गया त्यों-त्यों बिक्री बढ़ती गई।"

(ख) "ज्यों-ज्यों छह का समय निक़ट आने लगा त्यों-त्यों उपस्थित समुदाय की उत्सुकता बढ़ने लगी। —अन्नपूर्णानंद

3. ज्यों ही. . .त्यों ही—'ज्यों ही' क्रिया-विशेषण पदबंध है और 'त्यों ही' उसका नित्यसंबंधी। आशय है—ठीक उसी क्षण; जैसे, "ज्यों ही मैंने उसे देखा त्यों ही मैं उसकी ओर लपका।"

ज्वार और भाटा

दोनों आते हैं अर्थात, दोनों के साथ 'आना' क्रिया का प्रयोग होता है; जैसे—

"परसों ज्वार आया था।"

"कल भाटा आया था।"

'भाटा वापस चला गया' या 'लौट गया' अमानक प्रयोग हैं।

झगड़ा

1. झगड़ा खड़ा करना—किसी बात को विवाद का विषय बना देना; जैसे, "बिना मतलब उन्होंने हमारे लिए यह झगड़ा खड़ा कर दिया है।"

2. झगड़े में पड़ना—इसके दो रूप हैं :

(i) 'किसी वस्तु का झगड़े में पड़ना' से आशय है—किसी चीज़ का विवाद का विषय बन जाना; जैसे, "यह मकान अब बिक नहीं सकता क्योंकि यह भाइयों के झगड़े में पड़ गया है।"

(ii) 'दूसरों के झगड़े में पड़ना' से

आशय है—दूसरों का झगड़ा निपटाने के लिए प्रयत्नशील होना; जैसे, "एक बात तय है कि अब मुझे उन भाइयों के झगड़े में नहीं पड़ना।"

झमेला

झमेले में पड़ना—किसी व्यक्ति का किसी ऐसे काम में फँसा रहना जिससे सरलता से पीछा न छूट सके; जैसे, "मित्रों ने कहा कि आप इतने अच्छे कवि होते हुए भी क्यों इस पुरोहिताई के झमेले में पड़े हुए हैं।"

टाँय-टाँय

टाँय-टाँय फिस्स हो जाना—चौपट हो जाना, पूरी तरह से बिगड़ जाना; जैसे "वे सध गए तो सब सध गए। वे न सधे तो कब सारा किया-धरा टाँय-टाँय फिस्स हो जाएगा, कह नहीं सकते।" —शरद जोशी

टिप्पणी

कोई टिप्पणी नहीं—इस प्रश्न पर मैं कोई टिप्पणी नहीं करना चाहता। यह पदबंध अंग्रेज़ी के No comment का तदर्थी है; जैसे, "जब तक मुझे पूरी जानकारी नहीं मिल जाती इस विषय पर मेरी कोई टिप्पणी नहीं।"

टूटकर

(i) टूट जाने के फलस्वरूप; जैसे, "डाल टूटकर पेड़ से नीचे गिर पड़ी।"

(ii) अत्यधिक मात्रा में; जैसे, "वाराणसी में इन दिनों टूटकर पानी बरसा करता था।" यह स्थानीय प्रयोग है।

टेंट

टेंट का दुर्बल—निर्धन, अकिंचन; जैसे, "मेरी समझ में नहीं आता कि आप जैसे टेंट के दुर्बल महानुभाव का विवाह कैसे और क्यों हुआ।"

ठंड, ठंढ

लाघव सिद्धांत से 'ठंड' ही वरीय है। 'हिंदी शब्दसागर' के संपादकों ने 'ठंढ' को प्रमुख स्थान दिया था और काशी में आज भी 'ठंढ' का ही प्रयोग विशेष रूप से होता है, परंतु सामान्य हिंदी लेखक 'ठंड' का प्रयोग करता है।

इसी प्रकार 'ठंडक' ही वरीय है, 'ठंढक' नहीं।

स्वामी निगमानंद परमहंस का कथन है कि 'ठण्ढ' भी प्रशस्त नहीं क्योंकि ण्+ढ अन्यत्र साथ-साथ नहीं दिखाई पड़ता। अतः 'ठंड' ही प्रशस्त है।

ठंडक, ठंड

'ठंडक' सुखद या सुहावनी होती है, 'ठंड' कष्टकर और विशेषतः कँपा देनेवाली होती है।

लाक्षणिक अर्थ में 'ठंडक' आत्मसंतोष की भी सूचक होती है; जैसे, "मेरी हानि देखकर तुम्हें ठंडक मिली न!"

ठंडा, ठंढा

लाघव सिद्धांत से 'ठंडा' ही वरीय है।

1. ठंडा पड़ जाना—दो विवक्षाएँ हैं। एक तो 'शांत हो जाना' और दूसरी, 'साहस या स्फूर्ति का न रह जाना'; जैसे—

(क) "उनकी बातें सुनकर मेरा हौसला ठंडा पड़ गया।"

(ख) "इस तर्क से विरोधी दल ठंडा पड़ गया।"

2. कलेजा ठंडा होना—दिल को चैन या राहत मिलना, सुखद समाचार मिलने से या शुभदर्शन होने से अत्यंत प्रसन्नता होना; जैसे, "तुम्हें देख लेने से मेरा कलेजा ठंडा हो जाता है।"

ठप

ठप हो जाना, ठप पड़ जाना—बंद या अवरुद्ध हो जाना; जैसे—

(क) "उसका व्यापार ठप हो गया है।"

(ख) "कंपनी का काम-काज कई दिनों से ठप पड़ा है।"

ठहरना

रुकना और टिकना, इन दो अर्थों में इसका प्रयोग होता है; जैसे—

(क) "यह गाड़ी इस स्टेशन पर नहीं ठहरती।"

(ख) "वह दिल्ली में अपने भाई के यहाँ ठहरता है।"

1. ठहरकर, ज़रा ठहरकर—थोड़ी देर बाद; जैसे, "तुम (ज़रा) ठहरकर हमारे घर आना।"

2. ठहरा हुआ—इसका अभिप्राय है—शांत स्वभाववाला; जैसे, "लड़की में चपलता नहीं, ठहरी हुई है।"

ठिकाना

1. ठिकाना न रहना—सुखद आश्चर्य, हर्ष आदि के कारण फूले न समाना; जैसे, "कवि चच्चा के हर्ष का ठिकाना न रहा।"

—अन्नपूर्णानंद

2. ठिकाने लगा देना—नियत स्थान पर रखकर बाँध या गाड़ देना;जैसे,"सरदार,उसकी लाश को ठिकाने लगा दिया है।"

ठीक

1. कुछ ठीक ही—साधारणतः अथवा अपेक्षाकृत रूप से कुछ अच्छा ही;जैसे,"आज का प्रश्नपत्र कुछ ठीक ही था।"

2. कुछ ठीक हो ?—जब किसी ऐसे व्यक्ति से मिलते हैं जो पहले अस्वस्थ रहा हो तब यह प्रश्न करते हैं। आशय है—पहले से स्वास्थ्य अच्छा है न ?

इसकी जगह 'कुछ ठीक हो न' का भी प्रयोग होता है।

3. ठीक से—उचित रीति से; जैसे, "वह तुम्हारी माँ है, उससे ठीक से बात करो।"

4. ठीक ही—बिल्कुल सही; जैसे, "आपने ठीक ही फ़रमाया।"

5. ठीक ही ठीक—साधारण, न बहुत अच्छा और न बहुत खराब; जैसे, "आज का कार्यक्रम ठीक ही ठीक था।"

6. ठीक ही रहा—बरताव या स्थिति उचित या उपयुक्त ही रही; जैसे—

"वहाँ कैसा रहा ?"

"ठीक ही रहा।"

7. ठीक है—(i) इसमें गलती नहीं या यह उपयुक्त है; जैसे—

"क्या मेरा उत्तर ठीक है ?"

"हाँ, ठीक है।"

(ii) जो आपने कहा है उससे मैं पूर्णतः सहमत हूँ; जैसे—

"कल दो बजे स्टेशन पर मिलेंगे ?"

"ठीक है।"

(iii) अनिच्छापूर्वक स्वीकृति देने की विवक्षा भी इसमें है; जैसे—

(क) "आपके वेतन में से छुट्टी के पैसे काट लिए जाएँगे।"

"ठीक है, काट लें। पर आगे से हम ओवरटाइम नहीं करेंगे।"

(ख) "हमारे यहाँ अब आपके लिए कोई जगह नहीं।"

"ठीक है, हमारा हिसाब कर दें।"

8. तब भी ठीक. . . तब भी ठीक—दोनो स्थितियाँ बराबर हैं, उनसे विशेष लाभ या हानि नहीं; जैसे, "यदि वे मुझे अपने यहाँ रख लेते हैं तब भी ठीक और नहीं रखते तब भी

ठीक।"

इसकी जगह 'तो भी ठीक...तो भी ठीक' भी प्रचलित है।

9. तुम ठीक कहते हो—तुम्हारा कथन सत्य है; जैसे, "तुम ठीक कहते हो कि वह हमसे ईर्ष्या करता है।"

10. तुम्हारा कहना ठीक है—तुम जो कह रहे हो वह उचित है; जैसे, "तुम्हारा यह कहना ठीक है कि इस कीमत पर हमें शेयर नहीं खरीदने चाहिए।"

11. सब ठीक है—कोई परेशानी या किसी प्रकार का कष्ट नहीं; जैसे, "चाचा आए थे और सबका हाल पूछ रहे थे। मैंने कह दिया, सब ठीक है।"

12. सब ठीक हो जाएगा—जो भी परेशानी, असुविधा, अड़चन या कमी है वह दूर हो जाएगी; जैसे, "घबराने की आवश्यकता नहीं। पिताजी के आते ही सब ठीक हो जाएगा।"

ठेंगा

हमारे ठेंगे से—इस पबंध का प्रयोग वाक्य के रूप में तथा किसी व्यक्ति के प्रति घोर उपेक्षा सूचित करने के लिए होता है। आशय है कि हमें उसकी ज़रा भी परवाह नहीं; जैसे, "वह नहीं आता तो न आए, हमारे ठेंगे से!"

डर

डरकर, डर के मारे—कोई डरावना व्यक्ति या वस्तु जब उपस्थित हो तो एकाएक भयभीत हो उठने पर 'डरकर' का प्रयोग करते हैं; जैसे, "उसकी शक्ल देखते ही मैं डरकर भाग गई।"

और जब किसी का आतंक मन में पहले से समाया हुआ हो तो उस भय को सूचित करने के लिए 'डर के मारे' का प्रयोग करते हैं; जैसे, "डर के मारे उसके मुँह से एक शब्द न निकला।"

('मारे डर के' का प्रयोग अधिक ज़ोरदार समझा जाता है।)

डालना

(i) 'डालना' में आधान, आधार या तल की विवक्षा रहती है; जैसे—

(क) "कटोरी में सब्ज़ी डाल दी है।"

(ख) "विदेशियों पर रंग नहीं डालते।"

(ग) "सिर में तेल डाल लो।"

उसने 'झोंपड़ी डाल ली' अर्थात् तल पर स्थापित की।

(ii) इसमें दूसरी विवक्षा 'ऊपर' या 'सामने से' की है; जैसे—

(क) "तरकारी में नमक डालना।"

(ख) "आँखों में सुरमा डालना।"

(iii) तीसरी विवक्षा फेंकने या पेश करने की है; जैसे—

(क) "किसी की आँखों में धूल डालना।"

(ख) "कूड़ा ढेरी पर डाल दो।"

(ग) "उसने चारा गाय के आगे डाल दिया।"

(iv) इसमें 'रखने' की विवक्षा अंग्रेज़ी put के कारण है; जैसे, "बच्चे को पलंग पर/बिस्तर पर डाल दो।"

परंतु 'बच्चे को झूले में डाल दो' ठीक है, क्योंकि झूले में ऊपर से ही डाला जाता है। उसने बच्चे को ज़मीन पर 'डाल दिया' की जगह 'रख दिया' ही ठीक है। हाँ, 'उसने गेहूँ ज़मीन पर डाल दिया' का प्रयोग ठीक है।

(v) संयुक्त क्रिया के रूप में आवेश, आक्रोश, दुष्टता के फलस्वरूप तथा जान-बूझकर कोई अनुचित या हानिकर व्यापार करने की भी इसमें विवक्षा है; जैसे—

(क) "उसने मेरी कलम तोड़ डाली।"

(ख) "उसने गाली दे डाली।"

(ग) "उसने हमें नचा डाला।"

(घ) "उसने हमें रुला डाला।"

(च) "उसने हमें सता-सताकर मार डाला।"

डुबाना, डुबोना

'डूबना' अकर्मक क्रिया है। इससे दो सकर्मक क्रियाएँ बनती हैं—'डुबाना' और 'डुबोना'। प्रयोग में 'डुबोना' को ही अधिक वरीयता प्राप्त है।

ढेर

ढेर सारे—विशेषण पदबंध; अत्यधिक। (पंजाबी प्रयोग)

ढेरों

विशेषण; इसका आशय है—बहुत से; जैसे—

(क) "हमारे समाज के ठेकेदारों को एक दिन इन ढेरों सवालों का जवाब देना होगा।"

(ख) "उन्हें ढेरों काम दिन-भर में करने पड़ते हैं।"

तंग

तंग आना, तंग आ जाना—मुहावरे का रूप 'तंग आ जाना' है, 'तंग आना' नहीं। हम कभी नहीं कहते कि मैं 'मैं तंग आया हूँ'। सदा यही कहते हैं कि 'मैं तंग आ गया हूँ' या 'तंग आ चुका हूँ'। भ्रमवश हिंदी कोशों में इस मुहावरे का रूप 'तंग आना' ही बतलाया गया है।

तंबाकू

कुछ लोग इसका प्रयोग अवश्य स्त्रीलिंग में करते हैं, परंतु कोशों ने इसे पुंलिंग ही माना है। कोल्हू, गेहूँ आदि ऊकरांत संज्ञाएँ पुंलिंग ही हैं।

तत्त्व

असामाजिक तत्त्व—अंग्रेज़ी के unsocial elements के लिए गढ़ा हुआ पदबंध है। यह पदबंध नकारात्मक है, जबकि इसका सकारात्मक रूप 'सामाजिक तत्त्व' प्रचलन में नहीं है।

हिंदी में इसके लिए 'गुंडे-बदमाश', 'रंगबाज़', 'दुर्जन' आदि शब्द चलते हैं।

तत्त्वावधान, तत्त्वावधानता

'तत्त्वावधान' संज्ञा पुंलिंग है तथा इसमें 'ता' प्रत्यय जोड़कर नया संज्ञापद बनाने की आवश्यकता नहीं।

के तत्त्वावधान में—'के संरक्षण में' या 'की देख-रेख में'; जैसे, "यह सभा नगरप्रमुख के तत्त्वावधान में होगी।"

तद्धित

संस्कृत व्याकरण का पारिभाषिक शब्द है। जो प्रत्यय नामपदों में लगते हैं उन्हें तद्धित प्रत्यय कहते हैं। ('प्रत्यय' के अंतर्गत देखें।)

तद्धित प्रत्यय लगने से बननेवाले शब्दों को भी तद्धित कहते हैं।

तपन

'तपन' भी जलन, सड़न, गलन आदि की तरह स्त्रीलिंग शब्द है, पुंलिंग नहीं। परंतु कुछ लेखक इसे पुंलिंगवत् प्रयोग करते हैं; जैसे, "धधकते अंगारों को कभी इसका ज्ञान नहीं रहता कि उसका तपन दूसरों को जलाए या न जलाए, पर उसे तो जलाकर राख ही कर देगा।" —मनु शर्मा

ऐसी संज्ञाएँ तपना, जलना, सड़ना, गलना आदि क्रियाओं से बनी हैं।

तरह

1. **इस तरह**—'इस तरह', 'उस तरह' आदि

पदबंध क्रिया-विशेषण की तरह प्रयुक्त होते हैं।

इनमें 'से' का अध्याहार माना जाता है। आशय है—इस ढंग या रीति से; जैसे, ". . .इस तरह (से) काम चलनेवाला नहीं।"

2. इस तरह का—'इस तरह का', 'उस तरह का', 'जिस तरह का', 'मेरी तरह का', 'उसकी तरह का' आदि पदबंध विशेषण की तरह प्रयुक्त होते हैं; जैसे, "इस तरह की बात मुँह से नहीं निकालते।"

3. उसकी तरह—'उसकी तरह', 'मेरी तरह', आदि पदबंध क्रिया-विशेषण हैं। आशय है—'के जैसे' या 'की भाँति'; जैसे, "वह भी मेरी तरह दुखी है।"

4. तरह-तरह का—विशेषण पदबंध है। आशय है—भिन्न-भिन्न प्रकार का; जैसे—

(क) "वह तरह-तरह का वेष धारण करके इसी रास्ते से निकला करता है।"

(ख) "उनके संबंध में तरह-तरह की बातें सुनने में आ रही हैं।"

5. तरह देना—अनदेखी कर देना, उपेक्ष्य समझकर छोड़ देना; जैसे, "इस ज़रा-सी बात से पति महोदय अत्यंत दुखी हुए। कोई भी उदार-हृदय पति इस बात को भूल जाता या तरह देता।"

तलाश, तलाशी

दोनो स्त्रीलिंग संज्ञाएँ हैं। 'तलाश' व्यक्ति, वस्तु, सिद्धांत, मूल्य आदि की होती है और 'तलाशी' मुख्यतः व्यक्ति या स्थान की। 'तलाश' में खोए हुए व्यक्ति, वस्तु या अज्ञात तथ्य का पता लगाने की विवक्षा है, जबकि 'तलाशी में' चुरा-छिपाकर रखी हुई या अवैध रूप से कहीं ले जाई जानेवाली वस्तु को बरामद करने की विवक्षा है।

तसल्ली

तसल्ली रखें (रखो)—पूर्णतः निश्चिंत रहें; जैसे, "आपके चुनाव अभियान में हम कुछ उठा नहीं रखेंगे, तसल्ली रखें।"

तहत

के तहत—संबंधबोधक; 'के अधीन' या 'के अनुसार'; जैसे, "एकै साधे सब सधै, सब साधे सब जाए' के नियम के तहत जनता दल में सब देवीलाल को साधते हैं।"

—शरद जोशी

ताँता

ताँता बँध जाना—क्रम बराबर चलते रहना; जैसे, "भाषण छह बजे से आरंभ होनेवाला था, पर पाँच ही बजे से अभ्यागतों का ताँता बँध गया।"

ताकृदंत

1. धातु में 'ता' प्रत्यय लगने से ताकृदंत बनता है।

विशेषण तथा क्रिया-विशेषण रूप में प्रायः 'हुआ' भी साथ आता है।

विशेषण :

खेलता हुआ लड़का; नाचता हुआ लट्टू।

क्रिया-विशेषण :

(i) लड़का खेलता हुआ आया;
लड़की नाचती हुई आई।

(ii) लड़का खेलते हुए आया;
लड़की नाचते हुए आई।

क्रिया-विशेषण रूप अब तिर्यक ही पसंद किया जाता है, जबकि दो-तीन दशक पहले तक विशेषणों और क्रिया-विशेषणों के रूप एकसमान चलते थे; जैसे—

वह नाचता हुआ आया। वह नाचते हुए आया।
वह नाचती हुई आई। वह नाचते हुए आई।
वे नाचते हुए आए। वे नाचते हुए आए।

वे नाचती हुई आईं। वे नाचते हुए आईं।

यहाँ मुख्य क्रिया के व्यापार के साथ-साथ क्रिया-विशेषण द्वारा इंगित व्यापार भी घटित हो रहा है।

कुछ अवस्थाओं में क्रिया-विशेषण द्वारा इंगित व्यापार पहले से चल रहा होता है; जैसे—

"उसने दाढ़ी बनाते हुए कहा।"

"वह घर जाते हुए मुझसे मिला।"

कुछ अवस्थाओं में क्रियापद तथा क्रिया-विशेषण द्वारा इंगित व्यापार होते तो साथ-ही-साथ हैं, परंतु ऐसा भी ध्वनित होता है कि मुख्य क्रिया का व्यापार क्रिया-विशेषण द्वारा सूचित व्यापार का परिणाम हो; जैसे—

"पत्नी को गाली देते हुए उसे ज़रा भी लाज नहीं आई।"

"पिता पर हाथ उठाते हुए उसे कभी संकोच नहीं हुआ।"

क्रिया-विशेषण पदबंध के 'हुए' का अध्याहार भी होता है; जैसे, "पत्नी को गाली देते उसे ज़रा भी लाज नहीं आई।"

2. दूसरा प्रकार है : द्विरुक्त तिर्यक ताकृदंत; अर्थात् : आते-आते, जाते-जाते। यहाँ तीन विवक्षाएँ हो सकती हैं :

(i) क्रिया-विशेषण द्वारा सूचित व्यापार आरंभ होने से ठीक पहले क्रियापद द्वारा सूचित व्यापार का आरंभ; जैसे—

उसने चलते-चलते कहा. . .।

मैंने उठते-उठते सुनाया. . .।

अर्थात् 'चलने से/उठने से' ठीक पहले।

(ii) दूसरी विवक्षा है : व्यापार की सहज प्रवृत्ति; जैसे—

"वह हँसते-हँसते अपना काम करती है।"

'वह हँसते हुए अपना काम करती है' में दोनो व्यापारों का साथ-साथ होना भर सूचित होता है, परंतु 'हँसते-हँसते' में स्वभावगत विशेषता भी है।

(iii) तीसरी विवक्षा है निरंतरता की। यहाँ क्रिया द्वारा सूचित व्यापार परिणामगत भी हो सकता है; जैसे—

"वह चलते-चलते थक जाएगा।"

"वह कहते-कहते गिर पड़ा।"

"यह सुनते-सुनते मेरे कान पक गए।"

"मैं समझाते-समझाते थक गया।"

परंतु यहाँ क्रिया-विशेषण के व्यापार का परिणाम क्रिया द्वारा सूचित व्यापार नहीं है :

"मकान बनते-बनते रुक गया।"

"वह रोते-रोते चली गई।"

यहाँ वस्तुतः 'दौरान में' या 'बीच में ही' की विवक्षा प्रतीत होती है। अर्थात् : बनते रहने के दौरान में, रोने के दौरान में।

3. तीसरा प्रकार है : तिर्यक ताकृदंत + ही।

यहाँ क्रिया-विशेषण द्वारा सूचित व्यापार के आरंभ होने के ठीक बाद क्रियापद द्वारा सूचित व्यापार होता है; जैसे—

"मैं उठते ही चल पड़ा।"

"वह इतना कहते ही निकल गया।"

"भूकंप आते ही मकान गिर गया।"

4. चौथा प्रकार है : तिर्यक कृदंत + ही + तिर्यक कृदंत; जैसे—

"देखते-ही-देखते सारा दृश्य बदल गया।"

"नाचते-ही-नाचते सारी उम्र बीत गई।"

"मकान बनते-ही-बनते बनेगा।"

यहाँ मुख्य विवक्षा निरंतरता की ही है।

'देखते-ही-देखते' में तात्कालिकता की भी विवक्षा है।

तानना

जाकर लंबी तानो—जाकर सो जाओ; जैसे, "तुम्हारा मन इस समय काम में लग नहीं रहा; जाओ, जाकर लंबी तानो।"

तार

कोई तार न जमना—कोई युक्ति या उपाय कारगर न होना; जैसे, "पेट में चूहे कूद रहे थे इसलिए मैंने रसोईघर के दरवाज़े पर कई फेरे लगाए, पर कोई तार नहीं जमा।"

तिर्यक रूप

(i) एकवचन तथा बहुवचन संज्ञापदों के रूप में संबंधबोधक (परसर्ग) परे रहने पर विकार होता है। इसी विकारयुक्त रूप को तिर्यक रूप कहते हैं।

एकवचन संज्ञापद	**तिर्यक रूप**
घोड़ा	घोड़े में/पर...
लड़का	लड़के ने/से...
बहुवचन संज्ञापद	
घोड़े	घोड़ों में/पर...
लड़कियाँ	लड़कियों ने/से...
गाँव (बहुत से)	गाँवों में/से...

(ii) परसर्ग के लुप्त होने पर भी तिर्यक रूप देखने में आते हैं; जैसे—

वर्षों के बाद	वर्षों बाद
हफ्तों के बाद	हफ्तों बाद

(iii) विशेषणों तथा क्रिया-विशेषणों के भी तिर्यक रूप होते हैं; जैसे—

विशेषण :

अच्छा लड़का।

अच्छे लड़के को।

क्रिया-विशेषण :

वह खेलता हुआ/खेलते हुए आया।

वे खेलते हुए आए।

क्रिया-विशेषणों के बहुवचन रूप संभवतः उनमें विशेषण-तत्त्व की प्रधानता के द्योतक हैं।

तिस

सर्वनाम 'उस' का स्थानीय तथा पुराना रूप 'तिस' है। अब भी कहीं-कहीं 'तिसको, तिसने, तिससे' आदि पद सुनाई पड़ते हैं।

तिस पर—क्रिया-विशेषण पद है और इसमें विवक्षा है : 'इसके अतिरिक्त' या 'इतना होने के बाद भी'; जैसे—

(क) "वह मुझसे पैसे भी लेता है तिस पर गालियाँ भी देता है।"

(ख) "वह पढ़ी-लिखी तो है ही तिस पर सुंदर भी है।"

(ग) "मैंने उसे सबकुछ दे दिया है तिस पर भी उसे संतोष नहीं हुआ।"

तीर

ऐसा तीर मारा—ऐसी अद्‌भुत तरकीब निकाली कि काम पूरा हो गया; जैसे, "उसने ऐसा तीर मारा कि सारी संपत्ति का मालिक ही बन बैठा।"

'ऐसा' के स्थान पर 'कैसा' का प्रयोग आशय में आश्चर्य की मात्रा बढ़ा देता है; जैसे, "उसने भी कैसा तीर मारा कि एकसाथ दो शिकार कर लिए!"

तुलना[1]

तुलना करते, विशेषतः समानता दरशाते समय तुल्य विषयों का ध्यान रखना चाहिए; जैसे—

(क) "मुर्गी के समान बतख़ के भी अंडे होते हैं।"

(ख) "बच्चे की शक्ल माँ से मिलती है।"

यद्यपि उक्त प्रयोग प्रशस्त हैं, परंतु

ध्यान देने की बात यह है कि (क) बतख़ का अंडा मुर्गी के समान नहीं होता बल्कि मुर्गी के अंडे के समान होता है; और इसी प्रकार (ख) बच्चे की शक्ल माँ की शक्ल से मिलती है।

तुलना[2]

1. **तुला होना**—उतारू या कटिबद्ध होना; जैसे, "वह मुझसे झगड़ा करने के लिए तुला हुआ है।"

'वह मुझसे झगड़ा करने के लिए तुला बैठा है' यह और भी सुंदर प्रयोग है।

2. **तुल जाना**—कोई काम करने की ज़िद या हठ पकड़ लेना; जैसे, "यदि वे तुल गए तो हमें बर्बाद करके ही छोड़ेंगे।"

तूल

तूल देना—किसी विवादास्पद बात को अधिक महत्त्व देना जिससे विवाद और बढ़े; जैसे, "इस विषय को मैं अधिक तूल देना नहीं चाहता।"

तो

'तो' निपात है, यह ज़ोर देता है। आशय है—(i) जहाँ तक...का सवाल है; जैसे—

(क) "उसे तो बुखार है।"

(ख) "वह तो अच्छा है।"

(ग) "घड़ी तो बंद थी।"

(घ) "बाज़ार तो खुला होगा।"

(च) "उसको तो जाना होगा।"

हम कह सकते हैं : 'जहाँ तक उसका सवाल है वह बीमार है।' 'जहाँ तक घड़ी का प्रश्न है वह बंद थी।' 'जहाँ तक उसका प्रश्न है उसको जाना होगा।'

(ii) निश्चित रूप से; जैसे—

(क) "मैं पढ़ता तो हूँ।"

(ख) "वह मुझसे मिलने तो आया था।"

'तो नहीं' इसी निश्चय की निवृत्ति करता है; जैसे—

(क) "मैं पढ़ता तो नहीं हूँ।"

(ख) "वह मुझसे मिलने तो नहीं आया था।"

उक्त वाक्यों का प्रयोग उत्तरस्वरूप होता है।

(iii) वाक्य के अंत में प्रश्नवाचक रूप में प्रयुक्त होने पर : तब क्या कार्रवाई की जाए; जैसे—

(क) "वह सच न बोले तो?"

(ख) "पानी न बरसा तो?"

(iv) परिणाम का सूचक; जैसे, "आखिर ममता का अभाव ही तो निर्ममता है!"

1. **इसी लिए तो**—योजक पदबंध है। आशय है—इसी वजह से; जैसे, "जिस उचित सलाह की अपेक्षा मुझे महामात्य से थी, उसे आपने पूरी की। इसीलिए तो मैंने इस मध्य रात्रि में आपको बुलाया था।" —मनु शर्मा

2. **जब...तो**—योजक पदबंध परिणाम दरशाने के लिए प्रयुक्त होता है; जैसे, "पतवार ही जब नाव पर बोझ बन जाए तो उसका डूबना निश्चित है।" —मनु शर्मा

3. **तो क्या**—योजक पदबंध है। पूर्ववाक्य से संबंध जोड़ता है। आशय है—अर्थ, विचार या मत यह कि; जैसे, "तो क्या, मैं भी जाऊँ!"

4. **तो क्या आश्चर्य!**—(इसमें) आश्चर्य की कोई बात नहीं; जैसे, "जब पुराना शिष्य नेत्रों की उपमा कटहल के कोए से देता है तो नया शिष्य किसी सुंदरी के कपोल की उपमा पाव रोटी से दे तो क्या आश्चर्य!"

—अन्नपूर्णानंद

5. **तो, पर**—यह योजक-समूह है। 'तो' पूर्व उपवाक्य के अंत में आता है और

'पर' उत्तर उपवाक्य के आरंभ में। 'तो' इच्छा, संकल्प का द्योतक है और 'पर' उस इच्छा या संकल्प के कार्यरूप में परिवर्तित न हो सकने का कारण प्रस्तुत कर सकता है; जैसे, (क) "वह आगे पढ़ती तो, पर उसका विवाह हो गया।" (ख) "वह भागा तो, पर पुलिस ने पकड़ लिया।"

'पर' के स्थान पर 'मगर' या 'लेकिन' का भी प्रयोग होता है; जैसे, "गाजीपुर के पुराने किले में अब एक स्कूल है जहाँ गंगा की लहरों की आवाज़ तो आती है लेकिन इतिहास के गुनगुनाने या ठंडी साँसें लेने की आवाज़ नहीं आती।" —राही मासूम रज़ा

'तो' का लोप अखरता है; जैसे, "मैं विवाहित ज़रूर हूँ, मगर कितनी ही विवाहित महिलाओं से मेरे मित्रता के विशुद्ध संबंध हैं।" —बसंत पोतदार

प्रथम उपवाक्य का वास्तविक रूप है : 'मैं विवाहित तो ज़रूर हूँ. . .।'

6. तो. . .फिर भी—'तो' प्रथम उपवाक्य में किसी अच्छाई या दोष पर ज़ोर देता है और 'फिर भी' दूसरे उपवाक्य में उस अच्छाई या दोष की मात्रा को कम कर देता है; जैसे—

(क) "मकान है तो अच्छा, फिर भी हम जैसा चाहते हैं वैसा नहीं।"

(ख) "लड़की गूँगी तो है, फिर भी अपनी बात समझा लेती है।"

7. तो बहुत अच्छा—पूरा रूप है : 'तो बहुत अच्छा हो।' आशय है—बहुत अच्छी बात होगी; जैसे—

"यदि आज आपके ही पास रह जाएँ तो?"

"तो बहुत अच्छा।"

ध्यान रहे, प्रश्नवाचक वाक्य 'तो' से अंत होता है और उत्तर का आरंभ भी 'तो' से।

8. तो है/था, पर—दो वाक्यों को जोड़ने-वाले इस योजक-समूह का प्रयोग तब होता है जब किसी तथ्य से पूर्ण सहमति भी द्योतित करनी होती है और साथ ही अन्य त्रुटि या कमी का उल्लेख भी अभिप्रेत होता है; जैसे—

(क) "वह अच्छा गाती तो है, पर है निरी फूहड़।"

(ख) "उसमें बुद्धि तो है, पर मनुष्यता नहीं।"

जब पहला वाक्य नकारात्मक हो और दूसरा सकारात्मक तब दूसरा रूप होगा—तो नहीं, पर; जैसे, "उसमें विचारशीलता तो नहीं, पर सौम्यता है।"

9. तो भी—योजक पदबंध है। जब किसी कार्य के महत्त्व को नकारना होता है अथवा उसे असंबद्ध या अप्रासंगिक ठहराना होता है तब 'तो भी' का प्रयोग करते हैं; जैसे—

(क) "वह जाएगा तो भी मैं नहीं जाऊँगा।"

(ख) "वह नहीं जाएगा तो भी मैं जाऊँगा।"

(ग) "वह जाएगा तो भी मैं नहीं जाऊँगा।"

(घ) "वह नहीं जाएगा तो भी मैं नहीं जाऊँगा।"

10. तो भी, भले ही—'तो भी' योजक पदबंध है और 'भले ही' क्रिया-विशेषण पदबंध; जैसे—

"वह आए तो भी मैं जाऊँगा।"

"वह भले ही आए, मैं जाऊँगा।"

'तो भी' पदबंध 'वह आए' तथा 'मैं

जाऊँगा' इन दो उपवाक्यों को जोड़ता है, इसलिए योजक है; और 'भले ही' क्रियापद 'आए' के संबंध में विशेष सूचना देता है, इसलिए क्रिया-विशेषण पदबंध है।

11. तो. . .साथ ही/साथ में—यह योजक-समूह दो उपवाक्यों को जोड़ता है; जैसे 'उतरना' क्रिया 'नीचे आना', 'कम होना' आदि अर्थों में तो प्रयुक्त होती ही है, साथ ही (मौसम के) 'आगमन' की भी सूचक है।

कुछ अवसरों पर 'साथ ही' का अध्याहार भी होता है; जैसे, "वह तो आएगा ही, बीवी को भी लाएगा।"

दूसरे उपवाक्य से पहले 'साथ ही' लुप्त है।

12. यदि . . . तो ?—दूसरे की राय जानने के लिए प्रयुक्त प्रश्नवाचक योजक पदबंध; जैसे—

(क) "यदि वह पुलिस के घेरे में आ गया तो ?"

(ख) "यदि वह पुलिस की हिरासत से निकल भागा तो ?"

इस बात का ध्यान रहे कि वाक्य 'यदि' से आरंभ होता है और 'तो' पर खत्म।

तोबा

उर्दू में पुंलिंग होने पर भी हिंदी में प्रायः स्त्रीलिंग रूप में ही प्रयुक्त होता है।

तोबा करनी पड़ी—कोई काम पुनः न करने की प्रतिज्ञा के लिए विवश होना पड़ा; जैसे, "एक बिजली के मीटर का फ्यूज बदलने की कोशिश करने पर मुझे सौ बार तोबा करनी पड़ी थी।" —रवींद्र त्यागी

थोड़ा

विशेषण तथा क्रिया-विशेषण दोनो रूपों में प्रयुक्त होता है; जैसे—

(क) उन्होंने थोड़ा समय हमें भी दिया। (विशेषण)

(ख) थोड़ा बोला करो। (क्रिया-विशेषण)

क्रिया-विशेषण रूप में इसे अविकारी रूप में ही प्रयुक्त करते हैं।

1. थोड़ा, थोड़ा-सा—'थोड़ा' और 'थोड़ा-सा' में अर्थ की दृष्टि से विशेष अंतर नहीं; जैसे—

(क) "तुम्हें अपनी पढ़ाई-लिखाई पर थोड़ा ध्यान देना चाहिए।"

(ख) "तुम्हें अपनी पढ़ाई-लिखाई पर थोड़ा-सा ध्यान देना चाहिए।"

शायद यही कारण है कि 'कम-सा' पदबंध प्रचलित नहीं।

2. थोड़ा-थोड़ा, थोड़ा-थोड़ा करके—दोनों क्रिया-विशेषण पदबंध हैं। आशय है—थोड़ी-थोड़ी मात्रा में; जैसे, "थोड़ा-थोड़ा (करके) खाओ।"

3. थोड़ा ही, थोड़े ही—दोनों क्रिया-विशेषण पदबंध हैं। 'थोड़ा ही', 'कम मात्रा में' के अर्थ में प्रयुक्त होता है; जैसे, "थोड़ा ही खा लो।"

'थोड़े ही' नकारात्मक अर्थ का सूचक है, अर्थात् 'बिल्कुल नहीं'; जैसे, "मैंने खाया थोड़े ही है।" अर्थात् मैंने बिल्कुल नहीं खाया।

कुछ लोग 'थोड़े ही' के प्रसंग में 'थोड़ा ही' का भी प्रयोग करते हैं; जैसे, "जब आ गई है तो निकाल थोड़ा ही दूँगा!"—बच्चन

परंतु इसे क्षेत्रीय प्रयोग ही कहेंगे।

दंड

1. कितना दंड देना होगा—परिहास के रूप में किसी वस्तु का दाम या सेवा का पुरस्कार पूछने के लिए; जैसे, "आपने मेरा टीवी ठीक कर दिया। धन्यवाद! अब बताएँ कि मुझे कितना दंड देना होगा।"

2. दंड भुगतना—दंड भोगना पड़ना; जैसे, "सत्ताधारियों की सत्ता का दंड तो यह देश तुगलक के समय से आज तक भुगत रहा है।" —शरद जोशी

दंपति, दंपती

पति-पत्नी युगल के अर्थ में हिंदी में 'दंपति' ही प्रशस्त है, 'दंपती' नहीं। यद्यपि संस्कृत व्याकरण के अनुसार 'दंपती' समीचीन है। हम जब 'पति' का प्रयोग करते हैं तब उसे 'पती' बनाने की आवश्यकता नहीं। ठीक वैसे ही जैसे 'मंत्रीमंडल' ही मानक माना जाता है, 'मंत्रिमंडल' नहीं। जबकि संस्कृत व्याकरण से 'मंत्रिमंडल' ही शुद्ध है।

दग़ा

यह पुंलिंग है, स्त्रीलिंग नहीं। यह सदा एकवचन में ही प्रयुक्त होता है; जैसे, "मैंने आज तक किसी निष्पाप, मासूम युवती को दग़ा नहीं दी।" —बसंत पोतदार

यहाँ 'दी' की जगह 'दिया' होना चाहिए।

दफ़ा

दफ़ा हो—क्रुद्ध होकर उपस्थित व्यक्ति से यह कहना कि 'भागो यहाँ से, सामने से हट जाओ' या 'आँखों से दूर हो जाओ'; जैसे, "बच्ची जब कभी माँ से दो पैसे भी माँगने के लिए आती तो वह दुत्कार कर कहती : दफ़ा हो।"

'दफ़ा हो' की तरह 'दफ़ा भी हो' और 'दफ़ा भी हो यहाँ से' पदबंध भी लोकप्रिय हैं।

दम

1. आखिरी दम तक—जब तक कुछ भी दम या शक्ति रहेगी, जब तक प्राण न निकल जाएँ तब तक; जैसे, "हमारी सेना आखिरी दम तक शत्रुओं से लड़ेगी।"

2. दम न लेना—घड़ी भर के लिए भी आराम या चैन से न बैठना; जैसे, "जब तक आपसे अपना पैसा ले नहीं लेगा वह दम नहीं लेगा।"

3. दम न लेने देना—आराम या चैन से बैठने न देना, सुस्ताने न देना; जैसे, "मेरा छोटा बेटा भी मुझे दम नहीं लेने देता था।"

4. नाक में दम हो जाना, नाकों दम हो जाना—दोनो मुहावरों का समान रूप से प्रयोग होता है। आशय है—किसी के अनुचित व्यवहार से अत्यंत दुखी या संतप्त होना।

दर

फ़ारसी का उपसर्ग है। 'दरअसल', 'दरहकीकत' आदि पदों में यह 'में' का सूचक होता है। 'दरअसल' अर्थात् असल में और 'दरहकीकत' अर्थात् हकीकत में 'असल' और 'हकीकत' संज्ञापद हैं और 'दरअसल' और 'दरहकीकत' क्रिया-विशेषण पद।

'दरकिनार' (कनारे पर अर्थात् एक तरफ़), 'दरमियान' (बीच में; इस दरमियान= इस बीच में) आदि भी क्रिया-विशेषण पद हैं।

संज्ञा (फ़ा.) रूप में यह दरवाज़े का सूचक है।

दरमियान

यह मूलतः क्रिया-विशेषण है। फ़ारसी 'दर' वस्तुतः पूर्वसर्ग है और 'में' अर्थ में प्रयुक्त होता है। 'दरमियान' का अर्थ है—बीच में। कुछ लोग दरमियान के साथ 'में' का प्रयोग करते हैं जिसे बढ़ावा नहीं देना चाहिए; क्योंकि 'में' का तदर्थी 'दर' तो पहले से ही उसमें लगा है। यह कहना ठीक नहीं कि 'उन दोनों सेनाओं के दरमियान में युद्ध हुआ'। यहाँ

'में' हटा देने से वाक्य चुस्त और सही हो जाता है।

दरवाज़ा

दरवाज़ा बंद हो जाना—घर में प्रवेश की मनाही होना; जैसे, "जिस दिन मैंने धर्म-परिवर्तन किया उसी दिन से यह दरवाज़ा मेरे लिए (सदा के लिए) बंद हो गया।"

दरशाना, दर्शाना

'दर्शन' तत्सम रूप है और 'दरशन' तद्भव। हिंदी प्रत्यय तत्सम रूपों में नहीं तद्भव रूपों में ही लगाने का विधान है। इस दृष्टि से 'दरशाना' ही वरीय है।

लाघव सिद्धांत से 'दर्शाना' वरीय ठहरता है, परंतु देखने में यह भी तो आता है कि हिंदी की क्रिया में संयुक्त व्यंजनों का प्रयोग नहीं होता।

दाँत

दाँतों तले उँगली दबाना/दबाते रह जाना—अत्यंत विस्मित होना, भौंचक्का हो जाना; जैसे, "कभी-कभी ऐसे रहस्यों का उद्घाटन होता है कि सुननेवाले दाँतों तले उँगली दबाते रह जाते हैं।"

-दाता, -दायक

दोनो का प्रयोग उत्तरपद के रूप में समस्तपदों में होता है और दोनों ही का अर्थ है—देनेवाला। '-दाता' का प्रयोग प्राणी के लिए और '-दायक' का प्रयोग वस्तु, बात, काम आदि के लिए होता है; जैसे, आनंददाता प्रभु, आनंददायक वार्त्तालाप।

दाल

दाल में नमक की तरह—बहुत कम; जैसे, "साहित्यसेवियों के समुदाय में साहित्यसेवा की गुरुता, और पवित्रता को समझनेवाले दाल में नमक की तरह भी नहीं हैं।"

—अन्नपूर्णानंद

दिन

परसर्ग परे रहने पर भी बहुवचन में 'दिन' की जगह 'दिनों' का प्रयोग घटता जा रहा है; जैसे—

(क) "कई दिन से उसे बुखार आ रहा है।"

(ख) "कुछ दिन तक मैं वहीं रहा।"

1. आज का दिन खराब रहा/हो गया— आज जो काम किया वह सही ढंग से नहीं हो पाया, जो भी घटना घटी वह दुखद रही अथवा कुछ उपलब्धि नहीं हुई।

2. किस दिन के लिए—जब कोई किसी उपयोगी वस्तु का उपयोग न करता हो और उसे व्यर्थ अपने पास रखे रहता हो तब इस पदबंध का प्रयोग करते हैं। आशय है—किस समय के लिए आपने इसे रख छोड़ा है; जैसे, "मकान से लगा हुआ यह बाग़ किस दिन के लिए है जो आप उसमें घंटा-भर भी कभी नहीं टहलते?"

3. दिन-रात, रात-दिन—दोनों ही सामान्य रूप से चलते हैं। मात्रा-लाघव के विचार से 'दिन-रात' अधिक उपयुक्त है। सावधान लेखक 'दिन-रात' का ही प्रयोग करते हैं, परंतु अंग्रेज़ी के पद night and day के कारण रात-दिन भी चल गया है।

दोनो का ही आशय है—चौबीसो घंटे, हर समय; जैसे, "चंद्रकांता संतति को मैंने दिन-रात पढ़ना आरंभ कर दिया।"

4. दिन-दिहाड़े—क्रिया-विशेषण पदबंध है। वैसे 'दिन' और 'दिहाड़ा' पर्यायवाची शब्द हैं। आशय है—दिन ही दिन में, दिन के प्रकाश में; जैसे, "दिन-दिहाड़े भरे बाज़ार में तीन

आदमियों का कत्ल हो गया।"

5. दिनों का फेर—खराब समय, ऐसा समय जब भाग्य विपरीत चल रहा हो; जैसे, "हमारे दिनों का ही फेर है जो हर काम में घाटा ही घाटा हो रहा है।"

6. दिनों-दिन, रातों-रात—दोनों की विवक्षाएँ ध्यान देने योग्य हैं। 'दिनों-दिन' में दिन-प्रति-दिन अर्थात् अनेक दिनों की ओर संकेत है और 'रातों-रात' में एक ही रात के भीतर का संकेत है; जैसे—

(क) "लड़का दिनों-दिन तरक्की करता चला गया।"

(ख) "रातों-रात वह अपना सामान उठा ले गए।"

'रातों-रात' में एक और विवक्षा भी है : बहुत ही थोड़े समय में, अल्पकाल में; जैसे, "वह रातों-रात इतनी बड़ी संपत्ति का मालिक बन बैठा।"

7. वे दिन अब लद गए—इस उक्ति का प्रयोग यह सूचित करने के लिए होता है कि पहले जैसा अच्छा समय अब नहीं रहा।

दिवाली, दीवाली

दोनो रूप चलते हैं। लाघव सिद्धांत से दिवाली वरीय है।

दिशा

विपरीत दिशा से—यह पदबंध इधर बराबर दिखाई पड़ता है; जैसे, "विपरीत दिशा से एक रिक्शा चला आ रहा था।"

यह अंग्रेज़ी के from opposite direction का अनुवाद है। इसके लिए हिंदी का अपना सुंदर और सुबोध पदबंध है : सामने से; जैसे, "सामने से एक रिक्शा चला आ रहा था।"

यह पदबंध इस बात का सूचक है कि हम अपने सरल और समीचीन पदबंधों को छोड़कर किस प्रकार विदेशी पदबंधों का अनुकरण करते हैं।

दीवार, दीवाल

मानक रूप दीवार (फ़ा.) ही है। दीवाल (दिवाल भी) स्थानीय रूप है।

दुकान, दूकान

'दुकान' और 'दूकान' दोनो रूप चलते हैं। 'हिंदी शब्दसागर' तथा 'मानक हिंदी कोश' में 'दूकान' रूप की प्रधानता स्वीकार की गई है, परंतु उच्चारण तथा लाघव सिद्धांत से भी 'दुकान' ही वरीय है।

दुकान बढ़ाना—'दुकान बंद करना' की जगह प्रायः 'दुकान बढ़ाना' का प्रयोग किया जाता है। अमंगलसूचक पदों के स्थान पर मंगल-भाषित प्रयोग को लोक-व्यवहार में वरीयता मिलती है।

दुनिया

1. दुनिया मर तो नहीं गई!—दुनिया में ऐसा नहीं कि उस जैसा व्यक्ति (जो अब न रहा हो) और न हो, अर्थात् वैसे व्यक्ति और भी हैं; जैसे, "तुम्हारा उससे विवाह न हो सका तो क्या हुआ? जब वह इस संसार में ही न रहा तो तुम पता नहीं क्यों उसके लिए जान दिए जा रही हो। अरे, इतना तो सोचो कि उसके साथ दुनिया मर तो नहीं गई!"

2. सपनों की दुनिया—कल्पनालोक।

दूर

1. दूर के ढोल सुहावने—एक प्रसिद्ध कहावत जिसका आशय है—लोगों को इस बात का भ्रम ही है कि अन्य स्थानों पर अधिक सुख-सुविधाएँ (सरलता से) उपलब्ध हैं; जैसे,

"वह सोचता है कि दिल्ली में गुलछर्रे उड़ाने के मौके बहुतेरे मिलते हैं। दूर के ढोल सुहावने।"

2. दूर जा पड़ना—जब किसी शब्द या वाक्य का आशय अभिप्रेत आशय से भिन्न होता है तब 'दूर जा पड़ना' का प्रयोग करते हैं; जैसे, "जब किसी को कहना हो कि 'उसको पत्र मिला' और इसके बदले कह डाले 'उसका पत्र मिला' तो इससे जो अर्थ निकलता है वह उस आशय से कितना दूर जा पड़ा है!"

—रामचंद्र वर्मा

3. दूर भागना—अलग रहना, परे रहना; जैसे, "वे सभा-सोसाइटियों से घबराते थे और तूतू-मैंमैं से दूर भागते थे।"

4. दूर भविष्य में—यह क्रिया-विशेषण पद भी समाचार-पत्रों में यदाकदा दिखाई पड़ता रहता है। इसे 'निकट भविष्य में' का विपर्याय कह सकते हैं। यह अंग्रेज़ी के in distant future का उल्था है। इसकी जगह हिंदी तदर्थी पदबंध 'फिर कभी' या 'आगे कभी' कहीं अच्छा और सुगम है; जैसे—

(क) "वह दूर भविष्य में यहाँ की यात्रा कर सकता है।"

(ख) "वह फिर कभी यहाँ की यात्रा कर सकता है।"

दूसरा

दूसरे शब्दों में—(i) कही हुई बात को अधिक खोलकर या अधिक सरल और स्पष्ट शब्दों में व्यक्त करने के लिए प्रयुक्त पदबंध।

(ii) आपने जो कहा है उससे विवक्षा यह निकलती है; जैसे, "आप यह कहते हैं कि इस कमरे में मेरे सिवा कोई नहीं आया तो दूसरे शब्दों में आपका अभिप्राय यह है कि आपकी घड़ी मैंने चुराई।"

देखना

1. देखते-देखते—अनेक बार (एक ही बात) देखते रहने के फलस्वरूप; जैसे, "निरंतर पराजय देखते-देखते हम दर्शकों का अनुभव इतना बढ़ गया है कि हम पराजय की कल्पना बिना पराजय देखे कर सकते हैं।"

—शरद जोशी

2. देखते-ही-देखते—देखने-भर के समय में; जैसे, "देखते-ही-देखते गुब्बारा छूट गया।"

3. देखते ही बनना—अत्यंत लुभावना प्रतीत होना जिससे उसे बराबर देखते रहने की इच्छा बनी रहे; जैसे, "उसकी यह छवि बस देखते ही बनती थी।"

4. देख लेंगे—सामना या मुकाबला करेंगे; जैसे, "हमारा बड़े-बड़ों से पाला पड़ चुका है, इस बार उन्हें भी देख लेंगे।"

5. देखा जाएगा—बाद में या समय आने पर निपटा जाएगा; जैसे, "जब वे हमसे भिड़ने आएँगे तब देखा जाएगा।"

देर

1. थोड़ी देर के लिए—थोड़े समय के लिए; जैसे—

(क) "बहू थोड़ी देर के लिए मायकेवालों के यहाँ गई है।"

(ख) "भगवान के लिए थोड़ी देर के लिए चुप हो जाओ।"

2. देर नहीं/न लगना—विलंब न होना, चटपट हो जाना; जैसे—

(क) "वायुयान को दिल्ली पहुँचने में देर नहीं लगेगी।"

(ख) "कार का पहिया बदलने में अधिक देर न लगी।"

3. देर-सबेर—क्रिया-विशेषण पदबंध है। आशय है—कभी विलंब से और कभी समय

से पहले; जैसे, "उठने में देर-सबेर हो ही जाती है।"

देवियो और सज्जनो

सभा-समारोह आदि में उपस्थित स्त्रियों तथा पुरुषों के लिए संबोधन का एक प्रचलित रूप।

देश, राज्य, राष्ट्र, समाज

यद्यपि इन शब्दों के प्रयोग-क्षेत्र अति व्यापक तथा अनिश्चित हैं तो भी जन्मस्थान, भूभाग, वासियों तथा भौतिक संपदा के विचार से 'देश' का प्रयोग होता है; जैसे—

(क) "आप किस देश के रहनेवाले हैं?"

(ख) "विदेशियों ने इस देश पर राज किया था।"

(ग) "हमारे देश में बड़ी-बड़ी नदियाँ हैं।"

शासन तथा प्रशासन-संबंधी क्रिया-कलापों के विचार से 'राज्य' का प्रयोग होता है; जैसे, "व्यक्ति को राज्य के विधि-विधानों का पालन तो करना ही होता है।"

'राष्ट्र' और 'समाज' में वासियों तथा उनके विचारों को प्रमुखता प्राप्त होती है। 'राष्ट्र' में राजनीतिक आकांक्षा की विवक्षा रहती है (उग्र राष्ट्रवादी) और 'समाज' में परंपरागत आचार-विचारों की (समाजसेवी)।

देहरी

यह स्त्रीलिंग संज्ञा है और देहली या दहलीज़ की ही सूचक है। लाक्षणिक अर्थ में यह उस बिंदु या सीमा की सूचक है जहाँ से (घर, कमरे आदि की तरह) किसी का विस्तार प्रारंभ हो; जैसे, "प्रज्ञा जी ने तब संन्यास लिया जब वे कैशोर्य की देहरी पर थीं।"

दो

1. दो-तीन, दो-एक—'दो-तीन' में 'कुछ' या 'थोड़े-से' की विवक्षा है और 'दो-एक' में 'बहुत कम' या 'नाम मात्र के होने' की। 'दो-तीन' में तीन से अधिक भी हो सकते हैं, परंतु 'दो-एक' में दो से अधिक नहीं होते। जैसे—

(क^{1}) "दो-तीन देशों के प्रतिनिधि आ रहे हैं।"

(क^{2}) "उनके साथ नित्य के उठने-बैठने वाले भी जो दो-एक थे वे इस संबंध में कुछ न जान पाए।"

(ख^{1}) "इस काम में दो-तीन दिन लग सकते हैं।"

(ख^{2}) "दो-एक दिन में गाड़ी बनकर तैयार हो जाएगी।"

2. दो आँसू बहाना या दो-चार आँसू बहाना—मुहावरे का रूप 'दो आँसू बहाना' ही है, 'दो-चार आँसू बहाना' नहीं। परंतु भ्रमवश कुछ लोग लिख जाते हैं: "सुधामय बाबू खुद ही अपनी बदकिस्मती पर भी दो-चार आँसू बहा लेते।"

—सुशीला गुप्ता

दोनो जून, दोनो शाम

(बँगला की देखादेखी) दोनो जून के अर्थ में 'दोनो शाम' का प्रयोग बहुत खटकता है; जैसे, "कल दोनो शाम और आज भी उन्हें सिर्फ़ सत्तू दिया है।" —वीरेंद्र मंडल

'दोनो शाम' की जगह 'सुबह-शाम' या 'दोनो वक्त' से भी काम अच्छी तरह चल सकता है।

दोहरे नकारात्मक वाक्य

जहाँ तक हो सके ऐसे वाक्यों से बचना चाहिए, क्योंकि ये भ्रामक भी हो सकते हैं; जैसे, "यह उन क्रियाओं के साथ नहीं आती, जहाँ पूर्वज्ञान संबंधी कोई प्रसंग

उपस्थित नहीं होता।"—डॉ. जगन्नाथन ('प्रयोग और प्रयोग', पृ. 153)

'जहाँ' का प्रयोग भी यहाँ विचारणीय है। खैर, इस वाक्य को सरल रूप में हम इस प्रकार कह सकते हैं :

"यह (क्रिया) उन्हीं क्रियाओं के साथ आती है जो पूर्वज्ञान संबंधी किसी प्रसंग की सूचक होती हैं।"

दौर-दौरा

यह मूलतः फ़ारसी समस्तपद है। इसका आशय है — प्राबल्य, प्रधानता; जैसे, "चारो ओर दुख और भय का दौर-दौरा है।"

यह पदबंध सदा एकवचन में ही प्रयुक्त होता है।

द्वयर्थकता

द्वयर्थक वाक्यों से बचना चाहिए। वस्तुतः यह दोष है, क्योंकि इससे वाक्य का अर्थ स्पष्ट नहीं होता। यहाँ एक वाक्य लीजिए, "वह बहुत कोशिश करने पर भी लिख नहीं पाई।"

यद्यपि प्रसंग से यहाँ आशय अवश्य निकल आएगा, फिर भी सामान्यतया यह स्पष्ट नहीं होता कि वह इसलिए नहीं लिख पाई कि उसे लिखना नहीं आता था या उसका हाथ ही नहीं चलता था, या फिर उसे कुछ सूझ ही नहीं रहा था।

धन्यवाद

कृतज्ञता या आभार व्यक्त करने के लिए प्रयुक्त पद; जैसे—

(क) "आपके इस उपहार के लिए धन्यवाद।"

(ख) "आपने हमारे यहाँ पधारने का कष्ट किया। बहुत धन्यवाद।"

(ग) "स बहुमूल्य सूचना के लिए बहुत-बहुत धन्यवाद।"

(घ) "आपने मेरा वक्तव्य सुनने की कृपा की। इसके लिए अनेकशः धन्यवाद।"

प्रायः इससे पूर्व 'बहुत', 'बहुत-बहुत', 'अनेकशः' आदि शब्दों का प्रयोग होता है।

1. धन्यवाद देना—उपकार या सहायता करनेवाले के प्रति (औपचारिक रूप से) आभार या कृतज्ञता व्यक्त करना; जैसे, "अंत में मंत्री ने सभा में आए सभी प्रकाशक बंधुओं को धन्यवाद दिया।"

आए दिन 'धन्यवाद करने' का प्रयोग कुछ लोग धड़ल्ले से करने लगे हैं, लेकिन ऐसा प्रयोग सर्वमान्य नहीं। धन्यवाद 'दिया' जाता है, 'किया' जाना स्थानीय प्रयोग हो सकता है।

2. धन्यवाद स्वीकार करें—धन्यवाद देने के लिए प्रचलित उक्ति; जैसे, "इस अनुपम उपहार के लिए मेरा धन्यवाद स्वीकार करें।"

धारा

आकारांत स्त्रीलिंग तत्सम रूप है। उर्दूवाले आकारांत होने के नाते इसका प्रयोग पुंलिंग रूप में करते हैं; जैसे, "तू गंगा की मौज मैं जमुना का धारा. . .।"

धोखा

धोखा होना—भ्रम से किसी को और का और समझ लेना; जैसे, "मुझे इस व्यक्ति से अपने स्वर्गीय भाई का धोखा होता है।"

न

1. न कुछ. . .न कुछ, कुछ न कुछ तो—पहला पदबंध नकारात्मक भाव का सूचक है; जैसे, "वह न कुछ बोलती है न कुछ खाती-पीती है।"

अर्थात् वह कुछ भी नहीं बोलती और

कुछ भी नहीं खाती।

परंतु 'कुछ न कुछ तो' से अभिप्राय है—कोई चीज़ तो या कोई बात तो; जैसे—

(क) "उसने कुछ न कुछ तो कहा होगा।"

(ख) "वह कुछ न कुछ तो खाती होगी।"

2. न जाने, जाने—'जाने' का प्रयोग 'न जाने' के लिए भी होने लगा है; जैसे, "मैं जानती थी कि अगर मैं पहाड़ की किसी निर्जन जगह पर चली गई, तो ये आदमी वहाँ जाकर जाने क्या करें।"

'न जाने' से अभिप्राय है—(मैं) नहीं जानता (जानती) कि।

3. न. . . न—योजक पदसमूह। यह दो उपवाक्यों को जोड़ता है; जैसे—

(क) "न इन्हें लोक की लाज है न परलोक का भय।"

(ख) "यह उपन्यास न धार्मिक है न राजनीतिक ही।"

प्रायः 'न...और न' का भी प्रयोग देखने में आता है; जैसे—

(ग) "यह कहानी न कुछ लोगों की है और न कुछ परिवारों की।"

(घ) "न उसने मुझे बुलाया और न मैंने ही उसे।"

अधिक ज़ोर देने के लिए 'न ही...और न ही' पदसमूह का प्रयोग भी होता है; जैसे—

(च) "न ही वह यहाँ आया और न ही मैं वहाँ गया।"

4. न, नहीं—'नहीं' का प्रयोग वाक्य को नकारात्मक बनाने के लिए होता है; जैसे—

(क^1) "वह यहाँ आया था।"

(क^2) "वह यहाँ नहीं आया था।"

(ख^1) "वह दिल्ली गया है।"

(ख^2) "वह दिल्ली नहीं गया है।"

(ग^1) "उसने मेरा काम कर दिया है।"

(ग^2) "उसने मेरा काम नहीं किया।"

'न' का प्रयोग अनिच्छा, विरोध, ऐंठ आदि का सूचक होता है; जैसे—

(च) "वह मुझसे न बोला।"

(छ) "वह वहाँ न गया और न जाएगा ही।"

(ज) "उसने माँ से बात तक न की।"

5. न, मत, नहीं—'न' में अनुरोध की विवक्षा है और 'मत' में आदेश की। 'नहीं' में अनुरोध और आदेश दोनों की विवक्षा रहती है :

(क) "वहाँ न जाएँ।"

(ख) "वहाँ मत जाएँ।"

(ग) "वहाँ नहीं जाएँ।"

6. न मालूम—क्रिया-विशेषण पदबंध है। आशय है—यह जानकारी नहीं है कि; जैसे, "न मालूम वह आज-कल क्या कर रहा है।"

नज़र

नज़रें चार होना—डा.प्रतिभा अग्रवाल ने 'हिंदी मुहावरे' में इस मुहावरे का रूप दिया है : 'नज़र चार होना', परंतु हम देखते हैं कि इसमें बहुवचन 'नज़रें' का ही प्रयोग है; जैसे, "एक विवाह-पार्टी में उन दोनों की पहली बार नजरें चार हुई थीं।"

दो-दो नज़रें ही तो चार होंगी, एक-एक तो केवल दो होंगी।

नमक

कटे पर नमक छिड़कना—कष्ट या पीड़ा को और उग्र कर देना, दर्द बढ़ा देना, संतप्त करना; जैसे, "वह तो वैसे ही दुखी और परेशान है, तुम उसे इस तरह खरी-खोटी सुनाकर क्यों कटे पर नमक छिड़क रहे हो?"

'कटे पर नमक छिड़कना' की जगह कुछ लोग 'जले पर नमक छिड़कना' का भी प्रयोग करते हैं। कटे अंग पर नमक छरछराहट उत्पन्न करता है, परंतु इसके विपरीत जले अंग पर नमक राहत या आराम देता है। अतः अनेक विद्वानों का मत है कि 'जले पर नमक छिड़कना' मुहावरा सही नहीं। वैसे इस मुहावरे का प्रयोग 'रामचरितमानस' में भी हुआ है : "अति कटुवचन कहति कैकेई, मानहु लोन जरे पर देई।"

नर

नर और मादा, पुरुष और स्त्री—पशु-पक्षियों के लिंग या जाति को दरशाने के लिए नर और मादा का ही प्रयोग वरीय है। "पुरुष मक्खी की अपेक्षा स्त्री मक्खी का आकार-प्रकार छोटा होता है," ऐसा कहने से कहीं अच्छा है यह कहना कि "नर मक्खी की अपेक्षा मादा मक्खी का आकार-प्रकार छोटा होता है।" इसी तरह यह लिखना भी ठीक नहीं कि "मक्खियों में पुरुषों का आकार-प्रकार बड़ा होता है और स्त्रियों का छोटा।" इसे सीधी-सी भाषा में कह सकते हैं : "नर मक्खियाँ बड़ी होती हैं और मादा (मक्खियाँ) छोटी।"

नशा

नशा हरन हो जाना—आशय है—नशे का प्रभाव दूर हो जाना, वास्तविकता की अनुभूति होना।

'हरन' संस्कृत 'हरण' का तद्भव रूप है जिसका आशय है—दूर करना या हरना। कुछ लोग 'नशा हिरन हो जाना' लिखते हैं जो ठीक नहीं। उर्दूवालों ने 'हरन' को 'हिरन' बना दिया है। उर्दू लिपि में 'हरन' और 'हिरन' एक समान ही लिखे जाते हैं।

नस

नस-नस में—हर नस में, पूर्ण रूप से; जैसे, "मेरी राय में सुखी जीवन तब कहना चाहिए, जब उसमें अपनी गणना हो, बस में स्त्री हो, बकस में ठनाठन हो, हँसमुख स्वभाव हो और नस-नस में बेफिक्री हो।" —अन्नपूर्णानंद

नहीं

वाक्य को नकारात्मक बनाने के लिए 'नहीं' का प्रयोग क्रियापद से पहले करते हैं। 'नहीं' का प्रयोग होने पर 'है', 'हैं', 'हो' तथा 'हों' वर्तमानकालिक मूल क्रियापदों का लोप प्रायः होता है। आचार्य किशोरीदास वाजपेयी तो 'नहीं' को 'है' का विपर्याय मानते थे तथा 'नहीं' के साथ 'है' के प्रयोग के विरोधी थे।

"वह आम अच्छा नहीं (है)।"
"वे पुस्तकें पठनीय नहीं (हैं)।"
"वहाँ तुम जाते क्यों नहीं (हो)?"
"वहाँ हमें नहीं जाना (है)।"

परंतु अधिकतर लोग दोनों का साथ-साथ प्रयोग करते हैं।

ज़ोर देने के लिए मूल क्रियापदों का प्रयोग 'नहीं' से पूर्व प्रायः देखने में आता है; जैसे—

"वह आम अच्छा है नहीं।"
"वे पुस्तकें पठनीय हैं नहीं।"
"वहाँ उसे जाना था नहीं।"

1. तो नहीं—क्रिया-विशेषण पदबंध। (i) यह किसी विशेषण के बाद प्रयुक्त होने पर उसके गुण (अवगुण) को समाप्त कर देता या उलट देता है; जैसे—

(क) "यह काम बुरा तो नहीं।"
(ख) "यह सौदा खराब तो नहीं।"

आशय है कि उक्त काम या सौदा अच्छा है।

(ii) क्रियापद के बाद आने पर यह अप्रत्याशित भाव का सूचक है; जैसे—

(क) "वह गया तो नहीं।"

"उसने बताया तो नहीं।"

आशय है कि उसे जाना चाहिए था, पर गया नहीं और उसे बताना चाहिए था, पर बताया नहीं।

2. **नहीं के बराबर**—बहुत ही कम, बहुत ही थोड़ा; जैसे, "जिस कहानी में कथावस्तु नहीं के बराबर होती है, वही श्रेष्ठ मानी जाती है।"

3. **नहीं तो**—यह योजक पदबंध है और 'अन्यथा' के अर्थ में प्रयुक्त होता है, जैसे; "वह जाए तो ठीक नहीं तो मैं जाऊँगा।"

4. **नहीं नहीं**—कदापि नहीं, बिल्कुल नहीं।

नाक

स्त्रीलिंग संज्ञा है, परंतु अनेक क्षेत्रों में इसे पुंलिंग भी माना जाता है। 'बड़ी नाकवाला' ही प्रशस्त है, परंतु लिखनेवाले 'बड़े नाकवाला' भी लिखते हैं। नाक वैसे संस्कृत 'नासिका' (स्त्री.) का ही तद्‌भव रूप है।

1. **नाक का बाल**—अत्यंत प्रिय व्यक्ति, वह जिसे सबसे अधिक चाहा जाए; जैसे, "आज वही महाराज की नाक का बाल है।"

2. **नाक में दम होना**—'दम' के अंतर्गत देखें।

3. **नाकों चने चबवाना**—इस मुहावरे का आशय है—घोर यातना देना। कुछ देर तक चने चबाते रहने से मुँह थक भी जाता है और दर्द भी होने लगता है। इसके अतिरिक्त चने चबाने के लिए मजबूत दाँत भी चाहिए। कमज़ोर (दाँतोंवाले) व्यक्ति के लिए चने चबाना बड़ा कष्टसाध्य कार्य होता है।

जो काम मजबूत दाँतों से करना भी आसान न हो वह बिना दाँतोंवाली नासिका से करना तो कदापि संभव नहीं। किसी आदमी को असंभव-से काम में जोत देने का उद्देश्य सिवाय उसे यातना देने या परेशान करने के और हो ही क्या सकता है?

नाक-भौंह

स्त्रीलिंग समस्तपद है तथा इसका प्रयोग सदा एकवचन में ही होता है; जैसे, "लोगों को झकझोरने के लिए रजनीश ने पुस्तक का शीर्षक रखा 'संभोग से समाधि तक'। बात बन गई। बावेला मच गया।. . .राजनेताओं, संतों और जैन मुनियों ने नाक-भौंह सिकोड़ी, विरोध प्रकट किया।" —माया

नाकृदंत + को

नाकृदंत क्रियार्थक संज्ञा के आगे 'को' का प्रयोग तब होता है जब,

(i) उद्देश्य की तत्परता सूचित करनी होती है; जैसे, "वह मुझे मारने को ही था।" अर्थात् वह मारने के लिए तत्पर था।

(ii) प्रयोजन की सिद्धि जतलानी होती है; जैसे, "वह मुझे लेने को आया है।" अर्थात् वह लेने के लिए आया है।

नाम

1. **नाम का भूखा**—डा. प्रतिभा अग्रवाल के 'हिंदी मुहावरे' में उक्त मुहावरे का रूप दिया गया है 'नाम के भूखे'। उससे यह भ्रम होता है कि पदबंध 'नाम के भूखे' है न कि 'नाम का भूखा'। परंतु कोशों में एकवचन रूप ही देने की परंपरा है, बहुवचन रूप तो व्याकरण के सामान्य नियमानुसार आप-से-आप बन जाते हैं। इसलिए 'नाम का भूखा' वरीय है।

2. **नाम न लेना**—पूर्ण रूप से अनिच्छा का होना; जैसे—

(क) "वह यहाँ से हिलने का नाम नहीं ले रहा था।"

(ख) "बुढ़िया मरने का नाम ही नहीं ले रही थी।"

3. नाम भी नहीं सुना था—इससे पहले कभी यह नाम हमारे सुनने में नहीं आया था। 'कभी नाम नहीं सुना था' भी खूब चलता है; जैसे, "इससे पहले हम लोगों ने इस कवि का कभी नाम नहीं सुना था।"

नामक

विशेषणपद है और 'नाम' को नामी से (व्यक्ति, वस्तु आदि से) जोड़कर संज्ञा पदबंध बनाता है; जैसे—

(क) "अच्छी हिंदी नामक पुस्तक आचार्य रामचंद्र वर्मा की लिखी हुई है।"

(ख) "दीनदयाल नामक व्यक्ति उस मुहल्ले में रहता है।"

(ग) "अतिसार नामक रोग आज-कल खूब फैला है।"

आशय है—नाम का या नामवाला।

नाश

नाश हो!—नारे आदि में इसका प्रयोग 'अस्तित्व न रह जाए' या 'सत्ता मिट जाए' के लिए होता है; जैसे—

(क) "साम्राज्यवाद का नाश हो!"

(ख) "पूँजीवाद का नाश हो!"

नासिक्य, अनुनासिक

अब नासिक्य शब्द का प्रयोग व्यंजनों के लिए होता है और अनुनासिक का स्वरों के लिए। नासिक्य व्यंजन हो या अनुनासिक स्वर, दोनों के उच्चारण में कुछ श्वास नासिका से निकलता है। परंतु अंतर यह है कि नासिक्य व्यंजन के उच्चारण में श्वास आपसे आप नाक से निकलता है, जबकि किसी स्वर को अनुनासिक बनाने के लिए प्रयत्नपूर्वक नासिका में से कुछ श्वास निकाला जाता है। स्वर मूल रूप से अनुनासिक नहीं होता। अनुनासिक स्वर वस्तुतः स्वर का ही एक प्रकार होता है। अंग्रेज़ी, संस्कृत, जापानी आदि अनेक भाषाओं में अनुनासिक स्वर-प्रकार नहीं होता। हिंदी में 'ऋ' स्वर को छोड़कर सभी स्वर अनुनासिक हो सकते हैं। अँगड़ाई, आँच, सिंचाई, सींचना, उँगली, पूँछ, पुस्तकें, ऐंठना, होंठ, औंधा आदि इसके उदाहरण हैं।

एक प्राप्ति स्पष्ट रूप से लक्षित होती है कि तत्सम शब्द के संयुक्त या युग्मित व्यंजनों की दुरूहता दूर करने के लिए पूर्ववर्ती ह्रस्व स्वर अनुनासिक तथा दीर्घ रूप प्राप्त कर लेता है; जैसे—

अंक > आँक
अक्षि > आँख
अंत्र > आँत
अश्रु > आँसू
इष्टका > ईंट
उच्च > ऊँचा
उष्ट्र > ऊँट
दंत > दाँत
पंच > पाँच
सर्प > साँप
मांस > माँस

दूसरी प्रवृत्ति यह भी दिखाई पड़ती है कि तद्‌भव अनुनासिक दीर्घ स्वर अल्पार्थक रूप में प्रयुक्त होने पर ह्रस्व तथा अननुनासिक हो जाते हैं; जैसे—

साँप—सपेरा
पाँच—पचमेल
पूँछ—पुछल्ला

नाहक

इस नकारात्मक निपात का प्रयोग किसी क्रिया पर पश्चात्ताप या असहमति सूचित करने के

लिए होता है; जैसे—

(क) "मैं वहाँ नाहक गया।"

(ख) "तुम उनके बीच नाहक बोले।"

आशय है कि (क) मुझे वहाँ नहीं जाना चाहिए था, और (ख) तुम्हें उनके बीच नहीं बोलना चाहिए था।

निकट

निकट भविष्य में—इधर इस क्रिया-विशेषण पांध क़ा प्रयोग खूब हो रहा है। यह वस्तुतः अंग्रेज़ी के in the near future का शाब्दिक अनुवाद है। इसकी अपेक्षा 'जल्दी ही' कहीं सुगम है। अपने समझे और पहचाने हुए पदबंधों की जगह विदेशी माल कम-से-कम भारी-भरकम और भारस्वरूप तो नहीं होना चाहिए। "मैं उनसे निकट भविष्य में मिलूँगा" की जगह यदि हम कहें कि "मैं उनसे जल्दी ही मिलूँगा" तो शायद बहुत अच्छा हो।

कुछ दिन हुए एक मित्र को 'दूर भविष्य में' कहते हुए भी सुना। वैसे in the distant future के लिए हिंदी का अपना पदबंध भी है : फिर कभी।

निकालना

निकाल देना—(i) कहीं से हटा देना, कहीं न रहने देना; जैसे, "बाप ने बेटे को घर से निकाल दिया।"

(ii) बेच देना; जैसे, "इस कार को औने-पौने में निकाल देने में ही भला है।"

नित्यसंबंधी

वाक्य के अंतर्गत एक उपवाक्य में किसी विशिष्ट शब्द का प्रयोग करने पर जिस अन्य शब्द का प्रयोग अन्य उपवाक्य में आवश्यक रूप से करना पड़े उसे 'नित्यसंबंधी' कहते हैं। उदाहरण के लिए 'ज्यों ही' का 'त्यों ही', 'जब तक' का 'तब तक', 'जैसे' का 'वैसे' आदि नित्यसंबंधी हैं।

नित्यसंबंधी सर्वनामों का प्रयोग करते समय मूल संज्ञा के वचन का ध्यान रखना चाहिए; जैसे, "बचपन के पास वह कान कहाँ जो बुढ़ापे का आदेश सुनें।" —बच्चन

'जो' सर्वनाम यहाँ 'वह कान' (एकवचन) के लिए आया है, इसलिए 'सुनें' की जगह 'सुने' होना चाहिए और यदि 'सुनें' ही रखना चाहें तो 'वह कान' की जगह 'वे कान' रखना चाहिए।

निपात

ऐसे सहायक शब्दों को निपात कहते हैं जिनके प्रयोग से वाक्य में नई विवक्षा लाई जाती है। ऐसे सहायक शब्दों की संख्या बहुत कम है। कुछ प्रमुख निपात हैं :

केवल
क्या
जो
तक
तो
न
नहीं
भर
भी
मत
मात्र
सिर्फ़
हाँ
ही

निरुत्तर

निरुत्तर कर देना—ऐसी बात कहना या प्रश्न करना जिसका उत्तर न दे सकने के कारण चुप हो जाना पड़े; जैसे, "मेरे इस तर्क ने वकील साहब को निरुत्तर कर दिया।"

निश्चय

निश्चय ही—क्रिया-विशेषण पदबंध है। आशय है—अवश्य, निश्चित रूप से; जैसे—

(क) "आज शाम को वह निश्चय ही आएगा।"

(ख) "निश्चय ही हमारे साथ विश्वासघात हुआ है।"

निश्चिंत

निश्चिंत रहो/रहिए—(इस बात की) चिंता बिल्कुल छोड़ दो/दीजिए; जैसे, "निश्चिंत रहो/रहिए, मैं तुम्हारा/आपका यह काम आज ही कर दूँगा।"

निहायत

निहायत ही—प्रविशेषण है; जैसे, "वह कोई पचास साल की निहायत ही बदसूरत औरत थी।"

यहाँ 'निहायत ही' से आशय स्पष्ट है—अत्यंत।

निहाल

निहाल हो उठना/हो जाना—अत्यंत प्रसन्न हो जाना, गद्‌गद हो जाना; जैसे, "मेरे इस उत्तर से वह परीक्षक निहाल हो उठा।"

नौबत

नौबत आ पहुँचना—वैयक्तिक संबंधों में अति घनिष्ठता या घोर दुर्भावना की स्थिति उत्पन्न होना; जैसे, "तड़बंदी यहाँ तक बढ़ी कि तड़ातड़ की नौबत आ पहुँची।" —अन्नपूर्णानंद

पगलाना

विशेषण 'पागल' से 'पगलाना' क्रिया बनती है। इसके साथ 'उठना' और 'जाना' संयुक्त क्रियाएँ प्रयुक्त होती हैं।

'पागल हो जाना' की तरह 'पगला उठना' और 'पगला जाना' में भी उन्मत्त होने तथा पागलों-सा आचरण करने की विवक्षा है।

पचमेल, पँचमेल

दोनो रूप चलते हैं 'सपेरा' और 'सँपेरा' की तरह। लाघव सिद्धांत से 'पचमेल' को वरीय कह सकते हैं।

पटरी

पटरी बैठ जाना—समान प्रकृति या रुचि होने के फलस्वरूप एक साथ रहने या काम करनेवाले दो व्यक्तियों में सहज ढंग से निर्वाह होते चलना; जैसे, "कवियों को छोड़ उसकी हर तरह के लोगों से पटरी बैठ जाती है।"

'पटरी न बैठना' का प्रयोग तब होता है जब साथ रहनेवाले दो व्यक्तियों में बराबर खटपट होती रहती हो; जैसे, "सदाचारी की ढोंगी से पटरी नहीं बैठती।"

पड़ना

1. पड़ जाना—रोगी हो जाना।

2. अपनी पड़ना—अपने स्वार्थ के लिए चिंतित होना; जैसे, "मैं तो चाहता हूँ कि हम किसी तरह यहाँ से अपनी जान बचाकर भाग निकलें और तुम्हें अपने कुत्ते की पड़ी है!"

3. अपनी-अपनी पड़ना—सभी का अपने-अपने हितसाधन में लगे होना; जैसे, "यहाँ कोई तुम्हारा दुख समझनेवाला नहीं, सबको अपनी-अपनी पड़ी है।"

4. ... की पड़ना—के लिए व्यग्र होना; जैसे—

(क) "उसे अपनी जान छुड़ाने की पड़ी है।"

(ख) "लोगों की जान जा रही है और उसे अपने सामान की पड़ी है।"

5. काम पड़ना—ज़रूरत होना; जैसे, "काम पड़ने पर ही इधर आना होता है।"

6. जान पड़ना—मालूम होना, विदित होना, प्रतीत होना; जैसे, "जान पड़ता है कि उसे कोई काम मिल गया है।"

7. दिखाई पड़ना—दिखना; जैसे, "कुछ दिनों से उसे कुछ कम दिखाई पड़ता है।"

8. सुनाई पड़ना—कान में आवाज़ पहुँचना, सुनना; जैसे, "मतलब की बात उसे खूब सुनाई पड़ती है।"

9. पत्ता पड़ना—ताश के खेल में बढ़िया-बढ़िया पत्ते आना तो जीत के लक्षण होते हैं; जैसे, "आज उसे खूब पत्ता पड़ा।" 'पत्ते पड़ना' भी चलता है।"

10. नाम पड़ना—भिन्न नाम से प्रसिद्ध होना।

11. भारी पड़ना—अपेक्षाकृत सशक्त होना; जैसे, "वह हम सबसे भारी पड़ता है।"

पता

1. पता, ठिकाना—'पता' में रहने या कार्य करने के स्थान के अतिरिक्त गली, मुहल्ले और शहर का विवरण भी रहता है। 'पता' व्यक्ति का भी हो सकता है, संस्था या फैक्टरी आदि का भी। 'ठिकाना' व्यक्ति का ही होता है, संस्था आदि का नहीं; जैसे, "मासी माँ के होटल का ठिकाना मेरे एक दोस्त ने दिया था।"

वीरेंद्र मंडल के इस वाक्य में 'ठिकाना' का प्रयोग खटकता है। 'ठिकाना' से रहने के स्थान के अतिरिक्त अड्डा जमाने के स्थान की सूचना भी मिलती है; जैसे, "उनका एक ठिकाना हो तो तुम्हें बताऊँ भी।"

'पता-ठिकाना' का प्रयोग 'पता' के लिए ही होता है। जब कोई व्यक्ति कुछ दिनों से दिखाई न पड़ रहा हो या कहीं चला गया हो तो उसके संबंध में जानकारी प्राप्त करने के लिए 'अता-पता' का प्रयोग करते हैं। इससे व्यक्ति के संबंध में तात्कालिक जानकारी वांछनीय होती है।

2. पता नहीं क्यों—क्रिया-विशेषण पदबंध है। आशय है—न जाने क्यों, न जाने किस कारण से; जैसे—

(क) "पता नहीं क्यों आज डाकिया इधर नहीं आया।"

(ख) "जो अपने को ताकतवर समझते हैं वे पता नहीं क्यों प्रजातंत्र से डरते हैं।"

—शरद जोशी

3. पता लग जाना—ज्ञात हो जाना, मालूम पड़ जाना; जैसे, "उनके सारे प्रोग्राम उनके सारे दोस्तों को फौरन ही पता लग जाते हैं।"

—रवींद्र त्यागी

4. पते की बात—ऐसी बात जिससे कोई गुत्थी सुलझे या काम बनने की आशा बँधे; जैसे, "इस घटना के संबंध में हमें पते की बात पड़ोस के एक लड़के ने बताई।"

पत्थर

पत्थर हो जाना, पत्थर हो आना—मुहावरा 'पत्थर हो जाना' ही है, 'पत्थर हो आना' नहीं।

"टेलिग्राम पाकर सुजाता एकबारगी पत्थर हो आई थी।" —सुशीला गुप्ता

यहाँ होना चाहिए था—सुजाता एकबारगी पत्थर हो गई थी। 'पत्थर हो जाना' से आशय है—संज्ञाहीन हो जाना।

पत्नी

कुछ लोग 'पत्नी' को 'पत्नि' लिखते-बोलते हैं। दीर्घ ईकार से युक्त रूप ही शुद्ध है। 'पत्नि' संभवतः 'पति' की ह्रस्व 'इ' के अनुकरण पर लिखा जाता है।

पनडुब्बी, पनडुब्बा

पनडुब्बी (स्त्री.) एक प्रकार का समुद्र में जल के अंदर-ही-अंदर चलनेवाला यान है और

पनडुब्बा (पुं.) उस व्यक्ति के लिए प्रयुक्त होता है जो समुद्र के पानी में गहरे पैठता हो।

'पनडुब्बा' को 'पनडुब्बी' का अल्पार्थक रूप समझने की भूल नहीं होनी चाहिए, और न ही 'पनडुब्बी' को 'पनडुब्बा' का स्त्रीवाची रूप समझना चाहिए।

पर, के बारे में

जब सामान्य बातें बतलाना उद्दिष्ट होता है तब 'के बारे में' का प्रयोग करते हैं और जब विशेष जानकारी देनी होती है तब 'पर' का प्रयोग करते हैं; जैसे—

(क) "उन्होंने क्रिकेट के बारे में एक पुस्तक लिखी है।"

(ख) "उन्होंने क्रिकेट पर एक पुस्तक लिखी है।"

क्रिकेट 'के बारे में' लिखी हुई पुस्तक में वैयक्तिक संस्मरणों, विवरणों आदि का उल्लेख होगा और क्रिकेट 'पर' लिखी पुस्तक में उस खेल संबंधी नियमों, विधियों का वर्णन होगा।

परखचा

इसकी अक्षर-योजना इस प्रकार है : प-रख-चा। कुछ लोग पर-ख-चा बोलते हैं। यह मानक उच्चारण नहीं।

परखना

प्रायः पंजाबीभाषी लेखक-वक्ता इसका उच्चारण पर-ख-ना करते हैं, परंतु मानक उच्चारण है—प-रख-ना। 'परखना' क्रिया 'परख' स्त्रीलिंग संज्ञा में 'ना' प्रत्यय लगने से बनी है।

परगना

मानक उच्चारण है 'पर-ग-ना'। 'प-रग-ना' अशुद्ध उच्चारण है।

परछाईं

कहीं परछाईं न होना—चिह्न या निशान तक न मिलना; जैसे, "जिसकी खोज में जहाँ तक मुझे चलकर जाना पड़ा था उसकी वहाँ कहीं परछाईं भी न थी।"

परवाह

किसे परवाह है ?—(इसकी) कोई परवाह नहीं करता या (इससे) कोई मतलब नहीं रखता; जैसे, "अब इस बुड्ढे की घर में किसे परवाह है ?"

परसर्ग, विभक्ति, संबंधबोधक

परसर्ग को विभक्ति या संबंधबोधक भी कहते हैं, परंतु इन तीनों में कुछ-कुछ अंतर हैं।

परसर्ग

ऐसे उपपदों या सहायक शब्दों को परसर्ग कहते हैं जो वाक्य के विभिन्न शब्दों को जोड़ते हों तथा जिनका अपना कुछ अर्थ न हो।

ऐसे शब्द हमारी भाषा में थोड़े-से हैं : ने, को, से, में, पर, का, की, के। अधिकतर परसर्ग (क) संज्ञाओं तथा सर्वनामों को क्रियाओं से जोड़ते हैं, परंतु कुछ (ख) संज्ञाओं को विशेषणों से, (ग) संज्ञाओं को संज्ञाओं से तथा (घ) विशेषणों को विशेषणों से जोड़ते हैं; जैसे—

(क) "लड़के ने छुरी से उसको काटा।"

अब देखें :

लड़के ने. . क़ाटा।

छुरी से. . क़ाटा।

उसको. . क़ाटा।

'ने', 'से' और 'को' ने क्रमशः लड़के, छुरी और उस (वह) को क्रिया 'काटा' से जोड़ा है।

(ख) "मोहन अपने लड़के से दुखी है।"

'से' यहाँ 'लड़के' को 'दुखी' विशेषण से जोड़ता है, 'से' लड़के को क्रिया 'है' से नहीं जोड़ता।

(ग) "लड़की का भाई आया है।"

इस वाक्य में 'का' लड़की संज्ञा को भाई संज्ञा से जोड़ता है। ध्यान रहे कि 'का' परसर्ग संज्ञा को क्रिया से नहीं जोड़ता।

(घ) "सुंदर से सुंदर चित्र उसे अच्छा नहीं लगता।"

'से' यहाँ विशेषण सुंदर को विशेषण सुंदर से जोड़ता है।

विभक्ति

विभक्ति का स्वरूप परसर्ग से कुछ भिन्न होता है। यह प्रत्यय के रूप में होती है। इसे सर्वनाम या संज्ञा से अलग नहीं किया जा सकता। 'मुझको, उसको, तुमको, उनको, इनको, जिसको, जिनको' आदि के लिए जब हम 'मुझे, उसे, तुम्हें, इसे, उन्हें, इन्हें, जिसे, जिन्हें' आदि प्रयुक्त करते हैं तो इनमें 'को' परसर्ग की जगह 'ए' या 'एँ' विभक्ति लगी रहती है।

जब हम 'कोसों दूर', 'घड़ों पानी', 'कानों कान खबर' आदि पदों का प्रयोग करते हैं तो कोसों, घड़ों तथा कानों में भी 'ओं' विभक्ति लगी होती है।

परसर्गों की कुछ विशेषताएँ

जब परसर्ग किसी संज्ञा या सर्वनाम को क्रिया से जोड़ता है तो वह संज्ञा या सर्वनाम शब्द क्रिया के संपादन में कुछ या अधिक भागीदार बन जाता है। इसीलिए परसर्ग से युक्त ऐसी संज्ञा या सर्वनाम को कारक (अर्थात् करनेवाला) कहते हैं और परसर्ग को कारकीय परसर्ग भी कहते हैं।

(i) 'ने' कर्ता या उद्देश्य के साथ आता है; जैसे—

"लड़के ने पुस्तक पढ़ी।"

"घोड़े ने घास खाई।"

"उसने मकान खरीदा।"

'ने' परसर्ग से युक्त संज्ञा या सर्वनाम सदा कर्ता कारक होता है। ध्यान रहे कि बिना 'ने' परसर्ग के भी संज्ञा या सर्वनाम कर्ता कारक में होता है; जैसे, "लड़का पुस्तक पढ़ता है।"

(ii) 'को' कर्म के साथ आता है, अतः इससे युक्त संज्ञा या सर्वनाम कर्म कारक कहलाता है; जैसे, "राम नौकर को समझाता है।"

सामान्यतः 'को' प्राणीवाचक संज्ञा के साथ ही आता है, पदार्थवाचक संज्ञा के साथ प्रायः नहीं; जैसे—

"राम पुस्तक पढ़ता है।"

"लड़के ने ठोकर लगाई।"

इन वाक्यों में 'पुस्तक' और 'ठोकर' कर्म हैं।

(iii) 'से' करण कारक का सूचक परसर्ग है। करण का अर्थ है—साधन। क्रिया के संपादन में जो संज्ञा सबसे अधिक सहायक हो उसे करण कारक कहते हैं; जैसे, "लड़के ने पैर से ठोकर लगाई।"

'लगाने' की क्रिया तो कर्ता (उद्देश्य) ही करता है, परंतु उसकी क्रिया में सहायक हुआ है उसका पैर। इसलिए 'पैर से' करण कारक है।

"लड़की ने कलम से पत्र लिखा।"

'लिखने' की क्रिया तो लड़की ने ही की, परंतु उसके लिखने में सहायक हुई है कलम। 'कलम से' करण कारक है।

(iv) चौथा संप्रदान कारक है। संप्रदान का अर्थ है—देना। जिसको दिया जाए अथवा जिसके निमित्त क्रिया की जाए उसे

परसर्ग, विभक्ति, संबंधबोधक

संप्रदान कारक कहते हैं। देने के अर्थ में 'को' और निमित्त के अर्थ में 'के लिए' आता है; जैसे—

"लड़के ने लड़की को फूल दिया।"

"लड़के ने लड़की के लिए फल खरीदा।"

(v) पाँचवाँ अपादान कारक है। अपादान कारक का परसर्ग 'से' है। जब कोई चीज़ किसी से अलग होती है तो अपादान कारक होता है; जैसे—

"पत्ता पेड़ से गिरता है।"

"नदी पहाड़ से निकलती है।"

(vi) छठा अधिकरण कारक है। अधिकरण आधार का सूचक है। इसके परसर्ग हैं 'में' और 'पर'; जैसे—

"चाय कप में रखी थी।"

"पुस्तक मेज पर पड़ी है।"

'पर' के स्थान पर बोलचाल में 'पे' परसर्ग भी चलता है।

(vii) जनक या स्वामी के प्रसंग में 'के' आता है, इसे संबंध कारक कहते हैं; जैसे—

"राम के लड़का है।"

"मोहन के हाथी है।"

"अशोक के दुकान है।"

ध्यान रहे कि 'का' परसर्ग तथा इसके स्त्रीलिंग तथा बहुवचन रूप कारक की रचना नहीं करते, क्योंकि इनका संबंध क्रिया से नहीं बल्कि किसी संज्ञा से होता है; जैसे—

"घर का दरवाज़ा खुला था।"

"दवात की स्याही सूख गई।"

"शहर के लोग सो रहे थे।"

अब ज़रा इन्हें देखिए :

घर का. . .ख़ुला था।

दवात की. . . सूख गई।

शहर के . . . सो रहे थे।

पहले वाक्य में 'का' घर का संबंध क्रिया 'खुला था' से नहीं जोड़ता। दूसरे वाक्य में 'की' दवात का संबंध क्रिया 'सूख गई' से नहीं जोड़ती। तीसरे वाक्य में 'के' शहर का संबंध क्रिया 'सो रहे थे' से नहीं जोड़ता।

वस्तुतः हुआ यह है कि पहले वाक्य में 'का' घर का संबंध 'दरवाज़ा' संज्ञा से जोड़ता है।

दूसरे वाक्य में 'की' दवात का संबंध 'स्याही' संज्ञा से जोड़ती है।

तीसरे वाक्य में 'के' शहर का संबंध 'लोग' संज्ञा से जोड़ता है।

अतः 'का', 'की' और 'के' यहाँ कारकीय परसर्ग नहीं हैं; मात्र परसर्ग हैं।

ध्यान रखें कि 'का' किसी संज्ञा का संबंध एकवचन पुंलिंग संज्ञा से जोड़ता है और 'के' किसी संज्ञा का संबंध पुंलिंग बहुवचन संज्ञा से जोड़ता है।

'का', 'की' और 'के' जिस पद से युक्त होते हैं वह विशेषण रूप हो जाता है; जैसे—

घर का दरवाज़ा (बड़ा दरवाज़ा)

घर के दरवाज़े (बड़े दरवाज़े)

घर की खिड़की (बड़ी खिड़की)

घर की खिड़कियाँ (बड़ी खिड़कियाँ)

परसर्गों का लोप

कभी-कभी परसर्गों का लोप हो जाता है।

(i) स्थानवाची संज्ञा शब्दों के बाद 'को' का उस समय लोप होता है जब गतिवाचक 'जा', 'आ', 'पहुँच', 'लौट' या 'चल' धातु से बना मुख्य क्रियापद होता है; जैसे—

"वह दिल्ली जाएगा।"

"हम आज बगीचे गए।"

परसर्ग, विभक्ति, संबंधबोधक

"मैं अमेरिका जा रहा हूँ।"
"वह विदेश चला जाएगा।"
"हम कुछ दिनों के लिए अंबाला पहुँचे।"
"वह मद्रास लौट आया।"

(ii) समयवाची 'सुबह' के साथ प्रायः 'को' का प्रयोग उस समय नहीं होता जब गतिवाचक धातुओं के मुख्य क्रियापद होते हैं; जैसे—

मैं सुबह आया हूँ।
वह कल सुबह गया।
हम परसों सुबह जाएँगे।
शायद वे कल सुबह पहुँचे।

परंतु अन्य समयवाची शब्दों के साथ 'को' आता है :

मैं शाम को आया।
वह रात को पहुँचा।
तुम दुपहर को चले जाना।
रविवार को मत आना।

(दुपहर, रात, दिन के साथ 'को' के स्थान पर 'में' भी आता है।)

(iii) जब समयवाची संज्ञाओं का प्रयोग विशेष्य रूप में हो तो 'में' का लोप होता है; जैसे—

उस दिन मैं उनसे मिला।
इस वर्ष हम लोग यहीं ठहरे।
पिछले महीने वह यहाँ आया था।
अगले हफ्ते वे कश्मीर जाएँगे।
गत सप्ताह वर्षा नहीं हुई।

संबंधबोधक

कुछ ऐसे शब्द हैं जिनमें परसर्गों सी विशेषता दिखाई पड़ती है, परंतु ये शब्द किसी विशिष्ट परसर्ग से जुड़कर आते हैं; जैसे—

के अतिरिक्त : यह धन उसके अतिरिक्त है।
के आगे : नहर स्टेशन के आगे है।
के करीब : वे मंदिर के करीब रहते हैं।
के कारण : वह आपके कारण सुखी है।
के द्वारा : पत्र राम के द्वारा आया।
के पास : विद्यार्थी के पास पुस्तक है।
के पीछे : घर स्कूल के पीछे बना है।
के बिना : वह पत्नी के बिना आया।
के विरुद्ध : वह किसी के विरुद्ध नहीं है।
के समीप : आप उसके समीप जाएँ।
के सामने : मैं आपके सामने खड़ा हूँ।
के सिवा : उसके सिवा मैं वहाँ था।
के हाथ : मैंने नौकर के हाथ संदेशा भेजा।
की ओर : मैं विद्यार्थियों की ओर हूँ।
की जगह : रमेश राम की जगह आया है।
की तरह : वह शेर की तरह दौड़ता है।
की भाँति : वह गुलाब की भाँति है।
की मार्फत : पत्र विद्यालय की मार्फत आया है।
को छोड़कर : मैं उसको छोड़कर कहीं नहीं जा सकता।
से दूर : स्टेशन घर से दूर है।
से पहले : वह मुझसे पहले आया।
से भिन्न : विद्वान मूर्ख से भिन्न होता है।
से होकर : गाड़ी लखनऊ से होकर जाएगी।

सामान्य परसर्गों से ये दो दृष्टियों से भिन्न हैं। सामान्य परसर्गों का अपना कोई अर्थ नहीं होता, परंतु इनका अपना अर्थ होता है। दूसरे, ये जिस संज्ञा के साथ आते हैं वह कारक नहीं बनता, अर्थात् क्रिया के संपादन में सहयोगी नहीं होता, फिर भी उसे क्रिया से जोड़ते हैं अवश्य। ठीक वैसे ही जैसे

क्रिया-विशेषण जोड़ते हैं। ये क्रिया से संबंध जोड़ते हैं परंतु संज्ञा को कारक नहीं बनाते, अतः इन्हें संबंधबोधक कहते हैं। कुछ संबंध-बोधक 'का' वर्ग के अंतर्गत आते हैं; जैसे—के जैसा, के अनुरूप आदि।

वह अपनी माँ के जैसा सुंदर है।

यह कार्य उनके अनुरूप नहीं था।

परसर्गयुक्त पदों का क्रम

परसर्गयुक्त पदों के प्रयोग में स्वच्छंदता बरती जाती है या स्वच्छंदता बरतने की काफ़ी गुंजाइश रहती है; जैसे—

"उसने राम को समझाया।"

"राम को उसने समझाया।"

"कसाई ने छुरी से बकरे को काटा।"

"छुरी से कसाई ने बकरे को काटा।"

"बकरे को कसाई ने छुरी से काटा।"

"छुरी से बकरे को कसाई ने काटा।"

यदि परसर्ग लुप्त हो तो भी स्वच्छंदता रहती है; जैसे—

"वे हर महीने ( ) बस से बगीचे ( ) जाते हैं।"

"वे बस से हर महीने बगीचे जाते हैं।"

"वे बगीचे हर महीने बस से जाते हैं।

"वे बस से बगीचे हर महीने जाते हैं।"

संबंधबोधकों से युक्त पदों में भी स्वतंत्रता बरती जाती है; जैसे—

"रेडियो के द्वारा समाचार भेजे जाते हैं।"

"समाचार रेडियो के द्वारा भेजे जाते हैं।"

"वे सुबह से पार्क के बाहर अपने मित्रों के साथ खड़े थे।"

"वे पार्क के बाहर सुबह से अपने मित्रों के साथ खड़े थे।"

"वे अपने मित्रों के साथ सुबह से पार्क के बाहर खड़े थे।"

संस्कृत भाषा में पदों को आगे-पीछे रखने की छूट है, परंतु हिंदी में यह बात परसर्गयुक्त शब्दों तक ही सीमित है।

परसर्ग का प्रयोग करते समय इस बात का भी ध्यान रखना आवश्यक है कि उसे किसी संज्ञा से दूर न ले जाएँ; जैसे, "ऐसा व्यक्ति, जिसकी न तो कोई निजी संपत्ति है, न कोई घराना है, ने लाखों लोगों को दीवाना बना रखा है।" (माया, जून 1992)

उक्त वाक्य को हम सहज ढंग से इस प्रकार लिख सकते हैं—"जिस व्यक्ति की न तो कोई निजी संपत्ति है, न कोई घराना है, उसने लाखों लोगों को अपना दीवाना बना रखा है।"

पहले उद्धृत वाक्य के "ऐसा व्यक्ति... ने लाखों लोगों को दीवाना बना रखा है," पर भी ध्यान दीजिए।

('ऐसे' सही होता है)

पर्दा, परदा

'पर्दा' फ़ारसी से आई पुंलिंग संज्ञा है। लाघव सिद्धांत से पर्दा ही वरीय है। 'परदा' तद्भव रूप है। और वह भी चलेगा।

1. **अक्ल पर पर्दा पड़ जाना**—अक्ल मारी जाना।

2. **पर्दा डालना या डाल देना**—किसी दोष, अवगुण, त्रुटि आदि को ढक या छिपा देना।

3. **पर्दा फाश हो जाना**—रहस्य प्रकट हो जाना, भंडा फूट जाना।

पलक

पलक मारते/झपकते—यह क्रिया-विशेषण पदबंध है और आशय है—जितना समय पलक मारने में लगे अर्थात् तत्क्षण; जैसे, "रात का पहला पहर सुख के दिनों-सा पलक मारते निकल गया।" —मनु शर्मा

पलड़ा

पलड़ा भारी लगना—पक्ष प्रबल प्रतीत होना; जैसे, "लगता है कि इस चुनाव में निर्दलीय उम्मीदवारों का पलड़ा भारी है।"

पल्ला

1. पल्ला भारी होना—पलड़ा भारी होना।

2. पल्ले पड़ना—किसी से संबद्ध होना या जुड़ना; जैसे, "वह मुझ जैसे गरीब के पल्ले पड़ गई थी।"

पसंद, नापसंद

'पसंद' स्त्रीलिंग संज्ञा है; जैसे, "मेरी पसंद की उन्होंने दाद दी।"

'नापसंद' विशेषण है; जैसे, "मुझे ऐसी हरकत नापसंद है।"

संयुक्त क्रियापदों में 'पसंद' तथा 'नापसंद' का प्रयोग विशेषण रूप में ही होता है; जैसे—

(क) "उसने मुझे पसंद कर लिया।"

(ख) "उसने मुझे नापसंद कर दिया।"

(ग) "साड़ी नापसंद होने पर वापस कर दें और पसंद होने पर रख लें।"

पसंद का—प्रिय, रुचिकर; जैसे, "वह काम मेरी पसंद का था।"

पसीना

पसीना छूटना, पसीने छूटना—उर्दू के लेखक 'पसीने छूटना' का ही प्रायः व्यवहार करते हैं और उर्दू से प्रभावित कुछ हिंदी लेखक भी इसे वरीयता देते हैं; जैसे, "इस मुँह-जली भाँग की तो हमारे दिमाग पर ऐसी दहशत है कि ख्याल से ही पसीने छूटते हैं।" —यशपाल

परंतु अधिकतर लेखक 'पसीना छूटना' का ही प्रयोग करते हैं; जैसे, "माइक के सामने आते ही उसका पसीना छूटने लगा।"

—शरद जोशी

पहला

1. पहला, दूसरा, तीसरा—जनवरी, फरवरी, मई और जुलाई इन चार महीनों का प्रयोग स्त्रीलिंग रूप में होता है और शेष आठ महीनों (मार्च, अप्रैल, जून, अगस्त, सितंबर, अक्टूबर, नवंबर और दिसंबर) का पुंलिंग रूप में। परंतु इन सबके साथ स्त्रीलिंग रूप में क्रमवाचक विशेषण पहली, दूसरी, तीसरी आदि ही आता है ("वह पहली नवंबर को गया है और दूसरी दिसंबर को आएगा")। कारण ? उक्त वाक्यों का वास्तविक रूप है : वह नवंबर की पहली तारीख को गया है और दिसंबर की दूसरी तारीख को आएगा। वस्तुतः नवंबर की पहली तारीख का संक्षिप्त रूप है पहली नवंबर।

2. पहले आप—आशय है कि (कृपया) आप पहले अंदर चलें, कोई वस्तु लें या कुछ कहें और मैं आपके बाद या पीछे चलूँगा, कोई वस्तु लूँगा या कुछ कहूँगा। मुख्य विवक्षा दूसरे के प्रति आदरभाव दरशाने की है।

पहले

क्रिया-विशेषण है। इसमें समय और क्रम के विचार से (औरों की अपेक्षा) कार्य संपादित करने की विवक्षा है; जैसे—

(क) "पहले मैं भी पढ़ता था।" (समय)

(ख) "पहले तुम पत्र लिखना।" (क्रम)

के पहले, से पहले—'के पहले' और 'से पहले' संबंधबोधक हैं। 'के पहले' में समय की विवक्षा है। 'के' का अध्याहार समयसूचक संज्ञापदों के साथ देखा जाता है; जैसे—

दो दिन पहले।

तीन वर्ष पहले।

ठीक उसी प्रकार जैसे 'दो दिन के बाद' की जगह 'दो दिन बाद' प्रयुक्त होता है।

हफ्ता और महीना 'के' के कारण

एकारांत हो जाते हैं, 'के' का लोप होने पर भी एकारांत रूप रहना चाहिए। परंतु प्रयोग दोनों ही तरह के चलते हैं; जैसे—

एक हफ्ता पहले, एक महीना पहले

एक हफ्ते पहले, एक महीने पहले

'से पहले' का प्रयोग तुलनात्मक प्रसंगों में होता है; जैसे—

(क) "उनके आने से पहले मैं वहाँ पहुँच गया था।"

(ख) "खेलने से पहले वह नहा लेता है।"

पहाड़

पहाड़ होना—(कोई काम) अत्यंत कठिन या विकट प्रतीत होना; जैसे, "कहाँ एक सवाल भी पहाड़ हो रहा था और कहाँ चुटकी बजाते मैंने चार हल कर लिए।" —अन्नपूर्णानंद

पहुँचना

पहुँचा हुआ—विशेषण पदबंध; आशय है—जिसे आत्मसाक्षात्कार हुआ हो, ब्रह्मज्ञानी; जैसे, "लोग उन्हें पहुँचे हुए महात्मा समझते थे।"

पाठशाला

स्त्रीलिंग तत्सम शब्द है जिसे उर्दूप्रेमी लेखक 'माला', 'धारा' की तरह आकारांत होने के नाते भूल से पुंलिंग रूप में प्रयुक्त करते हैं; जैसे, "इस शहर को इसका ख्याल भी नहीं आता कि गंगा के पाठशाले में बैठकर अपने पुरखों की कहानियाँ सुनें।"

—राही मासूम रज़ा

हिंदी की प्रकृति के अनुसार यहाँ होना चाहिए था : 'गंगा की पाठशाला में'।

पात्र

पात्र, अधिकारी, भागी, भाजन—जिसमें पात्रता हो उसे 'पात्र' कहते हैं; जैसे, 'दया का पात्र', 'श्रद्धा का पात्र'। 'अधिकारी' वह है जिसने विशिष्ट योग्यता प्राप्त या अर्जित की हो; जैसे, 'अधिकारी विद्वान'।

'भाजन' और 'भागी' में पात्रता भी हो सकती है और अपात्रता भी; जैसे, 'स्नेहभाजन', 'कोपभाजन' अथवा 'यश का भागी', 'दंड का भागी'।

पान

पान-पत्ता बंद हो जाना—बिरादरी से बहिष्कृत हो जाना; जैसे, "अश्लील कविताओं के कारण अब उनका साहित्यिक जमावड़ों में भी पान-पत्ता बंद हो गया है।"

पाना, मिलना

'पाना' सकर्मक क्रिया है और 'मिलना' अकर्मक। 'मैंने पत्र पाया' तो ठीक है, परंतु 'मैंने पत्र मिला' ठीक नहीं। कुछ लोग (बल्कि विद्वान भी) भूल से 'मिलना' को सकर्मक क्रिया समझते हैं।

जो कुछ मिलता है वह सहज में प्राप्त होता है या दूसरे की कृपा से प्राप्त होता है; जैसे—

(क) "मुझे आज एक पत्र मिला।" (अर्थात् किसी ने भेजा)

(ख) "उसे दहेज में रेडियो मिला।" (अर्थात् ससुरालवालों ने दिया)

'पाना' में उद्योग या संयोग से मिलने की विवक्षा है; जैसे—

(क) "वह तीन हज़ार से अधिक नहीं पाता।"

(ख) "यदि उसने सुख पाया तो दुख भी पाया।"

पाया जाना—यह क्रिया पदबंध अंग्रेज़ी की कृपा से आया है और खूब चल रहा है। 'मिलना' इससे कहीं अधिक भला लगता है;

जैसे—

(क) "इस जंगल के जल में विषाणु पाए गए हैं।"

(ख) "इस जंगल के जल में विषाणु मिले हैं।"

(च) "गंगा के जल में विषाणु पाए गए हैं।"

(छ) "गंगा के जल में विषाणु मिले हैं।"

इसका प्रयोग पता चलना, ज्ञात होना या प्रतीत होना के स्थान पर भी देखा जाता है; जैसे—

(ट) "मेवाड़ और मालवा के शिला-लेखों से यही नहीं पाया जाता कि मालवे के परमार राजाओं में से किसी ने मेवाड़ पर चढ़ाई की. . .।"

(ठ) "मेवाड़ और मालवा के शिला-लेखों से यही नहीं पता चलता कि मालवे के परमार राजाओं में से किसी ने मेवाड़ पर चढ़ाई की. . .।"

पानी

1. आशाओं पर पानी फेर देना—पूर्णतः निराश या हताश कर देना; जैसे, "सरकार के इस नए बजट ने व्यापारियों की आशाओं पर पानी फेर दिया।"

'आशाओं' की जगह 'उम्मीदों' का भी प्रायः प्रयोग होता है।

2. किए-धरे पर पानी फेर देना—किसी बने हुए काम को पूरी तरह से चौपट कर देना; जैसे, "ज़रा-सी गलती ने सब किए-धरे पर पानी फेर दिया।"

3. पानी की तरह—अत्यधिक मात्रा में तथा विशेष महत्त्वपूर्ण न समझते हुए धन का अपव्यय करने के प्रसंग में इस पदबंध का प्रयोग होता है; जैसे, "चुनाव में टिकट प्राप्त करने के लिए उन्होंने पैसा पानी की तरह बहाया।"

पाप

1. अपने पापों का फल पाना—दूषित कर्मों का कुपरिणाम भोगना; जैसे, "दुख या दंड भोगते समय आदमी यह सोचता है कि मैं वस्तुतः अपने पापों का ही फल पा रहा हूँ।"

2. पाप कमाना—ऐसा काम करना जिससे पाप लगता हो।

पार

1. के पार—संबंधबोधक, (i) उस या दूसरे किनारे पर; जैसे—

(क) "नदी के पार हमारा घर है।"

(ख) "वह सड़क के पार रहता है।"

(ii) से अधिक; जैसे, "उनका प्रण था कि पुत्री का विवाह किसी इंजीनियर से करेंगे। परंतु बरसों से उन्हें कोई इंजीनियर नहीं मिला और इसी प्रतीक्षा में लड़की की अवस्था तीस के पार हो गई।"

2. पार पाना—बातों में मात देना, तर्क में परास्त करना; जैसे, "वह औरों को तो हरा सकता है, पर आपसे पार पाना उसके लिए कठिन है।"

पाला

(किसी से) पाला पड़ना—उग्र या विकट स्वभाववाले व्यक्ति के साथ संबद्ध होना; जैसे, "इस जैसे राक्षस से उस निरीह कोमलांगी का पाला पड़ा था।"

पिंड

1. पिंड न छोड़ना—निरंतर परेशान करते रहना; जैसे, "मैंने समझ लिया कि बिना कुछ गीत सुने ये मित्र मेरा पिंड नहीं छोड़ेंगे।"

2. मेरा पिंड छोड़ो—मुझे तंग मत करो; जैसे—

(क) "बहुत हो चुका, अब मेरा पिंड छोड़ो और दफ़ा हो जाओ।"

(ख) "अब तुम्हें पैसा मिल गया है, मेरा पिंड छोड़ो।"

पीछे

1. (किसी काम के) पीछे पड़ जाना—किसी काम को तब तक करते रहना जब तक उसे पूरा न कर लिया जाए, किसी काम में पूरा समय लगा देना; जैसे, "तुम तो सुबह-सुबह अखबार के ही पीछे पड़ जाते हो।"

2. (किसी व्यक्ति के) पीछे पड़ जाना—किसी को सदा तंग करने का प्रयत्न करते रहना; जैसे, "वह जिसके पीछे पड़ जाता है उसका जीना हराम कर देता है।"

3. (के) पीछे हो लेना—पीछे चलने लगना, अनुसरण करने लगना; जैसे, "फिर सारा गाँव इस दढ़ियल नेता के पीछे हो लिया।"

पीठ

1. पीठ देना—पीठ के बल लेटना, सुस्ताना, आराम करना; जैसे, "सात दिन तक कंकड़-पत्थर पर सोने के बाद आज पलंग पर पीठ दूँगा।"

2. पीठ पर होना—स्वतः उपस्थित होकर सहायक होना, हिम्मत बढ़ाना; जैसे, "जब आप मेरी पीठ पर हैं तो मेरी शक्ति सौ गुना बढ़ जाएगी।"

पीड़ा

(i) शारीरिक और मानसिक दोनों प्रकार की पीड़ा होती है; जैसे—

(क) "उसके पेट में हलकी पीड़ा रहती है।" (शारीरिक)

(ख) "जनपद की पीड़ा शहरी अखबार वाले नहीं समझ सकते।" (मानसिक)

(ii) 'पीड़ा देना' में कष्ट पहुँचाने की विवक्षा है; जैसे, "माता-पिता को हम पीड़ा नहीं देते।"

(iii) 'पीड़ा होना' की तरह कुछ लोग 'पीड़ा करना' का भी प्रयोग करते हैं, परंतु यह सम्मत प्रयोग नहीं; जैसे—

(क^1) "मेरे दाँत में पीड़ा हो रही है।" (शुद्ध)

(क^2) "मेरा दाँत पीड़ा कर रहा है।" (अशुद्ध)

पुंलिंग

लिंग के अंतर्गत पुंलिंग तथा स्त्रीलिंग संज्ञाओं पर विचार किया गया है।

सामान्यतया जब धातुएँ संज्ञा के रूप में प्रयुक्त होती हैं तब स्त्रीलिंग ही होती हैं; जैसे, 'बाँट' (बाँटना), 'मार (मारना)', 'साल' (सालना) आदि। एकाक्षरी धातु का स्वर दीर्घ करने से भी स्त्रीलिंग संज्ञा ही बनती है; जैसे, 'चाल' (चलना), 'बाढ़' (बढ़ना) आदि। परंतु द्वयाक्षरी धातुओं के दूसरे अक्षर में 'अ' को दीर्घ करने से बननेवाली संज्ञाएँ पुंलिंग होती हैं; जैसे—

'उबार' > उबर, 'उछाल' < उछल,
'निखार' > निखर, 'सँभाल' < सँभल,
'बिगाड़' > बिगड़।

पुत्र

पुत्र, वल्द—"अचानक उनकी दृष्टि विश्रवा पुत्र वैश्रवण पर पड़ी।" इस उद्धरण में वाक्यार्थ पूर्णतः स्पष्ट है। पिता विश्रवा हैं और पुत्र वैश्रवण। अर्थात् पिता पहले और पुत्र बाद में।

'वल्द' अरबी भाषा का शब्द है और पुत्र का पर्याय है। 'जवाहरलाल नेहरू वल्द मोतीलाल नेहरू' जब कहते हैं तो पुत्र पहले रहता है और पिता बाद में। इस रूप में वल्द के स्थान पर पुत्र का प्रयोग भी लिखा-पढ़ी

तथा विधिक प्रसंगों में धड़ल्ले से हो रहा है तथा मान्यता भी प्राप्त कर चुका है; अर्थात् पुत्र पहले और पिता बाद में।

पुनरुक्त, पुनरोक्त

'पुनरुक्त' तत्सम विशेषण है। यह पुनः + उक्त से बना समस्तपद है। वरीय है।

'पुनरोक्त' उपरोक्त की तरह असिद्ध है, परंतु प्रचलित है।

पुनर्कथन

प्रायः देखने में आता है कि किसी के कथन को दुहराते समय हम अंग्रेज़ी की देखादेखी सर्वनामों में परिवर्तन कर देते हैं। परंतु ऐसा न करें तो कहीं अच्छा हो। एक उदाहरण लीजिए : "मेरे मित्र कह रहे हैं : मैं दिल्ली गया था। मैंने वहाँ से चीज़ें खरीदीं और अपने दोस्तों से भी मिला। उन्होंने मुझे बहुत-सी चीज़ें भेंट में भी दीं।"

सामान्य अंग्रेज़ीप्रेमी व्यक्ति कहेगा : "मेरा मित्र कहता है कि वह दिल्ली गया था। उसने वहाँ कई चीज़ें खरीदीं और अपने दोस्तों से भी मिला। उन्होंने उसे बहुत-सी चीज़ें भेंट में भी दीं।" मगर होना चाहिए :

"मेरा मित्र कहता है कि मैं दिल्ली गया था। मैंने वहाँ कई चीज़ें खरीदीं और अपने दोस्तों से भी मिला। उन्होंने मुझे बहुत-सी चीज़ें भेंट में भी दीं।"

यही हिंदी की प्रकृति है। कहीं भ्रम की गुंजाइश नहीं।

पुराना

क्या पुराने !—पूर्वी उत्तर प्रदेश में अंतरंग या घनिष्ठ मित्र के लिए प्रयुक्त संबोधन।

पुल

पुल बाँधना/बाँध देना—झड़ी लगा देना, बराबर करते चलना; जैसे, "उनकी मज़ेदार बातें सुनकर लोग वाह-वाह के पुल बाँध देते थे।"

पूरक

नामपद (उद्देश्य) तथा क्रियापद (विधेय) से वाक्य अर्थ की दृष्टि से पूर्ण हो जाता है और विशेषण, क्रिया-विशेषण, नामपद (कर्म तथा अन्य कारक) उसका विस्तार बढ़ाने में सहायक होते हैं। परंतु ऐसे वाक्य भी दिखाई देते हैं जो नामपद (उद्देश्य) और क्रियापद (विधेय) के होने पर भी अर्थ की दृष्टि से अपूर्ण ही रहते हैं और उन्हें पूर्ण बनाने के लिए किसी अन्य पद या पदों की अपेक्षा रहती है :

उद्देश्य	**विधेय**
लड़का	आया।
लड़की	चली गई।
पानी	बरस रहा था।
धूप	निकली थी।

उक्त वाक्यों में किसी अन्य पद की अपेक्षा नहीं, भले ही अन्य पदों द्वारा इनका विस्तार बढ़ा लें; जैसे—

"मेरे भाई का लड़का कल दिल्ली से आया।"

"उसकी बड़ी लड़की अपने ससुराल में चली गई।"

"कल पानी ज़ोर से बरस रहा था।"

"आज सुबह धूप कुछ-कुछ निकली थी।"

हमने यह भी देखा है कि यदि क्रियापद सकर्मक है तो कर्म भी विधेय का अंग हेता है; जैसे—

उद्देश्य	**विधेय**	
	कर्म	**क्रियापद**
राम	रोटी	खा रहा था।
लड़के ने	पुस्तकें	खरीदीं।

अब इन वाक्यों का भी आप विस्तार कर सकते हैं :

"दुपहर को राम तंदूर की रोटी और चने की दाल खा रहा था।"

"उस लड़के ने दुकानदार से पुस्तकें और कलमें कल खरीदीं।"

परंतु अब इन वाक्यों को देखिए :

वह	मेरा मित्र	*है।*
पराड़करजी	संपादक	*थे।*
श्री नरसिंहराव	प्रधानमंत्री	*थे।*
वह	घर	*था।*
वह	घर मेरा	*था।*
नाटक	बढ़िया	*रहा।*
परिस्थिति	अनुकूल	*हो सकती है।*

उक्त वाक्यों में उद्देश्य और विधेय तिरछे अक्षरों में है, परंतु इनसे वाक्य पूर्ण नहीं होते। इन्हें पूर्ण बनाने के लिए अन्य पदों की अपेक्षा है।

सहायक क्रियाएँ 'है', 'था' और 'होगा' मुख्य क्रियाओं के रूप में भी प्रयुक्त होती हैं। धातु से बने क्रियापदों और इन क्रियाओं में अंतर है। धातु से बने क्रियापद या तो अकर्मक होते हैं या सकर्मक। परंतु ये क्रियाएँ न अकर्मक होती हैं न सकर्मक। ये मात्र अस्तित्वबोधक होती हैं।

हमने देखा है कि नामपद (उद्देश्य) और अकर्मक धातु से बने क्रियापद से वाक्य बनता है (जैसे, राम आया), परंतु उद्देश्य और मूल क्रियापद 'है', 'था' और 'होगा' से वाक्य अधूरा रहता है; जैसे—

राम	है।
सीता	थी।
वह	होगा।

वाक्य को पूर्ण करने के लिए नामपद, विशेषणपद या क्रिया-विशेषण की आवश्यकता होती है; जैसे—

(क)	**उद्देश्य**	**विशेषणपद**	**क्रियापद**
	राम	सुखी	है।
	सीता	दुखी	थी।
	वह	परेशान	होगा।
(ख)	**उद्देश्य**	**संज्ञापद**	**क्रियापद**
	राम	संपादक	है।
	सीता	इंजीनियर	थी।
	वह	मंत्री	होगा।
(ग)	**उद्देश्य**	**क्रिया-विशेषण पद**	**क्रियापद**
	राम	यहाँ	है।
	सीता	वहाँ	थी।
	वह	उधर	है।

इन पदों को पूरक कहते हैं। पूरक संज्ञा या सर्वनाम समानाधिकरण के रूप में आता है, परंतु यहाँ समानाधिकरण विधेय का अंग होता है।

निम्नांकित वाक्यों पर ध्यान केंद्रित करें। इनमें दो-दो नामपद हैं।

(घ)	राम को	दुख	है।
	सीता को	चिंता	थी।
	उसको	आराम	होगा।
(ङ)	उसके	पास	धन है।
	मेरे पास	पुस्तक	थी।
	लड़के के पास	साइकिल	होगी।
	आँगन में	पेड़	है।
	कमरे में	दरवाज़ा	था।
(च)	मोहन में	शक्ति	है।
	मुझमें	दम	था।
	लड़की में	शर्म	होगी।
(छ)	राम के/को	लड़का	है।
	सीता के/को	लड़की	थी।
	उसके/को	भाई	होगा।

पूरक

रसोईघर में माताजी होंगी।
किले में सेना थी।
जहाज में कप्तान होगा।

उक्त वाक्यों का ढाँचा एक-सा है। यदि एक नामपद भाववाचक संज्ञा है तो दूसरे नाम पद में 'को' परसर्ग आता है, यदि वही पद पदार्थवाचक संज्ञा हुआ तो दूसरे में 'के' परसर्ग आता है; यदि वही पद गुणवाचक संज्ञा हुआ तो दूसरे नामपद में 'में' परसर्ग आता है और यदि वही नामपद प्राणीवाचक हुआ तो दूसरे में 'के' या 'को' परसर्ग आता है।

यहाँ प्रश्न उठता है कि उपर्युक्त जिन वाक्यों में दो-दो नामपद आए हैं उनमें से उद्देश्य कौन है? विद्वानों में मत-वैभिन्न्य भी है। परंतु ऐसा प्रतीत होता है कि परसर्गयुक्त उक्त सभी नामपद अधिकरण कारक के सूचक हैं, क्योंकि ये सभी किसी न किसी रूप में आधार ही हैं। अतः परसर्गरहित नामपद ही यहाँ उद्देश्य है।

एक और दृष्टि से विचार कीजिए। 'राम को दुख है' में राम के बारे में कहना चाहते हैं या दुख के बारे में? उत्तर देना यद्यपि सरल नहीं। अंग्रेज़ी पढ़े-लिखे विद्वान झट राम को ही उद्देश्य कहेंगे, परंतु देखना यह है कि यह अस्तित्वबोधक क्रिया किसका अस्तित्व दरशाती है। राम का या दुख का? निश्चय ही यह दुख का अस्तित्व दरशाती है, अतः दुख ही उद्देश्य है और राम को पूरक मानना चाहिए।

इस तथ्य की पुष्टि निम्नांकित अकर्मक धातुओं से बने क्रियापद से भी होती है; जैसे—

मुझको पत्र मिला।
उसको गुस्सा आया।
सीता को बुखार चढ़ता है।
उनको मेरी बात अखर गई।
उसको चोट लगी।
बुद्ध को ज्ञान हुआ।
रमेश को जवाब नहीं मिला।
उसको उत्तर गया।
मुझको पता चल गया था।

यहाँ प्रयुक्त क्रियापद अकर्मक धातुओं से बने हैं। इसलिए कर्म का प्रश्न नहीं उठता। हमारी कसौटी है : धातु+ना+वाला। मिलनेवाला कौन? यहाँ मिलनेवाला पत्र है, आनेवाला गुस्सा है, चढ़नेवाला बुखार है, अखरनेवाली बात है, लगनेवाली चोट है, होनेवाला ज्ञान है, मिलनेवाला जवाब है, जानेवाला उत्तर है। 'को' परसर्गयुक्त पद यहाँ पूरक है।

"उसको जाना है।"
"उसको लौटना होगा।"

ऐसा प्रतीत होता है कि यहाँ उक्त वाक्यों में 'जाना' और 'लौटना' संज्ञाएँ हैं, फलतः उद्देश्य हैं और 'है' तथा 'होगा' क्रियापद हैं। परंतु उक्त 'जाना' और 'लौटना' के स्थान पर जब 'पढ़ना' और 'खरीदना' लेते हैं तो वाक्यों के रूप देखिए :

"मुझको रेडियो खरीदना है।"
"मुझको साड़ी खरीदनी है।"
"उसको समाचार-पत्र पढ़ना था।"
"उसको पुस्तक पढ़नी थी।"

यहाँ विकार इस बात का सूचक है कि 'खरीदना है', 'खरीदनी है', 'पढ़ना था' तथा 'पढ़नी थी' ही क्रियापद हैं; क्योंकि संज्ञा के लिंग-वचन के अनुसार क्रियापद में परिवर्तन होता है। अतः उक्त वाक्यों में खरीदनेवाला, पढ़नेवाला या जानेवाला कौन है? उत्तर होगा—वह (उसको)।

यहाँ 'उसको' तथा 'मुझको' ही उद्देश्य सिद्ध होते हैं।

यदि हम भी उर्दूवालों की तरह लिखें :

"मुझको साड़ी खरीदना है।"

"उसको पुस्तक पढ़ना है।"

तो अवश्य 'खरीदना' (बल्कि साड़ी खरीदना) और 'पढ़ना' (बल्कि पुस्तक पढ़ना) उद्देश्य माने जाएँगे और 'है' ही विधेय माना जाएगा तथा 'उसको', 'मुझको' आदि पद पूरक कहे जाएँगे। परंतु ऐसा मानना उचित नहीं। हिंदी की प्रकृति निश्चय ही यहाँ उर्दू से भिन्न है। वस्तुतः प्रयोग ही नियम का निर्धारक होता है, दूसरों का अनुकरण नहीं।

सकर्मक धातुओं से बने वाक्य में कर्म आवश्यक तत्त्व है, परंतु कुछ क्रियापदों के साथ यहाँ भी पूरक की आवश्यकता देखी जाती है; जैसे—

"संसद ने श्री शंकरदयाल शर्मा को *राष्ट्रपति* बनाया।"

"वह मुझको *चोर* समझता है।"

"उसने माँ को *मरा हुआ* पाया।"

"उसने मुझको *नाचते हुए* देखा।"

"तुम उसको *कुशल* मानते हो?"

पूर्वकालिक कृदंत

(i) धातु + कर (खाकर, पीकर, सोकर) को हिंदी में पूर्वकालिक कृदंत कहते हैं। वस्तुतः यह कृदंत पूर्वकाल का नहीं वरन् पूर्वक्रम या स्थिति का सूचक है। इसे यदि पूर्वक्रमिक कृदंत कहा जाए तो कोई हर्ज भी नहीं। वैसे ताकृदंत, आकृदंत, नाकृदंत की तरह इसे करकृदंत भी कह सकते हैं।

(क[1]) "वह खाकर खेलेगा।"

(क[2]) "वह खाकर खेलता है।"

(क[3]) "वह खाकर खेला।"

(ख[1]) "वह खेलकर खाएगा।"

(ख[2]) "वह खेलकर खाता है।"

(ख[3]) "उसने खेलकर खाया।"

यहाँ (क) वाक्यों में व्यापार-क्रम है पहले खाना और खेलना, और (ख) वाक्यों में व्यापार-क्रम है पहले खेलना और फिर खाना।

"वह छाती तानकर चलता है।"

"वह आँखें खोलकर पढ़ता है।"

देखिए, यहाँ पूर्वकाल है ही नहीं। छाती तानने और आँखें खोलने का क्रम है : छाती तानना और चलना, आँखें खोलना और पढ़ना। यदि पूर्वकाल होता तो हम कहते :

"पहले छाती तान ली और तब चलना आरंभ किया" और "पहले आँखें खोल लीं और तब पढ़ने में प्रवृत्त हुआ।"

एक और उदाहरण लीजिए : "जो देखकर भी न देखे उसे क्या कहा जाए?"

यहाँ वस्तुतः देखने और न देखने का क्रम ही है, काल नहीं।

(ii) इस कृदंत में काल की विवक्षा वाक्य के क्रियापद के काल की होती है; जैसे :

"वह खेलकर खाएगा।" (अर्थात् वह पहले खेलेगा और फिर खाएगा।)

"उसने खेलकर खाया।" (अर्थात् वह पहले खेला और फिर खाया।"

(iii) वान आल्फ़न ने 'कर' के पाँच प्रमुख प्रयोग बताए हैं : क्रिया-समाप्ति, कारण-कार्य, करण, रीति और विपरीत कार्य। वस्तुतः उक्त सभी में पूर्वक्रम ही द्योतित होता है। उनके वाक्यों को ज़रा लीजिए :

1. क्रिया-समाप्ति—"वह सोकर उठा।"

ज़रा काल तो बदलिए—"वह सोकर उठेगा।" क्रम आ गया।

2. कारण-कार्य—"हमें देखकर वह गद्‌गद हो उठा।"

यहाँ पूर्वक्रम ही है। देखा और गद्‌गद हुआ।

3. करण—'उन्होंने तालियाँ बजाकर हमारा स्वागत किया।"

तालियाँ स्वागत का करण या साधन नहीं, ये प्रसन्नता की अभिव्यक्ति करती हैं। यहाँ आशय कदापि नहीं कि तालियाँ बजाईं या बजा दी गईं और स्वागत हो गया। क्रम ही है कि तालियाँ बजाईं और स्वागत किया।

4. रीति—"गर्दन हिलाकर चलना।"

वस्तुतः उक्त प्रयोग प्रादेशिक है। हिंदी रूप है : 'गर्दन हिलाते हुए चलना', 'बाजा बजाते हुए चलना', 'नाचते हुए चलना' आदि ही सही प्रयोग हैं। यदि यहाँ 'बाजा बजाकर चलना' और 'नाचकर चलना' होता तो पूर्वक्रम आ जाता।

5. विपरीत कार्य—"ब्राह्मण होकर तुम ऐसी बात करते हो!"

यहाँ भी क्रम है—ब्राह्मण होना और बात करना। वस्तुतः यहाँ विपरीत कार्य की व्यंजना बिना 'कर' के भी हो सकती है;जैसे—"ब्राह्मण हो और ऐसी बात करते हो!"

(iv) करकृदंत और वाक्य के क्रियापद का कर्ता एक ही होता है।

(v) जितने भी कृदंत बनते हैं वे धातु में प्रत्यय लगने से बनते हैं। प्रत्यय सदा साथ लगाए जाते हैं, अलग नहीं रखे जाते। 'आता', 'आया', 'आना' को क्या 'आ ता', 'आ या', 'आ ना' लिखा जाए? नहीं, साथ ही रखिए। डा. जगन्नाथन 'खा-पी कर', 'रो-धो कर' लिखते हैं, परंतु 'कर-कराके' एक साथ। ऐसा नहीं होना चाहिए। साथ रखने से एकरूपता बनी रहेगी।

(vi) 'कर' धातु के साथ 'कर' प्रत्यय की जगह 'के' प्रत्यय लगता है; जैसे, "वह काम करके जाएगा।"

(vii) ऐसा नहीं कि 'न' का प्रयोग करकृदंत के साथ न होता हो। होता है, परंतु कम ('उसने अपना लेख मुझे न दिखाकर सीधे प्राचार्य को दिखाया')। दो उपवाक्यों में 'न. . .न' का प्रयोग खूब होता है; जैसे—

"न वह देखकर ही आया और न पढ़कर ही।"

"वह न मन लगाकर पढ़ता है और न ध्यान देकर लिखता है।"

पूर्वसर्ग

'परसर्ग' के विपर्याय के रूप में गढ़ा हुआ शब्द है 'पूर्वसर्ग'।

परसर्ग और पूर्वसर्ग नामपदों का संबंध अन्य पदों से स्थापित करते हैं। परसर्ग नामपदों के बाद आते हैं और पूर्वसर्ग पहले। हिंदी और जापानी परसर्ग-प्रधान भाषाएँ हैं तथा अंग्रेज़ी और फ़ारसी पूर्वसर्ग-प्रधान। उदाहरण देखें—

हिंदी	**अंग्रेज़ी**	**फ़ारसी**
परसर्ग	**पूर्वसर्ग**	**पूर्वसर्ग**
वास्तव (में)	(in) reality	(दर) असल
बीच (में)	(in) between	(दर) मियान
हिंद (का) शेर	lion (of) Hind	शेर-(ए) हिंद

पूर्वीय, पौर्वात्य

'पूर्वीय' ही शुद्ध है, 'पौर्वात्य' अशुद्ध है और 'पाश्चात्य' के अनुकरण पर गढ़ा हुआ है। 'पूर्वीय' का विपर्याय 'पश्चिमीय' है और 'प्राच्य' का विपर्याय 'पाश्चात्य' है।

पेट

1. पेट की मांर—श्रम करनेवाले को उसके

श्रम का यथेष्ट अंश या पुरस्कार न देना अथवा इतना कम देना कि वह जीवनयापन भी न कर सके; पेट पर होनेवाला आघात; जैसे, "बड़े अचंभे की बात है कि पीठ और पेट पुराने पड़ोसी हैं; पर पीठ की मार सही जाती है लेकिन पेट की मार नहीं सही जाती।"

—अन्नपूर्णानंद

2. पेट में बल पड़ने लगना—हँसी आना; जैसे, "मियाँ साहब की झेंप देखकर उसके पेट में बल पड़ने लगे।"

पेशा

पेशा कमाना—स्त्री का परपुरुषों से धन लेकर संभोग कराना; जैसे, "परंपरा से इस जाति की कन्याएँ पेशा कमाती थीं।"

पौ

पौ बारह होना—(i) 'पौ' का प्रयोग प्रातः-किरण के लिए होता है। 'पौ फटने पर' से आशय है—सूर्य की प्रथम किरण प्रकट होने पर, हलका प्रकाश होने पर। 'पौ बारह होना' से आशय है—सुबह की हलकी किरण का बारह बजे के समय अत्यधिक प्रखर हो जाना, निम्न तल से आकाश पर पहुँच जाना, शक्ति और समृद्धि के आकाश पर चढ़ जाना, लाभप्रद स्थिति में पहुँच जाना, आदि-आदि।

(ii) 'पौ' स्त्रीलिंग ही है; जैसे, "मेरे मरने पर ही तो इनकी पौ बारह होगी।" परंतु कुछ लेखक पुंलिंग रूप में भी इसे प्रयुक्त करते हैं; जैसे, "ब्लैक वालों के तो पौ बारह हैं।" इसका स्त्रीलिंग प्रयोग ही मानक है।

प्यार, लगाव

'प्यार' दो के बीच तो होता ही है, दुतरफ़ा भी होता है; जैसे, "वे एक-दूसरे से प्यार करते हैं।"

'लगाव' प्रायः इकतरफ़ा ही होता है; जैसे, "पति से उसे प्यार था, मगर अपने सौंदर्य के प्रति ज़्यादा ही लगाव था।"

—बसंत पोतदार

प्रकट, प्रगट

'प्रकट' तत्सम विशेषण है और 'प्रगट' उसका तद्भव रूप।

संस्कृत में 'प्रकट' से 'प्राकट्य' भाववाचक संज्ञा बनती है और इसी की देखादेखी तद्भव 'प्रगट' से भी 'प्रागट्य' भी बना लिया तथा प्रयुक्त किया जाता है, जो शिष्टसम्मत नहीं।

प्रकार

प्रकार, तरह—'प्रकार' शब्द तत्सम पुंलिंग संज्ञा है, परंतु इससे बने अनेक ५८ . . ('इस प्रकार', 'उस प्रकार', 'किस प्रकार', 'किसी प्रकार', 'जिस प्रकार' आदि) क्रिया-विशेषण होते हैं। इनका प्रयोग 'इस तरह', 'उस तरह', 'किस तरह', 'किसी तरह', 'जिस तरह' आदि के समान होता है।

'तरह' के साथ सार्वनामिक विशेषणों का प्रयोग भी होता है, परंतु 'प्रकार' के साथ नहीं; जैसे, 'मेरी तरह', 'तुम्हारी तरह', 'उसकी तरह' का प्रयोग तो चलता है परंतु 'मेरा प्रकार', 'तुम्हारा प्रकार' आदि पदबंध प्रचलित नहीं।

प्रकाश

प्रकाश डालना—(किसी विषय के संबंध में) विशेष जानकारी देना, खुलासा करना, स्पष्टीकरण करना; जैसे, "शायद आगे चलकर इस विषय पर कोई कुछ प्रकाश डाल सके।"

प्रत्यय

ऐसे सहायक शब्दों को 'प्रत्यय' कहते हैं जो शब्द के अंत में लगते हैं; जैसे—

सुंदर + ता = सुंदरता
डर + आवना = डरावना

प्रत्ययों के दो भेद किए जाते हैं :

(क) धातुओं में लगनेवाले प्रत्यय अर्थात् कृदंत प्रत्यय तथा नामपदों में लगनेवाले प्रत्यय अर्थात् तद्धित प्रत्यय।

कुछ प्रमुख कृदंत प्रत्यय हैं :

अंत : गढ़(ना) + अंत = गढ़ंत
अक : बैठ(ना) + अक = बैठक
अन : सी(ना) + अन = सियन
आवट : लिख(ना) + आवट = लिखावट
आव : छिप(ना) + आव = छिपाव
आवा : बुला(ना) + आवा = बुलावा
आहट : चिल्ला(ना) + आहट = चिल्लाहट
ई : हँस(ना) + ई = हँसी
ता : जा(ना) + ता = जाता
ना : जा + ना = जाना
नी : कर(ना) + नी = करनी
वैया : गा(ना) + वैया = गवैया

कुछ प्रमुख तद्धित प्रत्यय हैं :

ई : चुप (विशेषण) + ई = चुप्पी
आ : सात („) + आ = सत्ता
आस : मीठा („) + आस = मिठास
आई : भला („) + आई = भलाई
ता : कुरूप („) + ता = कुरूपता
आपा : बूढ़ा („) + आपा = बुढ़ापा
वाला : दुकान (संज्ञा) + वाला = दुकानवाला
दार : किराया (संज्ञा) + दार = किराएदार

प्रत्यय लगने पर सामान्यतः पद के अधिकतर दीर्घ स्वर ह्रस्व हो जाते हैं; जैसे—

चाट(ना) + ओरा = चट + ओरा = चटोरा
लूट(ना) + एरा = लुट + एरा = लुटेरा
मीठा + आस = मिठ + आस = मिठास
दाढ़ी + इयल = दढ़ + इयल = दढ़ियल
काट(ना) + हा = कट + हा = कटहा
बूझ(ना) + औवल = बुझ + औवल = बुझौवल
देख(ना) + लाई = दिख + लाई = दिखलाई
दो + हरा = दुहरा (दोहरा भी)

इनके कुछ अपवाद भी हैं :

तैर(ना) + आक = तैराक
ऊँचा + आन = ऊँचान

'दार', 'वा़ला' आदि ऐसे प्रत्यय हैं जो आकारांत संज्ञा पुंलिंग को एकारांत भी करते हैं; जैसे—

किराया + दार = किराए + दार = किराएदार
घोड़ा + वाला = घोड़े + वाला = घोड़ेवाला
आना + वाला = आने + वाला = आनेवाला

'वाला' प्रत्यय तो है ही, 'का' की तरह संबंधबोधक परसर्ग भी है। जो लोग इसका संबंधबोधक परसर्ग रूप प्रमुख समझते हैं वे इसे संज्ञापद से हटाकर लिखते हैं और जो इसका प्रत्यय रूप प्रमुख समझते हैं वे इसे सटाकर लिखते हैं।

प्रयोग की दृष्टि से 'वाला' का परसर्ग के रूप में महत्त्व दिखलाई देता है; जैसे—

(क) "वह बड़ी नाकवाला व्यक्ति है।"

(ख) "मैं उस बड़ी खिड़कीवाले मकान में रहता था।"

ऊपर (क) वाक्य में विशेष 'बड़ी' स्त्रीलिंग संज्ञा 'नाक' के लिए आया है। 'नाकवाला' समस्तपद होता (अर्थात् 'वाला' प्रत्यय होता) तो वाक्य का रूप होता—"वह बड़े नाकवाला व्यक्ति है।"

(ख) वाक्य में 'मकान' पुंलिंग संज्ञा है, अतः उसका विशेषण 'खिड़कीवाला' भी पुंलिंग है। परंतु 'खिड़की' स्वतः स्त्रीलिंग

संज्ञा है और 'वाला' मूलतः परसर्ग, अतः 'बड़ी' खिड़की के विशेषण रूप में आया है।

प्रस्तुतीकरण

यह शब्द 'प्रस्तुत' से बनाया गया है न कि 'प्रस्तुति' से। जिस प्रकार 'नवीन' और 'मानक' विशेषणों से नवीनीकरण और मानकीकरण बनता है वैसे ही यह 'प्रस्तुत' विशेषण से बना है और आशय भी है—प्रस्तुत करने की क्रिया या भाव।

प्रेरणार्थक क्रिया

सकर्मक क्रिया में 'वा' मध्य प्रत्यय के योग से प्रेरणार्थक क्रिया बनाई जाती है। सकर्मक क्रिया को कर्म की अपेक्षा रहती है, परंतु प्रेरणार्थक क्रिया को कर्म के अतिरिक्त अभिकर्ता की (अर्थात् करण की) भी आवश्यकता होती है; जैसे—

(क) करना (सकर्मक क्रिया) :
"राम काम करता है।"

(ख) करवाना (प्रेरणार्थक क्रिया) :
"राम मोहन से काम करवाता है।"

प्रेरणार्थक क्रियापदों के साथ करण के न रहने पर वाक्य अधूरा रहता है। कुछ सकर्मक क्रियाएँ और उनके प्रेरणार्थक रूप इस प्रकार हैं :

बाँधना—बँधवाना देखना—दिखवाना
घेरना—घिरवाना पीना—पिलवाना
चलाना—चलवाना तोड़ना—तुड़वाना

'क्रिया' प्रविष्टि के अंतर्गत सकर्मक क्रिया के आत्मोन्मुखी और परोन्मुखी भेद भी बताए गए हैं। परोन्मुखी ('क्रिया' के अंतर्गत देखें) रूप भी प्रेरणार्थक क्रिया की तरह प्रयोग में लाए जाते हैं; जैसे, "जीवन का मोह व्यक्ति से कुछ भी करा सकता है।"
—मनु शर्मा

फिर

यह क्रिया-विशेषण है और (i) दुबारा के अर्थ में प्रयुक्त होता है; जैसे—

(क) "वह फिर आ गया है।"

(ख) "देखें, फिर ऐसा न हो।"

(ii) इसके बाद; जैसे, "फिर मैं भी वहाँ गया।"

(iii) तब क्या हुआ; जैसे—
"वह छत पर से गिर पड़ी।"
"फिर?"

1. फिर कभी—भविष्य में किसी अन्य अवसर पर या किसी और समय; जैसे, "अभी तो मैं खाली नहीं हूँ, तुम फिर कभी आ जाना।"

2. फिर वही—जिस काम या बात से किसी को मना किया जाता हो यदि वही काम वह व्यक्ति पुनः करता है तो तब उक्त पदबंध का प्रयोग करते हैं; जैसे, "एक महीना बीता नहीं, तुम फिर वही राग अलापने लग गए!"

3. फिर से—(i) दुबारा; जैसे, "यह पूरा लेख फिर से लिखो।"

(ii) नए सिरे से; जैसे, "यह सारी कार्रवाई हमें फिर से करनी पड़ी।"

फिरना

मारा-मारा फिरना, मारे-मारे फिरना—अनेक हिंदी कोशों में मुहावरे का रूप 'मारे-मारे फिरना' दिया गया है, परंतु मुख्य रूप 'मारा-मारा फिरना' ही है; जैसे—

(क) "बरसों उन्हीं गलियों में वह मारा-मारा फिरता रहा।"

(ख) "वह उसे ढूँढ़ने के लिए दिन-भर गलियों-कूचों में मारी-मारी फिरी।"

'मारे-मारे फिरना' का प्रयोग उन वस्तुओं के लिए भी होता है जो ढेरों में बिकने के लिए आई हों और जिनकी बाज़ार में पूछ या

माँग कम हो; जैसे, "इस साल आम मारे-मारे फिर रहे हैं।"

फुट, फीट

'फुट' का बहुवचन रूप भी फुट ही है, फीट नहीं; जैसे, "सामान्यतः इन ध्वनि-लहरों की चाल 1100-1200 फीट प्रति सेकेंड होती है।'

—भोलानाथ तिवारी

उक्त वाक्य में 'फीट' की जगह फुट से ही काम अच्छी तरह चल सकता है। अंग्रेज़ी व्याकरण के अनुसार फुट का बहुवचन रूप फीट तो अवश्य होता है, परंतु हिंदी व्याकरण के नियम के अनुसार नहीं।

यहाँ इस बात का उल्लेख कर देना भी अन्यथा न समझा जाएगा कि फ़ारसी-अरबी के बहुवचन रूप भी हमें नहीं अपनाने चाहिए, बल्कि हिंदी व्याकरण के नियमों पर आधारित उनके बहुवचन रूप बनाए जाने चाहिए। प्रायः लोग 'मकानात', 'ज़रूरियात' आदि लिखते-बोलते हैं परंतु इनके 'मकान' और 'ज़रूरतें' बहुवचन रूप ही श्रेयस्कर हैं।

फूटना

फूटो यहाँ से—जब किसी से उपेक्षापूर्वक कहीं से चले जाने के लिए कहते हैं तब इस पदबंध का प्रयोग करते हैं। आशय है—भागो यहाँ से!

फूलना

फूला न समाना—प्रायः कोशों में इस मुहावरे का रूप दिया गया है 'फूले न समाना'। जब एकवचन रूप प्रयुक्त होता हो तो उसे ही मुख्य माना जाना चाहिए; जैसे, "लाटरी की प्रभूत राशि हाथ लगने पर वह फूला न समाया।"

अतः 'फूला न समाना' ही मुहावरे का वास्तविक रूप है। बहुवचन रूप तो व्याकरणिक नियमों से बनते ही हैं।

यदि हम मुहावरे का रूप 'फूले न समाना' मानेंगे तो 'फूला न समाना' का प्रयोग फिर कैसे कर सकेंगे?

'वह खुशी से फूला न समाया' अर्थात् वह अत्यंत प्रसन्न हुआ। वस्तुतः यहाँ प्रसन्नता की अधिकता दिखाना ही अभिप्रेत है।

'फूलना' और 'समाना' दोनों शब्द यहाँ कुछ कह रहे हैं। जब कोई चीज़ फूलती है तो उसका आकार-प्रकार बढ़ जाता है (गुबारा फूल गया) और जब कोई चीज़ किसी पात्र में आ जाती है तो कहते हैं : समा गई (सारा दूध तसले में समा गया)। यदि किसी वस्तु का स्थान नियत हो और वह फूल उठे तो उसका नियत स्थान उसके लिए कम पड़ जाएगा। अब उसे पहले से अधिक स्थान की आवश्यकता होगी अर्थात् वह छलक उठेगी तथा आसपास के क्षेत्रों को प्रभावित करने लगेगी।

फेर

फेर में पड़ना—किसी काम में या किसी की बातों में अपने को उलझा देना; जैसे, "हमें झूठी शान के फेर में नहीं पड़ना चाहिए।"

बंबइया

बंबई (नगर) से बना यह विशेषण अविकारी है; जैसे, 'बंबइया हिंदी', 'बंबइया साड़ी', 'बंबइया फिल्म', 'बंबइया अभिनेत्री' आदि।

बगल

1. के बगल में, की बगल में—पूर्वतः 'की बगल में' ही लिखा जाता था और दलील दी जाती थी कि 'बगल' स्त्रीलिंग है, इसलिए 'की ओर', 'की तरफ़' आदि की तरह 'की बगल में' लिखना चाहिए। परंतु ध्यान देने की बात है कि यहाँ परसर्ग 'बगल' स्त्रीलिंग

संज्ञा में नहीं लगता बल्कि 'बगल में' क्रिया-विशेषण में लगता है, अतः 'के' ही उपयुक्त है।

2. के अगल-बगल, की अगल-बगल—'के अगल-बगल' ही प्रशस्त माना जाता है।

3. बगलें झाँकना—'हिंदी मुहावरे' में डा. प्रतिभा अग्रवाल ने इसका रूप दिया है : 'बगल झाँकना', जो सही नहीं। 'बगलें झाँकना' ही प्रशस्त रूप है; जैसे, "जब मेरे प्रश्न का उत्तर उनसे न बन पड़ा तो लगे बगलें झाँकने।"

बचत

बचत, बचाव—अनेक क्षेत्रों में दोनों का प्रयोग समान रूप से भी दिखाई पड़ता है। 'बचत' में मुख्य विवक्षा उस अंश की है जो बच जाए या बचा लिया जाए और 'बचाव' में हानि, क्षति, उत्पीड़न से होनेवाली रक्षा की विवक्षा है। "होटल तक आने-जाने के श्रम से बचाव हो जाता है।" इस वाक्य में यहाँ 'बचाव' की जगह 'बचत' होना चाहिए था क्योंकि 'बचाव' तो आघात, आक्रमण, प्रहार, प्रकोप आदि से होता है।

बच्चा

1. बच्चे नहीं हो—जब कोई बचकानी हरकत करता है तब उसे चेतावनी देते हुए इस पदबंध का प्रयोग किया जाता है। आशय है कि अब तुम सयाने हो चुके हो, इस तरह के बच्चों वाले काम तुम्हें शोभा नहीं देते।

2. मैं बच्चा नहीं हूँ—मुझे नासमझ मत समझो, मुझे इतनी आसानी से बेवकूफ नहीं बनाया जा सकता; जैसे, "मैं बच्चा नहीं हूँ जो तुम्हारी इन हरकतों को न समझूँ!"

बजना

1. बजते-बजते—अर्थात्...बजने से कुछ पहले ही; जैसे, "वह छह बजते-बजते यहाँ पहुँच जाएगा।"

यहाँ आशय है कि छह बजने से कुछ मिनट पहले ही वह पहुँच जाएगा। ऐसा नहीं हो सकता कि वह छह बजाकर आए। जब छह का घंटा बजेगा वह यहीं होगा।

बड़प्पन, बड़पन

'बड़प्पन' ही मान्य रूप है, 'बड़पन' नहीं; यद्यपि 'छुटपन' ही सही है, 'छुटप्पन' नहीं। 'बड़प्पन' की जगह अब 'बड़कपन' का प्रयोग भी व्यापक रूप से होने लगा है।

'बड़ा' और 'बड़का' दोनो विशेषण समानार्थी हैं। 'बड़का' पूर्वी हिंदी का शब्द है। 'बड़ा' से 'बड़प्पन' बनता है और 'बड़का' से 'बड़कपन'।

बड़ा

यद्यपि यह विशेषण किसी वस्तु या काल के सामान्य आकार-प्रकार, अवस्था, महत्त्व में अधिक या बढ़कर होने का ही सूचक है, परंतु कुछ प्रयोगों में यह 'अत्यधिक' का आशय भी व्यक्त करता है; जैसे—

"उसने बड़ी देर लगाई।"
"वहाँ बड़ा अंधकार था।"
"उन्होंने बड़ी मनमानी की।"

यद्यपि उक्त प्रयोग पर आचार्य रामचंद्र वर्मा ने आपत्ति की थी, तो भी अब यह मान्य-सा हो चला है।

फिर यह भी कि 'बड़ा' प्रविशेषण तथा क्रिया-विशेषण की तरह 'अत्यधिक' वाले अर्थ में भी प्रयुक्त होता है; जैसे—

(क) "उसने बड़ी सूक्ष्म बात बतलाई।"
(ख) "वह बड़ा नाक-भौं सिकोड़ती है।"

'बड़ा ही' भी 'अत्यधिक' वाले अर्थ में आता है; जैसे—

"वह बड़ा ही पाजी निकला।"

"उसने बड़ी ही उपेक्षा दिखलाई।"

1. बड़ा आदमी—धनी, यशस्वी या उच्चपदस्थ के लिए 'बड़ा आदमी' का प्रयोग होता है।

2. बड़ी बात—अत्यंत महत्त्वपूर्ण बात या ऊँचा विचार; जैसे, "एक अनाथ बालिका को अपने घर ले आना और उसका पालन-पोषण करना बड़ी बात है।"

3. बड़े से बड़ा—शब्दार्थ है—जो बड़ा है उससे भी बड़ा अर्थात् सबसे बड़ा; जैसे, "बड़े से बड़ा अधिकारी भी इस विषय में कुछ नहीं कर सकता।"

बदलाव

बदलाव चाहिए—जिस वस्तु, स्थान आदि का उपयोग या उपभोग नित्य किया जाता हो उसके बदले किसी अन्य वस्तु, स्थान आदि के उपभोग की इच्छा का मन में होना ही इस पदबंध से सूचित होता है; जैसे, "पारिवारिक वितंडे की घुटन से राहत पाने के लिए उसे बदलाव चाहिए।"

बनना

1. अपने बनते—क्रिया-विशेषण पदबंध है। आशय है—जहाँ तक अपने से बन पड़े या जहाँ तक संभव हो सके; जैसे, "बेटा, सेवा कर पाना बड़े सौभाग्य की बात है। कभी कोई ऋषि-मुनि इस वन में आ जाए तो अपने बनते उनकी सेवा करना।"

2. खूब बनना—(i) हँसी का पात्र बनना, उपहासास्पद सिद्ध होना; जैसे, "वे अपने को खूब लगाते थे, सबको बनाने में लगे रहते थे, पर आज खुद ही सभा में खूब बने।"

(ii) पटरी बैठना; जैसे, "उन दोनों में खूब बनती है।"

3. देखते ही बनना—अत्यंत लुभावना प्रतीत होना; जैसे, "उनकी शहतीर-सी बाँहें और चट्टान-सी छाती देखते ही बनती थी।"

4. बन आना—(i) किसी अवसर से भरपूर लाभ उठाने की स्थिति में होना; जैसे, "प्रेम-प्रपंच के इस मुकदमे में ऐसी-ऐसी चटपटी बातें खुलीं कि प्रेस रिपोर्टरों की बन आई।"

(ii) परिस्थितियों से विवश हो जाना; जैसे, "ऐसी बन आए कुछ उन पर कि बिन आए न बने।"

5. बन जाना—(i) किसी ऊँचे ओहदे पर पहुँच जाना या धनाढ्य हो जाना; जैसे, "वे हमारे देखते-देखते ही बन गए हैं।"

(ii) अंतिम संस्कार सही ढंग से होना, जिसे सद्गति-प्राप्ति का सूचक समझा जाता है; जैसे, "वे तो वृद्ध थे, आपके सामने उनकी बन गई, चलिए अच्छा ही हुआ।"

6. बन-ठनकर—सज-धजकर, बनाव-सिंगार करके; जैसे, "वे सदा बन-ठनकर सभा-सोसाइटी में जाते हैं।"

7. बन बैठना—चालाकी या धूर्तता से किसी का पद ग्रहण कर लेना; जैसे, "भाई को सज़ा कराकर वह दुकान का मालिक बन बैठा है।"

8. बनाए रखना—(किसी से) 'बनाए रखना' से अभिप्राय है—किसी से सुसंबंध का निर्वाह करते चलना; जैसे, "भले आदमी सभी से बनाए रखते हैं।"

(किसी को) 'बनाए रखना' से आशय है—जीवित या जीवंत रखना; जैसे—

(क) "ईश्वर तुम्हें बनाए रखें!"

(ख) "अपने माता-पिता की स्मृति बनाए रखना।"

9. बनो मत—इस पदबंध का प्रयोग ऐसे व्यक्ति को हलकी डाँट बताने के लिए किया जाता है जो इधर-उधर की बातों से सत्य को

छिपाए रखता हो या लुभावनी बातों से उपहासास्पद सिद्ध करना चाहता हो; जैसे, "ज्यादा बनो मत !"

बमचख

बमचख चलना—एक-दूसरे पर आरोप-प्रत्यारोप लगाते चलना, तूतू-मैंमैं होना; जैसे, "उन दोनो पार्टियों में अच्छी बमचख चली।"

बराए नाम

विशेषणपद है और आशय है—नाममात्र का; जैसे, "...लेकिन वह खुद रिवाज के मुताबिक ज़नानखाने में सोया करते थे—एक ऐसे ज़नानखाने में जो बराए नाम ज़नानखाना था।"

—राही मासूम रज़ा

बराबर

विशेषण रूप में यह 'समान' का पर्याय है; जैसे, "दोनों भाई कद में ही नहीं पद में भी बराबर हैं।" क्रिया-विशेषण रूप में प्रयुक्त होने पर इसमें दो विवक्षाएँ दिखलाई पड़ती हैं :

(i) निरंतर; जैसे, "पिछले सप्ताह रात-दिन बराबर पानी बरसा।"

(ii) नियमित रूप से; जैसे, "दिवाली-दशहरे पर उसे बराबर यहाँ से त्योहारी मिलती है।"

1. **के बराबर**—संबंधबोधक है। आशय है—के समान; जैसे, "जब लड़का अपने बराबर हो जाए तो उसके साथ मित्र के जैसा व्यवहार करना चाहिए।"

2. **बराबर का**—संभवतः 'बराबरी का' (दे.) की जगह ले रहा है।

3. **बराबर-बराबर**—क्रिया-विशेषण पदबंध है और आशय है—एक जैसे परिमाण या मात्रा में; जैसे, "उन तीनो भाइयों ने बाप-दादा की संपत्ति बराबर-बराबर बाँट ली।"

4. **नहीं के बराबर**—इस विशेषण पदबंध का आशय है—अत्यंत अल्प, बहुत कम; जैसे, "यदि मधुमेह के रोगियों के भोजन की भाँति हम सभी स्वस्थ व्यक्ति भी भोजन करें तो वज़न बढ़ने और दिल के रोगों के खतरे का अंदेशा नहीं के बराबर रहे।"

बराबरी

1. **तुम्हारी बराबरी कौन करे**—हम अपनी तुलना तुमसे नहीं कर सकते, तुम हमसे बहुत अच्छे, ऊँचे या बड़े हो; जैसे, "तुमने पिछले जन्म में खूब पुण्य बटोरा है जो इस जन्म में सुख की नींद सोते हो। तुम्हारी बराबरी कौन करे!"

व्यंग्य के रूप में इसका प्रयोग होता है।

2. **बराबरी का**—विशेषण पदबंध है। आशय है—समान; जैसे, "दोनो पहलवान बराबरी के हैं।"

3. **बराबरी पर छूटना**—कुश्ती या किसी अन्य प्रतियोगिता के अंत में दोनो पक्षों को बराबर का माना जाना, किसी को हारा या जीता हुआ न माना जाना; जैसे, "आज दोनो पहलवान बराबरी पर छूटे।"

बर्दाश्त

अब बर्दाश्त नहीं—(ऐसे व्यवहार को) अब सहन नहीं किया जा सकता, अब इसका मुँहतोड़ जवाब देना ही होगा; जैसे, "उनके ताने अब मुझे बर्दाश्त नहीं।"

बल

मुँह के बल गिरना—अत्यंत दीनतापूर्वक चिरौरी करना; जैसे, "उसकी लाटरी क्या खुली कि लालची यार-दोस्त उसके आगे मुँह के बल गिरने लगे।"

बला

स्त्रीलिंग संज्ञा है जो विपत्ति या अनिष्टकारी वस्तु आत्मा, व्यक्ति आदि की सूचक होती है; जैसे, "वह बला मेरे लिए सौत का रूप धारण करके आई थी।"

1. आपकी बला से—आपको इस बात से ज़रा भी चिंता नहीं होनी चाहिए, आपकी चिंता का यह विषय नहीं; जैसे, "अगर मेरा चेहरा बदसूरत है तो आपकी बला से!"

2. जाने मेरी बला—मुझे मालूम करने की आवश्यकता नहीं; जैसे—

"पुस्तक कहाँ है ?"

"मैं क्या जानूँ! जाने मेरी बला!"

इसका प्रयोग वाक्य या उपवाक्य के रूप में होता है।

3. बला का—विशेषण पदबंध। आशय है—अत्यधिक; जैसे, "उसमें बला का आकर्षण था।"

4. मेरी बला से—मुझे इस बात की ज़रा भी परवाह नहीं; जैसे—

(क) "मैं उसको तड़ातड़ लगाऊँगा, नई चप्पल टूट जाएगी तो मेरी बला से!"

(ख) "वह नहीं आता तो न आए, मेरी बला से!"

बलाघात

वाक्य के किसी विशेष शब्द पर बल या ज़ोर देने की क्रिया को बलाघात कहते हैं। प्रायः यह प्रयोजनवश होता है और ऐसा करने से वाक्य की विवक्षा में अंतर आ जाता है। देखें :

(i) "मैंने सपने में एक परी देखी थी।" (किसी और ने नहीं बल्कि मैंने)

(ii) "मैंने सपने में एक परी देखी थी।" (जाग्रत अवस्था में नहीं बल्कि सपने में)

(iii) "मैंने सपने में एक परी देखी थी।" (दस-बीस नहीं बल्कि एक)

(iv) "मैंने सपने में एक परी देखी थी।" (घोड़ा-हाथी नहीं बल्कि परी)

(v) "मैंने सपने में एक परी देखी थी।" (देखी थी, कुछ और नहीं किया था)

अंग्रेज़ी आदि कुछ विदेशी भाषाओं में तो किसी शब्द के भिन्न-भिन्न अंशों पर ज़ोर देने से उस शब्द का अर्थ ही बदल जाता है।

बस

(i) क्रिया-विशेषण; सिर्फ़; जैसे—

(क) "मुझे बस एक कमरा चाहिए।"

(ख) "बस दो रोटी से काम चल जाएगा।"

(ii) यथेष्ट हो चुका, अब और नहीं; जैसे, "बस अब पेट में और जगह नहीं।"

1. बस का—(i) (कार्य) जिसका संपादन किया जा सकता हो; जैसे, "पत्र का संचालन मेरे बस का नहीं।"

(ii) (व्यक्ति या जीव) जिसे नियंत्रण में रखा जा सकता हो; जैसे, "यह घोड़ा उन्हीं के बस का है।"

2. बस का नहीं—विशेषण पदबंध है। आशय है—नियंत्रण न माननेवाला, आज्ञानुसार न चलनेवाला; जैसे, "वह लड़का हम सबके बस का नहीं।"

3. बस भी करो—जब कोई काम या बात सीमा लाँघती हुई फलतः अनुचित प्रतीत होती हो तब इस पदबंध का प्रयोग करते हैं; जैसे, "बस भी करोगे या जान से ही मार डालोगे।"

बहन-भाई, भाई-बहन

समस्तपदों की रचना करते समय यह सामान्य सिद्धांत अपनाया जाता है कि स्त्रीवाची शब्द पहले रखा जाए। परंतु जब अनजान में या

अज्ञानवश इस साधारण-सी बात की उपेक्षा होती है तो वह कितना विकट रूप धारण कर लेती है इसका उदाहरण 'भाई-बहन' है। निम्नांकित वाक्य देखें :

1. आपके कितने भाई हैं ?
2. आपके कितने चाचा हैं ?
3. आपकी कितने बहनें हैं ?
4. आपकी कितनी चाचियाँ हैं ?
5. आपके कितने बहन-भाई हैं ?
6. आपके कितने चाची-चाचा हैं ?
7. आपके कितने भाई-बहन हैं ?
8. आपके कितने चाचा-चाची हैं ?

प्रथम छह वाक्यों के संबंध में विशेष कहने की आवश्यकता नहीं, परंतु अंतिम दोनो वाक्य विचारणीय हैं। 'भाई-बहन' समस्तपद के लिंग का निर्धारण अंतिम पद (बहन) के आधार पर होगा और वह स्त्रीलिंग है। यही बात चाचा-चाची के संबंध में भी है। पद यदि स्त्रीलिंग है तो 'आपके' और 'कितने' के स्थान पर 'आपकी' और 'कितनी' का प्रयोग होना चाहिए था।

प्रतीत यह होता है कि 'बहन-भाई' की जगह बिना विचारे ही 'भाई-बहन' लिखा जाने लगा और उसी की देखा-देखी इसे पुंलिंग भी मान लिया गया।

यदि इस प्रवृत्ति की जड़ में चलें तो हम देखते हैं कि इस प्रवृत्ति के पनपने के पीछे दो समस्तपद हैं। एक संस्कृत का है और दूसरा उर्दू का। एक है पति-पत्नी और दूसरा है मियाँ-बीवी। ये दोनों ही पद पुंलिंगवत् चलते हैं, जबकि स्त्रीवाची होने चाहिए थे।

"पति-पत्नी आए हैं।"

"मियाँ-बीवी आपस में निपट लेंगे।"

वस्तुतः यहाँ पुरुष की अधिनायकता ही सूचित है। दोनो पदों का निर्माण तो लाघव सिद्धांत के अनुसार ठीक है कि जिस पद का आकार लघु हो या मात्राएँ अपेक्षया ह्रस्व हों वह पहले आता है। परंतु इनको पुंलिंग मानने का कारण अब चाहे जो हो। भाई-बहन इस वर्ग में भी नहीं आता, क्योंकि बहन ही लाघव सिद्धांत के अनुसार ह्रस्व पद है। अतः बहन-भाई ही समीचीन है।

बहनो और भाइयो

सभा में उपस्थित स्त्रियों तथा पुरुषों के लिए सामूहिक संबोधन।

बहुत

1. बहुत अच्छा—क्रिया-विशेषण पदबंध है। आशय है—(क) बहुत अच्छे रूप में या बहुत अच्छे ढंग से; जैसे—

"उसने कैसा गीत गाया ?"

"बहुत अच्छा गाया।"

(ख) स्वीकृति का द्योतक पदबंध है; जैसे—

"कल हमारे यहाँ आ जाना।"

"बहुत अच्छा।"

(ग) विस्मयादिबोधक रूप में यह प्रशंसा तथा प्रोत्साहन का सूचक पदबंध है; जैसे—

"मैंने प्रथम श्रेणी में परीक्षा पास कर ली।"

"बहुत अच्छा !"

कुछ क्षेत्रों में 'बहुत अच्छे' का प्रयोग वरीय माना जाता है।

2. बहुत करके—क्रिया-विशेषण पदबंध है। आशय है—उम्मीद इस बात की है कि; जैसे, "बहुत करके वह आज शाम की गाड़ी से आएगा।"

3. बहुत बढ़िया—(i) विशेषण पदबंध; अति

उत्तम; जैसे, "उसने बहुत बढ़िया कहानी सुनाई।"

(ii) क्रिया-विशेषण; बहुत अच्छे ढंग से; जैसे, "उसने बहुत बढ़िया गाया।"

4. बहुत है—और अधिक की आवश्यकता नहीं; जैसे, "हमारे लिए इतना सहारा ही बहुत है।"

5. बहुत हो चुका/गया—उन्होंने हमारे साथ अन्याय या अत्याचार की हद कर दी, हमने सब सहा परंतु अब सहा नहीं जाता; जैसे, "बहुत हो चुका, अब हम नहीं सहेंगे!"

बहुमंज़िला

इस विशेषण का प्रयोग डा. बाहरी ने अपने 'शिक्षार्थी कोश' में अविकारी रूप में किया है। जब किसी शब्द में हिंदी उपसर्ग और प्रत्यय लगे हों तब वह अविकारी क्यों? बहुमंज़िली इमारत वैसे ही सही है जैसे 'दुमंज़िली/तिमंज़िली/चौमंज़िली इमारत' सही है।

बलाए ताक

(को) बलाए ताक रखकर—क्रिया-विशेषण पदबंध है। आशय है—पूर्ण रूप से अवहेलना करते हुए; जैसे, "कानून को बलाए ताक रखकर आचार्य रजनीश को हथकड़ी लगाकर एक जेल से दूसरी जेल ले जाया गया।"

बहुवचन

'वचन' के अंतर्गत देखें।

समय, दूरी तथा परिमाण के सूचक शब्दों के संबंध में यह बात ध्यान रखने की है कि यदि इनके बहुवचन रूप के साथ संख्यावाची विशेषण आता है तो उसे परसर्ग परे रहने पर भी तिर्यक रूप प्राप्त नहीं होगा; जैसे—

"वह दो दिन/महीने से बीमार है।"

"उसने चार मील की उड़ान भरी।"

"मैंने यह कलम दो रुपए में खरीदी।"

परंतु यदि संख्यावाची विशेषण न हो अथवा सामस्त्यसूचक 'कुछ', 'कई', 'बहुत', 'अनेक' आदि विशेषण हो तो बहुवचन तिर्यक रूप में होंगे; जैसे—

"मैं मीलों तक चलता चला गया।"

"वह कुछ दिनों/महीनों तक मेरे पास रहा।"

"यह बात रुपयों की नहीं।"

बाँटना

बाँटे पड़ना—मुहावरा; आशय है—हिस्से में आना; जैसे, "ये खूबियाँ हमारे इन नेताओं के ही बाँटे पड़ी हैं।"

बाकी

बाकी बचा/रहा ही क्या—शेष कुछ भी न रह जाना; जैसे, "जब इज़्ज़त ही चली गई तो फिर बाकी रहा ही क्या!"

बाछ

स्त्रीलिंग संज्ञा है। अर्थ है—होंठ का सिरा।
बाछें खिलना—चेहरे पर मुस्कराहट आना।

बाज़

1. बाज़ आना—आगे से (इस तरह का) काम न करना; जैसे, "मैं कहता हूँ कि बाज़ आओ इन कमीनी हरकतों से!"

2. बाज़ रहना—अलग या दूर रहना; जैसे, "वह ऐसी सभा-सोसाइटियों से बाज़ ही रहा।"

बात

1. अब वह बात कहाँ—अब वैसी स्थिति या परिस्थिति नहीं रही, अब वैसा आचार-व्यवहार नहीं रहा; जैसे, "पहले लोगों में प्यार-मुहब्बत होती थी, परंतु अब वह बात कहाँ!"

इसके स्थान पर 'अब वह बात नहीं रही' भी चलता है।

2. **उसी बात पर आइए**—जिस बात पर पहले चर्चा हो चुकी है उसी पर फिर से ध्यान केंद्रित कीजिए या विचार कीजिए।

3. **कितनी बड़ी बात है**—अत्यंत महत्त्वपूर्ण होने के साथ-साथ आश्चर्यजनक बात या विषय भी है; जैसे, "उस विधवा ने दस बच्चों को पाला-पोसा ही नहीं, पढ़ाया-लिखाया भी। कितनी बड़ी बात है यह !"

4. **कोई दूसरी बात करो**—बात बदलो, किसी और विषय पर चर्चा करो; जैसे, "अब कोई दूसरी बात करो नहीं तो वह रो देगा।"

5. **कोई बात उठा न रखना**—अपनी शक्ति भर प्रयत्न करना; जैसे, "तात्पर्य यह कि इन लालबुझक्कड़ों ने एक-दूसरे को मात करने की कोशिश में कोई बात उठा न रखी।"

6. **कोई बात तो है**—(i) किसी न किसी बात ने आपको चिंतित या परेशान तो (अवश्य) कर रखा है; जैसे, "कोई बात तो है जो मुँह बनाए बैठी हो।"

(ii) कोई कारण तो है; जैसे, "कोई बात तो है जो वह आज कार्यालय नहीं आया।"

7. **ज़रा-सी बात**—मामूली या साधारण बात; जैसे, "ज़रा-सी बात से वह बुरा मान गया।"

8. **पर बात बनी नहीं**—इस उपवाक्य का प्रयोग यह जतलाने के लिए होता है कि कार्य में सफलता नहीं मिली; जैसे—

(क) "मैंने उनसे इस कार्य में हाथ बटाने के लिए कई बार कहा, पर बात बनी नहीं।"

(ख) "मैंने उन दोनों में मेल कराने के लिए लाख उपाय किए, पर बात बनी नहीं।"

9. **बहकी-बहकी बातें करना**—बेसिर-पैर की या एक-दूसरी से असंबद्ध बातें करना।

10. **बात गले न उतरना**—इस मुहावरे का प्रयोग ऐसी बात के लिए होता है जिस पर सहसा विश्वास न हो सके; जैसे, "उसने माँ के साथ ऐसा व्यवहार किया होगा यह बात (मेरे) गले नहीं उतरती।"

11. **बात तो अच्छी है**—बहुत अच्छा विचार है; जैसे—

"सुबह पूरी-कचौरी खाई थी, इस समय खिचड़ी क्यों न बनाई जाए !"

"बात तो अच्छी है।"

12. **बात तो एक ही है**—यह बात भी उसी बात के समान है, दोनो बातों में कोई अंतर नहीं; जैसे, "चाहे नाक इधर से पकड़ो या उधर से, बात तो एक ही है।"

13. **बात पक्की रही**—यही हमारा अंतिम निश्चय है जिसे हम दोनो पक्ष मानेंगे।

14. **बात बदल देना**—एक प्रसंग को छोड़कर दूसरे प्रसंग पर आना; जैसे, "हमें आते देखकर उन्होंने बात बदल दी।"

15. **बात यह है**—मूल बात या अत्यधिक महत्त्वपूर्ण बात तो यह है; जैसे—

(क) "बात यह है कि उसे सामान उधार चाहिए।"

(ख) "बात यह है कि माँ मुझको बहुत प्यार करती थी।"

16. **बातें बनाना**—घुमा-फिराकर बातें कहना, बहाने बनाना; जैसे, "हटो जाओ, न मोसों बनाओ बतियाँ !"

17. **यह कोई अच्छी बात नहीं**—यह बात या काम अनुचित या कष्टकर है; जैसे, "रात-रात-भर घर से बाहर रहना कोई अच्छी बात नहीं।"

18. **यह दूसरी बात है**—यह बात (उस बात से) भिन्न है या अप्रासंगिक है; जैसे, "उन्होंने

बारात का स्वागत-सत्कार तो अच्छी तरह किया, यह दूसरी बात है कि खाने-पीने में देर-सवेर होती रही।"

19. यह पक्की बात है—मैं इस बात का विश्वास दिलाता हूँ; जैसे, "मैं उसे पुनः अपने यहाँ रख लूँगा, यह पक्की बात है।"

20. यह, बताने की बात नहीं—यह बात गोपनीय है, इस रहस्य को बताने की आवश्यकता नहीं; जैसे, "पूछिए मत, यह बताने की बात नहीं।"

21. यह बात है—अब मुझे बात ठीक से समझ में आई है; जैसे—

"वह बार-बार जानते हो यहाँ क्यों आता है?"

"अपनी नौकरी के लिए।"

"अपनी नौकरी के लिए नहीं, अपने बेटे की नौकरी के लिए।"

"अच्छा, यह बात है!"

22. यह भी कोई कहने की बात है—इस बात का उल्लेख ज़रूरी नहीं, यह तो तुच्छ बात है; जैसे, "यह भी कोई कहने की बात है कि उनका काम हमारे बिना नहीं चल सकता।"

23. यह भी कोई पूछने की बात है—यह बात जग में प्रसिद्ध है; जैसे, "वे विद्वान हैं या नहीं, यह भी कोई पूछने की बात है!"

24. यह भी कोई बात हुई—यह समझदारी की बात नहीं, यह उचित बात नहीं; जैसे, "मन की बात न हुई तो लगे ऊधम मचाने। यह भी कोई बात हुई!"

बाद

1. एक के बाद एक—इस क्रिया-विशेषण पदबंध में 'एक-एक के क्रम से' की विवक्षा है।

2. के बाद, बाद में—'के बाद' संबंधबोधक है और 'बाद में' क्रिया-विशेषण। 'के बाद' में क्रम, घटना तथा समय के अनंतर की विवक्षाएँ हैं; जैसे—

(क) "राम के बाद कृष्ण और कृष्ण के बाद गोपाल आया।"

(ख) "वह विवाह के बाद दिल्ली जाएगा।"

(ग) "वह दो बजे के बाद आया था।"

मिनट, घंटा, दिन, सप्ताह, मास, वर्ष आदि के बाद 'के' का प्रायः लोप होता है; जैसे—

दो मिनट बाद, तीन घंटे बाद,
चार सप्ताह बाद, पाँच मास बाद,
छह वर्ष/साल बाद, कुछ समय बाद,
कई हफ्ते बाद, आदि।

'बाद में' में 'किसी क्रिया या घटना के उपरांत', 'कुछ समय बीत जाने पर' या 'फिर कभी' की विवक्षा है; जैसे, "बाद में इस विषय पर भी विचार होगा।"

3. के बाद जाकर—स्थानीय प्रयोग है। 'जाकर' यहाँ फालतू है।

4. बाद में, बाद को—'बाद में' मानक प्रयोग है और 'बाद को' स्थानीय; जैसे, "अंग्रेज़ी वाक्यतंत्र में उद्देश्य का स्थान पहले है, विधेय का स्थान बाद को है।"

—डा. रामविलास शर्मा

बादल

इस पुंलिंग संज्ञा का प्रयोग बहुवचन में होता है; जैसे—

(क) "बादल छा गए।"

(ख) "बादल घिर आए।"

बाप

बाप का माल—पैतृक संपत्ति, बिना कमाए मिलनेवाला मुफ्त का माल; जैसे, "यदि तुम

कश्मीर को बाप का माल समझने लगोगे तो हम धारा 370 हटाकर उसे पूरी तरह अपना माल बना लेंगे।" —शरद जोशी

बाल

सामान्यतः 'बाल' का प्रयोग बहुवचन में ही होता है; जैसे, "उसके बाल लंबे हैं।"

लाक्षणिक अर्थ में 'रेखा' की विवक्षा सूचित करने के लिए इसका एकवचन में प्रयोग होता है; जैसे, "शीशे में आया हुआ बाल कभी जा नहीं सकता।"

बच्चों के मुंडन से पहले के बालों को 'पहला बाल' (एकवचन) कहते हैं; जैसे, "हमारे परिवार में प्रथा थी कि लड़कों का पहला बाल विंध्याचल की देवी के समक्ष उतरवाया जाता था।" —बच्चन

बाली उमरिया

इस स्त्रीलिंग संज्ञा पदबंध का प्रयोग मुख्यतः किशोरियों की अल्हड़ अवस्था के लिए होता है और सदा स्त्रीलिंग एकवचन में होता है।

बिना

बिना + विकारी आकृदंत :

"*बिना हँसे* वह नहीं रहता।"

"*बिना गाए* उसे चैन नहीं।"

"*बिना गए* काम सरनेवाला नहीं।"

ये क्रिया-विशेषण पदबंध हैं। प्रायः 'बिना' को विकारी कृदंत के बाद भी रखते हैं; जैसे—

"गए बिना काम नहीं चलेगा।"

"खाए बिना (भी तो) गुज़ारा नहीं।"

आकृदंत की धातु का कर्म भी साथ हो तो भी 'बिना' का प्रयोग दोनो स्थितियों में होता है; जैसे—

"बिना काम किए वह यहाँ से चला गया।"

"काम किए बिना वह यहाँ से चला गया।"

बिल्कुल

प्रविशेषण की तरह प्रयुक्त होता है; आशय है—पूरी तरह से, पूर्णतया; जैसे, "लड़की बिल्कुल अच्छी है।"

1. बिल्कुल ठीक—(i) पूर्ण सहमति जतलाने के लिए इस पदबंध का प्रयोग होता है; जैसे—

"दो-दो कितने होते हैं?"

"चार।"

"बिल्कुल ठीक।"

(ii) यह पदबंध अच्छे स्वास्थ्य का भी परिचायक है; जैसे—

"आपकी तबीयत कैसी है?"

"बिल्कुल ठीक (हूँ)।"

2. बिल्कुल नहीं—इस पदबंध का प्रयोग किसी प्रश्न या तथ्य के प्रति पूर्ण असहमति या विपरीतता सूचित करने के लिए होता है; जैसे—

"तुमने उसे मारा?"

"बिल्कुल नहीं।"

"तुमने चोरी की?"

"बिल्कुल नहीं।"

"तुम उससे बोले?"

"बिल्कुल नहीं।"

3. बिल्कुल, सरासर—दोनों में विवक्षा है—पूरी तरह। 'बिल्कुल' का क्षेत्र व्यापक है जबकि 'सरासर' का प्रयोग दोष, अनौचित्य आदि की विकरालता प्रकट करने के लिए होता है। 'मैं बिल्कुल अच्छा हूँ' कहना प्रशस्त है, परंतु 'मैं सरासर अच्छा हूँ' कहना प्रशस्त नहीं। निम्नांकित वाक्यों में 'सरासर' का प्रयोग द्रष्टव्य है :

(क) "यह सरासर झूठ है।"

(ख) "अगर आप उस बात को मेरी गलती समझती हैं तो यह आपकी सरासर नादानी है।"

(ग) "यह उनकी सरासर ज़्यादती थी।"

बीच

संज्ञा अर्थ में 'बीच' मध्य तथा पारस्परिकता के अर्थों में प्रयुक्त होता है; जैसे—

(क) "हमें बीच का रास्ता अपनाना चाहिए।"

(ख) "उन दोनो के बीच की बात हम नहीं जानते।"

'के बीच' का प्रयोग समय, स्थान, स्थिति आदि के प्रसंगों में मध्य भाग में (और शिथिल अर्थ में भी) संबंधबोधक के रूप में होता है; जैसे—

"वह दो और तीन बजे के बीच शायद जाए।" (ज़रूरी नहीं कि ढाई बजे ही जाए)

"बनारस और दिल्ली के बीच कानपुर पड़ता है।"

"इन दोनो भाइयों के बीच एक बहन भी है।"

"हमारे बीच वह बोलेगा नहीं।"

1. बीच का—आपसी, दोनो पक्षों से संबद्ध; जैसे, "यह पति और पत्नी के बीच का मामला ठहरा।"

2. बीच बाज़ार/सड़क में—बाज़ार (या सड़क) के बीचोबीच अर्थात् बहुत-से लोगों की उपस्थिति में; जैसे, "बीच बाज़ार में मल्लयुद्ध अच्छा नहीं।"

3. बीच में, बीच-बीच में—क्रिया-विशेषण 'बीच में' का प्रयोग दो बिंदुओं या समयों के दौरान कहीं/कभी भी के अर्थ में प्रायः शिथिलतापूर्वक होता है; जैसे—

(क) "बीच में एक नागा साधु भी है।"

(ख) "बीच में वह एक बार मुझसे मिलने आया।"

'बीच-बीच में' अनेक बार की विवक्षा है; जैसे, "बीच-बीच में यहाँ वर्षा हुई।"

4. बीच में आ टपकना—दखल देना, हस्तक्षेप करना; जैसे, "हम लोग जब भी बात करने बैठते हैं वह बीच में आ टपकता है।"

5. बीच में पड़ना—विवादी पक्षों में होनेवाले विवाद को निपटाने का प्रयत्न करना, मध्यस्थता करना।

6. बीचोबीच—क्रिया-विशेषण; ठीक बीच में; जैसे, "वह सड़क के बीचोबीच खड़ा था।"

बीड़ा

बीड़ा उठाना—कोई बड़ा या विकट काम करने या उसका उत्तरदायित्व ग्रहण करने के लिए आगे आना; जैसे, "उन्होंने वन-संपदा की रक्षा का बीड़ा उठाया था।"

ऐसा कहा जाता है कि राणा लोग थाली में एक बीड़ा (पान) रख देते थे और किसी उत्तरदायित्वपूर्ण कार्य को संपादित करने की चर्चा करते थे। दरबारियों में से जो उस उत्तरदायित्व को ग्रहण करने के लिए उत्सुक या तत्पर होता था वह उस पान के बीड़े को उठा लेता था। इसी आधार पर यह मुहावरा बना है।

बुरा

1. तो क्या बुरा है—वाक्य रूप में प्रयुक्त; कुछ बुरा नहीं, बहुत ठीक है; जैसे, "अगर एक के बलिदान से सबकी जान बच जाए तो क्या बुरा है!"

2. बुरा न मानना—किसी के अप्रिय या कठोर वचनों से अप्रसन्न या दुखी न होना; जैसे, "पति ने पत्नी की इस बात का बुरा न माना।"

3. बुरा मान जाना—अप्रसन्न हो जाना; जैसे,

"ज़रा-सी बात से वे बुरा मान गए।"

4. बुरा बनना—अपने ऊपर बुराई ले लेना, दोष या अपराध का भागी बनना; जैसे, "इस कारण ही मैं बुरा बना।"

5. बुरी बात—अनुचित काम या बात। (छोटे) बच्चों को कोई काम बिगाड़ने से रोकने के लिए इस पदबंध का प्रयोग करते हैं; जैसे, "बड़ों को आँखें दिखाना बुरी बात है।"

बूढ़ा

बूढ़ा-बूढ़ी / बूढ़ी-बूढ़ा—दोनो पदबंध समान रूप से चलते हैं। स्त्रीवाची शब्द समस्तपद में पहले रहता है या लाघव मात्रावाला। इस दृष्टि से बूढ़ी-बूढ़ा ही प्रशस्त है। संभवतः अधिक सामाजिक महत्त्व के कारण ही बूढ़े को 'बूढ़ा-बूढ़ी' में वरीयता प्राप्त हुई है। इनके बहुवचन रूप हैं—बूढ़े-बूढ़ियों और बूढ़ियाँ-बूढ़े अर्थात् दोनो पदों को बहुवचन रूप प्राप्त होता है। इन बहुवचनों के परे परसर्ग हो तो विकार उत्तर (अंतिम) पद में ही पर्याप्त समझा जाता है; जैसे, "मैं गाँव के कई बूढ़े-बूढ़ियों से मिला।"

परंतु कुछ लोग अवश्य दोनो पदों में विकार लाते हैं; जैसे, "मैं गाँव के कई बूढ़ों-बूढ़ियों से मिला।"

बेचारा

बेचारा, बिचारा—'बेचारा' ही मानक है। यह विकारी विशेषण है और 'असहाय' के अर्थ में प्रयुक्त होता है। 'बिचारा' स्थानीय प्रयोग है।

बेड़ा

1. बेड़ा गर्क हो जाना—सब-कुछ डूब जाना, अपने पल्ले कुछ भी न रहना; जैसे, "उसने कमाया तो अथाह धन था, पर लाटरी के चक्कर में उसका बेड़ा गर्क हो गया।"

2. तेरा बेड़ा गर्क हो!—अभिशाप के रूप में प्रयुक्त कथन। आशय है कि तुम्हारा सब-कुछ नष्ट हो जाए; जैसे, "हमें कंगाल कर देनेवाले, जा तेरा भी बेड़ा गर्क हो!"

बेमौत

बेमौत मरना—अकारण अत्यंत दुर्दशा भोगना; जैसे, "मैंने सोच लिया था कि यदि मेरे मित्र ने समय पर सेठ का कर्ज न चुकाया तो मैं बेमौत मरूँगा।"

बेसिर-पैर का

विशेषण पदबंध है। आशय है—बेतुका, ऊलजलूल; जैसे, "उसे बेसिर-पैर की बातें करने की आदत-सी पड़ गई है।"

बैठाना, बिठाना

'बैठाना' ही मानक है, परंतु 'बिठाना' का प्रयोग भी धड़ल्ले से होने लगा है।

बोतल

जब बोतल भरे हुए पदार्थ के मान की सूचक होती है तो इसका प्रयोग एकवचन में ही होता है; जैसे—

"मैंने तीन बोतल शराब पी।"

"उसे दो बोतल खून चढ़ाया गया।"

परंतु जब बोतलों की गिनती की बात विचारणीय होती है तब बहुवचन में ही प्रयोग समीचीन रहता है; जैसे, "यहाँ खाली बोतलें कितनी होंगी?"

बोलना

1. कहना और बोलना—('कहना' देखें।)

2. बोल जाना—मर जाना। यह शिष्ट प्रयोग नहीं।

3. बोले बिना न रहना/न रहा जाना—चुप न रह सकना, बेमतलब बीच में बोल उठना, बिना माँगे ही राय देना; जैसे, "उसकी

जगह-जगह दुर्दशा होने का कारण यही है कि उससे बोले बिना रहा नहीं जाता।"

भर

विशेषण रूप में इसका अर्थ है—भरा हुआ; जैसे, 'चम्मच-भर' (भरा हुआ चम्मच), 'मुट्ठी-भर' (भरी हुई मुट्ठी), 'गिलास-भर' (भरा हुआ गिलास) आदि। ध्यान रहे कि इसका प्रयोग एकवचन संज्ञा के साथ तथा उसके बाद ही होता है।

दूसरे, 'चम्मच-भर', 'चुल्लू-भर', 'मुट्ठी-भर' आदि में 'एक' की विवक्षा भी है। यदि आप दो या तीन चम्मच (चुल्लू या मुट्ठी) दें तो 'भर' की आवश्यकता ही नहीं पड़ेगी; जैसे, "मैंने उसे दो मुट्ठी चावल दिया।"

इसी प्रकार 'मुट्ठी-भर', 'चुल्लू-भर' के साथ 'एक' विशेषण लगाना भी व्यर्थ है; जैसे, "एक चम्मच-भर चीनी उन्होंने मुझे दी।" इसमें 'एक' व्यर्थ है। 'चम्मच-भर चीनी उन्होंने दी' यथेष्ट है।

1. घर-भर—घर के समग्र लोग; जैसे, "घर-भर सिनेमा देखने गया था।" आशय है कि सारा घर अर्थात् घर के सभी लोग सिनेमा देखने गए थे।

2. चवन्नी/अठन्नी-भर—चवन्नी (या अठन्नी) के बराबर; "सोने में चवन्नी-भर खोट है।"

3. बूँद-भर—इस पदबंध का प्रयोग तरल पदार्थों के लिए होता है और आशय होता है—एक बूँद भी; जैसे, "सुजाता के मन पर उस हादसे का बूँद-भर भी असर नहीं हुआ।"

—सुशीला गुप्ता

यहाँ बूँद-भर का प्रयोग खटकता है। बूँद-भर की जगह 'नाममात्र के लिए', 'कुछ भी', 'ज़रा भी', 'हवा-भर' आदि से काम बखूबी चल सकता है।

भर और ही

दोनो निपातों से 'इतना ही' या 'इसके अतिरिक्त और कुछ नहीं' का अर्थ सूचित होता है। 'ही' से अनिवार्यता और दृढ़ता भी झलकती है; जैसे, "मुझे गीत ही सुनना है।" जबकि 'भर' से 'पर्याप्तता' की विवक्षा निकलती है; जैसे, "आज दूध-भर ले लूँगा।"

भरती, भर्ती

दोनो रूप चलते हैं। 'भरना' से संज्ञा 'भरती' ही बनता है, 'भर्ती' नहीं। संभवतः यह लाघव रूप होने के कारण चल पड़ा है।

भरती का—ठूँसा हुआ, फालतू; जैसे, "प्रायः भरती के शब्दों से वाक्य भ्रामक और बोझिल हो जाते हैं।" —रामचंद्र वर्मा

भरसक

क्रिया-विशेषण है। आशय है—अपनी शक्ति से; जैसे, "उसने समय पर वहाँ पहुँचने का भरसक प्रयत्न किया।"

अपने भरसक—क्रिया-विशेषण पदबंध है। आशय है—अपनी शक्ति के अनुसार। ध्यान रहे, भरसक के साथ तिर्यक रूप में 'अपना' का प्रयोग होता है। 'अपनी भरसक' स्थानीय प्रयोग है।

-भरा

समस्तपदों में उत्तरपद के रूप में 'से भरा हुआ' का अर्थ देता है; जैसे, 'प्यार-भरा' (प्यार से भरा हुआ), 'जादू-भरा' (जादू से भरा हुआ), 'आँसू-भरा' (आँसुओं से भरा हुआ)।

भरोसा

1. के भरोसे—संबंधबोधक है और 'के आसरे' का पर्याय है; जैसे, "वहाँ मैं कब तक उनके भरोसे बैठा रहता!"

2. भरोसे का—विशेषण पदबंध है। आशय है—जिस पर भरोसा किया जा सके अर्थात् भरोसेमंद। 'भरोसे के' विश्वास और यकीन का पर्याय हैं, परंतु 'विश्वास का' या 'यकीन का' इस तरह के प्रयोग नहीं होते और न इनसे इस प्रकार का कोई विशिष्ट आशय ही निकलता है।

इस पद में दो विवक्षाएँ हैं। एक तो यह कि संबद्ध व्यक्ति से हम जो आशा करते हैं उस पर वह खरा उतरेगा और दूसरी यह कि जो बात वह कहेगा या वचन देगा उसे वह पूरी तरह निभाएगा भी।

भला

1. तुम्हारा भला है—तुम्हारी भलाई या हित है; जैसे, "उसकी बात मान लेने में ही तुम्हारा भला है।"

2. तुम्हारा भला हो—आशीर्वचन, तुम सुखी तथा समृद्ध हो, तुम्हारा कल्याण हो; जैसे—

(क) "भिक्षा देने या न देनेवाले हर व्यक्ति से वह कहता था : तुम्हारा भला हो।"

(ख) "मुझे सतानेवाले, जा तेरा भला हो।"

भविष्यकाल (भविष्यत्काल)

जो समय अभी आने को हो उसे भविष्य कहते हैं और जो क्रियापद उक्त समय को इंगित करे उसे भविष्यकाल कहते हैं। भविष्यकाल द्वारा किसी ऐसे व्यापार का बोध कराया जाता है जो आगे चलकर घटित होने को हो।

भविष्य अनिश्चित होता है, संभवतः यही कारण है कि भविष्यकाल के क्रियापद संभावनासूचक भी हैं।

'कल छुट्टी होगी' के संबंध में डा. जगन्नाथन लिखते हैं : "...में व्यक्ति सूचना नहीं दे रहा है, अनुमान कर रहा है।" ('प्रयोग और प्रयोग', पृ. 84)। उनका कथन अंशतः सत्य है। 'कल छुट्टी होगी', 'कल बाज़ार बंद होगा', 'अगले हफ्ते दो छुट्टियाँ होंगी' आदि वाक्य अब भी पुरानी पीढ़ी के लिए सूचना-प्रधान ही हैं। हुआ यह है कि अंग्रेज़ी की वाक्य-रचना की देखा-देखी कुछ स्थलों पर 'होगा' की जगह 'है' का प्रयोग भी होने लगा है।

Tomorrow is holiday– 'कल छुट्टी है' यह वाक्य पूर्वोक्त अंग्रेज़ी वाक्य की देन है। यह ठीक है कि अब इस प्रकार के प्रयोग प्रशस्त हो चुके हैं, परंतु इसका यह आशय नहीं कि भविष्यकाल के पद सूचना देते ही नहीं। वे सूचना देते हैं और संभावना भी व्यक्त करते हैं। जब कोई पूछता है कि 'कल क्या होगा?' तो उत्तर में कहा जाता है कि 'कल दीवार बनेगी।' यदि प्रश्न हो कि 'कल क्या है?' तो उसका उत्तर आप कदापि नहीं दे सकते कि 'कल दीवार बनेगी'। 'देख लेना कल पानी बरसेगा' भावी घटनाक्रम के घटित होने का द्योतक भी है, मात्र संभावना द्योतक नहीं।

भागा-भागा, दौड़ा-दौड़ा

(i) दोनों विकारी क्रिया-विशेषण हैं; जैसे—

"लड़का भागा-भागा / दौड़ा-दौड़ा आया।"

"लड़की भागी-भागी / दौड़ी-दौड़ी आई।"

"लड़के भागे-भागे / दौड़े-दौड़े आए।"

(ii) तिर्यक रूप में भी इनका प्रयोग होता है; जैसे—

"लड़का भागे-भागे आया।"

"लड़की दौड़े-दौड़े आई।"

भाग्य

1. भाग्य का खोटा—अभागा।

2. भाग्य का धनी—भाग्यशाली।

3. भाग्य की बात है—संयोग की बात ही समझिए कि मेरे (हमारे) साथ ऐसी दुखद या कष्टदायक घटना होने को थी; जैसे, "भाग्य की बात है कि सीढ़ी पर से मेरा पैर फिसल गया।"

4. भाग्य से—क्रिया-विशेषण पदबंध है। आशय है—भाग्यवश; जैसे—

(क) 'आशा तो नहीं थी, पर उसके भाग्य से काम बन गया।"

(ख) "भाग्य से पासा ही उलटा पड़ा।"

भाड़

भाड़ में जाए—आक्रोश, घृणा तथा उपेक्षा का सूचक पदबंध। (मुझे ज़रा भी उसकी) परवाह नहीं, चाहे उसके साथ जो बीते; जैसे, "भाड़ में जाए ऐसा बेटा जो माता-पिता की नाक कटाने पर तुला हो!"

भार

भार उठाना—पालन-पोषण के खर्च का भार अपने ऊपर लेना; जैसे, "आतंकवादियों के कारण इस प्रदेश की सरकार को लाखों शरणार्थियों के भरण-पोषण का भार उठाना पड़ रहा है।"

भारी

1. भारी पड़ना—तौल, गुणवत्ता, महत्त्व में किसी की तुलना में अधिक होना।

2. भारी बना रहना—गंभीर रहना, बिल्कुल न बोलना, कोई बात न करना; जैसे, "दूसरे दिन मैं अपनी पत्नी से भारी बना रहा।"

भीड़

भीड़ लगना—अधिक मात्रा या परिमाण में एकत्र होना; जैसे—

(क) "सुबह से स्कूल के फाटक पर भीड़ लगी थी।"

(ख) "वे काफ़ी देर से मुँह बंद किए बैठे रहे, हृदय में भावों की भीड़ लग चली थी।"

भीतर

1. भीतरवाला—ईश्वर या आत्मा; जैसे, "उसके व्यवहार से मुझे कैसी गहरी चोट लगी, यह भीतरवाला ही जानता है।"

2. भीतर ही भीतर—अंदर ही अंदर, लोगों की आँखों से बचा कर; जैसे, "भीतर ही भीतर यह गुल खिल रहा था।"

मंगलना

'बुझाना' क्रिया की जगह 'मंगलना' का प्रयोग मंगलभाषित माना जाता है; जैसे, 'चूल्हा मंगलना', 'होली मंगलना'।

मँगेतर

(i) उभयलिंगी है। आशय है—जिससे किसी की मँगनी हुई हो। युवक की दृष्टि से उसकी प्रेमिका मँगेतर हुई और युवती की दृष्टि से उसका प्रेमी मँगेतर हुआ।

(ii) इसमें दो विवक्षाएँ हैं: जिसकी मँगनी हुई हो वह भी मँगेतर है और जिससे मँगनी हुई हो वह भी मँगेतर है।

मंत्री

कुछ लोग संस्कृत-निष्ठा के कारण समस्तपदों में 'मंत्री' की जगह 'मंत्रि' का प्रयोग करते हैं; जैसे, 'मंत्रिमंडल', 'मंत्रिपरिषद्', आदि। परंतु सामान्य हिंदीवेत्ता 'मंत्रीमंडल', 'मंत्रीपरिषद्' (बल्कि 'मंत्रीपरिषद') ही प्रयुक्त करते हैं।

मक्खी

मक्खियाँ मारना—कुछ न करना, खाली बैठे

रहना या व्यर्थ समय गँवाना; जैसे, "हमारे विभागों के प्रमुखों को सिवाए मक्खियाँ मारने के और काम ही क्या रहता है !"

—शरद जोशी

मज़ा

1. मज़ा आ जाना—आनंद प्राप्त होना; जैसे, "कहानी सुनकर मज़ा आ गया।"

2. मज़ा किरकिरा हो जाना—रसभंग हो जाना, आनंद में खलल पड़ना; जैसे, "वर्षा ने कवि-सम्मेलन का सारा मज़ा किरकिरा कर दिया।"

3. मज़ा चखना—दंड भोगना; जैसे, "उसने भी हमारी खिल्ली उड़ाकर मज़ा चख लिया।"

4. मज़ा चखाना—दंडित करना।

5. मज़े में—सुखद स्थिति में; जैसे, "मैं मज़े में हूँ।"

6. मज़े से—(i) आनंद लेते हुए; जैसे, "उन्होंने इस घटना का वर्णन बड़े मज़े से किया है।"

(ii) अच्छी तरह; जैसे, "बच्ची अब मज़े से चलती है।"

मज़ाक

1. मज़ाक छोड़ो—मेरी बात का मज़ाक मत उड़ाओ बल्कि समय या काम की गंभीरता पहचानो; जैसे, "मज़ाक छोड़ो, मेरा पैसा लौटाओ।"

2. मज़ाक नहीं—(अमुक काम) सरल नहीं; जैसे, "ऐसी भाषा लिखना मज़ाक नहीं।"

3. मज़ाक-मज़ाक में—यों ही, हँसी के लिए; जैसे, "मैंने तो उनसे इतना ही कहा था, वह भी बस मज़ाक-मज़ाक में।"

4. मैं मज़ाक नहीं कर रहा—जो बात कह रहा हूँ वह तथ्यपूर्ण, सत्य या महत्त्वपूर्ण है; जैसे, "मैं तुमसे मज़ाक नहीं कर रहा, सचमुच उसे पुलिस पकड़कर ले गई है।"

मतलब

तुमसे मतलब?—इस बात का तुमसे कोई संबंध नहीं, इस विषय में हमसे बात मत करो, अनावश्यक हस्तक्षेप मत करो; जैसे—

"क्या आपका टी.वी. खराब है?"

"तुमसे मतलब?"

'तुम' की जगह 'आप' का भी प्रयोग होता है; जैसे, "मेरा पैसा है, जैसे चाहूँ खर्च करूँ। आप बोलनेवाले कौन होते हैं? आप से मतलब?"

मन

1. मन मोटा कर लेना—मन उचट जाना, विराग उत्पन्न हो जाना; जैसे, "पता नहीं कवि-सम्मेलनों में वाहवाही लूटनेवाले उस जैसे कवि ने कविता से क्यों मन मोटा कर लिया!"

2. मेरा मन!—इस पदबंध का वाक्य के रूप में प्रयोग होता है। उत्तर के रूप में किसी के यह पूछने पर कि तुम यह काम क्यों कर रहे हो अथवा क्यों नहीं कर रहे, अथवा इस प्रकार क्यों या क्यों नहीं कर रहे हो इसका प्रयोग उत्तर के रूप में किया जाता है। आशय है—मेरी ऐसी ही इच्छा है, और मैं इसका कारण आपको नहीं बताऊँगा। इसमें अक्खड़पन या दंभ की विवक्षा रहती है।

मरना

1. मर-खपकर—बड़ी कठिनाई से, बहुत कष्ट सहकर; जैसे, "सारी उम्र मर-खपकर यह झोंपड़ी बनाई है।"

2. मरना पड़ेगा—इस कथन का प्रयोग उस समय करते हैं जब किसी कष्टप्रद कार्य को करने के लिए कोई विवश होता है; जैसे, "यह काम कोई नहीं करेगा, आखिर मुझे ही मरना पड़ेगा।"

3. मरने-मारने के लिए तैयार—युद्ध या

लड़ाई में शत्रु या विपक्षी की जान लेने या अपनी जान देने के लिए तत्पर या कटिबद्ध; जैसे, "अहीर संख्या में थे तो चार-पाँच ही, पर वे मरने-मारने के लिए तैयार जान पड़ते थे।"

4. मर-मरा जाना—'मरा' यहाँ 'मर' का वैसे ही अनुकरणवाची है जैसे 'मर-खप जाना' में 'खप'। आशय है—मर जाना, निधन हो जाना।

5. मरे जाना—पूरी तरह आसक्त हो जाना; जैसे, "न जाने वह उस कुबड़ी पर क्यों मरे जाता है!"

6. मुझ मरी का मुँह देखो—स्त्रियों द्वारा प्रयुक्त। किसी को किसी काम में अग्रसर होता देख उसे रोकने के लिए इस कथन का प्रयोग किया जाता है। आशय है—पहले मेरे मुरदे के दर्शन कर लेना, फिर वह काम करना; जैसे, "मुझ मरी का मुँह देखो जो बहू पर हाथ उठाया तो!"

मर्ज़ी

1. जैसी तुम्हारी मर्ज़ी—जैसा चाहो करो। जब कोई हमारी राय नहीं मानता हो और अपनी मर्ज़ी के अनुसार ही काम करना चाहता हो तब उक्त पदबंध का प्रयोग करते हैं। इसमें भाव यह भी छिपा है कि 'तुम्हारा काम युक्तियुक्त नहीं'।

2. मर्ज़ी का मालिक—वह व्यक्ति जो दूसरों की बातों पर ध्यान न देता हो और जो उसके मन में आता हो वही करता हो; जैसे, "उसने घर को सराय समझ रखा है। जब चाहती है आती है, जब चाहती है जाती है। मर्ज़ी की मालिक जो ठहरी!"

महान, महान्

तत्सम रूप 'महान्' है और आज भी संस्कृतनिष्ठ हिंदी लिखनेवाले 'महान्' लिखते हैं। परंतु अधिकतर लेखक अब 'महान' लिखना ही पसंद करते हैं। जो संस्कृत शब्द हिंदी में रच-पच गए हैं उनके अंत्य हल् चिह्न को अधिकतर लेखक हटा देते हैं।

महानता

पिछले दिनों 'महानता' को अशुद्ध बतलाया जाता था, क्योंकि 'महान्' तत्सम विशेषण से 'महत्ता' संज्ञापद बनता है। परंतु अब जब हमने 'महान्' की जगह 'महान' को वरीयता दे दी तब 'महानता' से द्वेष कैसा!

महीना

(i) मास के अर्थ में यह सामान्य आकारांत पुंलिंग संज्ञा की तरह प्रयुक्त होता है; जैसे—

(क) "महीना बीत चला है।"

(ख) "कई महीने बीत गए।"

(ग) "हमने वहाँ दो महीने बिताए।"

(ii) क्रिया-विशेषण रूप में वचन प्रभावी रहता है; जैसे—

मैं एक महीना दिल्ली रहा।

मैं दो महीने यहाँ रहा।

मैं महीना-भर दिल्ली रहा।

वह महीनों से (अर्थात् कई महीनों से) गायब है।

(iii) 'वह एक महीने दिल्ली रहा' में 'महीने' के बाद 'तक' लुप्त प्रतीत होता है।

(iv) वेतन तथा रजोधर्म के अर्थ में एकवचन में प्रयुक्त होता है; जैसे—

(क) "उसे सात सौ रुपए महीना मिलता है।"

(ख) "उसे महीने पर रखेंगे या दिहाड़ी पर।"

(ग) "उसे अब महीना नहीं होता।"

(यहाँ 'महीने' से तात्पर्य रजस्वला होने से है।)

माताओ तथा बहनो

सभा में उपस्थित स्त्रियों के लिए सामूहिक संबोधन।

मात्र, केवल

दोनो बलप्रदायक तत्सम निपात हैं और दोनो ही 'और नहीं' की विवक्षा प्रकट करते हैं। जिस पद पर ज़ोर देना होता है उसके पूर्व 'केवल' आता है ("मैं केवल दूध पिऊँगा") और 'मात्र' बाद में ("मैं दूध मात्र पिऊँगा")। कुछ लोग एक ही पद पर अधिक ज़ोर देने के लिए दोनों का आगे-पीछे प्रयोग करते हैं ("मैं केवल दूध मात्र पिऊँगा"), परंतु ऐसा करना अच्छा नहीं समझा जाता।

'मात्र' का प्रयोग 'सब' तथा 'प्रत्येक' के संदर्भ में भी होता है; जैसे, "प्राणिमात्र पर दया करनी चाहिए।" इस प्रसंग में 'केवल' का प्रयोग नहीं होता।

मानक

यद्यपि संस्कृत व्याकरण से यह शब्द असिद्ध है, परंतु आचार्य रामचंद्र वर्मा द्वारा गढ़ा हुआ यह शब्द अंग्रेज़ी Standard के लिए रूढ़ हो चुका है और इससे बने मानकीकरण (Standardization) तथा मानकीकृत (Standardized) भी चलन में आ चुके हैं।

मानना

इस क्रिया में कई विवक्षाएँ हैं : स्वीकार करना, गृहीत करना, अनुसरण करना आदि। इसमें एक महत्त्वपूर्ण विवक्षा है संकल्प करने की; जैसे, "उन्होंने हनुमानजी को सवा मन लड्डू माना है।"

इसी से संबद्ध एक और विवक्षा संकल्प पूरा करने की भी इसमें है; जैसे, "स्वामी चैतन्य कीर्ति ने युवावस्था में 'जिन खोजा तिन पाइँया' कथा पढ़ी, सीधे बंबई चल दिए ओशो के पास और हठपूर्वक 4 सितंबर 1971 को संन्यास लेकर ही माने।"

1. न माने—हठ करे; जैसे, "यदि हृदय की व्यथा न माने तो अकेले बैठकर रो लीजिए, पर संसार के सामने आइए तो हँसता हुआ चेहरा लेकर।" —विश्वनाथ मुकर्जी

2. मानकर चलना—किसी बात को सत्य समझकर तथा आधार बनाकर आगे बढ़ना; जैसे, "हम यह मानकर चलते हैं कि सन् 2000 में हमारी जनसंख्या सौ करोड़ होगी।"

3. मान लो कि, मान लीजिए कि—तर्क के विचार से किसी बात को सत्य रूप में स्वीकार कर लो/लीजिए; जैसे, "मान लीजिए कि एक रुपए में तीन संतरे मिलते हैं।"

4. मैं नहीं मानता—(इस बात से) मैं सहमत नहीं; जैसे, "मैं नहीं मानता कि इस तोड़-फोड़ के पीछे उसका हाथ है।"

5. मानो या न मानो—सचाई यह है कि; जैसे, "मानो या न मानो, मैंने तुम्हारी घड़ी नहीं उठाई।"

माननीय, मान्य

'माननीय' तत्सम शब्द है और इसका अर्थ है—मान/सम्मान के योग्य। संबोधन करते समय इसका बहुधा प्रयोग होता है; जैसे, 'माननीय महाशय', 'माननीय सज्जनवृंद'।

कुछ महानुभाव हिंदी 'मान' ('मानना' क्रिया) में 'नीय' प्रत्यय का योग मानकर चलते हैं; जैसे, "इसी से प्रो. मैक्समूलर ने. . . हमारे लेख के नायक का समय भी ईस्वी 14वीं शताब्दी स्थिर किया, जो किसी प्रकार माननीय नहीं हो सकता।" —डा. ओझा

यहाँ 'माननीय' के स्थान पर 'मान्य' ही उपयुक्त है। 'मान्य' का अर्थ है—स्वीकार करने योग्य, मानने योग्य।

तालिका-11

एकवचन	बहुवचन	बहुवचन तिर्यक	प्रयोग
तोला	तोले	तोलों	'दो तोले की सिकड़ी'
माशा	माशे	माशों	'तीन माशे की अँगूठी'
सेर	सेर	सेरों	'पाँच सेर का बटखरा'
मन	मन	मनों	'कई मन का बोझ'
मील	मील	मीलों	'तीन मील का रास्ता'

मानकसूचक संज्ञापद

प्रायः निश्चित या अनिश्चित संज्ञासूचक के साथ मानसूचक बहुवचन संज्ञापद संबंध-बोधक परे रहने पर भी तिर्यक रूप प्राप्त नहीं करते। (तालिका-11 देखें)

इसी प्रकार 'तीन मंज़िल का मकान', 'दस हाथ की सीढ़ी', 'दो कौड़ी का आदमी' भी प्रयोगसिद्ध हैं।

(ii) परंतु जब बिना संख्यासूचकों के और विशेषतः सामस्त्यसूचक रूप में इनका प्रयोग होता है तब तिर्यक रूप दिखाई पड़ते हैं; जैसे—

(क) "उसे मीलों का सफ़र रोज़ करना पड़ता है।"

('उसे बीस मील का सफ़र रोज़ करना पड़ता है।'—संख्यासूचक)

(ख) "वह मनों का बोझ उठाता है।"

('वह चार मन का बोझ उठा सकता है।'—संख्यासूचक)

मामला

आपसी मामला—ऐसी बात जिसका संबंध दो लोगों (या पक्षों) के बीच में हो; जैसे, "यह मियाँ-बीवी का (या 'दो पड़ोसियों का', 'दो संप्रदायों का', 'दो राष्ट्रों का' आदि) आपसी मामला है, इसमें दखल देने की आवश्यकता नहीं।"

मारका

बड़े मारके का—अत्यंत महत्त्वपूर्ण; जैसे, "उन्हें विश्वास हो गया कि मेरी इस नई पुस्तक की समालोचना बड़े मारके की निकलेगी।"

मारना

मार साले को—उपेक्षापूर्वक किसी को दूर हटाने के लिए अथवा उसकी चर्चा से विरत रहने के लिए इस पदबंध का प्रयोग होता है; जैसे, "मार साले को, वह ऐसे शुभ काम के लिए भी एक पैसा देनेवाला नहीं!"

मिनट

बहुवचन में अब इसका प्रयोग बहुत कम होता है; जैसे—

(क) "हम दस मिनट में चलेंगे।"

(ख) "गाड़ी बीस मिनट से खड़ी है।"

(ग) "हमारी घड़ियों में तीस मिनट का अंतर है।"

परंतु 'मिनटों में' और 'मिनटों-मिनटों में' पद खूब चलते हैं।

एक मिनट/बस एक मिनट—एक मिनट के लिए प्रतीक्षा; जैसे, "बस एक मिनट, कपड़े बदलकर मैं अभी आया।"

मिमियाना

बकरी या भेड़ तो मिमियाती अवश्य है, परंतु बिल्ली मिमियाती नहीं। वह 'म्याऊँ-म्याऊँ' करती है। म्याऊँ-म्याऊँ मिमियाना तो कोई

प्रयोग नहीं, इसलिए कोई लेखक यदि बिल्ली की आवाज़ में 'म्याऊँ-म्याऊँ मिमियाना' जैसा प्रयोग करता है तो ऐसे प्रयोग को हास्यास्पद समझकर अमान्य कर देना चाहिए।

मिलना

इस क्रिया का प्रयोग मुख्यतः दो अर्थों में होता है—(i) 'भेंट करना' और (ii) 'प्राप्त होना'। वस्तुतः दोनों ही अर्थों में यह अकर्मक क्रिया है।

'भेंट करना' अर्थ में 'से' परसर्गयुक्त पदबंध का प्रयोग करण (कारक) के रूप में होता है; जैसे—

(क) "वह रोज़ मुझसे मिलता है।"

(ख) "मैं कल उससे मिला।"

(ग) "कृपया मेरे मित्र से आप मिलें।"

(घ) "मैं आपसे मिलकर बहुत प्रसन्न हुआ।"

अनेक विद्वानों का मत है कि उक्त वाक्यों में 'से' परसर्गयुक्त पदबंध कर्म है, क्योंकि इसके बिना वाक्य अधूरा रह जाता है। इस तर्क में बहुत दम है। परंतु यदि हम इसे कर्म मान लेते हैं तो क्रिया सकर्मक होगी। और क्रिया सकर्मक होगी तो भूतकाल में उद्देश्य कर्ता के साथ 'ने' परसर्ग भी आएगा। परंतु ऐसा ('उसने रोज़ मुझसे मिला') होता नहीं। इस दृष्टि से परसर्गयुक्त पदबंध को करण ही मानना चाहिए। करण वह जो क्रिया के संपादन में सबसे अधिक सहायक हो।

यहाँ आपत्ति यह होगी कि 'लाना' क्रिया के भूतकालिक क्रियापद के साथ कर्ता में 'ने' परसर्ग नहीं आता। ठीक है। परंतु कर्म के साथ 'को' तो आता है। (जैसे, 'राम कृष्ण को अपने साथ लाया')।

'प्राप्त होना' अर्थ में निम्नांकित प्रयोगों पर ध्यान दें :

"मुझको समय पर भोजन मिलता है।"

"कल मुझे उसका पत्र मिला।"

"उन्हें बहुत बड़ा पुरस्कार मिला।"

डा. जगन्नाथन जैसे आधुनिक भाषाविज्ञानी उक्त अर्थ में 'मिलना' को सकर्मक क्रिया मानते हैं, 'को' परसर्गयुक्त पद को उद्देश्य या कर्ता मानते हैं और दूसरे परसर्गविहीन संज्ञापद को कर्म मानते हैं।

परंतु वस्तुस्थिति विपरीत है। क्रिया का कर्तृवाचक रूप जिसे इंगित करे वही वस्तुतः कर्ता या उद्देश्य होता है (विशेष देखें 'उद्देश्य' के अंतर्गत)। 'को' परसर्गयुक्त संज्ञापद उक्त वाक्यों में उद्देश्य के आधार हैं।

1. मिल जाना—यह क्रियापद दो अर्थों में प्रयुक्त होता है—'मिश्रित होना' और 'प्राप्त होना'। 'मिश्रित होना' वस्तुतः 'भेंट करना' अर्थ का ही विकसित रूप है। 'से' और 'को' परसर्ग से युक्त संज्ञापदों की ऊपर जो चर्चा हुई है उसका सटीक विवरण यहाँ भी प्राप्त होता है :

(च) "वे शत्रु से मिल गए।"

(छ) "हमारे दिल (एक-दूसरे से) मिल गए।"

(ज) "दोनों परिवार (एक-दूसरे से) मिल गए।"

(झ) "दोनों नदियाँ (एक-दूसरी से) मिल गईं।"

(ट) "(पुलिस को) चोरी का माल मिल गया।"

(ठ) "(मुझको) उसका उत्तर मिल गया।"

2. मिलना-जुलना—भेंट-मुलाकात करना; जैसे, "आज का दिन तो मित्रों से मिलने- जुलने में ही निकल गया।"

मुँह

1. **तुम्हारे मुँह में घी-शक्कर**—इस उक्ति का प्रयोग उस समय किया जाता है जब किसी के मुँह से मंगलसूचक कोई बात निकले। आशय है कि 'ऐसी शुभ बात कहनेवाले, हम तुम्हारा स्वागत-सत्कार करते हैं।'

2. **मुँह चलाना**—मुहावरे के रूप में इसका अर्थ है—राय देना; जैसे, "मुँह चलाना तो आसान है, पर करना-धरना मुश्किल।"

3. **मुँह चिढ़ाना**—दो प्रयोग मिलते हैं : किसी को मुँह चिढ़ाना और किसी का मुँह चिढ़ाना। किसी की अवहेलना तथा उपहास करने की विवक्षा है; जैसे, "भारी सुरक्षा-तंत्र को मुँह चिढ़ाते हुए आतंकवादियों ने पंजाब के स्वास्थ्य मंत्री को बमों से घायल कर दिया।" परंतु जब कोई वस्तु या प्राणी अपने स्वाभाविक रूप में किसी का उपहास करता हुआ प्रतीत हो तो 'किसी का मुँह चिढ़ाना' का प्रयोग करते हैं; जैसे, "मेहराबों के खम गई रात तक उनका मुँह चिढ़ाया करते थे।"

—राही मासूम रज़ा

4. **मुँह देखना पड़ना**—किसी (अप्रिय) स्थिति को अंगीकार करने के लिए विवश होना; जैसे, "यदि तुमने दिल लगाकर पढ़ाई की होती तो तुम्हें आज इस तरह असफलता का मुँह न देखना पड़ता।"

5. **मुँह न खोलना**—(i) कुछ न बोलना, कुछ न कहना।

(ii) माँग करने से विरत रहना; जैसे, "हमारे सामने दहेज के बारे में उन्होंने मुँह नहीं खोला।"

6. **मुँह न मोड़ना**—उत्सुक या लालायित रहना, पीछे न हटना; जैसे, "भोजन से मैं यों भी जल्दी मुँह नहीं मोड़ता।"

7. **मुँह बंद करना, मुँह बंद कर देना**—जब दूसरे को शोर न करने का आदेश देना होता है तब 'मुँह बंद करना' का प्रयोग होता है; जैसे, "अपना मुँह बंद करो, मुझे काम करने दो।"

जब दूसरे को कोई महत्त्वपूर्ण या रहस्यपूर्ण बात का उद्‌घाटन करने से रोकने के लिए कुछ ले-देकर समझौता किया जाता है तब 'मुँह बंद कर देना' का प्रयोग किया जाता है; जैसे, "पाँच हज़ार रुपए देकर उसने अपने भाई का मुँह बंद कर दिया।"

8. **मुँह सी लूँ**—कुछ न कहूँ, अब कुछ (और) कहना बंद कर दूँ, अब बोलूँ भी नहीं, बिल्कुल चुप हो जाऊँ; जैसे, "वह चाहता है कि उसके बारे में मैं कुछ न कहूँ, बस मुँह सी लूँ।"

'मुँह सी लूँ' की जगह 'मुँह सी रखूँ' भी प्रयुक्त होता है।

9. **मुँह से शब्द न निकलना**—भय, भाव-विह्वलता आदि के कारण मुँह से आवाज़ न निकलना; जैसे, "डर के मारे उसके मुँह से एक शब्द न निकला।"

मुकाबला

1. **कोई मुकाबला नहीं**—किसी प्रकार की तुलना संभव नहीं; जैसे, "इन दोनो पहलवानों में कोई मुकाबला नहीं।"

'मुकाबला कैसा' या 'मुकाबला क्या' का प्रयोग भी उक्त प्रसंग में होता है; जैसे—

"इन दोनों में मुकाबला कैसा?"

"इन दोनों का मुकाबला क्या?"

2. **मुकाबले का**—बराबरी का, जोड़ का; जैसे, "कुश्ती मुकाबले की थी।"

मुट्ठी

मुट्ठी-भर—विशेषण पदबंध। (i) थोड़े-से, गिनती के; जैसे, "अब भी मुट्ठी-भर ऐसे आदमी अवश्य होंगे जिनमें कांग्रेस की

स्मृतियाँ और संवेदनाएँ बाकी हों।"

—शरद जोशी

(ii) (जितनी सामग्री) जितनी मुट्ठी में आए; जैसे, "भिखारी को मुट्ठी-भर आटा दे दिया है।"

मुर्दाबाद

आक्रोश का सूचक नारा। आशय है—अंत हो, पतन हो; जैसे, "तानाशाही—मुर्दाबाद !"

मुसीबत

मुसीबत में जान पड़ना—अत्यंत कष्टप्रद स्थिति में होना; जैसे, "एक ओर तो भोजन का विरह सताए हुए है, दूसरी ओर माता की आज्ञा कि पंडित जी का और इंतज़ार करो। बड़ी मुसीबत में जान पड़ी हुई है।"

मूँछ, दाढ़ी-मूँछ

'मूँछ' एकवचन स्त्रीलिंग संज्ञा है और इसका बहुवचन रूप है—मूँछें। परंतु दोनों का समान रूप से प्रयोग होता है; जैसे—

(क[1]) "उसकी मूँछ निकल आई है।"

(क[2]) "उसकी मूँछें निकल आई हैं।"

(ख[1]) "उसने मूँछ मुँड़वा दी है।"

(ख[2]) "उसने मूँछें मुँड़वा दी हैं।"

इसी प्रकार दाढ़ी-मूँछ (एकवचन) भी चलता है और दाढ़ी-मूँछें (बहुवचन) भी। 'मूँछ-दाढ़ी' का प्रयोग भी होता है।

मूठ और हत्था

"यह दादा जी की छड़ी है, इसका हत्था बहुत सुंदर है।" इस वाक्य में 'हत्था' की जगह 'मूठ' वरीय है। किसी उपकरण का ऐसा भाग 'मूठ' कहलाता है जो मुट्ठी-भर का हो या मुट्ठी में आ जाए। 'हत्था' हाथ-भर का होता है अर्थात् 'मूठ' से काफी बड़ा; जैसे, 'चारा काटने की मशीन का हत्था।'

मूल

मूलमंत्र—ऐसा उपाय जो लक्ष्य तक पहुँचाता हो; जैसे, "आत्मविश्वास ही उनकी सफलता का मूलमंत्र था।"

मेरे + परसर्ग

(i) 'मेरे को', 'मेरे में', 'मेरे पर', 'मेरे से' आदि के स्थान पर 'मुझको', 'मुझमें', 'मुझ पर', 'मुझसे' आदि ही मानक प्रयोग हैं।

(ii) 'मेरे यहाँ', 'मेरे अंदर', 'मेरे कारण' आदि पदों में संबंधबोधकों का रूप 'के यहाँ', 'के अंदर' के कारण है। 'मेरा', 'मेरी' और 'मेरे' वस्तुतः 'मैं+का', 'मैं+की' और 'मैं+के' के ही सिद्ध रूप हैं।

मैं

उत्तम पुरुष एकवचन सर्वनाम। इससे अहं भाव का भी द्योतन होता है; जैसे, "मैं नहीं जानता कि वह है कौन।"

जब 'तू', 'वह' और 'यह' एकवचन सर्वनामों की जगह 'तुम', 'वे' और 'ये' आदरार्थक बहुवचन रूप प्रयुक्त होते हैं, तब यह मान लिया जाता है कि 'मैं' की जगह 'हम' का भी आदरार्थक बहुवचन प्रयोग होता है। परंतु क्या स्वयं को 'हम' कहना युक्तिसंगत और वांछनीय है ? विनोबा भावे के मत से 'मैं' (और 'मेरा') में अहं भरा है और इसी अहं के निवारणार्थ 'मैं' की जगह 'हम' और 'मेरा' की जगह 'हमारा' का प्रयोग अभीष्ट है।

जब आगे परसर्ग हो तब 'मैं' का तिर्यक रूप 'मुझ' होता है; जैसे, 'मुझमें', 'मुझ पर', 'मुझको' ('मुझे'), 'मुझसे'। परंतु 'ने' परसर्ग परे रहने पर 'मैं' में विकार नहीं होता; जैसे, "मैंने कोई कार्यक्रम अभी नहीं बनाया।"

'मैं+का' का मिश्रित रूप 'मेरा' (मेरे)

बनता है। इसका प्रयोग सर्वनाम तथा सार्वनामिक विशेषण दोनो रूपों में होता है; जैसे—

(क) "मेरा तुम क्या बिगाड़ लोगे ?"

(ख) "मेरा घर बहुत दूर है।"

'मैं + का' का रूप 'मुझ . . . का' तब बनता है जब इनके बीच कोई विशेषण आता है; जैसे—

(क) "मुझ गरीब का हाल कोई पूछने-वाला नहीं।"

(ख) "मुझ अनाथ के पास कौन आएगा !"

मोम-दिल

यह विशेषण है, संज्ञा नहीं। "पाँच मिनट में ही मैं जान गया कि आदमी मोम-दिल का है।" यहाँ वाक्य में 'का' फालतू है, इसलिए ऐसे प्रयोग वांछनीय नहीं।

मोर्चा, मोरचा

'मोर्चा' (फ़ा.) लाघव रूप है, 'मोरचा' तद्भव रूप।

मोर्चा लेना—टक्कर लेना, भिड़ना; जैसे, "आप जैसे वीरों से मोर्चा लेना मुझ जैसे क्षीणकाय व्यक्ति का काम नहीं।"

मौका

1. एक मौका देना—(i) योग्यता, कुशलता आदि दरशाने के लिए काम पर लगाना; जैसे, "फैक्टरी मालिक से उसने बार-बार कहा कि मुझे भी एक मौका दीजिए।"

(ii) भूल, त्रुटि आदि दूर करने के लिए समय देना; जैसे, "अब ऐसी गलती नहीं होगी, मुझे एक मौका और दीजिए।"

2. मौके से लाभ उठाना—कोई काम करने का जो सुयोग प्राप्त हुआ हो उससे अपना अधिक से अधिक हित-साधन करना; जैसे, कुछ दिनों के लिए "भाग्य से तुम्हें यह नौकरी मिली है, अब तुम इस मौके से लाभ उठा सकते हो।"

मौन

विशेषण भी है और संज्ञा भी; जैसे—

(क) "मेरी बात सुनकर वह मौन रहा।" (विशेषण)

(ख) "उसने मौन नहीं तोड़ा।" (संज्ञा)

परंतु कुछ लोग भ्रम से 'मौन' विशेषण से 'मौनता' संज्ञा बनाते हैं, जबकि 'मौन' संज्ञा रूप में पहले से उपलब्ध है; जैसे, "रंभा देवी की मौनता ही क्या सब पर छा गई है ?"

—भैरवप्रसाद गुप्त

यहाँ 'रंभा देवी की मौनता ही' की जगह 'रंभा देवी का मौन ही' लिखना वरीय होता।

यदि उपवाक्य

इस उपवाक्यरचना पर अंग्रेज़ी वाक्यरचना का खूब प्रभाव पड़ा है। 'यदि आएगा तो', 'यदि वह जाएगा तो' हिंदी का ढंग नहीं। ऐसे उपवाक्य तो इन अंग्रेज़ी उपवाक्यों के अनुवाद-भर हैं—'If he will come', 'If he will go'. हिंदी वाक्य-रचना इस प्रकार होगी :

"यदि वह आया तो मैं जाऊँगा।"

"यदि वह गया तो मैं भी जाऊँगा।"

अब विस्तार से देखें :

हिंदी रूप

(i) यदि मैं गया तो उससे मिलूँगा।

(ii) यदि मैं जाता तो उससे मिलता।

(iii) यदि वह जाए तो जाने दें। अथवा, यदि वह जाना चाहे तो जाने दें।

(iv) यदि वह बीमार हो तो उसे मत बुलाओ।

(v) यदि आप मेरी मदद करें तो मैं सफल

हो जाऊँ।

(vi) आप खिलाएँ तो मैं खा लूँ।

अंग्रेज़ी से प्रभावित रूप

(i) यदि मैं जाऊँगा तो उससे मिलूँगा।

(ii) यदि मैं गया होता तो उससे मिलता।

(iii) यदि वह जाता है तो जाने दें।

(iv) यदि वह बीमार है तो उसे मत बुलाओ।

(v) यदि आप मेरी मदद करेंगे तो मैं सफल हो जाऊँगा।

(vi) आप खिलाएँगे तो मैं खा लूँगा।

ऊपर दिए गए उदाहरणों से इतना तो स्पष्ट ही है कि हिंदी रूप अंग्रेज़ी से प्रभावित रूपों से अधिक प्रभावपूर्ण हैं और आकर्षक भी।

यद्यपि. . .

इस योजक के तीन नित्यसंबंधी हैं—'तो भी', 'तथापि' और 'पर'।

जब 'यद्यपि' वाले उपवाक्य की अर्थगत विशिष्टता या महत्ता को गौण ठहराना होता है तब 'पर' नित्यसंबंधी का प्रयोग करते हैं; जैसे—

"यद्यपि कार अच्छी है, पर है (तो) महँगी।"

"यद्यपि वह पढ़ा-लिखा है, पर है (तो) अक्खड़।"

'पर' उपवाक्य में जब ज़ोर देना हो तब 'तो' का भी प्रयोग करते हैं।

जब 'यद्यपि' वाले उपवाक्य की त्रुटि, कमी, हीनता आदि को नगण्य सिद्ध करना होता है तब 'तो भी' नित्यसंबंधी का प्रयोग करते हैं; जैसे—

"यद्यपि वह अंग्रेज़ी पढ़ा नहीं तो भी समझ लेता है।"

"यद्यपि वह सुंदर नहीं तो भी हँसमुख है।"

'तथापि' वस्तुतः 'तो भी' का पर्याय है।

'यद्यपि' उपवाक्य आरंभ में ही आता है, परंतु उर्दू और अंग्रेज़ी के प्रभाव से बाद में भी; जैसे—

"वह सुंदर है यद्यपि अशिक्षित है।"

हिंदी रूप तो तभी निखरेगा जब कहा जाएगा :

"यद्यपि वह अशिक्षित है, पर है तो सुंदर।"

यहाँ, वहाँ, कहाँ

(i) तीनों क्रिया-विशेषण हैं। 'कहाँ' प्रश्न-वाचक है। शब्दार्थ है—(क) इस स्थान पर/में; (ख) उस स्थान पर/में; (ग) किस स्थान पर/में?

(ii) 'यहाँ' का प्रयोग वक्ता विविध रूप से करता है; जैसे—

(क) उस स्थान के लिए जहाँ वह स्थित हो। (जैसे, "मुझे यहाँ एक वर्ष हो गया है।")

(ख) उस स्थान के लिए जो उसका स्थायी वास हो। (जैसे, "हमारे यहाँ ऐसी हरियाली नहीं।")

(ग) वक्ता जब किसी व्यक्ति विशेष के संदर्भ में किसी स्थान का उल्लेख करता है तब भी वह 'यहाँ' का ही प्रयोग करता है, भले ही वह स्थान कितनी ही दूर क्यों न हो। (जैसे, "उनके यहाँ आज-कल खूब आम होते हैं।")

(iii) इनके साथ 'में', 'पर' तथा 'को' संबंधबोधक नहीं आते। 'का', 'से' (तक भी) आते हैं; जैसे—

"वहाँ की बात आप ही जानें।"

"कहाँ की बात आप भी ले बैठे हैं?"

"यहाँ से कहाँ तक जाने का इरादा है?"

(iv) इनकी द्विरुक्ति होती है; जैसे—

(क) "कहाँ-कहाँ का चक्कर लगाया।"

(ख) "इन गोटियों को यहाँ-यहाँ/ वहाँ-वहाँ रखो।"

(v) 'कहाँ-नहीं' (शब्दार्थ—किस स्थान पर नहीं) का प्रयोग सब जगह के लिए होता है—

"चोर-उचक्के कहाँ नहीं होते?"

अर्थात् सब जगह होते हैं।

यही

यही तो चाहिए था—इसी चीज़ की तो हम खोज में थे, इसी चीज़ की हमें आवश्यकता थी; जैसे, "यह कलम कहाँ से मिली? यही तो हमें चाहिए थी।"

या

योजक है। दो या अधिक विकल्पों को जोड़ता है; जैसे—

(क) "राम या मोहन यह काम करेगा।"

(ख) "विमला, कमला या रमा खाना बना लेगी।"

(ग) "उससे मिलने आज मैं जाऊँगा या मेरी पत्नी जाएगी।"

(घ) "कलम नीली हो, पीली हो या लाल हो कोई फर्क नहीं पड़ता।"

प्रश्नपत्र में 'या' द्वारा योजित प्रश्न भी वैकल्पिक होते हैं, अर्थात् उनमें से एक को चुनना होता है। इस प्रकार हम देखते हैं कि यह योजक शब्दों, पदबंधों, उपवाक्यों तथा वाक्यों को भी जोड़ता है।

'या' जब ऐसे उपवाक्यों को जोड़ता है जिनमें अनेक शब्दों की आवृत्ति हो तो उनका लोप कर दिया जाता है; जैसे, "हम कारखाना यहाँ लगाएँ या (हम कारखाना) वहाँ (लगाएँ) हमारे लिए कोई समस्या नहीं।"

1. या न/नहीं—यह योजक पदबंध समान क्रियापदों को जोड़ता है और विकल्प का सूचक होता है; जैसे—

"आप कहें तो हम जाएँ या न जाएँ।"

"आप रेडियो लें या न लें दाम एक हज़ार ही देना होगा।"

'या न' की जगह जब 'या नहीं' का प्रयोग होता है तो दुबारा क्रियापद का प्रयोग वैकल्पिक होता है; जैसे—

"वह आया या नहीं (आया), हमें कुछ मालूम नहीं।"

"उसने खाया या नहीं (खाया), हमें पता नहीं चला।"

2. या तो...या फिर—दो विकल्पों में से एक की अनिवार्यता जतलाने के लिए उक्त योजक पदबंध का प्रयोग करते हैं; जैसे, "या तो स्टेशन पर रात बिताइए या फिर किसी होटल में चलिए।"

युग

1. युग-युग से—निरंतर कई युगों से; जैसे, "रामकथा का चलन यहाँ युग-युग से है।"

2. युगों—'युग' से बना 'युगों' ('हफ्तों', 'महीनों', 'बरसों' की तरह) प्रविशेषण रूप में चलता है; जैसे, "वहाँ युगों पुराना एक किला है।"

युगों का अर्थ है—अनेक युगों से चला आता हुआ।

युवा

आकारांत अविकारी तत्सम विशेषण है; जैसे, "गरीब और अनपढ़ युवा रूपसी को इस प्रकार की महत्त्वाकांक्षा सहज ही वेश्यालय के पथ पर ले जाती है।" —बसंत पोतदार

योजक

'योजक' का शब्दार्थ है—जोड़नेवाला। इस वर्ग के शब्द व्याकरणिक दृष्टि से समान

इकाइयों को इस प्रकार जोड़ते हैं कि उनका समूह या ग्रुप बन जाता है। समान इकाइयों से तात्पर्य है : संज्ञा को संज्ञा से, विशेषण को विशेषण से, क्रिया-विशेषण को क्रिया-विशेषण से, क्रिया को क्रिया से, उपवाक्य को उपवाक्य से, उद्देश्य को उद्देश्य से, कर्म को कर्म से, आदि-आदि; जैसे—

1. "राम और श्याम आ रहे हैं।"
2. "राम, श्याम और मोहन जा रहे थे।"
3. "राम ने कलमें, पुस्तकें, और कापियाँ खरीदीं।"
4. "राम आया, बैठा और रहा।"
5. "कमरा हवादार, बड़ा और चौकोर था।"
6. "वह कल दिल्ली जाएगा और परसों मद्रास जाएगा।"
7. "मोहन ने मुझे, उसे और तुम्हें पुस्तकें दीं।"
8. "मैं कल, परसों और नरसों लखनऊ में रहूँगा।"

पहले वाक्य में 'राम' और 'श्याम' दोनों संज्ञा शब्द हैं जिनका समूह-रूप 'राम और श्याम' उद्देश्य की तरह प्रयुक्त हुआ है।

दूसरे वाक्य में 'राम', 'श्याम' और 'मोहन' तीन संज्ञा शब्द हैं जिन्हें 'और' एकजुट करता है। तीनों मिलकर उद्देश्य के रूप में प्रयुक्त होते हैं।

तीसरे वाक्य में 'कलमें', 'पुस्तकें' और 'कापियाँ' तीनों संज्ञा शब्द हैं और तीनों मिलकर कर्म का काम करते हैं।

चौथे वाक्य में 'आया', 'बैठा' और 'रहा' तीनों क्रियापद हैं तथा 'और' इन्हें जोड़कर सामूहिक क्रिया का रूप देता है।

पाँचवें वाक्य में 'हवादार', 'बड़ा' और 'चौकोर' तीनों विशेषण हैं और 'और' इन्हें जोड़कर समूह का रूप प्रदान करता है।

छठे वाक्य में दो उपवाक्य हैं, 'और' इन दोनो उपवाक्यों को जोड़कर बड़ा रूप प्रदान करता है।

सातवें वाक्य में 'मुझे', 'उसे' तथा 'तुम्हें' सर्वनामों को 'और' जोड़ता है। तीनों कर्म कारक के सूचक हैं, अतः समान इकाइयाँ हैं।

आठवें वाक्य में 'कल', 'परसों' और 'नरसों' इन तीन क्रिया-विशेषणों को 'और' जोड़ता है।

हिंदी के प्रमुख योजक इस प्रकार हैं : और (तथा, एवं), या (अथवा), परंतु (मगर, लेकिन, पर), कि, यदि...तो (अगर...तो), चाहे...चाहे।

कुछ उदाहरण इस प्रकार हैं :

"सीता तथा राधा रसोई-घर में हैं।"

"राज्यपाल एवं मंत्री उस बैठक में उपस्थित थे।"

"राम या श्याम आ रहा होगा।"

"कृष्ण अथवा मोहन दुकान पर होगा।"

"मैंने कहा था कि आप मत जाएँ।"

"वह आया, परंतु मुझसे मिला नहीं।"

'परंतु' के स्थान पर 'लेकिन', 'पर' या 'मगर' का प्रयोग कर सकते हैं। इसी प्रकार 'यदि' की जगह 'अगर' का प्रयोग होता है।

योजिका

अंग्रेज़ी hyphen के लिए स्थिर किया गया शब्द है : योजिका।

समस्तपदों में 'योजिका' कहाँ लगाई जाए और कहाँ नहीं, इस संबंध में सामान्य नियम स्थिर नहीं हैं। सामान्यतः हिंदी के तद्भव, देशज, संकर समस्तपदों में योजिका लगाते हैं; जैसे—

उठना-बैठना, आना-जाना
चलना-फिरना, खाना-पीना
उठ-बैठ, आ-जा
चल-फिर, खा-पी
जेब-घड़ी, टिकट-घर
क्या-क्या, कौन-कौन
सही-गलत, हिंदी-अंग्रेज़ी
धीरे-धीरे, चलते-चलते
अधिक-से-अधिक, कम-से-कम

परंतु पद या पदों में वर्णन का लोप या आगम होने पर शब्दों को एकसाथ अर्थात् बिना योजिका के लिखते हैं; जैसे—

पनचक्की (पानी + चक्की)
कटखना (काट(ना) + खाना
एकाएक एक + एक
चलाचली चल(ना) + चली

सामान्यतः नामों में योजिका नहीं लगाते; जैसे, महात्मा गाँधी, काशी हिंदू विश्वविद्यालय, साहित्य सम्मेलन, संत कबीर, रवींद्र संग्रहालय, अभिमन्यु पुस्तकालय।

तत्सम समस्तपदों में यदि किसी पद में दो से अधिक अक्षर हों तो योजिका लगाने से पढ़ने में सुविधा होती है; जैसे, स्वतंत्रता-संग्राम, अभिनंदन-समारोह, कर-निर्धारण, कार्य-पद्धति, हृदय-विदारक।

परंतु दो-दो अक्षरों वाले पदों को जोड़कर ही सामान्यतः लिखा जाता है; जैसे—

शब्दब्रह्म, भरणपोषण

संधि होने पर योजिका की आवश्यकता नहीं; जैसे—

परस्परोन्मुखता (परस्पर + उन्मुखता)
महत्त्वाकांक्षा (महत्त्व + आकांक्षा)

पर्याय, विपर्याय तथा नवनिर्मित पदों में योजिका लगाई जाती है; जैसे—

सहज-सरल, चिंतन-मनन,
श्वेत-श्याम, दृश्य-श्रव्य,
सुलभ-दुर्लभ, नव-निर्माण,
द्वंद्व-प्रतिद्वंद्व।

उपसर्ग या प्रत्यय को पद से योजिका द्वारा विभाजित नहीं करना चाहिए; जैसे—

उपनिरीक्षक (उप-निरीक्षक नहीं)
उपराष्ट्रपति (उप-राष्ट्रपति नहीं)
बड़बोलापन (बड़बोला-पन नहीं)
मानसिकता (मानसिक-ता नहीं)

रख, रक्ख

'रख' और 'रखना' ही मानक हैं। 'रक्ख' का तो कुछ लोग कभी-कभी प्रयोग करते भी हैं, परंतु 'रक्खना' का क़दाचित ही कोई करता हो। हिंदी की किसी क्रिया में संयुक्त व्यंजन संभवतः है ही नहीं। जब 'रक्खना' चलने को नहीं तो 'रक्ख' के लिए विवाद क्यों? लाघव सिद्धांत से भी 'रख' वरीय है।

रखना

सकर्मक क्रिया है। कई अर्थ हैं, परंतु मूल विवक्षा रक्षित करने की है।

(i) किसी आधार या स्थान पर स्थित करना; जैसे—

"घड़ी मेज़ पर रखी है।"
"गेहूँ कोठरी में रखा था।"

(ii) नियुक्त करना; जैसे, "उन्होंने भी नौकर रखा है।"

(iii) पालना; जैसे, "उन्होंने कुत्ता रखा था।"

नाम रखना, ध्यान रखना, बात रखना, विश्वास रखना, हिसाब रखना, दम रखना, सफाई रखना, आँख रखना, नज़र रखना, (आँख का) डर रखना, (किसी के सिर पर) हाथ रखना आदि प्रयोग भी खूब चलते हैं, परंतु 'अनुभव

रखना' (देखें) में खटक है।

1. **अपने तक रखना**—किसी अन्य से किसी बात का उल्लेख न करना; जैसे—

(क) "यह बात हमें अपने तक ही रखनी चाहिए कि हम भाइयों में अलगाव हो गया है।"

(ख) "वैसे भी मेरी आदत अपनी परेशानियाँ अपने तक ही रखने की है।"

2. **इसमें क्या रखा है**—बिल्कुल बेकार है, इसकी कुछ भी उपयोगिता या लाभ नहीं; जैसे, "ताश खेलने में क्या रखा है, चलो मैदान की हवा खा आएँ!"

रजनीशी

विशेष रूप में इससे अभिप्राय है—रजनीश-संबंधी और संज्ञा रूप में रजनीश (के संप्रदाय) का अनुयायी या शिष्य।

रटना

रट जाना—'रटना' सकर्मक क्रिया है। डा. ब्रजमोहन 'मानक हिंदी' की भूमिका में लिखते हैं : "कई बार पढ़ने पर वह कविता मुझे आपसे आप रट गई।"

उक्त वाक्य "...मुझे...रट गई" इसलिए संतोषजनक नहीं प्रतीत हो रहा कि इसमें 'रट जाना' का प्रयोग अकर्मक क्रिया के रूप में हुआ है, संभवतः 'याद हो जाना' के अनुकरण पर। जबकि होना चाहिए था : (कई बार पढ़ने पर) "वह कविता मुझे कंठस्थ/याद हो गई।" या फिर,

(क) 'वह कविता मैं रट गया।"

(ख) "वह कविता मैंने रट डाली।"

(ग) "वह कविता मैंने रट ली।"

रत्ती

1. **रत्ती-भर**—ज़रा भी, कुछ भी; जैसे, "उस मक्कार पर रत्ती भर विश्वास न करना।"

2. **रत्ती-भर नहीं**—ज़रा भी नहीं, बिल्कुल नहीं; जैसे, "मैं उसके हाथ रत्ती-भर चाँदी नहीं बेचूँगा।"

रफ़ा-दफ़ा

रफ़ा-दफ़ा होना या हो जाना—दूर होना, खत्म होना; जैसे, "किसी तरह बात रफ़ा-दफ़ा हुई।"

रसीद

1. **रसीद करना**—लाक्षणिक प्रयोग, आशय है—मारना, लगाना; जैसे, "मेरी इस बेवकूफ़ी पर अध्यापक ने मुझे चार तमाचे रसीद किए।"

2. **रसीदी**—'रसीद' से बना विशेषण। आशय है—रसीद संबंधी या जिसका उपयोग रसीद के लिए हो; जैसे, "इस पर रसीदी टिकट लगाकर दस्तखत कर दीजिए।"

रहना

अकर्मक क्रिया है। स्थायी रूप से वास करने की इसमें विवक्षा है और कुछ देर ठहरने की भी; जैसे—

(क) "हम लोग गंगा के किनारे रहते हैं।"

(ख) "रात-भर हम उसी धर्मशाला में रहे।"

(ग) "वह रात को कभी घर पर रहता नहीं।"

जीवनयापन करने की किसी विशिष्ट अवस्था को भी इसके द्वारा सूचित करते हैं; जैसे—

(क) "ये लोग नंगे बदन ही रहते हैं।"

(ख) "अब वे चैन से रहते हैं।"

1. **रह जाना**—(क) अनुत्तीर्ण होना; जैसे, "लड़का दसवें दरजे में इस बार भी रह गया।"

(ख) "चूक जाना, पिछड़ जाना; जैसे, "हम तुम्हारे फेर में रह गए।"

(ग) शरीर या उसके किसी अंग का असमर्थ हो जाना; जैसे, "अब मेरी टाँगें रह गई हैं।"

(घ) शेष होना; जैसे, "अभी दो और प्रश्न करने को रहते हैं।"

2. रहने दो—(क) छेड़-छाड़ मत करो; जैसे, "उसे वहीं पड़ा रहने दो।"

(ख) आवश्यकता नहीं; जैसे, "कितनी मिठाई खाऊँ? अब रहने दो।"

3. रहने भी दो/दीजिए—बेमतलब की बात मत करो, डींग मत मारो या शेखी मत बघारो; जैसे, "इतनी देर से बोले जा रहे हो, अब रहने भी दो।"

4. रह-रहकर—थोड़ी-थोड़ी देर बाद, बीच-बीच में, विराम के साथ पुनः-पुनः; जैसे, "रह-रहकर उस पर कविता का भूत सवार हो जाता है।"

संयुक्त क्रिया के रूप में यह (क) सातत्य की सूचक है; जैसे—

"वह पढ़ता रहता है।"

"वह पढ़ रहा है।"

(ख) प्रवृत्ति की सूचक है; जैसे, "वे इस समय सोए रहते हैं।"

(ग) अवस्था की सूचक है; जैसे, "वह बुखार से पड़ा रहा।"

5. रहा + (संज्ञा)—जहाँ तक ... (संज्ञा) का सवाल है, जहाँ तक (अमुक व्यक्ति, वस्तु या काम) की बात है; जैसे—

(क) "रहा भविष्य तो उससे मैं निश्चिंत हूँ।"

(ख) "रही दुकान, वह चाहे जो ले ले।"

(ग) "रही पढ़ाई, उसे फिर देखा जाएगा।"

6. रह जाना—'रहना' क्रिया का भाववाच्य रूप है—रह जाना। इसके साथ सदा दो नकारात्मक निपात 'बिना' और 'नहीं' प्रयुक्त होते हैं और वे भी सकारात्मक अर्थ में; जैसे—

(क) "मुझसे खाए बिना नहीं रहा जाता।"

(ख) "तुमसे बोले बिना नहीं रहा जाता।"

(ग) "उससे कुछ किए बिना नहीं रहा जाएगा।"

उक्त वाक्य निम्नांकित वाक्यों के भाववाचक रूप हैं :

(क) "मैं खाए बिना नहीं रहता।"

(ख) "तुम बोले बिना नहीं रहते।"

(ग) "वह कुछ किए बिना नहीं रहेगा।"

रात

1. रात-रात-भर—क्रिया-विशेषण पदबंध, सारी-सारी रात; जैसे, "इधर वह रात-रात-भर घर से बाहर रहने लगा है।"

2. रातों-रात—क्रिया-विशेषण पदबंध, रात-भर में ही; जैसे, "वे रातों-रात वह घर क्या वह गाँव भी छोड़कर चले गए।"

राम

1. राम भजो—इस पदबंध का प्रयोग वाक्य के रूप में होता है तथा किसी के द्वारा दृढ़ता या विश्वासपूर्वक कहे हुए वचन को निर्मूल या थोथा बतलाने के लिए होता है; जैसे—

"रामनवमी के चंदे के रूप में मैं सेठ विलायती राम से पाँच सौ रुपए ले लूँगा।"

"राम भजो!"

अभिप्राय है कि 'तुम्हें सेठ विलायती राम से पाँच सौ रुपए (बल्कि कुछ भी) मिलनेवाला नहीं।"

2. राम-राम, राम! राम!!—'राम-राम' अभिवादनसूचक पदबंध है। कुछ धार्मिक प्रवृत्ति के हिंदू भेंट होने पर 'राम-राम' कहकर अभिवादन करते हैं। अनेक भक्त 'राम-राम' कहकर भगवान को स्मरण करते हैं।

'राम! राम!!' उपेक्षा, ग्लानि तथा घृणा का सूचक पदबंध है, जैसे—

"उसने बाप को मार डाला!"

"राम ! राम ! !"

रास

रास न आना—अनुकूल न होना,प्रतिकूल होना, कष्टकर होना; जैसे, "अभिव्यक्ति की स्वतंत्रता उन्हें रास नहीं आती ।" —शरद जोशी

रास्ता

1. कोई दो रास्ते नहीं—इसका कोई विकल्प नहीं ।

2. रास्ता साफ़ होना—मार्ग में किसी प्रकार की अड़चन या बाधा न होना, बाधाओं का निवारण हो जाना; जैसे, "बड़े भाई के अलग हो जाने से अब तुम्हारा रास्ता भी साफ़ है ।"

रिक्शा

'रिक्शा' ही अधिक व्यापक है; 'रिकशा', 'रिक्सा' या 'रिकसा' नहीं । ये सब स्थानीय रूप हैं ।

रुकना

अकर्मक क्रिया है । इसका प्रयोग गति में विराम होने का तो सूचक है ही, साथ ही यह स्पंदन, क्रियाकलाप, क्रियाशीलता आदि के स्थगित, अवरुद्ध या बंद तक हो जाने का भी सूचक है; जैसे—

(क) "इस स्टेशन पर सभी गाड़ियाँ रुकती हैं ।"

(ख) "पुलिस के हाथ देने पर भी गाड़ी रुकी नहीं ।"

(ग) "उसका ब्याह रुक गया है ।"

(घ) "गले में चना फँस जाने से उसकी साँस रुक गई ।"

1. रुक जाओ !—किसी को आगे बढ़ने या कोई कार्य करने से रोकने के लिए आदेशसूचक पदबंध; जैसे, "मैं कहता हूँ कि आगे मत बढ़ो, वहीं रुक जाओ नहीं तो तुम्हारी खैर नहीं !"

2. रुक-रुककर—बीच-बीच में विराम के साथ, एक-तार नहीं; जैसे—

(क) "वह रुक-रुककर बोलता है ।"

(ख) "पानी रात-भर रुक-रुककर बरसता रहा ।"

रेवड़ी

रेवड़ी की तरह—क्रिया-विशेषण पदबंध है । आशय है—जिसकी माँग अत्यधिक हो, जिसे खरीदने के लिए लोग लालायित हों; जैसे—

(क) "यह पुस्तक तो रेवड़ी की तरह बिकेगी ।"

(ख) "उनकी पुस्तकें रेवड़ी की तरह बिक रही हैं ।"

रोग

रोग लगना—इसका लाक्षणिक अर्थ है—बुरी आदत पड़ना; जैसे, "सिनेमा की अभिनेत्रियों को अंग-प्रदर्शन का रोग लग गया है ।"

रोड़ा

ऐसी वस्तु, बात या व्यक्ति जो मार्ग में बाधक हो अथवा जिसकी वजह से कोई योजना सफल न हो पाती हो; जैसे, "बिना इस रोड़े को हटाए तुम्हारा वहाँ पहुँचना संभव नहीं दिखाई देता ।"

लक्षण

1. लक्षण, चिह्न—'चिह्न' दृश्य या मूर्त होता है और 'लक्षण' अदृश्य या अमूर्त । प्रश्नवाचक वाक्य के अंत में प्रश्नसूचक चिह्न ही लगाया जाता है, लक्षण या संकेत नहीं । लक्षण आशा बँधानेवाली या चेतावनी के रूप में होनेवाली बात या व्यापार का सूचक होता है; जैसे, "लक्षणों से ही पिता ने जान लिया था कि 'मेरा लाल लालबहादुर बनेगा' ।"

सामुद्रिक शास्त्र में लक्षण शरीर पर होने वाले जन्मजात चिह्न को भी कहते हैं ।

2. लक्षण शुभ है—जो काम करने जा रहे हैं उसमें सफल होने का शुभ संकेत मिल रहा है, आशा है कि आप निश्चित रूप से सफल होंगे।

लगना

1. इसमें हमारा कुछ लगता थोड़े ही है/इसमें हमारा क्या लगता है—इस कार्य में हमारा कुछ भी खर्च नहीं होता; जैसे, "हम उन्हें अच्छी राय देते हैं तो इसमें हमारा कुछ लगता थोड़े ही है/क्या लगता है।"

2. क्या लग रहा है—तुम्हें क्या प्रतीत हो रहा है या तुम्हारा मत इस संबंध में क्या है; जैसे, "तुम्हें क्या लग रहा है कि यह काम होगा भी या नहीं?"

3. न लगना—(i) उपयुक्त न होना; जैसे—

"ताली ताले में नहीं लगती।"

"यह चश्मा मुझे लगता नहीं।"

(ii) प्रभावित न कर पाना; जैसे, "उसे कोई बात लगती नहीं।"

(iii) चलचित्र का दिखाया जाना; जैसे, "वह फिल्म अभी यहाँ लगी नहीं।"

4. लगता नहीं कि—(ऐसा) मालूम नहीं पड़ता कि; जैसे, "लगता नहीं कि वह मुझसे प्रेम करता है।"

5. लगता है कि—इस पदबंध का प्रयोग वाक्य के आरंभ में 'संभावना है कि' के लिए होता है; जैसे, "लगता है कि गाड़ी लेट है।"

यह पदबंध आशासूचक भी हो सकता है और निराशा का सूचक भी; जैसे—

(क) "लगता है कि अब गाड़ी रास्ते पर आ जाएगी।"

(ख) "लगता है कि अब वह बचेगा नहीं।"

6. लगे रहना—(कोई काम) बराबर या नियमित रूप से करते रहना; जैसे, "सफलता बिना परिश्रम के नहीं। बस लगे रहने की बात है।" —रवींद्र त्यागी

7. लगे हाथ—क्रिया-विशेषण पदबंध है। आशय है—इसी (अर्थात् प्रस्तुत) कार्य के साथ; जैसे, "सुबह तरकारी लेने गया था, लगे हाथ हलवाई से पनीर भी लेता आया।"

लगाना

अपने को लगाना—अपनी बड़ाई स्वयं करना, यह सोचना कि मैं अधिक योग्य या शक्तिशाली हूँ; जैसे, "जो लोग अपने को लगाते भर हैं वे प्रायः सफलता से वंचित ही रहते हैं।"

लज्जा

लज्जा से गड़ जाना—अत्यधिक लज्जा की अनुभूति से किंकर्तव्यविमूढ़ हो जाना; जैसे, "अपने चेलों की करतूत सोचकर वे लज्जा से गड़ गए।"

लाइन

अंग्रेज़ी भाषा का शब्द है जो अब हिंदी का अपना शब्द बन चुका है। कदाचित पंक्ति और कतार से अधिक लोकप्रिय भी है और व्यापक भी। स्त्रीलिंग संज्ञा शब्द है और अनेक अर्थों में प्रयुक्त होता है :

(i) पंक्ति; जैसे, "लाइन में खड़े हो जाएँ।"

'लाइन लगना', 'लाइन लगाना', 'से बाहर होना' आदि मुहावरे खूब चलते हैं।

(ii) रेलपथ, रेल की पटरी; जैसे, "गाड़ी लाइन पर आ जाना", "गाड़ी लाइन पर से उतर जाना।" ये मुहावरे भी खूब चलते हैं।

(iii) व्यापार, पेशा; जैसे, "पुरानी लाइन छोड़ देना", "नई लाइन पकड़ लेना।" ये प्रयोग भी लोकप्रिय हो चुके हैं।

लाख

1. भगवान का लाख-लाख शुक्र है—कोई

बड़ा कार्य सिद्ध होने पर या किसी प्रकार की हानि या दुर्दशा से बचे रहने पर ईश्वर के प्रति कृतज्ञता व्यक्त करने के लिए प्रयुक्त उक्ति; जैसे, "भगवान का लाख-लाख शुक्र है जो आप सही-सलामत घर आ पहुँचे।"

2. लाख गुना अच्छा/सुंदर—अपेक्षाकृत बहुत अच्छा/सुंदर है; जैसे, "यह पुस्तक उस पुस्तक से लाख गुना अच्छी है।"

3. लाख प्रयत्न करने पर भी—अगनित या बहुत बार प्रयत्न करने पर भी; जैसे, "लाख प्रयत्न करने पर भी उस वाक्य का आशय हमारी समझ में नहीं आया।"

'प्रयत्न' के स्थान पर 'कोशिश', 'चेष्टा' आदि पर्यायों का भी प्रयोग होता है; जैसे, "उनके नाम की जानकारी मैं लाख कोशिश करने पर भी न पा सका।"

लाघव सिद्धांत

जिन शब्दों के दो-दो रूप प्रचलित हों अर्थात् वर्तनी भिन्न-भिन्न हो, उनके लाघव रूप को अपना लेना चाहिए; जैसे—

गई	—	गयी
गए	—	गये
बहन	—	बहिन
सुअर	—	सूअर
सुई	—	सूई

प्रथम रूप लाघव है। यदि हिंदी जगत सिद्धांत रूप में इसे अपना ले तो एकरूपता स्थापित करने में अत्यधिक सहायता प्राप्त हो सकती है। जहाँ नियमभंग होने की बात हो वहाँ नियमपालन ही श्रेष्ठ माना जा सकता है। जैसे, 'उलटा' और 'उल्टा' दोनों रूप चलते हैं। 'उल्टा' अवश्य लघु रूप है, परंतु यह है तो भूतकृदंत रूप 'उलटना' क्रिया का ही। 'उलटना' से 'उलटा' ही बनेगा, 'उल्टा' नहीं। 'उल्टा' तो तब बनता जब 'उल्टना' क्रिया होती। यह ध्यान रखने की बात है कि हिंदी क्रियाओं में कहीं संयुक्त व्यंजन है ही नहीं।

लाटरी

लाटरी खुलना या खुल जाना—अथाह धन अनायास प्राप्त हो जाना; जैसे, "बुढ़िया क्या मरी कि उस गरीब की लाटरी खुल गई!"

लात

1. लात खाना—खरी-खोटी सुनना; जैसे, "उस जैसे मूर्ख हर जगह लात (ही) खाते हैं।"

2. लात मार देना—ठुकरा देना, उपेक्षित समझकर छोड़ देना; जैसे, "उस पागल ने न जाने क्यों इतनी अच्छी नौकरी पर लात मार दी।"

3. लातों का भूत—मार खाने का अभ्यस्त, बिना मार खाए काम (ठीक से) न करनेवाला। "लातों के भूत बातों से नहीं मानते" यह मुहावरा खूब प्रचलित है।

लेना

1. को लेकर—(दे.)

2. लेकर—'लेकर' का प्रयोग जब 'से' के स्थान पर होता है तो खटकता है; जैसे, "मैं आपसे संतान की कामना लेकर आई हूँ।"

—डा. युगेश्वर

इस वाक्य का अच्छा रूप यह हो सकता है : "मैं आपके पास संतान की कामना से आई हूँ।"

3. ले डूबना—तबाह कर देना, बर्बाद कर देना; जैसे—

(क) "रोज़-रोज़ की किच-किच उन्हें ले डूबी।"

(ख) "ऐसी उलटी-सीधी हरकतें तुम्हें एक दिन ले डूबेंगी।"

(ग) "वे जिसके पीछे पड़ जाते हैं उसे ले डूबते हैं।"

4. ले बैठना—यह मुहावरा है और आशय है—बर्बाद कर देना।

लोप

वाक्य को हलका या चुस्त बनाने के लिए कभी उद्देश्य का, कभी विधेय का और कभी वाक्य के अन्य पदों का लोप या अध्याहार सामान्य बात है। परसर्गों और योजकों का लोप भी हम नित्य देखते हैं।

कुछ अवस्थाओं में पद या पदों का लोप किए जाने से वाक्य अपूर्ण या भ्रामक भी हो जाता है, परंतु कुछ अवसरों पर उसका सौंदर्य बढ़ जाता है; जैसे, "कहते हैं, कंस के सिंहासन के पीछे ही उसकी प्यारी बहन देवकी खड़ी- खड़ी महामुनि को एकटक निहार रही थी। पूरी सभा में एकमात्र नारी और वह भी अपने प्रिय भाई के अंत की घोषणा सुनती हुई।" —मनु शर्मा

यहाँ दूसरे वाक्य में नारी के बाद क्रियापद 'थी' (खड़ी थी या उपस्थित थी) का अध्याहार हुआ है।

लौटाना

यह सकर्मक क्रिया है। दो अर्थों में प्रयुक्त होती है : (i) वापस करना, लौटा देना; जैसे, "मैं उसे यह पुस्तक तब तक नहीं लौटाऊँगा जब तक वह मेरे पैसे नहीं दे देता।"

(ii) वापस लेना, लौटा लेना; जैसे—

(क) "अब वह दुकानदार यह घड़ी नहीं लौटाएगा।"

(ख) "दो दिन बाद कोई दुकानदार बेची हुई चीज़ नहीं लौटाता।"

वर्ण और वर्णचिह्न

वर्ण की परिभाषा—भाषा शब्दों से बनती है और शब्द मुख से निकलनेवाली ध्वनियों से। मुख से निकलनेवाली जिन ध्वनियों से शब्दों की रचना होती है उन्हें वर्ण कहते हैं। हिंदी भाषा में प्रयुक्त होनेवाले वर्णों की संख्या 48 है। विशिष्ट क्रम से रखा गया वर्णों का समूह वर्णमाला कहलाता है। वर्णमाला का वर्णक्रम इस प्रकार है :

अ आ इ ई उ ऊ
ऋ ए ऐ ओ ओ
क ख ग घ ङ
च छ ज झ ञ
ट ठ ड ढ ण
त थ द ध न
प फ ब भ म
य र ल व
श ष स ह
ड़ ढ़ ज़ फ़

इस वर्णमाला को देवनागरी वर्णमाला या नागरी वर्णमाला भी कहते हैं। हिंदी के अतिरिक्त मराठी, नेपाली तथा अनेक पहाड़ी भाषाओं के लिए इसी वर्णमाला का प्रयोग होता है।

हर वर्ण दूसरे वर्ण से कुछ न कुछ भिन्न होता है। वर्णों के संबंध में कुछ जानने योग्य बातें इस प्रकार हैं

1. स्वर और व्यंजन—जब हम वर्णों का उच्चारण करते हैं तो दो स्थितियाँ होती हैं। पहली स्थिति में मुँह खुला रहता है और वायु सीधे बिना किसी रुकावट के निकल जाती है। ये **स्वर** हैं :

अ आ इ ई उ ऊ ऋ
ए ऐ ओ औ

दूसरी स्थिति वह है जिसमें वायु रोककर छोड़ी जाती है। ये **व्यंजन** हैं :

क ख ग घ ङ
च छ ज झ ञ

वर्ण और वर्णचिह्न

ट ठ ड ढ ण
त थ द ध न
प फ ब भ म
य र ल व
श ष स ह
ड़ ढ़ ज़ फ़

स्वर और व्यंजन की पहचान आप एक और प्रकार से भी कर सकते हैं। स्वर का उच्चारण जितना लंबा चाहे खींच सकते हैं, जैसे—

अ ऽ ऽ ऽ ऽ ऽ ऽ ऽ ऽ ऽ ऽ
आ ऽ ऽ ऽ ऽ ऽ ऽ ऽ ऽ ऽ ऽ
इ ऽ ऽ ऽ ऽ ऽ ऽ ऽ ऽ ऽ ऽ
ई ऽ ऽ ऽ ऽ ऽ ऽ ऽ ऽ ऽ ऽ

परंतु व्यंजन का उच्चारण क्षणिक होता है। आपको दुबारा उच्चारण करने के लिए नए सिरे से साँस रोकनी और छोड़नी पड़ेगी। जब हम किसी व्यंजन को खींचकर उच्चारण करते हैं तो वस्तुतः हम उस व्यंजन को नहीं खींचते बल्कि 'अ' स्वर को खींचते हैं।

2. *दीर्घ स्वर, ह्रस्व स्वर*—कुछ स्वरों के उच्चारण में कम समय लगता है और कुछ के उच्चारण में अपेक्षाकृत दुगुना। जिनमें कम समय लगता है उन्हें 'ह्रस्व' (छोटा) और जिनमें दुगुना समय लगता है उन्हें 'दीर्घ' (बड़ा) कहते हैं :

ह्रस्व स्वर	**दीर्घ स्वर**
अ	आ
इ	ई
उ	ऊ
ऋ	—
—	ए
—	ऐ
—	ओ
—	औ

3. *स्वरों के स्थान-भेद*—मुख के जिस अंग का किसी वर्ण के उच्चारण में प्रमुख योगदान होता है उसी को उसका उद्‍भवस्थान या स्थान मान लिया जाता है।

अ, आ : कंठ से बोले जाते हैं। (कंठ्य स्वर)
इ, ई : कोमल तालु से बोले जाते हैं। (तालव्य स्वर)
उ, ऊ : ओठों से बोले जाते हैं। (ओष्ठ्य स्वर)
ऋ : कठोर तालु (मूर्धा) से बोला जाता है। (मूर्धन्य स्वर)
ए, ऐ : कंठ और तालु से बोले जाते हैं। (कंठतालव्य स्वर)
ओ, औ : कंठ और ओठों से बोले जाते हैं। (कंठोष्ठ्य स्वर)

4. *संवृत और विवृत स्वर*—संवृत का अर्थ है 'बंद' और विवृत का अर्थ है 'खुला'। 'ए' और 'ओ' का उच्चारण करते समय मुँह बंद-सा रहता है; पूरा बंद नहीं रहता। इसी लिए उन्हें अर्धसंवृत स्वर कहते हैं। 'ऐ' और 'औ' का उच्चारण करते समय मुँह आधा खुला रहता है, पर पूरा खुला नहीं रहता। इसीलिए इन्हें अर्धविवृत कहते हैं।

स्वरों के पारस्परिक अंतर :

अ	ह्रस्व	कंठ्य	
आ	दीर्घ	कंठ्य	
इ	ह्रस्व	तालव्य	
ई	दीर्घ	तालव्य	
उ	ह्रस्व	ओष्ठ्य	
ऊ	दीर्घ	ओष्ठ्य	
ऋ	ह्रस्व	मूर्धन्य	
ए	दीर्घ	कंठतालव्य	अर्धसंवृत
ऐ	दीर्घ	कंठतालव्य	अर्धविवृत
ओ	दीर्घ	कंठोष्ठ्य	अर्धसंवृत
औ	दीर्घ	कंठोष्ठ्य	अर्धविवृत

व्यंजनों के पारस्परिक अंतर :

'स्थान', 'घोष' और 'प्राण' मुख्यतः इन तीन आधारों पर व्यंजनों का पार्थक्य दिखलाया जाता है। हम इतना तो जानते हैं कि मुख के जिस अंग का किसी वर्ण के उच्चारण में प्रमुख योगदान होता है वही उसका (उद्‌भव) स्थान मान लिया जाता है। उस व्यंजन को 'घोष' कहते हैं जिसमें कंठ की स्वरतंत्री के तार सितार की तरह झंकृत होते हैं। यदि झंकृत न हों तो व्यंजन 'अघोष' कहलाता है। 'प्राण' (वायु) ज़ोर से निकले तो व्यंजन 'महाप्राण' कहलाता है और धीरे से निकले तो 'अल्पप्राण'। ध्वनि-भेद की दृष्टि से व्यंजनों के स्पर्श, संघर्षी, अंतस्थ, प्रकंपी, तथा पार्श्विक कई भेद हैं। जब जिह्वा किसी व्यंजन का उच्चारण करते समय किसी अंग को छूती है तो वह स्पर्श कहलाता है।

क	कंठ्य	अघोष	अल्पप्राण	स्पर्श
ख	कंठ्य	अघोष	महाप्राण	स्पर्श
ग	कंठ्य	घोष	अल्पप्राण	स्पर्श
घ	कंठ्य	घोष	महाप्राण	स्पर्श
ङ	कंठ्य	घोष	अल्पप्राण	स्पर्श नासिक्य[1]

इन पाँचों वर्णों को कवर्गीय व्यंजन कहते हैं।

च	तालव्य	अघोष	अल्पप्राण	स्पर्श
छ	तालव्य	अघोष	महाप्राण	स्पर्श
ज	तालव्य	घोष	अल्पप्राण	स्पर्श
झ	तालव्य	घोष	महाप्राण	स्पर्श
ञ	तालव्य	घोष	अल्पप्राण	स्पर्श नासिक्य

इन पाँचो को चवर्गीय व्यंजन कहते हैं।

ट	मूर्धन्य	अघोष	अल्पप्राण	स्पर्श
ठ	मूर्धन्य	अघोष	महाप्राण	स्पर्श
ड	मूर्धन्य	घोष	अल्पप्राण	स्पर्श
ढ	मूर्धन्य	घोष	महाप्राण	स्पर्श
ण	मूर्धन्य	घोष	अल्पप्राण	स्पर्श नासिक्य

इन पाँचो वर्णों को टवर्गीय व्यंजन कहते हैं।

त	दंत्य	अघोष	अल्पप्राण	स्पर्श
थ	दंत्य	अघोष	महाप्राण	स्पर्श
द	दंत्य	अघोष	अल्पप्राण	स्पर्श
ध	दंत्य	घोष	महाप्राण	स्पर्श
न	वर्त्स्य	घोष	अल्पप्राण	स्पर्श नासिक्य

('वर्त्स' मसूढ़े को कहते हैं। जब जीभ किसी वर्ण का उच्चारण करते समय मसूढ़ों को छूती है तो उस वर्ण को वर्त्स्य कहते हैं।)

इन पाँचो वर्णों को तवर्गीय कहते हैं।

प	ओष्ठ्य	अघोष	अल्पप्राण	स्पर्श
फ	ओष्ठ्य	अघोष	महाप्राण	स्पर्श
ब	ओष्ठ्य	घोष	अल्पप्राण	स्पर्श
भ	ओष्ठ्य	घोष	महाप्राण	स्पर्श
म	ओष्ठ्य	घोष	अल्पप्राण	स्पर्श नासिक्य

इन पाँचो वर्णों को पवर्गीय व्यंजन कहते हैं।

य	तालव्य	घोष	अल्पप्राण	अंतस्थ[2]

1. नासिक्य : नासिका से निकलनेवाला। जब उच्चारण के समय नाक से भी कुछ हवा निकले तो वर्ण नासिक्य कहलाता है।
2. अंतस्थ का अर्थ है—बीच में स्थित। 'इ' स्वर और 'ज' व्यंजन में बहुत कुछ समानता है। दोनों ही तालव्य हैं। एक ह्रस्व है तो दूसरा अल्पप्राण। दोनों में अंतर यह है कि जीभ का अग्रभाग 'ज' के उच्चारण में तालु को छूता है जबकि 'इ' का उच्चारण करते समय जीभ का अग्रभाग तालु से कुछ दूर रहता है। 'य' भी 'ज' की तरह तालव्य और अल्पप्राण भी है। परंतु 'य' का उच्चारण करते समय जीभ का अग्रभाग न तालु को छूता है, न 'इ' की तरह दूर ही रहता है। 'य' की स्थिति 'इ' और 'ज' व्यंजन के बीच की है।

र वर्त्स्य घोष अल्पप्राण प्रकंपी
(जीभ में कंपन होता है, इसलिए प्रकंपी)
ल वर्त्स्य घोष अल्पप्राण पार्श्विक
जब वायु दोनो पार्श्वों से (दोनो बगलों से) निकलती है तो वर्ण पार्श्विक कहलाता है।
व दंत्योष्ठ्य घोष अल्पप्राण अंतस्थ
श तालव्य अघोष महाप्राण संघर्षी
ष मूर्धन्य अघोष महाप्राण संघर्षी
स वर्त्स्य अघोष महाप्राण संघर्षी
ह कंठ्य घोष महाप्राण संघर्षी

('श', 'ष', 'स' और 'ह' का उच्चारण करते समय मुख से वायु बराबर रगड़ खाते हुए अर्थात् संघर्ष करते हुए निकलती है, इसलिए इन्हें संघर्षी व्यंजन कहते हैं।)

ड़ मूर्धन्य घोष अल्पप्राण उत्क्षिप्त[1]
ढ़ मूर्धन्य घोष महाप्राण उत्क्षिप्त

विदेशी शब्दों में 'ज़' और 'फ़' का प्रयोग भी बढ़ रहा है। इन्हें यदि अपनी वर्णमाला में सम्मिलित कर लें तो कोई हर्ज नहीं :

ज़ वर्त्स्य घोष अल्पप्राण स्पर्श-संघर्षी
फ़ दंतोष्ठ्य अघोष अल्पप्राण स्पर्श-संघर्षी

(स्पर्श-संघर्षी वर्णों का उच्चारण करते समय जीभ का अग्रभाग मुख के किसी भी अंग का स्पर्श भी करता है और वायु भी रगड़ खाते हुए बाहर निकलती है।)

वर्ण तो है लघुतम मुखध्वनि और उसको सूचित करने के लिए अपनाए हुए चिह्न को वर्णचिह्न कहते हैं। हम बोलते समय वर्णों (ध्वनियों) का प्रयोग करते हैं और लिखते समय वर्णचिह्नों का। वर्णचिह्नों के लिए भी वर्ण का प्रयोग प्रायः होता है। वर्णचिह्नों के समूह को लिपि कहते हैं।

हमारी लिपि में 48 वर्णचिह्नों के अतिरिक्त कुछ और चिह्नों का भी प्रयोग होता है; जैसे—हल् चिह्न, अनुस्वार, चंद्रविंदु, विसर्ग और मात्राएँ।

व्यंजन वर्णों की एक विशेषता यह है कि उनका उच्चारण बिना स्वर के नहीं होता। हम चाहे जिस व्यंजन का उच्चारण करें उसके बाद 'अ' स्वर का (अथवा किसी अन्य स्वर का) उच्चारण होता है। इसी लिए हमारी लिपि में हर व्यंजन वर्णचिह्न में 'अ' स्वर का संयोग माना जाता है।[2] यदि हमें 'अ' स्वर से रहित व्यंजन वर्णचिह्न सूचित करना है तो हम कई विधियाँ अपनाते हैं, जिनमें से मुख्य चार हैं :

(1) हल् चिह्न लगाकर; जैसे—
    क्, ख्, ङ्, न्
(2) वर्णचिह्न को कटा रूप देकर; जैसे—
    क, ख, ग, इ, न, म,

1. उत्क्षिप्त का अर्थ है—ऊपर फेंका हुआ। 'ड़' और 'ढ़' का उच्चारण करते समय हवा ऊपर की ओर फेंकी जाती है। स्पर्श और स्पर्श-संघर्षी वर्णों में थोड़ा-सा अंतर है। श, ष, स, और ह संघर्षी हैं। इनमें जीभ किसी अंग को नहीं छूती बल्कि वायु अंग-विशेष को छूते हुए (रगड़ खाते हुए) निकलती है। 'ज़' और 'फ़' का उच्चारण करते समय जीभ मसूढ़ों या दाँतों को छूती भी है और वायु भी संघर्ष करते हुए निकलती है।

2. रोमन लिपि में b, c, d आदि व्यंजन स्वररहित माने जाते हैं। परंतु जब उनमें से किसी व्यंजन का स्वतंत्र उच्चारण करते हैं तो किसी-न-किसी स्वर का सहयोग लेना पड़ता है, कभी पहले और कभी बाद में। ज़रा देखें :

बी, सी, डी, जी, पी, टी, वी	('ई' स्वर बाद में)
जे, के, ज़ेड	('ए' स्वर बाद में)
क्यू, डब्ल्यु	('उ' स्वर बाद में)
एफ, एच, एल, एम, एन, एस, एक्स	('ए' स्वर पहले)
आर	('आ' स्वर पहले)

वर्ण और वर्णचिह्न

(3) उसके नीचे बादवाला व्यंजन लिखकर; जैसे—अङ्क, चञ्चल, ट्रेन

(4) उस पर किसी स्वर की मात्रा लगाकर; जैसे—कः,का,कि,की,कु,कू,कृ,के,कै,को,कौ

[क = क् + अ; कि = क् + इ;
की = क् + ई; कु = क् + उ...]

प्रायः बोलचाल में स्वर से रहित व्यंजन वर्ण को शुद्ध व्यंजन कहते हैं, और जब दो या अधिक व्यंजन वर्णों का संयोग होता है तो उसे संयुक्त व्यंजन कहते हैं; जैसे—

क्यारी	क्य	संयुक्त व्यंजन
क्रम	क्र	संयुक्त व्यंजन
क्लेश	क्ल	सयुंक्त व्यंजन
क्षेत्र	क्ष(क्ष)	संयुक्त व्यंजन
नुक्स	क्स	संयुक्त व्यंजन
राज्य	ज्य	संयुक्त व्यंजन
ड्योढ़ी	ड्य	संयुक्त व्यंजन
निम्न	म्न	संयुक्त व्यंजन
विद्या	द्य	संयुक्त व्यंजन
माहात्म्य	त्म्य	संयुक्त व्यंजन
वीरत्व	त्व	संयुक्त व्यंजन

नागरी वर्णमाला में संयुक्त व्यंजनों की संख्या लगभग 250 है। कुछ संयुक्त व्यंजनों के रूप तो अत्यंत विचित्र हैं; जैसे—

क् + त	के लिए	क्त
द् + द	के लिए	द्द
द् + य	के लिए	द्य
क् + ष	के लिए	क्ष
त् + र	के लिए	त्र
ज् + ञ	के लिए	ज्ञ

परंतु अब 'ज्ञ' को छोड़कर अन्य संयुक्त व्यंजनों को हल् चिह्न से या कटे रूप में ही दरशाया जाता है; जैसे—

क् + त	=	क्‍त
द् + द	=	द्‌द
द् + य	=	द्य
क् + ष	=	क्ष
त् + र	=	त्र

'ज्ञ' का उच्चारण अब अधिकतर लोग 'ज्ञ' न करके 'ग्याँ' जैसा करते हैं; जैसे—

ज्ञान
अज्ञान
ज्ञानी
अज्ञानी
ज्ञेय
अज्ञेय

'र' एक ऐसा वर्णचिह्न है जो संयोजन के समय तीन रूप प्राप्त करता है;जैसे—

(i) ्र : प्रेम, ब्रह्म, क्रेता
(ii) ‸ : ट्रक, ट्राम
(iii) ‘ : कर्म, धर्म, दर्शन, कार्य

संयुक्त व्यंजनों को वर्णमाला में रखने की आवश्यकता नहीं क्योंकि वे लघुतम ध्वनि नहीं होते।

ङ्, ञ्, ण्, न् और म् नासिक्य शुद्ध व्यंजनों के लिए कुछ अवसरों पर 'अनुस्वार' का प्रयोग होता है; जैसे—

शङ्ख	शंख
चञ्चल	चंचल
खण्ड	खंड
अन्त	अंत
पम्प	पंप

स्वरों का प्रयोग विशेष ढंग से भी किया जाता है। समान्यतः स्वरों का उच्चारण करते समय वायु मुखद्वार से निकलती है, परंतु कुछ अवस्थाओं में कुछ वायु नासिका से भी निकाली जाती है। ऐसी अवस्था को सूचित करने के लिए 'चंद्रविंदु' का प्रयोग करते हैं;

जैसे—

आँख, आँच
ऊँचा, ऊँट
डँसना, हँसना
जाऊँ, पाऊँ

'विसर्ग' का प्रयोग कुछ संस्कृत के तत्सम शब्दों के साथ होता है; जैसे—

अतः
पुनः
अंतःकरण
अंतःपुर

विसर्ग का उच्चारण कुछ-कुछ 'ह्' की तरह होता है। अंतर है कि 'ह्' घोष व्यंजन है, जबकि विसर्ग अघोष 'ह्' है।

हम 'आ', 'इ', 'ई', 'उ', 'ऊ', 'ऋ', 'ए', 'ऐ', 'ओ', और 'औ' वर्णचिह्नों के स्थान पर कुछ अवसरों पर उनकी मात्राओं का भी प्रयोग करते हैं; जैसे—

आ	ा	(का)
इ	ि	(कि)
ई	ी	(की)
उ	ु	(कु)
ऊ	ू	(कू)
ऋ	ृ	(कृ)
ए	े	(के)
ऐ	ै	(कै)
ओ	ो	(को)
औ	ौ	(कौ)

'अ' यद्यपि सब व्यंजन वर्णचिह्नों में अवस्थित है, परंतु शब्द के अंत में (तथा अक्षर के अंत में भी) इसका उच्चारण नहीं होता। हम लिखते तो 'काम', 'नाम', 'कर्म', 'धर्म' हैं, परंतु बोलते हैं 'काम्', 'नाम्', 'कर्म्', 'धर्म्'। यद्यपि लोक में ये शब्द अकारांत लिखे जाते हैं इसलिए इन्हें अकारांत ही कहते हैं, परंतु इन्हें व्यंजनांत कहना अधिक उपयुक्त है।

वर्षा, बरसा

एक प्रतिष्ठित लेखक 'वर्षा' को 'बरसा' ही लिखते हैं। यह ठीक है कि उनकी दृष्टि में 'बरसा' वर्षा का ही तद्भव रूप हो, परंतु यह हिंदी 'बरसना' क्रिया का भूतकालिक कृदंत या आकृदंत रूप भी तो है।

(क) "वे पुष्प बरसा करते हुए अपने महाराजाधिराज के सुखद भविष्य की मंगलकामना करते।"

(ख) "भाद्रपद की अष्टमी की अँधेरी काली रात, आकाश मेघों से आच्छादित, संध्या से ही मूसलाधार होती बरसा।"

उक्त दोनो वाक्यों में 'बरसा' की जगह 'वर्षा' ही वरीय प्रतीत होता है।

वाक्य और उपवाक्य

वाक्य की अनेक परिभाषाएँ की गई हैं। सामान्यतया तीन दृष्टियों से इस पर विचार किया जाता है। अर्थ तथा संदर्भ की दृष्टि से सार्थक होना, संरचना की दृष्टि से उद्देश्यसूचक तथा विधेयसूचक पदों से युक्त होना तथा पूर्ण इकाई के रूप में खड़ी पाई, प्रश्नचिह्न या विस्मयादिबोधक चिह्न से सज्जित होना सामान्य वाक्य के लक्षण हैं। भाषा मूलतः मौखिक ही होती है, परंतु उसका मानक रूप लिखित भाषा से व्यक्त होता तथा निखार पाता है।

यदि वाक्य सार्थक नहीं (आदमी मेज़ है), यदि उद्देश्यहीन है (आदमी उड़ता है), यदि विधेयविहीन हैं (पक्षी आकाश में) और यदि उपयुक्त विरामचिह्न से युक्त नहीं तो उसे वाक्य न कहकर वाक्याभास कह सकते हैं। बिना उपयुक्त विरामचिह्न के भी वाक्यार्थ का

विनिश्चय नहीं होता, जैसे—"वह गया"

अब इन (उद्देश्य और विधेय) पदों को विभिन्न विरामचिह्नों से युक्त कीजिए :

"वह गया।"

"वह गया ?"

"वह गया !"

तीनों का अंतर आप समझ रहे होंगे। विरामचिह्न के अभाव में कई वाक्य आपस में मिल जाते हैं और फिर कभी-कभी अर्थ विनिश्चय में अत्यधिक कठिनाई भी उत्पन्न करते हैं। अतः इतना तो स्पष्ट है कि जहाँ तक लेखन-कला का प्रश्न है बिना विरामचिह्न के वाक्य पूर्ण नहीं होता।

कभी-कभी वाक्य में उद्देश्य या विधेय को छोड़ दिया जाता है; जैसे—

"चले जाओ यहाँ से !"

('तुम' उद्देश्य का अध्याहार)

"कौन ?" ('है' विधेय का अध्याहार)

अध्याहार वस्तुतः लाघवता का सूचक है। 'न रहना' और 'छोड़ देना' में अंतर है। फिर किसी पद की उपस्थिति न होने पर भी संदर्भ से अवस्थिति तो मानी ही जा सकती है। यदि संदर्भ से भी उद्देश्य या विधेय का पता न लगे तो वाक्य पूर्ण या सार्थक नहीं।

हर भाषा में कुछ विशिष्ट वाक्य समय पाकर कुछ ऐसा लाघव तथा बँधा हुआ या रूढ़ रूप प्राप्त कर लेते हैं कि वे अनमेल पदों से युक्त उद्देश्य या विधेय से हीन अथवा विरामचिह्न से रहित होने पर भी (अर्थात् आधारभूत मान्यताओं के विपरीत) अपनी क्षमता से वाक्य कहलाने के अधिकारी होते हैं; जैसे—

"अंधों में काना राजा"

"ऊँट के मुँह में जीरा"

ये कहावतें हैं, कहानी या उसका सार कहती हैं और अपने में पूर्ण हैं। वस्तुतः अर्थ की दृष्टि से अपने में पूर्ण पदरचना ही वाक्य कहलाने की अधिकारी होती है।

लोक में सामान्यतया उद्देश्य और विधेय ही वाक्य के आवश्यक अंग तथा विश्लेषण के आधार माने जाते हैं। कई वाक्य जब एक बड़े वाक्य में पिरो दिए जाते हैं तो उसे 'महावाक्य' कहा जाता है और महावाक्य के वाक्यों को स्थिति-भेद के कारण उपवाक्य अर्थात् छोटा वाक्य कहा जाता है। जब किसी उपवाक्य का अर्थ किसी अन्य उपवाक्य की सहायता से पूर्ण हो तब उसे आश्रित (आश्रय ग्रहण करनेवाला) उपवाक्य कहते हैं। ज़रा इन वाक्यों को देखिए :

(क^1) "मोहन ने कहा कि कल मैं बीमार था।"

(ख^1) "यह शब्द किसने कहा ?"

(ख^2) "मोहन ने कहा।"

(ख^3) "मोहन ने यह शब्द कहा।"

(ग^1) "कल कौन बीमार था ?"

(ग^2) "मैं।"

(ग^3) "कल मैं बीमार था।"

'ख^3' और 'ग^3' सार्थक हैं, उद्देश्य और विधेय से युक्त हैं तथा विरामचिह्न से भी युक्त हैं। अतः हम उन्हें वाक्य कहते हैं। 'ख^2' और 'ग^2' भी संदर्भ से सार्थक प्रतीत होते हैं, अतः वाक्य ही हैं। 'क^1' वाक्य वस्तुतः महावाक्य है। इसमें दो उपवाक्य हैं। दूसरा उपवाक्य 'कि कल मैं बीमार था' संदर्भ से ही पूर्ण होगा। अर्थात् जब 'मोहन ने कहा' उपवाक्य के साथ उसे बैठाते हैं तभी वह सार्थक होता है। इसे आश्रित उपवाक्य कहते हैं।

वाक्य और पद

(1) विभिन्न वाक्यों में अधिकतर पदों के रूप में विकार देखा जाता है। कभी हम 'लड़का' प्रयुक्त करते हैं और कभी उसे 'लड़के' बना देते हैं। 'आ' धातु में कभी 'ता' प्रत्यय लगाकर 'आता', कभी 'ती' प्रत्यय लगाकर 'आती' और कभी 'ते' प्रत्यय लगाकर 'आते' बना देते हैं।

(2) परसर्ग के आने पर भी शब्दों के रूप में विकार होता है। 'लड़का' शब्द के बाद 'ने', 'से' या 'में' परसर्ग आया नहीं कि उसका रूप 'लड़के' हो जाता है। 'मैं' के बाद 'को' आया तो वह 'मुझको' हो गया।

पद और पदबंध : वाक्य के अंतर्गत भी कुछ पदों का गठजोड़ दिखाई पड़ता है जिसे पदबंध कहते हैं। पदबंध का अर्थ है बँधा हुआ पद। पद बँधेगा कब ? जब उसके साथ कोई हो। संज्ञाओं, सर्वनामों आदि के साथ जब परसर्ग आते हैं तो वे भी पदबंध होते हैं; जैसे, "राम ने कृष्ण को डंडे से मारा।" वाक्य में 'राम ने', 'कृष्ण को' तथा 'डंडे से' पदबंध ही हैं। जब क्रियापद में मुख्य, सहकारी तथा सहायक क्रियाएँ होती हैं तब भी वस्तुतः पदबंध होता है; जैसे, "राम सोता रहता है।" इस वाक्य में 'सोता रहता है' पदबंध है। 'अच्छे से अच्छा', 'गरीब घर का बेटा', 'उठती जवानी', 'काम की बात', 'नशे में चूर' आदि पदों के समूह भी पदबंध कहलाते हैं।

पदबंध और वाक्य दोनों पदों के समूह होते हैं, परंतु पदबंध में उद्देश्य और विधेय नहीं होते। पदबंध तो सामान्य पद की तरह पदभेद या शब्दभेद का सूचक भी होता है; जैसे, 'राम का भाई', 'मोहन की बाँसुरी', 'कल की बात', 'उठती जवानी' संज्ञा पदबंध हैं। 'बुरे से बुरा', 'बड़े से बड़ा', 'नाचता हुआ', 'नाचता रहनेवाला', 'कक्षा में प्रथम स्थान प्राप्त करनेवाला' विशेषण पदबंध हैं। 'आता रहता है', 'बरसता चलता है' क्रिया पदबंध हैं। 'धीरे-धीरे', 'जल्दी-जल्दी', 'दिन चढ़े', 'रातोंरात', 'सुबह से शाम तक', 'कभी न कभी' क्रिया-विशेषण पदबंध हैं।

पदों का क्रम : कुछ मुख्य बातें इस प्रकार हैं :

(i) वाक्य में पहले उद्देश्य और बाद में विधेय आता है; जैसे—

"गाड़ी आ रही है।"

(ii) विधेय में यदि कई पद हों तो क्रियापद अंत में आता है; जैसे—

(उद्देश्य)	(विधेय)	
गाड़ी	दिल्ली से बंबई तक	जाएगी।
	(क्रिया-विशेषण पद)	(क्रियापद)

(iii) कर्म का सूचक पद उद्देश्य के बाद और क्रिया से पहले आता है; जैसे—

(उद्देश्य)	(विधेय)	
विद्यार्थी	पुस्तक	पढ़ रहा है
	(कर्म)	(क्रियापद)

(iv) यदि दो कर्म हैं तो गौण कर्म पहले आता है और मुख्य कर्म बाद में; जैसे—

(उद्देश्य)	(विधेय)		
मैंने	एक विद्यार्थी को	कलम	दी थी।
	(गौण कर्म)	(मुख्य कर्म)	(क्रियापद)

(v) पूरक क्रियापद से पहले आता है; जैसे—

(उद्देश्य)	(विधेय)	
लड़का	सुंदर	है।
	(पूरक)	(क्रियापद)

(vi) विशेषण विशेष्य से पहले और क्रिया-विशेषण क्रियापद से पहले आता है;

वाक्य और पद

जैसे—

"छोटा-सा लड़का चलती हुई गाड़ी से कूद पड़ा।"

'छोटा-सा' लड़के का विशेषण है और 'चलती हुई' गाड़ी का विशेषण।

"वह थककर सो गया।"

'थककर' क्रिया-विशेषण है जो 'सो गया' क्रियापद से पहले आया है।

(vii) कुछ क्रिया-विशेषण वाक्य के आरंभ में आते हैं और वाक्य के शेष अंश को मर्यादित करते हैं; जैसे—

"*कभी-कभी* मैं उनके घर जाता हूँ।"

"*इतनी जल्दी* वह कैसे आ सकता है?"

"*सुबह-सुबह* ही तुम यहाँ मत आया करो।"

"*देर से* क्यों आए?"

तिरछे शब्द क्रिया-विशेषण वाक्य के शेष अंश को मर्यादित करते हैं।

(viii) अन्य कारकों के सूचक पद सामान्यतः उद्देश्य के बाद आते हैं; जैसे—

लड़का छुरी से आम काटता है।
(करणकारक)

वह अपनी बहन के लिए पुस्तक लाया।
(संप्रदानकारक)

दर्जी दुकान में कपड़े सी रहा था।
(अधिकरणकारक)

वाक्य का प्रयोजन : वाक्यों के जो अनेक प्रकार दिखाई देते हैं उनके पीछे कुछ-न-कुछ प्रयोजन बतलाए हैं :

(i) तथ्य प्रस्तुत करना :

हम तथ्य प्रस्तुत करना चाहते हैं; जैसे—

"वह आया है।"

"मैं भोजन कर रहा हूँ।"

(ii) निषेध करना या नकारना :

'मत', 'नहीं', और 'न' निपातों की सहायता से निषेध प्रकट करते हैं; जैसे—

"उसे मकान मत देना।"

"मैं उसे कलम नहीं दूँगा।"

"वह न आ सका।"

'थोड़े ही' क्रिया-विशेषण से भी निषेध व्यक्त होता है; जैसे—

"मैंने थोड़े ही आम खाया है।"

(iii) प्रश्न करना :

(क) *जिज्ञासा की शांति* तथा (ख) *अनुमति* के लिए प्रश्न किया जाता है; जैसे—

(क) क्या वह आ गया?
क्या वह तुमसे मिला?
तुम कहाँ गए थे?
वह क्यों नहीं यहाँ आता?
किधर जाना चाहते हो?
कैसे आओगे?
कब आओगे?
तुमने क्या खाया?
वह कौन थी?
तुम्हें किसने बताया?
तुम्हें कितना धन मिला?
आचार कैसा है?

(ख) क्या मैं अंदर आऊँ?
क्या आपके साथ मैं भी चलूँ?
क्या वह खा ले?
क्या उसे पैसा दे दिया जाए?
कहाँ जाऊँ?
किससे मिलूँ?

'क्या' और 'क्यों' निपातों, 'कहाँ', 'किधर', 'कैसे', 'कब', 'किस तरह' आदि क्रिया-विशेषणों, 'क्या' और 'कौन' सर्वनामों तथा 'कितना', 'कैसा' आदि विशेषणों के प्रयोग से प्रश्नवाचक वाक्य बनते हैं।

आत्मीयता और शालीनता दिखाने के समय अधिकतर उक्त शब्दों का प्रयोग नहीं किया जाता है, 'न' या 'या नहीं' निपात का प्रयोग किया जाता है; जैसे—

न

(क)

क्या वह आ गया ? वह आ गया न ?
क्या वह तुमसे मिला ? वह तुमसे मिला न ?
तुम कहाँ गए थे ? तुम कहीं गए थे न ?
वह क्यों यहाँ नहीं आता ? वह यहाँ नहीं आता न ?
किधर जाना चाहते हो ? इधर-उधर जाना चाहते हो न ?
क्या तुम रमेश हो ? तुम रमेश हो न ?
तुम्हें कितना धन मिला ? तुम्हें कुछ धन मिला न ?

(ख)

क्या मैं अंदर आऊँ ? अंदर आऊँ न ?
क्या आपके साथ मैं भी चलूँ ? आपके साथ मैं भी चलूँ न ?
क्या वह खा ले ? वह खा ले न ?

सामान्यतः प्रश्नों का उत्तर 'हाँ' या 'नहीं' में अथवा संक्षेप में दिया जाता है; जैसे—

—क्या वह आ गया ?
—हाँ। अथवा— हाँ, (वह) आ गया।
—नहीं। अथवा— (वह) नहीं आया।
—क्या तुम रमेश हो ?
—हाँ। अथवा—हाँ, (मैं) रमेश हूँ।
—नहीं। अथवा— (मैं) रमेश नहीं हूँ।

या नहीं

प्रश्नवाचक बनाने का एक प्रकार यह भी है कि 'क्या' निपात की जगह 'या नहीं' निपात का प्रयोग करें। विकल्प प्रस्तुत करने का एक प्रकार इसे भी कह सकते हैं; जैसे—

क्या वह आ गया ? वह आ गया या नहीं ?
क्या वह तुमसे मिला ? वह तुमसे मिला या नहीं ?
क्या मैं अंदर आ जाऊँ ? मैं अंदर आ जाऊँ या नहीं ?
क्या कुछ खाओगे ? कुछ खाओगे या नहीं ?

इन वाक्यों के उत्तर कुछ भिन्न होते हैं; देखें :

= वह आ गया या नहीं
—आ गया।
—नहीं आया।
= वह तुमसे मिला या नहीं ?
—मिला।
—नहीं मिला।
= मैं अंदर आ जाऊँ या नहीं ?
—आ जाओ।
—मत आओ।
= कुछ खाओगे अथवा नहीं ?
—कुछ खा लूँगा।
—नहीं। अथवा—नहीं खाऊँगा।

(iv) आज्ञा देना :

आज्ञा सामान्यतः प्रस्तुत व्यक्ति को दी जाती है। मध्यम पुरुष एकवचन के लिए मात्र धातु का प्रयोग होता है; जैसे—

तू जा। तू पढ़। तू सुन।

बहुवचन मध्यम पुरुष 'तुम' के लिए धातु + 'ओ' प्रत्यययुक्त क्रियारूप का प्रयोग होता है; जैसे—

तुम जाओ। तुम पढ़ो। तुम देखो। तुम सुनो।

'तुम' के स्थान पर जब 'आप' का

वाक्य और पद

प्रयोग करते हैं तब 'ओ' के स्थान पर (i) 'एँ' तथा (ii) 'इए' प्रत्यय का प्रयोग होता है; जैसे—

(i) आप जाएँ। आप पढ़ें। आप देखें। आप सुनें।
(ii) आप जाइए। आप पढ़िए। आप देखिए। आप सुनिए।

(v) संशय जतलाना :

कभी-कभी हम शंका, संदेह, संभावना भी जतलाना चाहते हैं; जैसे—

"आज शायद पानी बरसे।"
"कल वह आया होगा।"

(vi) इच्छा व्यक्त करना :

कभी हम इच्छा व्यक्त करना चाहते हैं और कभी शुभकामना देना चाहते हैं; जैसे—

"जीते रहो।"
"भगवान तुम्हारा भला करे!"

(vii) कार्य-कारण सूचित करना :

कभी-कभी हम एक कार्य का दूसरे कार्य पर आश्रित होना सूचित करना चाहते हैं; जैसे—

"वह आए तो मैं जाऊँ।"
"पानी बरसा तो हम चलेंगे।"

(viii) विस्मयादि तीव्र मनोवेग सूचित करना :

कभी-कभी मनोवेग भी सूचित करना चाहते हैं; जैसे—

"हाय! मैं लुट गया।"
"काश! वह जीवित होता।"

कुछ विद्वान इन प्रयोजनों के आधार पर वाक्यों के आठ भेद करते हैं—तथ्यवाचक (या विधानबोधक), प्रश्नवाचक, आज्ञावाचक, संशयवाचक, इच्छाबोधक, कार्य-कारण वाचक और विस्मयादिबोधक।

स्वरूप के अनुसार चार भेद किए जाते हैं :

(i) सरल वाक्य।
(ii) संयुक्त वाक्य।
(iii) मिश्र वाक्य।
(iv) संयुक्त-मिश्र वाक्य।

जब वाक्य में एक उद्देश्य और एक विधेय हो तो वाक्य को सरल वाक्य कहते हैं; जैसे—

उद्देश्य	**विधेय**
लड़का	खेल रहा है।
विद्यार्थी	पुस्तक पढ़ता है।
राम और श्याम	घूमने गए हैं।

परंतु जब वाक्य में दो अलग-अलग उद्देश्य और विधेय के समूह हों तो वाक्य को संयुक्त वाक्य कहते हैं; जैसे—

(क) "राम खेलता है।" (सरल वाक्य)
(ख) "मोहन पढ़ता है।" (सरल वाक्य)
(क+ख) "राम खेलता है और मोहन पढ़ता है।" (संयुक्त वाक्य)

जब वाक्य में एक से अधिक उद्देश्य और विधेय के समूह हों तो उन्हें उपवाक्य कहते हैं। संयुक्त वाक्य में कई उपवाक्य हो सकते हैं; जैसे—

"सीता सो रही थी, राधा खाना बना रही थी, रमा स्कूल गई थी और मौसी किसी से मिलने गई थी।"

संयुक्त वाक्य के उपवाक्य वाक्य से अलग किए जाने पर भी वाक्य बने रहते हैं; जैसे—

"सीता सो रही थी।"
"राधा खाना बना रही थी।"
"रमा स्कूल गई थी।"
(और) "मौसी किसी से मिलने गई थी।"

'और' योजक यहाँ वाक्य में बाधक नहीं, यद्यपि यह पूर्ववाक्य/वाक्यों से संबंध जोड़ता है। ऐसे उपवाक्यों को स्वतंत्र उपवाक्य कहते हैं।

यदि किसी उपवाक्य में किसी पद की पुनरावृत्ति न हुई हो तो उसकी उपस्थिति मान ली जाती है और उपवाक्य को स्वतंत्र ही माना जाता है; जैसे—

"मोहन सुबह आया, दुपहर को यहीं रुका और शाम को लौट गया।"

दूसरे और तीसरे उपवाक्यों में 'मोहन' या तत्संबंधी सर्वनाम की आवृत्ति नहीं हुई। परंतु प्रसंग से मोहन की उपस्थिति स्पष्ट है, अतः उक्त उपवाक्य स्वतंत्र उपवाक्य माने जाएँगे।

मिश्र वाक्य भी दो या कई उपवाक्यों से बना होता है, परंतु उसके उपवाक्य वाक्य से अलग किए जाने पर वाक्य नहीं बने रहते; जैसे—

"राम ने कहा कि मैं जाऊँगा।"

'राम ने कहा' पूर्ण वाक्य नहीं, इसमें कर्म का अभाव है। 'कि मैं जाऊँगा' भी वाक्य नहीं। परंतु ये दोनों मिलकर अवश्य वाक्य बनाते हैं। एक और वाक्य लीजिए :

"जिस घर में मैं रहता हूँ उसमें एक विदेशी भी रहता है।"

यहाँ 'जिस घर में मैं रहता हूँ' यह स्वतंत्र उपवाक्य नहीं है और न ही 'उसमें एक विदेशी भी रहता है' स्वतंत्र उपवाक्य है। ऐसे उपवाक्यों को आश्रित उपवाक्य कहते हैं, क्योंकि ये एक-दूसरे पर निर्भर करते हैं। संयुक्त-मिश्र वाक्य में कई स्वतंत्र उपवाक्य भी होते हैं और आश्रित उपवाक्य भी।

वाक्यों के स्वरूप का अध्ययन करें तो हमें वाक्य में तत्त्वों के योग के अनुसार निम्नांकित पाँच ढाँचे दिखाई देते हैं :

(i) उद्देश्य + क्रियापद
"लड़का हँसता है।"
(1) (2)

(ii) उद्देश्य + कर्म + क्रियापद
"लड़के ने पुस्तक खरीदी।"
(1) (2) (3)

(iii) उद्देश्य + कर्म(गौण) + कर्म(मुख्य) + क्रियापद
"लड़के ने माता को समाचार दिया।"
(1) (2) (3) (4)

(iv) उद्देश्य + पूरक + क्रियापद
"नरसिंह राव प्रधानमंत्री थे।"
(1) (2) (3)
"वह बीमार है।"
(1) (2) (3)
उसको चोट लगी।
(1) (2) (3)

यह विवाद्य विषय है कि उद्देश्य 'उसको' है या 'चोट'। इस संबंध में 'विधेय और पूरक' प्रकरण में विचार किया गया है।

(v) उद्देश्य + कर्म + पूरक + क्रियापद
मैंने सौदा निश्चित किया।
(1) (2) (3) (4)

वाक्य-भंग

यह हिंदी की प्रकृति के विरुद्ध है। अंग्रेज़ी वाक्यरचना में किसी महावाक्य के एक उपवाक्य के बीचोबीच दूसरा उपवाक्य रखते हैं, परंतु इस प्रवृत्ति को हिंदी में बढ़ाना कदापि श्रेयस्कर नहीं।

"ओशो आज भी, जब वे सदेह नहीं हैं और गलतफ़हमियों का कुहासा काफ़ी छँट

गया है, उन्मुक्त यौनाचार के प्रवर्तक माने जाते हैं।" —'माया'

उक्त महावाक्य में 'ओशो आज भी उन्मुक्त यौनाचार के प्रवर्तक माने जाते हैं" इस उपवाक्य को भंग कर दिया गया है और बीच में एक नहीं, दो-दो उपवाक्य रख दिए गए हैं। हिंदी की प्रकृति के अनुसार इस महावाक्य को इस प्रकार लिख सकते हैं :

"ओशो अब सदेह नहीं (हैं) और गलतफ़हमियों का कुहासा (भी) काफ़ी छँट चुका है तो भी आज उन्हें उन्मुक्त यौनाचार का प्रवर्तक माना जा रहा है।"

वाच्य

'वाच्य' से तात्पर्य कथन के प्रकार या ढंग से होता है और इसका संबंध क्रियापद से रहता है। हिंदी में तीन कथन-प्रकार माने गए हैं : 1. कर्तृवाच्य, 2. कर्मवाच्य और, 3. भाववाच्य।

कर्तृवाच्य : जब क्रियापद उद्देश्य/कर्ता के संबंध में कहता है तब कथन के प्रकार को कर्तृवाच्य कहते हैं। क्रियापद कर्ता/उद्देश्य के बारे में कहता है, यह तथ्य हम कर्तृवाच्य कृंदत (धातु + ने + वाला) से जान सकते हैं; जैसे—

"लड़का खेलता है।"
"मोहन नाच रहा है।"
"वह पुस्तक पढ़ रहा है।"
"उसने कलम खरीदी है।"

यहाँ,
खेलनेवाला कौन ?—लड़का।
नाचनेवाला कौन ?—मोहन।
पढ़नेवाला कौन ?—वह।
खरीदनेवाला कौन ?—उसने/वह।

स्पष्ट है कि उक्त वाक्यों में क्रियापद कर्ता/उद्देश्य के बारे में कहता है, अतः उक्त कथन-प्रकार कर्तृवाच्य है।

कर्मवाच्य :

निम्नांकित वाक्यों को देखिए :

"चोर पकड़ा गया।"
"रोटी खाई जा रही है।"
"पुस्तक पढ़ी जा चुकी है।"

अब कर्तृवाच्य कृंदत के सहारे कर्ता का पता लगाइए :

'पकड़' धातु से कर्तृवाच्य कृदंत बनेगा = पकड़नेवाला।

'खा' धातु से कर्तृवाच्य कृदंत बनेगा = खानेवाला।

'पढ़' धातु से कर्तृवाच्य कृदंत बनेगा = पढ़नेवाला।

पकड़नेवाला कौन ?
खानेवाला कौन ?
पढ़नेवाला कौन ?
क्या आपको इन प्रश्नों का उत्तर मिला ?
उत्तर होगा—नहीं।

अतः स्पष्ट है कि उक्त क्रियापद कर्ता या उद्देश्य के बारे में नहीं कहते। अब निम्नांकित वाक्यों को देखिए :

"सिपाही ने चोर को पकड़ा।"
"लड़की रोटी खा रही है।"
"लड़का पुस्तक पढ़ चुका है।"

उक्त वाक्य कर्तृवाच्य हैं, क्योंकि क्रियापद कर्ता/उद्देश्य के बारे में कहते हैं।

पकड़नेवाला कौन ?—सिपाही।
खानेवाला कौन ?—लड़की।
पढ़नेवाला कौन ?—लड़का।

अब यदि हम किसी कारणवश कर्ता का उल्लेख नहीं करनाचाहते तो शेष वाक्य अपूर्ण रह जाता है; जैसे—

"चोर को पकड़ा।"

"रोटी खा रही है।"

"पुस्तक पढ़ चुका है।"

इन अपूर्ण वाक्यों के क्रियापदों में थोड़ा-सा परिवर्तन करने से वाक्य पूर्ण हो जाते हैं। इसके लिए व्यवस्था इस प्रकार है :

(1) क्रियापद की मुख्य धातु या कृदंत को भूतकृदंत के रूप में रखते हैं; यदि वह भूतकृदंत रूप में है तो ठीक ही है।

(2) उसके ठीक बाद 'जा' धातु को मुख्य क्रिया का रूप देते हैं।

(3) कर्ता को प्रायः हटा देते हैं अथवा 'से' परसर्ग 'के द्वारा' संबंधबोधक के साथ रखते हैं।

(4) कर्म के लिंग-वचन के अनुसार क्रिया-पद में संशोधन करते हैं।

अब एक वाक्य लीजिए :

"सिपाही ने चोर पकड़ा।" (कर्तृवाच्य)

यहाँ क्रियापद है : पकड़ा।

पहली व्यवस्था के अनुसार क्रियापद की मुख्य धातु या कृदंत को भूतकृदंत के रूप में रखना है। 'पकड़ा' क्रियापद पहले ही भूतकृदंत रूप में है। दूसरी व्यवस्था के अनुसार 'जा' धातु को मुख्य क्रिया के रूप में रखना है। मुख्य क्रिया (पकड़ा) भूतकृदंत रूप में है, अतः 'जा' धातु का भूतकृदंत रूप हुआ 'गया'। अतः क्रियापद का स्वरूप हुआ 'पकड़ा गया'। तीसरी व्यवस्था के अनुसार कर्ता/उद्देश्य हटाइए।

"सिपाही ने चोर को पकड़ा।"	"चोर को पकड़ा गया।"

अब क्रियापद कर्म के बारे में कहने लगा है, इसलिए कथन के इस प्रकार को कर्मवाच्य कहेंगे। 'को' का प्रयोग ऐच्छिक होता है; जैसे—

(एकवचन)

"चोर को पकड़ा गया।"

"चोर पकड़ा गया।"

(बहुवचन)

"चोरों को पकड़ा गया।"

"चोर पकड़े गए।"

अब दूसरा वाक्य लीजिए :

"लड़की रोटी खा रही है।" (कर्तृवाच्य)

यहाँ मुख्य क्रिया 'खा' धातु रूप में है। इसे भूतकृदंत रूप दीजिए : खाया। 'जा' धातु को मुख्य क्रिया के रूप में रखें। मुख्य क्रिया धातु रूप में है, अतः 'जा' भी धातु रूप में रहेगा :

"रोटी खाया जा रहा है।" (अशुद्ध)

'रोटी' स्त्रीलिंग है, अतः 'खाया' का स्त्रीलिंग रूप होगा : खाई।

तीसरा वाक्य लीजिए :

"लड़का पुस्तक पढ़ रहा है।" (कर्तृवाच्य)

यहाँ मुख्य क्रिया 'पढ़' धातु है। इसका भूतकृदंत रूप होगा—पढ़ा। 'जा' धातु मुख्य क्रिया के समान धातु रूप में ही रहेगी, अतः वाक्य का रूप बनेगा :

"पुस्तक पढ़ा जा रहा है।" (अशुद्ध)

"पुस्तक पढ़ी जा रही है।" (शुद्ध)

कुछ और उदाहरण लीजिए :

कर्तृवाच्य	**कर्मवाच्य**
लड़का पत्र पढ़ता है।	पत्र पढ़ा जाता है।
लड़का चिट्ठी पढ़ता है।	चिट्ठी पढ़ी जाती है।
लड़के ने पत्र पढ़ा था।	पत्र पढ़ा गया था।
लड़के ने चिट्ठी पढ़ी थी।	चिट्ठी पढ़ी गई थी।
लड़का पत्र पढ़ रहा था।	पत्र पढ़ा जा रहा था।
लड़का चिट्ठी पढ़ रहा था।	चिट्ठी पढ़ी जा रही थी।

लड़क ने पत्र पढ़े।	पत्र पढ़े गए।
लड़के ने चिट्ठियाँ पढ़ीं।	चिट्ठियाँ पढ़ी गईं।
लड़का पत्र पढ़ चुका।	पत्र पढ़ा जा चुका।
लड़की चिट्ठी पढ़ चुकी।	चिट्ठी पढ़ी जा चुकी।
लड़का पत्र पढ़ेगा।	पत्र पढ़ा जाएगा।
लड़की चिट्ठी पढ़ेगी।	चिट्ठी पढ़ी जाएगी।
लड़का पत्र पढ़े।	पत्र पढ़ा जाए।
लड़का चिट्ठी पढ़े।	चिट्ठी पढ़ी जाए।
हम शिक्षा में सुधार कर सकते हैं।	शिक्षा में सुधार किया जा सकता है।
वे अंग्रेजी बोल सकते हैं	अंग्रेजी बोली जा सकती है।

यदि आवश्यक हो तो 'से' या 'के द्वारा' के साथ कर्ता को प्रयुक्त कर सकते हैं : जैसे—

कर्मवाच्य	**कर्ता सहित**
पत्र पढ़ा जाता है।	लड़के से/के द्वारा पत्र पढ़ा जाता है।
चिट्ठी पढ़ी जाती है।	लड़की से/के द्वारा चिट्ठी पढ़ी जाती है।
पत्र पढ़ा गया।	लड़के के द्वारा/से पत्र पढ़ा गया।
चिट्ठी पढ़ी गई।	लड़की के द्वारा/से चिट्ठी पढ़ी गई।

कर्तृवाच्य वाक्य में जब दो कर्म हों तो कर्मवाच्य में मुख्य कर्म के अनुसार ही क्रियापद में परिवर्तन होता है; जैसे—

"लड़के ने अपनी माँ को पुस्तक दी।"

कर्मवाच्य :

(i) "पुस्तक दी गई।"

(ii) "माँ को पुस्तक दी गई।"

कर्मवाच्य में गौण कर्म रख भी सकते हैं अथवा उसके बिना भी वाक्य चलता है।

यदि कर्तृवाच्य वाक्य में मुख्य कर्म परसर्ग युक्त हो तो कर्मवाच्य में क्रियापद पुंलिंग एकवचन रहेगा; जैसे—

"माँ ने बच्चे को बुलाया।" (कर्तृवाच्य)
"बच्चे को बुलाया गया।" (कर्मवाच्य)
"माँ ने बच्ची को बुलाया।" (कर्तृवाच्य)
"बच्ची को बुलाया गया।" (कर्मवाच्य)
"सिपाही ने चोरों को मारा।" (कर्तृवाच्च)
"चोरों को मारा गया।" (कर्मवाच्य)

कर्म के साथ पूरक हो तो कर्मवाच्य में पूरक यथास्थान रहता है; जैसे—

"मैंने सौदा निश्चित किया।" (कर्तृवाच्य)

"सौदा निश्चित किया गया।" (कर्मवाच्य)

भाववाच्य : अधिकतर अकर्मक धातुओं से बने क्रियापदों में भी उक्त प्रकार का परिवर्तन संभव है। यहाँ कर्म नहीं होता, अतः क्रियापद सदा पुंलिंग एकवचन रहता है। उद्देश्य 'से' या 'के द्वारा' से युक्त रहता है।

कर्तृवाच्य	**भाववाच्य**
राम सोता है।	राम से सोया जाता है।
राम सोया है।	राम से सोया गया।
लड़के सोते हैं।	लड़कों से सोया जाता है।
लड़कियाँ सोती हैं।	लड़कियों से सोया जाता है।
सीता नाचती है।	सीता से नाचा जाता है।
राम सोएगा।	राम से सोया जाएगा।
सीता सोएगी।	सीता से सोया जाएगा।

भाववाच्य में भी कुछ अवसरों पर कर्ता या उद्देश्य का प्रयोग नहीं होता; जैसे—

(क) "बच्चो, खेला जाता है।"

(ख) "ऐसे अवसरों पर खूब हँसा जाता है।"

अब ज़रा ध्यान दीजिए :

(क) वह खेलता है।

(i) उससे खेला जाता है।

(ii) खेला जाता है।

(ख) वह हँसता है।

(i) उससे हँसा जाता है।

(ii) हँसा जाता है।

इसी संदर्भ में कुछ विशेष बातें इस प्रकार हैं :

(i) जब 'है', 'था', 'होगा' मूल क्रियाएँ मुख्य क्रियापद के रूप में प्रयुक्त हों तब वाक्य का कर्मवाच्य रूप नहीं बनता; जैसे—

"घोड़ा अच्छा है।"

"पुस्तक अच्छी थी।"

(ii) 'हो', 'बन', 'लग' आदि धातुओं के क्रियापदों को भाववाच्य में नहीं ढाला जा सकता; जैसे—

"भवन में सुधार हुआ।"

"मकान बन सकता है।"

"उसे चोट लगी।"

मेरे एक आदरणीय मित्र ने कहा कि पहले और दूसरे वाक्यों के भाववाच्य रूप हो सकते हैं; जैसे—

"भवन में सुधार किया गया।"

"मकान बनाया जा सकता है।"

उन्हें बाद में बड़ी मुश्किल से समझाना पड़ा कि उक्त वाक्य भाववाच्य तो हैं, परंतु वे निम्नांकित वाक्यों के रूप हैं :

"हमने भवन में सुधार किया।"

"हम मकान बना सकते हैं।"

(iii) सामान्यतः संयुक्त क्रियापदवाले वाक्यों का कर्मवाच्य रूप नहीं बनता; जैसे—

"वह खेलता है।" "उससे खेला जाता रहता है।"

"लड़का नहाने लगा।" "लड़के से नहाया जाने लगा।"

"वह छाता ले गया।" "छाता लिया जा गया।"

परंतु संयुक्त क्रियापद 'सक' धातु से बना हो तो कर्मवाच्य तथा भाववाच्य रूप बनाए जाते हैं; जैसे—

"वह खा सकता है।" "उससे खाया जा सकता है।"

"वह चल सकता है।" "उससे चला जा सकता है।"

यदि संयुक्त क्रियापदों में धातुओं की आवृत्ति हो तो कर्मवाच्य बना लिए जाते हैं; जैसे—

"उसने घोड़ा दे दिया।" "घोड़ा दे दिया गया।"

"उसने मकान ले लिया।" "मकान ले लिया गया।"

"उसने गाय ले ली।" "गाय ले ली गई।"

(iv) 'दिखा' और 'सुना' धातुओं पर ज़रा विशेष ध्यान देने की आवश्यकता है :

"वह पुस्तक दिखाता है।"
"पुस्तक दिखाई जाती है।"

"वह पुस्तक दिखा रहा है।"
"पुस्तक दिखाई जा रही है।"

"उसने पुस्तक दिखाई।"
"पुस्तक दिखाई गई।"

"उसने सिनेमा दिखाया।"
"सिनेमा दिखाया गया।"

"वह गीत सुनाता है।"
"गीत सुनाया जाता है।"

"वह गीत सुना रहा है।"
"गीत सुनाया जा रहा है।"

"उसने गीत सुनाया।" "गीत सुनाया गया।"

"उसने कथा सुनाई।" "कथा सुनाई गई।"

परंतु अब ये वाक्य देखिए :

[मुझको] पुस्तक दिखाई पड़ती है।

[उनको] पुस्तक दिखाई देती है।

[हमको] गीत सुनाई पड़ता है।

[आपको] गीत सुनाई देता है।

इन्हें किस वाच्य में रखें? यहाँ प्रश्न उपस्थित होगा कि ये किस कर्तृवाचक वाक्य से बनाए गए हैं? वस्तुतः ये किसी कर्तृवाच्य वाक्यरचना के रूपांतर नहीं। 'दिखाई पड़ना' और 'सुनाई पड़ना' संयुक्त क्रियाएँ हैं। ये वस्तुतः अकर्मक रूप में प्रयुक्त होती हैं और इनका स्थान 'आ', 'चढ़', 'जँच' आदि क्रियाओं के वर्ग में है। (देखें 'परिष्कृत हिंदी व्याकरण', नियम 617)

वापस, वापसी

दोनो विशेषण हैं। 'वापस' विधेय विशेषण की तरह प्रयुक्त होता है (जैसे, "वापस कर दो") और 'वापसी' का प्रयोग विशेषण से पहले (जैसे, "वापसी टिकट")।

'वापसी' मानक रूप नहीं। 'वापस' से संज्ञारूप 'वापसी' भी बनता है; जैसे, "उनकी वापसी की अभी कोई खबर नहीं है।"

वाला

यह मूलतः प्रत्यय है, यद्यपि अनेक लेखक इसे मुख्य शब्द से हटाकर भी लिखते हैं; जैसे 'चश्मेवाला' या 'चश्मे वाला', 'दुकानवाला' या 'दुकान वाला', 'कारखानेवाला' या 'कारखाने वाला'। संभवतः ऐसा इसलिए कि यह 'का' की तरह परसर्गवत् भी प्रयुक्त होता है; जैसे—

(क[1]) 'कल वाली घटना'

(क[2]) 'कल की घटना'

(ख[3]) 'झगड़े वाली बात'

(ख[4]) 'झगड़े की बात'

फिर परसर्ग के कारण आकारांत पुंलिंग संज्ञाएँ एकारांत भी तो होती हैं।

इसे प्रत्यय न मानने का एक कारण और भी है। आकारांत प्रत्यय होने पर यह जिस शब्द में जुड़ेगा वह यौगिक पुंवाची होगा, तब उसके 'वाले', 'वाली' और 'वालियाँ' विभिन्न रूप आप बना सकते हैं; जैसे 'घरवाला', 'घरवाले', 'घरवाली', 'घरवालियाँ' अथवा 'दुकानवाला', 'दुकानवाले', 'दुकानवाली', 'दुकानवालियाँ'। परंतु विचित्रता यह है कि 'दुकानवाला' के पुंवाची शब्द होने पर भी इसके साथ स्त्रीवाची विशेषण ही आएगा, क्योंकि दुकान स्त्रीवाची है; जैसे, 'बड़ी दुकानवाला'। इसी प्रकार हम 'बड़ी नाकवाला' ही कहेंगे, 'बड़ा नाकवाला' नहीं। अतः ऐसे पदों में 'वाला' व्याकरणिक दृष्टि से अन्य प्रत्ययों की तरह प्रभावी नहीं। हम 'बड़ा दुकानदार' तो कहते हैं, परंतु 'बड़ा दुकानवाला' नहीं कहते, 'बड़ी दुकानवाला' ही कहते हैं। "बड़ा आया दुकानवाला!" में 'बड़ा' क्रिया-विशेषण है।

निम्नांकित अर्थों में इसका प्रयोग होता है :

1. जिसका संबंध...से हो; जैसे—'चाबीवाली मोटर', 'पानीवाला जहाज़'
2. जो. . .का धारक या स्वामी हो; जैसे—'चश्मेवाला', 'धोतीवाला', 'घरवाला'
3. जिससे. . .हो; जैसे—'फ़ायदेवाला', 'नुकसानवाला'
4. जो...की क्रिया करता हो; जैसे—'हँसनेवाला', 'रोनेवाला', 'नाचनेवाला'
5. जो... के लिए उन्मुख हो; जैसे—'जानेवाला', 'आनेवाला', 'पहुँचनेवाला'।

वास्तव

'वास्तव' का स्वतंत्र प्रयोग नहीं होता। 'में' के साथ क्रिया-विशेषण पद के रूप में ही इसका प्रयोग होता है। इसके पर्याय हैं—'हकीकत में', 'दरअसल', 'यथार्थ में', 'सचमुच'।

विचार

विचार बुरा नहीं—इसका प्रयोग 'विचार अच्छा है' के लिए होता है; जैसे—

"जब घर में गैस नहीं तो क्यों न होटल चला जाए!"

"विचार बुरा नहीं।"

'विभिन्न' और 'विविध'

इन दोनो विशेषणों में प्रयोगगत विशिष्टता है। अर्थ की दृष्टि से दोनों ही अलग-अलग प्रकार के 'पदार्थों' आदि के बोधक हैं, परंतु 'विभिन्न' का प्रयोग तब वांछनीय होता है जब उन (प्रायः दो) पदार्थों (व्यक्तियों, कार्यों आदि) में मेल या एकता का अभाव दरशाना होता है; जैसे, "भारत और जापान दो विभिन्न देश हैं, इनकी संस्कृतियाँ विभिन्न हैं, इनके आचार-विचार विभिन्न हैं।" परंतु जब विभिन्न (प्रायः दो से अधिक) प्रतीत होती हुई वस्तुओं आदि में भी संगति दरशाना अभीष्ट होता है तो 'विविध' का प्रयोग करते हैं; जैसे, "भारत में विविध धर्म हैं, विविध भाषाएँ हैं, विविध ऋतुएँ हैं।"

विदेशी प्रभाव

ऐसा नहीं कि किसी भाव को एक भाषा में जिस ढंग से अभिव्यक्त किया जाए वही भाव दूसरी भाषा में भी उसी ढंग से अभिव्यक्त किया ही जा सके।

यहाँ जापानी हिंदी के तीन उदाहरण लीजिए जो जापान की हिंदी पाठ्यपुस्तक से लिए गए हैं :

(i) "मैं यह पंखा खरीदूँगा बशर्ते खराब होने पर वापस कर दूँ।"

(ii) "उसने मधुर मुस्कान मुस्काई।"

(iii) "उस चौराहे पर दाईं तरफ़ मुड़कर सीधे आगे जाइए।"

अर्थ और शब्द-चयन में दोष नहीं, परंतु हिंदी प्रयोग तो कुछ और ही हैं। देखिए :

(i) "मैं यह पंखा इस शर्त पर खरीदूँगा कि खराब होने पर आप इसे वापस ले लें।"

(ii) "उसकी मुस्कान मधुर थी।"

(अथवा "उसकी मुस्कान मधुरता से भरी थी।")

(iii) "उस चौराहे से सीधे दाईं तरफ़ जाइए।"

विधेय और उसका विस्तार

क्रिया-विशेषण क्रियापद की विशेषता बतलाते हैं। क्रियापद 'विधेय' होते हैं और उनकी विशेषता बतलानेवाले क्रिया-विशेषण उनके अंग होते हैं।

उद्देश्य	**विधेय**	
	(क्रियाविशेषण)	**(क्रियापद)**
गाड़ी	धीरे-धीरे	चल रही थी।
नौकर	जल्दी-जल्दी	खाता है।
सीता	उधर	रहती है।
मोहन	आज	आएगा।
वह	कहाँ	पढ़ती है?
पानी	ज़रूर	बरसेगा।
हम	कभी-कभी	खेलते हैं।
वे	परसों सुबह यहाँ से	चलेंगे।

अनेक बार क्रिया-विशेषण वाक्य के आरंभ में भी आते हैं; जैसे—

"आज पानी बरसा।"

"सुबह मैं यहीं था।"

विधेय और उसका विस्तार

"कल तुम चले जाना।"

कई-कई क्रिया-विशेषण एक ही क्रियापद से जुड़े रहते हैं; जैसे—

"कई बार वे यहाँ आए।"

यहाँ 'कई बार' भी क्रिया-विशेषण है और 'यहाँ' भी क्रिया-विशेषण। स्वच्छंदचारी होते हैं; जैसे—

"वे कई बार यहाँ आए।"

"वे यहाँ कई बार आए।"

"यहाँ वे कई बार आए।"

निपात तथा योजक भी विधेय अर्थात् क्रियापदों तथा क्रिया-विशेषणों का विस्तार बढ़ाते हैं; जैसे—

"मैं खा ही रहा हूँ।"

"वह तो पढ़ रहा था।"

"तुम पढ़ नहीं सकते।"

"लड़के पढ़ भी रहे हैं और खेल भी रहे हैं।"

"मैं आज ही आया हूँ।"

"वह कल भी आ सकता है।"

कर्म का सूचक नामपद विधेय का अंग होता है। हम जानते हैं कि क्रियापद अकर्मक या सकर्मक होता है। क्रियापद कर्मसहित होने पर ही तो सकर्मक होगा; जैसे—

उद्देश्य	**विधेय**	
	(कर्म)	**(क्रियापद)**
लड़का	पुस्तक	पढ़ता है।
लड़की	कलमें	खरीदती है।
राम ने	गीत	सुनाया।
डाक्टर ने	फिल्म	देखी।
अध्यापक ने	विद्यार्थी	को मारा।
डाक्टर ने	मरीज को	देखा।
हमने	श्याम को	बुला भेजा।
पुलिस ने	चोर को	पकड़ा।

उक्त वाक्यों को ध्यान से देखें। उद्देश्य कर्म के होने पर ही क्रिया कर पाएगा। 'पुस्तक' नहीं होगी तो 'पढ़ना' क्रिया संभव नहीं। 'कलमें' नहीं होंगी तो 'खरीदना है' क्रिया संभव नहीं। इसी प्रकार 'गीत' नहीं होगा तो 'सुनना' क्रिया कैसे होगी?

इस प्रकार हम देखते हैं कि सकर्मक क्रियापद के आने पर उद्देश्य और क्रियापद के अतिरिक्त एक नामपद और आवश्यक है। जिस प्रकार उद्देश्य नामपद और विधेय क्रियापद आवश्यक हैं, उसी प्रकार कर्म भी आवश्यक है।

यहाँ उद्देश्य के संबंध में यदि भ्रम हो तो क्रियापद की मुख्य धातु के नाकृदंत रूप में 'वाला' लगाइए और तब 'कौन' प्रश्न कीजिए। वाक्य है :

"लड़का पुस्तक पढ़ता है।"

'पढ़' धातु– उसका नाकृदंत रूप– पढ़ना + वाला = पढ़नेवाला। पढ़नेवाला कौन?

उत्तर होगा—लड़का।

'देख' धातु—उसका नाकृदंत रूप—देखना + वाला = देखनेवाला। देखनेवाला कौन?

उत्तर होगा—डाक्टर।

इसी प्रकार :

"डाक्टर को मरीज को देखना होगा।"

देखनेवाला कौन है?—डाक्टर।

'डाक्टर को' यहाँ उद्देश्य है।

कर्म प्रकार

कर्म जब-जब प्राणीवाचक होता है तब-तब उसके साथ 'को' परसर्ग आता है। पदार्थवाची शब्द यदि कर्म है तो उसके साथ प्रायः 'को' परसर्ग नहीं रहता। कुछ क्रियापदों के साथ दो-दो कर्म होते हैं। एक मुख्य कर्म

होता है और दूसरा गौण कर्म।

जब मुख्य और गौण दोनो कर्म होते हैं तो गौण कर्म में 'को' परसर्ग रहेगा, मुख्य कर्म में नहीं। मुख्य कर्म में 'को' परसर्ग नहीं रहता, भले ही वह प्राणीवाचक क्यों न हो; जैसे—

"पिताजी ने माताजी को बच्चा थमाया।"

'बच्चा' यहाँ मुख्य कर्म है। 'बच्चा' कर्म से ही 'देना' क्रिया संपन्न होगी। जब मुख्य और गौण कर्म दोनो हों तो गौण कर्म में 'को' परसर्ग रहता है। 'माताजी' गौण कर्म है।

कुछ नामपद परसर्ग के सहारे क्रियापद से जुड़ते हैं; जैसे—

(उद्देश्य)	(विधेय)
मैं	साइकिल से जाऊँगा।
वह	घर में रहता है।
लड़का	खाट पर सोता था।
मैं	कलम से पत्र लिखता हूँ।
ग्वाला	बाल्टी में दूध लाया।
वे	मेरे लिए फूल लाए।

परसर्गों का मुख्य कार्य नामपदों को क्रियापदों से जोड़ना होता है। इस प्रकार वे विधेय का विस्तार करते हैं।

धातुओं से क्रियापद तो बनते ही हैं साथ ही नामपद, विशेषणपद और क्रिया-विशेषण पद भी बनते हैं। 'हँस' धातु से 'हँसता है', 'हँसती है', 'हँसते हैं', 'हँसता था', 'हँसती थी', 'हँसते थे', 'हँसता होगा', 'हँसती होगी', 'हँसते होंगे', 'हँसा है', 'हँसेंगे', 'हँस रहे थे', 'हँस रहे होंगे' आदि पचासों क्रियापद बनते हैं। उसमें 'ना' और 'ई' प्रत्यय लगाकर 'हँसना' और 'हँसी' संज्ञापद भी बनते हैं। इसी प्रकार कुछ प्रत्ययों आदि के सहयोग से 'हँसता हुआ', 'हँसनेवाला', 'हँसोड़' विशेषण पद भी बनते हैं और कुछ प्रत्ययों आदि के सहयोग से 'हँसकर', 'हँस-हँसकर', 'हँसते हुए', 'हँसते-हँसते', 'हँसी-हँसी में' आदि क्रिया-विशेषण पद भी बनते हैं।

धातु से बने नामपदों, विशेषणपदों तथा क्रिया-विशेषण पदों में मूल धातु के दो गुण वर्तमान रहते हैं।

अर्थात् इन पदों के साथ कर्म आ सकता है, तथा कोई परसर्ग अन्य नामपदों को इनसे जोड़ सकता है; जैसे—

(उद्देश्य)	(विधेय)
मैं	पुस्तक पढ़कर जाऊँगा।

यहाँ सर्वनामपद 'मैं' उद्देश्य है। क्रियापद 'जाऊँगा' विधेय है। वाक्य का बेसिक, आधारिक या बुनियादी रूप है : मैं जाऊँगा। 'पढ़कर' क्रिया-विशेषण है जो क्रियापद से जुड़ा है।

यहाँ ध्यान रहे कि 'पुस्तक' नामपद 'जाऊँगा' क्रियापद का कर्म नहीं। 'जाऊँगा' तो अकर्मक क्रियापद है। 'पुस्तक' कर्म है। 'पुस्तक' नामपद यहाँ कर्म है 'पढ़' धातु का। "मैं पुस्तक पढ़ता हूँ" में 'पुस्तक' कर्म है न! लगता है कि कर्म धातु से संबद्ध है, फिर चाहे धातु क्रियापद हो, नामपद हो या विशेषणपद। प्रस्तुत वाक्य में पुस्तक 'पढ़' धातु का कर्म है। 'पढ़' धातु 'पढ़कर' क्रिया-विशेषण से संबद्ध है। 'पुस्तक पढ़कर' पदसमूह को क्रिया-विशेषण पदबंध कहेंगे और यह विधेय 'जाऊँगा' का विस्तार माना जाएगा।

(उद्देश्य)	(विधेय)
मैं	सिगरेट पीना छोड़ दूँगा।

'मैं' उद्देश्य है और 'छोड़ दूँगा' क्रियापद विधेय है। सामान्यतः हम यहाँ 'सिगरेट पीना' पदबंध को कर्म मानते हैं। 'पीना' संज्ञापद

'पी' धातु से बना है और वस्तुस्थिति यह है कि 'सिगरेट' संज्ञापद 'पी' धातु का कर्म है (जैसे, "मैं सिगरेट पीता हूँ")। इस प्रकार 'पीना' संज्ञापद की 'पी' धातु ने 'सिगरेट' कर्म को अपनाया।

इस बात का ध्यान रखें कि धातु से बने संज्ञापद, विशेषणपद तथा क्रिया-विशेषण पदों का संबंध हो सकता है। सबसे बड़ी बात ध्यान देने योग्य यह है कि उद्देश्य भी नामपद होता है। और वह भी धातु से बना हो सकता है तथा उनके साथ परसर्गों के द्वारा अन्य संज्ञापदों के साथ कर्मपद आ सकता है अथवा उसका विशेषण धातु से बना हो सकता है और उसका भी विस्तार उक्त प्रकार से हो सकता है; जैसे—

(उद्देश्य)	**(विधेय)**
दुख में डूबा हुआ लड़का	सिर झुकाए हुए चला गया।

नामपद 'लड़का' उद्देश्य है और क्रियापद 'चल गया' विधेय। 'सिर झुकाए' क्रिया-विशेषण पदबंध है। 'झुकाए हुए' क्रिया-विशेषण पद है और सिर 'झुका' धातु का कर्म है। इसी प्रकार 'डूबा हुआ' विशेषण पद है और 'डूब' धातु को 'में' परसर्ग 'दुख' नामपद से जोड़ता है। 'डूबा हुआ' विशेषणपद है और 'दुख में डूबा हुआ' विशेषण पदबंध है।

विरुद्ध, विरोधी

'विरुद्ध' का प्रयोग संबंधबोधक के रूप में होता है और इसका रूप है : के विरुद्ध; जैसे, "वह आपके विरुद्ध कदापि नहीं जाएगा।"

'विरोधी' (क) विशेषण भी है और (ख) संज्ञा भी; जैसे—

(क) "दो विरोधी गुटों में झगड़ा।" (विशेषण)

(ख) "हम भी अपने विरोधियों से लोहा लेंगे।" (संज्ञा)

विवाद

विवाद में डालना—नया प्रयोग है, आशय है—झगड़े में फँसना; जैसे, "धनी आदमी अपने को किसी विवाद में नहीं डालना चाहता।"

—युगेश्वर

यहाँ 'अपने को...डालना' प्रयोग विचारणीय है। हिंदी प्रयोग तो है—झगड़े में पड़ना; जैसे, "धनी आदमी किसी झगड़े में नहीं पड़ना चाहता।" हम यह भी कह सकते हैं कि "धनी आदमी अपने को किसी विवाद में नहीं फँसाना चाहता।"

विशृंखल, विच्छृंखल

संस्कृत व्याकरण के अनुसार 'विशृंखल' ही शुद्ध है, विच्छृंखल नहीं। इसी प्रकार 'विशृंखलित' ही शुद्ध है, विच्छृंखलित नहीं।

विशेषण

विशेषण की परिभाषा : संज्ञा शब्दों की विशेषता बतलानेवाले शब्दों को विशेषण कहते हैं; जैसे—

नीली	साड़ी
सुंदर	लड़की
दुर्बल	स्त्री
नशीली	आँखें
प्रतिभावान	युवक
तीन	हाकियाँ
छोटा	खिलौना
बड़ा	घर

इसकी विशेषता के अंतर्गत तीन बातें आती हैं :

(i) संज्ञा संबंधी विवरण देना; जैसे—
नीली साड़ी
तीन हाकियाँ

नशीली आँखें
दुर्बल स्त्री

(ii) संज्ञा का गुण बतलाना; जैसे—
प्रतिभावान युवक
सुंदर स्त्री

(iii) संज्ञा को मर्यादित करना; जैसे—
अशिक्षित जनता
अकुशल कारीगर

जब दो या अधिक विशेषण एक साथ प्रयुक्त होते हों तो उनके क्रम का ध्यान रखना चाहिए; जैसे—

"गोदान प्रेमचंद द्वारा लिखा हुआ (1) अंतिम (2) महान (3) उपन्यास था।"

इन तीनों विशेषणों का यदि क्रम बदला जाए तो वाक्य उपयुक्त नहीं लगेगा। लगता है कि उपन्यास पहले लिखा गया, फिर उसके क्रम का विचार हुआ और तदुपरांत उसकी श्रेष्ठता आँकी गई।

व्यक्तिवाचक संज्ञाओं के साथ विशेषणों का प्रयोग कम ही देखा जाता है, परंतु होता है अवश्य; जैसे—

"बहरे रमेश को कौन समझाए!"

"ऊँचे कद का मोहन भी छत को नहीं छू पाएगा।"

विशेषण संज्ञाओं के अतिरिक्त सर्वनामों और विशेषणों की भी विशेषता सूचित करते हैं; जैसे—

1. "हम सब दिल्ली जा रहे हैं।"
2. "मुझ असहाय का क्या होगा।"
3. "मुझे बहुत अधिक गर्मी लग रही है।"
4. "मेरी पूँजी इतनी कम है कि व्यापार नहीं चला सकता।"

सर्वनाम के बाद विशेषण का प्रयोग होता है, यह बात भी ध्यान रखने योग्य है। पहले वाक्य में 'सब' विशेषण 'हम' सर्वनाम के संबंध में विवरण देता है, और दूसरे वाक्य में 'असहाय' विशेषण 'मुझ' सर्वनाम के संबंध में विवरण देता है। तीसरे वाक्य में 'बहुत' विशेषण 'अधिक' विशेषण संबंधी विवरण देता है और चौथे वाक्य में 'इतनी' विशेषण 'कम' विशेषण का अर्थ मर्यादित करता है।

विशेषण जिस संज्ञा या सर्वनाम पद की विशेषता सूचित करता है उसे विशेष्य कहते हैं। 'काला घोड़ा' में 'काला' विशेषण है और 'घोड़ा' विशेष्य।

विशेषण के पाँच भेद किए जाते हैं : गुणवाचक, संख्यावाचक, परिमाणवाचक, क्रमवाचक और संकेतवाचक।

(i) संज्ञा का गुण या दोष बतलानेवाले विशेषण गुणवाचक कहलाते हैं; जैसे—

भव्य	भवन
महान	देश
उच्च	विचार
दीन	व्यक्ति
बड़ा	आदमी
चौड़ी	छाती
लंबी	मूँछें

(ii) जो विशेषण संख्या बतलाएँ उन्हें संख्यावाचक विशेषण कहते हैं; जैसे—

एक	साइकिल
दो	कारें
तीन	जहाज
चार	घड़ियाँ
दर्जन	घोड़े
एक सैकड़ा	आम
दो हज़ार	विद्यार्थी

तीन लाख सैनिक
कितने बजे आप आए?

(iii) परिमाण के सूचक विशेषण परिमाणवाचक कहलाते हैं; जैसे—

"उसके पास बहुत धन है।"
"मैं उसे दुगनी पुस्तकें दूँगा।"
"इसमें ढाई गैलन पेट्रोल है।"

(iv) क्रम के सूचक विशेषण क्रमवाचक कहलाते हैं; जैसे—

पहला	व्यक्ति
दूसरी	औरत
तीसरी	गाड़ी
चौथा	वर्ष

(v) जो विशेषण संज्ञा की ओर संकेत करें उन्हें संकेतवाचक विशेषण कहा जाता है; जैसे—

"यह कलम मेरी है।"
"वह दुकान उसकी है।"
"ये विचार अच्छे हैं।"
"वे चित्र गंदे हैं।"

इन्हें सर्वनाम विशेषण भी कहते हैं।

विशेष्य विशेषण और विधेय विशेषण

जब विशेषण संज्ञा (विशेष्य) से पहले हो तो उसे विशेष्य विशेषण कहते हैं; जैसे—

ऊँचा	खंभा
गरीब	लड़की
गंदा	पानी
निर्दय	व्यक्ति

परंतु जब विशेषण विधेय का अंग हो तो उसे विधेय विशेषण कहते हैं; जैसे—

उद्देश्य	*विधेय*
खंभा	ऊँचा है।
लड़की	गरीब थी।
संगीत	मधुर रहा।
पानी	गंदा लगता है।
व्यक्ति	निर्दय हो तो...।

विशेषण, अधिकतर विशेष्य विशेषण रूप में भी प्रयुक्त होते हैं और विधेय विशेषण रूप में भी।

विशेष्य विशेषण उस समय विकारी रूप में प्रयुक्त होगा जब विशेष्य क्रिया-विशेषण की तरह प्रयुक्त हो; जैसे—

"वह अच्छे समय आया।"

'समय' संज्ञापद यहाँ क्रिया-विशेषण है।

"तुम किस तरफ़ गए थे।"

'तरफ़' संज्ञापद यहाँ क्रिया-विशेषण है।

"आम इस वर्ष नहीं हुए।"

'वर्ष' यहाँ क्रिया-विशेषण है।

यद्यपि विशेषणों की पहचान सरलता से हो जाती है, फिर भी कुछ ऐसी बातें हैं जिन्हें ध्यान में रखने से सुविधा होगी।

(1) अगर विशेषण आकारांत है तो वह पुंलिंग एकवचन संज्ञा के साथ प्रयुक्त होगा, पुंलिंग बहुवचन संज्ञा के साथ एकारांत हो जाएगा और स्त्रीलिंग संज्ञा के साथ ईकारांत हो जाएगा; जैसे—

लंबा लड़का
(संज्ञा पुंलिंग एकवचन के साथ)

लंबे लड़के
(संज्ञा पुंलिंग बहुवचन के साथ)

लंबी लड़की
(संज्ञा स्त्रीलिंग एकवचन के साथ)

लंबी लड़कियाँ
(संज्ञा स्त्रीलिंग बहुवचन के साथ)

यदि एकवचन पुंलिंग संज्ञा के बाद परसर्ग हो तो विशेषण एकारांत हो जाएगा; जैसे—

बड़ा लड़का
बड़े लड़के से
ऊँचा महल
ऊँचे महल में
नया दरवाज़ा
नए दरवाज़े पर

कुछ आकारांत विशेषण इस नियम के अपवाद हैं। वे सदा अविकारी रहते हैं; जैसे—

उम्दा कुर्ता : उम्दा धोती
लखनौआ आम : लखनौआ टोपी
बढ़िया घोड़ा : बढ़िया घोड़ी
घटिया काम : घटिया बात

'ताजा' को कुछ लोग विकारी मानते हैं और कुछ लोग अविकारी की तरह प्रयोग करते हैं। पहले वर्ग के लोग 'ताजा फल' और 'ताजी तरकारी' कहते हैं और दूसरे वर्ग के लोग 'ताजा फल' और 'ताजा तरकारी' कहते हैं।

(2) जो विशेषण आकारांत नहीं होते वे अविकारी रहते हैं; जैसे—

सुंदर खिलौना
सुंदर खिलौने
सुंदर स्त्री
सुंदर स्त्रियाँ
भारी दरवाज़ा
भारी दरवाज़े
भारी पुस्तक
भारी पुस्तकें

(3) प्रायः विशेषणों से पूर्व 'बहुत' तथा 'कुछ' का प्रयोग होता है; जैसे—

बहुत सुंदर (बहुत सुंदर व्यक्ति)
बहुत बढ़िया
बहुत गरीब
बहुत बलवान
बहुत चिंतित
बहुत धनी
बहुत गर्म
बहुत दुखी
बहुत सुखी
बहुत-बहुत खूबसूरत
बहुत-बहुत आरामतलब
कुछ कड़वा (कुछ कड़वा स्वाद)
कुछ अच्छा
कुछ अमीर
कुछ-कुछ नरम
कुछ-कुछ ठंडा

(4) विशेषणों से पहले 'सबसे...', 'सबसे अधिक...', 'औरों से...', 'औरों की तुलना में...' का प्रयोग भी होता है; जैसे—

सबसे अच्छा
सबसे सुखी
सबसे अधिक दुखी
सबसे अधिक परेशान
औरों से अच्छा
औरों से मज़ेदार

निम्नांकित प्रयोग भी ध्यान में रखने योग्य हैं :

अच्छे से अच्छा
बड़े से बड़ा
मोटे से मोटा
स्वादिष्ट से स्वादिष्ट

(5) 'कैसा' या 'कितना' का प्रयोग विशेषण की जगह हो सकता है। इनके 'कैसी', 'कैसे' और 'कितने' तथा 'कितने' विकारी रूपों का यथावसर प्रयोग होता है; जैसे—

"वह भला आदमी है।"
—वह कैसा आदमी है?
—*भला।*

"वह अच्छी औरत है।"
—वह कैसी औरत है?
—*अच्छी।*
"वहाँ पाँच सेर दूध था।"
—वहाँ कितना दूध था?
—*पाँच सेर।*
"वहाँ दस साड़ियाँ थीं।"
—वहाँ कितनी साड़ियाँ थीं?
—*दस।*
(तिरछे शब्द यहाँ विशेषण हैं।)

(6) निम्नांकित प्रत्ययों वाले शब्द विशेषण होते हैं :

(संस्कृत प्रत्यय)
—अनीय = दर्शनीय, पूजनीय, माननीय, वंदनीय।
—मान = बुद्धिमान, वर्तमान, विद्यमान।
—वान = धनवान, बलवान।

(हिंदी के प्रत्यय)
—अक्कड़ = पियक्कड़, भुलक्कड़।
—अड़ = अक्खड़, धाकड़
—आवना = डरावना, सुहावना
—इयल = अड़ियल, मरियल
—ईला = पथरीला, रंगीला
—गुना = तिगुना, पचगुना
—नाक = खतरनाक, दर्दनाक
—रा = दूसरा, तीसरा
—ला = अगला, पिछला
—वर = ताकतवर, हिम्मतवर
—वाँ = आठवाँ, सातवाँ
—वाला = बरतनवाला, दिल्लीवाला

कुछ विशेषणों का प्रयोग संज्ञाओं तथा सर्वनामों की तरह भी होता है; जैसे—

"यहाँ विचारशीलों की कमी है।"
('विचारशील' संज्ञा की तरह प्रयुक्त)
"गरीब को कौन पूछेगा?"
('गरीब' संज्ञा की तरह प्रयुक्त)
"सब हमारे घर आए।"
('सब' सर्वनाम की तरह प्रयुक्त)
"कुछ यहाँ रुके नहीं।"
('कुछ' सर्वनाम की तरह प्रयुक्त)

जब मानसूचक स्त्रीलिंग संज्ञाएँ विशेषण रूप में प्रयुक्त होती हैं तो बहुवचन रूप ग्रहण नहीं करतीं; जैसे—

"उसने दो मुट्ठी चावल दिया।"
"उसने तीन कटोरा दूध पिया।"
"हम दो कोस चले।"

विशेषणों का क्रम : इस वाक्य को ध्यान में रखें

दिल्ली की	लोहे की (बनी)	एक	बड़ी अल्मारी
स्थान	पदार्थ	संख्या	गुण

अर्थात् विशेषणों का क्रम इस प्रकार रहेगा :

स्थानवाचक, पदार्थवाचक, संख्यावाचक, गुणवाचक।

कुछ लोग संख्यावाचक को पहले भी रखते हैं जो उपयुक्त नहीं; जैसे—

"एक दिल्ली की लोहे की बनी बड़ी अल्मारी।"

यहाँ 'एक दिल्ली की' में 'एक' दिल्ली का सूचक प्रतीत होता है, इसलिए यह प्रयोग जँचता नहीं।

स्थानवाचक और पदार्थवाचक विशेषणों का क्रम बदलने पर भ्रम हो सकता है; जैसे—

"लोहे की दिल्ली की (बनी) अल्मारी"
"प्लास्टिक की दिल्ली की (बनी) मशीन"

क्या दिल्ली लोहे या प्लास्टिक की बनी है?

प्रायः गुणसूचक विशेषण से पहले 'रंग' का सूचक विशेषण आता है; जैसे—

हरे रंग की सूती साड़ी
नीले रंग का मोटा कपड़ा
सूती हरी साड़ी
हरी सूती साड़ी
नीला मोटा कपड़ा
मोटा नीला कपड़ा

विशेषणों का लिंग-वचन विशेष्य में मर्यादित होता है। जब लेखक विशेषण का संबंध सही विशेष्य से नहीं जोड़ पाता तो उससे भूल हो जाती है; जैसे :

"मैं देख रहा हूँ कि तेरे अकीर्ति का घट इतना भर गया है कि उसे फोड़ने के लिए मात्र एक बालक काफ़ी है।" —मनु शर्मा

यहाँ तेरे की जगह 'तेरी' या 'तेरा' होना चाहिए। 'तेरे घट'....भर गया है' तो जमता ही नहीं, यदि वह 'अकीर्ति' का विशेषण है तो 'तेरी' ठीक है और यदि 'घट' का विशेषण है तो 'तेरा' उपयुक्त है।

विश्वास

मुझ पर विश्वास रखें—इस बात का विश्वास करें कि मैं ऐसा कोई काम नहीं करूँगा जो आपकी इच्छा के विरुद्ध हो या जिससे आपका अहित हो।

विष

विष उगलना—आवेश में आकर किसी के बारे में कुत्सित बातें कहना; जैसे, "अखबारों द्वारा लोग एक-दूसरे पर बरसों विष उगलते रहे।"

विसर्ग (:)

हिंदी में संस्कृत के ऐसे थोड़े से शब्द हैं जिनमें विसर्ग अपना प्रभाव तथा प्रभुत्व बनाए है—'अंतःकरण', 'अंतःपुर', 'मनःस्थिति', 'यशःशरीर' (संज्ञापद), 'अंततः', 'अतः', 'पुनः', 'पूर्णतः', 'प्रातः', 'प्रायः', 'वस्तुतः' (क्रिया-विशेषण)। दुःख अब 'दुख' ही लिखा जाता है। विसर्ग का उच्चारण शिक्षित लोग 'ह्' के रूप में करते हैं, परंतु सामान्य लोग 'आ' के रूप में भी करते हैं। बोलचाल में 'अंतापुर', 'अंताकरण' आदि सुनाई दे जाते हैं। कुछ लोग 'अ' (ह्रस्व) का भी उच्चारण करते हैं।

हिंदी शब्द 'छः' और 'छिः' में लोग पहले विसर्ग का प्रयोग करते थे, परंतु आचार्य किशोरीदास वाजपेयी के इस तर्क पर 'छः' को 'छह' और 'छिः' को 'छिह' लिखने लगे हैं कि हिंदी शब्दों में विसर्ग नहीं लगता।

विस्मयादिबोधक

विस्मय, प्रसन्नता, दुख आदि मानसिक भावों को सूचित करनेवाले ऐसे शब्दों को विस्मयादिबोधक कहते हैं जो वाक्य के साथ तो प्रयुक्त होते हैं, परंतु वाक्य का अंग नहीं होते। ऐसे शब्दों के साथ विस्मयसूचक चिह्न (!) लगाते हैं; जैसे—

"बस! और नहीं चाहिए।"
"काश! वह यहाँ होता।"
"हाय! मुझे मौत न आई।"
"खबरदार! जो यहाँ आए।"
"वाह! क्या बात है।"

वैमनस्य, वैमनस्यता

'वैमनस्य' संज्ञा पुंलिंग है और भूल से इसे विशेषण मानकर तथा इसमें 'ता' प्रत्यय लगाकर कुछ लोग एक नई संज्ञा मान लेते हैं, जिसे सही नहीं कहा जा सकता। 'वैमनस्यता' का प्रयोग नहीं करना चाहिए।

वैसे, वैसे तो. . .पर, वैसे ही

तीनों क्रिया-विशेषण पद हैं।

'वैसे' में विवक्षा है—सामान्य रूप से; जैसे, "कुछ दिनों के लिए यहाँ ठहरा हूँ, वैसे मैं दिल्ली ही रहता हूँ।"

'वैसे तो. . पर' योजक पदसमूह है। 'वैसे तो' से आशय है—सच्चाई यह है कि, जैसे "वैसे तो वह देहाती है पर है बड़ा सभ्य।"

'वैसे ही' क्रिया-विशेषण पद है और 'यों ही' का पर्याय है; जैसे, "मैं वैसे ही यहाँ चला आया।" यह क्रिया-विशेषण 'उसी प्रकार' के प्रसंग में भी चलता है; जैसे, "वह जैसे आया वैसे ही चला गया।"

व्यर्थ विस्तार

वाक्य में निरर्थक या अनावश्यक शब्दों को रखना दोष माना जाता है, क्योंकि इससे व्यर्थ का विस्तार होता है।

"पक्षवाले रूप एक से अधिक की संख्या में एक उपवाक्य में आ भी सकते हैं।"

—डॉ. जगन्नाथन

'की संख्या में' व्यर्थ है। 'एक से अधिक' ही यथेष्ट है। वाक्य का सुंदर और संक्षिप्त रूप यह होगा :

"एक उपवाक्य में पक्षवाले रूप एक से अधिक भी आ (बल्कि हो) सकते हैं।"

इसी प्रकार एक वाक्य है—"उन्होंने मानवीय दुर्बलता का सजीव चित्रण उपस्थित किया।" इस वाक्य में 'उपस्थित' का प्रयोग फालतू है।

व्यापार

व्यापार व्यापार है—यह उक्ति अंग्रेज़ी की Business is Business उक्ति का अनुवाद मात्र है।

आशय है कि व्यापार में अपने व्यापारिक हितों पर ही अपना ध्यान केंद्रित रखना चाहिए न कि रिश्तेदारी, मित्रता आदि के कारण अपना लाभ गँवाना या घाटा सहना चाहिए।

व्रत

व्रत लेना/ले रखना—पक्का निश्चय कर लेना कि इस बात या नियम का हम हर परिस्थिति में पालन करेंगे; जैसे, "कई बरस से उन्होंने यह व्रत ले रखा था कि पद्य छोड़कर गद्य में किसी से बात भी न करेंगे।"

शक

1. इसमें शक (संदेह) नहीं कि—इससे अभिप्राय है : आशा है कि; जैसे, "इसमें शक नहीं कि वह आज यहाँ आएगा।"

इस शब्द के स्थान पर 'निस्संदेह' (क्रिया-विशेषण) से भी काम चल जाता है।

2. बिना शक—बिना किसी संदेह के; जैसे, "वह बिना शक ज़िंदादिल आदमी है।"

शक्ल

तुम्हारी/मेरी शक्ल कहती है—तुम्हारी/मेरी शक्ल यह बतला रही है; तुम्हारी/मेरी शक्ल से यह बात बिल्कुल स्पष्ट होती है; जैसे, "तुम्हारी शक्ल बता रही है कि तुम अनेक लतों तथा इल्लतों के शिकार हो।"

शब्द

मेरे पास शब्द नहीं—मैं इस बात को शब्दों में सही ढंग से व्यक्त करने में असमर्थ या अक्षम हूँ; जैसे, "मेरे पास शब्द नहीं जिनसे मैं आपकी इस पुस्तक की प्रशंसा कर सकूँ।"

शब्द और पद

परिभाषा : शब्द से अभिप्राय ऐसे वर्ण या वर्णों के गठे हुए रूप से होता है जो अर्थवान हो तथा जिसका बोलने और लिखने में स्वतंत्र रूप से प्रयोग होता हो; जैसे—

"राम आ।"
"तू रोटी खा।"
"वह कल जाएगा।"
"मोहन ने एक पुस्तक खरीदी।"

इन वाक्यों में 'राम', 'आ', 'रोटी', 'खा', 'वह', 'कल', 'जाएगा', 'मोहन', 'एक', 'पुस्तक' और 'खरीदी' शब्द हैं।

वाक्यों में ऐसे शब्द भी होते हैं जिनका स्वतंत्र रूप से प्रयोग नहीं होता; जैसे, 'ने', 'को', 'से', 'में', 'पर', 'तक', 'ही', 'भी', 'जी' आदि। इनका प्रयोग संज्ञा, सर्वनाम, क्रिया-विशेषण आदि के साथ और प्रायः बाद में होता है; जैसे, 'राम ने', 'मोहन ने', 'साइकिल से', 'कमरे में', 'पेड़ पर', 'यहाँ तक', 'मैं ही', 'वह भी' आदि। ऐसे शब्दों को सहायक शब्द या उपशब्द कहते हैं।

व्याकरण की दृष्टि से हर शब्द की अपनी कुछ विशेषता होती है जिसके फलस्वरूप वाक्य में वह विशेष कार्य करता है। हम आगे चलकर देखेंगे कि संज्ञा शब्द उद्देश्य का कार्य करता है, क्रिया विधेय का कार्य करती है, विशेषण विशेष्य की विशेषता बतलाते हैं तो क्रिया-विशेषण क्रिया की विशेषता बतलाते हैं। अनेक शब्दों में विभिन्न स्थितियों में विकार भी होते हैं। विशेषताओं और कृत्यों के संबंध में विचार करते समय शब्द को 'पद' कहने की प्रथा है। सहायक शब्दों के भी विशेष कृत्य होते हैं, इसलिए उन्हें 'उपपद' कहते हैं।

अनेक वैयाकरण 'पद' की जगह भी 'शब्द' का प्रयोग करते हैं। वे 'संज्ञापद' न कहकर 'संज्ञा शब्द' या मात्र संज्ञा ही कहते हैं।

अर्थ, स्रोत, रचना और प्रकार्य के आधार पर शब्दों का चार प्रकार से वर्गीकरण किया जाता है।

(क) *अर्थ की दृष्टि से वर्गीकरण :* अर्थ दो दृष्टियों से वर्गीकरण का निर्धारक होता है। हम देखते हैं कि कभी दो या अधिक शब्दों के अर्थ समान या बहुत-कुछ समान होते हैं और कभी ठीक विपरीत। समान अर्थवाले शब्दों को एक-दूसरे का 'पर्याय' और विपरीत अर्थवाले शब्दों को एक-दूसरे का 'विपर्याय' या 'विलोम' कहते हैं।

(पर्याय)

सूरज	:	दिनकर, भास्कर, रवि
कमल	:	राजीव, पंकज, इंदीवर, उत्पल
ढंग	:	रीति, प्रकार, प्रणाली, पद्धति

(विपर्याय)

अच्छा	:	बुरा
अमीर	:	गरीब
अनुशासित	:	अनुशासनहीन
ऊँचा	:	नीचा
उन्नति	:	अवनति
निर्गुण	:	सगुण
स्वर्ग	:	नरक
गर्म	:	ठंडा
सीधा	:	उलटा

(ख) *स्रोत की दृष्टि से वर्गीकरण :* स्रोत अर्थात् उद्गम की दृष्टि से शब्दों के निम्नांकित पाँच भेद किए जाते हैं :

(i) हिंदी में जो शब्द संस्कृत से अपने मूल रूप में आए हैं उन्हें 'तत्सम' कहते हैं। आशय यह है कि जो शब्द संस्कृत में प्रयुक्त होता हो वह यदि हिंदी में भी प्रयुक्त होता है तो उसे 'तत्सम' कहते हैं। तत्सम का अर्थ है—उसी के समान अर्थात् वही। उदाहरण के लिए सूर्य, चंद्र, गृह, राजा, नर, युवक, युवति, सभा, भवन आदि शब्द तत्सम हैं।

(ii) जो शब्द संस्कृत मूल के शब्दों से निकले हैं उन्हें 'तद्भव' कहते हैं। 'तद्भव' का अर्थ है—उससे उत्पन्न। उदाहरण के लिए :

सूरज ('सूर्य' से निकलने के कारण), आग ('अग्नि' से निकलने के कारण), घर ('गृह') से निकलने के कारण), आँख ('अक्षि' से निकलने के कारण) आदि तद्भव शब्द हैं।

(iii) जो देश में बना हो उसे 'देशज' कहते हैं। बहुत-से शब्द ध्वनियों (जैसे : पानी-वानी में 'वानी', काठ-कबाड़ में 'कबाड़', अंजर-पंजर में 'अंजर') अथवा बिना किसी आधार के (जैसे : अनाप-शनाप, ऊटपटांग) गढ़ लिए जाते हैं वे 'देशज' कहलाते हैं।

(iv) ऐसे शब्द जो विदेशी भाषाओं से ले लिए गए हों विदेशी कहलाते हैं। अरबी, फ़ारसी, तुर्की, पुर्तगाली, अंग्रेज़ी आदि भाषाओं से हिंदी में अनेक शब्द ले लिए गए हैं। काग़ज़, पेंसिल, अमीर, ग़रीब, स्कूल, कालेज, रेडियो, टेलिविजन, कंप्यूटर आदि 'विदेशी' शब्द हैं।

(v) दो भाषाओं के शब्दों के योग से बननेवाले शब्दों को 'संकर शब्द' या 'संकर पद' कहते हैं; जैसे : अणुबम (संस्कृत 'अणु' और अंग्रेज़ी 'बम'), टिकटघर (अंग्रेज़ी 'टिकट' + हिंदी 'घर'), डाकखाना (अंग्रेज़ी 'डाक' + फा. 'खाना') आदि शब्द संकरपद हैं।

(ग) *रचना की दृष्टि से वर्गीकरण* : रचना की दृष्टि से शब्दों या पदों के तीन भेद हैं : रूढ़, यौगिक और योगरूढ़।

(i) ऐसा शब्द जिसके अवयव उसके अर्थ का बोध कराने में असमर्थ हों फिर भी जो किसी अर्थ का बोधक हो उसे 'रूढ़ शब्द' बल्कि 'रूढ़ पद' कहते हैं। 'रूढ़' का अर्थ है—नियत। प्रयोग, व्यवहार या प्रचलन में जिस शब्द का अर्थ नियत हो उसे रूढ़ कहते हैं। उदाहरण के लिए 'मिट्टी', 'घोड़ा' और 'पाड़' शब्द लें। इनके टुकड़े कीजिए, मिट् + टी, घो + ड़ा, प + हाड़। ये टुकड़े किसी अर्थ का ज्ञान नहीं कराते, फिर भी इनसे बने शब्द नियत अर्थ का ज्ञान कराते हैं। ऐसे शब्द 'रूढ़' कहलाते हैं।

(ii) ऐसा शब्द जिसके अवयवों से अर्थ निकलता हो; जैसे—दिनकर (दिन करनेवाला), जन्मदाता (जन्म देनेवाला), वाक्पटु (बोलने में पटु) आदि 'यौगिक पद' हैं। यौगिक पद को समस्तपद भी कहते हैं।

(iii) जो पद यौगिक भी हो और रूढ़ भी, उसे 'योगरूढ़' कहते हैं। उदाहरण के लिए 'हिमालय' शब्द लीजिए। इसके अवयव हैं, हिम (बर्फ़) + आलय (घर)। अर्थ हुआ—बर्फ़ का घर। अनेक पहाड़ों पर सदा बर्फ़ जमी रहती है, इसलिए वे सभी हिमालय हुए। परंतु लोक में सभी बर्फ़वाले पहाड़ों को हिमालय नहीं कहा जाता। यह तो भारत के उत्तर में स्थित पहाड़ के लिए रूढ़ हो चुका है। इसलिए हिमालय को 'योगरूढ़' पद कहते हैं।

(घ) *प्रकार्य की दृष्टि से वर्गीकरण* : वाक्य में शब्द के योगदान को उसका 'प्रकार्य' कहते हैं। प्रकार्य का अर्थ है—प्रकल्पित कार्य। प्रकल्पित अर्थात् नियत। शब्द के नियत कार्य को ही प्रकार्य कहते हैं। प्रकार्य की दृष्टि से शब्दों के 9 भेद किए जाते हैं :

1. संज्ञापद, 2. सर्वनाम, 3. क्रियापद, 4. विशेषणपद, 5. क्रिया-विशेषण पद, 6. परसर्ग, 7. योजक, 8. निपात, 9. विस्मयादिबोधक।

अर्थ का प्रतिपादक शब्द अवश्य होता है, परंतु यह आवश्यक है कि वह सही अर्थ का भी प्रतिपादक हो। थोड़ी-सी असावधानी से सारा मज़ा किरकिरा हो जाता है; जैसे—

"नारद की वाणी तड़ित की तरह उस सभा पर बरस पड़ी।" —मनु शर्मा

सावधान पाठक इतना तो समझता ही है कि तड़ित (बिजली) बरसती नहीं, गिरती है। बरसते तो बादल ही हैं। अतः लिखते या बोलते समय उपयुक्त शब्द-चयन के महत्त्व को ध्यान में रखना आवश्यक है।

शरीर

1. शरीर छूटना या छूट जाना—मृत्यु हो जाना; जैसे, "अस्पताल पहुँचने के कोई दो घंटे बाद उनका शरीर छूटा।"

2. शरीर शांत हो जाना—अत्यंत औपचारिक प्रयोग है जिसका प्रयोग मृत्यु की उत्कटता या विक्षोभ से श्रोता को शांत रखना होता है। 'मर जाना', 'मृत्यु हो जाना', 'देहांत हो जाना' आदि पर्याय अत्यंत विक्षोभकारी सिद्ध हो सकते हैं।

शाबाश

सही उत्तर देने या सफलतापूर्वक कोई काम करने पर किसी का उत्साहवर्धन करने के लिए इस पद का प्रयोग होता है; जैसे, "टेस्ट क्रिकेट में तुमने सबसे अधिक शतक बनाए। शाबाश!" विस्मयादिबोधक है।

शामत

अपनी शामत बुलाना—इस मुहावरे का प्रयोग तब करते हैं जब कोई ऐसा काम करने के लिए प्रवृत्त होता है जिससे उसकी अपनी दुर्दशा की संभावना हो; जैसे, "अध्यापक ने विद्यार्थी को बुरी तरह दंडित करके अपनी शामत बुला ली है।"

शिकार

शिकार होना—(i) ग्रस्त होना; जैसे, "तुम्हारी शक्ल कहती है कि तुम अनेक लतों और इल्लतों के शिकार हो।"

(ii) फँस जाना; जैसे, "आचार्य रजनीश बहुत ऊँचे और सुनियोजित षड्यंत्र का शिकार हुए।" —माया

शैतान

वह निरा शैतान है—उसका काम ही सदा शरारत करते रहना है अथवा उसमें शैतान जैसीसामर्थ्य और धूर्तता है; जैसे, "वह निरा शैतान है, तुम उससे जीत नहीं सकोगे।"

श्रीमुख

श्रीमुख से—आपके सुंदर मुख से; जैसे, "क्या इन नीचे दरजे के नौकर-चाकरों को कभी माई लार्ड के श्रीमुख से निकले हुए अमृत रूपी वचनों के सुनने का सौभाग्य प्राप्त हुआ?" —बालमुकुंद गुप्त

संकरपद

दो स्रोतों के शब्दों से बने समास या समस्तपद को संकरपद कहते हैं; जैसे, 'अपनत्व', 'रेलगाड़ी' आदि। 'अपना' तद्भव विशेषण है और 'त्व' संस्कृत प्रत्यय है, 'रेल' अंग्रेज़ी है और 'गाड़ी' तद्भव है।

संख्या

...की संख्या में—यह प्रयोग इधर कुछ वर्षों से देखने में आ रहा है; जैसे, "दोपहर दो बजे दो की संख्या में लुटेरे उस व्यक्ति के मकान पर पहुँचे।"

यह प्रयोग अंग्रेज़ी के कुप्रभाव का ही द्योतक है। वैसे इस पदबंध के बिना भी काम अच्छी तरह चल सकता था; जैसे, "दोपहर दो बजे दो लुटेरे उस व्यक्ति के मकान पर पहुँचे।"

संख्यासूचक विशेषण

(i) कुछ ऐसी प्रवृत्ति दृष्टिगत हो रही है कि

जब समय, मान तथा कुछ स्थानवाची बहुवचन संज्ञापदों के पहले निश्चित संख्यासूचक विशेषण आते हैं तो संबंधबेधक परे रहने पर भी उनके तिर्यक रूपों का प्रयोग प्रायः नहीं किया जाता; जैसे—

(बहुवचन संज्ञा)	**(बहुवचन तिर्यक)**
रुपए	रुपयों (में)
मील	मीलों
कमरे	कमरों
घंटे	घंटों

संख्यासूचकों के साथ :
"मैंने यह कलम पाँच रुपए में खरीदी है।"
"मैं चार मील से अधिक चला हूँ।"
"यह दो कमरे का मकान है।"
"दो घंटे का काम शेष है।"

(ii) संख्यासूचक विशेषणों के परे क्रिया-विशेषण रूप में प्रयुक्त संज्ञापद एकवचन रखने की भी प्रवृत्ति बढ़ रही है; जैसे—

"मैं वहाँ चार घंटे/घंटा रुका।"

"वह यहाँ दो हफ्ते/हफ्ता रहा।"

"मुझे मकान बनवाने में तीन महीने/महीना लगा।"

संज्ञा[1]

संज्ञा देना—यह प्रयोग अब बहुत प्रचलित है जो अंग्रेज़ी के to give a name का उल्था है। डा० रामविलास शर्मा लिखते हैं, "जब हम पदार्थों से सही संबंध कायम करते हैं तो उसे बुद्धि की संज्ञा देते हैं।" ऐसे अवसरों पर 'कहना', 'मानना' आदि क्रियाओं से कहीं अधिक स्पष्टतापूर्वक अपनी बात कह सकते हैं; जैसे, "जब हम पदार्थों से सही संबंध कायम करते हैं तो उसे बुद्धि कहते हैं।"

संज्ञा[2]

परिभाषा : संज्ञा की अत्यंत सरल परिभाषा है—किसी व्यक्ति, वस्तु, स्थान, भाव आदि के लिए प्रयुक्त नाम। जो अस्तित्व में हो उसके नाम को तो संज्ञा कहते ही हैं, जिसके अस्तित्व की हम कल्पना करते हैं उसके नाम को भी संज्ञा कहते हैं; जैसे : ईश्वर, अमृत। संज्ञा को नाम या नामपद भी कहते हैं।

संज्ञाओं के सामान्यतः पाँच भेद किए जाते हैं : जातिवाचक, व्यक्तिवाचक, भाववाचक, द्रव्यवाचक, समूहवाचक।

(i) ऐसा पद जिसका उपयोग एक वर्ग की हर इकाई के लिए किया जाता हो; जैसे : घोड़ा, गाय, आदमी, औरत, पेड़, फूल। चाहे घोड़ा मेरा हो, चाहे आपका और चाहे किसी और का, उसे घोड़ा ही कहा जाएगा। 'घोड़ा' शब्द हर घोड़े के लिए प्रयुक्त हुआ। घोड़ा जाति के हर घोड़े के लिए इसका व्यवहार होता है, इसलिए इसे 'जातिवाचक' कहते हैं। इसी प्रकार इस देश में तथा अन्यत्र भी हजारों-लाखों गाएँ, आदमी, औरतें, पेड़ और फूल हैं। आप उनमें से चाहे किसी भी गाय, आदमी, औरत, पेड़ या फूल का उल्लेख कर सकते हैं। इसलिए गाय, आदमी, औरत, पेड़ और फूल 'जातिवाचक' हैं।

(ii) जिस नाम से किसी जाति या वर्ग की एक विशिष्ट इकाई को सूचित किया जाता हो उसे 'व्यक्तिवाचक' कहते हैं; जैसे : चेतक। घोड़े हज़ारों हैं, मगर राणा प्रताप के घोड़े का ही नाम चेतक है। 'चेतक' से सिर्फ़ राणा के घोड़े का ही उल्लेख किया जाता है, इसलिए 'चेतक' व्यक्तिवाचक है। नगर बहुत-से हैं परंतु 'वाराणसी' विशिष्ट नगर है। वाराणसी कहने से वाराणसी से भिन्न किसी और नगर का बोध नहीं होता, इसलिए वाराणसी 'व्यक्तिवाचक' है, 'भाई' शब्द व्यक्तिवाचक

है। क्योंकि आपके यदि चार भाई हैं तो आप किसी के लिए भी 'भाई' का प्रयोग कर सकते हैं। यदि आपके भाइयों के नाम 'राम', 'श्याम', 'कृष्ण', और 'लक्ष्मण' हैं तो आप 'राम' से राम के अतिरिक्त किसी अन्य भाई का बोध नहीं करा सकते। यही बात श्याम, कृष्ण और लक्ष्मण के बारे में भी कही जा सकती है। ये शब्द 'व्यक्तिवाचक' हैं।

(iii) भाव, गुण, अवस्था, व्यापार आदि के सूचक शब्दों को 'भाववाचक' कहते हैं; जैसे : 'प्रेम', 'बहादुरी', 'बुढ़ापा', 'सरलता', आदि।

(iv) 'मिट्टी', 'रेत', 'पानी', 'सोना', 'चाँदी', 'पीतल' आदि पदार्थों के सूचक शब्दों को 'द्रव्यवाचक' कहते हैं। द्रव्य का अर्थ है—पदार्थ।

(v) 'समिति', 'सभा', 'झुंड', 'जत्था', 'फ़ौज' आदि शब्दसमूहों का बोध कराते हैं, अतः इन्हें 'समूहवाचक' संज्ञा कहते हैं।

संज्ञाओं की पहचान

1. संज्ञाओं के बाद परसर्गों (विभक्तियों) का प्रयोग होता है; जैसे—

घोड़ा	:	घोड़े का (खुर)
गाय	:	गाय का (बछड़ा)
आदमी	:	आदमी का (सामान)
पेड़	:	पेड़ का (फल)
राम	:	राम का (भाई)
		राम की (बहन)
बहादुरी	:	बहादुरी का (काम)
बुढ़ापा	:	बुढ़ापे का (सहारा)

2. जातिवाचक संज्ञाओं के बहुवचन रूप बनते हैं; जैसे—

घोड़ा	:	घोड़े
गाय	:	गाएँ
आदमी	:	आदमी (आ रहे हैं)
नारी	:	नारियाँ
औरत	:	औरतें
पेड़	:	पेड़ (हरे-भरे थे)
फूल	:	फूल (खिले हैं)

व्यक्तिवाचक संज्ञाओं के सामान्यतः बहुवचन रूप नहीं होते। लाक्षणिक प्रयोग में व्यक्तिवाचक संज्ञा बहुवचन हो सकती है; जैसे, "यह रावणों का समाज है।"

'रावण' व्यक्तिवाचक संज्ञा है, इसलिए इसका बहुवचन नहीं। परंतु लाक्षणिक अर्थ में यह निर्दय व्यक्ति का सूचक है, अतः बहुवचन रूप बन गया। 'रावणों का समाज' से तात्पर्य है—निर्दय व्यक्तियों का समाज।

द्रव्यवाचक संज्ञाओं के भी बहुवचन रूप नहीं बनते। परंतु समूहवाचक संज्ञाओं के रूप बनते हैं, जैसे : समिति-समितियाँ, जत्था-जत्थे, गड्डी-गड्डियाँ, टोली-टोलियाँ, गठरी- गठरियाँ आदि। अधिकतर भाववाचक संज्ञाओं के भी बहुवचन रूप नहीं होते; जैसे—

प्रेम	हमने प्रेम किए।	(अशुद्ध)
घृणा	घृणाएँ मत कीजिए।	(अशुद्ध)
बहादुरी	बहादुरियाँ दिखाई गईं।	(अशुद्ध)
बुढ़ापा	बुढ़ापों में लोग थे।	(अशुद्ध)
विचार	हमने विचार किए थे।	(अशुद्ध)
नृत्य	हमने नृत्य किए थे।	(अशुद्ध)

परंतु 'भाव', 'व्यापार', 'नृत्य' आदि भाववाचक शब्दों के बहुवचन रूप उस अवस्था में बनेंगे जब वे मूर्त इकाइयों को सूचित करते हों; जैसे—

"ये विचार मेरे नहीं।"

"उसने कई नृत्य दिखाए।"

3. संज्ञा का लिंग होता है। लिंग दो हैं : पुंलिंग और स्त्रीलिंग।

'घोड़ा', 'बैल', 'आदमी', 'लड़का', 'पेड़', 'पहाड़' आदि पुंलिंग हैं।

'घोड़ी', 'गाय', 'औरत', 'लड़की', 'कलम', 'दवात' आदि स्त्रीलिंग हैं।

पेशे तथा प्रशासनिक पदों के अधिकतर नाम पुंलिंग हैं, परंतु यदि वहाँ स्त्री काम करती हो तो उसका स्त्रीलिंग में प्रयोग होगा; जैसे—

"डाक्टर (पुरुष) अभी नहीं आया।"

"डाक्टर (स्त्री) अभी नहीं आई।"

"प्रधानमंत्री (जवाहरलाल नेहरू) नहीं रहे।"

"प्रधानमंत्री (इंदिरा गांधी) नहीं रहीं।"

सामान्यतः 'डाक्टर', 'प्रधानमंत्री' आदि शब्द पुंलिंग ही माने जाते हैं, परंतु इनका व्यवहार उभयलिंगी (अर्थात् दोनों लिंगों में) होता है।

4. संज्ञाओं का प्रयोग वाक्य में कर्ता (उद्देश्य) तथा कर्म के रूप में होता है; जैसे, "लड़का काम करता है।"

इस वाक्य में 'लड़का' कर्ता है और 'काम' कर्म है। 'लड़का' और 'काम' दोनों संज्ञाएँ हैं।

5. संज्ञा का प्रयोग समानाधिकरण तथा पूरक रूप में भी होता है; जैसे—

"राम का भाई, मोहन नौकरी करता है।"
(उद्देश्य का समानाधिकरण)

"राम ने अपने भाई, मोहन को बुलाया।"
(कर्म का समानाधिकरण)

"राम मंत्री है।" (पूरक)

अब दो वाक्य लीजिए :

(i) "हवा चल रही है।"

(ii) "कहाँ से लाए?"

बतलाइए 'हवा' और 'कहाँ' संज्ञाएँ हैं या नहीं? 'हवा' के बाद परसर्ग का प्रयोग होता है; जैसे, "हवा का झोंका आया।" हवा का बहुवचन 'हवाएँ' होता है। 'हवा' स्त्रीलिंग है क्योंकि 'चल रही है' क्रिया स्त्रीलिंग में है। 'हवा' का प्रयोग कर्ता के रूप में हुआ है। चारो दृष्टियों से 'हवा' संज्ञा है।

अब दूसरा वाक्य लीजिए। उक्त वाक्य के कुछ शब्द लुप्त हैं। वास्तविक वाक्य कुछ इस प्रकार है :

"आप कहाँ से पुस्तक लाए?"

'कहाँ' के बाद परसर्ग आया है। 'कहाँ' का बहुवचन रूप नहीं होता। 'कहाँ' का लिंग नहीं। 'कहाँ' का कर्ता या कर्म के रूप में प्रयोग नहीं होता। अतः यह संज्ञा नहीं। 'कहाँ' के साथ केवल 'का' और 'से' परसर्ग प्रयुक्त होते हैं, अन्य नहीं। एक भी शर्त पूरी तरह लागू नहीं हुई।

सामान्यतः पुरुष वर्ग की वाचक संज्ञाएँ (क) पुंलिंग होती हैं और स्त्री वर्ग की वाचक संज्ञाएँ (ख) स्त्रीलिंग; जैसे—

(क) 'आदमी', 'लड़का', 'शेर', 'घोड़ा', 'मुर्गा'।

(ख) 'औरत', 'लड़की', 'शेरनी', 'घोड़ी', 'मुर्गी'।

जो वस्तुएँ न पुरुष वर्ग में हैं और न स्त्री वर्ग में, उनका भी व्याकरण में लिंग होता है। इस लिंग का आधारस्थान समाज द्वारा निर्धारित होता है। 'दही' और 'गेहूँ' को पश्चिम में पुंलिंग मानते हैं, परंतु पूरब में स्त्रीलिंग। अनेक लोग 'आत्मा', 'विजय', 'पराजय', 'विनय' आदि को स्त्रीलिंग लिखते हैं और अनेक पुंलिंग मानते हैं। परंतु अधिकतर लोग इन्हें स्त्रीलिंग ही मानते हैं। लिंग का ज्ञान लोक द्वारा ही प्राप्त होता है।

फिर भी कुछ बातें हैं जो लिंग के निर्धारण में सहायक होती हैं। पुंलिंग शब्दों के उदाहरण :

ग्रह : 'सूर्य', 'चंद्र', 'मंगल', 'नेपच्यून' आदि।
वार : 'सोम', 'मंगल', 'बुध' आदि।
देश : 'भारत', 'चीन', 'ईरान', 'रूस', 'अमेरिका' आदि।
देशवासी : 'भारतीय', 'चीनी', 'ईरानी', 'रूसी' आदि।
धर्मावलंबी : 'हिंदू', 'मुसलमान', 'सिख', 'ईसाई', 'यहूदी' आदि।
नद : 'सोन', 'ब्रह्मपुत्र', 'सिंधु'।

आकारांत तद्‌भव तथा देशज शब्द हैं: 'पहिया', 'खटोला', 'चमड़ा', 'दरवाज़ा' आदि।

निम्नांकित प्रत्ययों से युक्त शब्द भी पुंलिंग हैं :

—आक : तैराक
—आका : उड़ाका
—आकू : लड़ाकू
—आप : मिलाप
—औड़ा : हथौड़ा
—त्व : कृतत्व
—दान : पानदान
—दार : दुकानदार
—पन : बचपन
—बाज़ : मुकदमेबाज़

इसी प्रकार स्त्रीलिंग शब्दों के उदाहरण हैं :

धरती : 'भूमि', 'वसुंधरा', 'ज़मीन', 'मही' आदि।
तिथियाँ : 'परिवा', 'दूज', 'तीज', 'चौथ', 'पूर्णिमा', 'अमावस्या' आदि।
राशियाँ : तुला, मीन, कुंभ, सिंह आदि।
नदियाँ : गंगा, जमुना, रावी, नर्मदा।
आकारांत तत्सम : चिंता, चर्चा, दया।
ईकारांत तद्‌भव : मछली, तितली, कड़ाही।

निम्नांकित प्रत्ययों से युक्त शब्द स्त्रीलिंग होते हैं :

—आन : ऊँचान
—आस : प्यास
—ई : सच्चाई
—ता : कृत्रिमता
—बाज़ी : मुकदमेबाज़ी

संज्ञाओं के वचन : संज्ञापदों का एक गुण यह भी है कि कभी वे एक इकाई के सूचक होते हैं और कभी एक से अधिक इकाई के; जैसे—

"मैंने कुत्ता पाला।"
"मैंने कुत्ते पाले।"

'कुत्ता' एक का सूचक है और 'कुत्ते' एक से अधिक इकाइयों का। व्याकरण की भाषा में 'कुत्ता' एकवचन है और उसका विकारी रूप 'कुत्ते' बहुवचन। कुछ संज्ञाओं का रूप बहुवचन में वही रहता है जो एकवचन में रहता है; जैसे—

"मैंने घर बनवाया।"
"मैंने घर बनवाए।"

'घर' पहले वाक्य में एकवचन है और दूसरे वाक्य में बहुवचन। आकारांत तद्‌भव तथा देशज पुंलिंग संज्ञाएँ बहुवचन में एकारांत हो जाती हैं; जैसे—

घोड़ा — घोड़े
गमला — गमले
चश्मा — चश्मे
पकौड़ा — पकौड़े
हथौड़ा — हथौड़े
कुआँ — कुएँ

परंतु 'राजा', 'महाराजा', 'नेता', 'दादा', 'चाचा', 'नाना', 'मामा', 'मुल्ला', 'योद्धा' आदि बहुवचन में एकारांत नहीं होते; जैसे—

"वह हमारा नेता है।" (एकवचन)
"कुछ नेता आ रहे हैं।" (बहुवचन)
"कई नेता आ आए।" (बहुवचन)
"नेतागण आ रहे हैं।" (बहुवचन)
"नेता लोग आए।" (बहुवचन)

प्रायः उक्त संज्ञाओं के साथ 'कई', 'कुछ', 'अनेक' आदि विशेषणों या 'लोग', 'गण', 'वृंद' आदि संज्ञाओं का बहुवचन रूप में प्रयोग किया जाता है।

बहुवचन पुंलिंग संज्ञाओं के बाद परसर्ग हो तो 'ओं' प्रत्यय आता है। बहुवचन एकारांत संज्ञाओं का अंत 'ए' लुप्त होता है, 'ई' का 'इय्' होता है और 'ऊ' का 'उ'; जैसे—

घोड़े	घोड़ों पर
गमले	गमलों में
हब्शी	हब्शियों ने
डाकू	डाकुओं ने

'चाचा', 'दादा' आदि का रूप बहुवचन में एकारांत नहीं होता, अतः उनमें सीधे 'ओं' प्रत्यय लग जाता है; जैसे—

चाचा	चाचाओं ने
दादा	दादाओं ने

स्त्रीलिंग संज्ञाओं के बहुवचन रूप बनाते समय 'एँ' और 'याँ' प्रत्यय लगाते हैं। यदि स्त्रीलिंग संज्ञा ईकारांत हो तो 'याँ' प्रत्यय अन्यथा 'एँ' प्रत्यय। प्रत्यय से पूर्व 'ई' और 'ऊ' अंत्य स्वर ह्रस्व होते हैं; जैसे—

पुस्तक	पुस्तकें
कलम	कलमें
प्लेट	प्लेटें
माला	मालाएँ
धारा	धाराएँ
चर्चा	चर्चाएँ
टहनी	टहनियाँ
नारी	नारियाँ
प्याली	प्यालियाँ
बहू	बहुएँ

परसर्ग आने पर इन बहुवचन रूपों में विकार होता है, 'आँ' और 'एँ' अंत्य स्वर लुप्त होते हैं और 'ओं' प्रत्यय इनकी जगह आता है।

एकवचन और बहुवचन रूपों का विवरण इस प्रकार प्रस्तुत कर सकते हैं :

परसर्गरहित

	एकवचन	**बहुवचन**
पुंलिंग :		
अकारंत	पेड़(अ)	पेड़ (अ)
व्यंजनांत	किसान(अ)	किसान (अ)
इकारांत	कवि(अ)	कवि (अ)
ईकारांत	अधिकारी(अ)	अधिकारी (अ)
ऊकारांत	डाकू(अ)	डाकू (अ)
आकारांत	घोड़ा(अ)	घोड़े (अ)
	गमला(अ)	गमले (पप)
आकारांत (अविकारी)	चाचा (1)	चाचा (अ)
	योद्धा (अ)	योद्धा (अ)
स्त्रीलिंग :		
आकारांत (व्यंजनांत)	पुस्तक (अ)	पुस्तकें (प)
आकारांत	माला (अ)	मालाएँ (प)
ईकारांत	बाल्टी (अ)	बाल्टियाँ (पप)
ऊकारांत	बहू (अ)	बहुएँ (पप)

परसर्गरहित

पुंलिंग :		
पेड़ (अ)	पेड़ों में (प)	ओं प्रत्यय
किसान (अ)	किसानों से (प)	ओं प्रत्यय

कवि (अ)	कवियों ने (पप)	'यों' प्रत्यय
अधिकारी(अ)	अधिकारियों को (पप)	'यों' प्रत्यय से पहले ई ह्रस्व
डाकू (अ)	डाकुओं पर (पप)	'ओं' प्रत्यय से पहले 'ऊ' ह्रस्व
घोड़े (पप)	घोड़ों ने (पप)	
गमले (पप)	गमलों में (पप)	'ओं' प्रत्यय से पहले 'आ' ह्रस्व
चाचा (अ)	चाचाओं से (प)	
योद्धा (अ)	योद्धाओं ने (प)	प्रत्यय से पहले 'आ' ह्रस्व नहीं

स्त्रीलिंग :

पुस्तक (अ)	पुस्तकों में (प)
माला (अ)	मालाओं से (प)
बाल्टी (अ)	बाल्टियों से (पप)
बहू (अ)	बहुओं ने (पप)

संकेत—(अ) अपरिवर्तन, (प) परिवर्तन, (पप) दोहरा परिवर्तन अर्थात् {पहले विकार या लोप} + {प्रत्यय}

संज्ञाओं का बहुवचन में प्रयोग 'व्यक्ति' या 'वस्तु' को आदर प्रदान करने के लिए भी होता है। हमारी संस्कृति का एक मूलमंत्र यह भी है कि 'जी कहिए और जी कहलवाइए।' हम अपनी माँ, दादी, नानी, बहन, तथा पिता, दादा, चाचा, मामा, नाना, भैया आदि की सूचक संज्ञाओं के साथ 'जी' का प्रयोग परंपरावश करते हैं; जैसे—

पिता जी, माता जी, दादी जी, नानी जी, बहन जी, भैया जी, चाचा जी, भाभी जी, सेठ जी, सेठानी जी आदि।

"घोड़ो जी प्रसाद पावते हैं" में घोड़े को भी आदर देने के लिए 'जी' का प्रयोग हुआ है।

कुछ शब्दों के साथ 'जी' की जगह 'साहब', 'बाबू', 'बहादुर' का भी प्रयोग करते हैं; जैसे—

डॉक्टर साहब, वकील साहब, भाई साहब, ग्रंथ साहब, दरबार साहब, मंत्री साहब, जपजी साहब, बड़े बाबू, छोटे बाबू, डाक बाबू, थानेदार बाबू, सरकार बहादुर।

उद्देश्य रूप में ऐसे शब्दों के साथ क्रिया बहुवचन में आती है :

"पिता जी आ रहे हैं।"
"भाई साहब जा रहे हैं।"
"बड़े बाबू कह रहे थे।"

बहुवचन की जगह एकवचन : (i) मानसूचक संज्ञाएँ विशेषण की तरह प्रयुक्त होने पर एकवचन ही रहती हैं; जैसे—

"उसने दो डिब्बा दूध पिया।"
(डिब्बे नहीं)
"मैंने उसे चार मुट्ठी चावल दिया।"
(मुट्ठियाँ नहीं)
"लड़के ने छह गज कपड़ा खरीदा।"

(ii) विशेषणयुक्त समयसूचक संज्ञाएँ बहुवचन में 'ओं' प्रत्यय ग्रहण नहीं करतीं; जैसे—

"मैं दो वर्ष तक नौकरी करता रहा।"
(दो वर्षों नहीं)
"मैं चार दिन से बीमार हूँ।"
(चार दिनों से नहीं)
"वह पाँच हफ्ते में स्वस्थ हो जाएगा।"
(पाँच हफ्तों में नहीं)

अनेक धातुओं का स्त्रीलिंग संज्ञा की तरह प्रयोग होता है; जैसे—

ऊँघ(ना), जँच(ना), माँग(ना), छूट(ना), रट(ना), रोक(ना), सीख(ना), हार(ना)।

हम प्रायः सुनते हैं—
"उसे ऊँघ लग रही है।"

"मैंने जाँच पूरी कर ली है।"

"हम उनकी माँग पूरी करेंगे।"

कुछ धातुओं के बीच के स्वर को दीर्घ करने से भी संज्ञाएँ बनती हैं; जैसे—

बढ़ बाढ़

चल चाल

नाकृदंत रूप तो संज्ञाओं की तरह प्रयुक्त होते ही हैं; यथा : आना, जाना, खाना, पीना, सोना, लेटना।

संबंध

1. आपसदारी का संबंध—इस पदबंध का प्रयोग पारस्परिक सामाजिक संबंध, विशेषतः सुख-दुख के संबंध के निर्वाह से होता है; जैसे, "जब आप हमारे बुलाने पर भी विवाह में नहीं आए तब फिर आपसदारी का संबंध कैसा?"

2. जहाँ तक मेरा संबंध है—मेरा निश्चय यह है; जैसे, "जहाँ तक मेरा संबंध है, मैं हर महीने माँ को दो सौ रुपए भेजा करूँगा।"

संबंधबोधक

विभक्ति और परसर्ग की अपेक्षा अधिक सटीक तथा व्यंजक पद। यह सही है कि विभक्ति सटीक रहनी चाहिए और परसर्ग परे स्थित रहना चाहिए, परंतु मुख्य कृत्य तो संबंध का द्योतन ही है।

विशेष देखें 'परसर्ग' के अंतर्गत।

संबंधबोधक के बीच में अन्य शब्द रखने की रुझान बहुत पहले से दिखाई पड़ती है; जैसे, "विक्रम, अशोक, अकबर के यह भूमि साथ नहीं गई।" —बालमुकुंद गुप्त

परंतु संबंधबोधक को खंडित न करना ही उपयुक्त प्रतीत होता है; जैसे, "विक्रम, अशोक, अकबर के साथ यह भूमि नहीं गई।"

संबद्ध और संबंधित

'संबद्ध' ही संस्कृत व्याकरण से सिद्ध रूप है, 'संबंधित' नहीं। परंतु 'संबंधित' का प्रयोग इतना धड़ल्ले से होने लगा है कि इसकी खटक अब जाती रही है।

संयुक्त क्रियापद

जब दो या अधिक धातुओं अथवा उनके कृदंतों के योग से क्रियापद बनता है तो उसे संयुक्त क्रियापद कहते हैं; जैसे—

(क) "लड़का खेलता रहता है।"

(ख) "अध्यापक पढ़ा रहा था।"

(ग) "वह पढ़ चुका होगा।"

'क' वाक्य में 'खेलता' और 'रहता' दो कृदंत हैं।

'ख' वाक्य में 'पढ़ा' और 'रहा' दो कृदंत हैं।

'ग' वाक्य में 'पढ़' धातु है और 'चुका' कृदंत।

अतः उक्त वाक्यों में क्रियापद संयुक्त क्रियापद हैं।

संयुक्त क्रियापद की प्रथम धातु अथवा उससे बने कृदंत को मुख्य क्रियापद और द्वितीय को सहकारी क्रियापद कहते हैं; जैसे, "लड़का खेलता रहता है।" इस वाक्य में 'खेलता' मुख्य क्रियापद, 'रहता' सहकारी क्रियापद और 'है' सहायक क्रियापद हैं।

कभी-कभी दो-दो सहकारी क्रियापदों का प्रयोग भी देखने में आता है; जैसे, "हम इसके करतब देखते रह जाते हैं।" इसमें 'देखते' मुख्य क्रियापद और 'रह जाते' सहकारी क्रियापद हैं।

सहकारी क्रियापद अपने सामान्य से भिन्न अर्थ में प्रयुक्त होता है और वाक्य में नई विवक्षा लाता है। सहकारी क्रियापद के

रूप में प्रयुक्त होनेवाली हिंदी की प्रमुख धातुएँ 21 हैं और वे इस प्रकार हैं :

1. 'आ' पूर्णतः उपस्थिति; जैसे—वह चला आया।

2. 'उठ' सहसा होनेवाली उन्मुखता; जैसे—वह चौंक उठा।

3. 'कर' प्रायिकता; जैसे—वह हमें बुलाया करते हैं।

4. 'चल' अग्रसरता, निरंतरता; जैसे—रुको नहीं, चलते चलो।

5. 'चाह' प्रवृत्ति, संकल्प; जैसे—हम उनको बदलना चाहते हैं।

6. 'चुका' निष्पादन, पूर्ति; जैसे—मैं खा चुका हूँ।

7. 'जा' प्रवृत्ति, अग्रसरता, निरंतरता, पूर्णत्व; जैसे—बादल बरस गए।

8. 'डाल' तीव्रता; जैसे—शत्रुओं को मार डाला।

9. 'दे' सहयोग, वेग, निष्पन्नता; जैसे—मेरा काम कर दीजिए।

10. 'निकल' संचार; जैसे—चोर भाग निकला।

11. 'पड़' आकस्मिक क्रियाशीलता, विवशता; जैसे—पेड़ गिर पड़ा।

12. 'पा' आंतरिक समर्थता; जैसे—मैं यह काम कैसे कर पाऊँगा ?

13. 'बन' अनवरोध; जैसे—वह चलता बना।

14. 'बैठ' अग्रसरता, सुस्थिरता; जैसे—मैं सबकुछ गँवा बैठा।

15. 'मर' निश्चयात्मक अप्रिय भाव; जैसे—बाप की जायदाद वह ले मरा।

16. 'रख' प्रयोजन; जैसे—उसने मेरे पीछे जासूस लगा रखा है।

17. 'रह' सातत्य; जैसे—वह आता रहता है।

18. 'लग' आरंभ; जैसे—पानी बरसने लगा है।

19. 'ले' आप्ति; जैसे—उसने सबकुछ ले लिया।

20. 'सक' परिस्थितिजन्य समर्थता; जैसे—अब कुछ नहीं हो सकता।

21. 'हो' स्थिति, प्रयोजन; जैसे—काश ! तुमने मेरी बात मानी होती।

मुख्य क्रियापद के धातु के रूप में होने पर निम्नांकित 16 धातुओं से बने सहकारी क्रियापद प्रयुक्त होते हैं :

1. 'आ', 2. 'उठ', 3. 'चल', 4. 'चुक', 5. 'जा', 6. 'डाल', 7. 'दे', 8. 'निकल', 9. 'पड़', 10. 'पा', 11. 'बैठ', 12. 'मर', 13. 'रख', 14. 'रह', 15. 'ले', 16. 'सक'।

'डाल', 'दे', 'रख' और 'ले' ये चार धातुएँ सकर्मक हैं, शेष अकर्मक।

अर्थ की दृष्टि से कुछ विशेषता लाने के लिए 'सामान्य क्रियापद' के स्थान पर 'संयुक्त क्रियापद' का प्रयोग करते हैं। ऐसा करते समय चार बातों का ध्यान रखते हैं : (क) सामान्य क्रियापद में प्रयुक्त क्रियारूप के स्थान पर उसकी धातु का प्रयोग संयुक्त क्रियापद में होगा। (ख) सामान्य क्रियापद का क्रियारूप संयुक्त क्रियापद में सहकारी धातु को प्राप्त होगा। (ग) सामान्य क्रियापद की धातु की सकर्मकता या अकर्मकता संयुक्त क्रियापद में यथावत् रहेगी। (घ) परंतु उद्देश्य में 'ने' परसर्ग का प्रयोग सहकारी धातु की सकर्मकता-अकर्मकता पर निर्भर होगा; उदाहरणार्थ :

सामान्य क्रियापद

"वह पुस्तक पढ़ता है।"
"तू पुस्तक पढ़ता है।"
"मैं पुस्तक पढ़ता हूँ।"
"वह पुस्तक पढ़ती है।"
"तू पुस्तक पढ़ती है।"
"मैं पुस्तक पढ़ती हूँ।"
"वे पुस्तक पढ़ते हैं।"
"तुम पुस्तक पढ़ते हो।"
"हम पुस्तक पढ़ते हैं।"
"वह पुस्तक पढ़ता था।"
"वह पुस्तक पढ़ता होगा।"
"उसने पुस्तक पढ़ी है।"
"तुने पुस्तक पढ़ी है।"
"मैंने पुस्तक पढ़ी है।"
"उन्होंने पुस्तक पढ़ी है।"
"हमने पुस्तक पढ़ी है।"
"उसने पुस्तक पढ़ी।"
"उसने पुस्तक पढ़ी थी।"
"उसने पुस्तक पढ़ी होगी।"

संयुक्त क्रियापद

"वह पुस्तक पढ़ सकता है।"
"तू पुस्तक पढ़ सकता है।"
"मैं पुस्तक पढ़ सकता हूँ।"
"वह पुस्तक पढ़ सकती है।"
"तू पुस्तक पढ़ सकती है।"
"मैं पुस्तक पढ़ सकती हूँ।"
"वे पुस्तक पढ़ सकते हैं।"
"तुम पुस्तक पढ़ सकते हो।"
"हम पुस्तक पढ़ सकते हैं।"
"वह पुस्तक पढ़ सकता था।"
"वह पुस्तक पढ़ सकता होगा।"
"वह पुस्तक पढ़ सका है।"

('सक' अकर्मक है, अतः उद्देश्य में 'ने' नहीं आएगा।)

"तू पुस्तक पढ़ा सका है।"
"मैं पुस्तक पढ़ा सका हूँ।"
"वे पुस्तक पढ़ सके हैं।"
"हम पुस्तक पढ़ सके हैं।"
"वह पुस्तक पढ़ सका।"
"वह पुस्तक पढ़ सका था।"
"वह पुस्तक पढ़ सका होगा।"

अब आगे 'विध्यर्थ' के उदाहरण दिए जाते हैं :

सामान्य क्रियापद

"वह पुस्तक पढ़े तो. . .।"
"वे पुस्तक पढ़ें तो. . .।"
"मैं पुस्तक पढ़ूँ तो. . .।"
"हम पुस्तक पढ़ें तो. . .।"
"तुम पुस्तक पढ़ो तो. . .।"
"वह पत्र पढ़ता है।"
"उसने पत्र पढ़ा।"
"वह पुस्तक खरीदता है।"
"उसने पुस्तक खरीदी।"
"वह हँसता है।"
"वह हँसा।"
"वह नाचता है।"
"वह नाचा।"

संयुक्त क्रियापद

"वह पुस्तक पढ़ सके तो. . .।"
"वे पुस्तक पढ़ सकें तो. . .।"
"मैं पुस्तक पढ़ सकूँ तो. . .।"
"हम पुस्तक पढ़ सकें तो. . .।"
"तुम पुस्तक पढ़ सको तो. . .।"
"वह पत्र पढ़ डालता है।"
"उसने पत्र पढ़ डाला।"
('डाल' सकर्मक धातु है।)
"वह पुस्तक खरीद लेता है।"
"उसने पुस्तक खरीद ली।"
('ले' सकर्मक धातु है।)

"वह हँस पड़ता है।"

(i) "वह हँस पड़ा।"

('पड़' अकर्मक धातु है।)

(ii) "उसने हँस दिया।"

('दे' सकर्मक धातु है।)

"वह नाच उठता है।"

(i) "वह नाच उठा।"

('उठ' अकर्मक धातु है।)

(ii) "उसने नाच लिया।"

('ले' सकर्मक धातु है।)

मुख्य क्रियापद वर्तमानकालिक कृदंत होने पर 'रह', 'जा' तथा 'चल' सहकारी धातुओं का प्रयोग होता है; जैसे—

"लड़का जाता है।"

"लड़का जाता रहता है।" (प्रायिकता)

"लड़का पढ़ता है।"

"लड़का पढ़ता जाता है।" (अग्रसरता)

"लड़का खेलता है।"

"लड़का खेलता चलता है।" (निरंतरता)

'लड़का पढ़ता जाता है' और 'पढ़ता हुआ जाता है' में अंतर है। प्रथम वाक्य में क्रियापद है : 'पढ़ता जाता है'; परंतु दूसरे वाक्य में क्रियापद है : 'जाता है'। 'पढ़ता हुआ' विकारी क्रिया-विशेषण पद है।

मुख्य क्रियापद भूतकृदंत हो तो उसके साथ 'रह', 'हो', 'पड़', 'बैठ', 'कर' तथा 'चाह' धातुओं के सहकारी क्रियापद प्रयुक्त होते हैं; जैसे—

"मोहन बैठा है।"

"मोहन बैठा होता है।" (स्थितिसूचक)

"लड़के बैठे हैं।"

"लड़के बैठे होते हैं।" (स्थितिसूचक)

"मोहन सोया है।"

"मोहन सोया रहता है।" (प्रवृत्तिसूचक)

"आँसू निकलते हैं।"

"आँसू निकले पड़ते हैं।" (अग्रसरता)

"डाकू छिपा था।"

"डाकू छिपा बैठा था।" (सुस्थितता)

"विद्यार्थी आता है।"

"विद्यार्थी आया करता है।" (प्रायिकता)

"लड़का आया है।"

"लड़का आया चाहता है।" (संकल्प)

मुख्य क्रियापद जब तिर्यक भूतकृदंत रूप में रहता है तब 'जा', 'चल', 'दे' तथा 'बैठ' धातु से बने सहकारी क्रियापद प्रयुक्त होते हैं :

('खा' धातु से भूतकृदंत बनता है: 'खाया'। विकारी रूप हुआ : 'खाए')

"वह आम खाता है।"

"वह आम खाए जाता है।" (निरंतरता)

"वह लीची खाता है।"

"वह लीची खाए जाता है।" (निरंतरता)

"वह घड़ी लाती है।"

"वह घड़ी लाए देती है।" (निष्पन्नता)

"वह कलम दबाता है।"

"वह कलम दबाए बैठा है।"

मुख्य क्रियापद जब तिर्यक नाकृदंत के रूप में होता है तब उसके साथ 'लग' या 'दे' धातुओं का प्रयोग होता है :

('खा' धातु से नाकृदंत रूप बना : 'खाना'। इसका विकारी रूप हुआ : 'खाने')

"वह खाने लगता है।" (आरंभ)

"वह खाने लगा है।" (आरंभ)

"वह सोने नहीं पाएगा।" (अनवरोध)

"वह जाने नहीं पाएगा।" (अनवरोध)

"वह नहाने देगा।" (सहयोग)

"वह सिनेमा देखने देगा।" (सहयोग)

पूर्वकालिक क्रियापद के स्थान पर जब

मात्र धातु का प्रयोग होता है तब उसके योग से संयुक्त क्रियापद नहीं बनता; जैसे, "राम अपनी पुस्तक ले जाएगा।"

यहाँ 'ले' वस्तुतः 'लेकर' के लिए प्रयुक्त हुआ है। वाक्य का सही रूप है :

"राम अपनी पुस्तक लेकर जाएगा।"

एक बात और। कोई क्रियापद सहकारी उस समय कहलाता है जब वह अपने सामान्य से भिन्न अर्थ में प्रयुक्त हो। यहाँ तो 'जा' धातु अपने सामान्य अर्थ 'गमन करने' के अर्थ में ही प्रयुक्त हो रही है, अपने विशिष्ट अर्थ 'पूर्णता' की सूचक नहीं। अतः 'जाएगा' मुख्य क्रियापद है।

अधिकतर सहकारी क्रियापदों की उपस्थिति में 'नहीं' का प्रयोग नहीं होता; जैसे—

"वह मकान बना चुका है।"
"वह मकान नहीं बना चुका है।" (अशुद्ध)
"चलते चलो।"
"चलते नहीं चलो।" (अशुद्ध)

परंतु 'लग', 'पा', 'जा', 'सक', 'ले' और 'दे' सहकारी क्रियापदों की उपस्थिति में 'नहीं' का प्रयोग होता है; जैसे—

"बच्चा अभी चलने नहीं लगा।"
"बिना कहे वह रह नहीं पाता।"
"पेट की बीमारी के कारण वह खा नहीं सकता।"
"बिना बोले उससे रहा नहीं जाता।"
"बिना चश्मे के वह पढ़ नहीं लेता।"
"उसने खा लिया।"
"उसने दे नहीं दिया।"

सच

1. सच—मूलतः यह विशेषण है, परंतु विस्मयादिबोधक की तरह भी प्रयुक्त। सहसा कोई अप्रत्याशित बात सुनने पर उसकी सच्चाई के संबंध में जिज्ञासा प्रकट करने के लिए प्रयुक्त। आशय है—क्या यही सत्य है या आप सत्य ही कह रहे हैं न? जैसे—

"उसने आत्महत्या कर ली।"
"सच?"

2. सच पूछिए तो—सच बात यह है कि; जैसे, "सच पूछिए तो अब इस नगरी में कोई किसी का हमदर्द नहीं रहा।"

सचमुच

क्रिया-विशेषण, वास्तव में; जैसे, "सचमुच वह बंदर ही था।"

सचमुच का—विशेषण पदबंध है; जैसे, "सचमुच का अनुभव।"

सत्य

ध्रुव सत्य—ऐसा सत्य जिसके संबंध में कोई आपत्ति न हो सके; जैसे, "यह ध्रुव सत्य है कि रवि चच्चा ने इस विषय पर जो कुछ लिखा है वह लाजवाब है, अनुपम है, बेजोड़ है।"
—अन्नपूर्णानंद

सदी

सदियों—संज्ञा 'सदी' से बना 'सदियों' प्रविशेषण की तरह प्रयुक्त होता है; जैसे, "आज सदियों पुरानी प्रथा का अंत हो रहा है।"

'सदियों पुरानी' से अभिप्राय है—अनेक सदियाँ पहले की।

सपना

1. मैंने सपने में भी नहीं सोचा था—यह बात मेरे मन में कभी आई या उठी तक नहीं थी; जैसे, "मैंने सपने में भी कभी नहीं सोचा था कि एक दिन मैं भी हवा में उड़ूँगा।"

2. सपना देखना, सपने देखना—'सपना देखना' सामान्य प्रयोग है और 'सपने देखना'

मुहावरा है। इस मुहावरे में नींद की विवक्षा है ही नहीं। भावी जीवन के संबंध में की हुई मनोहारी कल्पनाओं की इसमें विवक्षा है।

3. सपना हो जाना—यह भी मुहावरा है। जब किसी के संबंध में कहा जाता है कि 'तुम तो सपना हो गए' तो आशय यह रहता है कि सपने में तो तुम आते हो अर्थात् तुम्हें सपने में तो देखते रहते हैं (क्योंकि तुम्हें याद जो करते हैं), परंतु वैसे तुम दर्शन ही नहीं देते।

सपेरा, सँपेरा

दोनों रूप चलते हैं। लाघव सिद्धांत से 'सपेरा' वरीय है।

सफेद झूठ

यह पदबंध इधर खूब चलने लगा है। हिंदी में इससे आशय ऐसी बात से होता है जिसे सहज ही सभी लोग झूठी समझते हों। वस्तुतः यह अंग्रेज़ी के 'व्हाइट लाई' का तदर्थी है जिसका अर्थ है—ऐसी झूठी बात जिससे किसी की हानि न होती हो। यही कारण है कि इसे अंग्रेज़ी भाषाभाषियों में बुरा नहीं माना जाता। परंतु हिंदी में 'सफेद झूठ' का प्रचलन इस अर्थ में नहीं है।

सब

विशेषण और सर्वनाम दोनो रूपों में प्रयुक्त होता है; जैसे—

"सब लोग उस झरने को देखने गए।"

(विशेषण)

"हमने सबसे प्रार्थना की थी।"

(सर्वनाम)

सर्वनाम रूप में जब यह पदार्थ आदि के लिए प्रयुक्त होता है तब एकवचन ही रहता है; जैसे—

(क) "सब ठीक हो जाएगा।"

(ख) "उसने सब गँवा/खो दिया।"

परंतु जब प्राणियों के लिए प्रयुक्त होता है तब बहुवचन रूप में ही प्रयुक्त होता है; जैसे—

(च) सब चले गए।

(छ) सब ऐसा ही करते हैं।

परसर्ग परे रहने पर सर्वनाम 'सब' में 'ओं' प्रत्यय की आवश्यकता नहीं होती। कुछ लोग 'उन्हों' तथा 'औरों' की तरह 'सबों' का भी प्रयोग करते हैं; जैसे, "सबों ने कहा।" ऐसे अवसरों पर 'हम' और 'आप' की तरह 'सब' ही वरीय है; जैसे, "सबने मिलकर इस संस्था को खड़ा किया है।"

1. यह सब—यह पदबंध सर्वनाम तथा विशेषण दोनो रूपों में प्रयुक्त होता है और समाहार तथा समस्तता का सूचक है; जैसे—

(क) "यह सब तुम कहाँ से ले आए?"

(ख) "यह सब तुमसे किसने कहा?"

(ग) "ये सब कहाँ जा रहे हैं?"

(च) "ये सब वस्तुएँ तुम कहाँ से लाए?"

(छ) "ये सब बातें तुमसे किसने कहीं?"

(ज) "ये सब लोग कहाँ जा रहे हैं?"

2. सब का सब—कुल; जैसे, "व्यापारी सब का सब गेहूँ यहाँ से उठा ले गए।"

3. सबकुछ जाता रहा—सब कुछ हाथ से निकल गया या नष्ट हो गया, शेष कुछ नहीं रहा; जैसे, "मुकदमेबाज़ी में उनका सबकुछ जाता रहा।"

4. सब के सब—सभी लोग; जैसे, "सब के सब उसके पीछे हो लिए।"

5. सब कोई—सभी व्यक्ति; जैसे, "सब कोई एक ही बात कह रहा था।"

प्रायः एकवचन में ही प्रयुक्त होता है।

6. सब ठीक हो जाएगा—किसी बिगड़ी हुई स्थिति या कार्य के संबंध में यह पदबंध यह

कहने के लिए प्रयुक्त होता है कि हर चीज़ फिर से सही हो जाएगी; जैसे, "धीरज रखो, सब ठीक हो जाएगा।"

7. सबसे बढ़कर—(i) औरों की अपेक्षा जब किसी में किसी विशेषता या गुण की अधिकता सूचित करनी होती है तब इस पदबंध का प्रयोग करते हैं; जैसे, "वही सबसे बढ़कर सुंदर है।"

यह पदबंध सदा विशेषण को ही विशेषित करता है। इसका आशय है—औरों की अपेक्षा अधिक।

(ii) इस पदबंध का प्रयोग क्रिया-विशेषण के रूप में किसी के कथन के सर्वाधिक महत्त्वपूर्ण तथ्य को सूचित करने के लिए भी होता है; जैसे, "सबसे बढ़कर उन्होंने कवि की अनुभूति की सच्चाई की प्रशंसा की।"

आशय है कि उन्होंने कवि के अन्य गुणों की प्रशंसा तो की ही, सबसे अधिक प्रशंसा कवि की अनुभूति की सच्चाई की की।

8. सबसे बीस रहना—औरों की अपेक्षा अच्छा होना, सर्वश्रेष्ठ होना; जैसे, "मौलिकता की दृष्टि से 'नई कहानियाँ' सबसे बीस रहीं।"

सबक

सबक सिखाना—(किसी को उसके किसी कार्य के लिए) इस प्रकार दंडित करना कि वह अपनी गलती समझने लगे और पश्चात्ताप करने लगे; जैसे, "तुमने मेरे व्यापार को तबाह कर दिया है। मैं भी तुम्हें ऐसा सबक सिखाऊँगा कि जीवन-भर याद रखो।"

समझ

1. अपने को क्या समझ रखा है—अपने को दूसरों से अधिक समझदार या शक्तिशाली समझना; जैसे, "पता नहीं उन्होंने अपने को क्या समझ रखा है जो हम पर रोज़ हुकुम चलाते रहते हैं।"

2. मेरी समझ में—मेरी बुद्धि में; जैसे, "मेरी समझ में उनकी बात नहीं आती।"

3. मेरी समझ से—मेरे मत से, मेरी राय में; जैसे—

(क) "मेरी समझ से यह काम किसी और को सौंप देना चाहिए।"

(ख) "इस प्रश्न का उत्तर मेरी समझ से इस प्रकार दिया जाना चाहिए।"

4. समझ का फेर—बुद्धि का भ्रम; जैसे, "वे सही को गलत और गलत को सही बताते हैं। यह उनकी समझ का फेर नहीं तो क्या है!"

समझना

हँसी-खेल न (नहीं) समझना—(किसी काम या बात को) अत्यंत सरल नहीं समझना; जैसे, "वे मनुष्य-जीवन को हँसी-खेल नहीं समझते।"

समय

1. समय आने पर—उपयुक्त समय पर; जैसे, "समय आने पर इन पेड़ों में फल भी लगेंगे।"

2. समय ख़त्म हो चुका है—किसी काम को करने के लिए नियत अवधि या समय बीत चुका है; जैसे, "बैंक में रुपए जमा कराने का समय खत्म हो चुका है।"

इसकी जगह 'समय खत्म हो गया है' भी प्रशस्त है।

3. समय पर, समय से—जब उचित या उपयुक्त समय की विवक्षा की ओर इंगित करना होता है तब 'समय पर' का प्रयोग होता है ("वर्षा समय पर हुई थी" या लड़की का ब्याह समय पर हो जाना चाहिए"), परंतु जब नियत या पूर्वनिर्धारित समय के पालन या

अनुरूपता की विवक्षा अभीष्ट हो तो 'समय से' का ("आज गाड़ी समय से नहीं आई" या "वह समय से स्कूल नहीं पहुँचता") प्रयोग होता है।

4. समय-समय पर—नियत या विशिष्ट अवसरों पर; जैसे, "समय-समय पर परीक्षा भी ली जाएगी।"

समयसूचक संज्ञापद

इस प्रकार के संज्ञापदों के बहुवचन रूप संबंधबोधक परे रहने पर कभी तिर्यक होते हैं और कभी नहीं।

(क) यदि इनके पहले कोई विशेषण न हो तो तिर्यक रूप होंगे; जैसे—

"वह वर्षों के बाद घर लौटी।"

"अब हमारी मुलाकात महीनों पर होती है।"

(ख) यदि इनके पहले अनिश्चित संख्यासूचक विशेषण हो तब तिर्यक रूप होंगे; जैसे—

"कई बरस/बरसों के बाद इधर आना हुआ।"

"कुछ दिन/दिनों से मैं विद्यालय जा रहा हूँ।"

(ग) निश्चित संख्यासूचक के आने पर तिर्यक रूप नहीं होते, सामान्य बहुवचन रूप ही रहते हैं; जैसे—

"दो दिन के बाद आज फिर वर्षा हुई।"

"दो बरस से मैं उन्हें कह रहा हूँ।"

"पाँच मिनट से अधिक नहीं लगेगा।"

(घ) प्रश्नसूचक तथा सामस्त्यवाचक विशेषण पहले होने पर विकल्प से तिर्यक रूप होते हैं; जैसे—

"कितने दिनों की बात है?"

"कितने दिन की बात है?"

"ऐसा बीसों वर्षों से हो रहा है।"

"ऐसा बीसों वर्ष से हो रहा है।"

समस्या

कोई समस्या नहीं—परेशानी की कोई बात नहीं, कोई झमेला या बखेड़ा नहीं; जैसे, "हम कारखाना यहाँ लगाएँ या वहाँ, हमारे लिए कोई समस्या नहीं।"

समानाधिकरण

जब वाक्य में साथ-साथ आनेवाले दो संज्ञापद एक ही व्यक्ति या वस्तु के बोधक होते हैं तब उन्हें समानाधिकरण अर्थात् समान अधिकारवाले पद कहते हैं; जैसे, "राम का भाई मोहन दिल्ली गया है।"

'राम का भाई' और 'मोहन' दोनों पद एक ही व्यक्ति के सूचक हैं, अतः समानाधिकरण हैं।

समानाधिकरण पदों में होनेवाले 'का' परसर्ग में विकार उद्देश्य या कर्ता के लिंग के अनुरूप होता है, विधेय के अनुरूप नहीं; जैसे—

(क) "राम *अयोध्या के वासी* थे।"

(ख) "सीता *मिथिला की वासी* थी।"

(ग) "मैं *काशी का वासी* हूँ।"

(घ) "हिंदी *संस्कृत की वंशज* है।"

(च) "हम *आर्यों के वंशज* हैं।"

सर्वनाम

सर्वनाम की परिभाषा : सर्वनाम का शब्दार्थ ही है—सबका नाम। अर्थात् ऐसा पद जो किसी का नियत नाम तो न हो, परंतु जिसका प्रयोग प्रायः सभी संज्ञाओं के लिए संभव हो, सर्वनाम कहलाता है। 'मैं' को ही लीजिए। यह किसी का नियत नाम नहीं, परंतु हर कोई इसका प्रयोग अपने लिए करता है। इसी प्रकार 'तुम' किसी का नाम नहीं, परंतु हर व्यक्ति

सम्मुख व्यक्ति को 'तुम' कहता है।

हिंदी में थोड़े-से सर्वनाम हैं। इनकी सूची इस प्रकार है :

'मैं', 'हम', 'तू', 'तुम', 'आप', 'वह', 'वे', 'यह', 'ये', 'जो', 'सो', 'कौन', 'कोई', 'सब', 'कुछ', 'क्या', 'कोई'।

मुख्य-मुख्य विशेषताओं के आधार पर सर्वनामों के छह भेद किए जाते हैं :

1. पुरुषवाचक, 2. निर्देशसूचक,
3. प्रश्नवाचक, 4. संबंधवाचक,
5. निजवाचक, 6. अनिश्चयवाचक

जिन सर्वनामों का प्रयोग वक्ता अपने लिए या अन्य व्यक्तियों के लिए करता है उन्हें 'पुरुषवाचक' (नर और नारी के सूचक) सर्वनाा कहते हैं। इनके भी तीन भेद हैं :

(क) उत्तम पुरुष : ऐसे सर्वनाम जिन्हें वक्ता अपने लिए प्रयुक्त करते हैं : 'मैं' और 'हम'।

(ख) मध्यम पुरुष : ऐसे सर्वनाम जिनका प्रयोग वक्ता सम्मुख व्यक्ति के लिए करता है: 'तू', 'तुम', 'आप'।

(ग) अन्य पुरुष : जिन सर्वनामों का प्रयोग वक्ता अन्य व्यक्तियों के लिए करता है, उन्हें अन्य पुरुष कहते हैं, 'वह', 'वे', 'यह', 'ये'।

जिन सर्वनामों का प्रयोग निर्देश करने अर्थात् किसी की ओर इंगित करने के लिए हो उन्हें 'निर्देशसूचक' सर्वनाम कहते हैं। 'वह', 'यह', 'वे', 'ये' निर्देशसूचक सर्वनाम भी हैं; जैसे—

"वह कौन है ?"
"यह क्या है ?"
"वह किसका मकान है ?"
"यह मेरा घर है।"

उक्त वाक्यों में 'वह' और 'यह' निर्देशसूचक सर्वनाम हैं।

ध्यान रहे कि 'वह', 'वे' और 'ये' पुरुषवाचक सर्वनाम भी हैं और निर्देशसूचक भी। निर्देशसूचक निर्देश करता है, फिर चाहे निर्देश किया जानेवाला व्यक्ति हो या पदार्थ; जैसे, "जिस ताली के गुच्छे की बात कह रहे हो वह मेरे पास है।" यहाँ 'वह' पुरुष का वाचक नहीं 'गुच्छे' का वाचक है। जिस गुच्छे की बात हो रही है उसी की ओर वह संकेत कर रहा है।

पुरुषवाचक सर्वनाम तो 'प्राणी' का ही वाचक होगा, 'संकेत' का प्रश्न ही नहीं उठता; जैसे, "राम जब चाहे वह यहाँ आ सकता है।" यहाँ 'वह' राम की ओर 'संकेत' नहीं कर रहा। वह तो 'राम' ही का 'बोध' करा रहा है।

जिन सर्वनामों के प्रयोग से वाक्य प्रश्नवाचक बन जाए उन्हें 'प्रश्नवाचक' सर्वनाम कहते हैं। 'क्या' और 'क्यों' प्रश्नवाचक सर्वनाम हैं; जैसे—

"तुम क्या खा रहे हो ?"
"वह कौन है ?"

'जो' और 'वह' संबंध की सूचना देते हैं, अतः ये 'संबंधवाचक' सर्वनाम हैं। सामान्यतः पहले उपवाक्य में 'जो' (अथवा उसका परसर्गयुक्त रूप) आता है। 'जो' अज्ञात व्यक्ति, वस्तु आदि का सूचक होता है। दूसरे उपवाक्य में उसका तत्संबंधी वह (अथवा उसका परसर्गयुक्त रूप) आता है। 'वह' वस्तुतः 'जो' के संबंध में विशेष जानकारी देता है; जैसे—

"जो आया है, वह जाएगा।"
"उसने जिससे कहा हो, उसे बुलाएँ।"

"जिसकी संतान हो, वही ऐसा काम कर सकता है।"

"आपने जिसको धन दिया, उसी से सेवा कराएँ।"

"जो-जो आएँ वे-वे अपना-अपना भाग लेते जाएँ।"

उद्देश्य (कर्ता) को ही द्योतित करनेवाले सर्वनामों को 'निजवाचक' सर्वनाम कहते हैं; जैसे—

"मैं अपने घर जाऊँगा।"

"वह अपना काम करेगा।"

"तुम अपनी बात कहो।"

उक्त वाक्यों में 'अपना' सर्वनाम 'उद्देश्य' को द्योतित कर रहा है।

जो सर्वनाम किसी निश्चित व्यक्ति, वस्तु आदि के लिए प्रयुक्त न होता हो उसे 'अनिश्चयवाचक' सर्वनाम कहते हैं। 'कोई', 'कुछ' आदि इसी तरह के सर्वनाम हैं; जैसे—

(क) "कोई तो आएगा ही।"

(ख) "वह कुछ तो ले ही गया।"

'क' वाक्य से पता नहीं कि 'कौन' आएगा और 'ख' वाक्य से मालूम नहीं कि 'क्या' ले गया। हिंदी में कुछ ऐसे विशेषण शब्द भी हैं जो अनिश्चयवाचक सर्वनामों की तरह प्रयुक्त होते हैं; जैसे—

कुछ : "कुछ लोग आ गए हैं और कुछ आनेवाले हैं।"

सब : "सब चोर निकले।"

एक : "मैं एक को कुछ दूँ।"

दूसरा : "तो दूसरे को भी कुछ दूँ न!"

प्रत्येक : "उसने प्रत्येक की तलाशी ली।"

हरएक : "मैं हरएक के घर नहीं गई।"

वस्तुतः उक्त शब्द विशेषण ही हैं। विशेष्य का प्रयोग जब इनके साथ नहीं किया जाता तब उक्त विशेषण सर्वनाम प्रतीत होते हैं।

यद्यपि हिंदी में सर्वनामों की संख्या बहुत थोड़ी है, फिर भी उन्हें पहचानने के लिए कुछ सुगम उपाय हैं :

(1) सर्वनाम जब कर्ता के रूप में प्रयुक्त होता है तब उसका एक रूप होता है और जब कर्म के रूप में प्रयुक्त होता है तब उसका दूसरा रूप; जैसे—

कर्ता रूप	**कर्म रूप**
मैं	मुझे, मुझको
तू	तुझे, तुझको
वह, उसने	उसे, उसको
यह, इसने	इसे, इसको
हम	हमें, हमको
तुम	तुम्हें, तुमको
वे, उन्होंने	उन्हें, उनको
ये, इन्होंने	इन्हें, इनको
कोई, किसी	किसी को
आप	आपको

'आपको' और 'किसी को' अपवाद हैं। संभवतः 'आप' और 'तुम' ये दोनों शब्द बहुत बाद में हमारी भाषा में सम्मिलित हुए हैं।

जो, जिसने (i) जिसे, जिसको
(ii) जिन्हें, जिनका

कौन, किसने (i) किसे, किसको
(ii) किन्हें, किनका

(2) सर्वनामों से विशेषण रूप भी बनते हैं जिन्हें 'सार्वनामिक' विशेषण कहते हैं। रूप की दृष्टि से ये अनियमित होते हैं; जैसे—

मैं	मेरा
तू	तेरा
वह	उसका
यह	इसका

हम	हमारा
तुम	तुम्हारा
वे	उनका
ये	इनका
जो	(i) जिसका
	(ii) जिनका
कौन	(i) किसका
	(ii) किनका
कोई	किसका

संज्ञाओं के आदरार्थक प्रयोग के संबंध में जानकारी दी जा चुकी है। व्यक्ति को आदर प्रदान करने के लिए पुरुषवाचक 'तू', 'वह' तथा 'यह' के स्थान पर 'तुम'/'आप', 'वे' तथा 'ये' का प्रयोग करते हैं; जैसे—

"तू ऐसा मत कर।"
"तुम ऐसा मत करो।"
"आप ऐसा मत करें।"
"वह ऐसा मत करे।"
"यह झूठ क्यों बोलता है?"
"ये झूठ क्यों बोलते हैं?"

'मैं' की जगह 'हम' का प्रयोग भी होता है। 'मैं' से अहंकार भी प्रदर्शित होता है;जैसे—

"मैं ऐसा कहता हूँ।"
"मैंने यह कहा था।"

इसी अहंकार की निवृत्ति के लिए 'मैं' की जगह 'हम' का प्रयोग करते हैं। यद्यपि यह प्रयोग आदरार्थक नहीं, फिर भी इसे 'आदरार्थक' ही कहते हैं।

सर्वनाम का प्रयोग करते समय तत्संबंधी संज्ञा के लिंग और वचन का ध्यान रखना चाहिए।

"बचपन के पास वह कान कहाँ जो बुढ़ापे का उपदेश सुनें।" —बच्चन

सर्वनाम यहाँ 'वह कान' एकवचन के लिए आया है, इसलिए 'सुनें' क्रियापद की जगह 'सुने' होना चाहिए; और यदि 'सुने' ही रखना चाहें तो 'वह कान' की जगह 'वे कान' रखना ही अभीष्ट है।

सहज, सहज ही

'सहज' विशेषण है और 'सहज ही' क्रिया-विशेषण।

'सहज' से तात्पर्य है—सरल, सुगम या सुबोध; जैसे, "यह प्रश्न अत्यंत सहज था।"

'सहज ही' का अर्थ है—आसानी से, सरलतापूर्वक; जैसे, "गरीब और अनपढ़ युवा रूपसी को इस प्रकार की महत्त्वाकांक्षा सहज ही वेश्यालय के पथ पर ले जाती है।"

सही[1]

निपात है और 'नहीं' का विपर्याय है। 'नहीं' के साथ जैसे 'है' का प्रयोग (प्रायः) नहीं किया जाता, वैसे ही 'सही' के साथ भी 'नहीं' नहीं आता बल्कि आता ही नहीं। जिस प्रकार 'नहीं' अभाव का सूचक है, उसी प्रकार 'सही' प्राप्ति का; जैसे, "तू नहीं तो वह सही।"

1. आपने सही फरमाया—आपने ठीक ही कहा है; जैसे, "आपने सही फरमाया कि कल हड़ताली कर्मचारियों ने विश्वविद्यालय में तोड़-फोड़ की।"

2. चलो, ऐसा ही सही—जो तुम कहते हो उसे मान लेता हूँ; जैसे, "तुम्हारी मर्जी पढ़ने की नहीं, टीवी देखने की है तो चलो, ऐसा ही सही।"

3. न सही—इस निपात पदबंध के साथ भी 'है' का प्रयोग नहीं होता। आशय है—(अमुक वस्तु) उपलब्ध न हो (तो); जैसे, "शरबत न सही तो पानी ही सही।"

'न सही' की तरह 'ही सही' के साथ भी 'है' का प्रयोग नहीं होता।

4. सही-सही—क्रिया-विशेषण; सही ढंग से या सही रूप में; जैसे, "वह सही-सही लिख ही नहीं सकता।"

सही 2

विशेषण; ठीक, शुद्ध, उपयुक्त आदि अर्थों में प्रयुक्त; जैसे, "काम सही ढंग से करो।"

इसके विशेषण रूप में 'है' के बंधन का प्रश्न नहीं।

सही 3

स्त्रीलिंग; हस्ताक्षर; जैसे, "मैंने काग़ज़ पर सही कर दी।"

साइकिल

'साइकिल', 'साईकिल' तथा 'सायकिल' तीन रूप दिखाई पड़ते हैं। लाघव सिद्धांत से 'साइकिल' वरीय है।

साक्षात्, साक्षात्कार

साक्षात् और साक्षात्कार मूलतः 'भेंट' या 'मुलाकात' के ही सूचक हैं; जैसे, "रात दिन पहाड़ी पथ पर चलते-चलते एक आधुनिक किस्म के नारद से मेरा साक्षात् (या साक्षात्कार) हुआ।" परंतु साक्षात्कार में इंटरव्यू का अर्थ भी जुड़ गया है; जैसे, "लोकसेवा आयोग ने मुझे कल दस बजे साक्षात्कार के लिए बुलाया है।"

साथ

पुंलिंग संज्ञा है और इसका प्रयोग एकवचन में ही होता है; जैसे, "मुझे तुम्हारा साथ मिल गया है।"

1. एक साथ—क्रिया-विशेषण पद है और इसमें संयुक्त रूप या भाव से रहने, काम करने आदि की मुख्य विवक्षा है; जैसे, "कभी वे एक साथ रहते/खाते-पीते/उठते-बैठते थे।" दूसरी विवक्षा है एक ही समय, साथ-साथ; जैसे, "ये दोनों घटनाएँ एक साथ घटीं।"

2. के साथ—संबंधसूचक है। इसमें दो विवक्षाएँ हैं—

(क) इकट्ठे; जैसे, "वह अब फिर अपने पति के साथ रहने लगी है।"

(ख) अभिभूत होकर, ग्रस्त होकर; जैसे, हमें दुःख के साथ कहना पड़ता है कि. . ."

3. साथ में—क्रिया-विशेषण पद है। इसमें अतिरिक्त मात्रा, परिमाण या संख्या की विवक्षा है; जैसे, "वे अपनी पत्नी को भी साथ में ले आए।"

इसी प्रसंग में 'को साथ लेकर' पद भी खूब चलता है।

4. साथ-साथ—इसमें कई विवक्षाएँ हैं। पहली है—ठीक पास में; जैसे, "वे साथ-साथ खड़े थे।"

दूसरी विवक्षा है—एक ही समय; जैसे, "वे साथ-साथ आए।"

तीसरी है—मिलकर; जैसे, "साथ-साथ जिएँगे।"

5. साथ-साथ ही—यह स्थान और समय में प्रायिकता या नगण्य अंतर की ओर संकेत है; जैसे, "वे यहाँ साथ-साथ ही आते हैं।"

6. साथ-ही-साथ—इसका प्रयोग 'और यह भी' के प्रसंग में होता है; जैसे, "साथ-ही-साथ उनसे यह कहना कि कभी इधर भी आएँ।"

साधना

स्त्रीलिंग तत्सम संज्ञा के रूप में यह त्रयाक्षरिक है : सा = ध = ना।

सकर्मक क्रिया के रूप में यह द्वयाक्षरिक है : साध = ना।

'साधना' में अनुशासित करने तथा नियंत्रण में रखने की विवक्षाएँ हैं। 'साध लेना' और 'साध रखना' संयुक्त क्रियापदों का प्रचलन विशेष है।

साफ़

साफ़-साफ़ कहना—स्पष्ट शब्दों में कहना; जैसे, "मैंने उन्हें साफ़-साफ़ कह दिया है कि छह बजे के बाद मैं आफिस में नहीं रुक सकता।"

सामान, नग, अदद

'सामान' का प्रयोग एकवचन में ही वरीय है; जैसे—

(क) "कितना सामान है साहब?"

(ख) "इतना सामान मैं अकेले नहीं उठा सकता।"

(ग) "आपको अपना सारा सामान कहाँ रखना है?"

'कितने सामान हैं?' (जापानी पुस्तक से) अशुद्ध प्रयोग है। सामान की संख्या जब बतलाना अभिप्रेत होता है तब 'नग' या 'अदद' का प्रयोग करते हैं; जैसे, "कितने नग/अदद हैं साहब?"

सालाना

फ़ारसी से आया अविकारी विशेषण है; जैसे, "सालाना आमदनी।"

सावधानी

सावधानी बरतना—सावधानी से काम करना; जैसे—

(क) "साइकिल चलाते समय पूरी सावधानी बरता करो।"

(ख) "सड़क पर चलते समय सावधानी बरतनी चाहिए।"

सिट्टी

सिट्टी भूल जाना—होश गुम हो जाना; जैसे, "मेरे मुँह से इतना सुनते ही उसकी सिट्टी भूल गई।"

'वह सिट्टी भूल गया' अशुद्ध प्रयोग है। 'वह' की जगह 'उसकी' का प्रयोग ही शुद्ध है।

सिनेमा

यह अविकारी पुंलिंग संज्ञा है; जैसे—

"उसका भाई सिनेमा में काम करता है।"

"वह सिनेमा गया है।"

सिर

हिंदी रूप 'सिर' ही है। उर्दूवाले अवश्य ही इसे 'सर' लिखते हैं। हिंदी का 'सिरदर्द' उर्दू में 'सरदर्द' होता है।

1. सिर पर—बिल्कुल पास; जैसे, "दीवाली सिर पर आ गई है, अब किसी को कोई छुट्टी नहीं।"

इसके साथ प्रायः 'आना' या 'आ पहुँचना' क्रियापदों का व्यवहार होता है।

2. सिर पर सवार हो जाना—उपस्थित होना, आ धमकना; जैसे, "आज यदि पैसा वसूल करना है तो सुबह से ही उसके सिर पर सवार हो जाओ।"

3. सिर पर पैर रखकर भागना—बहुत तेज़ी से भागना; जैसे, "पुलिस की पकड़ से बचने के लिए वह सिर पर पैर रखकर भागा।"

4. सिर मारना—मगज़पच्ची करना; जैसे, "मेरे गुरु ने लाख सिर मारा, पर मैं पहली कक्षा भी उत्तीर्ण न हो सका।"

सिवा

इसके सिवा—इसके अतिरिक्त। 'सिवा इसके' भी प्रयुक्त होता है; जैसे, "मुझे और कुछ नहीं कहना, सिवा इसके कि रात को आइसक्रीम खाना गले के लिए ठीक नहीं।"

सीधा

1. सीधा करना, सीधा कर देना—कोई वस्तु 'सीधी करना' से आशय है—टेढ़ापन दूर करना। इसी प्रसंग में 'सीधा कर देना' का भी प्रयोग होता है; जैसे, "मैंने रिम को सीधा कर दिया है।"

(किसी व्यक्ति को) 'सीधा कर देना' से आशय किसी व्यक्ति को इस प्रकार दंडित करना कि वह छल-कपट या दुष्टता करना भूल जाए; जैसे—

(क) "डंडा बड़े-बड़ों को सीधा कर देता है।"

(ख) "ऐसे लोगों को पुलिस ही सीधा कर सकती है।"

2. सीधा बनकर—सच्चा बनकर, छल-कपट त्याग कर; जैसे, "वह मेरे पास सीधा बनकर आएगा तो मैं सबकुछ उसे दे दूँगा।"

3. सीधा हो जाना—रास्ते पर आ जाना, शरारत या दुष्टता के काम को छोड़ देना; जैसे, "पुलिस की मार से वह सीधा हो गया।"

सीधे, सीधे से

दोनों क्रिया-विशेषण हैं। 'सीधे' दिशा की ओर संकेत करता है, विशेषतः नाक की सीध में या तर्जनी द्वारा निर्दिष्ट दिशा की ओर; जैसे, "सीधे चले जाओ, स्टेशन पहुँच जाओगे।"

आशय है कि रास्ते में दाहिने या बाएँ कहीं मुड़ना नहीं।

कुछ अवसरों पर 'सीधे' में रास्ते में न रुकने की भी विवक्षा होती है; जैसे, "मैं कार्यालय से सीधे घर चला आता हूँ।"

आशय यही है कि रास्ते में कहीं रुकता या ठहरता नहीं।

'सीधे से' में विवक्षा है साफ़-साफ़, बिना छल-कपट या चालाकी के या भले व्यक्ति की तरह; जैसे—

(क) "सीधे से बता दो कि तुम यहाँ क्यों आए थे।"

(ख) "यदि वह सीधे से नहीं मानता तो डंडे से मानेगा।"

(ग) "आप सीधे से रुपया दे रहे हैं या मुझे दंगा-फ़साद करना पड़ेगा?"

सुअर, सूअर

लाघव सिद्धांत से 'सुअर' ही वरीय है। आजकल अधिकतर लोग 'सुअर' का प्रयोग करने लगे हैं। यद्यपि 'शब्दसागर' तथा 'मानक हिंदी कोश' में 'सूअर' को ही मानक रूप माना गया।

सुई, सूई

लाघव सिद्धांत से 'सुई' ही वरीय है।

सुई की नोक के बराबर भी—ज़रा भी; जैसे, "कौरव पांडवों को सुई की नोक के बराबर भी ज़मीन देने को तैयार नहीं हुए।"

सुकृति, सुकृती

'सुकृति' स्त्रीलिंग संज्ञा है और आशय है—अच्छी रचना। 'सुकृती' विशेषण तथा पुंलिंग है और आशय है—शुभ कृत्य करनेवाला।

सुख

सुख-दुख में—दुख में भी और सुख में भी, अच्छे और बुरे दिनों में; जैसे, "उसने सदा सुख-दुख में मेरा साथ दिया है।"

सुनना

सुना है कि, सुनने में आया है कि—इस पदबंध का प्रयोग तब करते हैं जब किसी सुनी-सुनाई बात पर पूरा विश्वास नहीं होता; जैसे, "सुना है कि उनका तबादला हो गया है।"

इसके स्थान पर 'सुनने में आया है कि' पदबंध भी प्रयुक्त होता है; जैसे, "सुनने में

आया है कि आपका तबादला हो गया है।"

सुबह

सुबह से शाम तक—सारा दिन; जैसे, "वह नियमित रूप से मेरे यहाँ सुबह से शाम तक बैठा रहता।"

सुरखाब

सुरख़ाब के पर—आदर या प्रतिष्ठा बढ़ानेवाली वस्तु या बात; जैसे, "जब मैंने आई. ए. एस. की परीक्षा पास कर ली तो लगा कि जैसे मुझे सुरखाब के पर लग गए हों।"

एकवचन की अपेक्षा इसका प्रयोग बहुवचन में ही अधिक देखने में आता है।

सुहागिन

सदा सुहागिन रहो—विवाहित स्त्री को बूढ़ी स्त्रियों द्वारा दिया जानेवाला आशीर्वाद।

सूखा

1. सूखा मेवा—संभवतः अंग्रेज़ी के dry fruit का अनुवाद है। मेवा सदा सूखा ही होता है, इसलिए 'मेवा' के साथ 'सूखा' का प्रयोग अनावश्यक है। फलतः त्याज्य है। वस्तुतः 'ताजा मेवा' नामक कोई चीज़ नहीं होती।

मेरे एक मित्र का सुझाव है कि फालसे, जामुन, आम आदि को जब 'ताज़ा मेवा' कहते हैं तब 'सूखा मेवा' गलत कैसे हो सकता है।

उक्त मित्र के कथन में सच्चाई हो सकती है, परंतु मुझे पहले कभी 'ताज़ा मेवा' न सुनाई पड़ा न देखने में ही आया।

2. तुम सूखे क्यों जा रहे हो?—आशय है कि तुम्हें कौन-सी चिंता सता रही है जो दुबले होते जा रहे हो।

से

1. से, के पास—"मैं आपसे संतान की कामना लेकर आई हूँ।" इस वाक्य से कुछ बात बनी नहीं। 'आपसे...कामना लेकर आई हूँ' में 'से' भ्रामक है। 'आपके पास संतान की कामना लेकर आई हूँ' इससे काम तो चल जाएगा किंतु हिंदी की प्रकृति के अनुरूप सहज रूप होगा—"मैं आपके पास संतान की कामना से आई हूँ।"

2. से, के साथ—गुण, धर्म आदि की सूचक संज्ञाओं के साथ 'से' का ही प्रयोग वरीय समझा जाता है; जैसे—

"उसने बड़ी ईमानदारी से/के साथ कहा।"

"उन्होंने साहस से/के साथ लिया।"

"वह लगन से/के साथ काम करती है।"

"कौशल से/के साथ काम लें।"

अनुभूति या भाव के सूचक शब्दों के साथ 'के साथ' और 'से' दोनों का प्रयोग होता है, परंतु 'से' वरीय है; जैसे—'दुख से/दुख के साथ', 'आनंद से/के साथ।'

3. से कहीं—विशेषण; तुलना में कहीं अच्छा, सुंदर, बुरा आदि; जैसे, "वैधव्य के जीवन से कहीं अच्छा है मर जाना।" —मनु शर्मा

4. से नहीं. . .बल्कि—योजक पदबंध है। एक चीज़ का बोध करके दूसरी की प्रतिष्ठा करने के लिए इसका प्रयोग होता है; जैसे, "लक्ष्मी सदाचार से नहीं बल्कि शक्ति से आती है।"

यहाँ लक्ष्मी की प्राप्ति के लिए 'सदाचार' का बोध किया गया है और 'शक्ति' की प्रतिष्ठा की गई है। कुछ प्रसंगों में 'बल्कि' का

अध्याहार भी देखा जाता है; जैसे, "लक्ष्मी सदाचार से नहीं शक्ति से आती है।"

डा. युगेश्वर ने उक्त वाक्य से एक 'से' भी कम करके लिखा है—"लक्ष्मी सदाचार नहीं शक्ति से आती है।"

यद्यपि यह वाक्य गठा है, परंतु इसमें खटक तो है ही।

5. से, पर—सामान्यतः कहीं जाने के लिए जब हम भौतिक साधन का उपयोग करते हैं तब 'से' का प्रयोग करते हैं; जैसे, "वह बस से गाँव गया है", "वह जहाज से अमेरिका जाएगा" आदि। किंतु जब साधन प्राणी होता है तब 'से' के स्थान पर 'पर' का प्रयोग करते हैं; जैसे, "वह घोड़े पर गाँव गया", "वह ऊँट पर ससुराल जाएगा" आदि।

वैसे 'वह साइकिल से जाएगा' और 'वह साइकिल पर जाएगा' दोनों ही समान रूप से चलते हैं, परंतु वरीय 'साइकिल से' ही है। 'चढ़ना' क्रिया के साथ 'पर' आता है; जैसे, "वह बस पर चढ़ा", "वह चलती गाड़ी पर दौड़ते हुए चढ़ा" आदि।

6. से, पूर्वक—'से' परसर्ग है और 'पूर्वक' प्रत्यय। दोनों से क्रिया-विशेषण रूप बनते हैं; जैसे, 'ध्यान से' और 'ध्यानपूर्वक', 'उत्साह से' और 'उत्साहपूर्वक' आदि।

'पूर्वक' का योग तत्सम संज्ञाओं में होता है और 'से' का प्रयोग तत्सम और तद्भव दोनों प्रकार की संज्ञाओं के साथ।

देखने में आता है कि कुछ तत्सम शब्दों के साथ 'पूर्वक' का प्रयोग नहीं होता जबकि 'से' चलता है। डा. जगन्नाथन के इस वाक्य में 'हृदयपूर्वक' खटकता है—"सबके प्रति हृदयपूर्वक आभार प्रकट करना चाहूँगा।" यहाँ 'हृदयपूर्वक' की जगह 'हृदय से' वरीय है। 'प्रेमपूर्वक' भी होता है और 'प्रेम से' भी। परंतु 'मन से' होता है, 'मनपूर्वक' नहीं।

ऐसा प्रतीत होता है कि भावनाओं की सूचक संज्ञाओं के साथ 'पूर्वक' तथा 'से' दोनों का प्रयोग होता है, परंतु जब शारीरिक अंगों की सूचक संज्ञाओं से भावों को सूचित करना अभिप्रेत होता है तब 'से' ही प्रयुक्त होता है।

7. से बढ़कर—इसका प्रयोग 'से अधिक' या 'से अधिक महत्त्वपूर्ण' के प्रसंग में होता है; जैसे, "वे (मूर्तियाँ) कुछ विशेष पक्षियों के कुछ देर विश्राम लेने के अड्डे से बढ़कर कुछ नहीं हैं।"
—बालमुकुंद गुप्त

-से-

यह योजक 'से' जब द्विरुक्त विशेषणों के मध्य आता है तब 'अत्यंत' या 'सबसे...' की विवक्षा द्योतित करता है; जैसे, 'कम-से-कम' (अर्थात् अत्यंत कम), 'बड़े-से-बड़ा' (अत्यंत बड़ा या सबसे बड़ा), 'सूक्ष्म-से-सूक्ष्म' (अत्यंत सूक्ष्म या सबसे सूक्ष्म)।

सेवा

मेरे लिए कोई सेवा—आदर जतलाते हुए किसी से यह पूछना कि मेरे योग्य कोई काम हो तो बताएँ या लिखें; जैसे "वह अपने पिता को हर पत्र में 'मेरे लिए कोई सेवा' लिखता था।"

सैकड़ा

1. सैकड़ों में—अत्यधिक संख्या में सौ से अधिक या कई सौ; जैसे, "महर्षि के शिष्यों और शिष्याओं की गणना सैकड़ों में की जाती थी।"

2. सैकड़ों में एक—अद्वितीय परंतु विरल; जैसे, "उस जैसा धावक सैकड़ों में एक होता है।"

सोचना

1. मैं नहीं सोचता कि—मुझे आशा नहीं कि; जैसे, "मैं नहीं सोचता कि वह जाएगा।" अर्थात् मुझे आशा नहीं कि वह जाएगा।

2. मैं सोच नहीं पाता—(यह बात) मेरी समझ में नहीं आती; जैसे, "मैं सोच नहीं पाता कि उसने हमारे साथ विश्वासघात कैसे किया।"

3. यह सोचना कि—इस बात का विचार करना कि, इस बात की कल्पना करना कि; जैसे, "आज के युग में एक मजदूर के लिए यह सोचना नामुमकिन है कि मेरा भी अपना घर है।"

सोना

1. सोने में सुगंध होना—एक अच्छी वस्तु में कोई और भी अच्छा गुण होना।

लोग प्रायः भ्रमवश 'सोने में सुहागा होना' का प्रयोग 'सोने में सुगंध होना' की जगह कर बैठते हैं।

2. सोने से तौलने योग्य—अत्यधिक मूल्यवान, बहुमूल्य; जैसे, "यह पुस्तक सोने से तौलने योग्य है।"

सोलह

1. सवा सोलह आने—पूर्ण रूप से, बिना किसी प्रकार के शक के; जैसे, "उसे सवा सोलह आने मेरी इस बात का विश्वास हो गया था कि माँ ही इस सारे झगड़े की जड़ है।"

2. सोलहो आने—यह 'सवा सोलह आने' की जगह चलता है; जैसे, "सोलहो आने अनाड़ी सिद्ध होने में थोड़ी ही कसर रह गई थी।"

सौ

1. सौ पीछे निन्यानबे—संख्या के विचार से सौ में से निन्यानबे अर्थात् करीब-करीब सभी, प्रायः सब-के-सब; जैसे, "आजकल साधु-संन्यासी कहे जानेवालों में सौ पीछे निन्यानबे धूर्त होते हैं।"

2. सौ, हज़ार, लाख—जब किसी पूर्ण राशि का ही उल्लेख करना होता है तो प्रायः 'एक' का प्रयोग वैकल्पिक होता है; जैसे—

(क1) "उसने मुझे सौ रुपए दिए।"
(क2) "उसने मुझे एक सौ रुपए दिए।"
(ख1) "मैं उसे हज़ार रुपए दूँगा।"
(ख2) "मैं उसे एक हज़ार रुपए दूँगा।"
(ग2) "जुए में उसने लाख गँवाए।"
(ग2) "जुए में उसने एक लाख गँवाए।"

परंतु जब मात्रा पूर्ण राशि से अधिक हो तो 'एक का प्रयोग आवश्यक है; जैसे—

"इस स्वेटर का दाम एक सौ पाँच रुपए है।"

"यह मशीन एक हज़ार पचास की है।"

सौजन्य, सौजन्यता

'सौजन्य' वस्तुतः 'सुजन' से बना संज्ञा शब्द है, परंतु भूल से इसमें 'ता' प्रत्यय लगाकर दुहरी संज्ञा शब्द बना दिया जाता है। अतः 'सौजन्यता' का प्रयोग ठीक नहीं है।

सौतिया

यह (सौत + इया) अविकारी विशेषण है; जैसे, 'सौतिया डाह।'

सौदा

सौदा बढ़िया रहा—ऐसा लेन-देन जिसमें लाभ हुआ हो; जैसे—

"यह मकान मुझे कुछ सस्ता ही पड़ा।"

"तब तो सौदा बढ़िया रहा।"

सौभाग्यवती

स्त्रीलिंग विशेषण है और इसका प्रयोग उसी स्त्री के साथ होता है जो विवाहित हो तथा जिसका पति जीवित हो। 'सौभाग्यवती कन्या' इसलिए ठीक नहीं कि 'कन्या' अविवाहित होती है। 'सौभाग्यवती' पुत्री का प्रयोग तभी

प्रशस्त माना जाएगा जब पुत्री विवाहित हो और उसका पति जीवित हो। "आप मेरी सौभाग्यवती पुत्री के पाणिग्रहण संस्कार में सम्मिलित हों।" ऐसा कहना या लिखना ठीक नहीं। परंतु यदि पुत्री विवाहित हो तो उसे आशीर्वाद के रूप में आप कह सकते हैं "सौभाग्यवती हो!"

स्पर्श, स्पृष्ट

व्यंजनों का वह वर्ग स्पर्श या स्पृष्ट कहलाता है जिसमें कोई एक उच्चारण अवयव दूसरे उच्चारण अवयव को छूता है। हिंदी के निम्नांकित वर्ण स्पर्शव्यंजन हैं :

क, ख, ग, घ, ट, ठ, ड, ढ, त, थ, द, ध, प, फ, ब, भ।

स्पर्श-संघर्षी

व्यंजनों का वह वर्ग जिसमें दो उच्चारण-अवयव एक-दूसरे को छूते हैं और वायु भी संघर्ष करते हुए निकलती है।

'च, छ, ज, झ' स्पर्श-संघर्षी व्यंजन हैं।

स्पष्टीकरण

स्पष्टीकरण माँगना—यह पूछना कि ऐसा (अवांछनीय,नियमविरुद्ध अथवा मर्यादारहित) आचरण क्यों किया और इस तरह के आचरण का क्या औचित्य है।

हक

आपके (तुम्हारे) हक में अच्छा न होगा—धमकी के रूप में इस उपवाक्य का प्रयोग होता है और इसका आशय है कि आपको . . .कुपरिणाम भुगतना होगा; जैसे, "मैं कल फ़िर आऊँगा। रुपया तैयार रखना नहीं तो तुम्हारे हक में अच्छा न होगा।"

हज़ार

हज़ारों-हज़ार—कई हज़ार; जैसे, "हर साल हज़ारों-हज़ार परदेस जानेवाले मेघदूत द्वारा हज़ारों-हज़ार संदेश भेजते हैं।"

—राही मासूम रज़ा

हड़बड़ी

ऐसी भी हड़बड़ी क्या ?—इतनी जल्दी मचाना भी ठीक नहीं; जैसे, "ऐसी भी हड़बड़ी क्या थी जो तुम सबसे पहले वहाँ जा पहुँचे ?"

हथेली

हथेली पर सिर रखकर—जान खतरे में डालकर; अत्यधिक जोखिम उठाकर; जैसे, "आतंकवादी हथेली पर सिर रखकर ही घर से निकलता है।"

इसकी जगह भ्रमवश कुछ लोग 'हथेली पर जान रखकर' का भी प्रयोग करते हैं।

हर, हर एक

(i) 'हर' विशेषण है और 'हर एक' सर्वनाम; जैसे—

(क) "मैं पिता जी से हर बात पूछता हूँ।" (विशेषण)

(ख) "वह हर काम कर सकता है।" (विशेषण)

(ग) "वह हर एक से पूछता था कि तुमने किसी पगड़ीवाले को देखा है।" (सर्वनाम)

(ii) 'हर एक' को कुछ लोग विशेषण की तरह भी प्रयुक्त करते हैं,परंतु उसकी जगह 'हर' ही वरीय है; जैसे, "हर एक बच्चे को पुरस्कार दिया गया।"

इसकी जगह यह कहना अच्छा है कि "हर बच्चे को पुरस्कार दिया गया।"

हर संभव

क्रिया-विशेषण पद है और आशय है—शक्ति-भर या भरसक; जैसे, "मैंने वहाँ जाने का हर संभव प्रयास किया।"

हराम

जीना हराम कर देना—नाकों दम कर देना, बहुत अधिक दुखी कर देना; जैसे, "ये अखबार वाले जिसके पीछे पड़ जाते हैं उसका जीना हराम कर देते हैं।"

हरेक

'हर एक' के स्थान पर कुछ लोग 'हरेक' का भी प्रयोग करते हैं। संभवतः प्रत्येक (प्रति+एक) के अनुकरण पर वे ऐसा करते हैं।

यहाँ दो बातें ध्यान रखने योग्य हैं। एक तो यह कि हिंदी में संधि का विधान नहीं, दूसरे यह कि इस पदबंध का अक्षर-विभाजन होगा 'ह+रेक' जो उच्चरित रूप भी नहीं। अतः 'हर एक' का ही प्रयोग वरीय है।

हलवा, हलुआ

लाघव सिद्धांत के अनुसार 'हलवा' ही वरीय है। 'हलवा' में दो अक्षर हैं (हल+वा) और हलुआ में तीन (ह+लु+आ)।

'हलवा' से ही 'हलवाई' बनता है। 'हलुआई' रूप नहीं चलता।

हवा

जेल की हवा खाना—जेल में दिन काटना; जैसे, "असहयोग के दिनों में हमारे मित्र महोदय कई बार जेल की हवा खा आए थे।"

हाँ

वक्ता या प्रश्नकर्ता के कथन का अनुमोदन करने के लिए प्रयुक्त निपात; जैसे—

"वहाँ गए थे?"

"हाँ।"

कुछ अवसरों पर या कुछ क्षेत्रों में 'हाँ' का प्रयोग अशिष्टतासूचक माना जाता है, इसलिए प्रायः 'जी हाँ' का प्रयोग होता है।

'हाँ जी' भी पंजाबीभाषी लेखकों की कृपा से चलने लगा है।

स्वीकृति के अर्थ में यह स्त्रीलिंग संज्ञा है; जैसे, "उसने जाने के लिए 'हाँ' कर दी है।"

हाँ-में-हाँ भरना/मिलाना—किसी की बात का अनुमोदन करना; जैसे, "शरीर को धर्म का प्रथम साधन मानते हुए, हम लोगों ने हाँ-में-हाँ भरी।" —रवींद्र त्यागी

भ्रम या भूल से कुछ लेखक 'हाँ' पुंलिंग मान बैठे हैं; जैसे, "कंस ने रुक्मी के हाँ-में-हाँ मिलाया।" —मनु शर्मा

संभवतः इसका कारण यह है कि सामान्यतया आकारांत तद्भव तथा देशज संज्ञाएँ पुंलिंग ही होती हैं, जबकि 'हाँ' स्त्रीलिंग है। उक्त वाक्य का प्रशस्त रूप होगा :

"कंस ने रुक्मी की हाँ में हाँ मिलाई।"

हाँकना

हाँको मत—डींग मत मारो; जैसे—

"इस कमरे को सजाने में मेरे बीस हज़ार रुपए लग गए।"

"हाँको मत!"

हाज़िर

हाज़िर—भेंट करना, उपहारस्वरूप देना; जैसे, "पुलिस के दरोगा से उसने यही कहा कि इस वक्त पचास रुपए कबूल कीजिए, रोजगार चमकेगा तो पचास और हाज़िर करूँगा।"

हाथ

1. अपना हाथ खड़ा करना—किसी बात या काम के पक्ष (अथवा विपक्ष) में अपना हाथ उठाना; जैसे, "इस प्रस्ताव के पक्ष में 250 सदस्यों ने हाथ खड़ा किया।"

2. अपना हाथ उठाना—अपना हाथ खड़ा करना।

3. अपने हाथ से—स्वयं, स्वतः; जैसे, "आप अपने हाथ से यह पत्र उन्हें दीजिए।"

4. (किसी को) आड़े हाथ लेना— जमकर खरी-खोटी सुनाना, बुरी तरह डाँटना-डपटना।

5. मेरे दो हाथ ही तो हैं—इस कथन का प्रयोग कार्य के अधिक प्रतीत होने पर किया जाता है। आशय है—मैं अकेला हूँ इसलिए इतना अधिक काम कैसे कर सकता हूँ; जैसे, "मेरे दो हाथ ही तो हैं, मैं एक घंटे में 50 व्यक्तियों का भोजन कैसे तैयार कर सकता हूँ ?"

6. हाथ पड़ना, हाथ लगना—(i) मार खाने के अर्थ में दोनों का समान रूप से प्रयोग होता है; जैसे, "उसे दो हाथ पड़ेंगे/लगेंगे तो वह ठीक हो जाएगा।"

(ii) 'प्राप्त होना' अर्थ में भी इन दोनों का प्रयोग होता है। एक में दुरुपयोग करने की विवक्षा है और दूसरे में सदुपयोग करने की; जैसे—

"उन्हीं दिनों मेरे हाथ 'चंद्रकांता संतति' पड़ गई।" —डा. ब्रजमोहन

यहाँ 'मेरे हाथ पड़ गई' की जगह 'मेरे हाथ लग गई' होना चाहिए, क्योंकि लेखक पुस्तक का सदुपयोग करना चाहता है, दुरुपयोग नहीं।

7. हाथ-पैर हिलाना—काम करना, विशेषतः धन कमाने के लिए काम करना; जैसे, "अरे मूर्ख, हाथ-पैर नहीं हिलाओगे तो खाओगे कहाँ से ?"

8. हाथ मिलाना—(i) मुलाकात होने पर एक-दूसरे का हाथ पकड़कर बार-बार हिलाना; जैसे, "बड़ों से हाथ नहीं मिलाते, हाथ जोड़ते हैं।" मुहावरा है—किसी से हाथ मिलाना।

(ii) मैत्री करना; जैसे—

(क) "जो झगड़े की जड़ थी, वही जब नहीं रही तब आओ, क्यों न हम हाथ मिला लें !"

(ख) "एक-दूसरे की जान के दुश्मनों ने फिर एक-दूसरे से हाथ मिला लिया।"

इस अर्थ में मुहावरे का वास्तविक स्वरूप है : 'एक-दूसरे से हाथ मिला लेना' या 'आपस में हाथ मिला लेना'।

9. हाथ में लेना—स्वीकार कर लेना; जैसे, "मैं तो आप दोनों के केस हाथ में ले लेता, परंतु कुछ कारणों से ले नहीं सकूँगा।"

10. (किसी चीज़ को) हाथ लगाना—छूना, स्पर्श करना; जैसे, "खबरदार, जो मेरी घड़ी को हाथ लगाया !"

11. (किसी काम में) हाथ लगाना—(काम) शुरू करना; जैसे—

(क) "मैंने अभी आपकी गाड़ी में हाथ नहीं लगाया।"

(ख) "प्रेस ने अभी हमारी किताब में हाथ नहीं लगाया।" (अर्थात् कंपोजिंग या छपाई का काम अभी शुरू नहीं किया।)

12. हाथ रहना/होना—(सामान्यतः किसी अनुचित) काम को करने के लिए किसी को या औरों को छिपे-छिपे बढ़ावा देना या उकसाना; जैसे, "इन बदमाशों को मेरे पीछे लगाने में मेरे पट्टीदारों का ही हाथ रहा।"

13. हाथों हाथ—तत्काल; जैसे, "बुरी नीयत का फल उन्हें हाथों हाथ मिल गया था।"

हाथ-मुँह, मुँह-हाथ

प्रचलित पदबंध 'हाथ-मुँह' ही है और इसका प्रयोग सदा एकवचन में होता है; जैसे, "आपने हाथ-मुँह भी शायद नहीं धोया।"

लाघव सिद्धांत से 'मुँह-हाथ' भी वरीय कहा जा सकता है, क्योंकि बोलचाल में 'मुँह-हाथ' अधिक चलता है।

हाय !

इस विस्मयादिबोधक का प्रयोग मुख्य रूप से चिंता, भय या कष्ट उपस्थित होने पर ही होता है। इधर नई पीढ़ी में उत्सुकता, जिज्ञासा या कुतूहल सूचित करने के लिए भी इसका प्रयोग होने लगा है; जैसे, "मीरा, हाय ! तुम कब आईं ?"

आधुनिक युग की नई पीढ़ी ने संभवतः अंग्रेज़ी में बहुप्रचलित 'hi' के अनुकरण पर इसे अपनाया है।

हारना

1. हारकर—क्रिया-विशेषण है। इसमें दो विवक्षाएँ हैं :

(i) हिम्मत/साहस चुक जाने पर; जैसे, "हारकर उसने कुआँ भरना बंद कर दिया।"

(ii) धैर्य/धीरज न रह जाने पर, जब कोई और उपाय न रहे; जैसे, मुझे हारकर उसके यहाँ जाना पड़ा।"

2. हारी मानो—मित्र से मित्र का यह कथन कि यह स्वीकार करो कि हम उत्तर नहीं दे पाए इसलिए हार मानते हैं; जैसे—

"अब तुम्हीं बताओ क्या है ?"
"पहले हारी मानो।"
"अच्छा भई, हारी मान ली।"

हालत

हालत पतली हो जाना—स्थिति खराब या कमज़ोर हो जाना; जैसे, "परीक्षा के दिनों में विद्यार्थियों की हालत पतली हो जाती है।"

हिंदुस्तान, हिंदोस्थान, हिंदोस्ताँ

फ़ारसी में भारत के लिए 'हिंदुस्तान' शब्द है और इसने उर्दू में 'हिंदोस्तान' रूप धारण कर लिया और अब कभी-कभी इसी रूप में हिंदी में भी चलता है। 'हिंदोस्ताँ' का प्रयोग उर्दू काव्य में ही होता है।

'हिंदोस्थान' चलाने के लिए प्रयास तो बहुत हुआ, परंतु मुख-सुख तथा लाघव सिद्धांत की विजय रही। इसलिए उसकी अपेक्षा 'हिंदोस्तान' वरीय है।

परंतु हिंदी में सबसे अधिक प्रचलित और मान्य रूप 'हिंदुस्तान' है।

हिम्मत

तुम्हारी यह हिम्मत !—तुम्हें ऐसी अनुचित बात कहने की या कार्य करने की हिम्मत कैसे हुई; जैसे, "तुम्हारी यह हिम्मत कि माँ से तुम इस तरह अनाप-शनाप बको !"

हिसाब

हिसाब साफ़ कर देना—(i) हिसाब चुकता कर देना।

(ii) हार-जीत को बराबरी पर ला देना; जैसे, "भारतीय टीम पहला मैच हार गई थी, परंतु दूसरा मैच जीतकर उसने अंग्रेज़ टीम का हिसाब साफ़ कर दिया।"

ही

(i) निश्चयबोधक निपात है। वाक्य के विभिन्न पदों पर ज़ोर देने के साथ-साथ पूरे वाक्य पर भी ज़ोर देना है; जैसे—

"राम ही चोर है।"
"राम चोर ही है।"
"राम चोर है ही।"

(ii) जिस पर ज़ोर देना हो वह यदि परसर्ग युक्त हो तो 'ही' का प्रयोग परसर्ग से पहले भी होता है; जैसे—

"वह घर में ही था।"
"वह घर ही में था।"

(iii) जब किसी नकारात्मक क्रियापद (नहीं+मुख्य क्रियापद) की क्रिया पर ज़ोर देने के लिए 'ही' का प्रयोग होता है तो उसका क्रम हो जाता है: मुख्य क्रियापद+ही+नहीं; जैसे—

(क[1]) "उस घर में कोई नहीं रहता।"

(क[2]) "उस घर में कोई रहता ही नहीं।"

(ख[1]) "वह भोजन नहीं करता।"

(ख[2]) "वह भोजन करता ही नहीं।"

1. निश्चय ही—क्रिया-विशेषण पदबंध है और आशय है—अवश्य; जैसे, "वह निश्चय ही आज आएगा।"

2. सहज ही—क्रिया-विशेषण पदबंध है और आशय है—सरलतापूर्वक या स्वाभाविक रूप से।

(उदाहरण 'सहज' के अंतर्गत देखें)

3. ही नहीं. . .भी—यह पदबंध आशय की दृष्टि से सकारात्मक है। अर्थ है— निश्चित रूप से या इसके अतिरिक्त भी; जैसे—

(क) "वह सुंदर ही नहीं, सयानी भी है।"

(ख) "वह यहाँ ठहरेगा ही नहीं, खाएगा भी।"

ही, भी, तो

(i) ये निश्चयसूचक तथा बलप्रदायक निपात हैं। 'ही' का प्रयोग विकल्प का निवारण करने के लिए होता है ("राधा ही जाएगी और कोई नहीं जाएगा"), 'भी' अतिरिक्तता की विवक्षा सूचित करता है ("और लोग तो जाएँगे ही, राधा भी जाएगी") और 'तो' एकांगी भाव सूचित करता है ("कोई जाए न जाए राधा तो जाएगी")।

(ii) संख्यासूचकों के साथ 'ही' अल्पता का ("दस ही व्यक्ति आए हैं"), 'भी' यथेष्टता का ("दस भी आ जाएँ") और 'तो' संतोष का ("चलो, दस तो आए") सूचक होता है।

'वैसे' क्रिया-विशेषण के साथ ये तीनों अपनी अलग-अलग विवक्षाएँ सूचित करते हैं; जैसे—

"मैं जैसे ही गया वह वैसे ही (तुरंत) आया।"

"वैसे भी (अन्य परिस्थिति में) वह न आता।"

"वैसे तो (सामान्य स्थिति में) वह न आता, पर मेरे बुलाने से आ गया।"

हुकुम

1. हुकुम चलाना—(बिना अधिकार के) हुकुम देना; जैसे, "हम लोगों पर बुढ़िया दिन भर हुकुम चलाती रहती है।"

2. हुकुम का बंदा—वह जो किसी के आदेशों का पालन करता हो।

हुलिया

भ्रम से कुछ लोग इसे स्त्रीलिंग में प्रयुक्त करते हैं, जबकि अरबी की आकारांत संज्ञाएँ सदा पुंलिंग होती हैं।

हुलिया बिगाड़ देना—मार-मारकर किसी की शक्ल इस प्रकार बिगाड़ देना कि उसे कोई सरलता से पहचान तक न पाए; जैसे, "पुलिस ने तो उसका हुलिया ही बिगाड़ दिया।"

है

1. है, हो—(i) 'है' मूल क्रिया भी है और सहायक क्रिया भी। 'हो' धातु है।

(ii) मूल क्रिया 'है' वर्तमानकालिक उपस्थिति/अवस्थिति सूचित करती है। कर्ता के लिंग-वचन के अनुसार इसके अन्य रूप हैं :

वह है।
तुम हो।
मैं हूँ।

अर्थात् 'हूँ', 'है' और 'हो'।

(iii) 'हो' धातु से क्रियापद के रूप में प्रयुक्त होनेवाले कृदंत हैं 'होता', 'हुआ', 'होना'। सहायक क्रियाओं के साथ अन्य रूप हैं :

(क) होता है, होता हूँ, होते हो, होते हैं।
(ख) होती है, होती हूँ, होती हो, होती हैं,
हुआ है, हुआ हूँ, हुए हो, हुए हैं।
हुई हैं, हुई हूँ, हुई हो, हुई हैं।
(ग) होना है, होने हैं, होनी है, होनी हैं।

(iv) 'हो' धातु के संभावनार्थ के रूप इस प्रकार हैं :

वह यशस्वी हो	वे यशस्वी हों
तू विद्वान हो	तुम विद्वान हो
मैं विद्वान होऊँ	हम विद्वान हों

अब जरा ध्यान दें : 'हो' रूप मूलक्रिया भी है, सहायक क्रिया भी और संभावनार्थ रूप भी। तीनों अलग-अलग हैं।

2. है तो—इस पदबंध का प्रयोग अनिश्चय के निवारण हेतु होता है। अभिप्राय है : ... ही है, अवश्य है; जैसे—

(क) "क्या वह दर्जी है?"
"हाँ, है तो।"
(ख) "क्या आपके पास सौ रुपए हैं?"
"हैं तो।"

3. है ही—निश्चित रूप से है; जैसे, "वह चोर तो है ही।"

4. हो आना, होकर आना—यहाँ 'हो' धातु का प्रयोग 'जाना' अर्थ में हुआ है। 'हो आना' से अशय है—प्रस्तुत स्थान से कहीं जाना और (कार्य संपादित करके) पुनः वापस आ जाना; जैसे, "वह जापान हो आया है।" 'हो आना' यहाँ संयुक्त क्रिया है।

'होकर' क्रिया-विशेषण है और 'होते हुए' का पर्याय है; जैसे—

"यह गाड़ी दिल्ली होकर (होते हुए) जाएगी।"

"मैं दिल्ली होकर (होते हुए) आया।"

'होकर' और 'होते हुए' से (अपनाए हुए) रास्ते में पड़नेवाले स्थान का भी संकेतन होता है।

5. (विशेष से) + होकर—(i) यदि कर्ता परसर्गयुक्त हो तो 'होकर' के साथ तिर्यक विशेषण आता है; जैसे—

"वह उतावला होकर बोला।"

"वह अच्छा होकर कहने लगा।"

"मैं चंगा होकर अध्ययन करने लगा।"

'ताज़ा' यद्यपि विकारीवत् प्रयुक्त होता है, परंतु 'होकर' के साथ अविकारी ही रहता है; जैसे, "उसने ताज़ा होकर गाना शुरू कर दिया।"

6. हो-न-हो—ऐसा प्रतीत होता है कि इस बात की अत्यधिक संभावना है कि; जैसे, "तुम जैसा हुलिया बता रहे हो वह हो-न-हो मेरा चचेरा भाई है।"

होंठ

मेरे होंठ सिले हैं—इतना विवश हूँ कि कुछ न्हीं कह सकता।

होटल

हिंदी में पुंलिंग ही है, परंतु उर्दू में स्त्रीलिंग ("तकरीबन सारी रात होटलें खुली रहती हैं")। यही कारण है कि कुछ लोग हिंदी में भी 'होटल' स्त्रीलिंग बना डालते हैं।

ह्रस्व ए (ऍ)

तत्सम और तद्भव शब्दों में 'ए' दीर्घ स्वर होता है; परंतु 'मेहतर', 'बेहतर', 'कहना', 'गहना' आदि कई शब्दों में 'ए' तथा 'अ' का उच्चारण ह्रस्व 'ए' (ऍ) की तरह होता है।

इसी 'ह्रस्व ए' अर्थात् (ऍ) का उच्चारण हमें हिंदी में प्रयुक्त press, set, red, bed, bell आदि अंग्रेज़ी शब्दों में सुनाई देता है। दक्षिण की तमिल आदि भाषाओं की तरह हिंदी (नागरी) में 'ह्रस्व ए' के उच्चारण के लिए अलग से वर्ण नहीं है। संभवतः इसी कारण 'ह्रस्व ए' का उच्चारण सूचित करने के लिए 'ए' के साथ अर्द्धचंद्र लगाकर 'ऍ' का प्रयोग किया जाता है; जैसेः 'प्रॅेस', 'सेॅट', 'रेॅड', 'बेॅड', 'बेॅल' आदि।

'ए' के साथ अर्द्धचंद्र के प्रयोग (ऍ) में होनेवाली व्यावहारिक कठिनाई को देखते हुए सामान्यतः लोग 'ए' से ही 'ह्रस्व ए' (ऍ) का भी काम चला लिया करते हैं; जैसेः 'प्रेस', 'सेट', 'बेड', 'बेल' आदि।

उनके तर्क के अनुसार 'ह्रस्व ए' (ऍ) के उच्चारण के लिए नागरी में अलग वर्ण या चिह्न न होने की स्थिति में निकटतम वर्ण (अर्थात् 'ए') को अपना लेना अधिक सहज और युक्तिसंगत है।

परंतु भारत के पश्चिमोत्तर प्रदेशों में लोग बहुधा 'ऍ' के स्थान पर 'ऐ' की मात्रा लगाते हैं, जिससे उपर्युक्त शब्दों के ये रूप सामने आते हैं—'प्रैस', 'सैट', 'रैड', 'बैड', 'बैल' आदि। इससे भ्रम की स्थिति बनती है। इस संदर्भ में ध्यान रखने योग्य तथ्य यह है कि रोमन स्वर 'e' का उच्चारण किसी भी स्थिति में नागरी स्वर 'ऐ' जैसा नहीं होता तथा 'ऍ' का निकटतम 'ए' है, 'ऐ' नहीं। अतः 'ऐ' की मात्रा का प्रयोग वरीय नहीं।

शब्दानुक्रम

●●●